LA OBRA MAESTRA

LA OBRA MAESTRA

FRANCINE RIVERS

Tyndale House Publishers, Inc.
Carol Stream, Illinois, EE. UU.

Visite Tyndale en Internet: www.tyndaleespanol.com y www.BibliaNTV.com.

Entérese de las últimas novedades sobre Francine Rivers en www.francinerivers.com.

TYNDALE y el logotipo de la pluma son marcas registradas de Tyndale House Publishers, Inc.

La obra maestra

© 2018 por Francine Rivers. Todos los derechos reservados.

Originalmente publicado en inglés como *The Masterpiece* por Tyndale House Publishers, Inc., con ISBN 978-1- 4964-0790-0.
Originally published in English as *The Masterpiece* by Francine Rivers. Copyright © 2018 by Francine Rivers. All rights reserved.

Fotografía de la portada y la obra artística original © por Cameron Moberg. Todos los derechos reservados.

Fotografía de la autora por Elaina Burdo © 2014. Todos los derechos reservados.

Diseño: Jennifer L. Phelps

Edición en inglés: Kathryn S. Olson

Traducción al español: Patricia Cabral (Adriana Powell Traducciones)

Edición en español: Christine Kindberg

Published by arrangement with Browne & Miller Literary Associates, LLC, 52 Village Place, Hinsdale, IL 60521.
Publicado bajo acuerdo con Browne & Miller Literary Associates, LLC, 52 Village Place, Hinsdale, IL 60521.

Las citas bíblicas han sido tomadas de la *Santa Biblia*, Nueva Traducción Viviente, © 2010 Tyndale House Foundation. Usada con permiso de Tyndale House Publishers, Inc., 351 Executive Dr., Carol Stream, IL 60188, Estados Unidos de América. Todos los derechos reservados.

La obra maestra es una obra de ficción. Donde aparezcan personas, eventos, establecimientos, organizaciones o lugares reales, son usados de manera ficticia. Todos los otros elementos de la novela son producto de la imaginación de la autora.

Para información acerca de descuentos especiales para compras al por mayor, por favor contacte a Tyndale House Publishers a través de espanol@tyndale.com.

Library of Congress Cataloging-in-Publication Data

Names: Rivers, Francine, date- author.
Title: La obra maestra / Francine Rivers.
Other titles: Masterpiece. Spanish
Description: Carol Stream, Illinois : Tyndale House Publishers, 2018.
Identifiers: LCCN 2018001016 | ISBN 9781496408167 (sc)
Subjects: | LCGFT: Religious fiction. | Romance fiction.
Classification: LCC PS3568.I83165 M3718 2018 | DDC 813/.54—dc23 LC record available at https://lccn.loc.gov/2018001016

Impreso en Estados Unidos de América
Printed in the United States of America

24   23   22   21   20   19   18
7   6   5   4   3   2   1

A MI ESPOSO,

RICK RIVERS.

¡Gracias por una vida llena de aventura!

AGRADECIMIENTOS

UNA DE LAS MAYORES BENDICIONES de ser una escritora es la oportunidad de entrevistar a personas expertas en campos en los que no he ingresado. Recibí gran ayuda en el sinuoso camino de escribir *La obra maestra*. Quiero agradecer a las siguientes personas por la información y el apoyo que me dieron:

Gary LeDonne compartió su conocimiento sobre el sistema de juzgados de menores y de derivaciones a hogares comunitarios para menores.

Heather Aldridge, del Departamento Forense de la Comisaría del Condado de Sonoma, y Christopher Wirowek, subdirector del Departamento Médico Forense de San Francisco, me hablaron de las normas y costumbres del registro departamental y del descubrimiento de las identidades de cadáveres anónimos.

Ulla Pomele me proveyó información sobre el programa diario de las actividades de un hogar comunitario para menores.

Debbie Kaupp me dio una lista exhaustiva de las diversas labores de una asistente personal.

Mi hermano, Everett King, me habló de su experiencia con los ataques cardíacos silenciosos, la cirugía cardiovascular y el implante de un desfibrilador.

El artista de grafiti «Allude», exmiembro de una pandilla, compartió conmigo algunas de sus aventuras y desventuras callejeras en la región de la bahía de San Francisco.

Mi amiga Carolyn Dunn me invitó a compartir las ideas sobre mis personajes con un grupo de terapeutas familiares profesionales certificados. Gracias, Uriah Guilford, Candace Holly, Terri L. Haley, Laurel Marlink Quast, Gary Moline y Rebecca Worsley por su perspectiva sobre las realidades de los problemas de los vínculos afectivos en los niños traumatizados y sobre cómo podrían evidenciarse en su vida adulta. Laurel Quast también me brindó información sumamente valiosa sobre el trabajo con mujeres con embarazos de riesgo y colocación de niños.

Ashley Huddleston y Tricia Goyer compartieron sus desgarradores conocimientos acerca de la psiquis de los niños traumatizados, así como de las luchas de los padres de acogida y los padres adoptivos, quienes los aman y se esfuerzan por ayudarlos a sanar.

Antanette Reed, la subdirectora de los servicios de protección de menores del Condado de Kern, me brindó información esencial sobre el sistema de acogimiento de menores.

Cuando me perdí en mi propia historia y no supe cómo seguir, llamé al doctor en historias Stan Williams. Él me hizo las preguntas adecuadas para volver a encaminarme.

Holly Harder, mi querida amiga, tiene una habilidad impresionante para navegar por Internet. Cada vez que me perdía en el ciberespacio o no podía hallar detalles sobre determinado tema, le pedía socorro a Holly y, en pocos minutos, ella encontraba la información exacta que yo necesitaba.

Un enorme agradecimiento por las tormentas de ideas a mis amigas de Coeur d'Alene: Brandilyn Collins, Tamera Alexander, Robin Lee Hatcher, Karen Ball, Sharon Dunn, Gayle DeSalles, Tricia Goyer, Sunni Jeffers, Sandy Sheppard y Janet Ulbright. Todas son mujeres de Dios increíbles que oran, planean argumentos de libros y saben cómo divertirse. Cada vez que me di contra una pared, estas mujeres excepcionales me ayudaron a superarla o a atravesarla.

Colleen Phillips, mi alma gemela y misionera en Chile, estuvo en este proyecto desde el principio. Gracias por «escuchar» todas las variaciones de la travesía de Román y de Grace; y por ser la primera en leer, comentar y hacer correcciones al manuscrito (no una, sino dos veces), antes de que me atreviera a entregarlo.

También quiero agradecerle a mi maravillosa agente, Danielle Egan-Miller, por sus perspectivas y por las largas horas que trabaja para dirigir mi carrera de escritora. Es una bendición poder dejarle todos los complejos detalles comerciales a alguien en quien confío, para poder concentrarme en escribir.

Gracias también a Karen Watson, la directora editorial de Tyndale que siempre tiene las preguntas correctas para hacer fluir mi creatividad. Agradezco a Cheryl Kerwin, Erin Smith, Shaina Turner y Stephanie Broene, quienes se encargan de gran parte de mi página de autora en Facebook. Robin Lee Hatcher maneja mi página de Internet, y mi hija, Shannon Coibion, publica mis artículos de blog y me ayuda con lo que recibo por correo.

Por último, estoy en deuda con mi editora de mucho tiempo, Kathy Olson, quien comprende mi proceso y mi historia. Sin su experiencia para cortar, reestructurar e incluir escenas de borradores anteriores, este libro nunca habría llegado a estar en manos de los lectores.

Bendiciones para cada uno de ustedes en sus futuros emprendimientos. Todos ustedes son obras maestras de Dios.

1

ROMÁN VELASCO SUBIÓ por la escalera de incendio y se impulsó por encima de la pared para llegar a la azotea. Agachándose, se movió con rapidez. Otro edificio lindaba con el bloque de departamentos de cinco pisos, un lugar perfecto para el grafiti. Al otro lado de la calle, justo enfrente, estaba el edificio de un banco, y él ya había dejado una obra en la puerta principal.

Se quitó la mochila de los hombros y sacó sus materiales. Tendría que trabajar rápido. Los Ángeles nunca dormía. Aun a las tres de la madrugada, los carros aceleraban por el bulevar.

Esta obra la verían todos los conductores de carros que iban hacia el este. Estaría en peligro hasta terminarla, pero, vestido con un pantalón negro y una sudadera con capucha, difícilmente lo verían, a menos que alguien estuviera buscándolo. Diez minutos. Era el tiempo que necesitaba para dejar una galería de personajes moviéndose sobre la pared, todos parecidos al empresario de sombrero de copa del juego *Monopoly*, con el último saltando hacia la calle. Había trazado la figura, cargada con bolsas de dinero, entrando en el banco que estaba al otro lado de la calle.

La plantilla de papel se enganchó en algo y se rasgó. Maldiciendo en voz baja, Román trabajó rápidamente para ponerle cinta adhesiva. Una ráfaga de viento subió y le arrancó un pedazo. Era un esténcil largo y asegurarlo le llevó varios preciados minutos. Agarró una lata de pintura en aerosol y la agitó. Cuando apretó el botón, no sucedió nada. Maldiciendo, sacó otra lata y empezó a rociar.

Un vehículo se acercó. Miró hacia abajo y se quedó helado cuando vio un carro de policía desacelerando. ¿Era el mismo que había pasado una hora antes, cuando se dirigía al banco? Había caminado con paso firme, con la esperanza de que pensaran que solo era un tipo volviendo a casa después de su trabajo nocturno. El carro había bajado la velocidad para echarle un vistazo y luego siguió adelante. Tan pronto como el carro desapareció calle abajo, él finalizó su obra sobre la puerta de vidrio del banco.

Román volvió a trabajar. Solo necesitaba unos minutos más. Siguió rociando.

Las luces del freno irradiaron un rojo encendido en la calle. El carro de la policía se había detenido delante del banco. Un rayo blanco de luz se fijó sobre la puerta principal.

Un minuto más. Román hizo otros dos barridos y empezó a quitar el esténcil con cuidado. Había tenido que usar más cinta que de costumbre, así que le llevó más tiempo. La última parte del papel se despegó y añadió tres letritas negras entrelazadas, que parecían un pájaro en vuelo.

Un policía salió del carro con una linterna en la mano.

Román se agachó, enrolló el esténcil y lo metió en su mochila junto con las latas de aerosol. El haz de luz subió y se acercó. Pasó directamente sobre él cuando comenzó a moverse por el techo. La luz siguió hacia abajo y se alejó. Aliviado, Román se puso la mochila sobre los hombros y se levantó un poco.

La luz regresó y destacó su silueta contra la pared. Echó a correr a toda velocidad, ocultando su rostro.

El rayo de luz siguió su huida por la azotea. Escuchó voces y pisadas que corrían. Con el corazón martilleándole, Román voló de un salto hacia el próximo edificio. Cayó con un fuerte golpe, rodó hasta pararse y siguió corriendo. En la Jefatura de Policía probablemente había un expediente sobre las obras del Pájaro. Ya no era un adolescente que tendría que cumplir una condena de trabajo comunitario por pintar paredes con símbolos de pandillas. Si lo atrapaban ahora, iría a la cárcel.

Peor aún, destruiría el incipiente prestigio que Román Velasco estaba ganándose como artista legítimo. Los grafitis le concedían cierta reputación en la calle, pero no le servían para llegar a una galería.

Un policía había vuelto al carro de la brigada. Los neumáticos chirriaron. No planeaban darse por vencidos.

Román divisó una ventana abierta en otro edificio y decidió escalar en vez de bajar.

Una puerta de carro se cerró de golpe. Un hombre gritó. Debía ser una noche muy lenta si estos dos policías querían dedicar tanto tiempo a cazar un grafitero.

Román se columpió sobre el borde de otra azotea. Una lata semivacía de pintura en aerosol cayó de su apretujada mochila y explotó en el pavimento debajo.

El policía, sobresaltado, sacó su arma y la apuntó hacia Román mientras trepaba.

«¡Policía de Los Ángeles! ¡Detente ahí mismo!».

Aferrándose a una cornisa, Román se impulsó hacia arriba y entró a través de la ventana abierta del departamento. Contuvo la respiración. Un hombre roncaba en la habitación. Román avanzó sigilosamente. No había avanzado dos pasos cuando chocó contra algo. Sus ojos se adaptaron a la tenue luz de los electrodomésticos de la cocina. El residente debía ser un cachivachero. La abarrotada sala podría ser la perdición de Román. Dejó su mochila detrás del sofá.

Abrió silenciosamente la puerta principal, se asomó y escuchó. No había movimiento ni voces. El hombre que estaba en la habitación resopló y se movió. Román salió rápidamente y cerró la puerta detrás de sí. La puerta de la salida de emergencia estaba atascada. Si la violentaba, haría ruido. Encontró el ascensor; su corazón se aceleraba mientras el ascensor se tomaba todo el tiempo del mundo para subir. *Bing*. Las puertas se abrieron. Román entró y presionó el botón del estacionamiento subterráneo.

Solo mantén la calma. Se echó la capucha hacia atrás y se pasó las manos por el cabello. Respiró hondo y soltó el aire lentamente. Las puertas del ascensor se abrieron. El estacionamiento subterráneo estaba bien iluminado. Román mantuvo la puerta abierta y esperó unos segundos para recorrer el lugar con la vista antes de salir. Todo despejado. Aliviado, se dirigió a la rampa que subía hacia la calle lateral.

La patrulla estaba estacionada junto a la cuneta. Las puertas se abrieron y ambos agentes salieron.

Por un instante, Román se debatió entre inventar una historia rápida de por qué estaba saliendo a caminar a las tres y media de la mañana, pero de alguna manera supo que ninguna historia impediría que lo esposaran.

Salió huyendo calle arriba hacia un barrio residencial que quedaba a una cuadra del bulevar principal. Los policías lo siguieron como sabuesos detrás de un zorro.

Román corrió toda una calle, subió por un acceso pavimentado y saltó sobre una pared. Pensó que estaba a salvo, hasta que se dio cuenta de que no estaba solo en el patio. Un pastor alemán se levantó de un salto y empezó a perseguirlo. Román corrió por el patio y saltó la cerca trasera. El perro chocó contra la cerca y la arañó, ladrando ferozmente. Román cayó con fuerza al otro lado y volcó un par de botes de basura en su apuro por salir de allí. Ahora, cada perro de la cuadra estaba ladrando a todo volumen. Román se movió aprisa, manteniéndose agachado y en las sombras.

Se encendieron luces. Podía escuchar voces.

Las preguntas demorarían a los policías y lo más probable era que no pasarían por encima de las cercas ni entrarían en propiedad privada. Román avanzó con rapidez durante varias cuadras y luego bajó la velocidad a un paso normal para recobrar el aliento.

Los perros habían dejado de ladrar. Escuchó un carro y se escabulló detrás de unos arbustos. El carro de la policía cruzó la calle siguiente sin bajar la velocidad, dirigiéndose de regreso hacia el bulevar Santa Mónica. Quizás los había perdido. En lugar de seguir tentando su suerte, Román esperó unos minutos antes de arriesgarse a salir a la acera.

Tardó una hora en volver a su BMW. Deslizándose al asiento del conductor, no pudo resistir la tentación de conducir hacia el este para echarle un vistazo a su obra.

Para el mediodía la puerta del banco estaría limpia, pero la obra grande, sobre la pared al otro lado de la calle, duraría más. En los últimos años, el Pájaro había ganado suficiente notoriedad por lo que los dueños de algunos edificios dejaban intactos los grafitis. Él esperaba que este fuera el caso. Había estado demasiado cerca de ser atrapado como para que la obra fuera borrada y olvidada en uno o dos días.

El tránsito de la autopista ya había empezado a repuntar. Luchando contra el cansancio, Román encendió el aire acondicionado. El aire frío estalló en su cara y lo mantuvo bien despierto mientras conducía hacia el cañón Topanga, sintiéndose agotado y un poco deprimido. Después de su exitosa incursión nocturna debía estar lleno de deleite, no sintiéndose como un anciano que necesitaba un sillón reclinable.

Disminuyó la velocidad y giró en la entrada de grava que llevaba a su casa. Presionó un botón y abrió la puerta del garaje. Tres carros más grandes que su 740Li podían caber en el espacio. Apagó el motor y se quedó sentado unos segundos, mientras la puerta zumbaba cerrándose detrás de él.

Cuando empezó a salir del carro, una oleada de debilidad lo golpeó. Se quedó quieto un minuto, esperando que pasara la extraña sensación. Volvió a atacarlo cuando se dirigía a la puerta trasera. Tambaleándose, cayó sobre una rodilla. Afirmó su puño sobre el cemento y mantuvo la cabeza agachada.

El malestar pasó y Román se levantó lentamente. Necesitaba dormir. Eso era todo. Una noche completa lo arreglaría. Abrió la puerta de atrás y se encontró con un silencio mortal.

Se bajó el cierre y se quitó la sudadera negra con capucha mientras caminaba por el pasillo hacia su habitación. Estaba demasiado cansado como para darse una ducha, demasiado cansado para bajar el aire acondicionado a diecinueve grados centígrados y demasiado cansado para comer, a pesar de que tenía el estómago acalambrado por el hambre. Se sacó la ropa y se tendió en la cama sin tender. Quizás esta noche tendría la suerte de dormir sin soñar. Normalmente, el entusiasmo que alcanzaba por sus incursiones nocturnas recibía a cambio una revancha de pesadillas de sus días en el barrio marginal Tenderloin. El Blanquito nunca permanecía sepultado por mucho tiempo.

La mañana disparó sus lanzas de luz solar. Román cerró los ojos, anhelando la oscuridad.

Grace Moore se levantó temprano, sabiendo que necesitaría mucho tiempo para cruzar el valle y llegar puntual en su primer día como empleada temporal. No estaba segura de que el empleo pagaría lo suficiente para poder conseguir un pequeño departamento para ella y su hijo, Samuel, pero era un comienzo. Cuanto más vivía con los García, más complicadas se ponían las cosas.

Selah y Rubén no tenían apuro de que se fuera. Selah seguía esperando que Grace cambiara de parecer y firmara los papeles de la adopción. Grace no quería darle falsas esperanzas, pero no tenía ningún otro lugar adonde ir. Cada día que pasaba, tenía más ganas de volver a ser independiente.

Desde que la habían despedido hacía un año, había enviado decenas de currículum, y solo había recibido unas cuantas llamadas para entrevistas. Ninguna resultó en un empleo. Por estos días, todos los empleadores querían una universitaria graduada y ella solo había completado un año y medio antes de suspender sus estudios para poder mantener a su esposo, Patrick, hasta que él se graduara.

Recordando el pasado, se preguntó si Patrick alguna vez la había amado. Había roto cada promesa que le había hecho. Él la había necesitado. Y la había usado. Así de simple.

Tía Elizabeth tenía razón. Grace era una tonta.

Samuel se movió en su cuna. Grace lo levantó con gentileza, agradecida de que estuviera despierto. Tendría tiempo para alimentarlo y cambiarle el pañal antes de entregárselo a Selah.

«Buen día, hombrecito». Grace inhaló su aroma de bebé y se sentó en el borde de la cama individual que acababa de tender. Se abrió la blusa y acomodó al niño para poder darle de comer.

Las circunstancias de su concepción y las complicaciones que había sumado a su vida dejaron de ser importantes desde el mismo instante en que Grace lo tuvo en sus brazos por primera vez. No había pasado ni una hora desde su nacimiento, cuando supo que no podría entregarlo en adopción, sin importar cuánto mejor pudiera ser la vida de su hijo con los García. Así se lo dijo a Selah y a Rubén, pero cada día aumentaba su angustia cuando Selah se quedaba a cargo de él, mientras Grace salía a buscar la manera de mantenerse a sí misma y a su hijo.

Otras personas lo hacen, Señor. ¿Por qué yo no puedo?

Otras personas tenían familia. Ella solo tenía a tía Elizabeth.

Padre, por favor, permite que este trabajo salga bien. Ayúdame, Señor. Por favor. Yo sé que no lo merezco, pero Te lo pido. Te lo suplico.

Afortunadamente, había pasado la entrevista y las pruebas con la agencia de empleo temporal y la habían incluido en su listado. La señora Sandoval tenía un puesto vacante: «He mandado cuatro personas altamente calificadas a este hombre y las rechazó a todas. Creo que no sabe qué necesita. Es el único trabajo que puedo ofrecerte en este momento».

Grace habría aceptado trabajar para el mismísimo diablo, si eso significaba que recibiría un salario regularmente.

El sonido de las campanillas arrancó a Román de las tinieblas. ¿Había soñado que estaba en la Abadía de Westminster? Se volteó. Su cuerpo apenas se había relajado cuando las campanillas sonaron de nuevo. Alguien había tocado el timbre de la puerta. Le habría gustado ponerle las manos encima al propietario que había instalado el condenado sistema. Maldiciendo, Román puso una almohada sobre su cabeza, esperando sofocar la melodía que podía escucharse de un extremo al otro de la casa de casi quinientos metros cuadrados.

El silencio volvió. El intruso probablemente había entendido el mensaje y se había ido.

Román trató de volver a dormir. Cuando las campanillas empezaron otra vez, gritó de frustración y se levantó. Una oleada de debilidad lo agitó de nuevo. Derribó una botella de agua medio vacía y el reloj despertador, y recuperó el equilibrio antes de caer de cara al piso. Tres veces en menos de veinticuatro horas. Tal vez tendría que recurrir a medicamentos recetados para lograr el descanso que necesitaba. Pero en este preciso instante, lo único que quería era desatar su temperamento contra el intruso que estaba tocando el timbre de su puerta.

Después de ponerse unos pantalones deportivos, Román levantó una camiseta arrugada de la alfombra y caminó descalzo hacia el vestíbulo. Quienquiera que estuviera al otro lado de la puerta principal iba a lamentar haber puesto un pie en su propiedad. Las campanillas volvieron a sonar justo mientras abría la puerta de un tirón. Una mujer joven levantó la vista, sorprendida, y se alejó cuando él cruzó el umbral.

—¿No sabes leer? —Señaló con el dedo el letrero pegado junto a la puerta del frente—. ¡No se reciben vendedores!

Con sus ojos castaños muy abiertos, ella levantó sus manos en un gesto conciliador.

Llevaba el cabello oscuro corto y rizado; el *blazer* negro, la blusa blanca y las perlas delataban que era una oficinista. Un recuerdo borroso destelló en su mente, pero Román lo descartó.

—¡Fuera de aquí! —Él retrocedió y dio un portazo. No se había alejado mucho cuando ella golpeó suavemente la puerta. Abriéndola nuevamente de un tirón, la fulminó con la mirada—. ¿Qué quieres?

Ella parecía lo suficientemente asustada como para salir corriendo, pero se mantuvo firme.

—Estoy aquí a sus órdenes, señor Velasco.

¿A sus órdenes?

—Como si yo quisiera una mujer en mi puerta a primera hora de la mañana.

—La señora Sandoval me dijo a las nueve en punto. Me llamo Grace Moore. De la agencia de empleo temporal.

Él soltó una palabrota. Ella parpadeó y sus mejillas se pusieron coloradas. El enojo de él se disolvió como sal en el agua. *Genial. Fantástico.*

—Me olvidé de que ibas a venir.

Ella parecía preferir estar en cualquier otro lugar y él se dio cuenta de que no podía echarle la culpa por eso. Consideró decirle que volviera al día siguiente, pero supo que ella no lo haría. Él ya estaba despierto. Sacudió la cabeza y dejó la puerta abierta.

—Adelante.

En el último mes había pasado por cuatro empleadas temporales. La señora Sandoval estaba perdiendo la paciencia más rápido que él: «Le enviaré una más, señor Velasco y, si ella no sirve, le daré el nombre de mi competidor».

Él estaba buscando a alguien que contestara las llamadas telefónicas y se ocupara de los detalles tediosos como la correspondencia, las cuentas y la agenda. No quería un sargento instructor, una tía solterona ni una psicóloga principiante que analizara su psiquis de artista. Tampoco necesitaba a una rubia voluptuosa, con una blusa escotada que revolviera los papeles a su alrededor sin idea de dónde archivarlos. Ella había tenido sus propias ideas de qué podía querer un artista, además de una mujer capacitada para trabajar en una oficina. Él podría haber aceptado su oferta si no hubiera tenido suficiente experiencia con mujeres como ella. Duró tres días.

Cuando no escuchó ningún paso detrás de él, Román se detuvo y miró hacia atrás. La joven todavía estaba parada afuera.

—¿Qué esperas? ¿Una invitación formal?

Entró y cerró la puerta silenciosamente detrás de sí. Parecía a punto de salir corriendo.

Él le ofreció una sonrisa de disculpa.

—Tuve una larga noche.

Ella murmuró algo que él no comprendió y decidió no pedirle que se lo repitiera. Sintió los primeros indicios de un dolor de cabeza y el clic de los tacones de ella sobre el piso de azulejos de piedra no ayudaba. Tenía sed y necesitaba cafeína. Entró en la cocina, ubicada junto a la sala de estar. Ella se detuvo al borde de la sala de estar a desnivel y miró boquiabierta el techo abovedado y la pared de vidrio que miraba hacia el cañón Topanga. La luz del sol se derramaba a través de los ventanales recordándole que, en ese momento, la mayoría de las personas estaban cumpliendo su condena en sus trabajos de nueve a cinco.

Román abrió la puerta del refrigerador de acero inoxidable y agarró una botella de jugo de naranja. Le quitó la tapa, bebió de la botella y la bajó.

—¿Cómo me dijiste que te llamas?

—Grace Moore.

Tenía el aspecto adecuado para el trabajo: fresca, tranquila, templada. Bonita, de veinte y pico, delgada y en forma, pero no de su tipo. A él le gustaban las rubias voluptuosas que conocían la jugada.

Sintiendo que la examinaba, lo miró. Las mujeres solían hacerlo, pero no con esa expresión cautelosa.

—Tiene una vista preciosa, señor Velasco.

—Sí, bueno, a la larga, uno se cansa de todo. —Dejó la botella de jugo de naranja en la barra. Ella parecía incómoda. Entendible, teniendo en cuenta su recibimiento tan poco amable. Él sonrió levemente. Ella le devolvió una mirada inexpresiva. Bien. Necesitaba una empleada trabajadora, no una novia. ¿Se ofendería ante su primera petición?

—¿Sabes hacer café?

Echó un vistazo a la máquina automática de café expreso que podía moler granos, calentar leche y hacer un café con leche en menos de sesenta segundos al pulsar un botón con el dedo meñique.

—No una taza. Una jarra llena de café de verdad. —Él dejó la cocina a su cargo—. Usa la cafetera tradicional.

—¿Le gusta fuerte o liviano?

—Fuerte. —Salió por el pasillo—. Hablaremos después de que me asee.

Román entró en una ducha en la que cabían tres personas. Se enjabonó y agregó los chorros laterales a la ducha principal que caía sobre su cabeza. Si no le hubiera causado una primera impresión tan mala a Grace Moore, la habría hecho esperar mientras él recibía veinte minutos de hidromasaje en todo el cuerpo. Cerró la llave, salió de la ducha, pateó a un costado las toallas usadas y sacó la última toalla limpia de un estante del armario. Las prendas se desparramaban del cesto de ropa sucia. Le quedaban un par de *jeans* limpios en el guardarropa. Se puso una camiseta negra y buscó zapatos. Encontró las zapatillas que había usado la noche anterior. No había medias limpias en el cajón.

El café tenía un buen aroma. Ella estaba reorganizando todo lo que había en el lavaplatos.

—No te dije que limpiaras la cocina.

Ella se incorporó.

—¿Preferiría que no lo hiciera?

—Adelante.

Ella abrió los gabinetes inferiores y se levantó nuevamente, perpleja.

—¿Dónde guarda el detergente para el lavaplatos?

—Se me acabó.

—¿Tiene una lista para el supermercado?

—Tú eres la asistente personal. Comienza una. —Ella ya había limpiado el mostrador de granito; no lo había visto tan resplandeciente desde que se mudó—. ¿Dónde está el jugo de naranja?

—Dijo que quería café. —Sirvió una taza y la dejó frente a él—. Si lo toma con crema o azúcar, tendrá que decirme dónde los esconde.

Sin sarcasmo. A él le gustó su sonrisa indefinida.

—Lo bebo así. —Tomó un sorbo. Había pasado la primera prueba—. No está mal. —Mejor que el de Starbucks, pero no quería repartir elogios demasiado pronto. El trabajo se trataría de algo más que hacer café... mucho más. Esperaba que estuviera más dispuesta a las diversas funciones que las otras que le había enviado la señora Sandoval. Una le había dicho que él podía hacer su propio café.

—Te mostraré dónde vas a trabajar. —La condujo por el ala este y abrió una puerta—. Esto es todo tuyo. —No necesitó mirar adentro para saber con qué se enfrentaría.

Todas las otras empleadas habían tenido algo para decir al respecto, pero ninguna parecía saber por dónde comenzar ni cómo hacerlo. ¿Sería capaz esta muchacha de llevar a cabo la tarea?

Grace Moore se quedó callada unos segundos; luego, pasó cuidadosamente al lado de él. Se abrió paso hasta el centro de la habitación y miró las pilas de papeles a su alrededor. Las puertas del armario estaban abiertas, dejando a la vista las cajas de cartón: la mayoría sin etiquetar.

Román dudó si debía irse, pero sabía que llegarían las inevitables preguntas.

—¿Crees que podrás ordenar mi caos? —La muchacha se quedó tanto tiempo en silencio, que él se puso a la defensiva—. ¿Vas a decir algo?

—Me llevará más de una semana organizar todo esto.

—Nunca dije que tenía que estar hecho en una semana.

Ella lo miró.

—Es lo máximo que le ha durado una asistente personal, ¿verdad? La gerente de personal debió habérselo advertido.

—Sí. Más o menos eso, supongo. La última se fue a los tres días, pero es porque creía que lo único que un artista necesita es una modelo que pose desnuda.

Grace Moore se ruborizó por completo.

—Yo no modelo.

—No es un problema. —Román le dedicó un rápido vistazo y se apoyó contra el quicio de la puerta—. No es lo que estoy buscando. —Ella volvió a parecer nerviosa. No quería ahuyentarla—. Necesito una persona detallista.

—¿Tiene una manera específica en que desee que su… —Su gesto abarcó el desorden— …información sea organizada?

—Si la tuviera, el lugar no sería semejante lío.

Ella frunció el ceño ligeramente mientras inspeccionaba el cuarto.

—Imagino que querrá tener algún tipo de sistema que facilite el mantenimiento.

—Si tal cosa existe. ¿Crees que puedas hacerlo?

—No lo sé, pero me gustaría intentarlo. Tendré una idea más clara de qué necesita usted después de que revise todo esto.

Román se relajó. Era directa y franca. Eso le gustó. Tenía el presentimiento de que esta muchacha sabría exactamente qué hacer y cómo hacerlo con rapidez. Cuanto antes, mejor.

—Entonces, lo dejo en tus manos. —Terminó su café—. Tal vez durarás más que todas las otras. —Le dirigió lo que esperaba que fuera una sonrisa alentadora y se dirigió al pasillo.

Ella salió de la habitación.

—Señor Velasco, es necesario que hablemos de algunas cosas esenciales.

Él se detuvo, esperando que nada fuera a arruinar su sensación de alivio.

—¿Cosas esenciales?

—Un escritorio y una silla de oficina, para empezar. Estanterías para archivar, un teléfono y todos los demás elementos de cualquier oficina normal.

Había dicho una persona *detallista*.

—Yo soy un artista, en caso de que no te lo hayan dicho. Yo no hago lo normal. Y son demasiadas cosas las que estás pidiendo en tu primer día de trabajo.

—No puedo sentarme en una silla plegable durante ocho horas al día, cinco días por semana, y necesitaré algo más que una mesa plegable para poder trabajar. Aquí apenas queda algo de espacio libre en el piso. —Miró detenidamente la habitación—. ¿Hay un teléfono en alguna parte?

—Sí. Y una computadora, a menos que la última chica se la haya llevado cuando se fue.

—Los buscaré.

—¿De verdad necesitas todo eso?

—Sí, si quiere que sus cosas queden adecuadamente archivadas, no amontonadas atolondradamente en cajas de cartón o apiladas como si fuera el dique de un castor.

Las cosas no parecían tan promisorias como unos momentos atrás.

—Hay contratos, bocetos de muestras, cartas de pedidos, las *cosas* de mi negocio. —Si Román no supiera que la gerente de personal le colgaría el teléfono, le habría dicho a Grace Moore dónde podía poner su lista de cosas esenciales. Lamentablemente, sabía lo que haría la señora Sandoval. Y volvería al punto de partida en esta búsqueda interminable de una asistente que estuviera dispuesta y fuera capaz de hacer el trabajo. Talia Reisner le había metido en la cabeza la idea de contratar a alguien que se ocupara de lo que ella denominaba «las pequeñeces de la vida» para que él pudiera concentrarse en su arte.

Grace Moore se quedó callada, sin ofrecer una disculpa. ¿Acaso tenía él derecho a esperar una?

—Compra lo que necesites.

—¿Dónde compra sus artículos de oficina?

—No los compro. —Levantó la taza y se dio cuenta de que ya se había terminado el café—. Busca la computadora y averígualo. —Necesitaba otra taza de café antes de poder hacer cualquier cosa.

—¿Y usted estará…?

—¡En mi estudio!

—¿Que está dónde?

—Por el otro pasillo, subiendo las escaleras, a la derecha. —Hizo una pausa y la miró de nuevo—. Date un recorrido de la casa y ubícate. —La dejó parada en el pasillo. Tomó la jarra térmica de la cafetera y se dirigió a su estudio.

Román no vio a su asistente personal durante dos horas. Ella llamó con un golpecito suave en el marco de la puerta y esperó su permiso para entrar. Había encontrado la computadora portátil.

—Tengo la lista y los precios. Si tiene una tarjeta de crédito, puedo hacer el pedido y solicitar que entreguen todo mañana en la tarde.

—Hagámoslo. —Dejó caer el lápiz, buscó en su bolsillo trasero y lo encontró vacío. Masculló una palabrota—. Quédate allí. Ya vuelvo. —Su billetera no estaba dentro del guardarropa ni en su mesita de luz. Enojado ahora, hurgó entre la ropa sucia y revisó los bolsillos, hasta que recordó que la había dejado en la guantera del carro la noche anterior. Maldiciendo en voz alta, salió a buscarla.

Grace Moore seguía exactamente donde la había dejado. Le extendió la portátil, en vez de tomar la tarjeta de crédito que él le ofrecía.

—Si está de acuerdo con toda la lista que preparé, puede ingresar la información de su tarjeta de crédito.

—¡Hazlo tú!

Se estremeció y suspiró suavemente.

—Es su información financiera.

—La cual conocerás si haces tu trabajo. —Le sacó la portátil de las manos. Al ver el total del pedido, maldijo otra vez. Ella se encaminó hacia la puerta—. ¿Adónde vas?

—Discúlpeme. No puedo trabajar para usted. —Sonaba pesarosa pero intransigente.

—¡Espera un minuto! —Dejó la portátil sobre su mesa de bocetos y salió detrás de ella.

Grace bajó las escaleras apresuradamente.

—Espera un momento. —La siguió a la oficina, donde ella recogió su cartera y se la colgó al hombro. Estaba pálida; tenía los ojos oscuros cuando lo miró de frente. ¿Tanto la había espantado?

Ella dio un paso adelante, con la mano aferrada a la correa de piel.

—Por favor, déjeme pasar.

Román vio que ya había despejado el lugar para trabajar sobre la mesa plegable y había hecho pilas ordenadas. No quería que esta muchacha se fuera.

—Dame una pista de por qué estás renunciando ya.

—Podría hacerle una lista.

—Mira. —Levantó las manos—. Me agarraste en un mal día.

—La señora Sandoval dijo que usted no tiene días buenos. —Respiró con dificultad y lo miró a los ojos.

Ella claramente estaba arrepentida de lo que había dicho, pero él no podía discutirlo.

—Sí, bueno, la gente que mandó no era la adecuada. Todo el proceso ha sido, como mínimo, frustrante.

—No es mi culpa, señor Velasco.

—Yo no dije que lo fuera.

Ella dio un paso atrás.

—No estoy tratando de hacerlo enfadar.

¿Eso era todo?

—No estoy enfadado contigo. Solo que… —murmuró una palabrota en voz baja—. No sé qué es lo que quiero, pero creo que tú eres lo que necesito.

Probablemente ella venía de una vida organizada. Padre y madre, una linda casa en un barrio residencial agradable, escuela privada, universidad. Una chica con clase. No había dicho nada peor de lo que ella podría haber escuchado en algún centro comercial, pero, evidentemente, parecía haberla ofendido. Tendría que ser más cuidadoso si quería conservar a Grace Moore.

—Estarás trabajando aquí. Yo estaré en mi estudio. No estaremos demasiado cerca el uno del otro.

—Una asistente personal tiene que trabajar en estrecho contacto con su jefe. Es la naturaleza del trabajo.

—*Personal* es una palabra que está llena de implicaciones. —Dejó que su sonrisa se volviera pícara. Al ver que eso no le cayó bien, eliminó cualquier indicio de insinuación—. Quizás debería llamarte de otra manera.

—Puede llamarme señorita Moore.

Ella estaba cediendo un poco. Tal vez no renunciaría si Román respetaba su manera de ser tan formal. De acuerdo. Aunque el trato le sonara raro, él respetaría sus límites. Podía ser respetuoso… cuando la situación lo exigiera.

—Así será, señorita Moore. —Ella frunció el ceño, analizándolo como si fuera un insecto dentro de un frasco—. Al menos, concédame dos semanas antes de renunciar.

Sus hombros se aflojaron un poco.

—Dos semanas —lo dijo como si se tratara de toda una vida, pero se quitó del hombro la correa de la cartera—. Por favor, no vuelva a insultarme.

—Si maldigo, no será a usted. Pero trataré de ser cuidadoso cuando usted esté cerca. ¿De acuerdo? —Le tendió la mano. Ella se mordió el labio antes de aceptar el gesto. Su mano estaba fría y tembló levemente antes de retirarla.

—Será mejor que vuelva al trabajo.

Él entendió la indirecta. Si demostraba ser tan eficiente como parecía, quizás las cosas funcionarían esta vez. Sintió curiosidad:

—¿Por qué una agencia de empleo temporal?

—Es lo único que pude encontrar. —Ella se sonrojó.

Él sintió que estaba parado sobre un terreno más firme.

—Es bueno saber que usted necesita este trabajo tanto como yo necesito una asistente. —Ella no dijo nada. Él inclinó la cabeza, analizándola—. ¿Dónde trabajó, antes de la agencia de empleos temporales?

—En una empresa de relaciones públicas.

—¿Y se fue porque…?

—Me dejaron cesante. —Lo miró—. Tengo una carta de recomendación, si quisiera verla.

—Estoy seguro de que la señora Sandoval la investigó.

Ella respiró hondo.

—En verdad necesito este empleo, señor Velasco, pero seguramente comprenderá que estoy buscando algo mejor que un trabajo temporal. Haré mi mejor esfuerzo mientras esté aquí. —Se encogió ligeramente de hombros, como si no tuviera demasiadas esperanzas de que su mejor esfuerzo fuera a ser suficiente—. Usted está a años luz de mi último jefe.

—¿Un bruto? —La vio sonrojarse nuevamente. No recordaba haber conocido a una muchacha que se hubiera ruborizado alguna vez; mucho menos tres veces en unas pocas horas.

—Era un caballero.

Lo cual quería decir que Román no lo era. Había aprendido a actuar como tal cuando era necesario.

—¿Por qué no siguió con él?

—Se jubiló y le entregó su empresa a otra firma, que ya tenía todos los empleados necesarios.

Román le echó un vistazo nuevamente. No estaba seguro de que le agradara que alguien pusiera reglas en su casa, pero esta mujer había hecho más en dos horas que los esfuerzos sumados de las otras cuatro. Y le gustaba. No sabía por qué. Tal vez fuera la absoluta falta de interés que tenía en él. Le agradó la idea de tener a alguien que hiciera el trabajo sin demasiadas preguntas.

—Entonces, ¿estamos de acuerdo?

—Por dos semanas.

Él rio en voz baja.

—Está bien. Ambos tenemos trabajo por hacer. Ocupémonos del pedido para que pueda comenzar con el suyo.

2

DURANTE EL LARGO CAMINO A CASA, Grace se preguntó si el empleo temporal era un regalo del cielo o un aumento de problemas. La señora Sandoval le había contado sobre el temperamental Román Velasco. Al fin y al cabo, era un artista. La señora Sandoval había pasado por alto decirle a Grace que el hombre era una obra de arte en sí mismo. Incluso cuando estaba sin afeitar, descalzo y llevando puestos unos pantalones deportivos arrugados y una camiseta, podía modelar para la revista *GQ*. Cabello largo y oscuro, tez de color café con leche, todo musculoso, sin un gramo de grasa en el cuerpo. Desde el momento en que lo vio, ella se puso en alerta. Patrick también era apuesto.

Sus manos se acomodaron sobre el volante. No tenía sentido sacar a la luz recuerdos que era mejor dejar sepultados.

Día uno. Un comienzo áspero, pero un comienzo, al fin y al cabo. Cinco minutos en la casa de Román Velasco habían bastado para confirmar que el hombre necesitaba una asistente personal. Su primera tarea de preparar café no había sido un desafío en sí, salvo que había tenido que buscar el café y los filtros, que él había puesto en el estante para las ollas y las cacerolas.

El recorrido por la casa había sido una revelación. El baño que estaba afuera de la oficina era encantador, con mármol color crema, instalaciones de níquel pulido y molduras de techo blancas. El sofisticado inodoro, con su asiento climatizado, y la ducha suntuosa dejaban en claro que la casa nunca había sido pensada para un soltero.

El resto de los quinientos metros cuadrados eran igualmente espléndidos y lo reflejaban a cada paso. Una gran habitación estaba equipada con tortuosos aparatos de gimnasio para mantener en forma al hombre. Otra contenía una cama sin tender de tamaño *California king*, un guardarropa, mesitas de luz, y ropa y toallas sucias desparramadas sobre el piso de mármol rojo. Los demás cuartos eran grandes celdas blancas sin muebles ni cortinas, cada uno con un baño privado con artefactos caros de níquel pulido o bronce lustrado.

El estudio de Román Velasco había sido la mayor sorpresa. Había convertido la habitación que debía ser la suite principal en una abarrotada área de trabajo. La luz entraba a raudales por el conjunto de ventanas, que, indudablemente, era la razón por la que había elegido este espacio para trabajar. Había pintura salpicada por todo el hermoso piso de madera. Los papeles arrugados parecían monstruosas pelusas desparramadas por toda la habitación. ¿No tenía el hombre un cesto para la basura?

El aire olía a pintura, óleo y aguarrás. Una estantería barata contenía decenas de libros de arte y biografías de pintores famosos, así como blocs de bocetos. Había pinceles de diversos tamaños dentro de recipientes de café Yuban. Tubos, latas de aerosol y tarros de pintura se alineaban en los estantes improvisados hechos con tablones y bloques. Tenía varios caballetes armados, cada uno con pinturas sin sentido y modernistas. No había visto ninguna obra enmarcada ni colgada en ninguna parte de la casa. Incluso si a ella no le gustaba lo que pintaba, él debía estar orgulloso de su obra.

Y, ¿por qué el artista utilizaría pintura marrón para tapar lo que fuera que había estado haciendo en la pared de atrás? En el rincón había un balde de veinte litros, junto con una bandeja que tenía un rodillo seco. No se había molestado en usar una lona.

Había recibido tres llamadas personales. Todas de mujeres. No quiso hablar con ninguna de ellas. Una colgó; dos dejaron mensajes.

La primera llamada relacionada con el trabajo fue de Talia Reisner, la dueña de una galería de Laguna Beach que quería saber si Román estaba trabajando o perdiendo el tiempo.

—El señor Velasco está en su estudio.

—Gracias al cielo que tú estás en el equipo. ¡He estado persiguiendo al muchacho durante meses para que contrate a una asistente!

Grace casi se rio. El «muchacho» se veía como de treinta años y era todo un hombre.

Talia continuó apresuradamente:

—Ha estado ahogándose con pequeñeces. No queremos que nada desacelere su ímpetu. Ahora está encendido y está calentándose cada vez más. En mi opinión, recién empieza a aprovechar su talento. Ayer vendí su última pintura y esta misma mañana recibí dos llamadas preguntando cuándo va a hacer una exposición. ¿Está pintando? ¡Sigo diciéndole que debería estar pintando!

Grace había caminado hasta el estudio mientras Talia hablaba. Una casa de ese tamaño debería tener un sistema intercomunicador, pero no sabía dónde encontrarlo y dudaba que Román lo supiera tampoco. Iba a sugerirle un nuevo sistema telefónico con el cual pudiera poner a alguien en espera y llamarlo. Él la miró rápidamente cuando ella ingresó en su dominio.

—Un momento, por favor. —Le extendió el teléfono—. Es Talia Reisner. Dice que es su socia de negocios.

Román tomó el teléfono, le dio un golpe a la tecla para finalizar la llamada y se lo devolvió de mala manera.

—Yo no soy su empleado. Si vuelve a llamar, dile que estoy trabajando. Eso alegrará su corazón pequeño y codicioso. Si llama Héctor Espinoza, hablaré con él. Todos los demás, pueden irse al... —Se detuvo abruptamente, con una sonrisa avergonzada.

¡Vaya con el primer día de trabajo!

El tránsito disminuyó a paso de tortuga. Grace se había ido a las cinco, pero llegaría a Burbank mucho después de las seis. Esta semana tendría que cargarle combustible al Civic dos veces, lo cual no le dejaría demasiado dinero para guardar como depósito para un departamento. ¿Cómo podría pagar algún día un lugar propio? Tratando de contener sus lágrimas, impidió que sus sentimientos se apoderaran de ella. Durante el último año había llorado lo suficiente como para mantener un barco a flote.

Madura de una vez, Grace. Vives con el caos que generas.

Quizás, Dios estaba castigándola. Tenía todo el derecho de hacerlo, considerando cómo se había comportado después del divorcio.

Rubén, con los ojos clavados en el noticiero de la televisión, levantó una mano para saludarla cuando entró por la puerta principal. Alicia, una estudiante de primer año de preparatoria, y Javier, en su último año, estaban en sus cuartos haciendo su tarea. Selah ya había llevado a dormir a Samuel.

—Estaba quisquilloso, así que lo acosté a las seis. —Sonrió mientras colocaba los últimos vasos en el lavaplatos—. Tu cena está en el horno, chiquita, y todavía está tibia. ¿Cómo te fue hoy?

—Bien. —Se quedaría con él hasta que apareciera algo mejor—. Iré a ver a Samuel.

—Está durmiendo. Mejor déjalo tranquilo.

—Solo estaré un minuto.

—Siéntate. Come tu cena.

Grace fingió no escucharla. Había estado lejos de su hijo todo el día. Solo quería tenerlo en brazos unos minutos.

Samuel estaba acostado de espaldas, con los brazos extendidos. Parecía tan tranquilo que no lo despertó. Le arregló la suave manta y se inclinó hacia él.

—Te amo, hombrecito. Te extrañé tanto hoy… —Besó su frente tibia y se quedó junto a su cuna, simplemente viéndolo dormir. Se secó las lágrimas y volvió a la cocina. Selah había dispuesto un plato con arroz, ensalada de repollo y una gruesa enchilada de queso. Grace le dio las gracias mientras se sentaba a la mesa de la cocina. Selah se marchó al cuarto de lavado.

Grace comió sola, limpió y lavó sus platos. Se sumó a Selah y empezó a doblar la ropa de Samuel. Selah le quitó un mameluco de la mano y le hizo un ademán para despedirla.

—Yo puedo hacerlo, chiquita. Ve y siéntate a hablar con Rubén.

No fueron sus palabras lo que le dolió, si no la implicación de que Selah quería encargarse de todo lo que tuviera que ver con Samuel. Grace la miró doblar el mameluco de Samuel y apretarlo en una pila de otra ropa que había comprado. Ignorando a Grace, recogió una camisetita.

Grace no quería amargarse. Los García habían sido amables y solidarios durante meses. Cuando Grace les dijo que había cambiado de parecer acerca de entregarles a Samuel en adopción, Selah le dijo que tenía tiempo para meditar las cosas. Selah nunca era desagradable, pero parecía decidida a demostrarle a Grace que ella era una mejor madre para Samuel.

Señor, estoy agradecida. Realmente lo estoy.

Rubén levantó la vista cuando ella entró en la sala de estar.

—¿Cómo te fue con el empleo temporal? ¿Podría convertirse en algo más permanente?

—Fue difícil. Es un artista. Vive en el cañón Topanga.

—Con razón has llegado tan tarde a casa hoy. —Miró de nuevo el noticiero—. Alicia tiene un partido de voleibol el miércoles por la noche. Tendremos que irnos a las seis.

Grace entendió el mensaje. Si no lograba volver a tiempo, se llevarían con ellos a Samuel y ella se perdería otra noche con su hijo.

Los días de Román se simplificaron por el trabajo de Grace Moore. Ella llegaba sin demora a las nueve, le hacía el café y se iba a trabajar a la oficina. Él le había dicho que no quería contestar ninguna llamada. Le dijo cuáles debía ignorar y cuáles responder. La gente solía llamarlo pidiendo murales. Él dudaba si seguiría trabajando en ellos porque le quitaban mucho tiempo y eran menos lucrativos que las obras que hacía sobre un lienzo.

Se sentía presionado, pero sin dirección. ¿Deseaba que su obra quedara escondida en una vivienda particular o exhibida para que todos la vieran? Los murales le otorgaban legitimidad a Román Velasco, aunque tuviera que realizar la visión de otro en lugar de la suya. De vez en cuando todavía expresaba sus propias ideas a través de los grafitis simplistas del Pájaro, pero cada vez con más riesgos. Había llegado a ser un juego, pero a medida que pasaba el tiempo, se volvía cada vez más peligroso.

Frotándose la frente, Román trató de concentrarse en el mural. Tenía una fecha límite, que se acercaba velozmente. *No pienses. Solo haz el trabajo y cobra el cheque. Concéntrate en eso.*

Contratar a Héctor Espinoza le había quitado de encima la presión de hacer todo el trabajo personalmente. Le había encargado que comenzara el mural de Román para la pared del vestíbulo de un hotel nuevo cerca del zoológico de San Diego. La gerencia había contratado a Román para que creara la escena completa de una sabana africana, con animales que migraban. Román casi había terminado de dibujar el diseño sobre papel de calco, el cual usaría Héctor para empezar la pintura. Una vez que Héctor terminara de transferir los dibujos, Román iría al sitio y haría el trabajo fino de los detalles para darle vida al mural.

Román dejó caer el lápiz y flexionó sus dedos acalambrados. ¿Cuándo fue la última vez que se tomó un descanso? Había trabajado desde el amanecer. Empujando el banco hacia atrás, se levantó y se estiró mientras caminaba hasta las ventanas. Miró hacia afuera al cañón. Un movimiento llamó su atención y divisó una liebre avanzando cautelosamente por el camino que iba hacia la cabaña que los propietarios anteriores habían construido para un padre anciano que no vivió lo suficiente para mudarse a ocuparla.

Había entrado en la cabaña una sola vez, cuando el agente inmobiliario lo llevó a dar una última caminata antes de que firmara los papeles. Tenía la misma superficie que la cabaña en la playa de Malibú que había vendido por una suma increíble, la mayor parte de la cual había puesto en esta fortaleza.

Bobby Ray Dean no podía distanciarse más del Tenderloin que en este lugar. Ya no sabía quién era. De un modo u otro, Bobby Ray Dean se había perdido entre el Pájaro y Román Velasco.

Hacia el final de la segunda semana, Grace había puesto la oficina en orden. Le gustaba mantenerse ocupada. Era una presencia activa pero silenciosa en la casa, y eso le agradaba. No obstante, esa mañana le había dicho que quería explicarle el nuevo sistema de archivo. Él tuvo el presentimiento de que sabía adónde quería llegar con eso. Le respondió que no tenía tiempo.

Un golpeteo suave sobre la puerta del estudio lo hizo darse vuelta.

—¿Tiene tiempo para hablar ahora, señor Velasco?

—Depende del tema que quiera hablar. —Él la enfrentó—. No se le ocurra renunciar.

—Le dije que le daría dos semanas. Realmente no necesita una asistente personal de tiempo completo.

—Me gusta cómo están funcionando las cosas.

—Tengo mucho tiempo improductivo.

—Hay otras cosas que podría hacer para mí. —Vio en sus ojos la mirada precavida. Aún no confiaba en él, pero, al fin y al cabo, ¿cuánto se conocían? La cosa no había sido más que estrictamente laboral desde el primer día. Tal como ambos querían que fuera—. Cocinar, lavar la ropa, limpiar un poco la casa.

—Come comidas congeladas. El servicio de limpieza viene todos los miércoles y se lleva la ropa sucia. Y estoy segura de que podría encontrar fácilmente a alguien que le cambie las sábanas y le tienda la cama.

Él percibió la insinuación.

—No acostumbro invitar mujeres aquí. —Era más fácil irse de la casa de una mujer que pedirle que ella se fuera de la suya.

—No me interesa su vida privada, señor Velasco.

Sin embargo, sabía más de él que ninguna otra persona. Y no porque sus papeles revelaran toda la historia.

—¿Podemos evitar el *señor*? Llámame Román. —Había estado dispuesto a mantener un trato formal mutuo al principio, pero ahora la ridiculez le molestaba—. ¿Qué te parece si te ocupas de comprar mis víveres? En este momento, no puedo dedicarle tiempo a eso. Te reintegraré el costo del combustible.

—Necesitaré una lista.

Él rio suavemente.

—Vives de las listas, ¿cierto?

Sus hombros se relajaron y le devolvió una sonrisa.

—Dijo que quería a alguien detallista.

—Probablemente sepas mejor que yo lo que necesito. —Le dio doscientos dólares y le dijo que el supermercado más cercano estaba en Malibú.

El teléfono sonó varias veces cuando ella se fue. No se molestó en atender. Ignoró las campanillas de la puerta también, hasta que se dio cuenta de que podía ser Grace. Cuando abrió la puerta, ella levantó dos bolsas con provisiones.

—¿Algo más?

Ella le dijo que podía arreglárselas y volvió a su carro.

Sentado ante el mostrador de la cocina, Román la observó vaciar las bolsas reutilizables. Apiló pizzas y comidas preparadas en el congelador y guardó en el refrigerador los envoltorios con las ensaladas. Había comprado jugo de naranja, huevos, queso cabaña y dos frascos de duraznos, aunque él había olvidado que los necesitaba. Al parecer, ella sabía lo que le gustaba.

Dando un vistazo al reloj, dobló rápidamente las bolsas.

—Tengo que irme. Me tocará el peor tránsito.

—Mientras no estabas, hubieron algunas llamadas. Las dejé sonar hasta que entraron en el contestador, pero… —Ella parecía preocupada, y ya casi eran las cinco y media—. Pueden esperar hasta mañana.

—¿Está seguro?

—Ve.

Lo hizo. Cuando la puerta de adelante se cerró detrás de ella, Román sintió que el silencio llenó la casa.

3

Las chicas se enamoraron rápidamente del nuevo muchacho de cabello y ojos oscuros, con tono de piel que insinuaba que sus padres eran de razas distintas. Los muchachos notaron que sus novias se quedaban mirando a Bobby Ray Dean, pero rápidamente aprendieron que él nunca retrocedía ante una pelea... ni perdía ninguna. Él seguía sus propias normas: no inicies una pelea, pero pega fuerte si alguien empieza una contigo; derriba a tu enemigo hasta que deje de levantarse; cuídate las espaldas.

Lo atraían los pandilleros. Ellos desobedecían las reglas y tenían su propia ley. Nadie los molestaba y siempre tenían dinero en el bolsillo. Parecían y actuaban como miembros de una familia. Cuando el Exterminador, uno de los chicos mayores, le ofreció cincuenta dólares para que entregara un paquete a una discoteca en la calle Broadway, Bobby Ray no lo pensó dos veces antes de decir que sí. Supo que era una prueba, la manera de entrar, la oportunidad de pertenecer a algún lugar.

Antes de que recorriera una cuadra, Bobby Ray se dio cuenta de que había sido una trampa. Alguien había llamado a la policía. En vez de descartar el paquete, Bobby Ray hizo lo que siempre había hecho. Había huido por las calles de San Francisco desde sus primeras noches en los hogares de acogida. Conocía cada calle, cada callejón y cada parque. Sabía cómo saltar de una azotea a otra, bajar por una escalera de incendios y trepar por una cerca alambrada, impulsarse por encima del borde y caer al otro lado. Entregó el paquete.

Al día siguiente, en la escuela, buscó al Exterminador y exigió sus cincuenta dólares. El respeto apareció en los ojos del Exterminador. Él pagó e invitó a Bobby Ray a una fiesta en la cual conoció a la hermandad. Lobo tenía dieciséis: un chico con aspecto como Denzel Washington que traía a dos muchachas colgadas de sus brazos. Chancho pesaba unos noventa kilos y tenía una risa nerviosa. El Blanquito asintió con la cabeza para saludarlo, sin apartar la vista del juego en la computadora. El Gorila se mecía sobre sus pies y parecía listo para una lucha.

No tardó mucho en volverse adicto a lo que la pandilla tenía para ofrecer. El problema era que a Bobby Ray no le gustaba llevar lo que había matado a su madre. Cada noche, después de hacer una entrega, soñaba con mamá en el cuarto del hotel de mala muerte. Estaba sentada sobre unas sábanas arrugadas, tenía el cuerpo raquítico y el rostro desfigurado por la culpa y la vergüenza. Lloraba y tendía sus manos hacia él. *Tú sabes que te amo, nene. Sabes que voy a volver. ¿Cierto?* Él se despertaba empapado de un sudor frío, con el corazón martilleándole y las lágrimas todavía corriendo por sus mejillas.

La cuarta vez que sucedió, Bobby Ray se pasó las manos por el cabello y se sentó al borde de su cama, tratando de reprimir las náuseas. Si se negaba a hacerlo ahora, el Exterminador lo tomaría como un desafío a su autoridad. El Exterminador se había ganado su nombre quedando impune después de un asesinato. Bobby Ray sabía que si explicaba su aversión, revelaría cuál era su debilidad, algo que no podía hacer con los tipos con quienes andaba ahora. Quería que lo respetaran. Pero lo quería bajo sus propios términos.

Necesitaba pensar, y cuando mejor podía hacerlo era cuando deambulaba por las calles al caer la noche. Apartó las cortinas y, en su intento de trepar por la ventana del departamento de sus padres de acogida, vio a un tipo vestido de negro de la cabeza a los pies, haciendo un grafiti en la pared al otro lado de la calle. Bobby Ray lo miró con desprecio. ¿Una letra y un número? ¿Eso era lo mejor que podía hacer?

Bobby Ray se quedó mirando fijo la obra del grafitero; en su mente se dispararon ideas de lo que podría haber hecho con un par de latas de pintura en aerosol.

Sintió una ráfaga de adrenalina junto con las ideas. Con el corazón acelerado, empezó a hacer planes. Vio una manera de quedarse en la pandilla y, al mismo tiempo, de mantenerse alejado del narcotráfico.

Bobby Ray se aferró a la pared y avanzó lentamente en puntas de pies a lo largo de la angosta cornisa. Llegó a la tubería de drenaje y subió, con una mano tras la otra. Cuando pudo sujetarse del borde del techo, se impulsó hacia arriba y se subió a la azotea. Tomó carrera y saltó por encima del callejón estrecho, cayendo y rodando sobre la azotea del edificio vecino.

Una escalera de incendios lo ayudó a bajar al otro lado. Pasó las horas siguientes observando los grafitis. La mayoría estaban desordenados, claramente hechos de prisa. Algunas obras lo impresionaron, aunque Bobby Ray sabía que él podía hacerlos mejor.

Tenía ideas alucinantes que darían de qué hablar a la gente. Tendrían que ser en un lugar alto, un lugar riesgoso, un lugar donde los trabajadores municipales no pudieran borrarlos fácilmente.

Lo único que tenía que hacer Bobby Ray era conseguir algunas latas de pintura en aerosol y demostrarle al Exterminador lo que podía hacer un verdadero grafitero de pandilla. Los días de entregas de Bobby Ray habían terminado. Estaría en la pandilla, con todas sus ventajas, sin participar en el verdadero negocio de la banda.

Colgado de un arnés para escalar, Bobby Ray estaba suspendido contra el costado del edificio. Sacó de su mochila una lata de pintura roja en aerosol y trabajó con rapidez. Chancho caminaba de un lado al otro de la azotea, vigilando las calles desde lo alto. Profirió una maldición.

—¿Tenías que elegir un lugar donde todo el mundo pudiera verte?

Bobby Ray se rio. Debía correr algunos riesgos para establecer su reputación. Cuanto más alto, mejor.

—Dos minutos más.

—¡La policía! ¡A dos cuadras! —Chancho tiró de la soga.

Bobby Ray jadeó y maldijo cuando el arnés le apretó la entrepierna.

—¡Espera! —Se balanceó a un costado y se agarró de la tubería. Se apretó contra el muro de ladrillos y se quedó quieto. Se había vestido de negro por un motivo. Nadie lo veía a menos que miraran hacia arriba. Los policías solían mantener la vista a la altura de la calle, no a cuatro pisos hacia arriba. Calculó cuánto tiempo tardaría Chancho en subirlo a la azotea y, después, en guardar el equipo y sus implementos para pintar en la mochila. Permaneció al mismo nivel que la pared y miró abajo sin moverse. El carro patrulla bajó la velocidad y lanzó un haz de luz contra la pared.

Bobby Ray escupió una obscenidad.

—¡Súbeme! —Apretó los dientes al sentir el dolor que le produjo el fuerte pellizco de las cintas mientras Chancho tiraba de la soga. De su mochila cayó una lata de pintura, que explotó frente al carro patrulla. El haz de luz se lanzó hacia arriba. Apartando su rostro antes de que la luz se clavara en él, sintió que Chancho tiraba fuerte; se agarró de la pared y con un rápido movimiento saltó a la azotea plana.

Desabrochándose el arnés, Bobby Ray se estiró para alcanzar su mochila.

—¡Olvídala! —chilló Chancho—. ¡Vamos! —Corrió hacia las escaleras. Se detuvo y miró hacia atrás.

Bobby Ray le dijo que mantuviera la calma.

—No te vieron, hermano. —Guardó sus cosas en la mochila y la lanzó al techo del otro lado del callejón. Retrocedió lo suficiente para tomar carrera y cruzó de un salto; cayó con fuerza y se puso de pie.

A media cuadra, se agachó y vio a dos oficiales interrogando a Chancho en la calle. Lo dejaron ir. Se quedaron merodeando un par de minutos, revisando el callejón con las linternas. Cuando por fin volvieron al carro patrulla y se fueron, Bobby Ray regresó. No contaba con la ayuda de Chancho, así que tuvo que atar la cuerda y bajar reptando por el muro. Trabajó varios minutos más y usó el rotulador negro que había hecho con una tubería de PVC para escribir «BRD».

—Sabía que no ibas a darte por vencido —le gruñó Chancho desde abajo.

Bobby Ray se impulsó hacia la azotea y metió la cuerda en la mochila. La obra era suficientemente grande para llamar la atención, suficientemente pequeña para ser precisa y la había hecho en un lugar donde los voluntarios no estarían dispuestos a arriesgar su vida para taparla.

Vio a alguien en un departamento del edificio que estaba al otro lado de la calle. ¿Estaría denunciándolo el tipo o mirando el grafiti como una mejora? Bobby Ray se puso la mochila en los hombros y descendió por la escalera de incendios para encontrarse con Chancho en la calle.

El aullido de una sirena policial aceleró el pulso de Bobby Ray. Chancho salió disparado. Con el tamaño de un jugador de fútbol americano, podía arrollar a cualquiera que se cruzara en su camino.

—¡Corta a la derecha! —gritó Bobby Ray detrás de él. Chancho entendió el mensaje y tomó a la izquierda por el callejón. Bobby Ray esperó que los policías lo localizaran a él, antes de arrastrarlos a una persecución infructuosa. La adrenalina le recorrió el cuerpo y reavivó sus sentidos.

El sol estaba saliendo cuando trepó y entró, inadvertido, por la ventana del departamento de sus más recientes padres de acogida.

Al día siguiente, Chancho alcanzó a Bobby Ray mientras caminaba por el pasillo de la preparatoria.

—¿Dónde estuviste toda la mañana?

—Dormí hasta tarde. —Chuck, su padre de acogida, levantó bruscamente a Bobby Ray a las diez de la mañana y le dijo que se fuera a la escuela. No quería a los servicios sociales vigilándolo de nuevo, después de la última semana. Chuck se pasaba la mayor parte del tiempo despatarrado frente al televisor, bebiendo cerveza. Trabajaba de noche en un estacionamiento. Josey trabajaba de día en un almacén. Bobby Ray podía contar con los dedos de las manos cuántas veces habían estado los tres juntos en la casa. Ocho. Siempre había sido el día que la asistente social había programado una inspección.

Chancho sonrió.

—¿Tú dejaste esa cara roja en el edificio de la Ellis? ¿La que hace que las ventanas parezcan ojos?

—Hace un mes.

—Alguien estaba sacando fotos.

Probablemente los policías que tenían expedientes sobre los grafiteros de las pandillas. Cada artista de grafiti tenía su propio estilo. Bobby Ray quería que su obra fuera reconocida, pero tendría que encontrar la manera de trabajar más rápido, o acabaría en la cárcel.

Chancho empezó a hablar de otra fiesta. Bobby Ray no estaba interesado. Necesitaba llegar a la clase de Historia.

Empujó la puerta y se deslizó a un escritorio del fondo. El señor Newman estaba enseñando nuevamente sobre la Guerra Civil, pero los pensamientos de Bobby Ray se escaparon al edificio de la calle Ellis. Le gustaría pintarlo de extremo a extremo con cabezas, cada una de un color diferente, todas con oscuros ojos en las ventanas; puertas como enormes bocas abiertas gritando, riendo, mostrando los dientes. ¿Cuántas latas de pintura precisaría para hacerlo? Necesitaría un equipo que trabajara con él. Tendría que lograr que el diseño fuera simple para que los demás pudieran rellenar el color. Necesitaría vigilantes y tiempo. El problema era que a él le gustaba trabajar solo, con un chico de guardia.

Alguien sentado cerca de él hizo una pregunta sobre las armas de la Guerra Civil y sacó a Bobby Ray de su ensueño. Trató de concentrarse. Una muchacha en la fila del frente tomaba notas. Era una de las calladas, que mantenía la cabeza gacha, estudiaba mucho y soñaba con salir del Tenderloin. Bobby Ray abrió su cuaderno y empezó a hacer un boceto. Dio vuelta a la página y dibujó un pandillero sobre las escalinatas de mármol del ayuntamiento, con un maletín negro en la mano.

Una mano se plantó en medio de su dibujo. Bobby Ray se estremeció. El señor Newman giró el cuaderno y analizó el dibujo. Levantó las cejas por encima del marco oscuro de sus anteojos.

—¿Estás tomando clases de arte?

—No.

El profesor retiró su mano.

—El examen es el viernes, por si no escuchaste. Los capítulos están detallados en el pizarrón. —Bajó la voz—. Dibújame un soldado de la Confederación y uno de la Unión, y los calificaré en lugar del trabajo trimestral que no entregaste.

Bobby Ray frunció el ceño, cerró el cuaderno y se reclinó hacia atrás en su silla, mientras observaba caminar al señor Newman hacia el frente del aula. Ansiaba conseguir una lata de Krylon e irrumpir en la escuela para poner algo más interesante que un listado de capítulos en ese adorable pizarrón negro. Incluso si el conserje lo limpiaba antes de que finalizara el día. Pero lo expulsarían y lo mudarían otra vez. En este lugar tenía amigos. Quería quedarse aquí.

Estiró las piernas, pensando. Tendría que investigar un poco en la biblioteca para poder dibujar soldados de la Guerra Civil.

Chancho lo encontró junto a los casilleros. Eran los únicos que seguían yendo a la escuela; el resto de los miembros de la pandilla había dejado los estudios. Pasaban la mayor parte de sus días en lo del Exterminador, jugando videojuegos, ingiriendo comida chatarra y fumando marihuana.

Rojo Vivo, el hermano mayor del Exterminador, tenía conexiones con un cártel. Unos tipos rudos pasaron por ahí y Bobby Ray se quedó en las sombras cuando los vio. Al Exterminador le gustaba hacerse el importante cuando su hermano no estaba. Hacía alarde de sus dos hijos de menos de dos años, que había tenido con dos chicas diferentes. Cada vez que presumía de ellos, Bobby Ray pensaba en su madre. ¿Era eso lo que le había pasado a ella? ¿Algún tipo la había embarazado solo para demostrar que era un hombre, y luego la había dejado y pasado a la siguiente?

—¡Oye, Pájaro! ¡Despierta! —Chancho le dio un puñetazo en el hombro a Bobby Ray—. ¿Irás esta noche a la fiesta o no?

—No estoy de humor. —La marihuana lo ponía lento y estúpido, y había visto suficiente de lo que causaban la heroína y las anfetaminas como para mantenerse alejado de ellas. El ofrecimiento del señor Newman palpitaba detrás de sus ojos como un dolor de cabeza inminente. Le gustaba ir a la biblioteca, aunque se aseguraba de que nadie se enterara de sus visitas. Era un lugar silencioso donde podía relajarse. Prefería leer que hacer las tareas. Prefería mirar ilustraciones de los soldados de la Guerra Civil, que escuchar hablar al Exterminador o al Lobo sobre sus mujeres. Esta noche, al menos.

4

Grace se encontró con sus amigas Shanice Tyson, Ashley O'Toole y Nicole Torres en su cafetería favorita para los domingos después de la iglesia. Shanice parecía desilusionada.

—¿Dónde está nuestro hombrecito?

—Está en casa con Selah. Tuvo fiebre. Estuve de aquí para allá con él casi toda la noche. Esta mañana estaba bien, pero soñoliento. —Grace se había rendido al deseo de Selah de mantener a Samuel en la casa. Ella quería ir a la iglesia y tener su rato de distracción semanal con sus amigas. Esta reunión para almorzar se había convertido en su salvavidas. Hablar con sus amigas la ayudaba a superar las cosas. Y necesitaba hablar de su situación con Román Velasco y recibir sus comentarios.

Como maestra de jardín de infantes, Ashley lidiaba con padres sobreprotectores.

Nicole trabajaba como ayudante en un despacho de abogados y estaba enamorada de su amor imposible, Charles, su jefe, que estaba obsesionado por el trabajo.

Shanice, la desenfrenada, se había graduado en la Universidad de Nueva York, había tomado un año para viajar y había conseguido trabajo en un estudio, donde integraba un equipo que diseñaba escenografías. Conocía a las estrellas de cine y decía que no eran distintas al resto de las personas, aunque algunos pensaran que sí lo eran. Ahora, estaba contándoles a las demás acerca del último trabajo que le habían encargado.

—El director quiere filmar en Utah, en las salinas. El lugar tiene el aspecto deseado de un planeta de alienígenas.

—¿Tendrás la oportunidad de ir? —Ashley soñaba con viajar a cualquier parte fuera del sur de California. Adicta a las novelas románticas del comienzo del siglo XIX, anhelaba ir a Inglaterra y alojarse en un castillo, preferiblemente en uno donde viviera un soltero disponible y aristocrático.

—No, si puedo evitarlo —resopló Shanice—. En verano hace más calor que en el infierno. El lago Mono está más cerca y es más interesante, pero ellos dijeron Utah, y Utah les da créditos tributarios.

—Tengo un libro sobre el lago Mono. —Ashley vació tres sobres de Splenda en su café.

Nicole sorbió su café negro.

—El pastor Jack estaba animado esta mañana. Generalmente, no habla una hora completa. Creí que nunca terminaría.

—Qué ironía que te quejes —Shanice sonrió con superioridad—, ya que su sermón trató sobre la queja.

Todas se rieron con ella.

—Estás terriblemente callada, Grace. —Shanice levantó las cejas—. ¿Cómo te está yendo con el empleo temporal? ¿Ya ha pasado, cuánto, un mes? Pensaste que solo te quedarías dos semanas.

—Estoy pensando en entregar mi renuncia en la agencia.

—¿Por qué? —Ashley parecía sorprendida—. ¡Román Velasco es fascinante! Y es precioso y, como si eso fuera poco, ¡es soltero! —Las demás le clavaron la mirada—. Lo busqué en Google. —Se inclinó hacia adelante, ansiosa por hablar del tema—. Empezó a hacer murales cuando era un adolescente. Ahora, trabaja sobre lienzos. ¿Sabían que los coleccionistas de obras de arte hacen cola para ofertar por sus cuadros?

—Sigue haciendo murales. —Grace le hizo su pedido a la camarera y le entregó el menú. Esa mañana no se había despertado a tiempo y no había tenido tiempo para desayunar. Ahora, estaba muerta de hambre y, además, agotada—. Lo han contratado para un proyecto en San Diego.

Los ojos de Ashley se iluminaron.

—¿De qué va a ser?

—De ñus y cebras emigrando a través del Serengueti. —Grace tomó un sorbo de café, esperando que la cafeína la ayudara.

A Nicole no le interesaba el mural.

—¿Por qué quieres dejarlo? Es el único trabajo que pudiste encontrar.

Shanice le dirigió una risa burlona.

—¿Guapísimo, soltero y con fama de mujeriego? —Se encogió de hombros—. De acuerdo. Yo también lo busqué en Google. —Le dio a Grace una mirada comprensiva—. ¿Demasiado parecido a Patrick?

—En realidad, no se parece en nada a Patrick. En primer lugar, trabaja mucho. Y Patrick era encantador. Román Velasco se comporta como un oso con una pata en una trampa. Nunca conocí a alguien tan descontento o que se enoje tan fácilmente. Ustedes saben que estuve a punto de renunciar el primer día. Él está frustrado con su trabajo, no con el mío. No creo que le guste lo que hace. —Dejó su taza de café en la mesa—. El hombre tiene la vista panorámica más increíble que he visto, y nunca la mira más de un instante, de pasada. Transformó la habitación principal en un estudio de arte. Me parece que practica en la pared de atrás y luego cubre lo que sea que haga con un color horrible, que parece un pantano sucio. El vocabulario que usa es lo suficientemente horrible como para echar fuego por la boca.

Shanice parecía preocupada.

—¿Te agrede verbalmente?

—No. Es prudentemente gentil cuando estoy cerca, pero la casa está prácticamente vacía. La voz se transporta.

—Debes sentirte atraída por él. —Ashley parecía soñar despierta—. Quiero decir, ¿quién no lo estaría?

—"La belleza está en el interior", solía decir mi abuelita. —El teléfono de Shanice sonó. Lo miró brevemente y lo puso en modo silencioso—. Grace tiene motivos para ser cuidadosa.

Grace estaba completamente de acuerdo.

—Me puse en guardia desde el momento que lo vi.

—¿Por qué? —Nicole la analizaba.

Para evitar el escrutinio, Grace bajó la vista mientras se alisaba la servilleta sobre el regazo.

—Él vive el sueño norteamericano y parece odiar su vida. Es lo que percibo cada vez que tengo una conversación con él que dure más de dos minutos. —Suspiró—. La cosa es que estoy exhausta. El viaje diario me lleva dos horas para ir y otro tanto para volver. Con suerte, llego a jugar una hora con Samuel. Nunca tendré energía para tomar clases virtuales. Y el sueldo no es demasiado bueno. No sé cuánto le paga a la agencia de empleo temporal, pero a mí apenas me alcanza para llegar a fin de mes. Necesito un trabajo normal, con un mejor salario, para volver a ser independiente.

Nicole frunció el ceño.

—¿Los García están echándote?

—No, pero Selah está haciéndose cargo total de Samuel. Creo que se alegra de que esté fuera todo el día. —Escondió sus lágrimas—. Samuel se está encariñando mucho con ella.

Shanice se inclinó hacia ella.

—Sigues siendo su madre, Grace.

—¿Él lo sabe?

—Por supuesto que sí, cariño.

—Será mejor que mantengas ese trabajo hasta que encuentres otro —le sugirió Nicole.

—Yo pienso lo mismo —agregó Ashley. A pesar de tener antigüedad, Ashley nunca daba por sentado su trabajo educativo. El presupuesto del distrito escolar podía generar despidos.

—Lo sé, pero, de todas maneras, tengo que intentarlo. Conseguí dos entrevistas. Ya organicé la oficina del señor Velasco. La próxima empleada temporal no tendrá problema en mantener el sistema, si él contrata rápido a mi reemplazo.

—Parece que él está conforme con las cosas tal como están.

Grace miró a Shanice.

—Estoy segura de que sí, y también estoy segura de que, cuando se corra la voz, tendrá una fila de mujeres en la puerta, ansiosas por reemplazarme.

Román siempre sabía cuándo Grace Moore entraba en el estudio. El aire del cuarto cambiaba. Había terminado otra transferencia y estaba tomándose un descanso, haciendo bosquejos de algunas ideas que tenía para una nueva serie de lienzos, mientras simulaba que no se había dado cuenta de que estaba parada en la puerta. Ella carraspeó suavemente. Él la miró por encima del hombro.

—¿Qué pasa?

Ella se acomodó una parte del cabello detrás de una oreja. ¿Era un gesto nervioso?

—Tengo que irme temprano el miércoles y el viernes de la semana próxima. Tengo dos entrevistas laborales programadas.

Su pulso se aceleró. Él creía que todo estaba yendo muy bien.

—Ya tienes un empleo. Trabajas para mí.

—Usted le paga a la agencia temporal por mis servicios, señor Velasco. Y ya le dije: necesito encontrar un trabajo con un mejor salario, más cerca de mi casa.

De nuevo con el trato formal. Román siguió su ejemplo, a ver si eso ayudaba a persuadirla.

—¿Llega tarde a su casa para preparar la cena de su pareja? —Ella no usaba un anillo de casada, pero eso no significaba que no tuviera un compañero en su vida.

—En la oficina, todo está al día y yo…

—¿Dónde vive? —Román la enfrentó, decidido a arreglar cualquier cosa que tuviera que arreglar.

—En Burbank.

—Eso no es tan lejos; son menos de cuarenta kilómetros en línea recta.

—No hay un camino en línea recta. Todos los días me paso horas en el carro. Horas que podría… —Dudó—. Horas que podría usar de otra manera.

¿De qué otra manera? quería preguntar él, pero supuso que ella le respondería que no era un tema de su incumbencia. A decir verdad, no

lo era, pero igualmente quería saber. Ella no le daba ni una oportunidad para husmear.

—Su oficina está organizada y escribí un breve manual de procedimientos para su próxima asistente personal. No me iré inmediatamente, pero pensé que debía hacerle saber que me iré tan pronto como encuentre otro puesto, más acorde a mis necesidades. —Retrocedió un paso, claramente ansiosa por finalizar la conversación.

—No tan aprisa. —El banco raspó contra el piso cuando se puso de pie—. No voy a contratar a otra empleada temporal.

—Es su decisión. —Ella se encogió de hombros, como si no le interesara lo que él hiciera—. El sistema de archivo es sencillo. Podría manejarlo usted mismo.

—Lo último que quiero ser es un lacayo oficinista.

Ella levantó el mentón.

—No es exactamente lo que yo sueño hacer por el resto de mi vida tampoco. Usted tiene la opción de contratar a alguien para que lo haga por usted.

Román maldijo en voz baja.

—Mire. Estamos trabajando bien juntos. ¿Qué tengo que hacer para mantenerla aquí?

—No trabajamos juntos.

—Usted hace su trabajo para que yo pueda hacer el mío. Así es como me gusta. No le parece bien el dinero. De acuerdo. Pagaré el honorario de la agencia y podrá trabajar para mí, en lugar de hacerlo para la agencia. No le agrada el viaje. De acuerdo. Puede vivir en mi cabaña de huéspedes. Ambos problemas resueltos. —Ahora la expresión de ella se volvió francamente insultante—. ¿Cuál es el problema con lo que le ofrezco? No estoy proponiéndole que se mude a vivir conmigo. Usted no es mi tipo y le garantizo que no la molestaré. —No estaba seguro de si ella se había ruborizado por enojo o por vergüenza, pero se dio cuenta de que había dicho más de lo necesario.

—¿Y qué dirán los vecinos?

No estaba seguro de si ella hablaba en serio o en broma.

—¿Qué vecinos? Y, aunque tuviera vecinos suficientemente cerca como para que vieran algo, ¿por qué habría de importarles lo que hacemos?

—Yo tengo amigas, aunque usted no las tenga.

Fue un golpe bajo. Quería irse. ¿Era por él? ¿O había otros motivos? Román apretó los dientes. ¿Qué problema tenía esta mujer?

—Somos adultos, señorita Moore. Las buenas amigas no le dicen cómo vivir. Su vida es asunto suyo.

—Me ayudan a rendir cuentas.

—¿A ellas?

—A Dios le importa lo que hago, y mis amigas me quieren lo suficiente para advertirme si estoy yendo por un camino equivocado.

¿Dios? ¿Cómo había entrado Dios en esta conversación? Román no entendía de qué estaba hablándole. Lo único que sabía era que no quería perderla. Habló despacio, de manera razonable, mientras pensaba aprisa.

—Invítelas a venir. Que miren todo. —Trató de ser un poco gentil—. ¿Una cabañita sin pagar el alquiler en el cañón Topanga? Pensarán que murió y se fue al cielo.

—Hasta que lo conozcan a usted.

Estaba seguro de que no había querido decir eso, porque las mejillas se le pusieron rojas.

—Qué simpática. —Dejó escapar una risa baja y triste. Ella no le pidió disculpas. Él inclinó la cabeza y la miró con ironía—. No dije que podía invitarlas a mi casa. —Ella no pudo sostenerle la mirada—. Solo piénselo. Comenzaré pagándole lo que le pago a la agencia. —Cuando le mencionó cuánto dinero era, ella abrió los ojos muy grandes—. Si añade la vivienda gratis a ese aumento le irá bastante bien, ¿verdad? —Pudo verla haciendo cuentas, pero también mantenía su debate interno de si la oferta que estaba haciéndole valía tanto como para trabajar para él. Nunca antes había causado ese efecto en una mujer. ¿Todo esto se remontaba a lo mal que se había comportado con ella el primer día? ¿O su aversión era por alguna otra cosa?

—Tendré que pagarle el alquiler.

¿Era de otro planeta? Por lo menos, estaba empezando a considerar la idea.

—Como sabe, no necesito el dinero.

—No importa. No sería su huésped, señor Velasco. Sería su inquilina. —Pareció darse cuenta de lo que había dicho y añadió rápidamente: —Si acepto el trato, cosa que no he hecho.

Todavía. Podía ver que estaba cediendo. Nunca había tenido que negociar con una mujer, y le resultaba vagamente inquietante. Quizás ella percibía que él no era lo que fingía ser.

—Eso resolvería todos sus problemas, ¿verdad?

—No todos. —Retrocedió otro paso—. Será mejor que me ponga a trabajar.

¿Qué otros problemas tenía?

—Me dijo que estaba completamente al día. ¿Por qué no hablamos?

—Cualquiera que sea mi decisión, le agradezco la oferta.

Nunca había conocido a nadie aún menos deseoso de hablar de sí mismo que él.

—Está bien, pero piénselo muy bien antes de decir que no.

—Lo haré.

Cuanto más pensaba Román en el tema, más le gustaba la idea de que Grace Moore fuera su vecina de al lado.

Grace llamó a sus amigas y acordaron hablar del tema durante el almuerzo dominical. En esta oportunidad llevó a Samuel y todas lo mimaron. A él le fascinó la atención. Buscó la comida para bebé en su bolso de mano y después le dio un biberón, mientras las demás hablaban sobre el nuevo miembro de la banda de alabanza, que estaba enseñando en el estudio bíblico de los miércoles por la noche. Grace planteó la oferta de Román Velasco.

Ashley se olvidó completamente del nuevo guitarrista que tenía una voz como la de Josh Groban.

—¿Qué estás esperando, Grace? No está pidiéndote que te mudes a vivir con él. Tendrías tu propio lugar otra vez. ¿No es eso lo que quieres?

Nicole no estaba tan entusiasmada.

—Sería mejor que te asegures de tener un contrato de alquiler por escrito. Sin eso, él podría cambiar las reglas cada vez que quiera.

—¡Esperen, chicas! —Intervino Shanice—. Es obvio que Grace está haciendo un trabajo estupendo, o el tipo no le haría una oferta tan generosa para que siguiera trabajando para él. —Miró a Grace—. Lo que quiero saber es qué más está sucediendo aquí. —Levantó las cejas—. Vamos, nena. Habla.

Grace negó con la cabeza.

—No está sucediendo nada.

—¿Has orado sobre esto?

—Constantemente. Todavía estoy orando. —Grace miró a las tres—. Es como un regalo de Dios, ¿o es que estoy muy desesperada por encontrar la manera de volver a vivir sola? Esto resuelve un problema, pero genera otro.

Nicole hizo una observación.

—Te daría un gran estímulo por el lado económico.

—Y te evitaría todas esas horas de viaje —aceptó Ashley.

Grace dudó:

—¿Y qué pasará con Samuel?

Shanice puso una mano sobre la de Grace.

—Selah y Rubén podrían tenerlo de lunes a jueves, hasta que encuentres una guardería cerca. Y lo tendrías todo para ti durante los fines de semana. Tal vez este sea el paso hacia la independencia que has estado buscando.

—Podrías cursar tus clases virtuales —agregó Ashley—. Hace mucho que no tienes ni el tiempo ni el dinero para volver a la universidad. En vez de pasar tres horas por día conduciendo, tendrías tres horas para estudiar.

Grace trató de contener las lágrimas. Miró a Samuel dormido en sus brazos.

—No sé qué hacer. No quiero cometer más errores.

Los ojos oscuros de Shanice se llenaron de lágrimas.

—Ya has sufrido más que suficiente, cariño; pero a veces, lo que parece un regalo *es* un regalo.

—Solo quiero estar segura de que no estoy metiéndome en más problemas. Si todas están de acuerdo, me gustaría que fueran a ver el lugar y conocieran a Román Velasco. Quiero saber qué impresión les causa el hombre, antes de darle cualquier tipo de respuesta.

El lunes por la mañana, Grace le dijo a Román que lo había consultado con tres amigas.

—Están libres el sábado en la mañana, si a usted le resulta conveniente. No le quitaremos mucho tiempo.

Román esbozó una sonrisa.

—¿Quiere decir que vendrán a examinarme, a asegurarse de que no soy un lobo persiguiendo a una oveja? —Él esperó; la había dejado con la sensación de que debía decir algo. Pero, ¿qué? No podía fingir que confiaba en él. Apenas si conocía al hombre y sus instintos le habían fallado antes. Todos parecían saber qué clase de hombre era Patrick. ¿Cómo pudo ser tan ciega? Al principio se había enamorado de su apariencia física y su popularidad. Luego, quiso creer en lo que él le decía. Pasó por alto las señales de advertencia y se lanzó de cabeza, convenciéndose de que lo amaba. La verdad había sido una cachetada fría, y él no había intentado suavizar el golpe.

—De acuerdo, señorita Moore. —La expresión de Velasco se volvió más irónica—. Me imagino que una chica nunca puede ser demasiado prudente en esta época, ¿verdad? ¿Seguirá adelante con esas entrevistas?

—Sí.

—No esperes que te desee buena suerte. —Enojado, entró en su estudio.

El miércoles, Grace oró durante todo el camino hasta la primera entrevista, en un edificio de oficinas en el centro. *Dios, si Tú eres el que está trayendo todo esto, por favor, dame un mensaje claro. Estaría pegada a la casa de Román Velasco. Él sería el jefe, el propietario y el vecino. Él es como agua profunda, Señor, y yo soy una nadadora patética.*

La recepcionista le entregó a Grace unos formularios para que los completara. Se sentó en la sala de espera, con otras seis mujeres rebosantes de confianza en sí mismas; varias tenían maletines de cuero, llevaban puestos trajes de diseñadores y tacones de ocho centímetros. Cuando llegó el turno de Grace, el caballero le estrechó la mano y se sentó frente a ella, detrás de su escritorio de caoba lustrada. Ya había analizado su solicitud y sus referencias. Fue cortés. La entrevista duró seis minutos. Le agradeció por ir y le deseó buena suerte.

Mientras caminaba de vuelta al carro, el teléfono le avisó que tenía una llamada perdida. El mensaje decía que la entrevista del viernes se había cancelado; ya habían encontrado a alguien para el puesto.

Grace llevó consigo a Samuel el sábado por la mañana. La entrada de Román Velasco era difícil de ver; por eso, estacionó y esperó al costado del camino donde Shanice pudiera ver el carro. Unos minutos antes de la hora en que debían llegar, el Volvo amarillo de Shanice rugió al doblar la curva. Grace tocó la bocina. Los frenos de Shanice rechinaron cuando giró en la entrada de macadán. Grace la guio por el camino que esquivaba al gigantesco roble del valle y por la curva que bajaba a la casa principal.

Dando un vistazo al espejo retrovisor, Grace vio a sus amigas contemplando boquiabiertas la moderna casa de piedra crema de Román Velasco, una fortaleza que se erigía contra la ladera. Los adoquines cuadrados de cemento flotaban en un mar de guijarros negros hacia la doble puerta de madera tallada, a cuyos lados había dos grandes macetas de terracota que desbordaban rosetones de echeverias azul verdoso, rosado y malva, y agaves puntiagudos. En lugar de quedarse en el círculo de gravilla, tomó la entrada más corta hacia la derecha y se estacionó cerca de la cabaña.

Shanice se estacionó detrás de Grace y salió del carro.

—Gracias por esperarnos. Me habría pasado de largo si Ashley no hubiera visto tu carro.

—Lo sé. Yo me pasé de largo tres veces en mi primer día de trabajo. —Grace abrió los seguros del portabebés de Samuel y lo levantó de su base. Todavía medio dormido se chupaba el pulgar mientras ella guiaba a sus tres amigas por el sendero hasta el frente de la casa. Una pared curva de piedra rodeaba el patio adoquinado, completa con un brasero. Ashley y Nicole hicieron una pausa para comentar la hermosa vista del cañón, mientras Shanice tomaba el portabebés de Samuel para que Grace pudiera buscar en su bolsillo la llave que Román le había dado.

Tan pronto como Grace ingresó, supo que estaba en grandes problemas. Shanice la seguía de cerca y dio un grito ahogado de asombro. Solamente la sala de estar era más grande que todo el departamento que Grace había compartido con Patrick. La cocina era pequeña pero eficiente; todo de última generación. Más que de linóleo, el piso era de un caro travertino color crema. Grace se quedó inmóvil e impactada. Extasiadas, Ashley y Nicole la apartaron y pasaron junto a ella para ir a explorar.

—¡Ah, chicas! —gritó Ashley—. ¡Vengan a ver el dormitorio!

—Aturdida, Grace las siguió y se quedó mirando. Fácilmente, podía caber una cama de tamaño *California king*, si tuviera una. Su camita individual y la mesita de luz se perderían allí. Una puerta conducía a un vestidor más grande que su habitación en la casa de los García.

—¡Esperen a ver el baño! —rio Ashley, asombrada.

Grace admiró el piso y el mostrador de mármol amarillo y blanco, los dos lavabos de porcelana blanca con artefactos cromados brillantes y un jacuzzi suficientemente grande para dos personas.

Nicole entró en el pequeño escondite para el inodoro y presionó el botón de descarga. Chilló con deleite:

—¡Es un inodoro que tiene el bidet integrado!

Ashley abrió la puerta de la ducha.

—¡Hay una ducha enorme y chorros que salen de las paredes!

—¿Y estás preguntándote si deberías mudarte? —Se rio Nicole—. ¡Este lugar es fantástico!

—Bajen la voz, chicas. —Shanice hablaba con menos entusiasmo—. Todavía tenemos que conocer al comandante de la fortaleza.

—┼┼—

Román dudaba si usar sus *jeans* y su camiseta de costumbre, o si ponerse un pantalón de vestir más formal y una camisa abotonada, pero sabía que Grace sospecharía algo de inmediato. Así que se apegó a su estilo habitual de *jeans* negros y una camiseta tipo polo azul marino, metiéndosela dentro de los pantalones, detrás de una hebilla de latón con forma de ancla. Se pasó las manos por el cabello. Quizás debería haberse afeitado, pero no quería dar la apariencia de que esta reunión sería el acontecimiento más importante de su fin de semana. Aunque lo era.

¿Por qué debía importarle a él la opinión de esta muchacha?

Porque ella tenía clase, y tenerla cerca de él le recordaba cuánto había ascendido en el mundo. A diferencia de otras mujeres, que solo querían arrastrarlo de nuevo hacia abajo.

Román vio la llegada de los autos desde una ventana de arriba, pero esperó otros veinte minutos antes de darse una vuelta por el sendero de cemento que había entre la casa y la cabaña. Si Grace aceptaba su propuesta, ella iba a vivir a menos de trescientos metros de él. No estaría completamente solo aquí, aunque eso no le había molestado demasiado hasta ahora.

La puerta de adelante estaba abierta y salían las voces felices y alborotadas de las mujeres. Lamentablemente, la de Grace no era una de ellas. Él golpeó el quicio de la puerta para anunciar su presencia. Grace apareció con una expresión enigmática.

—Solo estamos dando un vistazo.

—Lo sé.

Se apartó para que Román pudiera entrar y lo presentó a sus tres amigas. La pelirroja Ashley O'Toole le clavó sus ojos azules, abiertos muy grandes. Nicole Torres le estrechó la mano con firmeza. Shanice Tyson se parecía más a la clase de muchacha que él entendía. Experimentada, fuerte, con calle, aunque usara ropa de marca. Tenía a un bebé apoyado sobre su cadera y lo saludó asintiendo la cabeza de manera amable y un poco fría. Él percibió un aire de desconfianza de su parte; la hembra alfa que tendría que convencer.

Le extendió la mano a Shanice primero y la miró directo a los ojos.

—Es bueno saber que la señorita Moore tiene amigas que están pendientes de ella. —Incluyó a las otras dos mujeres con una mirada. Grace se mantuvo aparte, atenta, evasiva. No se iba a precipitar a tomar una decisión, no esta chica. Román le dijo que saldría por la tarde...

una mentira, pero útil para irse pronto—. Las dejaré para que discutan los pros y los contras.

Grace caminó con él hasta la puerta.

—Es mucho más de lo que yo esperaba.

—Está aquí, vacía. —¿Bastaría eso para silenciar cualquier otra clase de dudas?—. Es suya, si la quiere.

—Todavía necesito pensarlo.

¿Qué le preocupaba tanto?

—Háblelo con sus amigas. Quiero que se sienta cómoda con su decisión. —Bueno, lo suficientemente cómoda como para mudarse aquí—. La veré el lunes en la mañana, señorita Moore.

Román recorrió el sendero hasta la casa principal. Pudo sentir que ella lo miraba fijo, pero no miró hacia atrás. Reconocía los muros defensivos cuando los veía. Él también los tenía. Le daría el mismo espacio y la misma cortesía que quería para él. Por el momento.

Inquieto, decidió convertir la mentira en verdad y salió a dar un largo paseo en carro. Necesitaba despejar su cabeza. O llenarla con otra cosa que no fuera la curiosidad sobre su asistente personal, de dónde era y qué la motivaba a actuar así.

Grace y sus amigas hablaron del tema.

Ashley soltó una risita nerviosa.

—Comprendo la tentación. ¿Cómo puedes concentrarte en el trabajo con un hombre así? —Se abanicó un poco de aire.

—Él está en su estudio. Yo estoy en la oficina.

Nicole, más práctica, le brindó un consejo:

—Si tienes un acuerdo por escrito, estarás bien. De esa manera, él no podrá cambiar las reglas. Puedo tener uno listo para ti mañana cuando nos veamos en la iglesia.

Shanice intervino:

—Obviamente, Grace tiene sus reservas, o no nos habría invitado aquí a ver el lugar y a conocer a Velasco. Ahora que lo hemos visto, sabemos por qué. —Asintió—. Parece un mujeriego.

—¿Solo porque es guapo? —Ashley salió en defensa de Román—. ¿Lo viste en alguna discoteca?

—No he ido a una discoteca durante casi un año, Ashley, y tú sabes por qué.

—Me pareció bastante cortés. No deberíamos juzgarlo —acotó Nicole.

Shanice le dirigió una mirada penetrante.

—No dio ningún indicio de que esté intentando seducir a Grace. La llamó "señorita Moore". —Ashley sonaba molesta.

Shanice miró a Grace levantando una ceja.

—¿Notas algún comportamiento sospechoso cuando estás a solas con el tipo? ¿Alguna vibra?

—No. Fue muy explícito en decirme que no soy como las mujeres que le gustan.

—De acuerdo. —Nicole hizo un gesto abriendo las manos—. Entonces, te haré la pregunta obvia. ¿Cuál es el problema?

Grace tuvo que pensarlo.

—Una vez que entre, será difícil salir.

Shanice pasó una mano sobre la cabeza de Samuel y miró a Grace.

—¿Te refieres a la casa o al trabajo?

—A ambos. —Grace tomó a Samuel—. No quiero hacer nada tonto. —Echó un vistazo a la cabaña y la tentación se apoderó de ella. Nunca podría pagar un lugar como este. Sería afortunada si encontraba un departamento con una habitación, y ¿qué clase de vida sería esa para Samuel?

—Te gusta el lugar, ¿verdad? —preguntó Shanice.

—¿A quién no?

Nicole suspiró.

—Román Velasco te ofreció gratis este lugar. ¿Verdad? Tú podrías ofrecerle el mismo alquiler que pagabas por el departamento de Westwood. Pagarle un alquiler a Velasco mantendrá esto como un trato comercial. No serás vulnerable. No necesitas sentirte obligada de manera alguna.

Grace besó las mejillas tibias y sonrosadas de Samuel.

—No vería a mi hijo de lunes a jueves.

—Pero lo tendrías de viernes a domingo —razonó Ashley—. *Sin* Selah. Y, una vez que encuentres una guardería para él, podrás tenerlo contigo siempre que no estés trabajando. Estoy segura de que hay otros niños aquí en el cañón.

—Probablemente con niñeras —intervino Shanice. Le tocó un brazo a Grace—. ¿Estás preocupada por Selah y Rubén? El trato siempre fue, supuestamente, temporal.

—Ella se ha encariñado mucho con él.

—Yo también. —Shanice le hizo cosquillas en la barbilla al niño y logró una risita—. Tú sabes que me los traería a casa a los dos, si no tuviera ya una compañera de departamento.

—Yo mataría por un lugar como este —suspiró Nicole—. Y piensa en las otras ventajas. El tiempo que ahorrarás por no desplazarte. El tiempo que tendrás para las clases virtuales. Cuanta más educación tengas, mejores serán las oportunidades que tendrás. Si este trabajo no funciona. —Su teléfono celular sonó. Lo buscó en su cartera y leyó el texto—. Es Charles.

Shanice dio un vistazo a su teléfono.

—Es hora de volver, chicas. —Le hizo una trompetilla en el cuello a Samuel—. Nos vemos, chiquitín. —Le dio un beso a Grace—. Este lugar parece un regalo del Señor, cariño. Creo que puedes manejar a Velasco.

Ashley se animó.

—¡Tengo una idea! En vez de ir a la cafetería el próximo domingo para nuestra reunión, ¿por qué cada una no trae algo aquí? —Miró a Grace—. ¿Qué dices?

—Que sea dentro de dos semanas. Primero tengo que mudarme.

Grace le dijo adiós con la mano a Shanice cuando la vio dar marcha atrás; luego, aceleró en la curva de gravilla y salió disparada hacia la entrada de la propiedad. Sacudiendo la cabeza, Grace sonrió. Su amiga conducía muy rápido y tenía buenos reflejos.

Grace le cambió el pañal a Samuel antes de acomodarlo en el asiento del carro. Se quedaría dormido antes de que llegaran a la carretera.

Con el aumento de sueldo y un lindo lugar donde vivir, podría hacer planes. Podría pagar el cuidado de su hijo. Podría hacer cursos virtuales para graduarse. Nicole tenía razón. Tendría horas extra para estudiar. Le había ido lo suficientemente bien en la preparatoria como para ganar una beca en la Universidad de California en Los Ángeles. Sus objetivos se habían desviado cuando se topó con Patrick Moore.

Dando un vistazo a la casa principal, se preguntó si Román Velasco todavía estaba en casa, pero decidió que sería mejor esperar hasta el lunes antes de decir algo.

Una conmoción corrió por las venas de Grace cuando entrevió
lo que estaba por venir. Patrick había sido enviado a la banca del
equipo de fútbol a causa de una lesión. Trató de levantarle el ánimo,
pero él estaba amargado. Ese día, llegó a casa después de sus clases
y lo encontró mirando televisión. Cuando le preguntó por qué no
estaba en el entrenamiento, él dijo que había dejado el equipo. No
iba a sufrir en la práctica por un equipo que no tenía la intención
de usarlo.

Grace supuso que Patrick usaría el tiempo libre que tenía para
conseguir un empleo de medio tiempo; especialmente ahora, que
había perdido su beca como futbolista. Recién se habían casado y
apenas se las arreglaban con las dos becas y el trabajo de ella en
McDonald's. Cuando él no hizo ningún esfuerzo por conseguir un
trabajo, sus cuentas por pagar aumentaron. Cuando le rogó que
buscara un trabajo, él le dijo que era un fastidio.

Después de dos meses, fue a la oficina de empleo universitario,
pero declaró que no encontraban nada adecuado para él. La biblioteca o los empleos de oficinista eran para chicas. Los restaurantes de
comidas rápidas eran para fracasados. ¿Se había olvidado de que eso
era lo que ella estaba haciendo para mantenerlos a los dos?

Decía que trabajaba mucho y que apenas lograba mantener la

cabeza a flote con su carga de cursos. Convenientemente se había olvidado de que Grace tenía una carga más pesada que la de él y que, además, trabajaba veinticinco horas por semana. Cuando le sugirió que ella trabajara más horas hasta que él encontrara un empleo, ella le recordó que tenía la obligación de mantener su promedio general para conservar su beca. La acusó de ser egoísta, de preocuparse más por la facultad que por su esposo. ¿Tenía alguna idea de lo difícil que era para él cumplir con un trabajo a nivel universitario? Algún día, él sería el sostén de la familia. ¿Qué clase de empleo conseguiría si no podía terminar la universidad?

Cuanto más hablaba Patrick, más culpable se sentía Grace. La universidad nunca había sido fácil para Patrick. Quería ser comprensiva y darle ánimo. ¿Acaso no decía Dios que así debía ser una esposa? Y lo cierto era que entre la universidad, el trabajo y las exigencias de Patrick, estaba agotada. No sabía cuánto tiempo más podría mantener al día todas sus responsabilidades.

Trataba de orar, pero en cambio, se angustiaba. ¿La educación de quién era más importante? La de él, decidió ella. Con eso en mente, solicitó un trabajo de oficina a tiempo completo en una empresa de relaciones públicas y oró a Dios que, si Él tenía otros planes, el empleo fuera para otra persona. Cuando le ofrecieron el puesto a ella, lo tomó como una señal. Renunció a la universidad, lamentándolo en privado, mientras le sonreía a Patrick. Desde luego, él estaba agradecido, pero eso no hizo más fácil su vida. Él no tenía ninguna intención de hacerse cargo de las labores domésticas porque consideraba que eran tareas de una mujer.

Así que Grace volvía a casa, después de trabajar todo el día en la empresa, para encontrar a Patrick holgazaneando en el sillón, mirando deportes en la televisión. Le daba un beso y le hablaba de sus clases y de los trabajos que tenía que hacer. El departamento siempre estaba desordenado con sus libros y papeles desparramados sobre la mesa.

Ella tenía que ajustar sus horarios para hacer las compras, lavar la ropa y limpiar la casa en uno de sus días libres. Dejó de ir a la iglesia.

De todas maneras, eso siempre había sido una lucha entre ellos. Patrick nunca iba con ella. Decía que la iglesia era una aburrida pérdida de tiempo. Mejor que ella usara el domingo para preparar las comidas para la semana entrante, envolviéndolas y almacenándolas en el congelador, de manera que lo único que tenía que hacer cuando volvía de trabajar era calentarlas. Eso le dejaba las noches libres para ayudar a Patrick con sus estudios. Muchas veces, él se mostraba más interesado en tener relaciones sexuales que en hacer sus deberes académicos.

—Después podemos volver a esto. —Siempre se quedaba dormido. Frustrada y preocupada, Grace se levantaba y terminaba el trabajo.

A mediados del penúltimo año, Patrick le informó a Grace que había cambiado de carrera, de Administración de Empresas a Educación Física. Le parecía que era mejor para él. Ella pensó que tenía razón. Cuando le dijo que quizás necesitaría estudios de posgrado para conseguir un empleo realmente bueno, ella sintió otra oleada de alarma. Le dijo que eso no era parte de lo que habían acordado. Él sonrió, la besó y le dijo que hablarían de eso cuando llegara el momento de tomar una decisión.

No obstante, había algo de lo que tenían que hablar. Grace estaba embarazada. No era parte del plan, pero esperaba que eso ayudara a dar un giro a cómo estaban las cosas entre ellos. Tenía que haber algún modo de hacer que funcionara. Siempre imaginó que comenzarían una familia juntos, tarde o temprano.

—¡Se suponía que esto no iba a pasar! —Patrick se enfureció cuando se lo dijo. Quería que se hiciera un aborto. Ella se negó. Fue la única vez que no consintió en hacer lo que él quería.

Perdió el bebé en el segundo trimestre. Él no hizo nada por ocultar su alivio. Le trajo flores y una botella de champagne.

—Volvamos al plan A. —Cuando destapó el corcho, ella casi llegó a odiarlo.

Patrick comenzó su último año universitario y Grace fue ascendida a gerente de la oficina. Con su ascenso, logró guardar algunos ahorros. Iba a necesitar fondos para volver a la universidad. Ya no tendría su beca. Tendría que pagar la matrícula y los libros. Con sus pequeños ahorros, no se sentiría culpable por los gastos, especialmente si empezaban a tener hijos. Cada vez que mencionaba el tema, Patrick decía que debían esperar un par de años más. Todavía eran jóvenes. Él se había esclavizado durante cuatro años para terminar la universidad. Quería divertirse un poco antes de que empezaran a hablar de hijos.

Llegó el día de la graduación, y Grace sentía un orgullo abrumador, sentada con los padres de Patrick y su tía Elizabeth. Ella y Patrick habían trabajado mucho para ese día. Patrick se veía hermoso con su toga y su birrete. Sus padres presumían de que se había graduado con honores. Varios de sus ensayos trimestrales habían sido archivados en la biblioteca universitaria. Tía Elizabeth miraba deliberadamente a Grace. Los Moore estaban de acuerdo en que Grace era lo mejor que le había pasado a su hijo, e insistieron en ir a una cena de celebración en la churrasquería Lawry. También insistieron en que tía Elizabeth los acompañara.

Los Moore ordenaron champagne. Tía Elizabeth rechazó la copa y bebió agua. Grace dio unos sorbos con prudencia. Patrick bebió libremente. Contó anécdotas sobre profesores y estudiantes con los que había andado en el centro de estudiantes. Grace se sorprendió al escuchar eso. Cuando sus padres le preguntaron qué planeaba hacer ahora que tenía el título, dijo que necesitaba un descanso para analizar sus posibilidades. La madre de Patrick miró a Grace con incomodidad. Tía Elizabeth permaneció callada como una piedra.

Patrick vació de golpe la copa y anunció que se había anotado en un gimnasio y que ya había hablado con alguien de la administración que pensaba que podía llegar a ser un entrenador estupendo. Lo único que tenía que hacer era pasar un par de semanas haciendo un curso para conseguir un certificado. Tía Elizabeth resopló burlonamente y dijo que él podría haber hecho eso directamente al salir de la preparatoria. Cuando el señor Moore estuvo de acuerdo, Patrick se sirvió otra copa de champagne y se enfurruñó.

Avergonzada, Grace comió en silencio. ¿En qué momento Patrick tuvo el tiempo o el dinero para anotarse en un gimnasio y llegar a conocer al gerente? Nunca había hablado nada de esto con ella. Sentía que tía Elizabeth la observaba y trató de mantenerse sonriente. Quería dar la apariencia de que nada de lo que él decía la sorprendía y que estaba feliz por los planes que él había hecho.

Cuando salían del restaurante, tía Elizabeth la agarró del brazo y la retuvo unos pasos atrás.

—Tú no estabas enterada, ¿cierto?

—¿Enterada de qué?

—Del centro de estudiantes. De la membresía del gimnasio. —Tía Elizabeth parecía enfurecida—. Abre los ojos. Él te usará hasta que quedes como una cáscara seca, y luego te desechará.

—Es mi esposo. —Ella no podía cambiar de dirección ahora. Había hecho promesas.

—Lo sé. —Su tía se alejó—. Traté de advertírtelo.

Tan pronto como Grace y Patrick entraron en su departamento, ella le preguntó cuándo se había anotado en el gimnasio y cómo lo había pagado. Patrick evitaba responder. Había conseguido un acuerdo realmente bueno. A ella no le costaría un centavo. Su manera de decirlo la hizo sentirse como una avara y una miserable. Dejó de lado el tema.

Dos semanas después, llegó a casa y encontró el departamento vacío y una nota sobre la mesa.

> Fui a esquiar con unos amigos.
> Necesito un descanso antes de que
> comiencen las clases para la certificación.
> Llegaré a casa el domingo en la noche.
> Que disfrutes la iglesia. Cariños, Patrick.

¿"Que disfrutes la iglesia"? El domingo de Pascua había sido la última vez que asistió. Se fue a mitad de la reunión porque no podía ocultar las lágrimas que corrían por su rostro. Y no eran lágrimas de gozo. Cada vez que trataba de hablar con Dios, sentía que sus palabras rebotaban en el techo. ¿Por qué debía Dios escuchar sus oraciones? Ella no lo había escuchado. Había perdido al Amigo que se había acercado a ella cuando era una niña aterrada y sola. No había escuchado Su voz desde el día en que se había entregado a Patrick.

Esquiar era un deporte caro y Patrick no estaba trabajando. Desconfiada, Grace accedió a la cuenta de ahorros. Él había retirado quinientos dólares de los ahorros que tanto le había costado guardar para sus estudios. Se tomó la cabeza con las manos y se echó a llorar.

Herida y enojada, Grace confrontó a Patrick cuando volvió el domingo por la noche. Él tiró su bolso de viaje y dijo que sabía que ella diría que no y que por eso no le había preguntado. ¿Por qué tendría que preguntar? Era un adulto, no un niño, y estaban casados. Ese dinero era tanto de él como de ella. Podía hacer lo que quisiera cuando lo quisiera.

Cuando ella le dijo que desearía tener los mismos privilegios, la insultó. Había trabajado cuatro largos y difíciles años para obtener su título. Algunos de sus amigos irían a pasar el verano a Europa. Ya era lo suficientemente malo que tuviera que quedarse en Los Ángeles, sin nada que esperar más que un empleo de nueve a cinco, como para encima tener una esposa quejumbrosa que lo retara desde el primer instante que entraba por la puerta.

Su enojo la asustó. Él siguió avanzando hasta que la empujó contra el fregadero. Con el corazón palpitante, ella le pidió perdón. Él no había terminado. Le dijo que se había convertido en una aburrida. Lo único que había hecho era irse tres días y divertirse un poco, para variar. ¡Quizás lo haría de nuevo! ¡Quizás se quedaría más tiempo la próxima vez!

Para cuando Patrick terminó de vociferar, la semilla del temor había quedado firmemente arraigada. No la había tocado, pero ella había sentido que quería golpearla. Grace no dijo nada más. Cuando se fueron a la cama, Patrick le dio la espalda. Se quedó acostada en la oscuridad, llorando en silencio, tratando de no mover un músculo para no molestarlo.

Señor, ¿qué he hecho? ¿Qué he hecho?

Patrick dormía profundamente y Grace sabía que habían cruzado un límite. Tenía miedo de lo que hubiera al otro lado. Cuando al fin se durmió, soñó con su madre y su padre, y se despertó empapada en sudor frío. Su niña interior tenía ganas de arrancar de la cama la manta y la almohada, y esconderse en el guardarropa.

Sobrevivió los días siguientes trabajando horas extra para ayudar a su jefe, Harvey Bernstein, a terminar un gran proyecto. Él le hizo un comentario sobre lo pálida que la veía:

—¿Todo está bien, Grace?

Ella le aseguró que todo estaba bien.

—No sé qué haría sin ti. —Una bonificación le habría venido bien, pero Harvey le dio medio día libre un viernes. A lo mejor, ella y Patrick podían poner en orden su relación durante el fin de semana.

Abriendo la puerta del departamento, Grace entró y encontró a Patrick en el sillón con una rubia bien formada, y ninguno de los dos tenía puesta demasiada ropa. Se separaron rápidamente. La muchacha tomó sus ropas y huyó hacia la habitación.

Patrick se levantó.

—¿Qué estás haciendo en casa? —Su rostro pasó de rojo a blanco—. Se suponía que estabas trabajando. —Se puso unos pantalones deportivos.

Grace miró desde donde estaba él hacia la puerta de la habitación y a él nuevamente, sin palabras.

—No se suponía que ibas a estar aquí —Patrick sonaba molesto.

Aturdida, Grace tartamudeó:

—H-Harvey me dio la tarde libre.

La muchacha salió del cuarto. Su cuerpo perfecto estaba revestido con licra rosa y negra. Hasta sus medias y sus zapatillas aeróbicas combinaban. Sin mirar a Grace, caminó rápido hacia la puerta principal y, de repente, volvió sobre sus pasos para agarrar su chaqueta rosa del brazo del sillón.

—Lo siento. —Su voz sonó como un murmullo ronco—. Lamento mucho que hayas tenido que enterarte de esta manera.

¿Enterarse de qué? Grace se quedó parada en medio de su apocalipsis personal.

Abriendo la puerta principal, la chica se escabulló, pero no tan rápido como para que Grace no viera el logo del gimnasio en la chaqueta que se puso ni la mirada suplicante que le dirigió a Patrick. Grace clavó los ojos en su esposo.

—¿Trabaja en el gimnasio al que tú vas?

—Su padre es el dueño. —Él parecía resignado—. Mira. —Se rascó la nuca y suspiró pesadamente—. ¿Podemos sentarnos como personas civilizadas y hablar de esto?

Ella supo qué le diría antes de que empezara a poner excusas, pero, de todas maneras, lo escuchó. Patrick le dijo que no había tenido la intención de enamorarse de Virginia, pero que ella lo había perseguido insistentemente cuando él empezó a ir al gimnasio. Al principio, había sido un coqueteo inofensivo, pero él y Grace habían estado teniendo problemas durante aquella época.

—A ti no te gusta el sexo, Grace, y Virginia, bueno... —Tenían mucho en común.

Grace siempre estaba insistiendo en que consiguiera un empleo; entonces, ¿por qué no podía ser un empleo de medio tiempo en el gimnasio, aunque solo fuera para pagar su cuota? Él se llevaba bien con la gente. Había hecho un montón de amigos. El padre de Virginia lo había notado. Le dio a entender que, en un futuro, tendría posibilidades. Le dijo que quería jubilarse y esperaba que su hija encontrara un joven amable, extrovertido y ambicioso, que estuviera al lado de ella y manejara el negocio.

Patrick hablaba y hablaba, y las palabras se derramaban sobre Grace como lava hirviente. Ella entendió lo que estaba diciéndole. Patrick la había amado durante un tiempo, pero ella ya no tenía mucho más para ofrecerle. Encontró a alguien que sí lo tenía.

—No pude evitarlo, Grace. Virginia es mi alma gemela. Trata de no odiarme. No es mi culpa.

El golpe y el dolor inicial la habían dejado entumecida. Grace no sentía nada.

—Está bien. No digas nada. —Patrick se enojó más aún por su silencio—. Supongo que sería demasiado esperar un poco de comprensión.

Grace se sentó a la mesa de la cocina mientras su esposo empacaba. Una parte de ella quería rogarle que se quedara, que la amara, suplicarle una segunda oportunidad. Otra parte la mantuvo callada e inmóvil en su silla, con los ojos fijos en los platos que él y Virginia habían dejado sobre la mesa, uno con algunas migajas y el otro con un emparedado a medio comer.

Ella era la esposa de Patrick. ¿No debía luchar por su matrimonio? *Di algo, Grace. Habla antes de que sea demasiado tarde. No te quedes ahí sentada, sin más, dejándolo marcharse.*

Otra voz susurró suavemente dentro de su corazón. *Perdónalo y déjalo ir.*

6

ROMÁN TOMÓ LA TOALLA que había puesto sobre el brazo de la caminadora y se secó el sudor de la cara. Su camiseta estaba empapada. Algo andaba mal. Solo había corrido cinco kilómetros, pero sentía como si hubiera corrido una maratón. Bajó la velocidad y caminó otro kilómetro y medio para enfriarse, antes de apagar la máquina. Cuando bajó de la cinta, se sintió mareado. El momento pasó, pero lo dejó débil. Quizás estaba deshidratado. Destapó otra botella de agua con electrolitos y la bebió. Por hoy no haría pesas.

Ah, por los buenos tiempos, cuando hacía *parkour* en San Francisco. Sus grafitis estaban en rincones celestiales, lugares altos y peligrosos, donde su obra permanecía más tiempo que los pocos días que solían estar las de los demás grafiteros. Sus iniciales, BRD, habían obtenido renombre como «*Bird*»: el Pájaro.

Los recuerdos agradables dieron paso a los pensamientos sobre el Blanquito. Reorientó sus pensamientos.

El único impulso de adrenalina que tenía en estos días provenía de las endorfinas que generaba al hacer ejercicio. Quizás el problema fuera la edad. Hoy era su cumpleaños, aunque nadie lo supiera ni le importara. Cumplía treinta y cuatro años. ¿Cómo debía festejar el paso de otro año? ¿Buscando un encuentro en una discoteca? Tener sexo con una desconocida no le parecía tan atractivo como le había resultado en otra época.

La ducha de agua fría lo refrescó, pero no le cambió el humor.

Levantó su rostro a la regadera y creyó escuchar sonar su teléfono celular. ¿Quién estaría llamándolo en un domingo?

Sin otra cosa qué hacer, Román fue al estudio y dio unos toques más de pintura sobre los lienzos montados cerca de las ventanas. Quería atravesar su puño en uno de ellos, pero en lugar de eso, arrojó el pincel a un recipiente con aceite de linaza. Se sentó a su mesa de dibujo e hizo bocetos de algunas ideas. Había papeles arrugados esparcidos por el piso.

Su celular sonó y apareció el rostro de Jasper Hawley. Su maestro, consejero y mentor del rancho Masterson lo llamaba una vez al mes, o cada dos meses, para ver si todo estaba bien. También lo visitaba de vez en cuando, aunque ya había pasado algún tiempo desde la última vez que Román lo había visto.

—¿Me estás vigilando, Hawley? ¿Por qué no vienes por aquí para hacerlo personalmente?

—¿Eso es una invitación verdadera? Estoy en Oxnard. Puedo quedarme a dormir en tu casa esta noche. Todavía no he visto la casa nueva.

—Seguro, solo que no tengo una cama.

—Sigues siendo un minimalista. Tengo un saco de dormir en la maletera.

—¿Qué hay en Oxnard?

—Estoy visitando a uno de mis muchachos perdidos que acaba de salir de la cárcel. Hablando de muchachos perdidos, ¿no es tu cumpleaños hoy?

Román se relajó, complacido.

—¿Otra vez has estado hurgando mis expedientes juveniles?

—Recuerdo de memoria todos los datos pertinentes. Te veré pronto.

Román bajó las escaleras y se tumbó en el sillón de la sala de estar para hacer unos bocetos en el libro negro que tenía ahí.

Despertándose por las campanillas de la puerta, Román maldijo. Lo primero que le encargaría a Grace el lunes por la mañana sería que buscara a alguien que reemplazara las molestas campanillas por un timbre corto y funcional. Un simple *din don* sería buenísimo. Las campanillas todavía sonaban ruidosamente cuando abrió la puerta. Jasper estaba parado ahí, riéndose.

—Me encantan las campanillas. ¿Un vals vienés? Déjame adivinar. No fue idea tuya.

Román trató de sobreponerse al impacto que le causó el aspecto de Jasper. Su consejero había bajado de peso y el cabello se le había puesto blanco.

—Hombre, te has vuelto un anciano.

—Y tú sigues siendo el mismo listillo de siempre. —Jasper entró con una maleta en la mano—. ¡Qué buen lugar tienes aquí! ¡Recórcholis! ¡Mira esa vista! Un montaje perfecto para un artista.

—Si pintara paisajes.

Jasper miró rápidamente hacia atrás.

—¿Por qué dejaste ese adorable lugar en Malibú? Abrías una puerta corrediza y ahí tenías la playa y todas esas bellezas vestidas con bikinis que pasaban caminando.

—Necesitaba un cambio. —El condominio guardaba una noche de recuerdos que él no podía olvidar y un montón de preguntas que nunca podría contestar sobre una chica que había tratado de encontrar y que sabía que nunca volvería a ver.

Jasper sacudió la cabeza.

—Sigo esperando que madures y sientes cabeza.

Román condujo su Camaro rojo a una marisquería en Malibú. Las cosas con Jasper no habían cambiado demasiado. Seguía enseñando en el rancho de montaña Masterson y vigilaba a los muchachos que se lo permitían. Le importaba lo que le sucedía a cada uno de ellos. La mayoría concluía el programa y seguía adelante. Algunos se mantenían en contacto. Otros llamaban cuando estaban en problemas, como el joven de Oxnard. Jasper tenía algunos días libres.

—Supongo que debería disfrutar de la vida.

Preocupado, Román se dio por vencido:

—¿Qué te sucede? Has bajado más de veinte kilos desde la última vez que te vi. Y no me digas que estás a dieta.

—Ahora no tengo nada malo. Estuve en quimioterapia.

Román perdió el apetito. Miró a Jasper y no supo qué decir.

—No me entierres todavía. Entré al hospital con un colon y salí con medio colon. —La sonrisa de Jasper se desvaneció—. Se supone que es una broma.

—Ja ja…

Jasper se frotó la cabeza.

—El cabello está creciéndome otra vez. Algo es algo.

—Completamente blanco.

—Yo creo que me veo distinguido. Todavía no te librarás de mí. Los análisis han salido limpios y me siento bien. —Se palmeó el estómago—. Tengo buen aspecto, también. Me mantengo en el peso que tengo y estoy caminando unos cuatro kilómetros por día. Eso es lo gracioso del cáncer: me recordó que soy mortal. No tiene sentido posponer las cosas que quiero hacer.

Jasper hablaba. Román trataba de escuchar. Preocupado, pensó en la muerte. Había perdido a su madre y a los únicos amigos que le habían importado en la vida. Era más seguro no interesarse en nadie. Menos doloroso.

—Bobby Ray Dean.

El nombre sobresaltó a Román.

—Nadie me ha llamado así en siglos.

—Has avanzado mucho, hijo, pero todavía no sabes quién eres o qué quieres, ¿no es así?

—Quiero más.

Jasper cruzó los brazos sobre la mesa.

—¿Más de qué?

—De la vida. Del significado de la vida. —Ojalá lo supiera.

Regresaron a la casa del cañón Topanga. Román le dio a Jasper el recorrido general. Jasper miró someramente las pinturas sobre los caballetes y no hizo ningún comentario. Román podía adivinar qué pensaba. El problema era que Román coincidía con él.

Jasper levantó uno de los papeles arrugados esparcidos por el piso del estudio y lo abrió. Levantó algunos más. Román sabía qué eran. Bocetos de un adolescente pandillero vestido con una chaqueta de cuero, apoyado contra un muro cubierto por un grafiti, un jovencito mirando por una ventana salediza, una muchacha desnuda dándole la espalda al espectador, con su largo cabello enrulado cayendo hasta su cintura.

—Estas son buenas, Román. ¿Alguna vez pensaste en hacer una exposición?

—Probablemente haga una este verano.

Jasper dio un vistazo a las tres pinturas sin terminar que estaban sobre los caballetes.

—No tienes que limitarte solo al arte moderno.

—Me pagan bien. —Román se apoyó sobre su mesa de dibujo—. No me hago ilusiones. Te hice caso y fui a Europa. ¿Recuerdas? He visto a los maestros. Incluso dejé una tarjeta de presentación en el Louvre.

—¿Una tarjeta de presentación?

—No importa. —El Pájaro había dejado una obra pegada entre los maestros: un búho guiñando un ojo, posado sobre la rama de un pino. Hizo un gesto con la cabeza hacia los caballetes—. Eso es lo mejor que puedo hacer.

—Lo dudo.

—Sí, bueno, en el mundo hay muchas personas a las que les gusta pensar que saben de arte. Yo entendí qué es lo que se vende.

Bajaron las escaleras. Román abrió un par de refrescos. Jasper miró alrededor de la sala de estar, que tenía un enorme sillón modular negro, una mesa moderna gigantesca y una gran pantalla de televisión montada en la pared.

—Es bastante espartano, incluso para un soltero.

—No he tenido tiempo para decorar.

—Necesitas una esposa.

Román se rio burlonamente.

—¿Para qué?

—Para tener compañía. Consuelo. Para tener algunos hijos.

—Tú no estás casado. No tienes hijos.

—Cheryl y yo estuvimos casados durante veinticuatro años, los más felices de mi vida, antes de que muriera. Quisimos tener hijos, pero nunca se dio. —Sonrió—. Por eso estoy tan encariñado contigo.

—Mentira.

—Me casaría de nuevo, si conociera a la mujer adecuada. Hasta ahora, ninguna se parece a la que tuve.

Román pensó en Grace Moore.

—Chet y Susan quieren saber cuándo vendrás a casa a visitarnos.

Los Masterson habían sido lo más parecido a una familia que Bobby Ray Dean había conocido en toda su vida.

—Estoy seguro de que tienen la casa llena, como siempre.

—Hay menos por estos días, y tú fuiste especial. —Cuando Román no dijo nada, Jasper cambió de tema—. Así que abandonaste los murales.

—Tengo uno más. En San Diego. Encontré a alguien para que haga el trabajo del relleno. Pronto iré para concluir los detalles. Héctor aplicará la capa protectora. Me ahorra mucho tiempo y puedo dedicarme a otras cosas.

—¿Héctor?

Román le contó la historia. Cuando se le terminaron las ideas y buscaba algún tipo de inspiración, fue a un mercado de pulgas para hacer bocetos de los vendedores. Vio a un hombre que pintaba macetas de cerámica. Era habilidoso y veloz. Román encontró a alguien que tradujera y le ofreció al hombre un puesto de medio tiempo para hacer el trabajo de rellenar el proyecto de un mural en Beverly Hills. Héctor Espinoza aceptó y sellaron el acuerdo con un apretón de manos.

—Trabaja para mí siempre que lo necesito. No sé qué hace en el ínterin.

—Es bueno saber que tienes amigos —el tono de Jasper era seco.

Román se lo tomó a risa. Casi no hablaba con Héctor. No hablaban el mismo idioma, literalmente. Aunque tenían problemas para comunicarse, habían encontrado un sistema de números para indicar los colores, de manera que Héctor supiera qué hacer. Román no sabía nada acerca del hombre y suponía que probablemente fuera un indocumentado. Le pagaba bien y la asociación funcionaba.

—Es difícil hacerse amigo de alguien que no habla mi idioma.

—¿Es por eso que lo contrataste? ¿Para no tener que mantener una conversación?

—¿Es esto una sesión de psicología?

Jasper abandonó el tema. Hablaron de otras cosas, menos personales, hasta después de la medianoche. Jasper desenrolló su saco de dormir sobre el sillón de cuero. Ambos se levantaron temprano a la mañana siguiente. Román hizo tortillas de huevo, tostadas a la francesa y café.

—No has perdido tu toque. —Jasper levantó su taza. Román no le dijo que tenía una asistente personal que podía hacerlo mejor. Sabía que Jasper empezaría a hacer preguntas y Román no tenía ninguna respuesta.

Al llegar a la puerta delantera, Jasper presionó el timbre y disparó las campanillas. Román le dijo una mala palabra. Jasper se rio.

—Volveré a pasar por aquí antes de lo que crees.

—El sillón estará listo para ti. —Román se quedó parado afuera hasta que Jasper se perdió de vista en su carro.

A las nueve menos dos minutos, las campanillas volvieron a sonar. Cuando Román abrió la puerta, supo por la expresión que había en el rostro de Grace Moore que había decidido mudarse a la cabaña.

—Así de feliz está por el asunto, ¿eh?

—Primero, tendremos que hablar de algunas cosas. Después de trabajar.

Esta chica nunca hacía las cosas fáciles.

El aire de triunfo que había en el rostro de Román Velasco puso muy nerviosa a Grace. El café ya había sido hecho.

—Debe haberse levantado temprano. —Ella se dirigió a la oficina—. Primero, revisaré sus mensajes.

—Todavía no. —Román buscó en su bolsillo delantero y estampó una llave sobre el mostrador—. Para que pueda entrar sin hacer sonar esas… —Se frenó justo antes de decir algo que podría ofenderla—. La primera orden laboral de hoy es que encuentre a alguien que pueda reprogramar esa cosa, antes de que la arranque de la pared con mis propias manos. Prefiero algo que no suene como las campanas de una iglesia en Año Nuevo.

—Me ocuparé de eso, pero puede quedarse con su llave. —La deslizó hacia él.

—Es una adicional, y es para facilitarnos las cosas a ambos.

—No me siento cómoda teniendo la llave de su casa.

Él apretó los labios.

—Tome la… condenada llave, señorita Moore.

Supo que él casi había dicho otra cosa. Quizás estaba siendo poco razonable. Harvey Bernstein le había dado una llave. Tomó la de Román y la adjuntó a su llavero.

—Tocaré la puerta antes de entrar.

—¿Solo para estar segura de que tenga los pantalones puestos?

Ella comenzó a caminar hacia la oficina.

—Necesito el número de su celular.

Grace lo miró de frente. Las alarmas de alerta sonaron en su cabeza.

—¿Por qué?

—En caso de que la necesite.

—Trabajo de nueve a cinco. No estoy disponible antes ni después de ese horario. Tampoco los fines de semana.

Los ojos de Román se oscurecieron.

—Le ahorrará caminar hasta aquí.

Las campanillas sonaron nuevamente, y esta vez se olvidó de contener su lengua. Los ojos de ella parpadearon ante las palabras que salieron automáticamente.

—Es Héctor. Otro fastidioso empleado. El tipo no habla suficiente inglés para entender lo que le digo. Hemos tenido que recurrir al lenguaje de señas, y no estoy de humor esta mañana.

—Tal vez yo pueda ayudarlo. Tomé clases de español en la preparatoria. —Lo siguió a la puerta principal. Román la abrió y, agitando la mano, la hizo avanzar para ponerla frente a un latino delgado que la miró sorprendido.

Ella se presentó y él sonrió de oreja a oreja. Héctor le respondió con un torrente trepidante en español, hasta que Grace levantó las manos dándose por vencida y le dijo:

—Por favor, hable más lento.

Él se obligó a hacerlo y Grace tradujo para Román, que seguía parado observándolos con una expresión no muy contenta.

—Héctor dice que usted lo llamó, pero no sabe por qué.

—Síganme. —Román se encaminó hacia el estudio.

Héctor caminó junto a Grace, mientras seguía hablando en su idioma natal.

—¿Quién es usted y de dónde viene? —Ella le dijo que venía de una agencia de trabajo temporal y que Román la había contratado como su asistente personal de tiempo completo—. Ya era hora. Él necesita ayuda. —Habló más rápido y Grace tuvo que concentrarse para entender todo. Evidentemente, al hombre le agradaba Román. «El jefe» pagaba bien y era un artista talentoso. Héctor consideraba que era un honor trabajar con él. No paró de hablar, hasta que Román interrumpió la conversación.

—¿Sabe lo que está diciendo?

—La mayor parte. Estaba hablándome de él. —*Y de usted.*

—Conózcanse luego. Dígale que todavía me falta hacer una transferencia de dibujos, pero puede comenzar con las dos que ya tengo listas. Llevaré la última a San Diego cuando la termine. Dígale que lo llamaré antes de ir. Mejor aún, haré que usted lo llame. De esa manera, si él necesita algo, usted podrá decirme lo que diga.

Grace transmitió todo. Héctor tenía preguntas.

—Necesita saber dónde quedarse mientras trabaja allí. No puede seguir yendo y viniendo en carro, y no le gusta dormir en el carro.

—¿Qué m…? —explotó Román, pero logró contener el resto—. Se suponía que el hotel iba a hospedarlo. Vamos a solucionar eso. Pronto. Llame al hotel y recuérdeles que él debe recibir una habitación sin cargo para poder quedarse y trabajar. Eso era parte del trato. Ahora pueden sumarle las comidas en el restaurante, ya que ha estado yendo y viniendo. Y dígale que se tome un tiempo libre y vaya al zoológico, donde pueda ver algunos animales vivos y reales.

—¿Es una recomendación o una orden? Los zoológicos son caros.

Román buscó su billetera en el bolsillo, sacó un billete de cien dólares y se lo dio a Héctor, que parecía confundido hasta que Grace le explicó. El tipo sonrió como un niño feliz y habló rápido.

—Dice que…

—Sí, sí. Me lo imagino. —Román desestimó las gracias. Recogió dos largos tubos de cartón numerados y se los entregó a Héctor—. Dígale que encargue todos los materiales que necesite al lugar de siempre. Lo veré tan pronto como pueda. Quiero terminar este trabajo. Pronto. —Le tendió la mano y Héctor la estrechó.

Héctor le sonrió a Grace.

—Supongo que eso significa que ya terminó conmigo.

Ella rio.

—Supongo que sí. Lo acompañaré a la puerta. —Caminó algunos pasos antes de que Román llamara su atención.

—Después de que le muestre la salida a Héctor, me iría bien una taza de café.

—¿Del que está en la jarra o nuevo?

—Nuevo.

Héctor no tenía ningún apuro por irse. Grace hizo café mientras conversaban. Le dijo que sería un alivio tenerla cerca. Le gustaría conocer al hombre para el cual trabajaba. Hablaron durante diez minutos más en la puerta, antes de que Héctor dijera adiós y caminara hacia una vieja camioneta Ford.

Grace volvió al estudio con una taza de café recién hecho. Román estaba sentado a su mesa de dibujo, trabajando en el papel de calco. No había lugar para poner su taza. Él le dirigió una mirada rara.

—Ustedes dos realmente hicieron buenas migas.

—Héctor es muy agradable. Lo admira. Dijo que usted hace unas obras increíbles. Nunca he visto uno de sus murales. —Se acercó y le ofreció la taza, mientras miraba la serie de elefantes que él había terminado. Aun sin color, los dibujos parecían tener vida y movimiento. Vio algo que la hizo acercarse a la parte inferior e hizo una mueca.

—¿Hay algo mal?

Ella giró la cabeza y lo vio mirándola atentamente.

—¿Este mural no irá al vestíbulo de un hotel? —Señaló al león que estaba devorando a una jirafita—. A los niños podría alterarlos algo como eso.

—Es lo que sucede en la vida real.

—No en un hotel, espero. Si los niños se inquietan, seguramente sus padres también se inquietarán.

—No estaré ahí para preocuparme por eso. —Román esbozó una sonrisa extraña—. Y la mayoría de las personas no notarían algo escondido en el pasto.

—Está allí, a la vista.

—No está a la vista. Es que usted descubrió la imagen escondida que las personas suelen pasar por alto.

Su escrutinio la incomodaba. Buscó un sitio donde dejar la taza, esperando poder huir, y se dio cuenta de que él había trabajado más en los lienzos de los caballetes. Talia había estado llamando frecuentemente para preguntar acerca de sus avances.

Definitivamente, tenía gustos variados en lo artístico.

—¿Qué estilo le gusta más? —Miró explícitamente del papel de calco a las pinturas.

—Ninguno. —Giró en el banco y la miró de frente—. Y ambos. ¿Qué me dice de usted?

Grace no pudo interpretar su expresión y no intentó dar su opinión.

—No sé nada de arte.

Román finalmente tomó la taza de café, y su mano rozó la de ella.

—¿Le preocupa herir mis sentimientos?

Ella admiró la migración del Serengueti.

—Usted tiene un talento dado por Dios, señor Velasco. —No era de extrañar que fuera tan exitoso. Tenía una amplia variedad de obras.

—¿Dado por Dios? Dudo que Dios tenga algo que ver conmigo. Y basta de "señor Velasco". No dijiste "señor Espinoza". Lo llamaste Héctor. Es hora de que me llames Román.

—Está bien, Román. —Algo lo había incomodado. Debía estar abrumado por tener que terminar el proyecto. Le había dicho a Héctor que lo quería terminado pronto. Grace retrocedió un paso—. Será mejor que te deje volver al trabajo. Llamaré al hotel y aclararé las cosas para Héctor. Y las campanillas de la puerta. —Se dirigió a la puerta.

—Grace, cuando Talia llame, cosa que ambos sabemos que hará, dile que las pinturas están casi listas. Puede recoger dos el miércoles y terminaré la otra antes de irme a San Diego.

7

ROMÁN, A LOS 21 AÑOS

Román metió su mochila en el compartimiento superior del Boeing 777 y se deslizó a su asiento. Se mantuvo despierto lo suficiente para sentir el ímpetu del despegue y volvió en sí cuando estaban sobre alguna parte del Atlántico, justo a tiempo para bajar su bandeja cuando la azafata servía la cena. Volvió a quedarse dormido mientras las dos mujeres de mediana edad que tenía a su derecha revisaban el itinerario de su semana en Roma.

Sergio Panetta le había dado indicaciones para llegar a la casa de los Cremonesi. Se perdió, pero varias chicas guapas que hablaban un inglés con mucho acento lo guiaron hasta el transporte público. Una vez que estuvo en el barrio correcto, caminó por las calles angostas con ropa lavada colgando de cuerdas fuera de las ventanas. Había muchas más bicicletas y motocicletas aquí que en San Francisco o en Los Ángeles, pero él sabía cómo sobrevivir al tránsito.

Baldo y Olivia Cremonesi no hablaban inglés, pero le dieron un abrazo de bienvenida y parlotearon rápidamente en italiano. En una hora, la casa se llenó de parientes ansiosos por conocer al norteamericano que había pintado un fresco para su primo rico de Hollywood. Una docena de tías, tíos, primos, sobrinos y sobrinas Cremonesi, por no mencionar a los vecinos Santorini, se apiñaron en la casa. Olivia estaba preocupada porque Román no estaba comiendo lo suficiente y siguió sirviéndole más comida. La mesa estaba cargada de platos que él nunca había visto antes y todos olían bien. Pero era mucho más de lo que podía comer cualquier hombre. Los miembros más jóvenes del clan practicaron su inglés con él, acribillándolo con preguntas sobre Estados Unidos y sobre Sergio, quien se había convertido en una leyenda familiar por ser el dueño de una exitosa empresa importadora y exportadora.

Román había esperado tener un alojamiento tranquilo por un par de días, hasta que aprendiera a moverse por la ciudad y pudiera encontrar un buen hostal, pero los Cremonesi tenían completamente planeadas las próximas semanas de su vida. Incluso habían designado a un pariente para que actuara como su guía en la Ciudad Eterna. Luigi era joven, no tenía empleo y estaba deseoso de sacar a pasear a su huésped estadounidense. Con una sonrisa de oreja a oreja dirigida a Román, levantó su copa de vino.

—Mañana vamos. Yo enseño a ti todo lo que tienes que saber —Le guiñó un ojo—. Buscamos chicas.

Olivia le dio un manotazo a la parte trasera de la cabeza de Luigi y estalló en un italiano alterado, mientras agitaba la mano con furia a Baldo, que respondió a gritos. Luigi se rio. Baldo levantó las manos, rindiéndose, y gritó: «¡Olivia!». Los demás también se rieron y le dijeron cosas a Luigi, mirando a Román.

A Román no le agradaba ser el centro de atención. No le gustaba estar en una sala atestada de gente, entre extraños que no tuvieron el menor inconveniente en abrazarlo y besarlo desde el momento que entraron a la sala. No quería que nadie le planificara una hora de su vida, mucho menos varios días. Y no quería que nadie le mostrara la ciudad. No había venido a Roma para que alguien se hiciera cargo de su vida. Prefería dormir en la calle a quedarse en esta casa.

A medida que avanzaba la noche, más callado se volvía. Olivia se dio cuenta y le habló en italiano. Apoyó ambas manos sobre su mejilla y simuló dormir. Él vio una excusa para apartarse del gentío y asintió.

Olivia llamó a Luigi e hizo un gesto con la mano en dirección a las escaleras. Luigi le dijo a Román que había una habitación preparada subiendo las escaleras y por el pasillo a la izquierda.

—Vendré a buscarte a mediodía.

Ni bien Román cerró la puerta, sacó de su mochila un bloc para bocetos. Recostándose contra la cabecera, dibujó rápidamente: Olivia en la cocina y Baldo apoyado contra el mostrador, mirándola con adoración. Escribió *Grazie* en la parte superior y firmó *Román Velasco* abajo. Pegó el dibujo en el espejo de la cómoda y miró hacia afuera por la ventana. Era una caída directa a un callejón adoquinado. No iba a huir de esa manera. Tendría que esperar hasta que la fiesta terminara y los Cremonesi se fueran a dormir.

Sacó su guía turística de Roma y analizó el mapa de la ciudad. Para cuando la casa estuvo tranquila, había memorizado el plano de la ciudad. Sintió una punzada de culpa por marcharse en medio de la noche, pero no lo suficiente para cambiar de parecer. Cerró discretamente la puerta delantera detrás de sí. Llenó sus pulmones con el aire de la libertad y lo soltó, aliviado. Él podría encontrar su propio camino. Había estado haciéndolo desde que tenía siete años.

Eran unos pocos kilómetros hasta el centro de la ciudad, con varios lugares donde hospedarse. Caminó con prisa, alejándose de la casa de los Cremonesi. Las motocicletas estaban aseguradas en los portabicicletas o encadenadas a los árboles. Recordó lo que Jasper le había dicho acerca de recorrer Europa en una motocicleta. Quizás compraría una si se presentaba la oportunidad.

Era pasada la medianoche, pero la gente andaba en las calles. Supuso que las reglas de supervivencia serían las mismas que las de cualquier gran ciudad. Mantén los ojos y los oídos atentos. Pon atención a lo que está pasando a tu alrededor. Tal como lo había hecho en San Francisco y en Los Ángeles, Román se movió en las sombras, donde se sentía más cómodo.

Román encontró un hospedaje barato que no estaba lejos del Panteón y que quedaba cerca de un puente que cruzaba el Tíber. La Ciudad del Vaticano quedaba a unas pocas cuadras. Pagó una semana completa de alojamiento y durmió unas horas antes de salir a explorar el laberinto de calles adoquinadas. Se abrió paso entre los grupos de jóvenes y viejos; los escuchaba hablar en italiano, francés, inglés, alemán. Había grupos de turistas por todos lados. Él observó a los lugareños. Comió y bebió lo mismo que ellos, y dio vueltas por las plazas haciendo bocetos de edificios, fuentes y de muchachas vestidas con minifaldas negras y botas negras de tacón alto. De día, la ciudad era un deleite visual y, de noche, una colmena de actividad.

Pasó un día dando vueltas por el Foro Romano y el Coliseo; otro, sentado en las escalinatas de la plaza de España y dibujando la *Fontana di Trevi*. Compró una entrada para el Vaticano y se quedó mirando, boquiabierto, los salones abarrotados de obras de arte. Se detuvo en un rincón de la Capilla Sixtina, estudiando la obra maestra de Miguel Ángel, hasta que se le acalambró el cuello. Frotándoselo, observó que los grupos de turistas eran llevados como ganado por sus guías. Los siguió. Cada muro, cada cielorraso y cada piso eran una obra de arte. Había tesoros invaluables por todas partes: coronas con joyas, estatuas bañadas en oro, anillos y collares de diamantes; obras maestras de Da Vinci, Rafael, Tiziano, Caravaggio; tapices que docenas de artesanos habían necesitado décadas para tejer; pisos mosaicos de mármol.

A los pocos minutos de entrar en el vasto edificio, su asombro se convirtió en desasosiego. Cuando se paró en la Basílica de San Pedro, ante la *Pietà* de Miguel Ángel encerrada detrás de un vidrio a prueba de balas, empezó a preguntarse si las infinitas colecciones de tesoros invaluables, la cuantiosa adquisición de riqueza a lo largo de los siglos, eran realmente para Dios o simplemente una demostración de poderío. ¿De dónde había salido todo el dinero para erigir este monumento a la religión? ¿De las conquistas y los conquistados? ¿Habían los devotos entregado voluntariamente las ofrendas?

Cientos de visitantes entraban en un flujo constante, saturando la basílica. Cientos más caminaban por los corredores y, afuera, había otros cientos esperando en fila, todos ansiosos por pagar el considerable precio de la entrada. De todos modos, ¿cuánto dinero hacía falta para que uno entrara al cielo? ¿Existía el cielo? ¿O el infierno? ¿Acaso había un Dios? Román nunca había vivido con nadie que creyera que Dios era real y, mucho menos, necesario. «Vive y deja vivir» era suficiente religión para él.

El crucifijo le molestaba. ¿Por qué alguien habría de adorar a un hombre que aseguraba ser Dios, y sin embargo había muerto en una cruz? Pensó en un letrero que había en el Tenderloin, al otro lado de la calle del departamento en el que había vivido con su madre: *Jesús salva.* ¿Salva de qué? Jesús no pudo salvarse a Sí mismo. ¿Cómo podía salvar a los demás?

Cerca de allí había dos mujeres ancianas con vestimentas y chales negros, con lágrimas corriendo por sus mejillas. Cuando se alejaron, Román las siguió con curiosidad. Entraron en un cubículo y se arrodillaron sobre una banca baja de madera. Con sus manos sujetaban unos hilos con cuentas y murmuraban oraciones. Román se quedó parado junto a una pared y las dibujó. Se quedaron una hora, se levantaron, caminaron hacia el pasillo, se arrodillaron y se tocaron la frente, el corazón y cada uno de los hombros antes de levantarse e irse en silencio. Las lágrimas se habían secado y parecían estar en paz. Él miró fijo la estatua de Jesús, las manos y los pies clavados a la cruz, el cuerpo demacrado y retorcido, el rostro contorsionado en un gesto de agonía.

Román se llenó de ira. No sabía de dónde provenía ni por qué. Salió de la basílica y caminó por las calles de los alrededores del Vaticano. Vio una gran cantidad de grafitis, pero ninguno del cual se habría enorgullecido. Un grupo de jóvenes vanguardistas se había reunido en San Lorenzo, en el centro de Roma. Caminó entre ellos, escuchando y observando, hasta que una muchacha inglesa lo detuvo y comenzó a hablarle. Una chica italiana se les unió y dijo que todos iban a ir a Trastévere. Román se pasó la tarde bebiendo y preguntando dónde podía comprar materiales de arte.

Al volver a su hospedaje, hizo un boceto de un sacerdote con sotana, los dedos llenos de anillos y un elaborado crucifijo colgando de su cuello. Usaba botas de pirata y uno de sus pies estaba apoyado sobre el cofre de un tesoro, mientras que, cerca de él, había una campesina escuálida encogida de miedo con una mano extendida. Arrugó el dibujo y lo lanzó al otro lado de la habitación.

Román durmió intermitentemente y soñó con su madre.

A la mañana siguiente, exhausto y con un humor de perros, encontró cómo llegar a Ditta G. Poggi y compró otro bloc para dibujo y más lápices de carbón. Le encantó cómo olía la tienda y se quedó dando vueltas, mientras los clientes iban y venían. Un alboroto se extendió cuando entró un hombre. Compró tubos de pinturas al óleo y pinceles caros; luego, hizo un pedido de cochinillas para poder pulverizarlas y así producir un tono específico de carmín.

Román pidió pinturas en aerosol Belton Molotow y Spanish Montana. El peso de las latas en su mochila le daba una sensación de propósito. Volvió a su alojamiento y practicó el dibujo de la escena que tenía grabada en la mente. La simplificó. Menos líneas, más contrastes. Tendría que trabajar rápido, y eso significaba que cada línea y cada curva tenían que expresar algo importante, algo que causara una impresión. Negro, blanco, rojo y dorado; cuatro colores, más que suficiente para plasmar su declaración.

Satisfecho con la obra, Román tuvo que practicarla para poder hacerla en menos de tres minutos. Cuando eso no funcionó, compró papel para envolver, cinta adhesiva y tijeras, e hizo un estencil. Cuando tuvo todo listo, caminó por las calles para encontrar un lugar donde pudiera desplegar su obra. Eligió un lugar cerca de la *Piazza del Risorgimento* y decidió hacerlo el domingo, justo antes del amanecer. Se vistió con sus *jeans* negros, camiseta negra, sudadera con capucha negra y guantes negros. Agarró su equipo.

Una ventana se abrió de pronto con un fuerte estallido, mientras pegaba el estencil a la pared. Mantuvo su cabeza gacha, con el rostro oculto, mientras sacaba las latas de pintura en aerosol y se ponía a trabajar. Lo terminó en menos de tres minutos y quitó el estencil. Escuchó que alguien se reía mientras él guardaba sus herramientas y salía corriendo.

No creyó que su grafiti llegara a durar un día y sintió una oleada de satisfacción cuando lo vio allí tres días después. Cuando un estudiante universitario de la hostería le dijo que volvería a Nueva York si tuviera el dinero para el pasaje de vuelta, Román le ofreció comprarle la motocicleta por el costo de un asiento en clase turista. Los dos compartimientos de la motocicleta eran más que suficientes para lo poco que llevaba consigo.

Román manejó al norte hacia Florencia. Se quedó un mes; luego, siguió camino a Venecia. El calor del verano hacía que el aire supiera a lodo y multitudes de turistas abarrotaban la ciudad. Román se dirigió a los Alpes suizos.

En cada ciudad donde permanecía más de un día, Román dejaba una declaración, una obra en forma de grafiti para hablarles a las multitudes. Había estado viajando tres meses por Europa, cuando una idea se fijó en su mente, un desafío que lo llevaría a la cárcel en Francia, o le haría ganar notoriedad al Pájaro. Se fue a París.

Pasó tres días completos en el Louvre rondando los salones y deleitándose en el arte. Observó a los guardias, verificó dónde estaban ubicadas las cámaras de seguridad, cronometró las distancias, memorizó los corredores, los pisos y los salones. Compró pantalones, una camisa blanca, una gabardina y un sombrero de fieltro; luego regresó para comprar un gran libro sobre el arte renacentista y un bolso de lona con el logo del museo.

Cuando Román tuvo su plan y todo lo que necesitaba para llevarlo a cabo, realizó su primera pintura en un lienzo de veinte por veinticinco centímetros: un búho posado sobre una rama de un pino con un ojo abierto y el otro cerrado; su pico tenía una sonrisa engreída. Firmó «BRD» en unas letritas redondeadas en la esquina inferior derecha. Compró un marco dorado y cera de museo.

En su último día en París, Román volvió al Louvre. Parecía uno más de los cientos de visitantes bien vestidos que miraban detenidamente las obras maestras de los salones consagrados del mundialmente famoso museo. Llevaba el sombrero inclinado hacia adelante y hacia abajo para ocultar su rostro de las cámaras de seguridad. Se detenía aquí y allá, fingiendo interés en un cuadro o en una placa, mientras disfrutaba la descarga de adrenalina.

Román sabía exactamente dónde estaba yendo y tenía el tiempo medido al minuto. Le llevó menos que eso sacar el cuadro de la bolsa de compras del museo y presionarlo contra el espacio en la pared al lado de un óleo de dos perros de caza. Sintiendo un hormigueo en la piel, notó que un guardia miraba en su dirección. Román movió la bolsa de compras del museo como si el libro que llevaba adentro se hubiera vuelto muy pesado. El guardia dejó de prestarle atención. Román se quedó otro minuto con una sonrisa de satisfacción. Se tomó su tiempo para salir del salón. El guardia pasó caminando junto a su cuadro, sin notarlo. Román se fue riéndose entre dientes y preguntándose cuánto tiempo pasaría hasta que el personal del museo se diera cuenta de que había algo que no encajaba.

8

GRACE APENAS HABLÓ CON ROMÁN los días siguientes. Él trabajaba como si estuviera encadenado a su mesa de dibujo. Nunca había visto a nadie tan obsesionado. ¿Disfrutaba tanto el trabajo, o simplemente quería terminarlo para poder continuar con las pinturas que todavía estaban sobre los caballetes, las que Talia ansiaba sumar a las otras que Román había terminado para la exposición que quería programar?

Se preguntaba si Román había comido algo durante los últimos días, hasta que vio las bandejas con comida congelada y los recipientes de aluminio que atiborraban el bote de la basura debajo del mostrador. Grace se recordó a sí misma que la vida privada de Román no era asunto suyo y sintió que su conciencia la fastidiaba. ¿No debería preocuparse por la salud de su jefe una asistente personal? Grace caminó por el pasillo y subió las escaleras hacia el estudio. Se quedó de pie en la puerta, pero Román parecía inmerso en su trabajo. También tenía el aspecto de estar sufriendo un dolor de cabeza muy severo.

—¿Puedo traerte alguna cosa?

Él frunció el ceño y se frotó la frente.

—Más café.

—Es probable que te duela la cabeza porque no has comido nada en todo el día. No puedes vivir de cafeína, Román. Puedo hacerte un emparedado.

—Está bien. Gracias.

Bien, eso fue fácil.

—¿Quieres que te lo traiga aquí o lo dejo en el mostrador? —El hombre no tenía una mesa de comedor, a menos que se considerara la que estaba en el patio. Estaba demasiado fresco y el viento soplaba, así que esa no serviría.

Román arrojó su pluma de dibujo a una bandeja.

—Necesito un descanso. —Se paró, se estiró y su camiseta dejó a la vista su pecho musculoso—. Estoy empezando a ver rayas de cebras por todas partes.

Grace entró en la cocina y revisó el refrigerador.

—¿Qué te gustaría?

—Lo que encuentres. Quizás haya algo de rosbif. —Román caminó hacia el ventanal.

Grace colocó el pan y un paquete sin abrir de tajadas de rosbif sobre el mostrador.

—Es la primera vez que te veo disfrutar de la vista que tienes. —Buscó otras cosas para agregarle al emparedado—. Sería una bella pintura.

Metiéndose los pulgares en los bolsillos, Román la miró fugazmente:

—No es lo mío.

—Qué lástima. ¿Qué te gustaría que le ponga al emparedado? ¿Mostaza, mayonesa? ¿Nada?

—Todo lo que haya.

Encontró lechuga, tajadas de queso, un tomate, cebolla morada y pepinillos encurtidos.

—Héctor llamó por teléfono. Su trabajo está casi terminado. Fue al zoológico. Le encantó. —Untó mucha mayonesa en una tajada de pan—. Talia no te molestará, pero quiere ponerle fecha a la exposición. Y recibiste una llamada del alcalde de Golden. Está interesado en que pintes un mural en el centro.

—Nunca escuché hablar de ese lugar.

—Lo busqué en Google. Es una comunidad nueva que surgió a partir de un pueblo fantasma que alguna vez fue una ciudad próspera durante la Fiebre del Oro.

—No puedes creer todo lo que lees en Internet.

—Lo sé. —Grace cortó por la mitad el grueso emparedado y lo puso en un plato—. Alguien llamado Jasper Hawley dejó un mensaje. —Deslizó el plato al otro lado del mostrador—. Espero que sea un amigo, porque dijo que quiere una cama para dormir y una comida hecha en casa.

Román se rio.

—Sí, bueno, fue mi maestro en el rancho de montaña Masterson. Es un hogar comunitario para menores en la Tierra del Oro, probablemente no muy lejos del viejo pueblo recién inventado de Golden.

¿Un hogar comunitario para menores? En la cabeza de Grace se dispararon una docena de preguntas.

Román se sentó ante el mostrador.

—¿No sientes suficiente curiosidad como para preguntar?

Ella sabía que necesitaba tener límites con este hombre.

—Tu accidentado pasado no es asunto mío.

Román mordió un gran pedazo del emparedado. Levantando las cejas, emitió un sonido masculino de placer que a ella le produjo un cosquilleo que no había sentido en mucho tiempo.

Grace no podía evitar la curiosidad que sentía por Román Velasco, pero su entorno le decía claramente que él valoraba su privacidad. Le sirvió un vaso con jugo de naranja.

Él parecía divertido.

—¿Tratas de cuidarme?

—Sé lo que me conviene. —Él ya había terminado la primera mitad de su emparedado. ¿Estaba muy rico el emparedado, o era porque estaba muerto de hambre? Era más alto que Patrick, y su exesposo podía comer dos emparedados, una manzana y un paquete de papas fritas sin ningún esfuerzo. Por supuesto, se pasaba la mayor parte del tiempo haciendo ejercicios—. ¿Quieres que te haga otro emparedado? —Él asintió y ella preparó dos rebanadas más de pan—. Está bien. Te lo preguntaré: ¿por qué terminaste en un hogar comunitario?

—Era eso o la cárcel. —Levantó el vaso con jugo de naranja y devoró el último pedazo del emparedado.

¿La cárcel?

—¿Qué hiciste?

—Me puse furioso. Marqué algunos edificios.

Grace no sabía de qué hablaba y él no dio más detalles.

Román la observó hacer el segundo emparedado.

—Hawley todavía me vigila. Se refiere a mí como uno de sus muchachos perdidos. Quiere estar seguro de que me comporto como debo, supongo. —Terminó el jugo de naranja—. Fin de la historia.

Ella entendió que eso significaba que no hablaría más del tema y no lo presionó.

—¿Cuánto tiempo hace que vives aquí?

—¿Aquí? ¿Quieres decir, en el cañón Topanga? Un poco más de un año. Antes de esto, vivía en la playa.

Por su aspecto, fácilmente podía imaginarlo sobre una tabla de surf en Hawái. El gran cacique con una bandada de muchachas playeras corriendo detrás de él.

—Puedo visualizarte en una choza en la playa.

—Una playa es igual a todas las demás. Me cansé de toda la gente que había allá. Quería espacio y tranquilidad.

—Bueno, definitivamente tienes eso. —Puso el segundo emparedado sobre su plato—. Por aquí es tranquilo. —Cerró los paquetes de rosbif y queso, envolvió la lechuga y volvió a guardar todo en el refrigerador. Con un trapo húmedo, limpió el mostrador—. ¿Hay algún vecino cercano?

—¿Además de ti? No.

No había pensado realmente en el aislamiento ni en que él era la única persona que tenía cerca.

—No se ponga nerviosa, señorita Moore. No tuve intenciones ocultas al ofrecerte la cabaña. Simplemente me pareció la mejor solución para ambos.

Ella se relajó.

—Bueno, de verdad fue la respuesta a mis oraciones.

—Oraciones. —Él rio expresivamente—. Lamento desilusionarte, Grace, pero la oración no es lo que te consiguió este lugar. Eres buena en tu trabajo. Quería que te quedaras trabajando para mí. Eso es todo. Ahí arriba no hay nadie escuchando ni interviniendo a nuestro favor.

Grace había escuchado a muchas personas desdeñar a Dios, como si Él fuera un producto de la imaginación para dar consuelo en los peores momentos. Tal vez ella habría creído lo mismo si no hubiera tenido una visitación cuando tenía siete años y estaba escondida en un ropero oscuro, aterrada por la noche y por el monstruo que acompañaba la oscuridad. No hablaba nunca de lo que le había sucedido cuando era una niñita. Y Patrick no había sentido ninguna necesidad de creer en nada más que en sí mismo, o se habría sentido mal por lo que había hecho.

Mucho tiempo atrás había aprendido a no discutir sobre teología. Ella no había llegado a la fe porque alguien le dio todas las respuestas. Se acercó a la fe porque conoció y habló con alguien que la hizo sentirse rodeada por el amor de Dios. Sin embargo, tenía que decirle algo a este hombre que parecía tener todo y nada.

—Yo creo en Dios. La vida puede ser bastante insoportable sin algo en qué creer. —Se cruzó con la mirada de Román Velasco y no apartó la vista. Se había permitido dudar y, cada vez que lo había hecho, el desastre había sobrevenido rápidamente.

—¿Queda un poco más de jugo de naranja en el refrigerador?

Entendió el mensaje. No más conversación sobre el Señor. No había tenido la intención de hacer proselitismo.

—Queda un poco. ¿Lo quieres en tu vaso o preferirías beberlo directamente de la botella?

—De la botella está bien. —Él le sonrió cuando ella se la dio.

—Necesitas comprar alimentos.

—Supongo que tendrás que hacer otra escapada a Malibú.

—Tú eres el jefe.

Román sacó su billetera y extrajo un par de billetes de cien dólares.

—¿Qué te parece un poco de comida de verdad, para variar?

—Necesito que me digas específicamente qué deseas. ¿Sabes cocinar, o es cuestión de agregar una nueva variedad de marcas y de comidas para microondas?

—Sé cocinar. Hasta puedo lavar la ropa y tender mi cama. Solo que hay algunas cosas más que prefiero hacer en lugar de esas. —Sonrió levemente—. Por cierto, fue un emparedado estupendo. ¿Te las arreglas para hacer alguna otra cosa?

Grace sabía hacia dónde se dirigía. Su lista de obligaciones seguía aumentando.

—De todo un poco.

—Cualquier cosa que cocines será mejor que lo que he estado comiendo a diario. Y me quita mucho tiempo ir hasta algún restaurante de la ciudad.

¿Un restaurante? ¿Estaba bromeando?

—No soy un chef, Román.

—Carne con papas. Carne con verduras. Carne con ensalada. No traigas col ni acelga. Quiero mantenerme saludable, pero no tanto. Cualquier cosa sencilla estará bien.

Estaba dando por hecho muchas cosas.

—¿Qué te parece si voy a Walmart y compro una licuadora? Puedes meterle medio kilo de carne molida y algunas verduras y apretar un botón. Tu cena estaría lista para beber en menos de un minuto.

La miró como si le hubieran salido cuernos. Grace se rio.

—O podría comprarte unos batidos proteínicos. —Recogió la botella vacía de jugo de naranja—. ¿Reciclas?

—No sé. ¿Lo hago? —Román se levantó y volvió a sentarse en el banco. Estaba lívido.

—Solo bromeaba. —Cuando él no dijo nada, lo miró más de cerca—. ¿Estás bien?

—Cansado, nada más.

—Quizás deberías acostarte un rato.

—¿Quieres decir que tome una siesta? —La miró sarcásticamente.

—No soy tu madre, pero te has tomado treinta minutos para almorzar a las tres de la tarde.

—Héctor está esperándome.

Héctor era una excusa lamentable, pero no le correspondía a ella poner objeciones. ¿Qué era lo que presionaba tanto a Román? No era el dinero. Tenía mucho y no gastaba demasiado.

—Héctor trabaja para ti. Tú pones los plazos.

—Solo quiero terminar el muro. —Su color no había mejorado mucho. ¿Por qué estaba mirándola así? Inclinó la cabeza, analizándola—. ¿Te estás dejando crecer el cabello?

Instintivamente, ella se llevó la mano al cabello que ahora le cubría la nuca. Se lo había cortado muy corto como penitencia. Sus amigas le habían dicho que era hora de dejar de castigarse a sí misma.

—Supongo.

—Te quedaría bien el cabello largo.

Patrick había dicho lo mismo.

—Corto es más práctico.

Él frunció el ceño y abrió la boca para decir algo, pero cambió de idea.

—Gracias por los emparedados. —Se paró y se tambaleó un poco—. Creo que me acostaré un rato.

—Haré las compras ahora, si te parece bien.

—Por supuesto. Pon en modo silencioso el timbre del teléfono. —Hizo una pausa—. ¿Cuándo te mudarás?

—Este fin de semana.

Eran casi las seis de la tarde cuando Grace volvió a la casa. Fue al estudio para preguntar si podía tener horas de compensación, en vez de pago extra. Al pasar por el pasillo, vio a Román tumbado en su cama. Estaba tendido como si hubiera caído como un tronco y no se hubiera movido desde entonces. Ella sintió una leve señal de alarma.

—¿Román? —Él no respondió. Tampoco se movió. ¿Estaba bien? Cruzó el umbral, y el impulso por quitarle los zapatos y taparlo con una manta era casi incontenible.

En el pasado, su predisposición a ser sobreprotectora la había metido en un mundo de problemas y sufrimiento. No transitaría ese camino otra vez.

—¿Román? —habló más alto esta vez. Él hizo un sonido y se movió lo suficiente como para tranquilizarla.

Ella se retiró a la oficina, escribió una nota y la dejó sobre el mostrador de la cocina, junto con el recibo y el vuelto. Al salir, cerró silenciosamente la puerta delantera.

Román se despertó transpirando, con el corazón martilleándole. Se mantuvo inmóvil, luchando contra la sensación de mal presagio que lo acechaba en la oscuridad y lo ponía claustrofóbico. Se sintió nuevamente como si tuviera siete años y su madre hubiera salido a pasar la noche afuera. Unas sombras se movieron sobre la pared y encendió las luces rápidamente. No había nada. No había ningún motivo para sentir pánico. Su pulso se calmó lentamente y el temor se disipó. *Tranquilízate. Ya no eres un niño.*

¿Cuánto tiempo había dormido? Era de día cuando Grace le sugirió que se acostara un rato. Ni siquiera recordaba qué había sucedido después de que caminó hasta su cuarto. El reloj digital irradiaba la 1:36. Habían transcurrido horas en lo que le pareció tan solo un minuto. Tiempo perdido. Sentado al borde de su cama, esperó que pasara la rara confusión. Presionando los interruptores para encender más luces, caminó hasta la cocina, donde encontró una nota, el recibo de la compra y el vuelto exacto.

> Pollo rostizado y ensalada en el refrigerador. Te veré a las nueve de la mañana. Grace.

Él era el artista, pero ella tenía mejor caligrafía. Atractiva, sutil, elegante, con un toque de algo que él no podía definir. Tal como era ella. Se sentía a gusto consigo misma. *A diferencia de algunos de nosotros, que nunca nos sentimos cómodos, sin importar qué papel representemos.*

Román comió la mitad del pollo y toda la ensalada. Necesitaba trabajar, pero no estaba de ánimo para dibujar una manada de cebras migrando en las planicies africanas. Se estiró en el sofá de cuero negro de la sala y miró hacia afuera por las ventanas. Grace tenía razón. No había dedicado demasiado tiempo a admirar la vista, ahora oculta por la oscuridad nocturna. Debía estar nublado. La noche se sentía pesada como el alquitrán, húmeda y fría, amenazante. Luchó contra su estado de ánimo, tratando de identificarlo. ¿Era un vacío cada vez mayor? ¿Hambre? ¿De qué?

Grace Moore se mudaría a su cabaña este fin de semana. Ya estaba empezando a reconsiderarlo. No quería confraternizar demasiado con ella, y tenerla justo al lado podía llegar a ser una tentación. Ya era demasiado tarde para preocuparse por eso. Era un trato cerrado, a menos que ella cambiara de parecer. Al principio no se había mostrado muy entusiasmada por la propuesta, pero su grupo de amigas había ayudado a la causa. Ahora, Grace la consideraba una respuesta a sus oraciones.

Mejor que no empezara a hablarle de religión. Aunque debía reconocer que, a diferencia de otros charlatanes religiosos con los que él se había encontrado, ella mencionaba la fe de manera natural.

¿Por qué creían las personas en un dios al que no podían ver? La única vez en su vida que escuchó el nombre de Jesús fue en una maldición. Era parte de la vida que él había vivido hasta los catorce años. El rancho Masterson no imponía la religión. Chet y Susan tenían reglas, pero no habían clavado los Diez Mandamientos sobre una pared. Jasper le dijo a Bobby Ray que la manera en que un hombre usara el lenguaje podía definir cómo podía terminar. Hablar vulgarmente hacía que uno fuera vulgar. Román aprendió a integrarse, aunque sabía que nunca encajaría. Podía actuar el papel que fuera necesario para progresar. Solo recientemente había empezado a dudar si valía la pena el esfuerzo. La máscara de Román Velasco seguía deslizándose.

¿Qué pensaría Grace Moore de él si se enterara de dónde provenía y cómo había sobrevivido? Un niño de un barrio marginal, sin padre y con una madre prostituta. Un chico que vendió drogas hasta que habló con el mandamás para que lo convirtiera en el grafitero de la pandilla. ¿Qué pensaría ella del Pájaro, que se burlaba del mundo que homenajeaba a Román Velasco pero que no quería tener nada que ver con Bobby Ray Dean?

¿Qué hacía Grace durante los fines de semana? ¿Tenía un novio estable, un tipo atractivo y acartonado con un empleo de oficina de nueve a cinco? ¿Alguien que la llevaba a la iglesia todos los domingos?

¿Y por qué pensaba tanto en ella?

Román murmuró una maldición en voz baja y se incorporó. La había contratado porque no era su tipo de mujer. Ahora tenía a una muchacha confiable, cumplidora y bien parecida trabajando para él. Una *buena* chica. Todas sus experiencias habían sido con otro tipo de mujeres.

No podía imaginar a Grace en una discoteca, mucho menos buscando a alguien con quien pasar la noche un viernes o un sábado. No era la clase de chica que tenía sexo casual con un desconocido, llamaba a Uber para volver a casa a las dos de la mañana y se iba a trabajar al día siguiente.

Román había perdido suficiente tiempo durmiendo. No necesitaba perder más obsesionándose con su asistente personal, quien ya le había dejado totalmente en claro que no tendrían una relación personal. Debería estar feliz al respecto.

El trabajo mantendría su mente alejada de ella. Se fue al estudio y dibujó cuatro cebras más. Arrojó el bolígrafo a la bandeja.

¿Qué estaba haciendo con su vida? ¿Dónde estaba yendo? ¿Qué quería? Sintió una nostalgia dolorosa. Pero, ¿nostalgia de qué, cuando nunca había tenido un hogar?

Después de que su madre desapareció y los servicios de protección de menores lo pusieron bajo cuidado temporal, huyó de cada familia que lo había acogido y logró volver al Tenderloin a buscar a su madre. No fue hasta que tuvo diez años que se enteró de lo que le había sucedido. Después de eso, dejó de huir de sus hogares de acogida, siempre que los «padres» le dieran libertad para hacer lo que él quisiera. Le iba mejor con aquellos a los que solo les importaba el dinero que recibían del gobierno por darle albergue y comida. En su interior, Bobby Ray seguía huyendo.

¿De qué? ¿Hacia qué? No lo sabía. Eso era lo que lo frustraba. Eso fue lo que hizo que la presión creciera dentro de él, hasta que el Pájaro tuvo que volar.

La casa del cañón Topanga estaba tranquila y en silencio. Desierta. Se sentía como un fantasma rondando el lugar. La casa había surgido de una ejecución hipotecaria, una oportunidad rara y fortuita que le había caído del cielo. No podía recordar ni cómo se había dado, pero el agente inmobiliario le dijo que era una gran inversión. ¿Y qué si la casa era demasiado grande para una sola persona y tenía una cabaña de huéspedes que nunca usaría? No tendría que vivir mucho tiempo aquí. El valor del mercado estaba subiendo. Podía vender ahora e irse forrado de dinero. ¿Y luego qué? ¿Volver a Europa? ¿Recorrer el país en una Harley? ¿Comprar un barco y navegar los siete mares?

Había pasado casi un año y el tiempo empañaba sus recuerdos. A veces se preguntaba si había imaginado el encuentro. Esa noche estaba drogado, inquieto, hasta que vio a la rubia. Solo tenía recuerdos fugaces de haber vuelto en carro hasta su casa, un viaje largo y silencioso; luego, una urgencia que le agitó el corazón, destellos de luces y lágrimas. Ella se fue, como un sueño que no podía recordar del todo. Él había salido a la noche detrás de ella, y la había visto entrar en un carro que salió a toda velocidad. Las luces traseras eran como ojos rojos mirándolo y burlándose de él.

Esa noche había sido el despertar.

Román se sentó nuevamente frente a su mesa de dibujo y miró fijo los ñus y las cebras migrantes. Algunos corrían, otros caminaban; todos iban hacia alguna parte por instinto. Román se sintió como un marginado entre los de su especie. Ya no le gustaba reunirse alrededor del estanque ni aparearse con una hembra atractiva y saludable elegida entre la manada. No tenía planes de procrear. Inquieto, quería avanzar hacia su propio Serengueti, donde fuera que estuviera. Tenía miedo de que un solo paso equivocado más lo llevara por encima del borde al abismo.

Algo no estaba bien, pero no sabía qué era.

Ya había logrado lo que la mayoría de los estadounidenses deseaba: una casa grande, un carro de lujo, una profesión prometedora, dinero, sexo a su antojo. Debería ser feliz. Debería estar satisfecho. Pero sentía que tenía hambre de más. ¿Cuánto le costaría llenar el vacío que sentía en su interior?

Frustrado, barrió el dibujo que estaba sobre la mesa. Mientras caía ondeando al suelo, Román agarró al azar una lata de pintura en aerosol Krylon y caminó hacia la pared trasera de su estudio.

Encorvado en el asiento delantero del Chevy Impala blanco de Sam Carter, Bobby Ray observaba cómo pasaba el territorio desconocido. Nunca había salido de San Francisco. Ahora, estaba aquí, en tierras desiertas, donde había más árboles que casas, sin ninguna autopista, solo un camino sinuoso. Habían parado una vez para comer en McDonald's y usar el baño. El asistente social lo vigilaba de cerca. «Sé que quieres escapar, Bobby Ray. Mi trabajo es hacerte llegar al hogar comunitario para menores. Lo que hagas después es cosa tuya».

Los picos de la Sierra Nevada se acercaban. Cuanto más lejos lo llevaba Sam Carter, más nervioso se ponía Bobby Ray. Estaba acostumbrado a las calles bulliciosas, a los callejones, al ruido. El parque Golden Gate había sido lo más parecido a lo que estaba viendo allá afuera, en la tierra de nadie. Sam le echó un vistazo. «Vas a estar bien».

Bobby Ray apretó los dientes mientras Sam hablaba del rancho de montaña Masterson. Bobby Ray trataba de ahogar la voz del hombre repasando mentalmente la ruta. Tendría que recordarla para encontrar el camino de regreso. No había visto autobuses circulando por el camino rural.

—Chet Masterson te entenderá, Bobby Ray.

—Sí, claro. Como tú. ¿Cuánto tiempo tengo que quedarme?

—Hasta que tengas dieciocho.

¡Dos años y medio! Bobby Ray lanzó una mirada furiosa por la ventanilla. No se veía viviendo en un hogar comunitario más de un par de días. No ahí, en el campo. Una semana, a lo sumo. Ya encontraría la manera de escapar.

¿Y adónde iría? El Exterminador y Chancho estaban muertos.

Vio un letrero. Copperopolis. Tardaron menos de un minuto en cruzar el pueblo. Bobby Ray maldijo.

—A todo esto, ¿dónde estamos?

—Lo más cerca del cielo que estarás en tu vida. —Carter sonrió—. ¿Te estás poniendo nervioso, Bobby Ray? —Se rio—. Algunos tienen toda la suerte del mundo, y son demasiado tontos para darse cuenta.

—¿Acaso te parezco un muchacho de campo? —Bobby Ray sintió que la tensión le anudaba el estómago. ¿A cuántos kilómetros estaba de todo lo que conocía? Él sabía cómo sobrevivir en la calle. Cómo arreglarse con menos que nada—. Recibí un trato injusto y tú lo sabes, Sam. Si tengo que estar en un hogar comunitario para menores, ¿por qué no puede ser en uno del condenado Alameda?

—Porque eso queda al otro lado de la bahía y te escaparías de nuevo.

—¡San Francisco es mi hogar!

—Que sea el único lugar donde hayas vivido no significa que sea el mejor lugar para ti.

—Debería ser mi decisión, ¿o no?

—Has estado tomando decisiones todo el tiempo, Bobby Ray. La más reciente te trajo hasta aquí. Cuando lleguemos donde los Masterson tendrás que decidir si usas este tiempo para aprender algo útil o si lo ves como cumplir una condena. —Sam lo miró, cansado, y giró para ingresar en otro camino rural angosto—. No creas que no me di cuenta de que te fijaste en cada letrero. Pero te lo advierto: si te vas, no llegarás lejos. La gente conoce a Chet por aquí. Nadie te llevará en su carro a ningún lado. —Asintió con la cabeza—. Ya llegamos.

Un establo enorme, corrales, una larga casa de campo de una sola planta, dos camionetas estacionadas en el polvoriento jardín delantero. La peor pesadilla de Bobby Ray se había hecho realidad. El tribunal bien podría haberlo enviado a Marte.

Sam dobló a la izquierda por un camino recientemente empedrado. Cuando entró al patio delantero, dos pastores alemanes enormes ladraron ominosamente. Sam soltó una risita.

—Otro motivo para no escapar.

Bajó del vehículo mientras salía de la casa un hombre alto, de espaldas anchas, y cabello corto y oscuro. Parecía mitad pueblerino, con sus botas, sus *jeans* y su camisa a cuadros, y mitad figura de acción. Bobby Ray había visto a otros tipos con ese halo de confianza en sí mismos; la mayoría eran de mirada y puños duros. Este hombre tenía arrugas de risa alrededor de la boca y de los ojos.

Una palabra tranquila silenció a los dos perros.

—¡Qué bueno verte, Sam! —Su voz era profunda, como piedras rechinando en un terremoto.

—¿Cómo está Susan?

—De viaje otra vez. —Masterson se rio—. Está en San Antonio, visitando a su familia. —De un vistazo midió a Bobby Ray, quien fingió que no se había dado cuenta ni le importaba—. Un largo viaje desde su vecindario, ¿verdad, señor Dean? —Bobby Ray se puso rígido, seguro de que se estaba burlando de él. Cuando cruzó su mirada con la de Masterson, el hombre le sonrió ampliamente—. Nos alegra mucho recibirlo.

—A mí no me alegra estar aquí.

—No esperaba que se alegrara. Tiene aspecto de chico duro. Queda por ver qué tan duro es de verdad.

Sam abrió la maletera del carro. Dijo algo en voz baja y Masterson se rio.

—No sería el primero. Puede intentarlo.

Sam le entregó un grueso expediente.

—Todo lo que tienes que saber de él está aquí.

Bobby Ray sabía que contenía su historia familiar, la lista de hogares de acogida de los que había entrado y salido en los últimos ocho años, junto con los informes de sus padres de acogida anteriores, documentos escolares, notas de exámenes, informes judiciales y todo lo demás que el sistema había podido sacar a la luz y poner por escrito para intentar describir quién era él. Nada tenía relevancia. Nadie lo conocía.

Masterson sostuvo el expediente sobre su gran mano extendida, como si lo estuviera pesando.

—Impresionante. —Sus ojos azules destellaron.

Sam parecía nervioso, listo para volver al camino.

—Le prometí a mi hijo que esta noche iría a su partido de baloncesto. Si salgo ahora, llegaré justo a tiempo.

Bobby Ray sintió una punzada de envidia. Debía ser lindo tener un papá que diera la cara. Debía ser lindo tener un padre, punto. Por otro lado, siempre te podía tocar uno como el Exterminador o como el Lobo.

Masterson le dio una palmada en la espalda a Sam.

—Te llamaré en un par de semanas y te contaré cómo le está yendo.

Bobby Ray no pensaba quedarse tanto tiempo.

—¿Dónde tengo que ir? ¿Al establo?

—Quédese donde está hasta que yo esté listo para hacerlo pasar.

Bobby Ray farfulló su opinión y se dio vuelta hacia la casa. Se había olvidado de los dos perros, hasta que se pararon y le mostraron los dientes. Volvió a maldecir. Masterson soltó una risa.

—Carne buena y fresca, muchachos. Tranquilos. Quédese quieto, señor Dean. Están a punto de conocerlo. —Dio una orden en un tono bajo y los dos pastores alemanes caminaron alrededor de Bobby Ray. Se le pusieron los pelos de punta en la nuca cuando acercaron sus hocicos a sus partes íntimas—. Tranquilo. Si corre, lo derribarán. Solo están dándole una buena bienvenida canina.

—No esperes que sea recíproca.

—Esa es una palabra grande para un chico de la calle.

Masterson dio otra orden suave y los perros se sentaron, con las lenguas colgando desde sus sonrisas perrunas. Sam se metió de nuevo en el carro y le hizo adiós a Bobby Ray.

—Sígame —ordenó Masterson y ambos perros caminaron junto a él, uno a cada lado. Apretando los dientes, Bobby Ray lo siguió, demostrándole a Masterson con su manera de caminar que él no era una de sus mascotas—. Una advertencia, señor Dean. Si se ausenta sin permiso, Starsky y Hutch lo perseguirán. —Le sonrió—. Ahora reconocen su olor. Puede correr, pero no podrá esconderse.

Bobby Ray sintió que un escalofrío le recorría la espalda. ¿Estaría hablando en serio el tipo?

—Debe haber una ley que se oponga al uso de un perro de ataque contra un niño.

—¿Acaso dije que les ordenaría atacar? Lo único que les diría sería: "Vayan a buscar a Bobby Ray". Un chico de ciudad puede perderse con facilidad en todas estas colinas y valles. Starsky y Hutch conocen cada árbol y arbusto, cada piedra y cada arroyo. Ellos le enseñarán cómo volver a casa. —Miró a Bobby Ray evaluándolo—. Espero no tener que mandarlos en su búsqueda.

Bobby Ray no dijo nada más. Era mejor esperar y tener una idea de quién era este hombre y qué clase de lugar manejaba. En general, a Bobby Ray no le llevaba más de un par de días entender cómo funcionaban las cosas.

En la sala de estar había cinco muchachos holgazaneando. Dos estaban tendidos en los grandes sillones de cuero marrón, leyendo. Otros dos jugaban un juego de mesa. Otro estaba sentado a la mesa, leyendo un libro y escribiendo en un cuaderno con espiral. Cuando Masterson les presentó a Bobby Ray Dean, levantaron la vista y lo miraron de arriba abajo. Bobby Ray hizo contacto visual con cada uno de ellos para que supieran que no le tenía miedo a ninguno, aunque varios parecieran mayores y fuertes. Se preguntó cuál de ellos sería su compañero de cuarto, o si todos dormían en alguna barraca.

La sala de estar era grande y estaba bien decorada. Había bastante dinero invertido en los sillones de cuero y en la lustrosa mesa de centro de roble. Los estantes de libros iban del piso al techo y cubrían toda una pared, frente a una chimenea enorme. El rancho tenía un mueble impresionante para la televisión, con una gran pantalla y un equipo estereofónico. Unas puertas corredizas de vidrio daban a un gran jardín con césped y una portería de fútbol en un extremo.

La casa era más grande que cualquier otra en la que él hubiera estado; tenía dormitorios espaciosos y baños con lavabos dobles, duchas y bañeras, una cocina profesional conectada a un comedor con una gran mesa y sillas de respaldo recto. Otro pasillo conducía a un cuarto de lavandería, una despensa y una oficina que más parecía una biblioteca. Otra puerta llevaba a unas habitaciones independientes, donde vivían Chet y su esposa, Susan.

«Aquí vivimos una vida sencilla, señor Dean». Masterson la resumió rápidamente: si uno demostraba respeto y gentileza, podía esperar recibir lo mismo. (Debía ser por eso que le hablaba de «usted», como si eso fuera a cambiar algo). Tenía que leer el pizarrón todos los días para enterarse de la rotación de quehaceres. Todos los que vivían en el rancho de montaña Masterson aprendían las artes de los solteros: cocinar, lavar platos, pasar la aspiradora, limpiar los pisos, asear los inodoros y las duchas, lavar la ropa y arreglarla. Susan Masterson comenzaría su entrenamiento tan pronto regresara de Texas, lo cual sería al día siguiente por la tarde. El despertador sonaba a las seis; el desayuno era a las seis treinta; la escuela era desde las siete treinta; tendría tiempo libre cuando terminara sus deberes y los quehaceres de la casa. Un maestro especializado iba todos los días y Bobby Ray podía marcar su propio ritmo. Si quería terminar la preparatoria rápido, ¡adelante! ¿Algún interés en continuar a la universidad? ¿No? Bien, nada era inamovible. Podía llegar a cambiar de parecer después de unos meses de trabajo con Jasper Hawley. Chet tendría sesiones privadas con Bobby Ray tres veces por semana, comenzando al día siguiente. ¿Alguna pregunta?

Bobby Ray ya había recibido reglas antes. Nunca había vivido sujeto a ellas y no tenía la intención de empezar a hacerlo ahora.

Chet le sonrió pausadamente y con complicidad.

—Es mucho para asimilar. Pronto lo entenderá. —Hizo un gesto con la cabeza hacia el muchacho que estaba sentado a la mesa—. Él es José. Tome sus cosas, señor Dean. Usted compartirá una habitación con él. La segunda puerta a la derecha por ese pasillo.

José levantó la vista cuando entraron en la sala de estar. Era evidente que ya se lo habían informado. La mirada que le dirigió a Bobby Ray fue una advertencia.

—La cama debajo de la ventana es mía. Tienes el lado izquierdo de la cómoda. —Sonó a despedida. Bobby Ray levantó su bolso de viaje y caminó por el pasillo.

Todo era sencillo y funcional: dos camas individuales; dos escritorios con estantes, uno de los cuales ya estaba lleno de libros de texto; dos lámparas de lectura; dos tablones de anuncios, uno tenía la bandera mexicana y media docena de fotos familiares; un tablero de corcho con algunas chinchetas. Bobby Ray abrió de un tirón el cajón superior izquierdo de la cómoda y volcó ahí sus pocas pertenencias.

Echó un vistazo a las paredes limpias y blancas y ansió tener un rotulador negro en la mano. Las imágenes se le aparecieron: la escena de una fiesta en el departamento de Rojo Vivo, el Exterminador drogado de anfetaminas, Chancho muerto, rostros gritando por todas partes, el comedor de una prisión medio llena de caricaturas de presos amigables, del tipo que te apuñalaría el corazón con una navaja. Bobby Ray se sentó en el extremo de la cama y se frotó el rostro, deseando poder borrar de su mente las imágenes que aparecían fugazmente y la sensación de pérdida que le retorcía el estómago. Debería haber recordado que era mejor no hacerse amigo de nadie. Hoy estaban; mañana, no.

—¿Qué te parece si te muestro el lugar? —José se recostó contra el marco de la puerta. Lanzó una manzana hacia arriba y la atrapó.

¿Cuánto tiempo había estado observándolo? Bobby Ray se levantó. Era varios centímetros más alto que el muchacho mayor, pero sabía que el tamaño no siempre servía para ganar una pelea.

Todo lo relativo al rancho de montaña Masterson le parecía ajeno, especialmente el aire que tenía un fuerte aroma a pino. Los únicos sonidos eran el susurro de los pinos, el relincho de los caballos, el canto de los pájaros.

Caminaron por el lugar durante casi una hora y Bobby Ray no vio pasar ni un solo carro.

—¿Estás esperando a alguien? —José sonrió con superioridad—. No dejas de mirar hacia el camino.

—¿Qué tan lejos estamos del pueblo?

—No, mano, estamos demasiado lejos para huir. —Hizo un gesto con la cabeza hacia el establo—. ¿Te gustan los caballos?

Bobby Ray habló con desprecio:

—Nunca he conocido ninguno.

José señaló con la cabeza.

—Entonces, ven. Te presentaré algunos. Los Masterson alojan caballos. Uno de nuestros trabajos es sacarlos a ejercitar. Algunos de sus dueños vienen todos los días a montarlos, pero la mayoría vive en Sacramento y solamente vienen los fines de semana o durante las vacaciones.

El establo olía a heno y a estiércol fresco. José abrió una puerta.

—Vamos.

Bobby Ray miró el tamaño del caballo capón y se quedó parado al lado de la puerta.

—¿Montar a caballo es parte del programa de artes para solteros?

—Es una de las mejores cosas que tiene este lugar. —José pasó su mano sobre el lomo del caballo. El animal le dio un empujoncito y él le acarició el parche blanco que tenía en la cabeza. José se sacó la manzana del bolsillo de la camisa y se la dio de comer al caballo—. ¿De dónde eres?

—San Francisco.

—Yo soy de Stockton. Mis viejos vienen una vez al mes. Bueno, mi mamá viene. Mi papá fue arrestado por robar automóviles. ¿Qué hay de ti?

—¿Qué hay de mí?

—¿Tienes familia?

—¿Qué te hace pensar que eso podría interesarte?

Los ojos de José se entrecerraron y se oscurecieron.

—Tenemos que vivir juntos. Me gustaría saber quién está durmiendo en la cama que está a un metro de la mía.

—Bueno, duerme tranquilo. No soy homosexual y todavía no he

matado a nadie. —Ya había tenido suficiente del establo, de los caballos y de José—. ¿Ya terminamos?

—Con la visita guiada, sí. Pero falta mucho para terminar. Recién estamos empezando.

Bobby Ray regresó a la casa. ¿Y ahora qué? No conocía a ninguno de estos tipos. No quería conocerlos. La frustración burbujeó en su interior. José pasó caminando a su lado y volvió a la mesa donde había estado leyendo y tomando notas. Bobby Ray dio vueltas por la sala y se detuvo a examinar detenidamente las estanterías: novelas clásicas, biografías, libros sobre carpintería, agricultura, automecánica, historia, tecnología, ciencia.

El arco que daba a la cocina le permitió ver a Chet Masterson trabajando con uno de los muchachos. Algo olía lo suficientemente bien para hacer que a Bobby Ray le doliera el estómago por el hambre. Otro muchacho apilaba tazones, servilletas y cubiertos sobre el mostrador de la cocina.

—¡Muy bien, caballeros! ¡Vengan a comer! —Masterson se paró en el arco de la cocina—. Esta noche, chile con carne y pan de maíz.

Bobby Ray se quedó atrás hasta que todos se encaminaron a la cocina. Imitó lo que hacían los demás: tomó un tazón, una servilleta, cubiertos y se sirvió su comida. Los vasos para el agua estaban sobre la mesa; había jarras llenas en cada extremo. Tenso, Bobby Ray se sentó. José lo ignoró, a la vez que los demás le dirigieron miradas rápidas y evaluadoras antes de hundir la cuchara en el chile con carne. El pan de maíz estaba suficientemente caliente para derretir la manteca y la miel que Bobby Ray untó en él. Después del primer bocado vacilante, Bobby Ray comió sin parar. No recordaba la última vez que había comido algo que tuviera tan buen sabor. Cuando los demás se levantaron para servirse una segunda porción, él también lo hizo.

Cada uno lavó sus propios platos.

—La cocina está abierta, si le da hambre más tarde —le dijo Masterson a Bobby Ray—. Lave lo que ensucie cuando termine.
—Hizo un gesto con la cabeza hacia la sala de estar—. En quince minutos tendremos nuestra reunión familiar.

Bobby Ray calculó que podría llegar al camino y correr un par de kilómetros para entonces, pero, cuando salió por la puerta, Starsky y Hutch se despertaron y se pararon. Bajó la escalera con cuidado y se quedó mirando el patio. Los dos perros lo siguieron. Uno le dio un empujoncito en la mano con el hocico y Bobby Ray se detuvo. Tal vez si se hacía amigo de ellos lo dejarían ir. Acarició la cabeza de uno de los perros y rascó al otro detrás de las orejas. Trató de moverse para esquivarlos, pero un carro llegó a la entrada.

Bobby Ray se enderezó y vio que un viejo convertible rojo Dodge Dart se estacionaba al lado de la camioneta marrón F-250 de cabina extendida. Un hombre de mediana edad se bajó. Tenía la barba corta y el cabello entrecano desgreñado. Recogió un *blazer* arrugado del asiento trasero y se lo puso encima de su camisa a cuadros de mangas cortas, mientras los perros saltaban a su alrededor como gesto de bienvenida. Miró a Bobby Ray.

—Jasper Hawley. ¿Y usted es el señor...?

—Bobby Ray Dean. —Así que este era el maestro. Parecía un desastre, aunque su apretón de manos fue firme y tenía los ojos claros.

Jasper Hawley hizo un gesto con la cabeza hacia la casa:

—Después de usted.

Bobby Ray encontró lugar en el sofá. Masterson les pidió a los muchachos que compartieran una breve historia personal para que el señor Dean pudiera conocerlos. Uno tras otro, cada uno habló de sus vínculos con pandillas, de hogares rotos, de las comparecencias en los tribunales y de las veces que habían entrado y salido de reformatorios juveniles. Bobby Ray podría haberles contado sus anécdotas de cuántas veces se había mudado, de los lugares donde había vivido o de cómo siempre encontraba la manera de volver al Tenderloin. Al principio había vuelto porque creía que su madre todavía estaba allí en algún lugar de las calles, en alguna discoteca o en un departamento. Después de que supo la verdad, siguió regresando porque le era familiar.

—¿Algo que quiera decir, señor Dean? —Masterson lo miró.

—Solo porque me hayan contado sus tristes historias no significa que yo vaya a hablar de la mía. No los conozco. —Recorrió la sala con la vista y miró a los ojos a cada muchacho—. No quiero conocerlos.

—Yo sé algo sobre él. —José sonrió—. Le tiene miedo a los perros y a los caballos.

Bobby Ray se puso rojo, pero, antes de que pudiera contraatacar, los demás se rieron y empezaron a contar anécdotas de Starsky y Hutch. Un muchacho no había querido cruzar la puerta principal durante toda la primera semana. Otro había tratado de escapar de ellos una vez. Starsky lo atrapó de la pierna del pantalón y Hutch apoyó dos patas sobre su espalda y lo derribó. Creyó que era hombre muerto, hasta que los perros empezaron a lamerlo.

—Entonces ladran pero no muerden. —Bobby Ray miró a José.

—Yo no los tentaría. —José le sonrió a Masterson—. Una vez intenté darle un puñetazo al jefe. Mala idea.

Masterson cambió de tema. Jasper Hawley hizo algunas preguntas y los muchachos hablaron de todo, desde deportes hasta política. Cada uno tenía puntos de vista firmes —a veces, opuestos—, pero no recurrieron a insultos ni discusiones.

Después de que apagaron las luces, Bobby Ray se quedó acostado en su cama, tapado con una manta. Exhausto y deprimido, quiso dormir, pero el ruido exterior parecía hacerse más intenso en la oscuridad.

—¿Qué es ese ruido?

—Grillos. —José lanzó una risa suave—. Me volvieron loco la primera semana. Espera a que escuches a las ranas después de algo de lluvia. —Se dio la vuelta—. Ya te acostumbrarás.

Bobby Ray aceptó la derrota, al menos hasta que encontrara la manera de luchar y ganar. Consistía en asimilar el programa o morir de aburrimiento. Hawley le dio algunos exámenes para saber dónde estaba parado académicamente. Le dio textos de álgebra superior, biología y composición. Cuando Hawley le dio a elegir entre francés y español, Bobby Ray le dijo que por qué no latín. Hawley se rio y volvió al día siguiente con un texto usado de latín a nivel universitario.

—Da la casualidad de que es una de las cosas que me interesa.

—Estaba bromeando.

—¿Tienes miedo de no ser suficientemente inteligente? En una época, era común en las escuelas públicas. Es la base de nuestro idioma, de las tradiciones, de los sistemas de pensamiento, de la política y de la ciencia. Estudiar latín te puede enseñar a pensar analíticamente.

Bobby Ray estaba acostumbrado a profesores que solo pasaban el tiempo, no que tenían entusiasmo. Hawley tenía historias sobre cada tema y enseñaba como si conociera la materia al derecho y al revés. Lo entusiasmaba tanto lo que enseñaba, que Bobby Ray se contagió de su entusiasmo.

Masterson llamaba a Bobby Ray a su oficina tres veces por semana y, tres veces por semana, Bobby Ray evitaba las preguntas indagatorias. Exasperado, Bobby Ray perdió la paciencia.

—Todo está en el expediente.

—No me interesan los hechos, señor Dean. Quiero saber cómo piensa. Quiero saber qué está pasando dentro de esa impresionante mente suya.

—No, no quiere. —Bobby Ray no tenía ninguna intención de abrir esa puerta.

—He estado observándolo. Usted escucha mucho. Hablar con alguien a quien le importe puede ayudarlo a entender de dónde viene y cómo llegar adonde quiere ir.

—Yo me ocupo de mis cosas a mi manera.

—¿Y cómo le está yendo con eso? —Masterson sacudió la cabeza—. La verdad es que no está ocupándose de nada. Lo ha escondido todo donde piensa que quedará enterrado. Lo que guarda lo devorará.

Susan Masterson era más difícil de tratar que Chet. Era una rubia de Texas de ojos azules que usaba el cabello largo recogido en una cola de caballo y se vestía con *jeans*, camisas de vaquero y botas tejanas. Todos los muchachos estaban enamorados de ella.

«Quédate conmigo y aprenderás a cocinar bien. Pórtate como un tonto y te irás a limpiar los establos». Bobby Ray se resistió y descubrió que ella era una mujer de palabra.

Con las manos ampolladas de haber usado la pala todo el día, intentó el sentido común. Se había valido por sí mismo desde que tenía memoria. Sabía preparar emparedados y fideos ramen y pasta con queso. Sabía cocinar perros calientes y huevos revueltos. ¿Qué más necesitaba un muchacho como él?

Con las manos apoyadas en las caderas, Susan enfrentó a Bobby Ray y le dijo que para cuando él se fuera del rancho, sabría cómo preparar una comida de cuatro platos, planchar sus propias camisas (a pesar de vivir en el mundo de la ropa de planchado permanente), lavar su propia ropa y tender la cama de una forma tan tirante que podría hacer rebotar una moneda en ella. Incluso aprendería a limpiar el inodoro y recordaría bajar el asiento.

—¡Tu futura esposa me lo agradecerá! —Levantó la voz para que Chet pudiera escucharla desde su oficina.

—¿Dijiste algo, amor mío? —replicó Chet, riendo.

—¡Oye! —Puso una mano sobre la de Bobby Ray—. Si pelas las papas de esa manera, te despellejarás el pulgar. No quiero sangre en el puré de papas. —Le demostró cómo hacerlo y le devolvió el pelador de papas—. Solo faltan quince más.

Él se resistió nuevamente cuando lo llevó al armario y le dijo que podía elegir algo mejor para ponerse que lo que tenía.

—Eres libre de tomar lo que necesites. La mayoría de nuestros muchachos llegan con apenas una muda de ropa. —Alcanzó y sacó un par de camisas planchadas y prolijamente dobladas. Él le dijo que no gracias: le gustaban las camisetas y las sudaderas, preferentemente negras.

—Este no es el final del camino, Bobby Ray. Irás a la facultad o a trabajar. Sea como sea, tienes que aprender a estar cómodo con la ropa que te permita conseguir empleo. Necesitas usar la vestimenta adecuada para la profesión que elijas.

—No hay un vestuario apropiado para traficar droga.

—No seas tonto. —Cambió de idioma al español—: "El que no arriesga, no gana".

—¿Qué dijo?

Lo repitió en inglés para que lo entendiera. Luego sacudió la cabeza y gritó:

—¡Oye, Chet! ¿Qué pasó con el español que aprenden nuestros muchachos?

—Jasper le está enseñando latín al señor Dean.

—¡Latín! —Susan se rio—. Santo cielo. ¡Por fin se le cumplió su deseo a Jasper! —Le dirigió una mirada maliciosa a Bobby Ray—. Qué suerte tienes.

Como todos los demás, Bobby Ray pasaba el tiempo limpiando los establos y trinchando el heno. José dedicaba cada minuto libre que tenía a los caballos. Cabalgaba todos los días. Bobby Ray trataba de no dejar que le cayera bien su compañero de cuarto, pero empezaron a hacerse amigos a pesar de su determinación. Sabía que le esperaba un mundo de sufrimiento. En ese momento, tenía que ver con José y su amor por los caballos. Bobby Ray quiso advertírselo.

—Los caballos no son tuyos, compa. Mañana, Blaze Star o Nash podrían irse en un remolque. ¿Alguna vez lo pensaste?

—Obvio que lo pienso. No soy tonto.

—Entonces, ¿por qué te encariñas?

—¿Te parece que en algún otro momento de la vida tendré una oportunidad como esta? Probablemente terminaré como mi viejo, en la cárcel. Voy a disfrutar de esto hasta los dieciocho.

A los dieciocho años saldrían del programa, del rancho, y tendrían que arreglárselas por su cuenta. Así era como funcionaba el sistema.

Bobby Ray seguía siendo reservado, se dedicaba a sus estudios. Tenía que recordarse una y otra vez a sí mismo que no debía hacer amigos ni contar con nadie. Eso siempre había terminado haciéndolo sufrir. A veces, cuando los muchachos hablaban y se reían juntos, Bobby Ray tenía que salir para aclarar sus pensamientos. Muchas veces, contra su buen juicio, se quedaba hablando con José después de que habían apagado las luces. Una noche, José le contó un chiste y Bobby Ray se rio tan fuerte que sintió que le salían lágrimas y tuvo que encerrarse en sí mismo antes de hacer el ridículo.

Cuando José anunció en la reunión familiar que tenía planes de alistarse en el Cuerpo de Marines, Bobby Ray supo que era hora de abandonar el rancho de montaña Masterson. Ni bien apagaron las luces, guardó su ropa en su bolso de viaje y caminó hacia la puerta. José lo siguió, poniéndose los pantalones mientras trataba de alcanzarlo.

—¿Adónde vas?

—¡A cualquier lugar que no sea este!

—Cumplo dieciocho el mes próximo. Todos tendremos que irnos alguna vez, compañero. Estoy tratando de hacer lo más inteligente.

—Solo cállate y vuelve a la casa. —Starsky y Hutch aparecieron, y Bobby Ray maldijo.

—Haz como quieras. —José se encaminó hacia la casa y llamó a los perros. No le hicieron caso.

Starsky se paró a un costado de Bobby Ray; Hutch, al otro. Cambiando de brazo el bolso de viaje, Bobby Ray miró el largo camino de entrada hasta la reja y la línea oscura del camino a lo largo de la valla. ¿Adónde iría? ¿De vuelta a San Francisco? Ya no tenía ningún amigo ahí. ¿Debería ir a Sacramento? Tendría que vivir en la calle. ¿Qué alternativas tenía? Escupió un insulto; luego otro, más alto. Después de algunos minutos más, volvió a la casa. Dejó caer el bolso junto a su cama.

A la mañana siguiente, Chet llamó a Bobby Ray a una sesión de consejería. Como era un día antes de la cita normal, Bobby Ray supuso que Chet estaba al tanto de su intento de escapar. Se sentó, preguntándose cuántos días tendría que limpiar el establo esta vez.

Chet se sentó detrás del escritorio.

—Me alegro de que haya cambiado de parecer anoche. —Se inclinó hacia atrás—. ¿Le gustaría hablar de lo que provocó que quisiera huir?

Bobby Ray miraba fijamente y con el rostro inexpresivo a la nada.

—El silencio es su *modus operandi* habitual, ¿no es así, señor Dean? Está bien. Esta vez, nos quedaremos sentados aquí hasta que empiece a hablar.

Los minutos pasaban. Chet Masterson parecía tan relajado como cuando entraron en la oficina. Bobby Ray se puso más tenso. Él siempre era el que usaba el silencio como arma. Había que estar sentado un buen rato y la otra persona siempre decía algo, generalmente lo suficiente para que Bobby Ray lo usara en su contra. Chet no parecía incómodo.

Después de quince minutos de silencio, Bobby Ray se movió en su silla. Gruñó un par de palabras y se levantó.

—Siéntese. —Chet Masterson habló en voz baja, pero con una calma de acero—. Tenemos una hora.

Por lo menos, había un final a la vista. A la media hora, Bobby Ray tenía los nervios de punta. Quizás no tuviera las agallas para correr, pero sabía cómo hacer que lo echaran. Lo único que tenía que hacer era encontrar una lata de pintura en aerosol. Hizo que su mente se concentrara en lo que pondría en una pared. Al cabo de una hora entera, su sangre se había enfriado a fuego lento.

Chet se veía sombrío.

—Impresionante. —Su sonrisa evidenciaba tristeza, no respeto—. Puede irse, señor Dean.

Esa noche, vio un rotulador negro en la pizarra lavable y sintió una descarga de adrenalina. Mientras los demás estaban recostados mirando un partido de béisbol, se lo metió a escondidas en el bolsillo y se dirigió a su cuarto. Podía escuchar a los muchachos ovacionando una jugada.

—¡Ey! ¿Por qué no nos acompañas? —José se paró apenas del otro lado del umbral. Pronunció una palabrota y se quedó mirándolo. Volvió a salir cerrando la puerta detrás de sí.

Bobby Ray sintió como si le hubieran dado una patada en el estómago; luego, la descarga de adrenalina volvió, atenuando el dolor, concentrando la ira. Tenso, siguió trabajando.

Escuchó el murmullo de las voces que llegaba desde la sala cuando la reunión nocturna comenzó sin él. Nadie lo extrañaría cuando se marchara. Después de un rato, escuchó de nuevo la televisión. La puerta seguía cerrada.

El marcador se quedó sin tinta antes de que terminara, pero le pareció que con lo que había hecho bastaba. Lanzó el marcador vacío al cesto de la basura y se sentó sobre el piso, a los pies de su cama. Desearía haber tenido un par de bolígrafos más para poder concluir lo que había empezado, pero no importaba. Había hecho lo suficiente para ser expulsado del rancho.

Alguien llamó a la puerta y la abrió. Bobby Ray vio las botas marrones y rayadas de Chet Masterson. *Ahí vamos. Hora de irse.* Era lo que quería, ¿no?

El temor surgió de lo profundo de su ser y le apretó la garganta. *¿Adónde iré ahora? ¿Dónde terminaré esta vez?*

—Por fin estás hablando, Bobby Ray. —Chet Masterson se quedó parado en calma, analizando la pared—. Parece que tienes mucho qué decir.

Jasper Hawley miró lo que había dibujado Bobby Ray. Al día siguiente, volvió con una caja con libros y la dejó caer sobre la mesa, frente a Bobby Ray.

—Agregaremos arte a tu plan de estudios.

—¿Usted espera que yo lea todos esos libros? —Después de ojear el primero, Bobby Ray ansiaba ver qué más había en la caja.

—Tienes tiempo. —Sacó los libros, uno por uno: historia del arte, las obras de Leonardo Da Vinci, Francisco Goya, Paul Cézanne, Vincent van Gogh, el Bosco, Emil Nolde. Intrigado, Bobby Ray abrió el último. Hawley se lo quitó—. Ahora no. Primero lo primero.

Matemáticas, latín y ciencias sociales. —Apoyó las palmas de sus manos sobre la pila de libros de arte—. Estos son incentivos para que te pongas a trabajar. Tan pronto como termines tus deberes, serán todos tuyos.

Bobby Ray terminó su trabajo de clase en un par de horas. Necesitó que le recordaran que debía realizar sus quehaceres, pero los hizo rápidamente. Se pasó horas mirando las acuarelas de Venecia de John Singer Sargent y los cuadros de John William Waterhouse, que lo transportaban a otros lugares y a otras épocas. Le encantaban los colores intensos y brillantes de van Gogh, las caretas de Nolde, la crudeza de Picasso.

Cuando Hawley le dio bolígrafos y cuadernos para bocetos, Bobby Ray los llenó. Hawley le llevó un libro sobre muralistas del siglo XX. Bobby Ray hizo más dibujos.

Una tarde, Susan miró por encima de su hombro.

—¿Puedo echar un vistazo? —Tomó su cuaderno de bocetos antes de que él tuviera tiempo de contestar. Pasó las páginas—. Ohhh, me gusta este. —Puso el cuaderno de bocetos frente a él—. ¿Quieres pintar una pared?

¿Estaba bromeando? Parecía hablar en serio, casi entusiasmada.

—Te dejaré pintar una de las paredes de la cocina si haces algo como esto. Siempre he querido conocer Italia. Pinta algo romano. O los lugares que pudo haber visto Vasco da Gama en su viaje por el cabo de Buena Esperanza.

—Roma y Velasco. —Bobby Ray hizo una mueca.

—Vasco. —Se rio—. Pero, aguarda. Román Velasco. ¡Ese sería un gran nombre para un artista! —Levantó sus manos como si estuviera enmarcando la pared—. Román Velasco vivió aquí.

—Los pseudónimos son para los escritores —se rio Chet.

—Díselo a Bruce Wayne y a Clark Kent. Si los pseudónimos son buenos para los superhéroes, ¿por qué un artista no puede tener uno?

Susan estaba bromeando; sin embargo, plantó una semilla. Bobby Ray Dean era el muchacho del abultado expediente de los servicios sociales, el abandonado, el nadie que no pertenecía a ninguna parte. Román Velasco tenía clase. Con un nombre como ese, la vida podía ser completamente distinta.

10

A Grace le encantaba cómo se sentía con Samuel acurrucado contra su cuerpo mientras dormía, tibio y relajado. Debía ponerlo en la cuna, pero cada minuto con él era precioso. No quería perderse ni uno solo. Selah y Rubén estaban sentados con ella en la sala de estar, en silencio, pensativos. Le abrieron su hogar a Grace en el momento que más vulnerable estaba y le permitieron formar parte de su familia. Las circunstancias estaban cambiando rápidamente, y Grace sabía que Selah deseaba mantener las cosas como estaban. No. Eso no era cierto. Selah quería más. Quería adoptar a Samuel; quizás incluso sentía que tenía derecho a él después de darle tanto.

Avergonzada por su embarazo no planificado y en crisis, Grace lo había mantenido en secreto hasta que se le empezó a notar. Su jefe de cuatro años, Harvey Bernstein, se había jubilado recientemente y había vendido la empresa, lo cual la dejó sin empleo. Su seguro de desempleo se terminaría antes de la fecha del parto, y no podría conseguir otro empleo hasta después de que el bebé naciera. Patrick había vaciado su cuenta de ahorros cuando se separaron. Ella no sabía a quién recurrir.

Finalmente, se tragó su orgullo y se lo contó a sus amigas un domingo después de la iglesia, durante su almuerzo semanal. Shanice parecía físicamente enferma ante la noticia.

—Ay, Grace, lo lamento mucho.

Ashley agarró a Grace de la mano.

—¿Qué vas a hacer?

—Podrías abortar —dijo Nicole en un tono prosaico, como si esa fuera la manera más lógica de librarse del problema.

Shanice fulminó con la mirada a Nicole.

—A veces no te conozco Nicole. ¿En qué estás pensando?

El rostro de Nicole se sonrojó.

—Bien. Ya que tú tienes todas las respuestas, todo el tiempo, ¿qué va a hacer?

—Puede ir a un centro de orientación para embrazadas y buscar ayuda. Puede tener al bebé y entregarlo en adopción. —Miró a Grace con los ojos llenos de lágrimas—. Yo te acompañaré. No estás sola en esto, amiga.

Grace sabía que Shanice se identificaría con lo que ella estaba afrontando más que sus otras amigas. Más de una vez le había dicho que desearía poder acoger a Grace y ofrecerle un hogar para ella y para el bebé. Pero el condominio que compartía con otra mujer era demasiado pequeño para tener una tercera compañera.

Una enfermera del centro de ayuda para mujeres embarazadas escuchó la situación de Grace con compasión, sin juzgarla. Le llevó varias semanas, pero la mujer conectó a Grace con Selah y Rubén García, candidatos para una adopción abierta. Grace se encontró viviendo con una familia que la quería y que le dio una esperanza para el futuro. Sabía que su hijo tendría un hogar amoroso con Selah, Rubén y sus dos hijos adolescentes, una vida mucho mejor que la que ella podía ofrecerle. Hicieron redactar todos los documentos para firmarlos tan pronto como naciera el bebé.

Había estado segura de que la adopción era el mejor plan, hasta el día que Samuel nació y lo tuvo en sus brazos. Estableció un vínculo con él inmediatamente. No tenía idea de cómo iba a ganarse la vida para mantenerlos a los dos, pero supo que no podía entregar a su hijo para que otra persona lo criara.

Grace fue sincera con los García en cuanto a que había cambiado de parecer. Todos sabían que nada era definitivo hasta que Grace firmara los papeles, y les dijo que había decidido que no podía hacerlo. Al principio, Selah la entendió, pero en los últimos meses estaba cada vez más claro que su apego por el hijo de Grace se había hecho más fuerte.

—¿Estás segura en cuanto a la mudanza? —Selah hablaba más como una madre afligida que como una amiga comprensiva.

—No puedo vivir aquí para siempre, Selah. Necesito arreglármelas sola. No puedo seguir dependiendo de ti y de Rubén.

—Tú eres parte de nuestra familia. Nosotros no te estamos pidiendo que te vayas.

Grace estrechó más a Samuel en sus brazos.

—Ni bien me instale, empezaré a buscar una guardería.

Selah parecía destrozada.

—¿Por qué se lo dejarías a una desconocida, cuando me tienes a mí? —Rubén apoyó su mano sobre la rodilla de su esposa. Selah lo ignoró—. Yo he sido madre desde que Javier y Alicia nacieron. He sido… —Titubeó—. Sabes que Samuel estará más feliz conmigo que con una extraña. Lo sabes. Puedes dejarlo conmigo durante la semana y tenerlo los fines de semana. Puedes venir a buscarlo los sábados y traerlo los domingos. Estará seguro con nosotros. Tú quieres su seguridad, ¿verdad? Sabes cuánto lo amamos. Es como un hermanito para Javier y Alicia. Por favor, Grace. No se lo des a alguien que apenas conoces.

Grace se sentía desgarrada.

Rubén parecía tan preocupado como Selah, pero no estaba segura de que fuera por la misma causa. Él había aceptado la decisión de Grace de quedarse con Samuel y, aunque Selah dijera que ella también, ambos sabían que todavía tenía esperanzas de que Grace volviera a cambiar de parecer.

Selah había estado en la sala de partos con Grace; le había sostenido la mano y la había alentado durante el difícil trabajo de parto. Selah fue la primera en tener en brazos a Samuel cuando nació. Incluso después de que Grace cambió de opinión acerca de la adopción, Selah quiso que se quedara. Insistió en que Grace se quedara en casa y amamantara a Samuel durante los primeros tres meses, antes de buscar un nuevo empleo.

Al ver la angustia de Selah, Grace se sintió desagradecida y egoísta. Selah había sido tan madre para Samuel como ella, y más aún en las últimas semanas, desde que Grace había empezado a trabajar para

Román Velasco. Ella estaba fuera de casa hasta doce horas por día y apenas pasaba un rato con su hijo. El sábado anterior, él había llorado mientras Grace lo tenía en sus brazos y había estirado sus bracitos hacia Selah.

—Samuel está creciendo sano aquí, Grace. Tiene una familia. Tú quisiste que nosotros fuéramos su familia.

Grace sintió un dolor agudo ante el recordatorio de Selah.

Rubén apretó firmemente la mano de Selah esta vez.

—Selah… —Su tono estaba cargado de desaprobación.

Los ojos de Selah se llenaron de lágrimas.

—No vamos a retener a Grace. Samuel es su hijo, no nuestro. ¿Habrías renunciado a Javier? —Selah empezó a hablar otra vez, pero Rubén siguió—. Esto es parte de una sana transición, mi amor.

Cuanto antes se fuera Grace, mejor.

—Ya tengo guardada la mayor parte de las cosas que necesito para organizar la cabaña. He llamado a mi iglesia. Los voluntarios me ayudarán a mudarme el sábado.

Selah dio un grito ahogado:

—¡El sábado! No tienes una cuna. —Sus ojos se humedecieron—. ¿Dónde dormirá Sammy? ¿En el piso?

—Ayer compré una cuna. —Había vuelto a la misma tienda de segunda mano donde había comprado el portabebés usado para el carro, así como una silla alta, sábanas y mantas para la cuna, y juguetes—. Tengo lo que necesito.

Selah parecía herida y enojada.

—Igual necesitas tiempo para encontrar una guardería.

—Lo sé.

—Tienes que verificar las referencias con mucho cuidado.

—Lo sé. —Grace trataba de contener las lágrimas.

El tono de voz de Selah se ablandó:

—Por favor, no te lo lleves así. Déjame que lo cuide por ti.

Rubén parecía a punto de llorar por el pedido angustioso de su esposa. Miró a Grace de manera suplicante.

—Tal vez, un poco más de tiempo serviría, chiquita. Podrías dejar a Samuel con Selah mientras te mudas. Yo también puedo ayudar. El sábado estoy libre.

Grace sabía que no podría ayudar con el bebé en brazos, y Selah parecía comprender que todo iba a cambiar. Quizás un poco más de tiempo sería bueno. No quería tomar una decisión apresurada en cuanto a la guardería. Selah tenía razón. Había que tomar suficientes precauciones en estos tiempos. Tendría que entrevistar personas, verificar referencias. Mientras tanto, Samuel estaría seguro y feliz con personas que conocía.

Samuel se movió en sus brazos. Con el corazón apesadumbrado por la indecisión, Grace lo besó en la cabeza. Debería estar dormido en su cuna, pero ella había querido tenerlo cargado para estar firme cuando hablara con Selah y Rubén. Era doloroso aceptar la lógica de los argumentos de Selah. Selah lo cuidaría mejor y con más amor que el que recibiría en una guardería infantil, aunque encontrara una buena. Sería uno entre muchos otros niños, mientras que aquí tendría toda la atención de Selah.

Eso era lo que más le preocupaba a Grace. ¿Estaba siendo egoísta? ¿Se estaba dejando dominar por los celos? ¿Dejar a Samuel al cuidado de Selah un tiempo más la ayudaría a adaptarse o empeoraría las cosas? No lo sabía, pero no podía permitir que sus inseguridades prevalecieran sobre el sentido común.

—No quiero lastimarte, Selah. Esto sería temporal. —Buscó la mirada de Selah, deseando que lo entendiera—. Dejaré a Samuel contigo durante la semana. Y te pagaré por cuidarlo.

—¡No quiero dinero! Lo hago por amor.

—Lo sé, pero esto es parte de volver a ser independiente. Por favor, trata de comprender. Te quiero, Selah. Has sido como mi hermana. Agradezco todo lo que has hecho por mí y por Samuel, pero quiero a mi hijo conmigo todo el tiempo y tan pronto como pueda.

Selah dejó escapar un suspiro estremecedor.

—Sí. Comprendo. —Asintió, tranquila—. Todo se resolverá como debe ser.

Grace pidió en oración que estuviera haciendo lo correcto.

—Vendré a buscar a Samuel el viernes por la tarde, después de trabajar, y lo traeré de vuelta a casa el domingo en la tarde. —No había querido decir «a casa». Sintió que las lágrimas rápidamente asomaban en sus ojos e hizo un gran esfuerzo para contenerlas.

—Sí. Bueno. —Ahora, Selah hablaba con dulzura—. Siempre ha sido un placer para mí cuidar a Samuel. Él es nuestro angelito. —Selah extendió sus brazos, lista para recibir a Samuel.

Grace se levantó. *No puedes tenerlo*, quería gritarle. *¡Deja de tratar de quitármelo!* Pero decir tales cosas era impensable, después de todo lo que Selah y Rubén habían hecho por ella.

—Estoy agradecida con los dos. Realmente, lo estoy.

—Lo sabemos. —Rubén comprendía, aunque Selah no lo hiciera.

—Es tarde y Samuel y yo deberíamos estar en la cama. —Apoyó su mano sobre el hombro de Selah—. Gracias.

Selah levantó la vista hacia ella. Con su mano, atrapó un pie de Samuel.

Esa noche, Grace no acostó a Samuel en su cuna. Lo mantuvo en su cama, acurrucado junto a ella.

Román observó a los cuatro hombres que llevaban muebles y cajas al interior de su cabaña. Grace había entrado antes con algo grande envuelto, y había hecho dos viajes más con cajas. Entró con una aspiradora y no volvió a salir. La imaginó adentro, dando órdenes como un general. *Pongan el sillón ahí, la silla giratoria allá, la mesa de centro aquí.* Todo debía estar en su debido lugar. No tenía demasiado, así que el proceso no llevó mucho tiempo. Tres de los hombres se fueron y un cuarto se quedó. Mexicano, suponía Román.

Cuando Román volvió a mirar, más tarde, Grace y el hombre estaban sentados sobre el parapeto que daba hacia el cañón, hablando. Él no parecía apurado por irse. Román pensó en lo bien que se había llevado ella con Héctor. Tal vez, a Grace la atraían los hispanos. A Román lo habían confundido con uno varias veces. Aunque, pensándolo bien, lo habían confundido con muchas cosas, especialmente, cuando viajaba y tenía que pasar por seguridad. Su madre había sido de raza blanca. Nadie aventuraba quién había sido el donante de esperma. Jasper le había dicho que un análisis de ADN podía determinar su ascendencia. Román Velasco no quería saber, pero Bobby Ray Dean a veces pensaba en eso.

Román se concentró en la hoja de transferencia. La última, y estaba casi terminada. En pocos días, máximo una semana, iría al sur, a San Diego. Se quedaría todo el tiempo que fuera necesario para terminar el proyecto. Dos semanas, quizás menos, si hacía un gran esfuerzo. Comenzaría por donde había empezado Héctor y continuaría el recorrido a lo largo de la pared. Héctor aplicaría la capa protectora final.

Arrojando el bolígrafo a la bandeja, Román flexionó sus dedos acalambrados. Había trabajado en jirafas que comían de árboles espinosos durante horas, pensando en lo irónico que era dibujar bestias sueltas en el Serengueti para un hotel que alojaría turistas ansiosos por ver animales cautivos que vivían enjaulados.

Caminó de un lado a otro, soñando despierto. ¿Cómo sería ir a un safari fotográfico y tomar fotografías de cerca de los leones y los ñus? Él tenía dinero para pasar un tiempo en África. Lamentablemente, no podía dejar inconcluso este proyecto.

Quizás necesitaba otro viaje a algún lugar más cercano.

Se acercó al ventanal que miraba hacia el cañón Topanga. Grace y el tipo todavía estaban hablando. Para ser una mujer que apenas le dirigía veinte palabras por día, parecía tener mucho para decirle a este hombre. Se pusieron de pie y se abrazaron. El hombre le dio un beso en la mejilla. Buenos amigos, entonces. Se dirigieron a la entrada del frente y desaparecieron. El pulso de Román se alborotó cuando Grace volvió sola y entró en la cabaña.

A lo mejor, debería darse una vuelta y saludarla. Sería algo amable de su parte.

Mala idea. Ya habían establecido los límites: jefe y empleada; ahora, dueño e inquilina.

Revisó las alacenas y el refrigerador en busca de algo que tentara su apetito. No tenía tanta hambre como para prepararse una comida.

Encendió el televisor de sesenta pulgadas montado en la pared y navegó por los canales. Nada más que deportes y noticias, repeticiones de programas cancelados y películas viejas. Presionó el botón para apagar el televisor y se quedó parado junto a las ventanas de la sala de estar, pensando en cuánto le gustaba la vista a Grace. Él había visto mucho mejores durante sus viajes. Aburrido y cansado, se estiró en el sillón y dejó que sus pensamientos divagaran. Las imágenes se formaron en su imaginación. Sacó el libro negro y los lápices de debajo del sillón y dibujó rápidamente. Una mujer le devolvía la mirada con ojos grandes y oscuros, y sus labios esbozando una sonrisa de Mona Lisa. Masculló una maldición, arrancó la hoja y la arrugó con la mano.

Román apretó la base de las palmas de sus manos contra su frente. Le estaba dando otro dolor de cabeza. Un paseo en carro con las ventanillas bajas lo ayudaría. Perdería el tiempo caminando por la playa de Malibú y comería una hamburguesa antes de volver a la casa. Tal vez conocería a alguna chica guapa y dispuesta. Había mantenido su celibato durante demasiado tiempo.

Dos horas después, Román estaba sentado en la playa, mirando cómo rompían las olas. Lo único que había hecho era cambiar de escenario, no de pensamientos. Casi podía escuchar la voz de Jasper Hawley. *¿Dónde irás esta vez, Bobby Ray? ¿Qué estás buscando?*

¿Raíces? ¿Alas? No lo sabía. Solo necesitaba salir de la casa y alejarse de su vecina de al lado.

Eran más de las dos de la mañana cuando volvió a la casa, después de cenar en una marisquería y dar un largo paseo conduciendo por la costa. Abrió la puerta corrediza de vidrio. Afuera, las estrellas brillaban espléndidamente, pero en lugar de mirarlas, terminó mirando hacia la cabaña. Las lámparas estaban encendidas en su interior. Grace todavía debía estar poniendo el lugar en orden.

O quizás tuviera miedo. Aquí no había luces como en la ciudad.

A él también le había costado un tiempo acostumbrarse a la oscuridad.

11

La biblioteca tenía pasillos con libros y rincones tranquilos. Bobby
Ray sacó libros y dio vuelta a las páginas, haciendo bocetos de uniformes y equipo de la Guerra Civil. Se había enfrascado tanto en las
imágenes de Gettysburg que no pensó en la hora hasta que sintió
un calambre en el estómago por el hambre. No había desayunado
ni almorzado. Con los libros aún abiertos sobre la mesa, Bobby Ray
salió de la biblioteca y fue a un puesto de venta de perros calientes.
Compró dos y los comió en las escalinatas del Auditorio Cívico,
imaginando lo que pintaría en las superficies blancas y prístinas
de los edificios gubernamentales.

Volvió a la biblioteca para terminar los dibujos; luego se fue
a la fiesta del Exterminador. Todavía estaría en apogeo.

Frente al edificio del Exterminador habían estacionados una
ambulancia y dos carros de la policía, con sus luces destellando. Probablemente había habido otro disturbio doméstico. El Exterminador
se había reído el otro día de un tipo que había sido apuñalado por
su vieja porque lo había pescado saliendo del departamento de otra.
Bobby Ray se dirigió al costado del edificio, suponiendo que podría
subir por la escalera de incendios y usar la puerta del techo para
entrar. Mientras avanzaba entre los transeúntes curiosos, escuchó

lo que decía un hombre: «Un par de chicos recibieron disparos en una fiesta en el tercer piso...».

Bobby Ray se detuvo:

—¿Qué dijo?

El hombre lo miró y frunció el ceño.

—¿Tú vives aquí? Te he visto en los alrededores.

—Tengo amigos en el edificio.

—Qué bueno que no estabas con ellos.

Bobby Ray tuvo un mal presentimiento en la boca del estómago. En este lugar había fiestas todo el tiempo. Eso no quería decir que alguien que él conocía hubiera recibido un disparo o hubiera disparado el arma.

Dos paramédicos salieron con una camilla. Bobby Ray exhaló una maldición cuando reconoció al Exterminador. Estaba pálido, inconsciente y tenía una vía intravenosa en el brazo. Trató de pasar a empujones, pero un policía le bloqueó el camino y levantó una mano en advertencia.

—No te acerques.

—¡Es un amigo mío!

—Entonces querrás que llegue al hospital.

El Exterminador no se veía bien.

Cuando la ambulancia se fue con las sirenas a todo volumen, la camioneta forense se estacionó en el espacio que había quedado vacío. Bobby Ray esperó, sintiéndose descompuesto. Cuando finalmente salieron los hombres con la camilla, Bobby Ray supo, por el tamaño y la forma de la bolsa para cadáveres, que Chancho estaba adentro. Luchó por no dejar escapar las lágrimas que ardían en sus ojos.

Bobby Ray se pasó el resto de la noche rociando su ira en los muros del Tenderloin. Agotó el rotulador y todas las latas de aerosol que tenía en la mochila. Un patrullero dio vuelta en la esquina y chirrió al frenar. Bobby Ray corrió. Los neumáticos chillaron cuando el carro patrulla dio marcha atrás y giró. Bobby Ray echó a correr por el callejón más próximo y saltó una pared. Se quitó los guantes y los arrojó en un montón de basura. Escuchó el sonido intermitente de la sirena y vio los destellos de luz mientras lanzaba su mochila detrás de un contenedor. Sin aminorar el paso, cruzó la calle. Otro carro patrulla se interpuso en su camino. El impulso de Bobby Ray lo llevó por encima del capó. Golpeó fuertemente el suelo al caer y quedó tendido y aturdido, respirando con dificultad.

Un policía lo miró desde arriba.

—¿Estás bien, chico? ¿Te rompiste algo?

Bobby Ray soltó una risa. ¿Bien? ¿Roto? Sintió que se le escapaban unas lágrimas traicioneras. Humillado, apretó la base de las palmas de sus manos contra los ojos. ¡Él nunca lloraba! El policía le dijo que se quedara tranquilo; ellos llamarían a una ambulancia. Gimiendo, Bobby Ray se incorporó. Rechazó las manos que quisieron ayudarlo y se puso de pie sobre sus piernas poco firmes. No quería una ambulancia. *¿Por qué estabas corriendo, niño? Estoy llegando tarde; mi mamá se preocupará. ¿En serio? Nosotros te llevaremos a casa. ¿Dónde vive tu mamá? ¿He hecho algo malo, oficial? Eso es lo que me pregunto, chico. ¿Quieres intentar otra historia? ¿Por qué estabas corriendo?*

Otro carro patrulla llegó y se estacionó detrás de ellos. Un policía mayor salió, se acomodó el grueso cinturón de cuero y sacó una pesada linterna Maglite. Un policía más joven lo siguió. El hombre mayor apuntó la luz directo al rostro de Bobby Ray.

—¡Te atrapé! Este chico estuvo ocupado esta noche.

Bobby Ray se estremeció, pero no apartó la mirada.

—No sé de qué está hablando.

—Muéstrame las manos.

Bobby Ray hizo lo que le decían, sabiendo que el policía buscaba manchas de pintura en los dedos y en su ropa. Algunos grafiteros no tenían la inteligencia suficiente para usar guantes.

—Estoy limpio. ¿Quiere revisar detrás de mis orejas?

—No es necesario. —Les preguntó a los otros policías en qué sentido había estado corriendo Bobby Ray. Su respuesta agradó al oficial.

Sorprendido, Bobby Ray vio cómo le ataban las muñecas con unas esposas de plástico y lo empujaban a la parte trasera de un carro patrulla. Apoyó la cabeza contra el asiento y maldijo. El oficial más viejo conducía, mientras el más joven se comunicaba por radio con la estación. El oficial mayor miró a Bobby Ray por el espejo.

—Esta noche te descuidaste, Bobby Ray.

Con el pulso por las nubes, Bobby Ray se hizo el tonto.

—¿Quién es Bobby Ray?

—Bobby Ray Dean, vengo vigilándote desde hace un tiempo. Sé dónde vives. Sé quiénes son tus amigos. —Miró la calle que tenía por delante—. Tuviste la suerte de no estar en esa fiesta esta noche.

—¿Es eso lo que piensa? ¿Que tuve suerte?

—Y que eres demasiado tonto para darte cuenta.

Si el oficial estaba enterado de la fiesta, quizás supiera qué había pasado.

—¿Quién les disparó?

No recibió respuesta.

Bobby Ray pasó los días siguientes en el centro de detención para menores, soportando la rutina. Su asistente social, Ellison Whitcomb, se había jubilado y se había mudado a Florida. Por fin apareció el nuevo, Sam Carter, con el expediente de Bobby Ray. Carter no tenía el pesimismo de Whitcomb, pero era realista.

—Esta vez no serán tolerantes, Bobby Ray.

—Estás dando por sentado que soy culpable.

Sam Carter le sonrió con ironía.

—¿Quieres sentarte ahí y decirme que no lo eres?

Furioso, Bobby Ray empujó la silla hacia atrás y caminó de un lado al otro.

—¡No tienen ninguna evidencia!

—Tienen todo lo que necesitan. Esto podría ser algo bueno, Bobby Ray.

—¿Algo bueno? Dime cómo.

—Te sacará del Tenderloin.

—¿Y si no quiero irme?

—Dudo que sepas qué quieres. Ahora el que decide es el Tribunal.

Bobby Ray se encontró viviendo en una cárcel transitoria con muchachos más grandes y más rudos que él. Supo cómo esconder su miedo mientras vivía en un dormitorio con otros catorce compañeros. Mantenía los ojos abiertos y la espalda contra la pared. Casi no dormía, porque todos los ruidos lo sobresaltaban. Se mantenía distante, reconociendo a los depredadores.

Un guardia llevó a Bobby Ray a una sala amueblada con una mesa de metal y dos sillas. Esperaba ver a Sam Carter; sin embargo, de pie y esperando había un desconocido alto de espaldas anchas con un traje gris, camisa azul y corbata, que le sonrió y extendió la mano.

—Me llamo Willard Rush. Estoy manejando tu caso. —Le apretó firmemente la mano. Willard Rush miró al guardia y el hombre salió y cerró la puerta silenciosamente detrás de sí—. Siéntate, Bobby Ray. Tenemos que hablar de algo muy serio.

Juntando sus manos sobre la mesa, Bobby Ray miró a Rush con lo que esperaba que fuera frialdad. Suponía que el juez había revisado cualquier evidencia que tuvieran los policías y había decidido que no era suficiente.

—Tienes una audiencia ante el Tribunal el jueves de la próxima semana.

Se le revolvió el estómago. ¿Una semana?

—No tenían ninguna evidencia contra mí. —La expresión de Rush cambió lo suficiente para que Bobby Ray se olvidara de su miedo y se pusiera furioso—. ¿Cree que estoy mintiendo?

—Tenías pintura en la manga que coincidía con los grafitis de ocho paredes.

—¿Y qué? Un poco de pintura no demuestra nada. Quizás, por accidente, me rocé contra algo y se me pegó. —Se inclinó hacia adelante—. Ellos necesitan evidencia más sólida que esa.

—Necesitarían más en el mundo de los adultos, pero tú eres

menor de edad. El fiscal del distrito recogió ese poquito de pintura y se aferró a eso. Harán lo que ellos consideren mejor.

Sam Carter había dicho algo similar. El corazón de Bobby Ray palpitó con un golpe de guerra.

—¡Deberían estar metiendo presos a los que les dispararon a mis amigos!

—Primero tienen que atraparlos y, como nadie quiere hablar, les llevará tiempo. —Inclinó la cabeza estudiando a Bobby Ray—. Si yo tuviera que hacer suposiciones, diría que el que disparó fue a buscar a Edoardo Gerena y por casualidad tus amigos estaban en el lugar indicado, en el momento equivocado.

—¿Quién es Edoardo Gerena?

—La fiesta fue en su departamento. Probablemente lo conoces por su nombre de la calle, Rojo Vivo. Según lo que pude averiguar, él estaba en prisión. Un muchacho murió en el lugar de los hechos. —Mientras el hombre hablaba, Bobby Ray sentía que lo analizaba atentamente. Como un microbio bajo un microscopio—. El hermano de Gerena murió camino al hospital.

El pequeño mundo que Bobby Ray se había forjado durante los últimos meses se derrumbó. Trató de quedarse quieto y tranquilo, pero su interior se agitaba de furia y dolor.

—Por curiosidad, Bobby Ray... ¿por qué no estabas en la fiesta?

Quizás debería haber estado ahí. Quizás podría haber hecho algo para salvar a sus amigos. Quizás él también habría recibido un disparo. ¿Qué diferencia habría hecho?

—Tenía otras cosas que hacer.

—¿Dónde estuviste ese día?

—En la escuela.

—Después de la escuela.

Bobby Ray se pasó los dedos por el cabello y se sujetó la cabeza. Debería haber ido a la fiesta. Debería haber estado con sus amigos.

—En la biblioteca.

—Eso no es lo que esperaba escuchar.

El rostro de Bobby Ray se encendió. Ojalá no hubiera contestado.

Rush lo presionó:

—¿Qué estabas haciendo en la biblioteca?

Se limitó a mirar a Rush. Que el hombre pensara lo que quisiera. Él ya había terminado de hablar. Rush le hizo algunas preguntas más. Bobby Ray no dijo una sola palabra más. Rush suspiró, recogió los papeles y los metió en su maletín. Se levantó y tocó la puerta. El guardia la abrió.

—Es todo tuyo. —Rush salió y dejó a Bobby Ray a solas con el guardia.

Esa noche, Bobby Ray volvió a soñar con su madre. Él le suplicaba que no se fuera, pero ella rechazó sus manos y dijo que regresaría. *Yo siempre vuelvo, ¿no es así? No me agarres, nene. Tengo que ir a trabajar.*

12

Grace durmió hasta tarde el domingo por la mañana, y se despertó al escuchar el zumbido del teléfono celular que estaba sobre la mesita de luz. Buscándolo a tientas, vio el rostro de Shanice en la pantalla y contestó:

—¿Qué hora es?

—¿Dónde estás? Estamos en la cafetería. ¿Estás bien?

—Estoy bien. Todavía en la cama. Me acosté a las tres de la mañana.

—No sabía que tenías tantas cosas para ordenar.

—No tengo. Simplemente no podía dormir.

—Grace, cariño, tenemos algo que decirte. Queríamos decírtelo personalmente. Lástima que no viniste.

No estaba segura de que podría sobrevivir a otra de las ideas de Shanice.

—¿De qué se trata?

—Tienes una cita el próximo miércoles, a las siete.

—¿Iremos a ver una película o a un estudio bíblico?

—Tú y Brian Henley irán a cenar al restaurante Lawry. Lindo, ¿no?

Atontada, Grace bostezó.

—No conozco a ningún Brian Henley.

—Bueno, lo conocerás. Te registramos en un sitio de citas cristianas y, cuando apareció este tipo increíble, respondimos.

Los ojos de Grace se abrieron.

—¿Qué? Será mejor que estés bromeando.

—Solo escucha. Es viudo, pastor de jóvenes con una maestría, totalmente guapo y le encantan los niños. Es perfecto para ti…

Completamente despierta ahora, Grace se incorporó.

—No necesito ni quiero un hombre, Shanice.

—Demasiado tarde. La cita está hecha.

—Entonces, ve tú.

—Ya vio tu fotografía. Estará esperando que aparezcas tú. Parece un
tipo excelente. Sería mala educación dejarlo plantado.

—Dime cómo contactarlo y yo le…

—Por favor, Grace. Hazlo por mí.

Grace sabía qué era lo que le molestaba a Shanice.

—¿Por qué sigues sintiéndote culpable? Lo que pasó no fue culpa
tuya. Fue mi culpa. Yo nunca te eché la culpa a ti, ni una vez.

—Lo sé, linda, pero quizás me sienta mejor si vas a esta cita.

—¡Eso se llama chantaje!

—No si resulta como nosotras esperamos.

—Y si no, ¿me prometes que nunca más volverás a hacerme esto?
—Se quedó esperando, pero Shanice no era alguien que hiciera promesas a la ligera—. ¿Shanice?

—Quizás te interesaría saber cuántos caballeros respondieron a tu
perfil.

Grace gimió:

—Realmente, no.

—Está bien. Está bien. No estás del todo despierta. Te agarré en un
mal momento. Pero estoy segura de que después nos darás las gracias.

Grace podía escuchar a Ashley en el fondo hablando de lo lindo que
era Brian Henley. Si era británico, Grace no tendría que preocuparse:
mandaría a Ashley en su lugar.

La cascada tibia de la ducha se sentía tan agradable que Grace se
quedó un rato. *Limpia todos mis pecados, Señor. Purifica mi corazón y mi
mente de esos recuerdos que se burlan de mí*. Podría haber dejado correr el
agua eternamente. Grace se peinó el cabello húmedo y lo sacudió para
que los rizos suaves y naturales se soltaran. Todavía le faltaba convertir
esta cabaña en un hogar para ella y para Samuel.

Afortunadamente, Rubén había armado la cuna. Había pensado hacerlo ella misma, pero él insistió en que tenía las herramientas y la experiencia necesarias. Las sábanas tenían avioncitos rojos, azules y amarillos. Puso el aparato musical *Baby Einstein Sea Dreams*, colgó el móvil del bosque tropical de Fisher-Price y puso en la esquina la oveja de peluche que tocaba la canción «Cristo me ama». A Samuel le gustaban las mantas con bordes de seda y le había comprado dos, una con elefantes azules y la otra con jirafas amarillas y anaranjadas. No veía la hora de tener a Samuel todo para ella sola durante varios días, sin Selah ansiosa por arrebatarle al bebé o por atender a sus necesidades.

Ay, Señor, sé que soy egoísta, pero Samuel es mío. Quiero más tiempo con mi hijo, no menos. Quiero ser una buena madre, aunque no pueda estar con él a tiempo completo.

El supermercado de Malibú tenía lo que ella necesitaba, pero los precios eran escandalosos. Haría las compras en Walmart o aceptaría la propuesta de Ashley de compartir las compras en Costco. Podían dividir las provisiones y la cuenta, y ambas ahorrarían dinero. Con todas sus compras guardadas, abrió la puerta para dejar entrar aire fresco. Su mente seguía zumbando de ideas. Necesitaría una biblioteca para los libros de texto. Se había quedado con todos los de las materias que había cursado, así como los de las materias que dejó para poder trabajar a tiempo completo para mantener a Patrick. Él le había prometido que ella podría volver cuando él se graduara.

No tenía sentido pensar en todo eso ahora. Le había costado mucho arrancar la raíz de la amargura para poder perdonar a Patrick.

Perdonarse a sí misma era algo muy distinto.

Inquieto, Román volvió a bajar en carro a Malibú y almorzó en un lugar que vendía emparedados gourmet. Impulsivamente, compró una orquídea, suponiendo que sería un lindo gesto de bienvenida para su nueva inquilina. Le había dado un día y medio para acomodarse. ¿Qué daño podía causar si iba a ver cómo estaba?

La puerta delantera de la cabaña estaba abierta de par en par. Román lo tomó como una invitación. Se detuvo antes de cruzar su umbral. Grace ni siquiera lo notó; estaba sentada ante una mesita, con una mano manteniendo abierto un libro grueso mientras tomaba notas en un cuaderno con espiral. Él se quedó observándola por un momento.

—¿Ya te instalaste?

Sobresaltada, dejó caer su bolígrafo. Recuperándose rápidamente, apartó la silla y se levantó.

—Disculpa. No me di cuenta de que estabas ahí, Román.

¿Tenía ella los ojos entrecerrados por la luz del sol o porque él estaba traspasando los límites? Román casi podía leer sus pensamientos. *¿Qué hace aquí?* No era la clase de expresión que solía ver en el rostro de una mujer.

—Estabas muy concentrada. —Entró, curioso por ver qué estaba haciéndole a su cabaña. Después de todo, él era el dueño del lugar—. Solo para estar seguro de que no estés repintando las paredes.

—Primero te lo consultaría.

Por supuesto que lo haría. Parecía tensa.

—¿Disfrutando la brisa de la tarde?

—No quería encender el aire acondicionado. Se me olvidó preguntarte acerca de los servicios.

¿Los servicios? ¿Tan necesitada de dinero estaba?

—Están incluidos en el alquiler.

—Lo cual me recuerda... —Hizo a un lado unos papeles y tomó un cheque—. El primero y el último mes de alquiler. —Se lo entregó.

—¿Ya estás pensando en mudarte? —Tomó el cheque y lo metió en el bolsillo delantero de su pantalón.

—Es como suelen hacerse estas cosas. Y es un depósito de garantía, en caso de que pinte las paredes. —Sonrió.

Román le devolvió una sonrisa.

—Todo de acuerdo con el procedimiento, Grace. —Dejó la orquídea sobre la mesa delante de ella—. Un obsequio de bienvenida.

Ella parpadeó.

—Gracias. Es hermosa.

Entonces, ¿por qué miraba la flor como si hubiera puesto una serpiente sobre la mesa? Román decidió no preguntar. Quería darle un vistazo a la sala de estar. A ella le gustaban el azul, el verde, el rosa y el amarillo. Todo era elegante pero barato, cálido y acogedor. Tres cuadros colgaban de la pared: *«Quédense quietos y sepan que yo soy Dios»* en letras manuscritas y coloridas, y dos grabados de hombres con ropas arábigas. En uno, un pastor barbudo llevaba una oveja sobre sus hombros, y en el otro, tenía la cabeza inclinada y las manos unidas en oración.

—¿Te fascinan los hombres del Medio Oriente?

—Me fascina Jesús.

Lo dijo con tanta simpleza, sin la más mínima duda, que lo tomó desprevenido. Sus ojos castaños resplandecieron nítidamente, hasta que notó el humor de él. Luego, se llenaron de perplejidad. Algo en la manera como Grace ladeaba su cabeza hizo que su corazón palpitara desbocado. La sensación pasó tan rápido como había llegado.

—Anoche, cuando llegué, tus luces estaban encendidas. Eran más de las dos. ¿Estaba todo bien?

—Solo estaba intranquila. No podía dormir. Es muy quieto por aquí. No hay sonidos del tránsito. ¿Te gustaría un poco de café? No está recién hecho.

¿Estaba esperando que él dijera que no?

—Sí, gracias. —Ella abrió el armario y dejó a la vista una hilera prolija de tazas disparejas—. Ya has ordenado todas tus cosas. —Recorrió su cuerpo con los ojos. Se veía bien en sus *jeans* ajustados. Estaba descalza y tenía las uñas de los pies pintadas de rosado. Su camisa subió lo suficiente para mostrar su piel pálida. No tenía tatuajes. No que él pudiera ver, al menos.

Miró de reojo su libro de texto. *Psicología clínica contemporánea.* Sorprendido, se rio levemente.

—¿Un poco de lectura liviana?

—Es de una materia de la UCLA que tuve que abandonar. —Le entregó una taza de café humeante.

Chica universitaria.

—¿La UCLA? Eso no estaba en tu currículum.

—No me gradué.

—¿No te gustaba la universidad?

—Me encantaba.

—¿Te reprobaron?

—Tuve que empezar a trabajar a tiempo completo.

Román levantó la taza y leyó: *Confía en el* Señor *con todo tu corazón.* Dio un sorbo, mirándola por encima del borde.

—Eres fanática, ¿no?

—Tengo unas tazas de equipos deportivos, si te parece que eso hará que el café tenga un mejor sabor.

¿Estaba bromeando? Él le dirigió una sonrisa traviesa.

—Me representaría bien una de un equipo agresivo, como los Raiders. —Hasta su café viejo sabía bien. Con el cabello sujeto detrás de las orejas parecía una adolescente. Le gustaba la forma de su boca carnosa. A decir verdad, le gustaba todo de ella, lo poco que conocía. Ninguno habló. Grace contuvo la respiración suavemente. Rodeó la mesa, salió por la puerta y no se detuvo hasta que llegó al muro. Pasó su mano sobre él.

Dándose vuelta, lo miró con calma.

—Es un día hermoso, ¿verdad?

Román no se dejaba engañar. Ella quería sacarlo de la cabaña. De acuerdo. Captó la indirecta. Se sentó en el mismo lugar que el amigo de ella había ocupado durante la larga conversación que tuvieron. Ahora, ella parecía no tener nada que decir.

—¿Te preocupa algo, Grace? —¿Pensaría ella que él se le estaba insinuando? Se dijo a sí mismo que solo estaba haciéndole una visita, como un buen propietario—. ¿Todo funciona? ¿El refrigerador? ¿La cocina? ¿La lavadora y la secadora? —Hizo un gesto con el mentón—. Esta es solo la segunda vez que vengo a este lugar. Nunca me tomé el trabajo de revisar las cosas antes de que te mudaras.

—Mis amigos lo hicieron. Todo funciona perfectamente. Al menos, el refrigerador y la cocina. Todavía no he lavado ropa.

La señorita Moore estaba dispersa, nerviosa. Él se sentía más seguro.

—Bien.

Ella se aclaró la garganta y lo miró:

—¿Cómo vas con la última transferencia?

Él se encogió de hombros.

—Todos están siempre apurados. —Especialmente él. No veía la hora de terminarla. Cuanto más pronto volviera a trabajar, más pronto acabaría con eso. Terminó el café y le entregó la taza—. Haces un buen café. —Tal vez le ofrecería una segunda taza. Tal vez ambos podrían relajarse lo suficiente para tener una conversación real, algo que no tuviera que ver con el trabajo.

—Eres adicto a la cafeína. No te hace bien beber tanto.

No quería que él se quedara.

—Está bien, mamá. —Román se levantó—. Todos somos adictos a algo. —¿Cuál era la adicción de ella?

—Gracias por la orquídea, Román. Fue muy amable de tu parte.

Nadie nunca antes lo había acusado de eso.

Grace se alejó.

—Te veré mañana en la mañana.

Obviamente, la psicología clínica la atraía más que él.

—Enciende el aire acondicionado cada vez que lo necesites, Grace. No es prudente dejar la puerta abierta aquí. Estás en un lugar despoblado y alejado. No querrías que ningún coyote astuto se meta adentro.

Ella rio:

—No. Definitivamente, no quiero eso.

Una vez que cruzó el umbral, cerró la puerta.

A pesar del tránsito, Grace llegó a tiempo al restaurante Lawry. Reconoció a Brian Henley de la fotografía que Shanice le había mandado: apuesto, cabello rubio como la arena y ojos azules. Él la vio entrar y se levantó, reconociéndola de la foto que sus amigas habían publicado. Era una cabeza más alto que ella y tenía una complexión atlética. Sonriendo, extendió su mano.

—¿Grace Moore? Soy Brian Henley. Es un placer conocerte. —No trató de ocultar su alivio. La recepcionista les mostró un reservado.

Brian parecía tan incómodo como ella, y Grace se sentía rara tratando de hacer sentir cómodo a un hombre a quien no había querido conocer.

—Me dijeron que eres pastor de jóvenes.

—¿Te dijeron? ¿Estás diciéndome que esto no fue idea tuya?

Grace se sonrojó.

—Bueno… —¿Por qué no ser sincera?— Pareces una persona muy agradable, Brian, pero conocer a alguien a través de un sitio de citas no está en mi lista de cosas pendientes. Mis amigas crearon un perfil y arreglaron esta cita sin que yo lo supiera. Y no quisieron darme tu información de contacto para poder llamarte y aclarar las cosas.

Brian sonrió.

—Mi grupo de jóvenes me hizo lo mismo.

—¿En serio?

Él asintió. Ambos rieron.

Brian se recostó hacia atrás.

—Bueno, podríamos dar la noche por terminada ahora mismo… o podríamos ver qué pasa.

Le gustó su actitud.

—Ya estamos aquí. Yo pagaré mi parte. —Podía solventar una ensalada. Qué lástima que sus amigas hubieran propuesto un restaurante tan caro.

—El grupo de jóvenes me regaló un vale lo suficientemente generoso para pagar dos cenas muy buenas, el postre y el vino.

—No bebo alcohol.

—Ya somos dos.

Hablaron sin problemas. Brian había conocido a su futura esposa, Charlene, en un congreso misionero de estudiantes cuando todavía estaban en la preparatoria. Descubrieron que ambos irían a la universidad cristiana en Wheaton, Illinois. Ambos trabajaron y asistieron a la universidad y se casaron después del segundo año. Mientras se ocupaba de su maestría, Brian aceptó un puesto en una megaiglesia en las afueras de Chicago. Charlene trabajaba en un programa diurno de cuidado después de la escuela. Una noche de invierno, a menos de dos kilómetros de su casa, se topó con hielo invisible y salió del camino dando vueltas hasta chocar con un árbol.

Brian tenía lágrimas en los ojos.

—Han pasado cuatro años. Necesitaba escapar de todos los lugares conocidos. Publiqué solicitudes de empleo en todo el país y terminé aquí, en Los Ángeles. También es una gran ciudad, pero la iglesia es mucho más pequeña. Un desafío. Hay espacio para crecer.

—¿Cuánto tiempo estuvieron casados tú y Charlene?

—Seis años.

—No es mucho tiempo cuando uno ama a alguien tanto como, claramente, amabas a tu esposa.

—No. No fue suficiente tiempo. ¿Qué me cuentas de ti? ¿Tuviste alguna relación seria?

Grace suspiró en su interior. *Solo di la verdad.*

—Lo siento. Supongo que mis amigas omitieron algunos datos pertinentes en el perfil que crearon. Estoy divorciada y tengo un hijo. —Cuando Brian no dijo nada, ella supuso que esta única cita sería el fin de lo que podría haber sido una relación prometedora.

—Te escucho.

Levantó la vista, sorprendida. ¿Cuánto se le cuenta a alguien en una primera cita? Su historia era deprimente y embarazosa; lo suficiente para sacar a la luz su estupidez y su terca insensatez.

—En la preparatoria, Patrick era un buen jugador de fútbol a quien se le dificultaba mucho el álgebra, y su entrenador le dijo que yo podría ser una buena profesora particular. Patrick recibió más que una calificación aprobatoria y me invitó al baile de fin de curso. Creo que fue su manera de pagarme. —Se estremeció—. Eso suena terrible.

—¿Es verdad?

—No lo sé. Preferiría creer que yo le gustaba tanto como él a mí, pero mi tía no pensaba lo mismo. —Y tía Elizabeth siempre tenía razón acerca de todo. ¿Por qué Grace no había visto las señales de advertencia?

—¿Qué hay de tus padres?

Grace sintió que Brian la estudiaba. Tenía que decir algo.

—Mis padres murieron cuando tenía siete años. —Ella no quería hablar de las circunstancias—. Mi tía me crio. —Otro tema del que no quería hablar. Tía Elizabeth había llevado a Grace a su casa porque era su deber como pariente, no por amor. Antes de eso, Grace ni siquiera conocía a la hermana de su madre. La noche que sus padres murieron, Grace fue llevada a los servicios de protección de menores y colocada con una familia de acogida hasta que tía Elizabeth apareció. A decir verdad, según Grace se enteró después, su tía había aceptado el trabajo en el Servicio de Impuestos Internos para irse lo más lejos posible de la madre y el padre de Grace—. Mis amigas decían que yo era una cerebrito y Patrick estaba completamente dedicado a los deportes. Y le encantaba la aventura. —Y otras mujeres.

—Entonces, ¿cómo terminaron juntos ustedes dos?

—Ambos fuimos a la UCLA. Él tenía una beca parcial de fútbol.

—¿Y tú?

No quiso presumir.

—Lo suficiente para matricularme, pero Patrick necesitaba terminar sus estudios primero. —Se alisó la servilleta sobre su regazo para evitar el escrutinio de Brian—. Nos casamos a mediados del primer año. Cuando perdió su beca, me pareció lógico que yo trabajara para que él pudiera abocarse a sus estudios. —Le dirigió una sonrisa sombría—. Íbamos a turnarnos. —Levantó uno de sus hombros—. Unos meses después de graduarse, llegué temprano a casa y encontré a Patrick en la cama con otra chica. Dijo que la amaba, empacó sus cosas y se fue.

Brian hizo una mueca.

—Qué doloroso.

No tan doloroso como debía haber sido. Ella se había sentido lastimada, enojada y, lo más revelador, aliviada. El último año de su vida juntos había sido muy difícil. Había visto la verdad.

—Me odié a mí misma más que a Patrick. Veía señales de advertencia por todos lados, pero preferí ignorarlas. Traté de hacer que funcionara. ¿Cómo es ese viejo dicho? ¿Los tontos se apresuran donde los ángeles temen ir?

—Y tienes un hijo.

Grace titubeó, entendiendo la suposición que estaba haciendo Brian. No estaba preparada para confesar más pecados.

—Sí, un varón. Samuel. Tiene cinco meses y es el amor de mi vida.

—¿Habría notado él que ella estaba sonrojada? Brian parecía percibir algo, pero no la presionó.

—Charlene y yo queríamos tener hijos. Así fue como terminé en el ministerio juvenil. Me encantan los niños. —Una buena señal, pensó Grace; luego, se reprendió a sí misma.

Brian habló del programa que había iniciado y de qué maneras estaba tratando de juntar a las generaciones de los mayores y los menores. Bromeó sobre cómo demasiadas personas pensaban que los adolescentes estaban fuera de control, más allá de la redención y que debían ser evitados a toda costa. Se rio:

—Nada ha cambiado. Platón se quejaba de la generación más joven.

—Reconocía que los adolescentes podían ser desconcertantes y frustrantes, especialmente las chicas.

Grace no tuvo que preguntarse por qué.

—Me imagino cuántas deben enamorarse de ti. —¿Un joven viudo apuesto y carismático?— Mejor ten cuidado, pastor Brian.

—Créeme, tengo cuidado. Me aseguro de nunca estar a solas con una muchacha, y tengo mucha supervisión de adultos en nuestras actividades juveniles. Hoy en día, ninguna precaución sobra para un pastor. No hace falta mucho para destruir la reputación de un hombre.

O la de una mujer.

Conversaron mientras comían costillas de res de primera calidad. Grace ordenó crème brûlée. Brian comió pastel de chocolate caliente. Se quedaron un rato más bebiendo café. Grace no recordaba haberse sentido tan cómoda con un hombre. Brian colocó dentro del estuche de cuero el vale que le habían dado y un billete de veinte dólares para el camarero.

Grace notó a otra pareja que estaba saliendo.

—Me parece que ellos entraron después que nosotros. —Dio un vistazo a su celular para ver la hora—. Ay, santo cielo. —Ella y Brian habían estado conversando más de dos horas.

Dejaron el reservado y salieron del restaurante. Brian sostuvo el suéter para que se lo pusiera. Caminaron hacia el carro de ella y él le abrió la puerta.

—¿Hasta dónde tienes que manejar?

—Llegaré a casa como a las once. Fue un verdadero placer conocerte, Brian. Gracias por una noche maravillosa. —La mano de él era cálida y firme.

—Los chicos querrán saber cómo salió esta noche. Les diré que la velada superó extensamente mis expectativas.

—Mis amigas me harán las mismas preguntas y les diré lo mismo.

Brian sonrió.

—En ese caso, ¿te gustaría acompañarme a mí y a veinte y pico de adolescentes a una fiesta en la playa el sábado de la semana entrante?

—¿Me estabas tendiendo una trampa? —Grace se rio—. Suena divertido, pero solo si puedo llevar a Samuel.

—Por supuesto. No puedo esperar a conocerlo.

De camino a casa, Grace escuchó que su teléfono le indicaba un mensaje entrante. Lo leyó después de haberse estacionado. Shanice, desde luego. **Llámame cuando llegues a casa. Quiero saber los detalles.**

Shanice, la lechuza nocturna, respondió al segundo timbrazo.

—¿La pasaste bien?

—Resultó ser una noche muy agradable. —Grace mantuvo el tono de voz insulso.

—Ah. —Shanice parecía decepcionada; luego, se animó—. ¿Lo suficientemente agradable para volver a verlo?

—Sí.

—¡Fantástico! Cuéntame todo.

—Tendrás que esperar hasta el domingo. —Grace se despidió y terminó la llamada.

Román usó un rodillo para pintar la pared trasera de su estudio antes de que Grace apareciera el lunes en la mañana. No quería ver qué cara pondría si descubría dónde radicaba su verdadera pasión por el arte. Cuando entró con su taza de café, el olor a pintura fresca todavía se sentía fuertemente en el aire. Miró la pared trasera.

—Pintaste la pared otra vez. —Hizo una mueca—. ¿Cómo llamas a ese color? ¿Barro?

—Buena descripción. Es un poco de esto y aquello, todo puesto en la misma lata, y eso es lo que se obtiene. —Dudó y agregó: —En las ciudades lo usan para cubrir los grafitis.

—Espero que tu idea de redecorar no sea esa.

Untó más rojo en la única pintura que quedaba. Talia había recogido las otras dos.

—Terminé la transferencia. Me voy a San Diego esta tarde. Estaré afuera una semana, por lo menos. Tal vez, dos. —Menos, si trabajaba horas extra. Si se quedaba sin suministros, podía ordenar lo que necesitara y hacer que se lo entregaran—. Terminaré esta pintura antes de irme. Talia podrá venir a buscarla en un par de días.

—¿Hay algo en particular que quieres que haga mientras no estás aquí?

Grace seguía mirando distraídamente hacia esa condenada pared, todavía estropeada por los bocetos borrosos de colores y formas más oscuras que había debajo. ¿Estaba tratando de descubrir qué había pintado? Él hizo un trazo de rojo hacia abajo, levantó el pincel y dejó su paleta a un costado.

—¿Por qué no compras unos muebles? Jasper Hawley dijo que quería una cama para dormir la próxima vez que venga de visita.

Ella seguía mirando la pared, con la cabeza un poco ladeada.

—Necesito conocer tus gustos.

—Cualquier cosa que no sean esos muebles de moda que parecen desgastados, llenos de flores, ni de estilo campestre francés.

Ella se rio.

—Para que sepas, pagué una buena suma de dinero por mis muebles. Únicamente compré lo mejor que había en oferta en la tienda de segunda mano.

—No necesitarás ser tan frugal con mi presupuesto.

—¿Qué me dices de la ropa de cama?

—Eso también. Almohadas para dormir.

—¿Y almohadones decorativos?

—¿Como los cinco que tienes sobre tu sillón?

Ella parecía sorprendida.

—¿Los contaste?

—Recuerdo lo que veo. También tienes uno en tu mecedora, y estimo que hay una docena más sobre tu cama. —Se limpió las manos sobre una tela grasosa y decidió que sería mejor cambiar de tema—. Compra algo que nunca pase de moda.

Había estado buscando calidad desde sus comienzos en el Tenderloin, donde era tan escasa como el dinero.

—¿Cuánto estás dispuesto a gastar?

—El juego de mi habitación costó cuarenta mil dólares.

—¿Qué? —Grace dio un grito ahogado—. ¿Dónde conseguiste muebles tan caros?

—Contraté a una persona especialista en decoración de interiores.

—Ah. ¿Por qué no la llamo? Sabrá mejor que yo qué sería bueno para ti.

—¿Qué te hace pensar que era mujer? Y, a lo mejor, quiero algo diferente esta vez. —Grace era muy distinta de las chicas que él había conocido hasta ahora—. Algo un poco más… No sé. Con clase. Guíate por tus instintos.

—Podrías arrepentirte.

—Solo son muebles, Grace.

Ella miró la pared una última vez.

—Si dejas la escalera aquí, puedo volver a pintar esa pared con un lindo blanco semimate.

—Se necesitaría más de una mano, y ¿qué sentido tiene?

—Sería un lienzo bonito y limpio para que puedas comenzar de nuevo.

Comenzar de nuevo. Si tan solo pudiera hacerlo.

13

Con Román en San Diego, la gran casa se sentía vacía. Los pisos lustrados de roble francés gris resonaban con cada paso de Grace. Pasó el primer día pintando la pared del estudio y luego llamó a Selah.

«Iré a buscar a Samuel después del trabajo. Él puede quedarse conmigo esta semana».

Selah le dijo que sería demasiado para ella en el trabajo. Sería mejor que Grace lo dejara a su cargo y mantuviera el plan con solo los fines de semana. Grace insistió en que podía hacerse cargo. Selah le preguntó si había pedido permiso. Grace mintió y dijo que por supuesto. No había preguntado, pero ¿por qué habría de importarle a Román, siempre y cuando el trabajo se hiciera? Cuando él volviera, podría preguntarle si le molestaba que hubiera un niño en la casa.

A Selah no le pareció una buena idea.

—Samuel tiene cita con el pediatra el jueves. Tendrías que tomarte un tiempo para eso, y sabes lo quisquilloso que se pone después de cada vacuna. Siempre le da fiebre. Sería mucho mejor para él que se quede aquí conmigo.

Grace se enfureció. ¿Por qué tenía que ser un tira y afloja?

—Quiero pasar más tiempo con mi hijo, Selah.

—Sé que lo quieres hacer, chiquita, pero debes pensar qué es lo mejor para él. Así como están las cosas, Samuel estará yendo de un lado al otro, quedándose contigo los fines de semana. Él necesita continuidad. No quieres que se sienta como un yoyo, ¿verdad?

Grace quería insistir, pero se sentía egoísta por presionar. Probablemente Selah tuviera razón. Tal vez Samuel no estaría contento con tener que entretenerse solo en un corralito en su oficina. Ella no iba a poder dejar de lado sus obligaciones para jugar con él cada vez que alguno de los dos tuviera ganas. Selah podría ocuparse de cada una de las necesidades de su hijo.

—Supongo que tienes razón.

—Todo a su buen tiempo, chiquilla. Él está muy bien aquí. Todo funcionará como debe ser. —Era el mantra de Selah y tenía bastante razón.

Grace salió a comprar el mobiliario y la ropa de cama para el cuarto de huéspedes y no gastó ni de cerca la suma de cuarenta mil dólares. Para cuando Román volviera, todo estaría en su lugar, incluidos los toques que ella había añadido para hacer el cuarto más acogedor. Cuando volvió a la casa, revisó los mensajes de voz y encontró uno de Román.

—¿Dónde estás? Llámame. —Sonaba irritado y repitió su número de celular dos veces—. ¡Llámame! —Ella lo agregó a sus contactos, pero lo llamó desde la línea telefónica de la oficina. Román ni siquiera le dio la oportunidad de saludarlo.

—¿Por qué no atendiste el teléfono?

—Estaba comprando los muebles para el cuarto.

—Ah.

—Acabo de volver. Tu cuarto de huéspedes estará amueblado para el fin de la semana. Stickley Whitehall. —Esperaba que esa información le dejara en claro que ella no había estado asoleándose en la playa de Malibú.

—No sé qué es eso. —Sonó más calmado—. ¿Me va a gustar?

—No lo sé, pero tus huéspedes estarán muy cómodos.

—Huésped. Singular. Jasper. ¿Qué me dices de las sábanas, las mantas…?

—Ya las compré. Jasper tendrá dos almohadas para escoger. Tenderé la cama tan pronto como todo llegue. —Le dijo cuánto había gastado y esperó que fuera un hombre de palabra y no le gritara—. Es el tipo de muebles que serán más valiosos con el tiempo.

—Estoy seguro de que están perfectos.

Sonaba distraído. ¿Tendría algo más en mente?

—Tengo algunos mensajes —dijo Grace. Uno de su asesor financiero, otro de un agente inmobiliario que tenía un comprador, en caso de que estuviera interesado en vender. Román le dijo que le respondiera al asesor financiero que se pondría en contacto con él después de la exposición de arte, y que no estaba listo para vender.

Grace rio suavemente.

—Me alegro de escuchar eso. Acabo de mudarme.

—¿Cómo? —Él se rio por lo bajo—. ¿Estás durmiendo en mi cama?

—Me refiero a la cabaña, por supuesto. —Al menos, estaba de mejor humor—. ¿Hay algo más que quieres que haga por aquí, además de lo habitual? ¿Algo que no implique entrar en tu habitación ni en tu estudio? Por cierto, pinté de nuevo tu pared. No me dijiste que no podía hacerlo. —Cuando se quedó callado, ella se preguntó si se habría pasado de la raya—. Espero que esté bien.

—Estoy pensando. Podrías entregarle a Talia el último cuadro, en lugar de hacer que ella fuera a recogerlo.

—He escuchado que Laguna Beach es una localidad encantadora.

—¿Nunca has estado ahí?

—No. Lo único que conozco es lo que hay entre Fresno y Los Ángeles. Ahora puedo agregar el cañón Topanga, Burbank y el supermercado de Malibú. —No había tenido dinero ni tiempo para viajar—. Algún día iré a Disneyland. —Con Samuel.

—Has vivido una vida resguardada, ¿cierto? Bueno, esta es tu gran oportunidad, si quieres entregar personalmente la obra. Lo cual me recuerda: necesito el número de tu celular.

Grace se lo dio sin dudarlo.

—Cuando te llame, contesta.

—Sí, jefe. —Ni bien Román colgó, descargó un tono de llamada adecuado y llamó a Talia para fijar una hora para encontrarse en la galería al día siguiente.

‖

Talia Reisner no se parecía en nada a la empresaria severa que Grace esperaba. Con su falda escalonada de muchos colores y una blusa campesina
con un collar grueso en turquesa y coral rojo, su abultado cabello rojo y
gris recogido ligeramente en un moño y sujeto con horquillas japonesas,
parecía una avejentada hija natural del barrio Haight-Ashbury.

—¡Grace Moore! Qué alegría conocerte al fin, en persona. —Talia
hizo caso omiso de la mano extendida y abrazó a Grace—. ¿Sabías que
existió una estrella de cine que tenía ese mismo nombre? Grace Moore
vivió mucho antes de que tú nacieras y cantaba como un ruiseñor.
¿Dónde está la pintura?

Grace abrió la maletera del carro. Talia se estiró y extrajo con cuidado la pintura más reciente de Román.

—¡Oh! ¡Mira lo que hizo el muchacho esta vez!

El muchacho otra vez. Grace no pudo evitar reír. Cerró la maletera
vacía y siguió a Talia al interior.

La galería tenía varias salas de exposición con una variedad de cuadros, no todas cargadas de arte moderno, como Grace había imaginado. Se detuvo a admirar un óleo de un elegante jarrón renacentista,
rebosante de unas lilas púrpura que parecían tan reales que casi podía
sentir su aroma. Le gustó otro de unas garzas azules entre juncos. Un
pedestal de exposición mostraba una ballena y un becerro de bronce;
otro, un grupo de seis delfines. Una gran fuente de cerámica parecía el
cielo nocturno salpicado de estrellas. Grace se inclinó hacia adelante y
leyó el precio.

—¡Vaya!

—Nos especializamos en el afán.

—Todo lo que hay aquí cuesta más de lo que yo podría ganar en
un año.

Talia colocó cuidadosamente la pintura de Román contra una pared.

—¿Y bien? ¿Qué te parece?

—Creo que no soy la persona más indicada a quien preguntarle.

—Porque sabes lo que te gusta y no es el arte moderno. —Miró a

Grace con una sonrisa ladina—. Te diré un secreto. Al principio, a mí tampoco me volvía loca la obra de Román. —Talia se hizo hacia atrás y analizó la pintura mientras hablaba—. Él vino aquí completamente resentido. Había ido y venido por la calle y nadie quería mirar siquiera lo que tenía en su carro. —Se rio—. Estaba fastidiado. ¿Sabes qué me dijo? "Solo échele un vistazo. Si no es buena, me iré". Con un lenguaje mucho más vívido, claro. —Talia ladeó la cabeza—. Sé exactamente qué tipo de marco necesita esta. —Levantó la pintura y la llevó a su oficina.

Grace la siguió.

—¿Qué le hizo cambiar de parecer?

—El que no arriesga no gana, como dicen. Y era un día muy flojo. Le dije que me trajera lo mejor que tenía. Trajo un par de pinturas y se alejó mientras yo las analizaba. Estaba a punto de decir que lo lamentaba, cuando entró un cliente. Puedo divisar un comprador serio apenas lo veo. Vino a la galería con un propósito y se detuvo en los cuadros de Román. Quiso comprar uno de inmediato. Le dije que todavía no le había puesto precio. Cuando me dio su tarjeta de crédito, supe que tenía algo especial. Román había captado la atención de un curador de uno de los museos de arte moderno más sofisticados del país. Estaba de vacaciones en Laguna Beach, solo por el día. Háblame de las casualidades. Él compró la primera obra de Román para su colección privada. Una inversión, la llamó.

Grace volvió a mirar el cuadro.

—Evidentemente, no sé apreciar el arte.

—Es una cuestión de gusto, pero algunas personas tienen buen ojo para las nuevas tendencias. Román sabe lo que está haciendo.

El mural de Román había impresionado a Grace mucho más que el arte moderno que montaba en los caballetes como en una línea de montaje. Por lo menos le gustaban las transferencias. Probablemente nunca vería el mural propiamente dicho que estaba en San Diego.

—Esta obra es muy distinta al resto de su trabajo.

—Te refieres a sus murales. —Talia tenía aspecto travieso—. Hizo uno para un amigo mío. Una escena en la Riviera italiana: columnas, buganvillas, jarrones y ninfas sirviendo agua de sus cántaros. Román tiene un travieso sentido del humor. Leo tardó seis meses en descubrir el símbolo fálico. Varios huéspedes lo habían notado antes que él y habían apostado cuánto tardaría en verlo.

—¿Qué sucedió cuando lo hizo?

—Leo es buena gente. Se rio. Hace poco me contó que le divierte ver las expresiones de la gente cuando descubren la imagen oculta. Está hecha muy ingeniosamente, debo decir. Por supuesto, jamás adivinó que Román lo estaba insultando. Los hombres como Leo nunca lo hacen. —Sacudió la cabeza—. Román tiene más dones que los que sabe cómo utilizar, pero todavía no se ha encontrado a sí mismo. Lo único que le interesaba, cuando vino a mi galería, era colocar los cuadros en una pared y ver si se vendían. Le dije que al verdadero artista no le importa lo que piense la gente. Dijo que si Miguel Ángel pudo prostituirse, él podía hacer lo mismo. Le dije que o creía en lo que hacía o no creía. Me dijo que él no creía en nada.

Eso entristeció a Grace. Había notado el desasosiego en su empleador, como si incluso lo mejor que pudiera hacer no le produjera ninguna sensación de logro o de satisfacción. Trabajaba mucho, pero nunca parecía conforme.

—Había algo en él —continuó Talia—, además de lo atractivo que es. —Torció la boca en una sonrisa mundana—. Por supuesto, pongo su fotografía en cada folleto. Su rostro atrae a las mujeres, las que tienen dinero o tienen maridos con dinero. Además, el nombre Román Velasco tiene una cadencia agradable, ¿no te parece? Ah, tan extranjero y misterioso.

Grace captó lo que quería decir.

—¿No crees que ese sea su nombre verdadero?

—¿Tú sí? Sea cual sea su mezcla, no creo que tenga ni una gota de sangre italiana. Indio, quizás; árabe, posiblemente. Negro. No es que importe. No solo es hermoso. Es interesante. ¿No te parece?

—Yo mantengo la distancia.

—Probablemente sea lo más sabio.

¿Por qué se inventaría Román un nombre? ¿Tendría algo que ocultar?

Dejó la curiosidad de lado. Cualesquiera fueran sus motivos, no eran asunto de ella.

Grace aceptó la invitación de Talia para almorzar. Las olas brillaban bajo la luz del sol, y las gaviotas subían y descendían en el viento. Talia hablaba de arte, clientes y viajes. Sonó el tono de llamada de Román: Elvis Presley cantando «Mi gran jefe».

—Román. —Talia se rio mientras Grace revolvía su cartera buscando el teléfono—. ¿Sí, jefe? —Le sonrió a Talia.

—¿Irás hoy a Laguna Beach?

—Estoy en Laguna Beach en este momento. Entregué la pintura en perfecto estado. Talia y yo estamos terminando de almorzar. Pronto volveré a la oficina.

—Estás a mitad de camino de San Diego. ¿Por qué no vienes para acá?

Grace se quedó helada. ¡Debía estar bromeando! Talia dejó de reírse cuando observó a Grace. Cohibida, Grace apartó la vista y miró al mar.

—Son más de las dos. Tardaría horas en volver.

—Quédate a pasar la noche.

—¿Qué? —Su pulso se disparó—. ¡No!

Él bajó el tono de voz:

—No estoy pidiéndote que la pases en mi habitación, Grace. —Sonaba divertido. Ella sintió que se ruborizaba. Talia también lo notó y, entonces, él lo empeoró—. Puedo arreglar que te preparen una linda mini suite.

Enojada, abandonó la prudencia.

—No, gracias.

—¿No quieres ver el mural?

—En otro momento.

—No me quedaré aquí una vez que lo termine.

—Lo sé.

—Vaya. Qué frialdad. —No sonaba particularmente molesto.

—Te lo ganaste. —Sus propias emociones eran otro tema—. ¿Tienes algún encargo que quieras que haga? —Trató de mantener natural su tono de voz para que él no adivinara lo que había conseguido con su provocación.

—No. —Él terminó la llamada.

Grace se quedó sin aliento ante su brusquedad y se quedó mirando el teléfono. Sacudiendo la cabeza, guardó el teléfono.

—El muchacho puede ser exasperante, ¿verdad? —Talia tenía un brillo especulativo en los ojos.

Más de lo que Grace quería reconocer.

Román no volvió a llamarla. Se descubrió mirando el reloj todas las tardes alrededor de las tres, generalmente unos minutos antes de que ella lo llamara. Grace repasaba los mensajes que había para él y cualquier correo que hubiera llegado. Le preguntaba cómo estaba yéndole con el trabajo, pero él no sabía si estaba realmente interesada o si solamente estaba siendo amable.

Román eliminó al león que estaba comiéndose a la bebé jirafa antes de que Héctor llegara a aplicar la capa protectora final. Las personas merodeaban y se quedaban mirándolos terminar la obra. La pared se veía impresionante. Era la mejor obra que había hecho.

Limpiando sus instrumentos y las lonas, se preguntó por qué se sentía vagamente desilusionado, como si le hubiera faltado incluir algo esencial.

—No parece feliz, señor. —Héctor le habló en un inglés con acento. Durante las últimas semanas había mejorado mucho su manera de hablar y Román sintió una punzada de celos.

—¿Grace está dándote clases particulares de inglés?

Héctor sonrió y levantó las cejas.

—No. Conocí a una chica. En la playa. Muy bonita. Ella me enseña inglés. Yo le enseño español.

Por la expresión de Héctor, Román supo que esos dos habían saltado algo más que las barreras del idioma.

—Parece un buen acuerdo.

Héctor sacó su teléfono y le mostró una foto de los dos. La chica era una pelirroja rellenita, tostada por el sol, y parecía embelesada por su Romeo latino. Héctor se veía como un ganador con su brazo alrededor de ella.

Se metió el teléfono en el bolsillo:

—¿Va a venir Grace?

—¿No te alcanza con una chica?

Héctor se rio:

—A ver el mural, jefe.

—No sé. —Román no quería confesar que la había invitado y que ella le había dicho que no. Pilló a Héctor mirándolo y le devolvió la mirada—. ¿Qué?

Héctor hizo un gesto con la cabeza hacia la recepción, donde un hombre estaba señalándolo mientras hablaba con una pareja de mediana edad.

Román enfrentó a Héctor.

—Vámonos a cenar. No tengo ganas de portarme bien con desconocidos.

Consiguieron una mesa en un restaurante agradable al final de la calle. Héctor pasó la mayor parte del tiempo mandándose mensajes de texto con su novia. Nunca había sido fácil conversar con Héctor, pero hasta un poco de charla forzada habría sido agradable. Lo que fuera que la novia hubiera dicho hizo que Héctor decidiera volver a Los Ángeles en lugar de pasar la noche en un hotel cinco estrellas en San Diego. Román le dijo adiós con la mano. Se quedó sentado solo y pidió un coñac.

Eran apenas pasadas las ocho cuando volvió a su suite del hotel. Se quedó junto a las ventanas, sintiéndose a la deriva. Grace no lo había llamado hoy. Una buena excusa para llamarla. Sacó su teléfono y tecleó su número.

Sonó cinco veces antes de entrar al correo de voz. Ella no ofrecía los saludos habituales ni mencionaba su nombre; solamente daba las instrucciones para dejar un mensaje. Ni siquiera decía que devolvería la llamada. Román no dejó un mensaje. Era viernes por la noche y bien pasadas las cinco. ¿Por qué tendría que responder?

El abatimiento creció en su pecho. Demasiado filete, demasiado alcohol. Le dolía la mandíbula. Un dentista le había dicho que seguramente rechinaba los dientes al dormir, y le recomendó que se acostumbrara a usar un protector bucal. Eso y menos estrés en su vida. Se sentía un poco raro, y no solo porque había bebido algunos tragos.

¿Por qué habría de estar estresado? Tenía todo lo que los demás querían.

Se estiró en la cama y trató de dormir. Estaba inquieto, necesitaba algo. Podía volver a sus viejos hábitos. Ir a una discoteca y enrollarse con una chica. Pero después, el vacío siempre volvía. La tensión interna nunca desaparecía.

Encendió el televisor y alquiló una película suficientemente violenta como para distraerse. Le dolía el brazo de estirarse para hacer el trabajo fino cada uno de los últimos siete días. Se masajeó los músculos. Otro trago podría ayudarlo. Abrió el minibar y sacó tres botellitas de whisky escocés.

Román se relajó después del tercer trago. Sólo permanecía el abatimiento. Llamó a Grace otra vez. Ella atendió al segundo timbrazo.

—¿Qué? —Sonaba atontada y molesta.

—¿Estás acostada?

Ella resopló bruscamente.

—No, estoy cantando en un karaoke. ¿Qué crees?

—Caramba, eres gruñona. —Román estiró el cuello para mirar el reloj que estaba sobre la mesa de luz—. ¿Qué hora es?

—Por favor, no me digas que llamaste para preguntar la hora. Es más de medianoche. ¿Estás en un cine?

—Estoy en mi habitación, mirando una película. Dudo que sea una que te gustaría. —La apagó.

—¿Qué quieres, Román?

A ti. El pensamiento lo tomó por sorpresa. Afortunadamente, no lo había dicho en voz alta. Ah, podía decirle lo que quería, pero ella estaba demasiado lejos para hacer algo al respecto y, de todas maneras, no lo haría.

—¿Estás bien?

¿Cuándo fue que el sonido de la voz de ella empezó a provocar cosas en su cuerpo?

—Creo que bebí demasiado esta noche.

—Lo sé.

—¿Cómo?

—No suenas normal.

Eso lo puso sobrio. ¿Cómo sonaba él? ¿Vulnerable? Se aclaró la garganta, se incorporó y se frotó el rostro.

—No me llamaste para actualizarme —dijo él.

—Te dije que no te molestaría a menos que fuera necesario. Fue un día tranquilo. No tenía motivos para llamarte.

¿Y si él quería que lo molestara?

—El mural está listo. —Ahora habló con cuidado; no quería sonar tan borracho como se dio cuenta que estaba—. Héctor terminó hoy con la capa protectora. Se fue a casa. Tiene una novia.

—Lo sé.

—¿La conoces? —¿Cuán a menudo hablaba ella con Héctor y por qué debería molestarlo eso?

—Todavía no. Me mostró su foto. Parece agradable.

Román pudo escuchar que Grace se movía y esperó que estuviera poniéndose cómoda. No quería terminar la conversación todavía.

—Felicitaciones por terminar el mural. Supongo que es por eso que estabas celebrando.

¿Celebrando? ¿Eso era lo que ella creía? Cuanto más tiempo trabajaba ella para él, más quería saber sobre ella. Había algo en Grace Moore que le había llamado la atención desde el primer día.

—En realidad, solo quise emborracharme cuando estuve en mi cuarto. —Se dio cuenta de lo patético que había sonado. ¡Qué fracasado! *Cállate, Román, antes de que digas algo aún más tonto.*

—Lo lamento, Román.

—¿Qué cosa lamentas?

—No sé. Que estés solo después de haber terminado algo que las personas van a disfrutar por muchos años. Tienes todas las razones del mundo para estar feliz y orgulloso de lo que has logrado, y no lo estás.

—No dijo nada durante unos instantes—. Nunca conocí a nadie que necesitara al Señor más que tú.

—¿El Señor?

—Jesús.

Román sintió que la energía se le escapaba del cuerpo, como el aire de un neumático pinchado. Pensó en el letrero del Tenderloin, justo al otro lado de la calle del departamento donde vivían él y su madre.

—"Jesús salva" —dijo Román en forma sarcástica—. Solía sentarme ante una ventana por las noches y le pedía que salvara a mi madre. No hizo nada de nada.

—¿Quieres hablar, Román?

Concluyó que ya había hablado demasiado. Sabía que había dicho más de lo que quería. Presionó la tecla para finalizar la llamada y arrojó el teléfono a la mesita de noche.

14

Grace empezó a trabajar en McDonald's ni bien tuvo la edad suficiente para tener la autorización. Trabajaba mientras sus amigos iban y venían. La saludaban, ordenaban hamburguesas, papas fritas y refrescos, y se despedían. O se sentaban juntos en una mesa, charlando y riéndose, mientras ella estaba ocupada detrás del mostrador.

Salim Hadad, su supervisor, trató de incluirla en los turnos de los domingos.

—No puedo, señor Hadad. Voy a la iglesia con mi tía. —Él decía que era bueno que una adolescente tomara en serio la religión, incluso si era cristiana.

El señor Hadad decía que era su mejor empleada. Si fuera mayor, la pondría como encargada. Nunca se quedaba sin hacer nada, aun en los momentos tranquilos, cuando no había carros en el servicio para automóviles y no había clientes en el mostrador. Aseaba las mesas, barría los pisos, limpiaba las parrillas, restregaba el baño de las mujeres, y reponía el papel higiénico y las toallas sin que se lo pidieran. Limpiaba las máquinas de malteadas, refrescos y café, llenaba los dosificadores de servilletas y sorbetes; cualquier cosa que la mantuviera ocupada durante su turno. Salim le dijo que podía estudiar, pero ella contestó que su conciencia no se lo permitiría. «No me paga para que haga mis tareas».

Hoy Salim estaba de un lado a otro, quejándose de un empleado que no había aparecido. Se sintió más frustrado cuando otros dos parecían no hacer otra cosa más que chocar entre sí. Grace recordó cuán agobiada se había sentido los primeros días hasta que entendió la rutina. Le entregó una bandeja con Cajitas Felices a una señora acompañada de seis niñas vestidas con sus uniformes de fútbol. Mientras llenaba las bebidas, tuvo la rara sensación de que alguien la observaba.

Cuando la mujer y las niñas se fueron, Grace se preparó para recibir el siguiente pedido.

Patrick Moore dio un paso adelante. El estómago de Grace se agitó y el corazón se le aceleró. Él se había mudado desde Colorado al comienzo del año y había ingresado en el equipo de fútbol americano de la preparatoria. No tardó mucho en convertirse en el mejor mariscal de campo. Todas las chicas de la escuela se habían enamorado del galán rubio de ojos azules con el bronceado de las pistas de esquí. Le caía bien hasta a los chicos.

—Hola. —La sonrisa de Patrick la hizo ruborizarse, mientras él miraba el nombre en su credencial—. Grace...

Tartamudeando, ella le preguntó cuál era su pedido. La sonrisa de él se agrandó y se convirtió en una mueca provocativa, y el rostro de ella se sonrojó más aún.

—Dos Big Mac, dos papas fritas grandes y un refresco grande. Para comer aquí.

Grace tecleó el pedido. Él le entregó un billete de veinte dólares y ella le dio el vuelto. Puso la comida sobre la bandeja. Quizás estuviera con una chica. Se resistía al deseo de ver quién era. ¿Lindsay? Era la líder de las porristas y habían salido durante un tiempo. Grace puso la bandeja sobre el mostrador. Patrick no parecía tener prisa para tomarla.

—Encantado de verte, Grace.

Ella no supo qué decir. Él recogió la bandeja y dio un paso antes de darse vuelta.

—¿A qué hora sales?

La mente de ella se quedó en blanco por un instante:

—A las seis.

—Te llevaré a tu casa.

—Tengo una bicicleta.

—Yo tengo un portabicicletas.

Patrick escogió un reservado desde donde podía verla directamente detrás del mostrador. Grace ni siquiera notó al hombre mayor que estaba parado frente a ella, hasta que le habló:

—Ah, Cupido haciendo su trabajo sucio otra vez. —Se rio entre dientes—. Llevaré una Whopper.

Ella sonrió.

—Tendrá que ir a la otra esquina a Burger King.

Patrick Moore leyó historietas mientras la esperaba. Cuando Grace estuvo lista para irse, él agarró la mochila de ella y la cargó. Se sentía pequeña caminando al lado de él. Encajó la bicicleta en el portabicicletas de su Buick Regal color bruma.

—Lindo carro. —¿Pensaría que ella era frívola por prestarle atención a eso?

—Preferiría tener un Jeep Cherokee con portaesquíes en el techo. Este pequeño tiene tres años y ciento treinta mil kilómetros recorridos. Mi papá hizo un montón de viajes en su trabajo anterior. —Le abrió la puerta. Ella se deslizó adentro y se puso el cinturón de seguridad. Cuando él se sentó en el lugar del conductor, la miró—. Mi papá me lo transfirió cuando cumplí los dieciséis.

—Qué buen regalo.

—Tiene cierta potencia.

Patrick no apretaba el volante como tía Elizabeth. Tenía las manos relajadas. Manejó seis cuadras y le dirigió una sonrisa de costado.

—Tendrás que decirme dónde vives.

Si el rostro de ella se ruborizaba más, le prendería fuego al carro.

—Supongo que es difícil leer la mente. —Ella le dio indicaciones, en lugar de darle la dirección. Le preguntó sobre Colorado. Él le contó la historia de su vida: nació en Fort Collins, creció en Colorado Springs, le encantaba el esquí y hacer *snowboard*; le había costado acostumbrarse a Fresno después de las Montañas Rocosas. Afortunadamente, la costa solo quedaba a unas horas en carro. Quería aprender a surfear.

—¿Qué me dices de ti?

¿Qué podía decir ella que no lo aburriera?

—No hay mucho para contar. Mis padres murieron cuando tenía siete años. Mi tía me acogió. Voy a la escuela, estudio, trabajo en McDonald's. Voy a la iglesia todos los domingos. Esa es mi vida. —Estaba mucho más interesada en la de él—. ¿Vas a jugar béisbol este año? —No quería decirle que sabía que él jugaba fútbol americano y baloncesto también.

—Claro. —Él se rio—. Me encantan los deportes. Jugarlos y mirarlos.

—¿Los partidos en vivo o por televisor?

—Ambos. —Le echó un vistazo rápido y sonrió—. ¿Y a ti?

—Jugué al fútbol en la escuela primaria. No era muy buena. —Nunca había tenido demasiado tiempo para mirar televisión, y lo último que le interesaría a tía Elizabeth eran los programas deportivos—. Dobla a la derecha en el próximo cruce.

Patrick se estacionó frente a la casa en el preciso momento en que tía Elizabeth entraba a la vía de acceso a la casa.

—¿Te gustaría conocer a mi tía? —No fue hasta que las palabras se le escaparon, que se dio cuenta de que presentarle un chico a su tía podría parecerle más serio a él que llevarla hasta su casa y dejarla.

—Seguro. Espera. —Él salió del carro, retiró la mochila del asiento trasero y dio la vuelta para abrirle la puerta. Ella sostuvo la mochila mientras él desataba la bicicleta y la ponía sobre la vereda.

Tía Elizabeth se quedó parada afuera del garaje, observando y esperando.

Grace los presentó:

—Patrick es un alumno de Fresno High, tía Elizabeth. Se mudó aquí desde Colorado. Me trajo a casa desde el trabajo. —Grace parecía no poder parar de hablar.

—Ya me di cuenta de que te trajo a casa.

Avergonzada, Grace se aferró a su bicicleta. Tía Elizabeth sonrió tensamente, dándole la mano a Patrick.

—Un gusto conocerte, Patrick. —Cuando retrocedió, frunció levemente el entrecejo—. Moore. Colorado. ¿Tienes alguna relación con Byron Moore?

—Claro. Es mi padre. ¿Lo conoce?

—Trabajamos en el mismo edificio.

—Qué pequeño es el mundo.

—Así es. —Un viento del Ártico se coló entre ambos—. Bueno, gracias por traer a Grace a salvo a casa. —Le dirigió una mirada incisiva a Grace—. Tienes cosas que hacer.

¿Qué acababa de suceder? Grace le agradeció a Patrick por traerla y lo vio irse manejando. Empujó su bicicleta hacia el garaje mientras su tía sacaba del asiento trasero del carro una bolsa con las compras del supermercado. Tenía la cara rígida.

—¿Pasa algo malo? —¿Qué había hecho ahora para hacer enojar a su tía?

—Nada. —Tía Elizabeth apretó el botón para cerrar el portón del garaje, mientras entraba por la puerta de la cocina. Dejó la bolsa de las compras sobre el mostrador. El pollo que había puesto en la olla para cocción lenta olía listo para comer—. Iré a cambiarme de ropa. —Pasó al lado de Grace—. Pon la mesa.

Cuando se sentaron a cenar, tía Elizabeth dio las gracias y abrió su servilleta. Grace sabía que tenía algo en mente.

—¿Hice algo malo?

—Patrick se parece a su padre. —Levantó la cabeza, con la boca apretada—. Concéntrate en la escuela.

Grace abrió su casillero e intercambió los libros de texto. Cuando lo cerró, se dio vuelta y se encontró con Patrick Moore. Sobresaltada, dio un paso atrás y se ruborizó cuando él le sonrió.

—Te acompaño a tu clase. —Todos los miraban mientras caminaban por el pasillo. Grace no podía imaginar qué estarían pensando. *¿Qué está haciendo Patrick Moore con ella?* Cuando entró a clase, se dirigió a su pupitre y se sentó, aturdida.

La voz corrió rápidamente. Crystal la alcanzó en el almuerzo porque quería saber cuánto hacía que salía con Patrick. Grace le dijo que no estaban saliendo.

—Ay, sí, claro. ¡Vamos! ¡Cuéntame todo! —Grace insistió en que no había nada que contar. Crystal resopló—. Me enteré que te llevó a tu casa después de tu trabajo.

Respirando con dificultad, Grace sintió que le ardía la cara.

—¿Quién te dijo eso?

—Alguien que los vio.

Los chismes en la preparatoria corrían más rápido que una avalancha, y a Grace la mortificaba verse implicada. Se negó a responder la pregunta de Crystal, pero la muchacha era implacable.

—Si no tienes nada que decir, ¿por qué estás poniéndote colorada? ¿Ya tuviste sexo con él?

¿Ya?

—Me llevó a casa. Eso es todo. Estaba siendo amable. No ha pasado nada. —Caminó hacia su clase de Educación Cívica. Crystal la siguió y la puso al día sobre Patrick Moore, quisiera escucharla Grace o no. Él llevó a Lindsay al baile de medio año. ¿Recuerdas? Bueno, lo hicieron. Luego, la dejó como una papa caliente y salió con Kimberly. No es que sea un tenorio o alardee de sus conquistas, pero las chicas hablan. Sería mejor que Grace se cuidara. Frustrada, Grace finalmente se detuvo—. ¿Por qué estás diciéndome todo esto?

—¡Porque él estuvo preguntando por ti en los vestidores de chicos!

—¿Cómo sabes eso tú?

—Nathan me lo dijo.

Grace no quiso hacerse ninguna esperanza con respecto a Patrick Moore. Y lo llevó muy bien repitiéndoselo a sí misma, hasta que él volvió a aparecer en McDonald's el sábado. Esta vez, llevó las tareas que tenía para hacer.

—Me enteré de que eres buena en álgebra. —Ella lo ayudó en

sus descansos. Él la llevó otra vez a casa. Habló de sus sueños de
recibir una beca. Ella le preguntó a qué universidad quería ir. A la
Universidad de California en Santa Cruz, pero su papá decía que
era una universidad muy fiestera. Patrick se rio. Su papá quería
que fuera a Berkeley, pero Patrick negó con la cabeza—. No soy tan
inteligente. —Grace devoró cada palabra que él dijo durante todo el
camino hasta la puerta delantera de la casa de su tía y, entonces, él
la sorprendió de nuevo—. ¿Puedo llamarte?

—Seguro.

Él le entregó un teléfono sofisticado.

—Aquí tienes. Dame tu número.

Ella ingresó el número telefónico de su tía y se lo devolvió. Él le
sonrió mientras se lo metía en el bolsillo, justo sobre el corazón.

Llamó un par de noches después, pero tía Elizabeth contestó el
teléfono antes de que Grace pudiera llegar a él. Miró enojada a Grace.

—Lo lamento, Patrick, pero Grace no puede hablar en este
momento. Está haciendo sus tareas. —Grace alargó la mano con una
mirada suplicante y su tía le dio la espalda—. Puedes verla mañana
en la escuela. —Y colgó.

Grace tenía ganas de llorar.

—¿Por qué hiciste eso?

—Porque pienso que es lo mejor. Tienes quince años y...

—¡Él solo quería hablar!

—¿Cómo sabes qué quiere ese muchacho? —Parecía exasperada.

—¡Todas las chicas de la escuela morirían por una llamada de
Patrick Moore!

—¿Eso es lo único que te interesa? ¿Que sea muy popular?

—¡No! ¡Él es amable! ¡Me gusta! Es inteligente también.

—Ah, estoy segura de que es inteligente. Queda por ver cómo uti-
liza su inteligencia. —Su mirada se oscureció—. No me mires así. No
estoy tratando de arruinarte la vida. Trato de enseñarte un poco de
sentido común. No bases tus decisiones en las hormonas adolescentes. Tu madre lo hizo y mira lo que le pasó.

Grace sintió como si le hubiera dado un puñetazo en el estómago.

—Nada de lo que yo haga te parecerá suficientemente bueno.
—Tratando de contener sus lágrimas, empujó hacia atrás la silla de la cocina, recogió sus libros y huyó a su cuarto. Se sentó contra la cabecera y se presionó la base de las palmas de las manos sobre los ojos. Eso no detuvo el llanto, pero así pudo volver a pensar.

La señora Spenser, su maestra de escuela dominical, siempre le decía que orara cuando las cosas se pusieran mal. Grace se limpió la cara y abrió su corazón. *¿Alguna vez me perdonará mi tía por lo que le pasó a mi madre?*

La respuesta llegó como si un brazo le rodeara los hombros y una suave voz le susurrara. Lo que preocupaba a tía Elizabeth no era culpa de Grace. *Quédate tranquila y espera. Yo te amo y estoy aquí. Siempre estoy aquí.* Limpiándose las lágrimas, tomó el libro de Educación Cívica y se concentró en lo que tenía que hacer.

Patrick Moore apareció ante su casillero a la mañana siguiente. Esa misma tarde se presentó en McDonald's.

—Mira esto. —Le sonrió, entregándole su hoja de ejercicios de álgebra. Había aprobado el 100 por ciento y había recibido una nota del señor Edersheim: «¡Buen trabajo!». Patrick se rio, triunfante—. Tú eres mejor profesora que él. —Tenía otra tarea. ¿Estaba dispuesta a ayudarlo otra vez?

Una campanita de alarma sonó en la cabeza de Grace. ¿Era el álgebra el único motivo por el que Patrick la buscaba? ¿O era una excusa porque realmente le gustaba Grace?

Una vez que Patrick fijó su atención en Grace, todos en la escuela los consideraron una pareja. Él la acompañaba hasta el aula y se sentaba con ella en el almuerzo. Solían verlos juntos en la biblioteca, encorvados sobre los libros y hablando en voz baja. Grace siempre había tenido fama de ser una chica decente e inteligente, pero, a medida que las notas de Patrick mejoraban, empezaron a considerarlo algo más que un deportista apuesto. Las chicas seguían persiguiéndolo, pero él no hacía nada al respecto. Nada que Grace se enterara, al menos.

Cuando Grace invitaba a Patrick a la iglesia, él siempre tenía alguna otra cosa que hacer. Fue a la reunión del Viernes Santo y sostuvo su mano bajo la luz de las velas, hasta que tía Elizabeth le dirigió una mirada feroz. Él le apretó la mano y la soltó. Cuando Patrick la invitó al baile de fin de año, ella no creyó que tía Elizabeth le daría permiso. Pero la tía los sorprendió a ambos: «Puedes llevarla, si la traes a casa a las once».

Él parecía a punto de refutar la hora de llegada, pero apenas miró a Grace, se calló. Más tarde, tía Elizabeth le dijo a Grace que tendría que pagar su propio vestido y que el dinero no saldría de la cuenta de ahorros para la universidad. Grace encontró en la tienda de segunda mano un vestido de noche verde por diez dólares y le añadió un par de aros de diamantes de imitación, que compró por dos dólares.

Vestido con su esmoquin, Patrick parecía un modelo, y sabía bailar. La apretó estrechamente y la ayudó a seguirlo sin dificultad. Ella sentía que se estremecía cada vez que sus cuerpos se rozaban.

Nunca la había besado, pero esa noche, en el carro, lo hizo.

—Me gusta que nunca te haya besado nadie más que yo. —Ruborizándose, ella le preguntó cómo lo sabía—. Por la manera en que tienes tus labios apretados. —Él se inclinó hacia adelante—. Déjame que te enseñe algunas cosas. —Grace apoyó sus manos contra su pecho. Un escalofrío de alarma le recorrió el cuerpo cuando sintió con qué fuerza le latía el corazón y lo caliente que estaba. Él retrocedió y la observó—. Está bien. —Puso en marcha el Regal—. Tienes razón. No queremos ir por el camino que toman todos los demás.

Ella no sabía si estaba decepcionado o aliviado.

Cuando llegaron las vacaciones de verano, Patrick voló a Colorado Springs. La llamó dos veces la primera semana. Estaba quedándose con unos amigos y la estaba pasando genial. No sabía cuándo volvería. No volvió a saber de él. A mediados de julio, entró caminando a McDonald's, bronceado y feliz. Se disculpó por no haber llamado, pero se había ido de campamento a las Montañas Rocosas. No había señal de celular ahí.

—¡Estuvo increíble! Te contaré todo cuando salgas de trabajar. —Él dio por sentado que lo había estado esperando todas esas semanas. Por supuesto que lo había hecho.

Comparada con la de Patrick, su vida era rutinaria y aburrida. Le fascinó escuchar de su encuentro cercano con un oso, de cuántos peces había sacado de un arroyo de la montaña y de lo sabrosos que estaban cuando los cocinaron sobre una fogata al aire libre. Absorbió sus anécdotas de cómo había ayudado a rescatar a uno de sus amigos descendiendo con una cuerda por una ladera. Las únicas cosas que ella tenía para contar eran de *Una muerte en la familia*, de James Agee; *Mi Ántonia*, de Willa Cather; *Trampa-22*, de Joseph Heller; y de cuatro o cinco libros más que había leído del listado pre-universitario. Se dio cuenta en qué momento Patrick perdió el interés y le hizo más preguntas. Él podía haber hablado durante horas de los territorios salvajes de Colorado.

El último año produjo cambios en su relación. Pasaban más tiempo estudiando que saliendo. Ambos necesitaban conseguir becas. Patrick concentró su energía en el fútbol y dejó el baloncesto.

—No soy lo suficientemente alto como para ser parte de un equipo universitario.

Grace mantuvo su promedio general de notas casi perfecto, pero su tía insistía en que Grace necesitaba más actividades al aire libre y servicio comunitario para sus solicitudes universitarias. Grace se preguntaba si su tía trataba de llenarle cada hora del día para que no tuviera tiempo de estar con Patrick. Grace renunció a diez horas en McDonald's para asegurarse de que eso no sucediera y se ofreció como voluntaria para el programa de alfabetización de la biblioteca local. Se encargaba de las clases dominicales escolares de tercer grado y pasaba los domingos en la tarde en un sanatorio de la ciudad, haciendo mandados para las enfermeras, lo cual solía significar sentarse y prestarles atención a los pacientes perturbados por la demencia que nunca recibían visitas.

Para cuando llegó el día de la graduación, los planes se habían aco-
modado. Patrick recibiría una beca parcial para jugar al fútbol en la
UCLA. Sus padres habían separado unos ahorros, pero, de todas maneras, tendría que trabajar medio día fuera de temporada. Grace calificó
para varias becas y recibió cartas de Berkeley y de la UCLA aceptándola.
Si mantenía sus notas y trabajaba medio día y durante los veranos,
podría terminar sin tener que endeudarse. Decidió ir a la UCLA.

Tía Elizabeth sacó la pala y salió a trabajar al jardín. Grace se
quedó adentro, observándola a través de la puerta corrediza de vidrio.
Tía Elizabeth atacaba el suelo con furia, dando vuelta a la tierra. No
tuvo que preguntar qué la había hecho enojar esta vez.

—Solo una tonta rechaza a Berkeley y va a la UCLA. —Tía
Elizabeth estaba tan enojada que tenía lágrimas en los ojos—. No
importa lo que yo diga o haga; siempre termina igual.

—Trabajaré duro, tía Elizabeth.

—Ah, eso ya lo sé. —Tenía una expresión de angustia que Grace
no entendía.

Ese último verano, ella y Patrick no se vieron mucho. Él no se
apareció por McDonald's. Ella se preguntaba si habría conseguido un
trabajo. Dolida, Grace trató de sacárselo de la cabeza. Tía Elizabeth
no le preguntó ni dijo nada sobre él.

Grace se mudó a una residencia estudiantil y empezó a trabajar
diez horas a la semana en una cafetería del campus. Le iba muy bien
en sus clases. Una vez se encontró con Patrick. Había desdeñado la
residencia y alquilado un pequeño departamento, aun sabiendo que
derrocharía todos los ahorros de sus padres para cuando finalizara el
año. Estaba apurado y no hablaron mucho. Pasaron un par de meses
y entonces la llamó. Le estaban costando mucho los cursos. Ella lo
escuchó. Patrick le contó que se sentía muy solo. Ella también se
sentía sola. Le dijo cuánto extrañaba estar con ella. Le respondió que
podían encontrarse en la biblioteca y estudiar juntos, como hacían
cuando estaban en la preparatoria. Él le dijo que harían más si iba a
su departamento. Ella sabía que no era una buena idea, pero él parecía tan deprimido que accedió.

El primer día, solamente se besaron una vez. La segunda vez, lograron estudiar varias horas antes de terminar sobre el sillón. La siguiente vez, Patrick no quiso contenerse.

—Te amo tanto. Te he amado desde que entré a McDonald's y te vi detrás del mostrador. Te necesito, Grace. No digas que no.

Grace pensó que ella también lo amaba, pero sabía que lo que estaban haciendo estaba mal. Pudo escuchar un susurro en su cabeza. *Esto no es lo que yo quiero para ti, amada. Sal de este lugar.*

Cuando trató de ponerse de pie, Patrick gimió:

—No puedes parar ahora. —La hizo acostarse nuevamente junto a él—. No puedes excitar a un chico de esta manera y no ir hasta el final. —Ella se sintió culpable por permitir que la cosa llegara tan lejos. ¿Cómo podía decirle que no ahora? Antes de que pudiera decidirse, fue demasiado tarde. Sofocó un grito de dolor. Patrick dijo que lo lamentaba, pero no se detuvo. Cuando terminó, la abrazó—. Casémonos. Ya tenemos la edad suficiente. Grace, no lo lograré sin ti. —Se sentó y la levantó con él. La sentó sobre su regazo, hundió sus dedos en su cabello y la besó—. No le cuentes a tu tía.

Grace no quería pensar en lo que habían hecho. No quería analizar lo que estaba sintiendo ahora. ¿Una burbuja de pánico? ¿La sensación de que estaba en una encrucijada y que estaba a punto de girar hacia el sentido equivocado?

Grace cerró su mente a la voz de condena. *No me importa. Él me ama. Lo dijo. Y de todas maneras, es demasiado tarde.* Lo único que quería era ser amada. ¿Era tan malo eso? Rodeó a Patrick con sus brazos y lo besó.

—Sí, casémonos.

Quizás entonces todo estaría bien.

La familia de Patrick se puso contenta cuando Patrick los llamó con la noticia de que se habían ido a Las Vegas, en vez de hacer una boda en Fresno. Byron Moore no podría haber sido más comprensivo.

—Elizabeth dirá que son demasiado jóvenes, pero le han ahorrado un dineral. —Se rio—. Y creo que mi hijo sabe lo que hace. —Los

Moore propusieron hacer una recepción durante las vacaciones de primavera. Patrick estuvo de acuerdo. Esperaba recibir regalos y dinero.

Grace tuvo que juntar valor para llamar a su tía Elizabeth y compartir la noticia sobre su casamiento con Patrick. Contuvo la respiración, preguntándose si su tía diría algo positivo.

Tía Elizabeth dio un suspiro de derrota, y dijo: «¿Por qué será que no me sorprende?» antes de colgar.

15

Grace se encontró con Brian en la iglesia el sábado en la mañana. Otros seis adultos aparecieron para ir de chaperones al paseo de los adolescentes a la playa Zuma. Charlie, uno de los diáconos de la iglesia, manejaba el autobús, mientras Brian hablaba con los chicos. Había cargado su iPhone de música rock cristiana. Las adolescentes que iban detrás de Grace pensaban que Samuel era adorable. Grace se sentó de costado en el asiento del autobús para poder sostenerlo mientras hablaba con ellas. Una le preguntó si era la señora que había ido al restaurante Lawry con el pastor Brian. Grace admitió que lo era.

Una chica preciosa, con una ceja perforada y un tatuaje de una mariposa en el cuello, se inclinó hacia adelante.

—Él es buena onda. Cualquiera querría ser su novia.

Grace quiso sofocar cualquier chisme.

—El pastor Brian es muy agradable y somos amigos. Por eso vine hoy a ayudar.

Las dos adolescentes se miraron sonriendo y cambiaron de tema.

Tan pronto como el conductor del autobús entró al estacionamiento de la playa, Brian les encargó a algunos adolescentes que ayudaran a descargar las provisiones y que se aseguraran un lugar para hacer la barbacoa.

—¡No quiero haraganes! Ayúdense entre ustedes. —Él trabajaba más que ninguno. Era temprano, estaba ventoso y frío, pero los fanáticos de la playa ya estaban llegando. Con el sol en alto, el frío pronto se iría y la playa se llenaría. Las muchachas se quejaron del frío. Brian reclutó ayudantes para colocar una red de vóley y comenzó un partido. En pocos minutos, empezaron a sacarse las sudaderas.

Varias chicas se acercaron a Grace y le preguntaron si podían cargar al bebé. Al ver que Samuel estaba más que feliz con ellas, Grace se unió al partido.

Hacia el mediodía, el sol estaba alto y caluroso y todos relucían por el bloqueador solar. Brian y los chicos nadaron y se turnaron para usar las tablas de surf en las olas. La mayoría de los adultos no quisieron mojarse los pies. Grace se metió en el agua hasta las rodillas, sosteniendo a Samuel delante de ella para que pudiera sentir el agua salada y espumosa haciéndole cosquillas en los dedos de los pies. Chillando de placer, él daba patZaditas. Riendo, Grace se sintió desenfadada y feliz por primera vez en muchos meses.

Brian se unió a ella.

—Ya quiere nadar.

El día al sol hizo que los adolescentes se relajaran y los predispuso a hablar durante el viaje de vuelta. Grace admiraba cómo se relacionaba Brian con los chicos. Bromeaba con ellos y fácilmente convirtió la conversación trivial en un debate más serio sobre la fe y lo que significaba caminar con Dios. Cuando le hacían preguntas incisivas, él compartía sus propias luchas y errores. Sorprendida, Grace lo escuchó hablar sobre el sexo y el desafío de mantenerse castos hasta el matrimonio. Al principio, algunos se burlaron de él, pero algunos intercambiaron miradas que le indicaron a Grace que posiblemente esos chicos ya habían ido demasiado lejos.

—Todos nuestros amigos tienen relaciones sexuales, pastor.

—Puede parecerlo. —Brian apoyó su brazo en la espalda del asiento—. En mi época también todos decían que estaba bien. —Varios chicos dijeron que el sexo ya no era gran cosa. Siempre y cuando las dos partes lo consintieran, no era asunto de nadie más—. Es asunto de Dios —dijo Brian firmemente—. No se engañen. El sexo siempre ha sido gran cosa. Déjenme que les diga qué aprendí. —Había captado la atención de todos—. Las chicas juegan al sexo para recibir amor y los chicos juegan al amor para conseguir sexo. Charlene y yo queríamos hacer todo a la manera de Dios. Eso significó que nos mantuvimos vírgenes hasta que nos casamos.

—¿Cómo hicieron para lograrlo? —preguntó un muchacho desde el fondo y otro le respondió vulgarmente. Una chica le dijo que se callara.

Brian sostuvo la mano en alto.

—Brady hizo una pregunta. ¿Cómo hicimos para mantenernos vírgenes? Adelantamos la fecha de la boda. —Todos los chicos rieron—. Nos casamos cuando todavía estábamos en la universidad. Pasamos juntos seis años maravillosos antes de que la perdiera en un accidente. —Cualquiera que mirara su rostro se daría cuenta de que todavía la amaba y la extrañaba—. Lo que estoy tratando de decirles es que el sexo es algo poderoso. En el contexto adecuado, es un hermoso regalo de Dios. Usado de la manera equivocada, puede lastimar y romper el corazón. Puede arruinar la vida.

Grace podía dar fe de ello.

La conversación cambió y hablaron de drogas y de ir a fiestas, de la música y de los padres. Brian caminó hacia adelante y habló con el diácono que conducía el autobús. Luego, se dio vuelta hacia el grupo.

—¿Quién tiene hambre? —Las manos saltaron hacia arriba. Brian sonrió—. Qué bueno, porque vamos a parar a comer una pizza. —Los chicos gritaron y vitorearon.

El autobús se detuvo en un restaurante Round Table y todos salieron en avalancha y entraron al lugar. Grace se sentó con dos chicas mientras Brian iba de una mesa a otra, hablando con todos los chicos. Un muchacho que no era parte del grupo estaba sentado en un reservado cercano. Brian también se detuvo para hablarle a él. Después de un par de minutos, se acomodó en el asiento frente a él. Grace pensó en Román. Él también era un solitario, aunque no era tan inaccesible como parecía al principio.

Los chicos fueron tranquilos en el viaje de regreso a la iglesia. Algunos dormían. Otros hablaban en voz baja. Samuel dormía sobre el regazo de Grace, con la cabeza apoyada contra su pecho. Brian lo miró y le sonrió.

—No hay nada como el sueño de los inocentes. —Hizo una

mueca—. Acabábamos de enterarnos que estábamos esperando un bebé cuando Charlene tuvo el accidente. Nuestro hijo tendría casi cuatro años ahora.

—Lamento muchísimo tu pérdida, Brian. —Grace no supo qué más decir.

—En la vida no puedes dar nada por sentado. —Su expresión se suavizó—. Me alegra que hayas venido hoy. Los chicos se encariñaron contigo.

—Se encariñaron con Samuel.

—Es adorable. —Se levantó y se puso en movimiento otra vez, pasando lista a los chicos, uno por uno.

Tan pronto como el autobús se detuvo en el estacionamiento de la iglesia, los estudiantes tomaron sus toallas de playa y sus bolsos, y se reunieron con sus padres o se encaminaron a sus propios carros. Brian estaba ocupado hablando con los adultos, cerciorándose de que todos tuvieran a alguien que los llevara a su casa. Grace sujetó con el cinturón a Samuel en su asiento para carro. Cuando se enderezó, Brian se reunió con ella.

—Espero que lo hayas pasado bien.

Ella le sonrió.

—Fue el mejor día en mucho tiempo.

—Me alegra escuchar eso. No tuvimos mucho tiempo juntos como esperaba. Lo lamento.

No habían tenido más de cinco minutos para ellos en todo el día, pero ella había pasado la mayor parte del tiempo observando a Brian Henley, y había descubierto mucho de su manera de pensar y de cómo trataba a las personas. Incluso a los desconocidos, como el muchacho que estaba sentado solo en la pizzería.

—Tienes una relación muy buena con tu grupo, Brian. Te escuchan y te respetan. —Estaba claro que se había ganado ambas cosas—. Samuel también se divirtió. —Se rio—. Con todas esas adolescentes preciosas hablándole tan entusiasmadas.

—El sueño de cualquier chico.

—Tenía diez niñeras suplicándome que les diera trabajo.

—Y todas esperando tener un bebito tan hermoso como él algún día.

—Esperemos que no sea bajo las mismas circunstancias. —Habló sin pensar y se ruborizó. Cuando Brian la miró, ella levantó los hombros—. No todos hemos sido tan sabios como tú y Charlene.

—¿Es algo de lo que quieras hablar?

¿Estaba poniéndose en el rol de consejero?

—Hoy, no. —Quizás nunca. Mucho dependía de cuán bien se llevaran ella y Brian.

Brian no la presionó.

—Me gustaría verte de nuevo. Fuera de las actividades de la iglesia.

—A mí también me gustaría. —Grace abrió la puerta del conductor y se deslizó en su asiento. Puso la llave en el arranque y bajó la ventanilla. Enganchándose el cinturón de seguridad, levantó la vista hacia Brian—. Gracias por invitarme hoy.

Brian apoyó sus manos en la puerta y se inclinó hacia adelante.

—Me alegra que hayas podido venir. ¿Qué te parece ir a cenar el lunes por la noche? Es mi día libre. ¿Paso a buscarte a tu casa? Lo único que necesito es la dirección. —Complacida, le dio la información. No había esperado que él le propusiera salir tan rápido, si es que lo hacía alguna vez. Especialmente, después de su comentario precipitado. Él se apartó del carro—. Conduce con cuidado. Te veré pasado mañana.

Aunque se conocían poco tiempo, Grace sentía que Brian tenía todas las cualidades que ella soñaba en un futuro esposo y padre para su hijo: un hombre de Dios, sincero, confiable, inteligente y atractivo. Alguien verdaderamente agradable, alguien a quien le gustaban los niños, que trabajaba para ganarse la vida. No se sentía sexualmente atraída por Brian, pero eso podía ser algo bueno. No quería que las emociones enturbiaran su juicio.

Señor, Brian Henley es la clase de hombre con el que quiero casarme algún día, si es que alguna vez me caso de nuevo. Es bueno, sólido, confiable, un hombre amable que podría amar a alguien a pesar de sus errores evidentes y sus fracasos. Alguien como Brian podría amar a Samuel como su hijo. Así que Te pido que, si este es Tu plan, Señor, por favor, me lo muestres claramente. Tú sabes lo tonta que puedo llegar a ser, cuán ciega soy a cómo son las personas realmente. Por favor, Señor. Protégeme. No quiero volver a elegir al hombre equivocado.

——+|——

El sábado, Román se despertó tarde, con la cabeza martilleándole y con sed. Ahora que estaba despierto quería regresar al cañón Topanga. Se afeitó en la ducha y llamó al servicio de estacionamiento para que tuvieran su carro listo para salir. Arrojó la ropa y los artículos de tocador en su bolso de viaje, lo cerró y se lo puso al hombro. Le compró un café de cinco dólares al vendedor del vestíbulo y salió del hotel. Grace lo hacía mejor. El sábado y el domingo eran sus días libres. Tendría que esperar hasta el lunes por la mañana para disfrutar de una buena taza de café.

Pasado el mediodía, Román se estacionó en su garaje. Su correo estaba sobre el mostrador de la cocina, las cartas abiertas y prolijamente apiladas en orden cronológico, con papelitos autoadhesivos que marcaban las más importantes que requerían de su atención personal. Grace había saldado sus cuentas y había dejado un informe de computadora de sus ingresos y de sus gastos, todo eficientemente registrado en categorías. Su contador iba a adorarla.

De camino a su habitación, vio el cuarto de huéspedes. Dio un paso atrás. Grace había elegido una cama estilo trineo de caoba, mesitas de luz y una cómoda alta. No se había detenido en el mobiliario para la habitación, sino que había agregado una silla cómoda, una lámpara de lectura y una alfombra estilo persa. Román dejó caer su bolso de viaje en el pasillo y entró a dar un vistazo. Había tonos azules, verdes, toques de rojo y amarillo, pero nada en colores pastel. El cuarto era masculino sin exagerar. Había colgado dos juegos de toallas azules en el baño. Sobre el mostrador había tres frascos transparentes: uno, lleno con caracolas; otro con piedras coloridas de río; y el más pequeño tenía jabones envueltos.

Él había dejado su propio cuarto en su máximo esplendor: la cama sin hacer, las toallas y la ropa en el piso, las puertas del armario abiertas. Avergonzado por el contraste con el inmaculado cuarto de huéspedes,

Román cambió las sábanas de la cama. Juntó las toallas sucias y se dirigió a la lavadora. Quizás fuera un buen momento para darse una vuelta por la cabaña, decirle que había vuelto y que había hecho un buen trabajo con el cuarto de huéspedes. Llamó a su puerta delantera. No hubo respuesta. Probó nuevamente y prestó atención. No escuchó pasos en el interior. La radio no estaba encendida. No tenía televisor.

Había salido. ¿Por qué tenía que sorprenderlo eso?

Volvió a la casa grande y mató el tiempo mirando un partido de baloncesto y dibujando bocetos en el cuaderno negro que guardaba debajo del sofá. Volvió a darse una vuelta cuando el sol estaba bajando. Seguía sin responder.

Es un sábado, estúpido. Es su día libre. ¿Por qué no habría de ir a algún lado a divertirse? Probablemente tenga novio.

Ese pensamiento lo inquietó. No quería pensar por qué.

Puso las sábanas y las toallas en la secadora y fue a la cocina a prepararse un emparedado. Más tarde, mientras tendía su cama, pensó en el rancho Masterson y en las artes de soltero que le había enseñado Susan. Aunque pareciera extraño, a él le gustaba la rutina, el orden, la comida tradicional en horarios fijos, las reglas sobre cómo tratarse entre sí.

¿Cuándo y por qué se había convertido en un desaliñado?

El televisor retumbó cuando uno de los equipos ganó... no sabía cuál y no le importaba. Tomó el control remoto y lo apagó. Subió a su estudio y vio que las luces de la cabaña estaban encendidas. Grace estaba en casa.

Las luces solares se extendían a lo largo del sendero entre la casa grande y la cabaña. Él llamó a la puerta, en lugar de tocar el timbre. ¿Había un bebé llorando? La puerta se abrió; Grace tenía una expresión de cualquier cosa menos de bienvenida. Tenía en brazos un bebé que lloraba con el rostro enrojecido. Román hizo una mueca.

—No parece feliz. —Ella tampoco.

—Tuvo un gran día. A veces, cuando lo estimulan demasiado, se pone quisquilloso.

Román supuso que lo había cuidado las veces suficientes como para saberlo.

Cuando Grace dejó la puerta abierta y caminó hacia adentro, él lo tomó como una invitación a pasar.

—Vine a decirte que el cuarto de huéspedes quedó estupendo. —Cerró la puerta detrás de sí.

Ella le sonrió.

—Gracias.

El bebé parecía más tranquilo; apoyó su cabeza sobre el pecho de ella y lo miraba mientras Grace mecía su cuerpo, acunándolo suavemente. Tenía el cabello oscuro y grueso, la piel de color café con leche y los ojos marrón oscuro.

El lugar parecía un oasis. Había una Biblia abierta sobre la mesa de la cocina, al lado de un diario. Por curiosidad, Román quiso levantarlo y leer qué había escrito. No era una buena idea.

—Lo tienes otra vez. —Shanice probablemente clavara a Grace con su hijo cada vez que podía, para poder salir a pasarla bien en alguna fiesta.

Grace acarició la espalda del bebé.

—Lo tengo cada vez que puedo.

—No me parece que quiera dormir una siesta.

—Lamentablemente, ya durmió un rato largo cuando volvimos a casa desde la playa.

Grace puso al bebé sobre el piso alfombrado, en medio de una manta suave con una cenefa en el borde.

—Muy bien, hombrecito. —Le entregó una sonaja. Él la sacudió varias veces y la lanzó. Grace se estiró para recuperarla y dejó al descubierto su piel suave y blanca debajo de la cintura de sus *jeans*. Samuel se volteó y se impulsó hacia arriba.

Román se rio entre dientes.

—Parece como si quisiera hacer flexiones.

Todavía de rodillas, Grace levantó la vista hacia Román:

—Me alegro de que te guste el cuarto de huéspedes.

No estaba apurándolo para que se fuera. Él sonrió un poco.

—Los recipientes con caracolas y piedras me parecieron demasiado.

—Tengo los recibos. Puedo devolverlos.

—Estaba bromeando. Estoy a punto de dejarte redecorar mi habitación.

—Ay, no. Buen intento, pero no voy a limpiar tu desorden.

Él le sonrió irónicamente.

—Cambié las sábanas de mi cama y las lavé. He estado lavando ropa desde que volví.

El pequeño Samuel emitió un ruido particular, llamándoles la atención a los dos. Cuando el rostro del bebé se enrojeció, Román se rio.

—Me parece que también vas a tener que lavar la ropa.

Grace suspiró.

—Es la leche en fórmula. Felizmente usa pañales desechables.

—Creí que eras una activista del reciclaje.

—Dentro de lo razonable. —Grace se levantó y entró en la habitación. Román vio que Samuel se llevaba las rodillas por debajo de su pecho. El bebé se meció adelante y atrás y cayó de cara. Levantándose nuevamente, soltó un grito feroz. Grace apareció con las manos llenas de artículos para cambiar pañales.

Román levantó las manos:

—Yo no hice nada.

—Entonces, no pongas cara de culpable. —Se arrodilló y le dio vuelta a Samuel—. Ya sabe sentarse. Ahora quiere gatear. —En menos de dos minutos le sacó el pañal sucio, le limpió el trasero y le puso uno nuevo. Se agachó hacia adelante y resopló sobre su barriga. Samuel la agarró del cabello y lanzó una risita de bebé. Grace le dio vuelta otra vez y le palmeó la colita a través del pañal recién cambiado. Él volvió a impulsarse hacia arriba y miró a Román. Grace sonrió—. Se pregunta quién es el desconocido.

Román se sentó en la mecedora y se inclinó hacia adelante.

—Soy el jefe por estos lares, nene.

—No es un niño cualquiera. Se llama Samuel.

—Hola, Sammy…

—Preferiría que le digas Samuel.

Su tono no daba posibilidad a ninguna concesión y, cuando vio la mirada que tenía en el rostro, se preguntó por qué se molestaba por esa nimiedad.

—¿Cómo lo llama Shanice?

Grace pareció confundida.

—Le dice "hombrecito". Ese es su apodo, no Sammy. —Su teléfono sonó y la distrajo. Ella se levantó rápidamente y fue a la mesa de la cocina. Por su tono de voz, Román se dio cuenta de que no era una de sus amigas—. Está cansado pero está bien. Lo unté todo con bloqueador solar. —Su tono se volvió notablemente más acogedor. ¿Por qué tenía que molestarle eso a él?

Cuando Grace lo miró, Román se levantó. Hora de irse. Se agachó hacia adelante y palmeó a Samuel por detrás.

—Diviértete, amiguito.

Ella le pidió a la persona que había llamado que esperara un instante, sin duda deseando mayor privacidad de la que tenía ahora. Román no le dio oportunidad de que le dijera nada.

—Te veré el lunes en la mañana.

Cuando volvió a la casa principal, Román decidió abandonar su celibato autoimpuesto y pasar el resto de la noche en una discoteca.

16

GRACE NO SABÍA POR QUÉ ESTABA MOLESTO ROMÁN. Lo veía distinto desde su corto viaje a San Diego. Debería estar entusiasmado con la exposición de arte en Laguna Beach. En cambio, se había vuelto callado e introspectivo. Se quedaba en su estudio dibujando, pero no avanzaba. Ella lo escuchó maldecir en más de una oportunidad, y la última vez que entró a sus dominios, había montones de papeles desparramados a su alrededor. Cuando comenzó a recogerlos, él le dijo que los dejara.

Sonó el timbre de la puerta: una sola campanilla, en lugar de las campanillas melódicas que irritaban a Román. Grace salió apurada de la oficina, pero caminó más despacio cuando escuchó la música de rock pesado que salía del gimnasio de Román. Nuevamente estaba corriendo en la caminadora. Esperaba ver a Talia en la puerta principal, ansiosa por revisar los detalles de último momento para la exposición de Román en la galería de Laguna Beach, que sería esa noche. La última vez que habló con Román, la pobre mujer había estado tan nerviosa como un mochilero frente a un oso pardo. Las invitaciones habían sido enviadas y las respuestas llegaban a raudales. Talia iba a servir champagne y canapés. Román le dijo que le daba lo mismo si ofrecía cerveza y papas fritas. Talia le había preguntado a Grace qué estaba molestándolo, pero Grace tuvo que admitir que no tenía idea.

No era Talia la que había tocado el timbre, sino un hombre alto con el cabello blanco y corto, y ojos inteligentes de color avellana. Tenía una maleta en la mano y una mirada de sorpresa.

—Vaya, hola. —Estiró la mano—. Soy Jasper Hawley, ¿y usted es…?

—Grace Moore, la asistente personal de Román. —El caballero mayor le dio la mano con firmeza y le sonrió, relajado—. Pase, por favor. —Grace retrocedió. Este debía ser el hombre que quería una cama en el cuarto de huéspedes.

—Por su expresión, Román olvidó avisarle que vendría de visita. —Se rio en voz baja—. También se olvidó de hablarme de usted.

—Tiene muchas cosas en la cabeza.

—Estoy seguro de que ese no es el motivo. —Jasper se detuvo en la sala de estar—. ¿Tendré una cama esta vez, o mejor traigo la bolsa de dormir y la almohada que tengo en el carro? —Ella lo acompañó por el corredor hasta el cuarto de huéspedes—. ¡Hala! ¡Mira este lugar! Es mejor que una suite en un hotel de categoría. —Dejó su maleta a los pies de la cama tamaño *king*—. Me parece que me mudaré a vivir aquí.

—No estés tan seguro. —Román estaba parado en la puerta, secándose la transpiración del rostro con una toalla. Parecía un deportista profesional, con sus pantalones cortos de correr y su camiseta húmeda. Grace deseó que tuviera más ropa puesta, preferentemente un traje deportivo que lo cubriera completamente. La mirada de Román se posó en ella. El corazón de Grace dio un salto inquietante.

Jasper miró alrededor.

—¿Las paredes vacías? Pensé que a esta altura habrías pintado cada centímetro.

A Grace le pareció una declaración curiosa.

—En esta época estoy pintando sobre lienzo, Hawley.

Jasper lo ignoró y miró a Grace.

—Supongo que nunca le habló de sus grafitis.

Grace miró a Román.

—Ah. ¿A eso te referías con lo de marcar edificios?

Jasper levantó levemente las cejas y empezó a decir algo, pero Román le dirigió una mirada gélida.

—¿Viniste para causarme problemas?

Grace se dio vuelta para irse. Quería dejarlos solos para que arreglaran el problema que parecía estar asomando su fea cabeza.

Román apoyó su mano en el marco de la puerta, bloqueándole el paso de manera efectiva.

—¿Has tenido alguna novedad de Talia? —Estaba suficientemente cerca para que ella pudiera respirar el saludable aroma a sudor masculino.

—Todavía no, pero me dijo que probablemente vendría hoy en la mañana.

Román soltó una palabra que ella no le había escuchado pronunciar desde el primer día que vino a trabajar para él.

—Ojalá nunca me hubiera metido en esto. —Bajó el brazo para dejarla pasar.

Grace escuchó a Jasper mientras caminaba por el pasillo hacia el vestíbulo.

—¿Cómo es que nunca mencionaste a Grace?

—Es mi asistente personal.

Su tono despectivo le dolió. ¿Qué le importaba? Ella sabía qué clase de hombre era desde el momento que lo vio. Estaba preparando café fresco en la cafetera cuando Jasper salió del cuarto de huéspedes y se unió a ella en la cocina.

—Román saldrá en unos minutos. —Se sentó en un taburete alto mientras ella preparaba la cafetera—. ¿Cuánto hace que trabajas para él?

—Cuatro meses y medio. —Le sonrió con ironía—. A veces parece que fuera más tiempo.

Él rio entre dientes.

—No lo dudo. Es un hueso duro de roer. —Quería preguntarle por qué era así, pero dudaba que Jasper Hawley tuviera alguna respuesta. Y, si la tenía, ¿por qué la compartiría con ella? Él la estudió—. No vas a preguntarme nada sobre él, ¿cierto?

—No, no lo haré.

—Debes agradarle, ya que has estado aquí casi cinco meses. Así que, háblame de ti, Grace.

—No hay mucho para decir. Román me contrató a través de una agencia de empleo temporal, y luego se convirtió en un trabajo a tiempo completo. Contesto la correspondencia, atiendo las llamadas telefónicas, pago las cuentas, hago mandados. —Se encogió de hombros—. Estoy aquí para simplificarle la vida a Román.

Grace miró hacia la pared de vidrio.

—Es un día precioso. ¿Le gustaría sentarse en el patio, señor Hawley? —Román podría no estar de acuerdo, pero Jasper Hawley era el invitado, y lo que él quisiera tenía prioridad.

—Dime Jasper, por favor, y el patio estaría perfecto. —Cuando ambos se instalaron con su café recién hecho, él la observó por encima de la taza de su bebida humeante—. Es una vista impresionante, ¿verdad? —Hizo un gesto con la cabeza hacia el cañón—. Me pregunto por qué nunca hace una pintura de él.

—Me he preguntado lo mismo.

—El muchacho es complejo.

El muchacho. Como Talia, Jasper lo decía con tolerancia y cariño. Ella rio en voz baja.

—Yo no diría que es un muchacho.

—Depende de tu definición. Y un montón de personas lo han llamado de muchas maneras diferentes.

Después de haber atendido llamadas los últimos meses, Grace lo sabía demasiado bien. La mujer más reciente que había llamado tenía unas cuantas cosas para decir de él, ninguna que Grace quisiera oír.

—Eres el único huésped que Román ha tenido desde que empecé a trabajar para él. Además de Talia Reisner, que viene sin esperar invitación.

—Ella debe ser la dueña de la galería donde será la fiesta esta noche.

—Sí. Es muy agradable. E interesante. Ella cree que Román tiene un gran potencial.

—¿Y tú?

Ella no sabía qué había detrás de la pregunta. Afortunadamente, la puerta corrediza de vidrio se abrió e interrumpió su conversación. Román salió; tenía puestos unos *jeans* y una camiseta roja, y su cabello todavía estaba húmedo por la ducha. Se sentó y los miró a ambos.

La sonrisa de Jasper fue un poco burlona.

—Parece que estás en óptimo estado físico, Román.

—Solo trato de no avejentarme y ponerme fofo como tú.

—¿Sigues corriendo? ¿O puedo tener esperanzas de que estás entrenando para la maratón de verdad?

Grace percibió que la conversación implicaba otro trasfondo. Empezó a ponerse de pie.

—Será mejor que vuelva a trabajar.

Román la miró un instante.

—Siéntate. —No fue una invitación, y a ella no le gustó que le hablara como si fuera un perro atado a una correa.

—Grace acaba de contarme que la conociste a través de una agencia de empleo temporal.

—¿Qué pensaste, que me la traje de un bar?

El rostro de Grace se acaloró. Jasper pareció sorprendido; luego, molesto.

Con ganas de escapar, Grace se levantó de nuevo, esta vez decidida. Román no dijo nada y ella se encaminó hacia la casa. Se sentó en su oficina, con los codos apoyados sobre el escritorio y el rostro entre sus manos. Pasaron varios minutos hasta que su rostro se enfrió. ¿Era la exposición lo que lo ponía tan tenso? ¿Le preocupaba que a la gente no le gustara su arte?

Se mantuvo ocupada con la correspondencia de Román y respondió varias llamadas telefónicas. El timbre de la puerta sonó a la una. Talia entró a lo grande, con su abundante cabellera rizada atada con un pañuelo colorido.

—¿Dónde está Román? La mayoría de los artistas me vuelve loca preguntándome cada detalle de lo que se hará en su exposición, ¡y a Román no podría importarle menos! —Agitó las manos en el aire y lo divisó en el patio. Salió por las puertas corredizas de vidrio y avanzó para reunirse con los dos hombres.

De vuelta en la oficina, Grace pudo respirar más tranquila. Terminó su trabajo y llamó a Selah para preguntar por Samuel.

—Está jugando en la alfombra. Está gateando.

Grace se había dado cuenta de que estaba llegando este logro importante y esperaba ser ella quien lo presenciara.

—Quería su conejito. Aprende rápido. Estaba muy satisfecho de sí mismo... —Selah habría seguido hablando y hablando, pero Grace le dijo que necesitaba trabajar y terminó la llamada. El dolor caló hondo. ¿Sería Selah la que escucharía la primera palabra de Samuel y vería sus primeros pasos? Si ella pudiera elegir, ¿preferiría que Selah fuera quien viera esas cosas, o una niñera de una guardería infantil?

Talia miró dentro de la oficina.

—¿Está todo bien?

Sobresaltada, Grace levantó la vista.

—Sí, todo bien.

—Pareces muy seria.

—¿Cómo estaba?

—Muy serio. La muestra no es lo único que lo preocupa. Bueno, tengo que salir corriendo. Te veo esta noche. —Se escabulló y luego volvió a entrar—. ¿Qué sabes del divino Jasper Hawley?

—No mucho.

—Me gustaría conocer mejor a ese caballero. —Movió sus cejas de arriba abajo varias veces. Grace se rio y le deseó buena suerte.

Los dos hombres entraron y hablaron en la sala. Grace pensó en salir a ordenar y limpiar la mesa del patio, pero la bandeja con las tazas de café estaba sobre el mostrador de la cocina. Jasper parecía feliz de verla.

—Román me dijo que fuiste a la UCLA.

—No me gradué.

—¿Pero estabas estudiando psicología clínica? ¿Tienes pensado terminar tu carrera?

—Estoy trabajando en ello. Una clase virtual a la vez.

Román tenía una expresión rara.

—No sé para qué te tomas la molestia. Te pago más que lo que ganarías como asistenta social, que es lo máximo a lo que podrías aspirar con una licenciatura en Psicología Clínica. —Le dio un vistazo a Jasper Hawley—. Necesitaría un doctorado para algo mejor, ¿verdad? —Levantó las cejas, mirándola—. ¿Qué edad tendrías para entonces, Grace?

Estaba cansada de ser la receptora de su malhumor.

—Más o menos tu edad, y sería mucho más feliz.

Jasper se rio.

Mortificada, Grace esperó que Román dijera algo desagradable. Él torció un poco la boca. ¿La había estado provocando? Ella lo ignoró y se dirigió a Jasper:

—En este momento, lo que más estoy estudiando es mi Biblia.

—Una iniciativa noble. —Jasper sonrió—. Yo también leo el Buen Libro.

Román parecía preocupado.

—Grace, te necesito lista para las cinco de la tarde. Talia quiere que estemos temprano ahí.

—Brian viene a buscarme a las cuatro. Le dije a Talia que...

—¿Brian? —Él entrecerró los ojos—. ¿Quién es Brian?

—Un amigo. Está interesado en tu trabajo.

—¿A qué se dedica?

—Es un pastor juvenil.

—No podrá pagar la entrada, y tú estarás trabajando.

Ella dejó pasar el insulto y el recordatorio. Jasper observaba el intercambio con demasiado interés.

Román se quedó mirándola.

—¿Por qué no te tomas el resto de la tarde? Necesitarás tiempo para prepararte.

Ella abrió la boca. ¿Acababa de dar a entender que a ella le llevaría horas ponerse presentable?

—No te haré pasar vergüenza. —Ella deseó que él hiciera lo mismo. Román empezó a decir algo, pero apretó los labios. Ella lo miró y se quedó esperando. Tal vez quería preguntarle qué iba a usar. Cuando no dijo nada más, miró a Jasper con una sonrisa de disculpa—. Te veré más tarde.

—Sí. Me verás.

Román iba a necesitar a alguien que lo controlara.

Grace volvió a la cabaña. Si esta mañana había sido un indicio, la noche sería larga y tensa. Al menos no tenía que preocuparse por lo que se pondría. Shanice la había llevado de compras la semana anterior.

—Has salido varias veces a tomar café y a cenar con Brian, ¡pero esta es tu oportunidad de sobresalir, mujer! ¡Necesitas vestirte elegante!

—Conocía una boutique con clase en North Hollywood que vendía ropa de diseñador con poco uso y precios increíbles. Encontraron el vestido negro perfecto, con escote *ballet*, cintura entallada y falda recta—. ¡Grace, luces estupenda con ese vestido!

—Nadie estará mirándome a mí, Shanice. Es la noche de Román.

—Tú estarás con Brian. Queremos que él te mire a ti. Déjate el cabello suelto. Si yo tuviera tu cabello, me lo dejaría crecer hasta la cintura.

Lo había mantenido corto por un año, más o menos, pero ahora le estaba creciendo. A Patrick le gustaba el cabello largo, así que se lo había dejado crecer mientras estaban juntos. También le gustaban las rubias, así que ella se lo había teñido. Se alegró de haber superado esas tonterías.

Con algunas horas extra a su disposición, Grace se fijó si había recibido alguna respuesta a su publicación en busca de una niñera. Tres postulantes habían contestado las preguntas de Grace y habían dejado referencias. Grace hizo algunas llamadas y descartó a dos. La tercera ya había aceptado un empleo como niñera de tiempo completo.

Grace se tomó su tiempo para arreglarse. Cuando Brian llegó, no necesitó preguntarse si se veía bien. Él la contempló desde las piernas hasta el cabello.

—¡Guau! —Su respuesta la satisfizo. Le dijo que se veía muy apuesto con su traje negro. Él le confesó que era un regalo de una señora que era miembro de su iglesia, una viuda cuyo marido había servido con los masones. Brian había tenido necesidad de un buen traje para oficiar los casamientos. Esbozó una gran sonrisa y dijo que suponía que era apropiado para una noche de gala en una galería de arte.

Grace se preguntó si Román tendría un traje y se estremeció, alarmada por no haber pensado en preguntárselo.

Ella y Brian hablaron todo el viaje a Laguna Beach acerca de los próximos eventos juveniles; las noticias locales, estatales e internacionales; y de sus planes para un viaje misionero a México durante el verano. Sus muchachos habían organizado dos eventos para recaudar fondos.

Brian tenía suficientes adultos anotados para ayudar a orientar y cuidar a los estudiantes.

Talia sabía cómo ser un espectáculo, además de organizar uno. Parecía una obra de arte colorida con su caftán bohemio. Saludó a Brian con un apretón de manos y abrazó a Grace.

—¡Estás deslumbrante! ¡Esta noche va a ser fantástica! Tengo una corazonada. —Irradiaba entusiasmo—. Apuesto que venderemos todos los cuadros de Román antes de las nueve de la noche. —Se acercó para hablarles en voz baja—. Aun con los precios ridículos que les puse.

Grace no se sorprendió cuando vio entrar a Román con unos *jeans* negros y una camiseta blanca de cuello en V debajo de una chaqueta de cuero negro. Lo que la sorprendió fue cómo se aceleró su corazón. Consternada, apartó la vista y se encontró con la mirada de Jasper Hawley. Él hizo un gesto con las manos, como si no hubiera nada que él pudiera hacer con Román.

Talia se quejó:

—Debería haber sabido que él preferiría morir a ponerse un traje.

Grace sabía que a Talia le daba igual que Román apareciera sin camiseta y en pantalones cortos de correr, siempre y cuando acudiera a la fiesta.

Román odiaba al público. Odiaba ser el centro de atención. Odiaba aún más cuando la gente hablaba como si entendiera su arte y supiera de qué manera funcionaba su mente con base en lo que él pintaba. Al menos tenía la satisfacción de verlos pagar un dineral por obras que no significaban nada, ni revelaban los secretos ocultos de su subconsciente. Algún día, alguien descubriría que él era un fraude totalmente carente de linaje, educación o verdadero talento.

Alguien le tocó el brazo: una rubia voluptuosa con un vestido de marca que mostraba ostentosamente el dinero que tenía. Habló acerca de su búsqueda de un nuevo talento y de cuánto le encantaba coleccionar obras de artistas poco conocidos. Su sonrisa no le dejó ninguna duda de qué tipo de colección estaba hablando. Pocos meses atrás, él habría aceptado la invitación que le proponía. No obstante, ahora hacía el esfuerzo de ser correcto y respetuoso. Miró a Jasper y agradeció ver que estaba acercándose para sumarse a la conversación unilateral. Román dio un vistazo alrededor y divisó a Grace.

El vestido negro le quedaba perfecto. Ella le sonrió al Príncipe Azul que estaba parado a su lado, vestido con un traje. El tipo tenía la mano apoyada sobre la parte baja de la espalda de Grace mientras hablaban con una pareja mayor; su gesto denotaba posesión. Brian, o cualquiera fuera su nombre, parecía la clase de hombre que encajaba en cualquier parte. ¿El tipo ese era un ministro? ¿Él y Grace ya habían tenido sexo? ¿Los pastores juveniles tenían relaciones sexuales? ¿Por qué debería importarle si lo habían hecho o no?

Román se bebió la copa con champagne y la dejó caer de golpe sobre un pedestal exhibidor que tenía un águila de bronce en vuelo. Uno de los mozos la recogió rápidamente.

—¿Podrías tratar de sonreír? —Talia le ofreció un canapé a Román—. A lo mejor te ayuda otra copita de champagne. —Tomó una de una bandeja y se le dio.

—Creo que ya tuve suficiente. —No estaba hablando del champagne.

Jasper también lo observaba y tenía un brillo peculiarmente especulativo en sus ojos.

Román lo fulminó con la mirada:

—¿Qué?

—Tú dime. —Jasper levantó su copa de espumante—. Nunca pensé que vería este día.

Román quería atravesar con los puños uno de sus propios cuadros, aunque le costara cincuenta mil dólares. Profirió en voz baja una palabra que habría estremecido a Grace, si hubiera estado lo suficientemente cerca como para escucharla. Seguía parada al otro extremo del salón, tan lejos de él como le era posible. Él repitió la palabra. Quería estar en cualquier parte, menos aquí. Era una buena noche para tener una mochila cargada de latas de Krylon. Empezaría por la pared lateral de su propia cabaña.

Grace se dio vuelta como si percibiera que la miraba. Sus miradas se encontraron y él sintió cosas que sabía que le iban a causar problemas. Alguien le dijo algo y fingió prestarle atención. El lugar estaba muy animado, y él era el centro de atención. Debía estar disfrutándolo. Debía estar pasándola bien.

Un hombre parloteaba sin parar sobre la obra de Román. Perdiendo la paciencia, Román se disculpó y prácticamente apartó a los invitados a empujones para llegar a la parte de atrás de la galería. ¿Había alguna puerta trasera para salir del lugar?

Talia lo interceptó antes de que pudiera fugarse.

—¿Estás bien?

—No deberíamos haber hecho esto.

—Por supuesto que sí. ¿Acaso tienes idea de quiénes son algunas de estas personas?

—¡Me importa un…!

—¿Qué te ocurre esta noche?

—Solo diles a todos que soy un artista temperamental.

—Ya se dieron cuenta de eso. Deberías estar feliz, Román. Ya has ganado cien mil dólares, y la fiesta ni siquiera está en su máximo esplendor.

Feliz. Sí, claro. Se sentía completamente sofocado. El corazón le latía muy fuerte.

Román se metió al baño y cerró la puerta. Se pasó los dedos por el cabello y trató de relajarse. Se obligó a respirar lentamente. Le llegó la conocida oleada de debilidad. Cerró los ojos y soltó una maldición en voz baja. Se puso en cuclillas y metió la cabeza entre sus rodillas, esperando no desmayarse. No ahora. No aquí. ¿Era por el champagne? Solo había bebido dos copas.

La debilidad pasó. Esperó un minuto antes de levantarse, y otro antes de abrir la puerta.

Grace estaba parada en el pasillo tenuemente iluminado.

—¿Estás bien, Román? —Sus ojos castaños estaban llenos de preocupación.

—¿Por qué no habría de estarlo?

—¿Estás transpirando? —Ella acercó la mano.

Román echó su cabeza hacia atrás como si el contacto con la mano de ella pudiera quemarlo. Ella cerró la mano y la bajó. La luz era demasiado débil para que pudiera ver cómo se había sonrojado, pero supo que la había cohibido. Otra vez. La había criticado todo el día.

Se quedaron parados cerca, mirándose uno al otro. A él le costaba respirar con normalidad. Quería acercarse. ¿Grace estaba temblando?

Ella tomó aire suavemente.

—No tenía la intención de tratarte como una mamá gallina. ¿Necesitas algo?

A ti.

Un movimiento le llamó la atención. El Príncipe Azul estaba parado en la puerta que daba al salón principal. ¿Qué haría el tipo si Román agarrara a Grace ahora mismo entre sus brazos y la besara? Román la miró nuevamente. ¿Qué haría ella? La expresión de ella se alteró solo lo suficiente como para darle a entender que sentía que algo peligroso le estaba dando vueltas en la cabeza. Ella retrocedió un paso y Román supo qué sería lo que haría Grace. Le daría una bofetada, renunciaría a su trabajo, se iría de la cabaña y nunca más volvería a verla.

Quizás valiera la pena intentarlo. Ella se iría y él estaría seguro.

—Román. —Jasper Hawley apareció de la nada y Román soltó la respiración. Hasta ese instante, no se había dado cuenta de que estaba conteniéndola. Grace le tocó el brazo antes de darse vuelta. ¿Para consolarlo? Ella se fue por el pasillo. Brian Henley deslizó su mano alrededor de su cintura y la alejó.

Jasper ladeó la cabeza, estudiando a Román.

—Esto es algo nuevo para ti.

—No estoy seguro de que vuelva a acceder a otras ideas de Talia. —Román se frotó la nuca. La cabeza estaba empezando a martillearle.

—No me refería a la exposición.

—¿A qué, entonces? —No estaba de humor para los comentarios crípticos de Jasper.

—No puedes quitarle los ojos de encima a Grace.

—¡Se supone que ella debería estar trabajando!

—¿Estás buscando alguna excusa para despedirla?

Román lo fulminó con la mirada.

—Dijiste que te caía bien.

—Me cae muy bien, pero lo que yo sienta es irrelevante. Estás fascinado con ella. No te sientes cómodo con la relación laboral, ¿verdad? Quizás deberías caminar sobre seguro y deshacerte de ella.

Román sabía qué estaba haciendo Jasper, pero no tenía ganas de entrar en su juego.

—Deja el tema.

Jasper se paró frente a él.

—¿De qué tienes miedo, Bobby Ray?

—No me llames así.

—No hay nada de malo con quién eres.

—¿Y quién soy?

—Aquí tienes una oportunidad real, hijo. Una oportunidad para ser amigos, para recibir afecto, tal vez amor. ¿Qué vas a hacer respecto a esto?

Román se enfadó.

—Has malinterpretado la situación.

—Ira. Tu lugar favorito para esconderte.

—¿Ya terminaste?

Jasper sacudió la cabeza con una expresión llena de compasión.

—Hazme un favor. Trata de no aplastar a Grace para apagar el fuego. —Suspiró—. Deja que la cosa arda, Bobby Ray. Acércate. Date permiso para conocerla. Ve qué sucede.

—Ella no sabe qué soy yo.

Jasper parecía perplejo.

—¿Qué eres tú?

—Tú sabes mejor que nadie de dónde vengo. ¿Qué tengo yo en común con una chica como ella?

Jasper exhaló:

—Señor, ten misericordia. Al fin estamos llegando a alguna parte. —Se acercó un paso—. No conoces a Grace mejor de lo que ella te conoce a ti. Tranquilízate. Escucha. Aprende. Ve qué sucede.

Román se preguntó si valdría la pena arriesgarse.

Grace iba sentada en silencio mientras Brian la llevaba a casa después de la exposición de arte en Laguna. Había sido una noche larga y, por momentos, cargada de dramatismo. Mientras ella y Brian departían con la gente, Grace se había mantenido atenta a Román. Esa tarde, él le había recordado que estaría trabajando durante la exposición, pero la evitó la mayor parte de la noche. Si necesitó algo, no se lo pidió a ella. Grace lo había consultado con Talia, pero todo estaba tan bien organizado que ella no parecía necesaria.

Cuando Román se dirigió al pasillo posterior, Grace se preocupó de que algo estuviera mal. Esperó unos minutos antes de susurrarle a Brian que iría a ver cómo estaba su jefe. Román estaba sumamente pálido cuando salió del baño de hombres. Cuando la miró, sintió el impacto. Aun ahora, sentada en el carro con Brian, se sentía movida por la intensidad de Román. ¿Qué había estado pensando él? ¿Qué habría dicho... o hecho... si Jasper y Brian no hubieran estado tan cerca?

Después de ese momento tenso en el pasillo, Román se tranquilizó, habló con la gente e, incluso, sonrió unas pocas veces. A las diez salió por la puerta, cual Cenicienta a la medianoche. Jasper lo siguió. Talia se exasperó.

—Creí que ibas a mantenerlo aquí.

Como si Grace tuviera algún control sobre el hombre.

Brian le echó un vistazo.

—Estás muy callada.

—Fue una noche muy rara.

—¿Tu jefe siempre es así?

¿Así cómo? ¿Malhumorado, imposible de entender?

—Casi siempre.

—¿La exposición fue exitosa?

—No lo dudo. Estuve un poco distraída.

Brian la miró con tristeza.

—Me di cuenta. ¿Qué pasó entre Román y tú en el pasillo?

—Nada. Pensé que se sentía mal. Me dijo que estaba bien. —Ella negó con la cabeza—. Me parece que la exposición le importaba más de lo que quería reconocer.

Brian volteó en una curva.

—La exposición fue un éxito arrollador, según lo que vi. Tiene unos cuantos fanáticos.

—Especialmente mujeres. —Masculló Grace en voz baja. Román no había estado ni cinco minutos en la galería cuando una rubia, con un vestido tan ajustado como si se lo hubieran pintado sobre el cuerpo, se le acercó. Aunque estaba al otro lado del salón, Grace supo que la mujer estaba más interesada en el artista que en su arte.

—¿Estás preocupada por él?

Ella se encogió de hombros.

—No tengo motivos para estarlo. —No quería pasar más tiempo de la noche hablando de Román Velasco—. ¿Disfrutaste la exposición?

—Había muchas personas interesantes. —Le habló de varias que había conocido—. Una pareja de abogados que coleccionan arte moderno, un piloto de una línea aérea, un oficial de la policía de Los Ángeles y su esposa. Hablé unos minutos con Talia, cuando fuiste a revisar cómo estaba Román. Es una mujer interesante.

Grace sonrió.

—Adivina qué estudió en la universidad.

—Historia del arte.

—Eso creía yo. —Se rio—. Talia cursó Economía y Mercadotecnia. —Grace se había enterado de más cosas de la vida personal de Talia en un solo almuerzo, que lo que sabía de Román después de meses de trabajar para él—. En los años setenta, fue a la universidad de California, afiliada a los republicanos. Su novio estaba en el cuerpo de entrenamiento de oficiales de reserva. Se casaron al terminar la universidad para que ella quedara embarazada antes de que él terminara en Vietnam. Él volvió a casa, pero murió de cáncer cuando tenía cuarenta y tantos. Ella dice que fue por culpa del Agente Naranja, unos químicos que rociaban a lo largo de los ríos para defoliar la jungla. Tuvieron una hija, que ahora es una planificadora patrimonial en Florida. Está felizmente casada y tiene dos hijos. Talia viaja una vez al año para visitarlos.

—No es lo que hubiera esperado. ¿Cómo terminó en la galería de arte?

—Se casó con el dueño. Era su contadora. Él le enseñó sobre arte; ella le enseñó de negocios. Estuvieron felizmente casados durante once años antes de que él falleciera.

Brian giró hacia el camino de entrada de la casa. Las luces estaban encendidas en la casa principal. Cuando ella y Brian caminaban por el sendero hacia la puerta de su casa, él la tomó de la mano. Sorprendida, ella sonrió y notó las luces encendidas en el estudio de la planta alta. ¿Qué estaba haciendo Román? ¿Y por qué estaba pensando de nuevo en él?

Se dio cuenta de que Brian no había dicho nada desde que estacionó el carro y la ayudó a salir.

—Gracias por acompañarme esta noche a la galería, Brian. —Ella retiró su mano, sacó las llaves de su cartera y abrió la puerta.

—¿Podemos hablar unos minutos antes de que me vaya, Grace?

Ella dudó, preguntándose si esta noche sería un punto decisivo en su relación.

—¿Quieres entrar? Puedo hacer café.

Brian dio un vistazo a la casa principal y negó con la cabeza.

—Está agradable acá afuera. —Él también había visto la luz encendida. Un pastor tenía que cuidar las apariencias. Cuando se sentaron juntos sobre el muro, la agarró de nuevo de la mano—. Me gustas, Grace. Me gustas mucho. Creo que lo sabes.

Esto era lo que ella esperaba, ¿verdad? ¿Por qué no se sentía emocionada en lo más mínimo?

—Tú también me gustas, Brian. —Se puso tensa cuando él levantó una mano y pasó su cabello detrás de su hombro.

—¿Puedo besarte?

Grace solo había besado a dos hombres en su vida y ninguno le había pedido permiso. Disimuló su sorpresa y le dijo que sí. Curiosa por lo que sentiría, se inclinó hacia adelante y se encontró con él a medio camino.

El beso de Brian fue tierno y pausado, agradable. No sintió la débil agitación que tuvo con Patrick, la promesa de algo que nunca había sucedido. No había sentido mucho más con el padre de Samuel.

Algún día, su hijo crecería y le preguntaría quién era su padre. ¿Qué podría decirle? *Lo conocí en una discoteca. Cuando me preguntó si quería ir a su casa, le dije que sí. Tú fuiste el resultado.* Si le entregaba a Samuel a Selah y a Rubén, no tendría que confesar eso. Selah podría decirle sinceramente que ella había planificado y había elegido que él fuera su hijo.

¿Y por qué su mente divagaba de aquí para allá mientras Brian Henley estaba besándola?

Brian se echó hacia atrás con una expresión enigmática.

—¿Qué pasa, Grace?

—No soy suficientemente buena para ti.

—Todos somos pecadores, y la amistad es un buen lugar para empezar una relación duradera. Así es como Charlene y yo empezamos. —Le tomó las manos y se puso de pie, levantándola con él.

Grace se sintió nuevamente aliviada de no experimentar ninguna atracción física en particular hacia Brian. Había estado enamorada de Patrick, y esa relación había sido un desastre. La segunda, peor. Permitió que la ira y el dolor fueran una excusa para seguir a la multitud de jóvenes adultos irresponsables que creían que el sexo casual estaba perfectamente bien si era entre dos personas adultas que lo consintieran. Se había sentido sola y miserable, desesperada por sentir algo, cualquier cosa. Apenas recordaba esa noche, pero tenía presente que se había despertado en medio de la noche en la cama de un desconocido. Se vistió a toda prisa y huyó. Corrió por la playa, llorando, hasta llegar a la carretera, donde tuvo la suficiente sensatez para conseguir un Uber.

Brian le gustaba. Era amable y cariñoso. Era apuesto. Podían hablar de todo y de cualquier cosa. Tenían la fe en común. Ella quería vivir una vida agradable a Dios, y el claro llamado de Brian era servir al Señor. Se sentía segura con Brian; no había ni un rastro de tentación. Seguramente, eso era una buena señal.

—¿Te animas a hacer una caminata por el sendero del cañón Solstice el próximo sábado? Conseguiré una mochila para poder llevar a Samuel.

—Me parece maravilloso.

—Te llamaré mañana. —Se inclinó y la besó suavemente en la boca. Grace hubiera querido sentir una chispa.

Arrojó su cartera sobre la mesa. Si las caminatas eran la manera favorita de divertirse de Brian, sería mejor que ella invirtiera en algo mejor que zapatillas deportivas. Necesitaría botas para montaña. Quizás, Román le daría permiso para usar el gimnasio para poder trabajar un poco los músculos, como para cargar una mochila al hombro. Se le escapó una risa triste.

Se puso el pijama, se lavó la cara y se cepilló los dientes. Escuchó a Elvis Presley cantando «Mi gran jefe». Con el corazón acelerado, fue a la cocina y sacó el teléfono de su cartera. Mirando el reloj del microondas, contestó.

—Es más de medianoche, Román.

—Todavía estás despierta.

—No por mucho tiempo.

—Estoy en mi estudio. Si hubieras invitado al Príncipe Azul a pasar la noche contigo, yo no estaría llamando.

Grace respiró con dificultad, con las mejillas encendidas.

—¿Estabas mirándonos?

—Sentía curiosidad por saber qué hacen dos cristianos al final de una cita. —Se rio en voz baja—. Ese beso se gana una clasificación de "apto para todo público".

Grace terminó la llamada. Habría apagado completamente el teléfono si no fuera la única vía de comunicación que tenía en caso de una emergencia con Samuel. Lo dejó en la mesita de luz y se metió en la cama. Elvis volvió a cantar. Grace se tapó la cabeza con una almohada.

17

Bobby Ray Dean se despertó por el sonido de la sirena de un carro de la policía y por el destello de luces rojas sobre el cielorraso. Se subió hasta los hombros la manta apestosa. Adormecido, se quedó mirando las luces de neón, naranjas, rojas y doradas, que decían *Jesús salva* al otro lado de la calle. Todavía con frío, se resguardó contra los almohadones gastados del viejo sofá.

Captó unas voces detrás de la puerta de la habitación: un hombre, irritado, y mamá engatusándolo. Bobby Ray sabía que cada vez que un hombre venía a casa con ella después del trabajo, él tenía que salir de la cama y dormir en el sillón.

El estómago de Bobby Ray gruñó. En la despensa había encontrado cereal para cenar, pero no había leche en el refrigerador. Aparte de las botellas que mamá guardaba para sus invitados, la alacena estaba vacía. Él esperaba que el nuevo amigo de mamá dejara el dinero suficiente para comprar algunas latas de estofado y jamonilla, quizás hasta algunos huevos, pan y leche. La mayor parte de lo que ella ganaba iba a pagar el polvo blanco que la ayudaba a olvidarse de todo y a sentirse bien, hasta que tenía que levantarse y recordarlo todo de nuevo.

Bobby Ray podía buscar algo para llenarse la barriga en la cafetería del Ejército de Salvación, y en la escuela le darían el almuerzo gratis. Pero para eso faltaban horas, y la única manera de aliviar el dolor ahora era volver a dormirse. Con esas luces destellando, le costaba trabajo. Seguía pensando en la tienda de comestibles. Una vez había logrado robar una manzana, pero la próxima vez, cuando se acercó para tomar un plátano, el tendero lo agarró de la muñeca y le dijo que hasta que Bobby Ray pudiera mostrarle un dólar, tendría que dejar el plátano donde estaba. Bobby Ray lo pateó y salió corriendo con el plátano verde aún aferrado en su mano. El tendero lo persiguió dos cuadras, hasta que Bobby Ray se las arregló para escapar. No pasó más por esa tienda.

Mamá dejó de hablar en el cuarto, y Bobby Ray escuchó otros ruidos que lo obligaron a taparse la cabeza con la manta apestosa y apretar sus manos contra sus oídos. Quizás tuviera solo siete años, pero sabía lo que mamá dejaba que los hombres le hicieran para poder pagar el alquiler. Al menos, este hombre le había parecido bueno. El último había lanzado a Bobby Ray al otro lado de la habitación. Mamá saltó sobre su espalda y el hombre también la golpeó a ella y la pateó, antes de irse.

Sollozando, mamá había gateado hacia Bobby Ray y lo había recogido en sus brazos:

—Lo siento, nene. Lo lamento tanto. ¿Cuánto te lastimó? —Cuando le levantó el mentón y le revisó la cara, lloró más fuerte. Le pidió que le dijera a su maestro que se había caído accidentalmente por las escaleras—. No quiero que los servicios de protección de menores te lleven lejos de mí. No nos volveríamos a ver nunca más. —La idea de que lo separaran de su madre le dio más miedo a Bobby Ray que el hombre que había lastimado a mamá.

Bobby Ray escuchó voces enojadas abajo en la calle. Mamá le había dicho que nunca mirara hacia afuera porque nunca se sabía cuándo la gente podía empezar a disparar. «Quédate agachado y a salvo, nene». Dos hombres gritaron. Un vidrio se rompió.

El amigo de mamá empezó a hablar en el cuarto. Mamá se rio. «No pasa nada. Acuéstate, cariño. Estamos pasándola tan bien...». El hombre dijo que tenía que irse. Había gente que podría preguntarse dónde estaba. Más conversación, ahora más tranquila. La puerta de la habitación se abrió y el hombre salió a medio vestir. Mamá lo siguió con su bata rosa. «Bueno, si tienes que irte, tienes que irte». Tocando el interruptor, encendió la luz e iluminó de pronto la sala.

El amigo de mamá tenía unos zapatos negros lustrosos, un pantalón de vestir oscuro y fino, y la hebilla de su cinturón brillaba. Batalló con los botones de su camisa blanca. Cuando vio que Bobby Ray estaba observándolo, se ruborizó profundamente.

—Lo siento, chico. —La disculpa hizo que Bobby Ray sintiera el duro golpe de todo lo que estaba mal en la vida de mamá.

Mamá sostuvo el saco del hombre para que se lo pusiera. Cuando se le complicó anudarse la corbata, mamá le retiró las manos.

—Déjame que yo lo haga. —Hizo un pucherito de manera encantadora—. Cincuenta dólares no alcanzan para mucho hoy en día. Apenas puedo pagar la renta, y tengo que alimentar a un muchachito que está creciendo. —Los ojos del hombre se entrecerraron y apretó fuerte los labios. Ella dio un paso atrás—. ¿Qué cenaste hoy, Bobby Ray?

—Cereal.

—Y bebiste lo último que quedaba de leche hace dos días, ¿verdad, nene? Lo lamento. Mamá hace lo mejor que puede.

—¿No tienes beneficios sociales?

—El alquiler es más caro en el Tenderloin que en Wichita. Pero tú ya lo sabes, teniendo en cuenta el hotel en el que estás hospedándote para tu convención.

El hombre miró con vergüenza a Bobby Ray y sacó su billetera. Bobby Ray notó el anillo de oro que tenía en el dedo, mientras escogía algunos billetes y los colocaba en la palma de la mano de mamá. Ella mantuvo la mano estirada y él le añadió uno más, antes de doblar la billetera y guardársela. Él no parecía feliz. Mamá sonrió.

—Tienes buen corazón. —Sonaba sincera. Fue hacia la puerta, quitó la cadena, giró los dos pasadores y la abrió—. Cuídate allá afuera. Ya no estás en Kansas. —Se rio en voz baja, como si hubiera dicho un chiste.

El hombre se veía intranquilo.

—Dejé el carro que alquilé cerca de la discoteca. Estaba un poquito ebrio. ¿Cómo vuelvo?

—Dobla a la izquierda, camina dos cuadras, dobla a la derecha. Verás la luz. —Mamá le cerró la puerta en la cara. Volvió a poner los dos pasadores y la cadena en su lugar. Su sonrisa se apagó, junto con cualquier indicio de placer, mientras recogía el bolso que había arrojado sobre el viejo sillón reclinable color naranja. Metió el dinero adentro y lo dejó caer otra vez. Bostezando largamente, se frotó la espalda—. Necesito una ducha larga y bien caliente. Y luego voy a dormir hasta el mediodía. —Se agachó y besó a Bobby Ray—. Levántate tú solo y prepárate para la escuela, amorcito. —Se metió al cuarto.

Bobby Ray hizo lo que tenía que hacer. Robó un billete de veinte dólares de la billetera de mamá.

Tan pronto como la escuela terminó, Bobby Ray se dirigió a CVS y caminó por los pasillos empujando un carrito más grande que él. ¡Todo era tan caro! Se decidió por un frasco de tiras de mantequilla de maní con mermelada de uva marca Smucker's Goober, una barra de pan Wonder Bread, una caja con doce crayones, un paquete de cuatro lápices Ticonderoga con un pequeño sacapuntas y un cuaderno rayado en oferta por un dólar. Tal vez mamá se había ido de compras con el resto del dinero que le había dado el hombre la noche anterior. Tal vez encontraría leche en el refrigerador y cereal en la despensa.

Mamá estaba levantada y vestida para matar, como decía ella. También estaba feliz, lo cual significaba que había conseguido otra provisión de polvo blanco.

—Dime, ¿qué compraste con los veinte dólares que te llevaste hoy, nene? —Le arrebató la bolsa de plástico y la vació sobre la mesa, mientras Bobby Ray miraba dentro del refrigerador. No había leche—. Lo lamento, cariño. No tuve tiempo de hacer las compras. Tuve que ponerme presentable. Se me ocurre una idea: buscaré a un hombre bueno que me lleve a cenar a un restaurante elegante y te traeré una bolsa con las sobras. —Se rio—. ¡Alioto's! ¿Qué te parece? ¡O al Franciscano! ¡Pediré langosta!

—¿Quieres un emparedado, mamá? —Bobby Ray no quería que se fuera—. Yo te lo preparo. —Cuando ella estaba así de contenta, se pasaba toda la noche afuera.

—No, nene. Eso es todo para ti. —Se colgó la cartera al hombro y se dispuso a salir—. Cierra la puerta después de que salga.

Bobby Ray odiaba que su madre se fuera drogada y contenta. La última vez que lo hizo, cuando volvió, lloró todo el día después y tuvo que ponerse un montón de maquillaje para ocultar los moretones antes de irse a trabajar a la discoteca.

—No te vayas. ¿Por favor? —Le tembló el labio y dejó que se le escaparan las lágrimas, esperando que eso la convenciera.

Mamá se le acercó, angustiada.

—Ay, cariño, sabes que tengo que irme. Mamá lo hace mucho mejor cuando tiene algo que la ayude. ¿Sabes? Estoy haciendo lo mejor que puedo. A veces, yo... —Sacudió la cabeza, con la mano sobre su hombro—. No me mires así, Bobby Ray. —Se agachó y le tomó el rostro entre las manos—. Sabes que te amo más que a nada en el mundo. Te cuidaré bien, nene. Espera y verás.

—Mamá... —Él la abrazó fuertemente. Ella era suave y olía a perfume dulce. Se aferró a ella como la hiedra a una pared de ladrillo.

—Suéltame. —Mamá se liberó de sus brazos y lo mantuvo a cierta distancia—. ¡Basta, ahora mismo! Sabes que volveré. ¿Acaso no vuelvo siempre? Ahora, sé bueno. Quédate adentro. Cierra la puerta. Puedes mirar la tele hasta la hora que quieras. —Se fue sin mirar atrás.

Bobby Ray fue a la ventana y trató de abrirla. Trató de soltar el pestillo, pero no se movió. Mamá apareció en la calle. Él golpeó el vidrio, pero ella no miró hacia arriba. Caminaba como si supiera exactamente dónde estaba yendo. Él deseó saber dónde quedaba ese lugar.

Abrió la caja de crayones nuevos y dibujó sobre la hoja de un periódico. Comió un emparedado de mantequilla de maní y mermelada. Cuando el sol se ocultó, miró televisión. Preocupado, arrastró la silla de la cocina hasta la ventana y se sentó a esperar a mamá. El letrero de neón se prendió al otro lado de la calle. Bobby Ray se preguntaba quién era Jesús. Mamá le había contado que su papá había sido religioso y que la había molido a palos para sacar el infierno de su alma. Bobby Ray apoyó la cabeza sobre sus brazos y se concentró en la belleza de esos colores intensos y alegres.

La risa de un muchacho lo despertó. Un adolescente vestido de negro pintaba con aerosol una pared al otro lado de la calle. Otro estaba parado en la esquina haciendo guardia. Bobby Ray escuchó y observó mientras el pintor abría una mochila y sacaba otra lata, amarilla esta vez, y una verde, después. El vigía le hizo señas para que se apurara. El pintor trabajó más rápido, haciendo grandes letras en forma de globo. Bobby Ray estaba fascinado. El muchacho en la esquina chifló. El pintor guardó la pintura en aerosol, se puso la mochila al hombro y desapareció por la esquina, justo cuando un carro patrulla llegaba a la intersección. El carro de la brigada se detuvo; un haz de luz buscó y se fijó sobre la pared recién pintada. El patrullero dobló hacia donde habían huido los muchachos, con el haz de luz moviéndose de un lado al otro de la calle.

Bobby Ray abandonó su vigilia y se trepó a la cama que compartía con mamá. Se acurrucó como una bola del lado de ella en la cama. Mamá lo despertaría cuando llegara a casa. Quizás trajera a otro hombre con ella, uno amable, como el último: uno dispuesto a darle veinte dólares extra. Durmió de a ratos.

A la mañana siguiente, mamá seguía sin volver a casa. Bobby Ray no sabía si debía ir a la escuela o esperar. Asustado y enojado, agarró sus libros y bajó las escaleras.

El señor Salvaggio salió de su departamento. Con su sudadera de los Giants parecía una calabaza.

—¡Oye, tú! ¿Dónde está tu madre? ¡Me debe la renta! —Bobby Ray lo esquivó y pasó a su lado—. ¡Oye! ¡Te estoy hablando, chico!

—El señor Salvaggio trató de agarrarlo, pero Bobby Ray huyó rápido como una rata por la puerta de adelante.

—¡Sheila! —El señor Salvaggio gritó hacia arriba por las escaleras—. Será mejor que pagues, o mi primo Guido y yo te sacaremos a la calle definitivamente. ¿Me escuchas?

Aterrado y preguntándose qué pasaría si mamá no tenía nada de dinero cuando volviera a casa, Bobby Ray fue a la discoteca donde ella trabajaba. Se metió por una puerta lateral mientras descargaban una entrega. Adentro, apenas había luz. El lugar olía feo. Un hombre en mangas de camisa y una corbata floja firmó un papel sobre una tabla y se lo entregó al chofer uniformado del camión. Abrió una caja, sacó una botella y, entonces, vio a Bobby Ray.

—¿Qué estás haciendo aquí? —Hizo un ademán con el mentón—. ¡Sal de aquí, niño! ¿Estás tratando de que me clausuren?

Bobby Ray se mantuvo firme mientras el hombre se le acercaba.

—Estoy buscando a mi madre —dijo con voz temblorosa.

—¿Cómo podría saber yo quién es tu madre? —El hombre lo agarró del hombro y lo empujó hacia la puerta—. ¡Sal de aquí y quédate afuera!

Tratando de contener las lágrimas, Bobby Ray se quedó adentro.

—Se llama Sheila Dean. Trabaja aquí.

El hombre escupió una palabrota.

—No sabía que Sheila tenía un hijo. A mí también me gustaría saber dónde está. Se suponía que tenía que bailar anoche y no se molestó en aparecer.

Bobby Ray no sabía dónde más buscar y no quería volver al edificio y arriesgarse a que el señor Salvaggio lo atrapara. Así que se fue a la escuela. Las clases ya habían empezado, de manera que tuvo que entrar al aula a escondidas, cuando el señor Talbot no estaba mirando. Se deslizó a su asiento, esperando que nadie dijera nada. Nadie lo hizo, pero el señor Talbot miró a Bobby Ray y después al reloj de pared cuando se dio vuelta para explicar un problema aritmético que había escrito en el pizarrón. Al menos el señor Talbot no lo mandó a la oficina para que le dieran una nota por llegar tarde.

Habría tenido que inventar una mentira para la secretaria de la escuela.

El aula estaba más cálida que el departamento, y Bobby Ray tuvo que luchar para mantener los ojos abiertos. Trató de entender los problemas aritméticos que estaban en la hoja que le había entregado el señor Talbot. Le dolía el estómago. Apoyó la cabeza en sus brazos.

La campana lo sobresaltó, despertándolo. No había terminado la tarea. Los chicos salieron al recreo. El señor Talbot estaba parado junto a su pupitre. «¿Está todo bien, Bobby Ray?».

Bobby Ray dijo que todo estaba bien. Al mediodía comió solamente la mitad de su emparedado y guardó el resto, con la preocupación de no tener nada para comer después.

Cuando la escuela terminó, Bobby Ray corrió todo el camino de vuelta a casa. El departamento estaba sin llave. El corazón le dio un brinco esperanzado, y Bobby Ray corrió a la habitación, esperando encontrar a mamá dormida. No estaba ahí. Al salir, vio el espacio vacío donde había estado el televisor. ¿Habían entrado ladrones o el señor Salvaggio se había llevado lo único de valor que había en el departamento? Bobby Ray tuvo miedo de bajar las escaleras y preguntarle. En lugar de hacerlo, volvió a salir y buscó a mamá por el barrio.

El dueño de la licorería le dijo que no veía a Sheila Dean desde hacía tres días. Bobby Ray caminó hasta el cruce de la calle Turk con Market; luego, siguió por Market hasta Grant. Caminó hasta Geary y dio vueltas por la plaza Union Square, luego más allá del teatro Curran, hasta que llegó a Leavenworth y volvió caminando hasta Turk. Para cuando llegó a casa, ya estaba oscuro. Las luces del departamento estaban apagadas y no se encendieron cuando él presionó el interruptor. Mamá seguía sin aparecer.

Exhausto, hambriento y con miedo, Bobby Ray se sentó en el viejo sofá. Y ahora, ¿qué debía hacer? ¿Dónde debía buscar? Mamá siempre volvía a casa en la mañana. ¿Por qué no había vuelto?

Bobby Ray había hecho que el frasco de mantequilla de maní con mermelada y el pan le duraran tres días. Todavía le quedaban un par de dólares en el bolsillo, pero tenía miedo de gastarlos.

El señor Talbot le preguntó otra vez si todo estaba bien y Bobby Ray le dijo que sí, adoptando una mala actitud para sonar creíble.

—¿Por qué no tendría que estar todo bien?

—Porque hace tres días que usas la misma ropa.

—Mamá no tuvo tiempo de lavar la ropa. ¿Está bien?

—Está bien, pero ¿dónde están tus tareas? Tú siempre haces las tareas y no has entregado nada en dos días. Y no terminas lo que te doy en clase. Eso no es normal en ti, Bobby Ray. ¿Qué está pasando?

—Me olvidé, nada más. Eso es todo. Las haré. Mañana se las entregaré.

Tuvo que hacer un gran esfuerzo para no llorar cuando el señor Talbot le puso una mano en el hombro y se lo apretó suavemente.

—Me avisarías si necesitas ayuda, ¿verdad?

Bobby Ray compró un plátano y una barra Snickers mientras volvía a la casa. Hizo la tarea sobre la mesa de la cocina. Alguien llamó a la puerta y el corazón de Bobby Ray se aceleró. Caminó en puntas de pie y miró por la mirilla. El señor Talbot estaba al otro lado. Volvió a golpear la puerta. «¿Señora Dean? ¿Bobby Ray?». Su maestro volvió a llamar más fuerte esta vez. Una voz masculina retumbó desde abajo. El señor Talbot respondió que estaba viendo cómo estaba un alumno. Se apartó de la entrada y Bobby Ray no pudo verlo más. ¿Qué estaba diciéndole el señor Salvaggio?

Bobby Ray se preocupó por esa visita. Trató de concentrarse en su tarea y terminar todo lo que tenía que hacer. Se bañó, se lavó el cabello y se cepilló los dientes, esperando que mamá abriera la puerta del baño y le dijera que estaba tardando demasiado.

A la mañana siguiente se puso una ropa distinta. El señor Talbot le echó un vistazo y no dijo nada. El estómago de Bobby Ray gruñó tan fuerte que los alumnos que estaban alrededor de él se rieron. Con el rostro encendido, se quedó con la cabeza agachada, mientras el señor Talbot les pedía que mantuvieran el orden y proseguía con su clase.

Cuando Bobby Ray volvió a casa de la escuela, el señor Salvaggio estaba en el vestíbulo de la entrada, cerca de los buzones, con un hombre que Bobby Ray no reconoció. El señor Salvaggio señaló a Bobby Ray con la cabeza.

—Es él. Nadie lo va a extrañar. —El hombre deslizó un fajo de billetes doblados en la mano regordeta del señor Salvaggio, mientras Bobby Ray corría escaleras arriba.

Esta vez, la puerta estaba abierta.

—¡Mamá! —Tuvo un arranque de alivio, hasta que vio la sala vacía. Todos los muebles habían desaparecido—. ¡Mamá! —Corrió hacia la habitación. Cuando no la encontró allí, volvió a salir, confundido. El departamento estaba vacío, excepto por un par de cajas con la ropa de mamá que había en medio de la habitación.

El hombre que había estado con el señor Salvaggio entró en el departamento.

—Tú vendrás conmigo, niño.

Bobby Ray se alejó:

—Mi madre vendrá a casa.

—¿Cuándo fue la última vez que viste a tu madre? Hace cuatro días, por lo que me enteré. Ella se fue. Yo te voy a cuidar. —Cuando Bobby Ray trató de pasar corriendo al lado de él hacia la puerta, el hombre lo agarró del brazo. Bobby Ray forcejeó y gritó, y el hombre le tapó la boca bruscamente con su mano. Bobby Ray lo mordió. El hombre le dio un revés tan violento que Bobby Ray vio manchas amarillas y negras antes de que lo cargara sobre su hombro y lo sacara del departamento, con sus piernas atrapadas contra el pecho duro como una piedra.

—¿Qué cree que está haciendo? —Bobby Ray escuchó la voz de su maestro que venía desde el rellano inferior. Golpeando al desconocido en la espalda, Bobby Ray gritó pidiendo ayuda—. ¡Baje a ese niño! —Otro hombre le pidió el documento de identidad. Bobby Ray sintió que lo soltaba de golpe. Cayó rebotando seis escalones antes de que alguien lo agarrara—. Te tengo.

El señor Talbot lo abrazó mientras un agente de la policía subía las escaleras, hablando velozmente por el pequeño radio que tenía montado sobre un arnés en su hombro: «Un metro ochenta, noventa kilos, blanco, pelo oscuro muy corto, chaqueta de cuero marrón, *jeans* y botas negras...».

El señor Talbot le preguntó a Bobby Ray si estaba lastimado. Todo su cuerpo le dolía. El señor Talbot lo subió a su regazo y lo abrazó muy fuerte.

—Está bien, Bobby Ray. Estamos aquí para ayudarte. —Sollozando, Bobby Ray se acurrucó en los brazos de su maestro, con el corazón todavía latiéndole muy fuerte por el miedo—. ¿Quién era ese hombre? ¿Alguien que conoces? —Bobby Ray nunca lo había visto—. ¿Dónde está tu madre?

—No lo sé —dijo entrecortadamente por el hipo—. Me prometió que volvería. Ella siempre vuelve. —Cuando le preguntó desde cuándo se había ido, Bobby Ray se frotó los ojos y trató de pensar. No quería decir que eran cinco días—. Hice mis tareas.

Los ojos del señor Talbot se llenaron de lágrimas.

—No te preocupes por eso ahora. No te preocupes por nada, ¿de acuerdo? Vamos a buscarte ayuda. —El policía volvió bajando las escaleras. El hombre había logrado escapar. El señor Talbot se sentó en el asiento trasero del carro patrulla con Bobby Ray y le dijo que todo iba a estar bien. El policía habló por su radio.

Bobby Ray no quería irse. ¿Cómo lo encontraría su madre si él se iba del departamento? Lloró y soltó maldiciones a gritos, pateando la parte de atrás del asiento del policía.

Cuando llegaron a la estación de policía, el señor Talbot se sentó con él hasta que entró una señora con mirada triste. El señor Talbot pasó su mano por la cabeza de Bobby Ray.

—Cuídate. —Bobby Ray supo en ese momento que nunca volvería a ver a su maestro.

—Quiero a mi madre.

La señora asintió.

—Trataremos de encontrarla. Mientras tanto, tenemos un lugar seguro para que te quedes.

Bobby Ray terminó al otro lado de la ciudad, con unos desconocidos. ¿Cómo iba a encontrarlo su madre? No discutió ni dijo nada.

Comió lo que le pusieron por delante. Se bañó cuando su madre de acogida le dijo que lo hiciera, se puso el pijama y se fue a la cama sin decir una palabra. Tan pronto como la casa se quedó en silencio, se vistió de nuevo y salió trepando por la ventana.

La policía lo encontró en el Tenderloin al día siguiente, cerca del edificio donde él y mamá habían vivido. Las autoridades lo mandaron a otra familia de acogida que vivía más lejos. La gente lo vigilaba de cerca, pero igual se escapó en menos de una semana.

18

Temprano el lunes en la mañana, Román hizo café y preparó el desayuno para Jasper. Dobló la tortilla de huevos y la puso sobre el plato de Jasper. Dejando caer la sartén en el lavadero, le sugirió que se sentaran afuera.

—¿No vas a comer?

—Quizás más tarde.

Jasper abrió la puerta corrediza de vidrio.

—Está un poco fresco aquí afuera.

La neblina matinal todavía no se había disipado, y no lo haría durante horas.

—Puedo prestarte una chaqueta.

—Estoy bien. —Jasper terminó la tortilla de huevos y se inclinó hacia atrás—. ¿Qué tienes en mente, Bobby Ray? —Levantó su taza de café.

—No estoy seguro de qué hacer ahora.

—¿Te refieres al arte o a Grace Moore?

—¿Cómo llegó ella a esta conversación?

—¿Es esta una conversación? ¿Estamos conversando?

Román se levantó y fue hacia el muro. Sentándose a medias, miró a Jasper. No debería haber llamado a Grace esa noche. No debería haberse reído de ella.

—Creo que me he acorralado.

—¿Qué quieres decir?

—Pinto lo que se vende. No significa que sea lo que me gusta.

—¿La obra o el dinero?

Román se levantó, enojado.

—¿Podemos tener una charla sin que me llenes de preguntas?

—Es de la única manera que logro hacerte hablar. No estoy aquí para decirte qué tienes que hacer.

Román se rio duramente.

—Has estado metiendo la nariz desde el día que te conocí.

—Cuando llegaste al rancho, estabas bajo custodia judicial y eras muy difícil, pero sabíamos que eras algo especial. Tu arte era un clamor pidiendo ayuda.

—Tenía la esperanza de que me echaran.

—Siéntate, hijo. Me estás poniendo nervioso. —Jasper esperó hasta que lo hizo—. En aquel momento, tenías algo que decir. Pero dejaste de hablar.

—Los grafitis no se venden muy bien.

—Es cierto. Y podrías terminar en la cárcel. —Jasper bebió la mitad de su café—. Pero eso no es lo que te frena. Las provisiones que hay en tu estudio y esa pared de atrás con una capa de pintura fresca me lo dicen. —Jasper apoyó la taza en la mesa—. Anoche volviste a salir.

—No hice nada. —Román había manejado sus emociones de la manera en que siempre lo hacía. Llenó una mochila y se fue a la ciudad. Manejó por ahí durante una hora antes de volver a la casa, donde estalló contra la pared posterior de su estudio.

—Los grafitis siempre fueron tu medio preferido cuando estabas agobiado. ¿Qué te está fastidiando en estos tiempos?

Esta vez, Román no eludió ni se defendió de Jasper.

—Me gusta sentir la adrenalina. Es mejor que atravesar una pared con un puño.

—No estabas enojado, Bobby Ray. Estabas que ardías de celos. No te gustó ver a Grace con otro hombre.

Román quiso negarlo.

—No es asunto mío con quién esté ella. Es mi empleada. Eso es todo.

—¿Por qué no tratas de conocer a Grace Moore como persona, y no solo como empleada? Yo apenas la conozco y me cae bien.

—Tiene más muros que yo.

—Más motivos para averiguar qué hay detrás de ellas. Pero no las derribes a patadas ni trates de pasar por encima de ellas. Busca una puerta. Cuando la encuentres, llama; no golpees. —Sonrió levemente—. Y espera.

—Nunca antes he tenido que esperar.

—Si lo único que quieres es sexo, olvídate de ella. Grace no es la clase de chica que se enrolla con un tipo y no le importa cuando él se va.

La puerta de la cabaña de huéspedes se abrió; Grace salió y se acercó.

—Buenos días. —Le sonrió a Jasper—. Esperaba que no te hubieras ido a casa antes de que pudiera verte.

—No me habría ido sin despedirme. —Se puso de pie.

Román se quedó sentado mientras Jasper le daba a Grace un abrazo paternal. ¿Desde cuándo eran tan amigos?

—Fue bueno conocerte, Jasper. Espero volver a verte.

—Me verás. —Le sonrió a Román por encima del hombro—. A menos que nuestro amigo se mude otra vez y no deje la dirección de su nuevo destino.

Hablaron unos minutos y, luego, Grace se dio vuelta para entrar en la casa.

—Mejor me pongo a trabajar o el jefe me despedirá.

Jasper miró a Román con una ceja levantada:

—Y será mejor que yo me ponga en marcha o la próxima vez no me recibirá con una bienvenida.

Román los siguió adentro. Jasper se fue al cuarto de huéspedes para recoger su maleta. Román se quedó en el mostrador, observando a Grace enjuagar los platos y ponerlos en el lavaplatos.

—Todavía estás enojada conmigo.

—Estaba furiosa, pero ya se me pasó. —Cerró firmemente la puerta del lavaplatos y se incorporó—. Ahora que sé que vivo al lado de un fisgón, seré más cuidadosa.

—Yo no miré por tus ventanas. Ustedes estaban parados afuera, al aire libre.

—Una disculpa me caería bien.

Él nunca se había disculpado con nadie en la vida y no iba a empezar a hacerlo ahora.

—Digamos que fue un error de juicio.

Ella puso los ojos en blanco y se encaminó hacia la oficina.

Después de que Jasper se fue, Román no tenía nada que hacer. No tenía ganas de dibujar ni pintar. Cuando sonó el teléfono, lo usó como excusa para hablar con Grace. Ella no lo vio parado en la puerta. Seguía hablando por teléfono. ¿Con el Príncipe Azul? Lo miró, escribió una nota rápida y se la entregó. *Talia. ¿Quieres saber cuánto vendieron?* Él se encogió de hombros.

—Él está aquí. —Le entregó el teléfono a Román.

Todos sus cuadros de la galería se habían vendido. Tendría suficientes ahorros para tomarse un año sin trabajar. Quizás eso le daría tiempo para resolver qué quería hacer.

—Gracias, Talia.

Talia rio.

—Dilo de nuevo. Me parece que no escuché bien.

—Me escuchaste. —Román finalizó la llamada y le devolvió el teléfono a Grace—. Tuvimos una buena noche.

—Talia me lo dijo. —Había girado la silla y estaba sentada mirándolo de frente. El teléfono sonó otra vez. Román empezó a irse mientras ella contestaba, pero Grace levantó un dedo—. Qué raro. Espera, puedes preguntarle a él. —Le dio el teléfono.

—¿Qué?

—Talia dice que un oficial de la policía fue a la exposición.

Román tomó el teléfono.

—¿Qué quería?

—No estoy segura —respondió Talia—. Hizo un montón de preguntas.

—¿Sobre qué?

—Sobre ti. No preguntó nada que otros no hubieran preguntado antes, pero lo sentí más como un interrogatorio.

Él se apoyó contra la puerta, simulando que la conversación no era nada importante.

—Probablemente por la costumbre. ¿Compró algo?

—Estaba interesado en tu cuadro de los mirlos. Me preguntó si sabía algo sobre el pájaro. Le dije que no era ornitóloga.

El pulso de Román seguía acelerando. Pudo sentir que empezaba a transpirar mucho.

—¿Cuándo fue esto?

—Cuando desapareciste en el baño. Iba a presentarlos, pero en ese momento me llamaron por teléfono. No volví a verlo después de eso. ¿Hay algo que debería saber?

—¿Acerca de qué?

—Dímelo tú.

Román lanzó una risa forzada.

—No tengo ninguna orden de arresto pendiente, que yo sepa. Tal vez le gustan los mirlos. ¿Te hizo alguna oferta por el cuadro?

—¿Me estás tomando el pelo? ¿Con un sueldo de policía? —Se lo había vendido a un productor de cine famoso por sus películas de ciencia ficción. El oficial quedó en el olvido y ella siguió hablando de varias personas importantes que había conocido.

Román le dijo que tenía que trabajar y le devolvió el teléfono a Grace.

—Estaré en mi estudio.

Todavía transpirando por la conversación, se arrepintió de haberle permitido a Talia sacar esa pintura de la casa. Estaba de un humor sombrío cuando pintó la bandada de mirlos que atacaban a un hombre grotesco acuclillado y retorcido, que se defendía a sí mismo. No había tenido la intención de mostrarle a nadie esa obra, mucho menos de exponerla y venderla en la galería. Talia la había visto en un caballete. Dijo que era la obra más evocativa que había hecho. Su valoración le levantó el ánimo y avivó su orgullo. Cuando aceptó que la exhibiera, había estado buscando problemas.

Sintió que un cosquilleo de temor le recorría la espalda. En aquellos días oscuros, quería que lo atraparan. Quería que el Pájaro fuera enjaulado. Ahora, tenía demasiado que perder.

Tal vez fuera el momento de salir de la ciudad por unos días. Después del mural de San Diego y de haber terminado todos los cuadros que necesitaba para la exposición, se sentía agotado. Si un policía estaba husmeando en busca del Pájaro, sería un buen momento para irse de viaje.

¿Había alguna posibilidad de que Grace fuera con él? Lo dudaba. No, a menos que se le ocurriera una buena razón para que lo acompañara. Pero la idea de dejarla no le gustaba nada. Trata de conocerla, le había dicho Jasper. Quizás le resultaría más fácil si estaban lejos de la oficina. Cada vez que empezaban a tener cualquier tipo de charla a nivel personal, ella usaba el trabajo como excusa para retirarse.

Le dio vueltas a varias ideas hasta que ella subió con los mensajes. Le dio un vistazo a su tablero de dibujo.

—No creo haber visto una hoja en blanco ahí desde que empecé a trabajar.

—Estoy escaso de inspiración en este momento.

—Siempre tienes la vista de la ventana.

—Los paisajes no son lo mío. —Pero ella le había dado la oportunidad que él necesitaba—. ¿No tenías un pedido de que fuera a hacer un mural en un pueblo de la Tierra del Oro?

—Te buscaré el archivo. —Volvió unos minutos después y se lo entregó—. Golden. No hay demasiada información sobre el lugar.

Hojeó los papeles y se los devolvió.

—Quiero ver el pueblo.

—El señor que llamó se pondrá muy contento al escuchar eso. Puedo contactarlo y decirle que quieres hacer el viaje. ¿Cuándo tienes pensado hacerlo?

—Podemos irnos mañana en la mañana.

Ella se quedó helada.

—¿Podemos?

—Sí, nosotros. Supongo que solo nos llevará un par de días.

—¿Un par de días?

Evidentemente, ella no estaba tan entusiasmada por estar a solas con él como él con ella. Supuso que el Príncipe Azul era el motivo.

—No tienes que repetir cada cosa que digo. Y no llames al tipo para avisarle que iremos. Lo último que quiero es propaganda. Este viaje será para ver si quiero tener algo que ver con... —Nuevamente, echó un vistazo al archivo— Golden.

—No puedo ir contigo.

—Eres mi asistente personal. Estarías conmigo para tomar notas y dar tu opinión.

—Nunca antes me has pedido mi opinión.

—En este caso la quiero.

—De acuerdo. Todo lo que hay que saber acerca de Golden está en el archivo. No parece que sea digno de tu tiempo.

—De todas maneras, quiero ir, y quiero que tú me acompañes. Podrías ver algo que a mí se me escape.

—¡Tú eres el artista! Verás lo que quieras ver. —Parecía alterada—. No me iré de viaje contigo.

Nunca la había visto tan perturbada. Tal vez no le era tan indiferente como él creía. Él no iba a arriesgar su relación actual, a menos que... ¿A menos que qué?

—Me doy cuenta de que te sientes incómoda con la idea, pero no veo cuál es el problema. Las personas viajan juntas por trabajo todo el tiempo. ¿No viajabas con tu jefe anterior? —Solo esperaba que sí lo hubiera hecho.

—Harvey tenía sesenta y seis años y estaba felizmente casado. —Ni bien las palabras salieron de su boca, se sonrojó.

—Entonces, te opones porque tengo treinta y cuatro años y soy soltero.

—No puedo ir, Román. Tengo responsabilidades.

—¿Como cuáles?

—Estoy con Samuel desde el viernes en la noche hasta el domingo por la tarde.

—Deja que Shanice cuide a su propio hijo, para variar.

Grace dejó caer la mandíbula.

—Creí que lo sabías. Samuel es *mi* hijo, no de Shanice.

—¿Tuyo? —Román trató de asimilar esta alarmante revelación. ¿Grace era madre?— No, no lo sabía. No me lo dijiste. —Grace debía tener custodia compartida con su exmarido, si solamente estaba con su hijo los fines de semana.

Ella apretó una mano cerrada contra su estómago.

—La señora Sandoval lo sabía. Nunca fue un secreto. Samuel es la razón por la que no quería trabajar tan lejos de Burbank.

—Creí que era el dinero lo que te había hecho cambiar de parecer.

—Tengo que vivir decentemente.

—¿Y qué hay de la pensión conyugal?

—Yo pagué los estudios universitarios de mi esposo. Él se fue a los pocos meses de graduarse. Gracias a Dios, no me pidió nada.

Román pensó que estaba bromeando, pero parecía hablar absolutamente en serio. ¿Con qué clase de tipo se había casado? Al menos, al tipo le importaba lo suficiente su hijo como para tenerlo durante la semana. Le vino otro pensamiento. Quizás Grace salía con el Príncipe Azul con la esperanza de encontrar una mejor figura paterna para Samuel. No sería la primera mujer que veía el matrimonio como la solución a todos sus problemas. Su propia madre siempre creyó que llegaría algún hombre que la cuidaría, pero lo único que hacían era pagar por sus servicios. Se vendía barato para poder pagar un techo y un plato de comida. Algunos le dejaban moretones. Uno de ellos la dejó embarazada de él.

Grace seguía callada. Se veía tan pálida que Román se preguntó qué clase de expresión tendría él en ese momento. Se obligó a sonreír un poco. ¿Cuántas sorpresas más sobre Grace Moore podría llegar a descubrir en un viaje?

—Estaremos de vuelta el viernes. Prepárate para que nos vayamos temprano. Quiero estar en camino a las siete.

—¿Dónde nos alojaremos?

—En un hotel. ¿Qué creías?

—Quiero decir, ¿en qué ciudad? Golden no tiene un hotel.

—No te preocupes, Grace. Encontraremos un lugar donde quedarnos. —Levantó las manos para frenar la catarata de objeciones que veía venir—. Tendrás una habitación agradable y un baño privado, alejada de la mía.

—¿Podemos hablar de esto, por favor?

No quería discutir con ella.

—Tengo que salir de aquí. —Se dirigió a la puerta. Tal vez iría al Getty. Hacía bastante que no lo visitaba—. A las siete de la mañana, Grace. Si no estás levantada y lista, pasaré y te sacaré.

Estrictamente laboral, había dicho Román. ¿Por qué tenía la sensación de que este viaje era cualquier cosa menos laboral? *¿Señor, estoy exagerando?* Harvey la había llevado a congresos. Patrick lo había visto como una gran oportunidad para ella. Mirando hacia atrás, sabía por qué él había estado tan interesado en que ella pasara unos días lejos.

¿Qué excusa podía darle a Román para no ir? No iba a tener a Samuel hasta el fin de semana. El solo hecho de que se hubiera dado cuenta de que la atraía no significaba que él tuviera intenciones ocultas. Aunque a veces la miraba de una manera que hacía que se lo preguntara. Quizás debería hablar con alguien de su confianza.

Shanice lo entendió inmediatamente.

—El hecho de que me preguntes qué pienso me dice que te pone nerviosa ir a cualquier parte con él. ¿Te ha dado algún motivo para desconfiar?

—Nunca se me ha insinuado, si es lo que quieres decir. Dijo que quiere ver Golden.

—Está bien. ¿Qué es lo que realmente te preocupa?

Suspirando, Grace se frotó la frente.

—No soy buena para interpretar a los hombres.

—Bueno, yo sí.

Grace entendió que su amiga se refería con pesar a su época previa a ser cristiana, cuando iba de una discoteca a la otra. Aun después de haberse convertido en cristiana, Shanice no le veía nada de malo a pasar un rato divertido con amigas en una disco. Todo eso había cambiado en una sola noche.

—Tú creías que era un mujeriego, Shanice.

—No debería haberlo juzgado. Lo vi una sola vez. El hecho de que un hombre sea apuesto no significa que sea un miserable como Patrick. Has estado trabajando para Román Velasco durante cinco meses. A estas alturas deberías tener alguna idea de qué clase de hombre es.

—Es un adicto al trabajo y, en este preciso momento, no tiene ningún proyecto. —Ni siquiera había puesto un lienzo nuevo sobre el caballete.

—Suena a que está buscando algo que lo inspire.

—Eso es lo que dijo. —Grace se sintió un poco más tranquila—. Nunca he ido al norte de California.

—Es hermoso por allá.

—Nunca he ido más allá de Fresno.

—Ay, cariño, entonces ve. Si alguien merece un poco de descanso y diversión en esta vida, eres tú. —Shanice soltó un suspiro—. Olvídate que dije eso.

Grace sabía por qué Shanice se había arrepentido tan rápido de sus palabras.

—Solo estoy nerviosa por pasar todo el día con él.

—Pasas todo el día con él todos los días.

—Él está en su estudio. Yo, en la oficina. Hablamos de lo que hay en la agenda para el día. Repasamos los mensajes al mediodía y antes de irme.

—Ah. Bien. No me parece que tengas que preocuparte.

En efecto, todo parecía estrictamente laboral con Román, pero, últimamente, Grace había sentido algunas corrientes ocultas. Especialmente en la exposición de Laguna. Quizás estuviera imaginando algo que no existía.

—Escucha, Grace. Si te das cuenta de que la situación te abruma otra vez, llámame. Y no me parece mal que consultes la opinión de un hombre acerca de este viaje. ¿Por qué no llamas a Brian y lo hablas con él?

—Creo que haré eso. —Si Brian realmente estaba interesado en ella, no querría que se fuera de viaje con otro hombre. También podía ser una manera de descubrir qué tan profundos eran sus sentimientos.

Brian le hizo la misma pregunta que Shanice. Después de una conversación breve y un poco decepcionante, lo dejó a criterio de ella.

Grace llamó a Selah para pedirle su consejo.

—Ah, es maravilloso. Siempre es bueno hacerse una escapada y ver cosas nuevas. Es una gran oportunidad para ti, chiquita. Disfrútala. Si el señor Velasco decide prolongar el viaje, avísame. No te preocupes por nada. Sammy está bien.

Grace se preguntó si Selah estaba dándole a entender que Samuel no extrañaría a su propia madre. Lo que más le dolía era saber que podía ser cierto.

19

A LA MAÑANA SIGUIENTE, Román arrojó un bolso de viaje dentro de la maletera del carro. Miró su reloj: las 6:57. Grace dobló la esquina, vestida con unos *jeans* y un suéter rosado liviano, no con su atuendo habitual para la oficina. Se veía lista para viajar, con una maleta pequeña, una mochila, un bolso de mano rosado y una cartera. Él guardó la maleta y el bolso de mano. Cuando tomó la mochila, hizo una mueca.

—¿Qué llevas aquí? ¿Ladrillos?

—Mi computadora portátil y un par de libros de texto.

Román acomodó la maleta y el bolso de viaje para proteger su mochila. Grace se sentó en el asiento del acompañante antes de que él pudiera mostrarse como un caballero y abrirle la puerta. Metiéndose en el asiento del conductor, la miró.

—No necesitamos un mapa. —Román puso su dedo sobre el inicio y el motor rugió poniéndose en marcha—. El carro tiene GPS.

—Me gustan los mapas. Sé que es un poco anticuado. —Grace levantó los hombros.

—¿Un poco? —Román sonrió.

—Solo quiero ver el panorama general y saber dónde vamos y cómo vamos a llegar ahí.

—Tener toda tu vida planificada, quieres decir.

—No he tenido mucha suerte con eso.

Cuando ella miró a otra parte, él entendió el mensaje. *No preguntes.*

—Está bien. Lo haremos a tu manera. Yo conduciré. Tú harás de copiloto.

Parecía sorprendida.

—¿Estás seguro?

—Si nos haces perder la ruta, el GPS nos encontrará. —No le dijo que ya sabía cómo quería llegar adonde iban. El camino largo.

—Si quieres llegar a Golden esta misma tarde, deberíamos tomar la autopista.

—Odio las autopistas.

Ella miró el mapa y sugirió la carretera de la costa, en vez de internarse en la ciudad y luego ir hacia el norte. Ayer se había puesto nerviosa por este viaje, pero esta mañana parecía relajada, incluso, animada.

—¿Qué te hizo cambiar de idea?

—¿Sobre qué? —Ella volvió a doblar el mapa mientras él manejaba hacia Malibú.

—De venir a este viaje conmigo.

Ella lo miró.

—No lo llamaste un viaje. Dijiste que era estrictamente laboral.

—Tranquila. No estoy secuestrándote.

—¿Vamos a ir a Golden o no?

—Llegaremos ahí. —Señaló el mapa con el mentón—. Busca Ojai.

Frunciendo el ceño ligeramente, ella volvió a concentrarse en el mapa.

Román miró de reojo a Grace. Iba mirando por la ventanilla del carro. Apenas había hablado en el camino a Ojai. ¿Estaría aplicándole el castigo del silencio? Román se preguntaba en qué estaría pensando, pero no se atrevió a preguntar. La había engañado. Ella todavía no sabía hasta qué punto.

—¿Conoces Ojai?

Sonrió relajada.

—Nunca había pasado por Ventura hasta hoy.

Sorprendido la miró fugazmente antes de estacionar en un espacio sobre la avenida Ojai.

—Echaremos un vistazo a varias galerías después de desayunar. Quizás sería bueno ver qué vende otra gente. —También le daba curiosidad saber qué le llamaba la atención a ella. Él sabía que sus obras no le interesaban.

Encontró una cafetería en una calle lateral cerca de la Arcada. La mesera los sentó al lado de la ventana. Grace le dio las gracias. Metió la cartera debajo de su silla y lo miró.

—¿Pasa algo malo?

—Para nada. Es que estoy empezando a darme cuenta de lo poco que sé de ti.

—Yo podría decir lo mismo.

—¿Dónde naciste?

Ella se inclinó hacia atrás, estudiándolo. Por un momento, él creyó que no se lo diría.

—En Memphis, Tennessee. ¿Y tú?

—San Francisco. ¿Tienes familiares en Memphis?

Su expresión se apagó.

—Era una niña cuando murieron mis padres. Mi tía me trajo a Fresno cuando tenía siete años. ¿Tus padres están en San Francisco?

Ella no quería hablar de sus padres, lo cual le produjo curiosidad acerca de cómo habían muerto. Sería mejor que respondiera a su pregunta antes de hacer otra.

—Tú y yo tenemos algo en común. Yo tenía siete años la última vez que vi a mi madre. Salió una noche y nunca volvió. Quedé a cargo de los servicios de protección de menores después de que ella desapareció. Me mudé muchas veces. —Una leve sutileza. No recordaba de cuántos hogares de acogida se había escapado.

Román acababa de decirle más sobre su pasado de lo que le había contado a una mujer en toda su vida. Afortunadamente, no lo miró con lástima. No sabía qué estaba pensando ella. Sucumbió a la curiosidad.

—¿Cómo murieron tus padres?

Ella dejó escapar un suspiro y evitó la mirada escudriñadora de Román. Supo que no iba a decírselo cuando la mesera llegó con su café y les preguntó si estaban listos para pedir. Román le dijo que necesitaban unos minutos más. Grace evitó seguir hablando, escondiéndose detrás del menú. La mesera volvió y les tomó el pedido. Grace volvió a mirarlo de frente, con una expresión enigmática.

—¿Cuándo decidiste convertirte en artista?

Ella no quería hablar de sus padres. Está bien.

—No lo decidí. Simplemente sucedió. Un maestro me pescó haciendo garabatos en clase y me dijo que aceptaría dibujos en lugar de las tareas incompletas.

—Me dijiste que marcabas edificios. ¿Estabas en una pandilla?

Él sonrió ligeramente.

—*Quid pro quo.* —Había respondido las preguntas de ella. Grace sacudió la cabeza.

El desayuno fue un evento silencioso.

Cuando salían del restaurante, Román se detuvo junto a un exhibidor de folletos turísticos.

—Caminemos un poco.

Grace caminó a su paso. Encontró la primera galería a la vuelta de la Arcada. Román dio vueltas, fijándose en qué partes se detenía Grace. Le gustaban las vistas marinas, los paisajes y las acuarelas. Con razón no le agradaban sus obras. Pero había que reconocer que a él tampoco le agradaba su trabajo.

Debió sentir que él estaba mirándola, porque se dio vuelta.

—¿Hora de irnos? —Se dirigieron al carro.

Román se sintió tenso cuando ella permaneció callada mientras él manejaba. Nunca había tenido problemas para comenzar una charla con una mujer. Se detuvo en una cafetería de Ventucopa.

—Necesito algo de cafeína. ¿Y tú?

Grace pidió un café con leche. Habló con la mujer que estaba en el mostrador de la panadería. Él tuvo que esperar los cafés y vio que Grace conversaba sin parar. Lo miró por encima cuando él recogió el pedido.

Ambas intercambiaron algunas palabras más y Grace le tocó el brazo a la otra mujer antes de seguirlo.

Él le entregó su café con leche.

—No tienes ningún problema para hacer amistades, ¿verdad? —Si solo fuera tan abierta y amigable con él.

—Verónica dice que las flores silvestres todavía están en flor en la llanura de Carrizo.

Verónica. Probablemente Grace ya conocía toda la historia familiar de la mujer.

Cuando volvieron al camino, ella habló más. Su tía había sido una profesional y no le gustaba viajar.

—Tuvimos que tomar varios vuelos para ir de Memphis a Fresno. Es la única vez que he estado en un avión.

Román le contó acerca de volar a Roma y recorrer Europa en una motocicleta. Cuanto más hablaba él, más relajada parecía ella.

—Has visitado lugares que yo solo llegaré a conocer por programas de televisión.

Él la miró.

—Nunca se sabe.

—¿Estudiaste arte en Europa?

—Nunca estudié en ninguna parte. Por lo menos, formalmente. —Aflojó el acelerador mientras tomaba una curva—. Nunca me llevé muy bien con los ámbitos en los que me decían qué hacer o cómo debía pensar.

—Talia dice que no sigues las reglas. Tal vez sea por eso que a la gente le gustan tanto tus obras.

—Pero a ti no.

—Yo no importo. —Ella miró hacia otra parte y dio un grito ahogado—. ¡Para!

Román frenó violentamente con la seguridad de que estaba a punto de arrollar algo. El carro derrapó. Lo enderezó y lo estacionó al costado de la ruta. Pronunció una mala palabra.

—¿A qué le di?

—A nada. Disculpa por haberte asustado. —Abrió la puerta del carro.

—¿Adónde vas?

—Román, ¡mira a tu alrededor! —Ella rio con el rostro radiante.

Las colinas estaban cubiertas de flores silvestres en tonos púrpura, amarillo y naranja. Las miró por encima y la observó a ella, que caminaba hacia el campo pisando con cuidado. Miró a su alrededor, asombrada, y luego se dio vuelta hacia él.

—Verónica tenía razón. ¿Alguna vez viniste por este camino antes?

—Una vez. —Él no había escogido esta ruta para ver las colinas salpicadas de colores—. En unas pocas semanas se terminará.

—Entonces, qué perfecto que estamos aquí ahora. —Extendió los brazos—. Mira lo que Dios puede hacer con la maleza.

Dios otra vez.

Grace siguió internándose en el campo. Se agachó a recoger algo y lo metió en su bolsillo. Él sacó su celular y tomó una fotografía de ella, parada entre los lupinos y las amapolas. Román se apoyó contra el carro y tomó varias más. Se guardó el celular en el bolsillo cuando ella volvió caminando.

Ella lo miró:

—Supongo que quieres ponerte en marcha otra vez.

—No tenemos apuro. —Ella estaba mostrándole un mundo que él nunca había visto—. ¿Por qué no paramos en Fresno para pasar la noche? Podría conocer a tu tía.

La alegría desapareció de su rostro.

—A tía Elizabeth no le gustan las sorpresas.

—Supongo que no se llevan bien.

—Nos llevamos bien. La llamo dos veces por mes y la visito siempre que puedo.

Román no había visto aparecer por la cabaña a ninguna mujer mayor, y Grace no había mencionado ningún viaje, fuera corto o largo.

—Llámala. Podemos pasar cuando volvamos. —Él quería conocer a la mujer. Además, la tía podía ser más comunicativa con la información.

Grace no sacó el celular de la cartera.

—||—

Después de un par de horas en la carretera, pararon a comer un almuerzo tardío en Lemoore. Pasaron un tiempo suficientemente agradable, aunque Grace no fue muy abierta con detalles personales sobre su pasado. Cuando volvieron al carro, Román sintió que Grace estaba tensa. Apenas hablaba a medida que se acercaban a Fresno. Él tenía una docena de preguntas que quería hacer, pero fue sensato. Entró a la autopista 99 y se dirigió al norte, a las afueras de Fresno. El cuerpo de ella se relajó. Tomó aire y exhaló suavemente. Él le dio un vistazo, pero ella evitó cruzarse con su mirada.

Román tocó la pantalla de la computadora del carro y buscó hoteles en Merced que tuvieran piscina. Después de un día dentro del carro, le iría bien nadar unas vueltas.

—¿Trajiste un traje de baño? —La mirada que le dirigió fue suficiente respuesta. Román usó el sistema de activación por voz para pedir indicaciones sobre alguna tienda de artículos deportivos—. Te compraré uno. —Cuando Grace protestó, la interrumpió—. Puedes elegirlo tú o lo hago yo, pero lo voy a pagar yo. Tengo calor, estoy cansado y quiero nadar.

—Soy tu asistente personal, Román, no tu salvavidas.

—Necesitas refrescarte tanto como yo. —Entró al estacionamiento de un centro comercial—. Vamos.

Cuando entraron en la tienda, Grace deambuló hasta que él miró de manera intencionada un traje de dos piezas rosa fluorescente en un maniquí y sonrió. Rápidamente ella encontró un traje de baño de una sola pieza, negro y funcional. Él no pudo resistirse a provocarla:

—Cobarde.

Pagó el traje de baño antes de darse cuenta de que ella había abierto su cartera y había sacado la billetera. No le dio las gracias ni lo miró mientras iban al carro. Román la miró cuando entró al carro y vio que la oleada de rubor le había subido desde el cuello y llenaba todo el rostro de Grace. ¿Por qué le daba tanta vergüenza?

—No es lencería, Grace.

Román le dijo al empleado del hotel que necesitaban dos habitaciones, en pisos separados. Tan pronto como el empleado le entregó a Grace la llave electrónica, se puso la mochila al hombro, levantó su maleta y el bolso de mano y se dirigió al ascensor. Él frenó la puerta antes de que se cerrara.

—Te veré en la piscina en veinte minutos.

—Sí, señor. —Lo fulminó con la mirada—. ¿Vas a entrar?

—Creo que mejor esperaré. —Soltó la puerta y retrocedió, mientras ella presionaba el botón. ¿Qué había hecho mal?

Pensó que iba a estar a solas con Grace en la piscina y que podrían charlar. ¡Pero había niños por todas partes! Soltando una maldición en voz baja, Román abrió la puerta. Tendría que olvidarse de nadar unas vueltas. En la escalinata de la piscina había tres mujeres sentadas. Ninguna de ellas era Grace. Román se sacó la camiseta y la arrojó sobre una tumbona, junto a su toalla. Las tres mujeres lo miraron. El tatuaje tribal que había diseñado para que rodeara sus costillas y su pecho generalmente llamaba la atención. Sufrió horas de dolor y pagó miles de dólares para que lo tatuaran. No volvería a gastar tiempo y dinero en eso.

Román divisó a Grace en la parte profunda, devolviéndole una pelota negra a un niño que estaba en la parte poco profunda. Encontró un espacio libre y se zambulló. Manteniéndose abajo, nadó hacia ella. Valió la pena el ardor del cloro para ver a Grace debajo del agua. Tenía piernas de bailarina clásica y más curvas de las que había imaginado. Cuando emergió delante de ella, retrocedió, sorprendida. Su cabello oscuro estaba mojado y pegado contra su cabeza; sus hombros pálidos brillaban.

Román se echó el cabello hacia atrás y le sonrió.

—El agua está agradable, ¿verdad?

—Sí. —Ella puso un poco más de distancia entre ellos—. Tenías razón. —Lo miró con picardía—. Pero te va a costar un poco dar unas vueltas completas.

—Desistí de la idea cuando pasé por la puerta. —Se acercó otra vez—. ¿Qué te parece si jugamos Marco Polo?

—Va contra las reglas.

—Las reglas se hicieron para romperse, Grace.

Ella parpadeó.

—No por mí y, definitivamente, no con mi jefe. —Se alejó nadando.

No debería haberle coqueteado. Ahora, ella se pondría más tensa con él. Grace subió la escalera y se sentó cerca de una mujer que sostenía a su pequeño sobre su regazo. Rápidamente se pusieron a conversar. La parte profunda estaba llena de niños. Uno de ellos le lanzó una pelota. Él la atrapó con una mano y se la devolvió.

—Dejen que el hombre nade tranquilo —les gritó la mujer que estaba sentada con Grace. Cuando vio que seguían estorbando, los llamó a la parte poco profunda, reunió a su prole y se dirigió a la puerta.

Grace había vuelto a la piscina, pero mantuvo su distancia. Cuando salió de la piscina y se sentó a un costado, Román se acercó nadando. Cruzó los brazos sobre el borde de la piscina y le sonrió.

—Parece que te refrescaste bastante.

—Lamento haberme enojado.

—No quise incomodarte. Nadar fue idea mía y por eso compré el traje de baño. No es para tanto, Grace. No esperaba nada a cambio. —*Cállate, tonto*. Salió de la piscina y se sentó al lado de ella. Contrariamente a otras mujeres que él había conocido, ella no miró su cuerpo. Grace miró a otra parte; luego, hacia adelante—. Mañana iremos a Yosemite. —Eso hizo que girara la cabeza hacia él.

—¿Y qué pasó con Golden?

—No se irá a ninguna parte. ¿Alguna vez has ido a Yosemite?

—No, pero…

—Si te impresionaron las flores silvestres, espera a ver el Half Dome. —Arqueó su mano sobre el borde de la pileta, lo más cerca de la de ella como pudo sin tocarla. Ella apartó su mano. Parecía incómoda. Él se puso de pie y le ofreció su mano—. Vamos a cambiarnos y busquemos un lugar para comer. —Ella dudó antes de aceptar su ayuda. Tenía la mano fría y tiritaba. Román agarró su toalla de la tumbona y envolvió a Grace con ella—. ¿A qué hora quieres salir a cenar? —Tomó otra toalla de la pila que había junto a la puerta.

—Cuando tú quieras.

Él la miró.

—Me muero de hambre ahora mismo. —*Y no solo de comida*—. ¿Qué tan pronto puedes estar lista?

Media hora después, Román se sentó en el vestíbulo a esperar. Grace salió del ascensor, nuevamente con el uniforme puesto: el pantalón negro de vestir, la blusa blanca con el botón de arriba desabrochado, una cadena simple de perlas y zapatos de taco bajo. Clásica, profesional. ¿Estaba tratando de recordarle que se suponía que este viaje era estrictamente laboral?

El empleado del hotel le había indicado cómo llegar a una buena churrasquería. Román le dio a la anfitriona un billete de veinte dólares para que los ubicara en una mesa tranquila. Cuando les preguntaron qué deseaban beber, Grace pidió agua. Si no hubiera tenido que manejar, Román habría pedido un escocés; quizás, dos. Estaba empezando a sentirse tan tenso como ella se veía. Cuando tomó la carta de vinos, ella volcó su copa.

—De acuerdo. —Él dejó caer la carta sobre la mesa y la miró, analizándola—. ¿Qué está pasando?

—¿Cuánto durará este viaje, Román?

¿Era eso lo que le preocupaba, o había algo más?

—Volveremos el viernes. Podemos pasar a recoger a tu hijo de regreso a la casa. Te ahorrará tener que conducir hasta el lugar donde está cuando no está contigo. —La expresión de ella se alteró, como si cayera un velo sobre su rostro—. ¿Eso es un problema?

—No está en el camino.

Esperaría. Quizás ella confiara lo suficiente en él para hablar de lo que pasaba en su vida. Aunque, pensándolo bien, ¿cuánto de su propia vida estaba dispuesto a compartir? No quería hablar de su pasado. Tal vez debería hacerlo. Tal vez eso haría que ella también se abriera. Además de la atracción creciente, estaba pasando algo más. Esta vez, él no quería alejarse. ¿Por qué no hacer caso del consejo de Jasper para variar y ver qué sucedía?

Ella parecía lista para tomar el autobús de vuelta a casa.

—Trata de no preocuparte, Grace. Esto tiene más que ver conmigo que contigo. —Una mentira—. Necesitaba salir un tiempo del estudio, para pensar. —Verdad—. Y como tú me dijiste que no has viajado mucho, pensé que por qué no podíamos ver algo en el camino. —Él conocía el valle Yosemite y el Half Dome, pero nunca había ido al paso Tioga ni al lago Mono—. ¿Alguna vez has estado en Bodie?

—¿Bodie? —Ella negó con la cabeza—. Nunca he ido a ninguna parte.

Ya se lo había dicho. Solo quería que ella lo recordara. Había leído algunos folletos en el exhibidor de información turística del hotel mientras esperaba que ella bajara.

—Es un pueblo fantasma que está a dieciséis kilómetros de la autopista. —Pasó los minutos siguientes diciéndole todo lo que recordaba del folleto. Estaba empezando a parecerse a un agente de viajes que trataba de vender una visita.

Grace no parecía querer tenerlo de guía turístico.

—Son muchos kilómetros para recorrer en un par de días.

—Tenemos tiempo. Disfrutemos el viaje.

Ella apoyó una mano sobre la mesa, como armándose de valor.

—¿Por qué hicimos este viaje realmente, Román?

Él suspiró lentamente y se inclinó hacia atrás, sondeándola.

—No lo sé. Supongo que quiero algo más. —Le sonrió un poco, tratando de aliviar el parpadeo de preocupación que vio en sus ojos—. Más vida. Quiero eso que tú tienes, que te hace ver las cosas que a mí se me escapan.

Ella no dijo nada, pero su rostro se suavizó mientras analizaba el rostro de él.

—Cuando empecé a trabajar para ti, tuve la clara impresión de que querías comodidad sin complicaciones.

—¿Y piensas que conocernos uno al otro complicaría nuestra relación?

—Espero que no.

No había esperado sentirse herido. ¿Estaba preocupada por lo que pudiera pensar el Príncipe Azul? ¿Por qué estaba haciendo tanto esfuerzo por acercarse a esta mujer? Román le hizo una seña al camarero.

—¿Están listos para ordenar, señor?

Román miró a Grace, esperando su respuesta. Sin abrir el menú, ella pidió una ensalada. Molesto, Román le pidió al camarero que les diera un minuto más. Se inclinó hacia adelante:

—No te traje a una churrasquería para que cenes una ensalada.

Ella jadeó:

—Eres imposible. —También se inclinó hacia adelante—. Es un derroche de dinero comprar un bistec que no puedo comer.

—Ah. Eres vegetariana.

—No, pero tampoco soy glotona.

Por lo menos la había fastidiado un poco.

—Come lo que puedas. —Volvió a llamar al camarero haciéndole una seña. El hombre se acercó con cautela.

Román no sabía cómo retomar la conversación después de esa discusión.

Ella lo miraba nuevamente, pero su enojo ya se había disipado.

—Eres imposible de descifrar. ¿Lo sabías?

Él se rio sombríamente.

—¿Tú me estás diciendo eso a *mí*? —Había algo nuevo en la expresión de ella—. ¿Qué?

Ella agachó la cabeza y se acomodó la servilleta sobre el regazo.

—No estoy segura de qué quieres de mí.

Él tampoco, pero ella había abierto la puerta. Podía oír la voz de Jasper en su cabeza. *No la presiones. Espera a que te invite a entrar.* Él solo había tenido tres amigos en su infancia y todos habían muerto antes de cumplir los dieciocho años. Se podría considerar que la responsabilidad de la muerte de uno de ellos fue de él. Tal vez ese era el motivo por el que nunca más quiso acercarse a nadie. Y nunca a una mujer. Jasper Hawley tenía sus teorías acerca de las razones de Bobby Ray Dean. Román no quería conocerlas.

—Me gustaría saber si podemos ser amigos.

Grace se sentó frente al escritorio de su cuarto del hotel y contestó el mensaje de texto de Shanice sobre cómo estaba yéndole en el viaje.

Quiere saber si podemos ser amigos.

¿Y qué le dijiste?

No le dije que no. Se ha portado distinto desde que salimos del cañón Topanga.

¿Distinto cómo?

No sé, exactamente. Hemos hablado más.

¿Sobre qué?

De los lugares que conoce. Tenía una moto y recorrió toda Europa con ella. Tiene un tatuaje alrededor de las costillas que le llega hasta el pecho.

¿¡¿Y cómo lo sabes?!?

Fuimos a nadar en el hotel. Montones de mamás y niños. No te preocupes. Mi habitación está en un piso diferente. Ha sido caballeroso. La mayor parte del tiempo. Pero igual puede ser fastidioso y grosero.

¿Debería preocuparme por ti? No te olvides de Brian.

Grace se había olvidado completamente de Brian. Eso no era una buena señal. Tecleó una respuesta. Nada ha cambiado respecto a eso. Mejor me pongo a estudiar otra vez.

De acuerdo. Te contactaré de nuevo. Cuídate.

Esta noche, durante la cena, Grace había captado algo en Román que no había visto antes. Vulnerabilidad. Eso la sorprendió, porque siempre le había dado la impresión de ser un hombre que sabía exactamente quién era él y cómo conseguir las cosas que quería. ¿Estaba jugando con ella? No necesitaba que Shanice le dijera que tuviera cuidado. Se había convertido en su predisposición natural.

Sea cual fuera la verdadera intención de Román, debería llegar a conocerlo. Quizás el hombre tuviera más por conocer de lo que ya había visto. Hasta esta noche, ella creía que era un solitario cínico y descontento, motivado por el deseo de tener éxito. Trabajaba mucho, ganaba dinero a raudales gracias a sus obras de arte y sus inversiones, y había usado una parte para comprarse una fortaleza.

Definitivamente, Román Velasco no era un caballero de brillante armadura. Ah, tenía una armadura, por cierto, y sus armas apuntaban hacia cualquiera que se atreviera a entrometerse. De vez en cuando tenía sus aventuras amorosas con alguna campesina. Ella había aprendido acerca de las necesidades del hombre a través de Patrick. Román seguramente tendría tan pocos problemas como Patrick para conseguirse alguna chica dispuesta.

De su matrimonio con Patrick había aprendido que no sabía qué pasaba por la mente de los hombres. A veces había sentido algún indicio de que algo no andaba bien, que su relación tenía menos que ver con el amor que con los objetivos que él se había propuesto. Él no la había obligado a que abandonara algo, pero sabía cómo hacerla sentirse suficientemente culpable para someter todos sus sueños de manera que él pudiera lograr los suyos.

Las amigas en las que confiaba habían elegido a Brian. Conocían a los hombres mejor que ella. Y a ella le gustaba Brian. Con un hombre como él, ella podría pensar con claridad. Él no sería como Patrick: necesitado en un momento, demandante al siguiente. Brian le producía una sensación de seguridad.

Román no le generaba seguridad. A veces sentía que se metía en aguas profundas con él, con monstruos que aparecían dando vueltas desde abajo. *Señor, no sé si debería ser amiga de este hombre. Tiene nada más que dos amigos: Talia Reisner y Jasper Hawley. ¿Por qué? Si es una mala idea, dímelo de una manera que pueda entender. Por favor, Señor.*

Durmió a ratos, soñando que su madre miraba hacia afuera por la ventana de la cocina, con el rostro pálido y tenso. Y entonces, todo volvió a suceder, y todo el miedo volvió de golpe. Con un grito, Grace se sentó en la cama. Temblando, con el cuerpo empapado en sudor frío, se quedó escuchando atentamente, como esperando que su padre entrara por la puerta.

Estoy en un hotel. Fue una pesadilla. Todo está bien ahora.

Volvió a acostarse. Jaló la frazada hacia arriba y se echó de costado. Había tenido esa pesadilla muchas veces, pero eso había sucedido muchos años atrás, cuando su tía apenas la había llevado a Fresno. ¿Qué la había provocado esta noche? ¿La cena con Román? *Señor, por favor, no permitas que esto empiece otra vez donde terminó. Por favor, Dios.*

20

Gracie estaba sentada a la mesa de la cocina con su libro para pintar de *La sirenita*, abierto en una página que mostraba a Ariel, Flounder y Sebastián explorando las rocas del mar. Perpleja, señaló unas formas en la página.

—Mami, ¿qué son estas cosas? —Su madre seguía pelando papas en el fregadero, levantando la mirada para ver hacia afuera por la ventana. Papi pronto llegaría a casa. Gracie tenía que terminar rápido su dibujo. Si hacía un buen trabajo, posiblemente papi le sonreiría—. ¿Mami?

—Ay, Gracie. ¿Qué dijiste? —Su madre se enjuagó las manos y se las secó con una toalla pequeña. Miró otra vez hacia afuera, antes de mirar por encima del hombro de Gracie—. Esas son anémonas marinas. —Apuntó al dibujo con el dedo—. Ese es un erizo de mar cubierto de espinas. Esto es un coral y esas son algas marinas. —Volvió a mirar por la ventana. La expresión de mami hizo que el estómago de Gracie se tensara. ¿Volvería papi furioso de nuevo?

—¿De qué color deberían ser?

—No lo sé, amor. —Mami se mordió el labio y volvió a apartar la vista, distraída—. ¿No recuerdas cómo eran en la película? —La puerta de un carro se cerró de golpe en el frente de la casa y el cuerpo de mami dio un leve salto. Soltó un suspiro—. Es hora de jugar a las escondidillas, Gracie.

—Pero no terminé...

—¡Ahora! —Mami la agarró del brazo y, de un tirón, levantó a Gracie de la silla y la arrastró rápidamente hacia el pasillo del frente—. Papi no se siente bien otra vez. —Se agachó y le habló con voz susurrante; sus ojos se dispararon enloquecidamente hacia la puerta delantera—. Busca el mejor lugar donde puedas esconderte y quédate tan callada y quieta como un ratoncito, hasta que mami vaya y te encuentre. Vete ahora. —La expresión que tenía su madre asustó tanto a Gracie, que empezó a llorar. Mami la hizo callar—. ¡Ve! ¡Apúrate!

Gracie huyó por el pasillo en el preciso instante en que papi abría la puerta delantera. La voz de su padre retumbó como una tormenta en formación.

—¿Dónde estuviste esta tarde?

Gracie buscó frenéticamente dónde esconderse.

—Estuve aquí —la voz de mami sonó aguda y asustada.

—¡Mentirosa! —Gracie escuchó otro ruido y el grito agudo de dolor de mami. La voz de papi se volvió sombría—. Te llamé, Leanne. ¡Dos veces! No atendiste. ¿Con quién estabas?

Gracie abrió sigilosamente la puerta del clóset de mami y se metió adentro. Cerró la puerta silenciosamente, pasó por encima de varios pares de zapatos y se agazapó en el rincón del fondo. Abrazó fuertemente sus rodillas contra su pecho y se hizo lo más pequeña que pudo.

Papi seguía gritando y mami hablaba rápido, suplicándole que la escuchara.

—Fui a hacer las compras, Brad. Trabajé en el patio de atrás. Recogí a Gracie de la escuela. Estuve hablando por teléfono con...

—¡Cállate! —gritó papi. Un vidrio se hizo añicos. Mami gritó. Gracie escuchó un fuerte golpe seco y se cubrió los oídos.

Después de un momento, bajó sus manos, respirando entrecortadamente, con el corazón palpitante. Ahora, papi hablaba; la tormenta había pasado, y su voz era muy distinta a todo lo que Gracie había escuchado antes. ¿Estaba llorando? Dijo algo bajo y cortado. «Leanne, cariño, perdóname. Leanne... ¿Qué hice?».

Gracie escuchaba que papi andaba por ahí, caminando de un lado a otro, gimiendo: «¿Qué voy a hacer? ¿Qué voy a hacer?». Cuando comenzó a caminar por el pasillo, Grace se aterrorizó y se mantuvo inmóvil. Casi no podía respirar. Él entró en la habitación donde dormía con mami. Ella escuchó que abría los cajones de golpe. Papi se quejaba: «¿Dónde la escondiste, Leanne? ¿Dónde está?». Gracie se apretó muy fuerte contra la parte trasera del clóset.

La puerta con espejo se abrió de golpe. Aparecieron los zapatos negros de la oficina y el pantalón de vestir de papi. Él tomó una caja del estante y la lanzó por encima de su hombro, después otra. Dejó escapar un suspiro de alivio y sacó algo de una caja de madera lustrosa. Hubo un chasquido cuando algo de metal se deslizó sobre metal, y la vejiga de Gracie se vació. Sintió que el calor se escurría por sus piernas y llegaba hasta la alfombra que estaba debajo de ella. Se le escapó un gemido temeroso y papi se paralizó. Gracie se echó hacia atrás tan fuerte que le dolieron los huesos. Su padre levantó el brazo y corrió los ganchos por el tubo, hasta que quedaron apretados encima de la cabeza de Gracie, revelando su escondite.

El rostro de él se torció; sus mejillas estaban pálidas y húmedas. Papi no parecía el mismo. Se quedó mirándola, su boca se movía como si quisiera decir algo, pero no pudiera. Apretó fuertemente los ojos y retrocedió; luego, volvió a arrastrar los ganchos con ropa a su lugar para ocultar a Gracie nuevamente. Cuando bajó el brazo, Gracie vio el arma en su mano. Estaba temblando. Escuchó que la puerta del clóset se cerraba nuevamente. Esperó y escuchó los pasos por el pasillo que se alejaban hacia la sala.

Gracie saltó cuando escuchó el estruendo proveniente de la sala.

Escuchó el timbre de la puerta y abrió los ojos, mirando la oscuridad. Lo escuchó una segunda y una tercera vez. Alguien golpeó fuerte la puerta principal y gritó: «Policía de Memphis. Abra la puerta».

Más voces afuera, alejándose de la casa. Alguien gritaba órdenes.

Temblando, Gracie escuchaba, pero no se movía. Esperaba que mami viniera y la encontrara. ¿Por qué tardaba tanto? ¿Se enojaría cuando viera que Gracie se había hecho pipí? Gracie se limpió las lágrimas y se tapó la cabeza.

Las sirenas sonaron a lo lejos y se acercaron. Escuchó el chirrido de los frenos. Más gritos afuera; silencio dentro de la casa. Algo golpeó fuerte la puerta de adelante y hubo un estruendo. Las pisadas entraron rápidamente. Los hombres hablaban en voz baja. «Un cuerpo femenino en la cocina. Un hombre muerto en la sala de estar... Una .357 en el piso; parece un suicidio. La vecina dijo que hay una niñita... Grace».

Quédate tan callada y quieta como un ratoncito, le había dicho mami, y así lo hizo Gracie.

La puerta del clóset se abrió y un hombre grande, con botas de cordones negros, pantalones sueltos negros con bolsillos, un chaleco grueso con letras blancas y un casco, apartó la ropa.

«¡La encontré! —Gracie se encogió y volvió a apretarse contra la pared. El hombre se agachó y le sonrió con tristeza—. Está bien, Grace. Ya puedes salir. —Cuando no se movió, el hombre extendió sus manos con las palmas hacia arriba—. Ven conmigo. No te lastimaré».

El policía tenía una voz profunda como la de papi.

Cuando Gracie no salió, el hombre de negro se agachó, deslizó sus manos grandes por debajo de los brazos de la niña y la levantó hacia afuera. Ella abrió la boca, pero no salió ningún sonido. Se sentía envuelta por la fuerza del hombre.

«Estás a salvo, Grace. Nadie te hará daño. —La sostuvo cómodamente y le habló con dulzura—. Yo tengo una hijita de tu edad. Se llama Ellie».

Otro policía vestido de negro estaba parado detrás de él, pero se apartó para hablarle a un radio que tenía en el hombro. El cuerpo de Gracie temblaba como la última hoja del otoño aferrada a una rama quebrada.

—Te sacaremos de aquí, Grace. Quiero que apoyes tu cabeza en mi hombro y cierres bien fuerte los ojos.

Gracie se retorció en sus brazos.

—Quiero a mami. ¿Dónde está mami?

El brazo del policía se puso tenso debajo de ella y sintió que apoyaba su mano en la parte posterior de su cabeza.

—Cierra los ojos, cielo. Solo un minuto. ¿Puedes hacer eso por mí, Grace?

—Quiero a mi mami —dijo con voz temblorosa y empezó a llorar.

El otro policía sacó una chaqueta rosada con capucha del armario.

—Usa esto.

—Buena idea. —El oficial de policía la bajó y le puso la chaqueta. Le subió el cierre hasta arriba y le puso la capucha sobre la cabeza. Cuando ella trató de echársela hacia atrás para poder ver, él le apartó las manos—. Déjala. —La levantó nuevamente.

Mientras los brazos fuertes la llevaban por el pasillo, Gracie sintió que el aire variaba de cálido a frío. Cuando el policía bajó un paso, Gracie supo que habían salido de la casa. Se asomó debajo de la capucha y vio los patrulleros estacionados en el frente, con sus luces rojas destellando. Dos hombres empujaban algo con ruedas hacia una camioneta blanca. La señora Channing, la vecina de al lado, estaba parada en el césped, llorando y abrazándose a sí misma mientras hablaba con otro oficial de la policía.

Gracie forcejeó.

—¡Mami! —No podía verla en ninguna parte. ¿Dónde estaba?— ¡Mami!

El policía la bajó al piso. Agachándose frente a ella, la sostuvo de los brazos.

—Vas a estar bien.

—Quiero a mi mami.

Los ojos del oficial se humedecieron.

—Sé que quieres verla, cielo. Tu mami y tu papi no querrían que los vieras así.

¿Qué significaba eso? Las lágrimas corrieron por sus mejillas. Unos hombres entraban y salían de la casa. ¿Por qué estaban ahí todas estas personas? ¿Por qué el policía no la dejaba volver a entrar? ¿Por qué no venía mami cuando la llamaba? ¿Por qué tenía papi un arma? ¿Por qué la señora Channing lloraba de esa manera desconsolada, toda inclinada? Gracie trató de apartarse, pero el policía no le soltó los brazos. Llamó a mami a gritos. Mami estaba en la cocina. Ella sabía que estaba ahí. La luz aún estaba encendida. Adentro había dos hombres parados. Podía verlos a través de la ventana.

—¡Mami!

Otra camioneta con letras grandes al costado se estacionó al frente. La puerta lateral se abrió y una mujer con un micrófono y un hombre con una cámara salieron rápidamente. El oficial que mantenía cautiva a Gracie dijo una palabra corta y brusca que papi decía cuando estaba enojado. Miró alrededor.

—¿Hay alguien que pueda ayudarme?

La señora Channing se acercó rápidamente.

—Puedo llevarla a mi casa. —Tomó a Gracie de la mano—. Ven, cielito. Te voy a preparar un poco de chocolate y te leeré un cuento. Vendrán a buscarte dentro de un rato. —Gracie pensó que hablaba de mami y papi, y se fue voluntariamente con la señora Channing. Cuando entraron en la casa de al lado, la señora Channing le preguntó a Gracie si tenía hambre. ¿Quería cenar algo? ¿Unas galletitas? ¿Quería mirar la televisión?— Ay, cariño, estás mojada. —La señora Channing parecía a punto de echarse a llorar otra vez—. Todavía tengo algunas ropas de mi hija. Ven, vamos a darte un buen baño caliente.

No fueron mami y papi quienes vinieron a buscar a Gracie. Fue una mujer de cabello oscuro, una desconocida que Gracie nunca había visto antes. La señora Channing tampoco la conocía, pero tomó la tarjeta de presentación que tenía en la mano y la invitó a pasar. Antes de que Gracie entendiera qué estaba sucediendo, se vio sentada, con el cinturón de seguridad puesto, en el asiento trasero del carro de la mujer. Trató de abrir la puerta, pero estaba trabada. Se retorció en el asiento, tratando de abrir la ventanilla a la fuerza, mientras llamaba a gritos a mami. La mujer le habló con una voz tranquila mientras manejaba, y la casa de Gracie desapareció detrás de ella.

Se hizo de noche mientras Gracie pasaba del carro a una oficina, donde otra desconocida, esta vez una señora de cabello canoso, le dijo a Gracie que durmiera en el sillón. La mujer la tapó con una manta suave y dulcemente le retiró el cabello de la cara. «Cierra los ojos y trata de dormir». Las dos mujeres revolvieron papeles y hablaron en voz baja. Una hizo varias llamadas telefónicas.

Gracie no quería quedarse dormida, pero se despertó, confundida, cuando la señora de cabello gris le puso una mano en el hombro.

—Tenemos un lugar para ti. —Le dijo que una amable pareja de acogida estaba esperando conocerla. ¿Qué era una pareja de acogida?

—Quiero a mi mami —lloró Gracie.

La señora de cabello gris se sentó con ella en el sillón y le pasó un brazo alrededor de los hombros.

—Yo sé que quieres a tu mami, pero se fue, tesoro. Igual que tu papi.

¿Se fue? ¿Adónde se fue?

—Están en casa.

—El señor y la señora Arnold son personas muy amables. Ellos te cuidarán bien durante unos días. Hay cosas que nosotros tenemos que poner en orden. A ellos les encantan los niños. Estarás a salvo.

Gracie añoraba a mami, pero cada vez que preguntaba, la señora Arnold le decía que mami se había ido al cielo. No le dijo adónde había ido papi. Gracie tenía pesadillas todas las noches. Escuchaba que papi gritaba y mami lloraba. Después, había otros sonidos y desconocidos por todas partes. Se escondía en el clóset y gritaba, llamando a mami. La señora Arnold abría la puerta del clóset, la levantaba, la abrazaba y la mecía.

—Con nosotros estás a salvo, tesoro. Ya no tienes que esconderte ni tener miedo. —Volvía a meter a Gracie en la cama, con el osito nuevo de peluche que los Arnold le habían regalado—. Él te hará sentir mejor.

Una mañana, la señora Arnold le dijo:

—Tu tía Elizabeth vendrá mañana, Grace. Es la hermana de tu madre. Vendrá desde Fresno, California. ¿No es maravilloso? Ella te cuidará.

Tía Elizabeth no se parecía en nada a mami. Era bonita, pero no parecía feliz. Ni amigable. La señora Arnold y tía Elizabeth hablaban mientras Grace estaba sentada en el sillón, con el osito de peluche en sus brazos. Asustada, mantenía la cabeza agachada, pero escuchaba todo.

—No veo la necesidad de seguir hablando —dijo tía Elizabeth con firmeza.

—Pero ha pasado por una experiencia terrible, señorita Walker. —La señora Arnold hablaba angustiada.

—Sí, y retrasar más las cosas solo las empeorará. —Tía Elizabeth se levantó y se puso la cartera al hombro. Miró a Gracie con ojos sombríos. Enfrentó a la señora Arnold y le tendió la mano—. Gracias por cuidar de mi sobrina mientras llegaba aquí. Lo aprecio mucho.

—Es un angelito perfecto.

—Vamos, Grace. —Tía Elizabeth se dirigió a la puerta. Al abrirla, miró hacia atrás. Su boca se endureció—. Es hora de ir a casa.

El corazón de Grace dio un salto. Con el osito apretado fuertemente en su brazo, corrió hacia su tía. Tía Elizabeth no la tomó de la mano, sino que caminó por delante hacia el carro blanco estacionado junto a la acera. Abrió la puerta trasera, arrojó la maletita de Gracie al otro lado del asiento de atrás y le hizo un gesto a Gracie.

—Entra.

Gracie sabía cómo abrocharse el cinturón. Tía Elizabeth la miró hasta que la hebilla chasqueó; entonces, cerró de golpe la puerta. La señora Arnold dijo algo y tía Elizabeth la miró otra vez. Finalmente, tía Elizabeth rodeó el carro y entró en el asiento del conductor. Sin decir una palabra ni mirar atrás a Gracie, puso en marcha el motor y condujo por la calle.

En su emoción, Gracie golpeteaba los talones contra el asiento trasero.

—¡Deja de hacer eso ahora mismo! —le dijo tía Elizabeth por el espejo retrovisor con el ceño fruncido.

Gracie se quedó helada. Esperó y esperó.

—¿Ya llegamos?

—Todavía estoy manejando, ¿no?

—¿Cuánto falta...?

—¡Tardaremos lo que tengamos que tardar! No vuelvas a preguntar. —Mirando fijamente hacia adelante, tía Elizabeth manejaba rápido, agarrando el volante con las dos manos. Gracie tenía el estómago tan apretado que le dolía. Vio el rostro de tía Elizabeth en el espejo y notó su enojo. Tía Elizabeth la miró—. ¡Deja de mirarme fijamente! ¡Es una falta de respeto! —Gracie bajó la vista y apretó al osito contra su pecho.

Después de un rato, Gracie vio la oficina del correo donde mami compraba las estampillas y mandaba sus cartas. Vio la biblioteca donde mami la llevaba a escuchar a la señora que leía cuentos. Vio la iglesia donde mami la llevaba a la escuela dominical, mientras papi dormía hasta tarde. Reconoció las casas. Tía Elizabeth pasó por el parque cercano a la escuela. Mami siempre se sentaba en un banco debajo del árbol de magnolia, mientras Gracie jugaba con los demás niños.

Tía Elizabeth dobló hacia la calle donde Gracie vivía y se estacionó en la entrada. Antes de que el carro frenara por completo, Gracie se había desabrochado el cinturón y había abierto la puerta del carro. Tía Elizabeth frenó bruscamente y Gracie chocó fuerte contra el asiento delantero. Saliendo del carro, echó a correr. Se cayó y se raspó la rodilla, pero se levantó de un salto otra vez.

—¡Mami! —Trató de abrir la puerta de adelante, pero estaba cerrada—. ¡Mami, estoy en casa!

Tía Elizabeth la sujetó de los hombros y le dio vuelta, y Gracie vio de frente su rostro furioso.

—¡Basta! ¿Quieres que todo el barrio te escuche? —Gracie forcejeó para liberarse y golpeó la puerta—. Dios, ayúdame. —La voz de tía Elizabeth se quebró. Abrió la cerradura y empujó la puerta para abrirla—. Pasa y mira.

Gracie entró corriendo y llamando a mami a gritos. Corrió de la cocina a la sala y de ahí a la habitación principal. Salió.

—¡Mami! ¿Dónde estás? ¡Mami! —Confundida, vulnerable, aterrorizada, volvió corriendo al interior, donde tía Elizabeth estaba parada como una estatua—. ¡Mami! —Gracie gritó, ahora llorando. ¿Por qué no respondía mami? ¿Por qué no venía?

Tía Elizabeth la agarró firmemente de la mano y la llevó de vuelta a la sala de estar. Gracie notó que la butaca de papi ya no estaba ahí. Un gran cuadrado de la alfombra faltaba del lugar donde siempre había estado. Tía Elizabeth se sentó en el sillón y agarró a Gracie de los brazos.

—Mírame, Grace. Tu madre está muerta. Tu padre también. ¿Entiendes qué significa eso? No están aquí. —Apretó los labios y miró hacia otra parte. Luchando para contener las lágrimas, tragó y miró de nuevo a Gracie—. Nos quedaremos solamente el tiempo que me lleve vaciar la casa y ponerla en venta. Tengo que volver a trabajar. Así que tú vendrás conmigo a Fresno. Eso queda en California, en caso de que no sepas.

—No quiero ir.

—Qué mal, porque lo que tú quieres no importa. Es lo que te tocó en la vida, gracias a ese hijo de... —Se contuvo y sacudió la cabeza—. Sé que esto no es lo que quieres. Tampoco es lo que yo quiero. Pero nos tendremos que aguantar la una a la otra. Tu madre lo escribió en su testamento. —Parecía enojada—. Eso te dice algo acerca de su situación, ¿no te parece? —Apretaba y aflojaba sus manos a los costados del cuerpo. Miró por la ventana y soltó un suspiro apesadumbrado. Cuando volvió a mirar a Gracie, su mirada era fría, pero ya no estaba enojada—. A partir de ahora, harás lo que yo diga. No soy tu madre, pero ella me nombró tu guardiana. Haré lo mejor que pueda por ti. Ahora, ve a tu cuarto y toma una siesta, mientras yo hago algunas cosas aquí.

Por fin, Gracie volvió a ver a mami. Tía Elizabeth la llevó a un gran edificio, donde había una salita con bellas ventanas de vidrios coloridos. Mami estaba acostada dormida en una caja de madera, rodeada de un raso blanco y brillante. Tenía las manos plegadas alrededor de un ramillete de rosas rosadas. Se veía distinta.

—¿Mami?

—Adelante. —Tía Elizabeth estaba parada junto a ella—. Tócala. Tal vez sea la única manera que puedas llegar a entender.

Gracie tocó levemente la mano de mami. Su piel estaba fría y se sentía rara.

—Mami, despierta. —Gracie miró a mami, luego a tía Elizabeth, y volvió a mirar a su madre—. Mami no usa maquillaje. A papi no le gusta.

—Ella no está ahí, Grace. Su alma se fue al cielo.

—¿Papi también está en el cielo?

Tía Elizabeth resopló.

—Lo hice cremar —habló en voz baja a través de sus labios apretados—. Me pareció un fin adecuado para él.

El pastor se presentó a tía Elizabeth. Algunas otras personas de la iglesia habían venido a dar sus condolencias. Mami recién había empezado a asistir a la iglesia y a llevar a Gracie a la escuela dominical. No muchos la conocían. El pastor parecía apenado por eso. «Ella parecía tener un alma muy dulce».

Un gran carro negro llevó la caja donde estaba mami a un parque con un arco grande en la entrada y puertas de hierro abiertas. Tía Elizabeth estacionó el carro y se quedó callada en el asiento delantero. Con los ojos cerrados, aferraba el volante con sus manos blancas. Cuando salió, rodeó el carro para sacar a Gracie. La tomó de la mano y, caminando sobre el césped, la guio hacia un gran hueco que había en el suelo; la caja de mami estaba arriba. El pastor habló del polvo y las cenizas. La mano de su tía temblaba y la mantuvo apretada hasta que Gracie lloró. La soltó bruscamente y se cruzó de brazos. El pastor oró y la caja de mami descendió hacia la tierra. Tía Elizabeth se inclinó hacia adelante, agarró un puñado de tierra y lo esparció sobre la caja de mami. «Tus problemas terminaron, Leelee. Descansa en paz. —Miró a Gracie—. Dile adiós a tu madre».

Esa noche, tía Elizabeth metió las cosas de Gracie en una maleta. Le arrebató el oso de peluche de los brazos. «¡Estás demasiado grande para esto!». Tía Elizabeth lo llevó afuera y lo tiró al bote de la basura.

Al día siguiente, fueron a un gran aeropuerto. Tía Elizabeth sacó su maleta y la de Gracie de la maletera. Gracie escuchó un rugido fuerte y levantó la vista hacia un avión que pasaba sobre su cabeza. Se elevó como un pájaro gigante hacia el cielo. Su tía le dijo que se quedara cerca y caminara a su paso. Gracie nunca había estado rodeada de tantas personas y se pegó a los talones de tía Elizabeth. Esperaron en una larga fila, donde todos tenían maletas. Cuando llegaron al mostrador, tía Elizabeth habló con el empleado. Un hombre le puso una etiqueta a su equipaje y lo colocó en una cinta que se movía.

Gracie tenía muchas preguntas, pero tía Elizabeth parecía tensa y agitada. Caminaba rápido y Gracie tenía que hacer un gran esfuerzo por caminar al lado de ella. Se sentaron en una sala de espera hasta que llegó la hora de pararse en otra fila y entrar en un avión. Adentro, las personas metían pequeñas maletas y bolsos de mano y bultos en los compartimientos superiores, antes de sentarse en sus asientos. Tía Elizabeth guio a Gracie por todo el pasillo hasta la parte trasera del avión, y le dijo que se sentara al lado de la ventanilla. Suspiró, agotada, cuando se sentó junto a Gracie. «Trata de dormir. Eso es lo que yo pienso hacer. Después de este, tomaremos dos vuelos más. Va a ser un día muy largo. No me despiertes, a menos que tengas que ir al baño. —Hizo un gesto con la cabeza hacia el fondo—. El baño está justo detrás de nosotras».

Gracie se olvidó de todo cuando el avión rugió por la pista. Al principio, sintió el lento tirón de la tierra; luego, el avión subió, pesado, y se volvió más liviano cuanto más subía. Miró hacia abajo y se maravilló de cómo se hacían más pequeños los carros y las casas y, entonces, el avión se metió en las nubes. Siguió subiendo más y más. Gracie oró para que fueran al cielo a ver a mami y a Jesús.

21

YOSEMITE POSEÍA UNA BELLEZA IMPRESIONANTE, con sus valles colgantes, sus cascadas, los gigantescos domos de granito y las morrenas, pero Román no podía quitarle los ojos de encima a Grace. Era obvio que ella estaba pasándola bien y eso le iluminaba el rostro.

—Si yo tuviera tu talento, Román, estaría pintando esto. —Extendió sus brazos, abarcando el valle que tenía frente a ellos.

—Y no llegarías a ningún lado. Ya se hizo mil veces. —Se guardó el celular en el bolsillo y se acercó a ella.

Ella lo miró:

—¿Qué estabas haciendo? ¿Mandándole mensajes a una novia?

—No tengo novia. —Sonrió apenas—. Bueno, no de la clase que insinúas.

—Entonces, ¿por qué siempre tienes eso en la mano? ¡Te lo estás perdiendo todo!

Él lo había visto antes, pero esta vez lo veía de una manera distinta.

—El Half Dome es bastante espectacular. Me gustaría escalar esa roca algún día.

—Necesitarías mucha experiencia como montañista.

—Yo solía escalar edificios altos.

—Vaya, Superman.

Le gustó su sonrisa.

—No eran tan altos. Cinco o seis pisos. —Levantó la vista hacia el Half Dome—. Quería alcanzar los rincones celestiales. Cuanto más alto, mejor. —La miró de reojo—. Ganarme mi reputación callejera. —Ella no entendía una palabra de lo que él decía, y él no estaba preparado para explicárselo—. No importa. ¿Por qué no volvemos a la carretera y viajamos un poco más antes de dar por terminado el día?

Ella miró fijo el Half Dome.

—Qué lástima.

—Tú eres quien debe estar de vuelta el viernes.

—Sí, es verdad. ¿Puedes esperar un minuto? —Caminó hacia el arroyo y eligió una piedrita.

—¿Qué harás con eso?

—Recordar Yosemite.

Ya estaban en el camino cuando Grace le pidió que se estacionara. Solo quería unos minutos para ver un lago glacial. Román la siguió hasta el borde. Grace se quedó mirando la montaña y la imagen reflejada sobre la superficie del agua.

—Es como un espejo oval. Duplica la belleza.

Era una escena magnífica.

—Jamás intentaría pintar esto. No podría aproximarme a lo que estamos viendo.

Ella lo miró de frente:

—Nadie podría.

—Algunos se aproximan.

—¿Acaso el arte no es cuestión de interpretación?

—En parte. —Él se sentó sobre un peñasco.

Ella volvió a mirar el lago.

—Debería haber comprado postales. —Sacó su celular y tomó algunas fotografías; luego, volvió y se sentó al lado de él—. Cuéntame de tus pinturas. No las entiendo, sabes. El mural, sí. La gran migración, y es hermoso. El resto de tus obras me desconciertan.

Él se inclinó hacia adelante y apoyó los antebrazos sobre sus rodillas.

—Son personas que he conocido, expuestas, pero disimuladas para que nadie las reconozca. —Se rio con tristeza—. Cuando termino de pintarlas, ni siquiera yo sé quiénes son.

—¿Quiénes eran cuando empezaste?

Su madre, el dueño del edificio de departamentos del Tenderloin, miembros de familias de acogida, trabajadores de los servicios de protección de menores, la chica con la que tuvo sexo por primera vez, amigos de la pandilla y un aspirante a grafitero que no supo cómo sobrevivir.

—Algunas, personas que quiero recordar; otras, que desearía poder olvidar.

Recogiendo una piedra, se paró y la lanzó para que diera tumbos sobre el agua. Los círculos concéntricos se propagaron, arruinando la imagen espejada. Levantó una piedra blanca y se la arrojó suavemente a ella.

—Para tu colección. Será mejor que nos vayamos.

Llegaron a lo más alto del paso Tioga, y Román le sonrió.

—Sujétate. Será una bajada tremenda.

—¡Se puede ver a kilómetros de distancia!

—Ese de ahí abajo es el lago Mono. —El carro se aferraba a las curvas en lo más escarpado. Ella parecía más entusiasmada que asustada—. Apuesto a que te gustan las montañas rusas.

—Nunca he subido a ninguna.

Los frenos chirriaron cuando Román tomó otra curva. Escuchó que Grace respiraba hondo y desaceleró en la siguiente.

—¿No ibas a los parques de diversiones o a las ferias rurales?

—No iba a ningún lado. Mi tía no se tomaba muchas vacaciones y yo busqué un empleo tan pronto como tuve la edad para un permiso de trabajo.

—¿Y cuando te casaste?

—Trabajé.

Nada que ver con la vida idílica que él había imaginado. Grace sacó su mapa del bolsillo lateral de la puerta y lo abrió.

—Hay una oficina de turismo por allá.

—Y quieres parar.

—Tú eres el jefe.

—Está bien. —Román activó la computadora y consultó hoteles en Lee Vining. La cambió al modo telefónico, llamó y reservó dos habitaciones. Grace volvió a guardar el mapa doblado en el bolsillo lateral. Él no sabía si estaba molesta o si se había quedado sin cosas que decir—. Pensé que deberíamos reservar algo para que tengamos tiempo para dar una vuelta y no sentirnos apurados.

Ella rio suavemente y negó con la cabeza.

—No necesitas una asistente personal para este viaje. Tu carro puede hacer todo por ti. Apuesto a que hasta puede tomar apuntes y sostener una conversación.

—Probablemente, con indicaciones. —Le sonrió—. No estás celosa, ¿verdad?

—Ah, qué no daría por tener la mitad de su cerebro.

Estuvieron cerca de una hora en la oficina de turismo, revisando la información, antes de salir hacia la reserva Tufa del lago Mono. Grace estaba fascinada por todo.

—Es el lugar más raro que he visto.

—Bueno, no has visto mucho.

Ella señaló:

—Eso de allí parece una ciudad antigua. Podría ser Sodoma y Gomorra, después de que Dios les mandó la lluvia de fuego y azufre. —Se preguntó en voz alta si el lago Mono tendría algún parecido con el mar Muerto en Israel. Otro lugar que le encantaría conocer, a pesar del creciente terrorismo. El cielo parecía más azul contra las formaciones blancas. Ella señalaba las formas; él veía las sombras. Ella le preguntó cómo pintaría él este lugar. Usaría colores brillantes, líneas nítidas y recortadas, blanco y negro. Ella escuchaba atentamente, como si tratara de escuchar más de lo que él decía.

Él compró emparedados en una tienda y se sentaron a comer en una mesa de picnic. Grace disfrutaba el paisaje del lago Mono. Estaba atenta a todo lo que había alrededor: lo absorbía, disfrutándolo. Se levantó una brisa y ella cerró los ojos. Román vio el placer relajado en el rostro de ella. Estaba empezando a soltarse con él. ¿O era al revés?

¿Qué buscaba él exactamente en este viaje? No tener esa respuesta lo ponía nervioso. Grace nunca le había parecido hermosa, pero lo conmovía profundamente. Siempre había sentido una ráfaga de adrenalina al pintar grafiti y huir de los policías. Cuando ella lo miraba, él sentía que su pulso se alborotaba.

En el pasado, había sentido atracción por mujeres, pero no de la misma manera que le pasaba con Grace. Ella lo asustaba. Podría frenar ahora mismo lo que estaba empezando a pasar entre ellos. Jasper decía que esa era su forma de ser. La vieja voz habló en su cabeza. *No te acerques demasiado, Bobby Ray. Tú sabes cómo duele el amor. Aléjate, antes de que sientas algo más de lo que estás sintiendo. Ella te arrancará el corazón.*

Jasper decía que tenía que ver con su madre. Bobby Ray no podía confiar en las mujeres porque la que él había necesitado más, lo había abandonado. ¿Era por eso que mantenía relaciones tan superficiales con las mujeres? ¿Acaso podía ser así de simple?

¿Por qué darles vuelta a las historias pasadas, abrir puertas o averiguar qué había debajo de la tapa de un bote de basura? Su madre no había cumplido su palabra. No había vuelto. ¿Cómo podría haberlo hecho? Estaba muerta. Jasper trató de hacer que lidiara con eso, que encontrara alguna resolución para sí mismo. Bobby Ray había sobrevivido. ¿Por qué volver a eso? Román quería seguir adelante.

Si tenía conflictos por el abandono, ¿qué importaba? Su madre era menos culpable que el hombre que lo había engendrado. Quizás nunca se enteró. Tal vez sí, y le dio la espalda a Sheila Dean. Román siempre se había cuidado, incluso la primera vez. No quería que un hijo suyo creciera sin padre, con una madre que tuviera que vender su cuerpo para mantenerlo.

Grace arrugó el papel que envolvía el emparedado y lo metió en el vaso de su refresco. Le sonrió.

—Gracias por la cena. —Juntó los desechos de él y fue hacia el bote de la basura.

Román la vio alejarse. Le encantaba cómo se movía. Su cuerpo se puso cálido. Era mejor no pensar en ir por ese camino con esta chica.

Bueno, no tan pronto, por lo menos.

Ella volvió y se sentó para poder mirar la puesta del sol. Él rodeó la mesa y se sentó a su lado. Ella le sonrió.

—Es hermoso, ¿verdad?

Prefería mirarla a ella, en vez de al atardecer, pero fue sensato.

—Por un ratito; después, se va.

—Qué pesimista. Mañana sucederá de nuevo. Cada puesta del sol es distinta.

—Los colores tienen que ver con las sustancias contaminantes que hay en el aire.

Ella lo miró con pena.

—Los colores provienen de un fenómeno llamado dispersión. La longitud de las ondas de la luz y el tamaño de las partículas determinan los colores. Lo aprendí en una clase científica de la universidad.

Él nunca había cursado ninguna materia en la universidad, pero había leído mucho.

—Por partículas, se refieren a los contaminantes.

—Vélo como quieras, Román, pero, para mí, la salida del sol es el "buenos días" de Dios, y el atardecer, Su "buenas noches". —Sacó su celular y miró la hora—. Será mejor irnos al hotel, ¿no te parece?

—Supongo que quieres volver para hacer tus tareas. —No quería pasar la noche solo, pero se acordó de la mochila pesada. ¿Podía persuadirla de que no lo hiciera? Quizás, pero ¿qué clase de tipo haría que una chica renunciara a algo que era importante para ella? —Vamos.

Román los registró en el hotel. Cuando sacó su equipaje de la maletera, ella recogió el suyo. Le ofreció ayuda, pero ella le dijo que podía arreglárselas. Él ya se había dado cuenta.

—Qué lástima que no traje algo para leer. —Trató de sonar afligido.

—Revisa tu mesita de luz. Apuesto que encontrarás una Biblia de los Gedeones.

Él se rio.

—Muchas gracias. Suena a que es un libro apasionante.

Sonriéndole, ella abrió la puerta de su cuarto del hotel.

—Ha estado en la lista de los éxitos de venta durante años. —Se metió en la habitación y cerró la puerta detrás de sí.

Aburrido, Román agarró el control remoto y encendió la televisión. Noticias. Deportes. Series tontas. Más noticias. Miró los canales sin prestarles atención, uno tras otro, y no encontró nada que le interesara.

Apagó el televisor y se acostó de espaldas. Su mente volvió a Grace. Soltó una maldición en voz baja, se levantó y fue a darse una ducha fría. Ya refrescado, subió la temperatura, pero la habitación se volvió sofocante. Encendió el aire acondicionado. Sucumbiendo al impulso, levantó el teléfono y llamó a la habitación de Grace. Estirándose en la cama, apoyó un brazo detrás de la cabeza.

—¿Qué estás haciendo?

—Ya sabes qué estoy haciendo.

Buscó algo que demorara el final de la conversación:

—Háblame de Sodoma y Gomorra.

—Puedes leerlo tú mismo. —La oyó abrir y cerrar un cajón—. Hay una Biblia en mi cuarto. Estoy segura de que hay una en el tuyo. Lee el Génesis.

—¿Dónde está eso?

—Al comienzo. La historia está en la primera mitad. Espera un minuto. —Grace bajó el teléfono. Él podía escuchar las páginas pasando. Ella volvió a tomar el teléfono—. Empieza en el capítulo 18, en la página 16, y sigue leyendo. Te veré en la mañana.

No fue la primera vez que Grace le cortaba la llamada. Ella seguía siendo su empleada y las horas laborales habían terminado. Por lo menos, no había esperado hasta la medianoche para llamar. Por lo menos, no estaba llamándola para provocarla por el beso apacible del Príncipe Azul. Por lo menos, ella no se había enfurecido esta vez.

Román volvió a encender la televisión. Después de quince minutos, se dio por vencido, la apagó y abrió de un tirón el cajón de la mesita de luz. Si la Biblia era tan aburrida como parecía, se dormiría en cinco minutos.

A la mañana siguiente, Grace se preguntó si Román estaba molesto con ella. No había hablado mucho durante el desayuno, y ahora que estaban en ruta dirigiéndose al norte hacia Bodie y Bridgeport, no pudo soportar más el silencio.

—¿Dormiste bien anoche?

—No, no pude. Gracias a ti.

—¿A mí?

—Leí hasta las dos de la mañana. Génesis. Éxodo. Me di por vencido en Levítico, quienquiera que fuera él. ¿Tú crees todas esas cosas? —Sonaba como si estuviera listo para una discusión.

Ella no era la clase de chica que se muriera de ganas por ponerse los guantes de boxeo, pero sí quería saber de qué estaba hablando.

—¿A qué cosas te refieres?

—Que Dios creó todo en siete días. La serpiente del jardín, Adán y Eva expulsados, el ángel que les impidió volver a entrar, las plagas de Egipto. Todo eso.

Decidió no eludir la respuesta.

—Sí, las creo.

Román la miró de reojo con una sonrisa irónica.

—¿En serio?

No era el primero en desestimar lo que ella creía. Patrick se quejaba cuando ella iba a la iglesia los domingos. Quería que se quedara en casa con él. Insistió tanto que Grace dejó de ir a la iglesia. Muy pronto se dio cuenta de que él quería a alguien que le preparara las salsas para sus tacos mientras él miraba deportes en la televisión, o una revolcada rápida y brusca en la cama, para poder seguir durmiendo hasta el lunes en la mañana. Dejar de ir a la iglesia no alteró el resultado inevitable de su relación. Ella volvió al Señor, herida y trastabillando. En aquel entonces, el trabajo se convirtió en su manera de salir adelante, hasta que una amiga preocupada la convenció de salir una noche.

Grace juró que nunca volvería a apartarse. *Abrázame, Señor. Nunca me sueltes.* Sola, sabía que se ahogaría y sería arrastrada por la marea.

Román la miró de nuevo:

—¿Por qué?

Las dos palabras implicaban que ella era una tonta.

—Porque es verdad.

—¡Cómo va a ser!

—No es necesario que seas ofensivo. Yo tomo en serio mi fe, como tú eres serio con la tuya.

—Yo no creo en Dios.

—Confías en ti mismo. Crees que tienes el control de tu vida y que puedes vivir como quieras. Esa es tu religión.

Él no dijo nada durante los ocho kilómetros siguientes. Grace deseaba haberse quedado callada. Hasta ahí había llegado eso de ser amigos.

—No quise ofenderte, Román.

—¿Quién te lavó el cerebro? ¿Tu tía?

—No importa. —Él nunca iba a creerle que un ángel se le había aparecido una noche, como tampoco le había creído tía Elizabeth. La visitación había abierto su corazón al Señor. ¿Cómo explicarle esa clase de experiencia a un ateo? ¿O era un agnóstico? ¿Tenía alguna relevancia?

—Me gustaría escuchar.

Él parecía hablar en serio, y ella no vio otra salida.

—Existe un orden en todo: en las estrellas, en las estaciones, en las corrientes oceánicas, en el aire que se mueve sobre el planeta, hasta en las células que forman todas las cosas. No creo que eso pase por casualidad o por una serie de accidentes. Es necesario que una inteligencia creara todo, una inteligencia más allá de lo que los seres humanos pueden entender. Eso es una parte de por qué creo en Dios.

—Había una serpiente en el jardín.

¿Estaba burlándose de ella o quería hablar seriamente de lo que creía?

—Satanás.

—Tú crees en el diablo.

¡Justo cuando estaba empezando a disfrutar su compañía! ¿Iría así el resto del viaje?

—Sí, y también creo en el infierno. En esta época, a todos les gusta pensar que irán al cielo o a un lugar mejor que este. La verdad es que el costo del pecado es la muerte y el infierno. Por eso vino Jesús. Es por ese motivo que Dios envió a su Hijo. Únicamente Jesús pudo vivir una vida libre de pecado y ser el sacrificio perfecto para rescatarnos. Lo único que Él pide es que creamos. Y yo creo.

—Debo haber apretado un botón para oír la grabación.

—Tú preguntaste. —Las lágrimas ardientes amenazaban con derramarse y miró por la ventanilla. *Señor, ocúpate tú de él*—. Mi exesposo tampoco creía.

—Si la fe es tan importante para ti, ¿por qué te casaste con él?

Ella se rio sin ganas.

—No tienes idea de cuántas veces me pregunté lo mismo. Él me necesitaba. Yo creía que lo amaba. Me lo advirtieron. —Su tía lo había hecho, así como la voz tranquila que había dentro de ella—. Pero yo no quise escuchar. —Estaba tan desesperada de que alguien la amara, que se tragó la mentira.

No le gustaba sentirse expuesta. Que fuera Román el que hablara.

—¿Por qué no me dices qué crees tú?

—Nacemos. Sobrevivimos lo mejor que podemos. Nos morimos. Fin de la historia.

Grace miró de reojo su perfil. Parecía apagado, como si no hubiera ninguna esperanza.

—Con razón estás tan deprimido. —Grace volteó la cara—. ¿Por qué no lees Eclesiastés esta noche? Tienes mucho en común con el rey Salomón. —*Incluso su gusto por las mujeres.*

Román la miró irritado y giró hacia Bodie.

Ella suspiró.

—¿Quieres escuchar algo de la historia?

—¿Algo distinto al folleto que leí y que prácticamente te recité?

Grace tomó aire y lo soltó despacio, mientras hacía una búsqueda con su celular. Leyó acerca del crecimiento económico repentino que había experimentado la ciudad durante la explotación minera de la plata y el oro. El pueblo se había jactado de tener diez mil habitantes durante su apogeo... y sesenta y cinco cantinas, apostadores, prostitutas y la fama de ser un lugar violento y anárquico. Una niñita, al escuchar dónde planeaba su padre mudar a la familia, dijo: «Hasta siempre, Dios. Nos vamos a Bodie».

Román se estacionó y salió del carro.

Caminaron entre las deterioradas edificaciones. Grace se detuvo a mirar por las ventanas, mientras él se quedaba esperando con las manos en los bolsillos. Una iglesia, una cantina, una tienda. Grace miró por la ventana de una casita en la que una prostituta había dirigido su negocio alguna vez.

—Qué miserable debe haber sido su vida.

—Ella la eligió.

Molesta, Grace volvió a caminar para seguir de largo, pero luego decidió no dejar pasar ese comentario.

—¿De verdad piensas que una mujer quiere ser prostituta? No puedo imaginar nada peor que tener que venderle mi cuerpo a cualquier tipo que quiera usarme. Pienso que las mujeres hacen esa clase de trabajo como último recurso.

Ahora, él parecía estar enojado.

—No las obligan a meterse en eso.

Estaba harta de recibir lo peor de su temperamento dañino.

—Eso depende de qué significa la palabra *obligar* en su diccionario, señor Velasco.

—Dicho como una universitaria, señorita Moore.

—¿Y si la mujer perdió a su esposo mientras viajaban para llegar aquí? Ellas no tenían los mismos derechos y oportunidades que tenían los hombres. Ni la fuerza física. ¿Y si fue una muchacha en una caravana de carretas y su familia murió de cólera o de tifus? ¿Acaso una mujer puede arar un campo y construir una cabaña por sus propios medios?

—La única manera en la que pudo dejar de hablar fue alejándose de él. Román le siguió el paso y caminó a su lado. Ella aceleró.

—Podría haber vuelto a casarse.

—¿Y si todos los hombres eran como tú? —Grace se sonrojó, pero no pudo pedir disculpas—. Si la chica tenía educación, podría haber trabajado como maestra, pero la mayoría de las mujeres no podían darse el lujo de tener educación en esa época. —Hizo un gesto generalizado para abarcar todo Bodie—. ¿Cuántas escuelas ves por aquí?

—¿Y ahora qué?

—¿Ahora? —No sabía de qué estaba hablando él.

—¿Qué excusa tiene la mujer hoy en día?

¿Cómo podía ser tan insensible?

—A veces, las personas cometen errores que no pueden enmendar. A veces están tan desanimadas que no saben cómo recuperarse. Y siempre habrá gente que quiere que se queden dónde están.

—¿Y cómo sabes eso? ¿Lo leíste en algún libro de texto?

Temblando de indignación, Grace lo enfrentó.

—¿Qué le pasa a una niña de catorce años que se embaraza y sus padres la echan de la casa? ¿Y si su novio solo la estaba usando y no le importa lo que haga? ¿Cómo se ganará la vida? Las personas que ella creía que la amaban, no la aman. ¿Adónde va? ¿Cómo hace para ganar dinero para comer o para pagar un lugar donde vivir? Vende su cuerpo una vez, solo para comer. Entonces, se siente tan sucia que ya no le importa qué venga a partir de ahí. De todas maneras, la gente ya la mira como si fuera basura. Ahora ella cree que lo es. No encuentra escapatoria.

Todo el enojo que él tenía se le fue.

—¿Algo de eso te pasó alguna vez?

—No, pero eso no significa que no pueda tener empatía. —Evidentemente, él no la tenía. Sintiéndose enferma, Grace se alejó.

Román no la siguió, pero ella sintió que la observaba. Caminó hasta la próxima esquina del pueblo antes de mirar hacia atrás. Estaba parado donde ella lo había dejado, con las manos metidas en los bolsillos de su chaqueta de cuero, mirando la casucha en ruinas donde una vez había vivido la prostituta.

Se encontraron en el carro, ambos calmados.

—Discúlpame, Román. No tenía la intención de dar un discurso.

Él apretó el botón del encendido.

—Ahora veo por qué te gusta la psicología. Podrías dedicar el resto de tu vida a la carrera de rescatar personas.

Personas como Patrick.

—No, gracias. Ya lo intenté; lo he hecho, y terminó muy mal. Tengo suficientes problemas tratando de poner en orden mi propia vida, como para ayudar a los demás.

—Suena como que es posible que tengamos algo más en común.

22

Bobby Ray calculó que hasta ese momento había vivido en más de quince hogares de acogida. Se había escapado de ocho. Si no lograba huir, se hacía echar. Prendió fuego a un garaje. Arrojó al tráfico la bicicleta de un hermano de acogida. Abolló a patadas el costado de la camioneta nuevecita de una familia de acogida. Lanzó una bolsa de heces de perro al jacuzzi de otra familia de acogida. Algunos matrimonios de acogida cobraban los cheques mensuales y lo dejaban hacer cualquier cosa que quisiera, hasta que la policía lo encontraba otra vez en la calle Turk.

Era inteligente. Astuto. Con él se pusieron a prueba todas las técnicas para la crianza de hijos. Ninguna funcionó. No se llevaba bien con los otros niños. No confiaba en los adultos. Varias familias dijeron que el niño necesitaba estabilidad y un hogar permanente y trataron de adoptarlo. Él los rechazaba y los odiaba por lo que se proponían hacer. Sheila Dean era su madre y nadie ocuparía su lugar. Nunca. Ella estaba ahí afuera, en alguna parte de la ciudad, y él iba a encontrarla.

La señorita Bushnell, la agotada trabajadora social de mirada triste, derivó su caso al supervisor Ellison Whitcomb, un hombre que había trabajado veinticinco años en los servicios sociales. Todos los sentimientos de esperanza y propósito que él había tenido cuando comenzó la profesión que había escogido habían muerto hacía mucho por la abrumadora cantidad de casos de angustia y tragedia humana. Bobby Ray no era más que otro chico desarraigado y conflictivo con un expediente abultado. Whitcomb le hablaba a otro trabajador social en el pasillo mientras Bobby Ray esperaba y escuchaba.

—Por lo menos no ha matado a nadie.

Whitcomb se rio sin ganas.

—Dale tiempo.

Whitcomb se sentó detrás del escritorio. Parecía agotado. Abrió un paquete de antiácidos y dejó caer un par en su boca. En una de las paredes había colgado el cartel de una playa de arenas blancas con letras brillantes que decían *Florida*. Le preguntó a Bobby Ray cuántas veces pensaba huir.

—Todas las que sean necesarias.

—¿Para hacer qué?

—Para encontrar a mi madre.

Whitcomb no dijo una sola palabra en respuesta. No lo presionó ni husmeó; ni siquiera trató de hacer hablar a Bobby Ray. Solo se reclinó hacia atrás, entrecruzó sus manos y lo estudió. Bobby Ray sostuvo su mirada, enojado. Conocía este juego y no esquivó la mirada.

—No estás haciéndote ningún favor, niño.

Bobby Ray le dijo a Whitcomb qué podía hacer consigo mismo. Whitcomb tamborileó sus dedos en el expediente que tenía sobre el escritorio.

—Voy a salir cinco minutos; luego, volveré. —Bobby Ray entendió el mensaje. Ni bien Whitcomb salió de la oficina, agarró el expediente.

Bobby Ray Dean. Padre: Desconocido. Madre: Sheila Dean.

Bobby Ray leía con rapidez.

... arrestada cuatro veces por prostitución... liberada bajo palabra... sobredosis de heroína en el motel Starlight,

registrada bajo el nombre de Jane Doe, hasta que fue
identificada por sus huellas dactilares.

El corazón de Bobby Ray se detuvo. Volvió a leer la última parte
con la esperanza de haber entendido mal. Sintió que el estómago
le daba un vuelco y el frío penetraba hasta sus huesos. *Mamá está
muerta. ¿Cómo podía ser? ¿No debería haber sentido algo?, ¿No se
habría dado cuenta de algo, de alguna manera?*

Whitcomb volvió, tomó el expediente del escritorio y lo metió en
el archivador metálico.

—Bueno... ahora lo sabes, Bobby Ray.

Mamá todavía le hablaba a veces, en sus sueños. *Hago lo mejor que
puedo, nene. Tú sabes que voy a volver. ¿Acaso no vuelvo siempre?*

23

De vuelta en el camino de la montaña, pasaron por altas praderas, lagos glaciales y pinos muy altos. Grace se quedó tanto tiempo callada que Román la miró de reojo para ver si se había quedado dormida. Iba completamente despierta y vagamente pensativa.

—¿En qué piensas?

—Me gustaría que Samuel viera esto. No puedes ver toda esta belleza y no creer. En la ciudad es más difícil. Pasan demasiadas cosas, demasiadas distracciones.

—¿Y tentaciones? —Román le lanzó una mirada con humor—. Por no hablar de toda esa gente enojada que va por las autopistas. Siempre apurados por llegar a alguna parte. —Como él, probablemente no supieran adónde querían ir ni cómo llegar a su destino.

—¿Podemos parar? —Ella lo miró como pidiéndole disculpas—. Solo unos minutos.

Román se apartó de la ruta en el próximo lugar donde había espacio para detenerse. Grace le agradeció y salió del carro. Román lo rodeó y se apoyó en él, mirándola. El aire estaba cargado del olor de los pinos. Grace caminó con cuidado entre las piedras y se subió a una cornisa de granito que daba a un valle angosto y profundo. Se levantó una brisa y Grace extendió los brazos como si fuera a dar unos pasos y dejarse llevar por el viento. Román levantó su celular. Ella avanzó otro paso y el corazón de Román se sobresaltó.

—¡Grace, detente! —Se metió el celular en el bolsillo y fue tras ella. Durante unos instantes, no pudo verla y casi sintió pánico—. ¡Grace!

—Estoy aquí. —Había otra cornisa, justo debajo de la otra—. Podría caminar otros tres metros y seguiría estando a salvo. —Avanzó unos pasos más.

Él la alcanzó y la sujetó del brazo.

—Ya estás lo suficientemente cerca. —Cuando lo miró sorprendida, la soltó.

—Y tú hablabas de escalar el Half Dome.

—Basta de dar vueltas. Vámonos.

Román caminó delante de ella y la ayudó a bajar de la meseta de piedra. Ella soltó una risita suave y nerviosa.

—Conoces el terreno que pisas como una cabra de montaña.

—Eso es por practicar *parkour*. —En camino de vuelta al carro, ella recogió un cono seco—. ¿Vas a guardar eso?

—Es el recuerdo perfecto, ¿no te parece? —Lo acercó a su nariz e inhaló—. Un regalo del Señor que huele como el bosque.

Estaba acostumbrándose a la naturalidad con la que Grace hablaba de Dios. Le abrió la puerta del carro. Ella se sentó y metió el cono en su bolso de mano, junto con las piedras que había recolectado en el camino.

—Tu bolso ya debe pesar una tonelada.

—Los israelitas recogieron grandes piedras cuando cruzaron el río Jordán. Al llegar a la Tierra Prometida, hicieron un monumento para no olvidarse nunca de lo que Dios había hecho.

Él había leído la historia del Éxodo la noche anterior, pero no quería comenzar otra conversación acerca de Dios. Tal vez existiera un Dios, pero Román dudaba que a Él le importara. Volvió a entrar a la carretera.

—Estamos a solo dos horas de Golden.

—¿Piensas aceptar el trabajo?

—Lo dudo. —Antes de que le preguntara por qué habían hecho este viaje si ya había tomado la decisión, le dijo que llamara a Jasper—. Pregúntale si puede encontrarse con nosotros en el rancho Masterson.

—Podría haber hecho él mismo la llamada con solo presionar un botón del volante con el pulgar, pero quería cambiar de tema.

Con el celular en la oreja, ella lo miró.

—¿Nos quedaremos ahí a pasar la noche?

—No. Solo pasaremos a saludar. —Los Masterson probablemente tenían la casa llena. Román se preguntó qué clase de recibimiento le darían después de tantos años de evitar esta visita. Solo había seguido viendo a Jasper porque el hombre insistía en aparecer periódicamente, con invitación o sin ella. No había vuelto a ver a Chet y a Susan desde que cumplió la edad para salir del programa, a los dieciocho años. Cada diciembre le enviaban una tarjeta de Navidad con una nota escrita a mano, invitándolo a visitarlos cuando quisiera. *La puerta siempre está abierta*. Román suponía que era solamente un gesto amable. ¿Por qué querrían volver a verlo?

Tal vez no fuera una buena idea pasar a saludar.

—¿Hay algún problema, Román?

¿Cuánto hacía que estaba mirándolo?

—Todo está bien.

El viejo granero apareció cuando dobló en la curva del angosto camino rural. Sorprendido, vio que el segundo mural que había hecho en su vida todavía estaba ahí, descolorido después de tantos años. Las puertas estaban abiertas y el viejo Chevy azul de Chet estaba estacionado frente a la casa. En el porche, dos pastores alemanes se levantaron ladrando. Román recordó su primer encuentro con Starsky y Hutch, casi veinte años atrás.

Starsky y Hutch debían haber muerto hacía mucho, pero quizás estos dos pastores fueran sus parientes.

Chet salió y gritó: «Sean corteses, muchachos». El comportamiento de los perros se transformó en un recibimiento cauteloso. Olfatearon a Román unos instantes y rápidamente pasaron a Grace. Ella les tendió la mano y uno se la lamió. Los dos perros caminaron alrededor de ella, moviendo la cola. Sonriendo, Grace acarició a uno, hasta que el otro metió el hocico para su turno.

Susan y Jasper se sumaron a Chet en el porche. Román aplastó la oleada de emociones que sentía. De todos los lugares a los cuales podría haber llevado a Grace, ¿por qué la había traído aquí? Debería haber seguido de largo, en lugar de arriesgarse a lo que podía convertirse —se convertiría— en algo humillante. Chet bajó los escalones. Todavía tenía toda su cabellera, aunque ahora era blanca. Caminaba más lento, con los hombros un poco encorvados y el cuerpo más delgado. Susan, con *jeans* y una camisa a cuadros, seguía usando el cabello rubio recogido en una cola de caballo. Había subido un poco de peso, pero ambos se veían bien para sus sesenta y pico de años.

Román extendió la mano, pero Chet lo agarró y le dio un abrazo de oso.

—¡Ya era hora de que vinieras a casa! —Román no pudo hablar por el nudo que tenía en la garganta. ¿Por qué no había vuelto? ¿Qué excusa tenía para dar?

Chet lo soltó y le palmeó la espalda.

—¡Mírate! Dejaste de ser un muchachito flacucho.

Susan apoyó sus manos en sus caderas.

—Debería estar furiosa contigo por haberte ido tanto tiempo. —Riendo, feliz, abrazó cariñosamente a Román. Cuando se apartó, miró a Grace—. ¿Y quién es esta mujer tan bonita? ¿Tu esposa?

Román aclaró rápidamente el malentendido. Sonriente y relajada, Grace les dio la mano a Chet y a Susan. Jasper la abrazó y le dio un beso en la mejilla, como si fueran viejos amigos. Los perros se quedaron cerca de Grace, que rascó a uno detrás de las orejas. Si hubiera sido un gato, habría ronroneado.

—Ese es DiNozzo —dijo Chet, riéndose por lo bajo—, y me parece que se enamoró de ti. El otro es Gibbs. —Chasqueó la lengua y los dos perros lo siguieron a la casa.

—Vamos adentro. —Susan les hizo un gesto para que todos entraran a la casa—. Tenemos café, té y limonada.

Román miró alrededor. El lugar estaba tranquilo, pero había caballos en el corral.

—¿Todavía mantienes a los niños bajo control, Chet?

—Por temporadas. Estamos tratando de entrar suavemente en la jubilación. Vendimos cincuenta acres y nos quedamos con lo suficiente para tener un lugar amplio para nosotros. Todavía albergamos caballos. ¿Te acuerdas de José?

—¿El pandillero de Stockton? Claro que lo recuerdo. Entró al Ejército, ¿verdad?

—Sirvió seis años en los Marines y egresó como sargento. Él y su esposa, Abbie, cuidan el lugar ahora. Es un buen empleado, y es muy bueno con los caballos. Hace que Susan y yo podamos viajar cuando no tenemos muchachos en residencia. A fin de mes saldremos de nuevo. Pasaremos un tiempo en Yellowstone y luego en Glacier. ¿Qué me cuentas tú?

Román sintió como si retomaran la charla donde la habían dejado tantos años atrás; como si no hubiera transcurrido el tiempo intermedio. Le contó a Chet sobre su viaje por Europa a sugerencia de Jasper. Grace caminaba unos pasos delante de él, conversando con Jasper y con Susan.

La sala de estar había sido redecorada con una alfombra beige pálido. Unos sillones en color trigo remplazaban los de cuero marrón, pero no habían tapado la pared que él había pintado cuando tenía diecisiete años.

—Así es. Todavía está ahí. —Chet sonrió—. Ese y el del granero nos dan motivo para hacer alardes. "Román Velasco vivió aquí".

A Román le costaba dominar sus emociones.

—Esperaba que a estas alturas hubieran mejorado un poco el gusto.

Después de que pintó las escenas que Susan le había pedido para la cocina, Chet le ofreció el granero para su nuevo proyecto. Chet puso algunas reglas: cualquier cosa que Román pintara tenía que ser reconocible y ser una reflexión positiva sobre el rancho de montaña Masterson.

—Cuando yo apruebe los dibujos, negociaremos el precio. Compraré todos los suministros que necesites. Ten en cuenta lo que tendrías que pagarle a un equipo, si necesitaras uno. Haremos un contrato, para enseñarte algo sobre cómo hacer negocios.

La simplicidad no convencional de los caballos y las vacas estilizadas pastando sobre un prado verde fluorescente hacía que la gente entrara a preguntar quién había hecho el mural.

—¿Un chico hizo eso?

Un ranchero le propuso contratar a Román para que pintara su granero, ubicado camino arriba. Jasper Hawley empezó a enseñarle cómo redactar propuestas comerciales. Estudiaron costos, horas laborales y márgenes de ganancia. Jasper lo llevó a Wells Fargo para que abriera una cuenta corriente y una de ahorros, y le enseñó a hacer su declaración de impuestos estatales y federales.

—Si vas a comenzar a hacer negocios, será mejor que lo hagas bien desde el principio.

Para cuando Bobby Ray Dean obtuvo su diploma de equivalencia para la preparatoria, Román Velasco tenía cinco mil dólares ahorrados y varios trabajos más en su agenda. Todo gracias a Chet, Susan y Jasper, y a que habían invertido en un niño para el que nadie más había tenido tiempo.

—Pasemos a la cocina. —Susan les indicó el camino riendo y mirando hacia atrás por encima de su hombro—. De todas maneras, siempre terminamos aquí.

Grace se quedó atrás para estudiar el mural de la sala de estar. Román apoyó la mano en su espalda, queriendo alejarla del mural.

—A ti no te gustan mis obras, ¿recuerdas?

—¿Quién es Sheila?

Román se paralizó.

—¿Qué?

—Sheila. Está escrito aquí. Y Exterminador. —Ladeó la cabeza—. Blanquito. —Lo miró, perpleja—. Y hay un pájaro en vuelo en el rincón. ¿O también son letras? BRD.

—Bobby Ray Dean. —El corazón le martilleaba—. Después hablaremos de eso.

—¿Hay algún problema? —Jasper les habló desde el arco que daba a la cocina.

—Ningún problema. —Román lo miró por encima del hombro—. En un minuto estaremos con ustedes. —Le impidió el paso a Grace y bajó la voz—. No digas nada de la pared. —El mural había estado ahí durante años, pero Román dudaba que Chet y Susan alguna vez hubieran visto lo que había pintado en él. ¿Cómo era posible que Grace hubiera visto lo que él había ocultado con tanto cuidado?

Ella parpadeó sorprendida, pero asintió.

La cocina también había sido remodelada; las escenas de Italia que él había pintado habían desaparecido hacía mucho y habían sido reemplazadas por paredes amarillo pálido y molduras de techo blancas. Susan metió filetes de costilla en el horno superior y anunció que la cena estaría lista a las seis y media.

—Solo nos quedaremos un par de horas.

Ella le dirigió una mirada que le recordó la época en que había vivido en esta casa.

—Se quedarán a cenar y pasarán aquí la noche.

Román también podía ser terco.

—Tenemos mucho trayecto que recorrer.

—Chet, ve a desinflarle los neumáticos o rompe la computadora de ese carro sofisticado que tiene.

—O podrían dejarlo ir. —Grace se encogió de hombros—. Pero si están de acuerdo, a mí me gustaría quedarme. —Corrió una silla y se sentó a la mesa.

Los Masterson se rieron. Jasper le sonrió a Román.

—Creo que somos más que tú.

Román se relajó.

—Está bien, pero no escuches a esta gente. No me conocen tan bien como creen.

Susan y Chet se lanzaron a contar qué difícil había sido Román cuando llegó al rancho por primera vez.

—No podíamos sacarle más que un gruñido.

—Todavía gruñe. —Grace le sonrió, evidentemente disfrutando de que se sintiera incómodo.

Chet se sirvió una taza de café.

—No sabíamos cómo llegar a él, hasta que agarró algo de pintura. —Le guiñó un ojo—. Ahora metemos en su habitación a los casos difíciles. —Levantó su taza mirando a Román—. Ellos entienden esa obra. Ha dado pie a muchas conversaciones.

—¿Qué habitación? —Grace miró a Román—. ¿Qué obra?

Román no contestó. Chet hizo un gesto con la cabeza en dirección a la puerta.

—Ve por el pasillo al otro lado de la sala; es la segunda puerta a la derecha. Puedes usar esa habitación esta noche, si quieres.

Cuando ella empujó la silla hacia atrás, Román habló rápidamente:

—Ni te molestes.

—¿Por qué no?

—Te dará pesadillas. —Cuando ella se dio vuelta para irse, la agarró de la muñeca—. No te gustará, Grace. —La soltó rápidamente, consciente de que había llamado la atención de todos.

—No te preocupes tanto. De todas maneras, mi opinión no debería ser importante.

Soltó una palabrota en voz baja cuando ella salió de la cocina. Se puso de pie, dudando si debía seguirla o esperar. Empezó a sentir pánico. Pasó un segundo o dos antes de que se diera cuenta de que Chet, Susan y Jasper estaban mirándolo.

—No le gusta lo que hago. —Se sintió mareado.

—A ti tampoco. —Jasper desplazó hacia atrás la silla más cercana—. Siéntate. No tienes buena cara.

Román se sentó con todo el peso de su cuerpo y se preguntó qué le estaba pasando.

Jasper agarró a Román de los hombros:

—Baja la cabeza. —Lo apretó—. ¿Te has hecho un chequeo últimamente?

—Estoy bien.

—No creo que esa pared ahuyente a Grace, hijo.

Román oía la voz de Jasper como a través de un túnel. La debilidad pasó y Román se sintió mejor. Jasper lo soltó y se sentó, analizándolo. Chet y Susan empezaron a hablar de nuevo, contándole cómo habían seguido su carrera. Mencionaron a algunos de los otros muchachos que habían estado en el rancho al mismo tiempo que él; todos estaban bien; la mayoría, casados y con hijos.

¿Por qué estaba tardando tanto Grace? Jasper se inclinó hacia él.

—Deberías ver a un médico.

Román se rio burlonamente.

—Tengo treinta y cuatro años, estoy óptimo de salud.

—Tuviste un par de episodios de estos cuando estabas aquí. ¿Seguiste teniéndolos durante todos estos años?

Román se encogió de hombros.

—No duermo lo suficiente. —Le sonrió irónicamente a Chet—. El despertador suena a las cinco, según recuerdo.

—Llorón. —Chet frunció el ceño—. Una vez te caíste del tejado del granero. ¿Te acuerdas?

—Alguien lo desafió a que caminara por la cumbrera.

—Menos mal que aterrizaste sobre una pila de heno. —Susan sacudió la cabeza. Sonrió cuando Grace volvió—. ¿Qué te parece esa obra?

—Es muy distinta a lo que Román hace hoy en día. —Grace lo miró—. Más reveladora.

Román se sintió expuesto.

—Robé un marcador y dibujé un agujero en la pared.

—Hacía todo lo posible para que lo echáramos. —Jasper le guiñó un ojo a Grace.

—Lo que me parece interesante es dónde estaba yendo.

Chet empujó hacia atrás su silla.

—¿Qué les parece una caminata por la vieja finca? Estiremos un poco las piernas antes de la cena.

Román se levantó y le hizo un gesto con la cabeza a Grace para que los acompañara. Susan habló:

—Grace, ¿por qué no te quedas conmigo y dejamos que los hombres charlen un poco?

—Me parece una buena idea.

Román titubeó. Susan le sonrió.

—No pongas esa cara de preocupado. Estoy segura de que ya sabe que no eres ningún ángel.

Grace no podía entender por qué Román estaba tan intranquilo. Era muy evidente que los Masterson lo amaban. Lo habían recibido como a un hijo pródigo.

—¿Cuánto tiempo hace que Román no los visita?

—No ha vuelto desde que cumplió la edad para salir del programa. Una vez que los chicos cumplen dieciocho años, tienen que arreglárselas por su cuenta. Él podría haberse quedado, pero... —Susan levantó un hombro—. Surgió una oportunidad y la aprovechó.

Si Grace tuviera una familia tan cariñosa como esta, habría buscado un empleo cerca de casa. Los visitaría cada vez que pudiera. Se ofreció para ayudar con los preparativos para la cena, pero Susan le dijo que tendría todo listo en unos minutos.

—Es parte de cocinar para una casa llena de muchachos. —Lavó las papas y las metió en el horno—. ¿Qué te parece trabajar para él?

—Él pasa la mayor parte del tiempo en su estudio. Yo, en la oficina. —Sabía que eso no contestaba la pregunta.

Se sentaron juntas a la mesa de la cocina.

—Él podría tener un gran círculo de amistades en el mundo del arte, si quisiera. —Susan sonrió traviesa—. Jasper nos mantiene al tanto de lo que pasa con nuestro muchacho. Dice que Román tiene una casa hermosa en la cima de una montaña, con vista a un cañón.

—Con una vista espléndida hasta la costa. —*Y ni siquiera la disfruta.*

—Y que tú eres su vecina más cercana.

Grace se ruborizó. ¿Qué interpretaría Susan Masterson de esa cercanía?

—No podía solventar mi viaje hasta el trabajo. Román me ofreció alquilar...

—Lo sé. Jasper nos lo contó. No estoy insinuando que pase algo. Román nunca deja que las personas se acerquen demasiado. —Su sonrisa era de disculpa—. Yo sabía que no estaban casados. Solo quería ver la reacción de Román cuando lo dije.

Él se había apurado por dejar las cosas en claro.

—Soy su empleada. Nada más.

—Eso no significa que no puedan llegar a ser buenos amigos.

Grace no estaba segura de que eso fuera posible ahora. Sus sentimientos estaban cambiando, e iban en un sentido inoportuno.

—No es una persona fácil de entender.

—Me imagino que tú tampoco lo eres. —Susan apoyó la palma de su mano sobre la mesa—. Es el muchacho más inteligente de los que hemos tenido alguna vez en el rancho. Brillante, a decir verdad. Aprendía rápido y tenía una memoria fotográfica. Podría haber estudiado en la universidad, pero no quería que nadie le dijera qué debía hacer. Nos hemos mantenido al tanto de su vida por Internet, y Jasper es un *pit bull*. Él lucha por sus muchachos y nunca los suelta, especialmente a los que tenían las heridas más profundas. Con un vistazo a la pared de la habitación, Jasper se dio cuenta de cómo acercarse a él. Con libros sobre arte. Román los devoraba. Jasper siguió avivando la llama. Encontraba lugares para que Román pudiera experimentar. Llenaba todos los cuadernos para bocetos que le dábamos. Todavía los tengo.

—Me encantaría verlos.

—Eso pensé. Espera. —Susan fue al pasillo de atrás de la cocina y volvió con una pila pequeña de cuadernos.

Grace tomó uno y pasó las páginas lentamente: un muchacho almohazando un caballo, el roble negro en el frente de la casa, Chet fumando una pipa en el porche de adelante, Susan trabajando en el jardín. Jasper parado junto a un pizarrón. Cada cuaderno dejaba ver una mejoría constante y le permitió conocer un poco más a Román. Tenía un nudo en la garganta.

—Nosotros no posábamos para él. —Susan parecía a punto de llorar—. Los dibujaba de memoria. Con una linterna, después de que debía tener las luces apagadas. —Sacudió la cabeza—. Nunca le gustaron las reglas.

—Son bastante buenos.

—Su obra mantiene esta crudeza, pero ya no dibuja ni pinta personas, ¿cierto? —Susan negó con la cabeza—. Tiene problemas para vincularse afectivamente, lo cual es entendible, después de lo que pasó.

Grace dejó el último cuaderno de bocetos.

—¿Puedes contarme?

Susan analizó a Grace.

—Su madre desapareció cuando era muy pequeño. Anduvo de un hogar de acogida a otro. Huía y siempre terminaba volviendo al

Tenderloin, donde había vivido con su madre. No es una historia nueva. Hemos tenido un montón de chicos de familias disfuncionales, o sin ninguna familia en absoluto. No se encariñan con las personas. Desarrollar la confianza lleva tiempo y algunos de ellos hacen todo lo posible por sabotear cualquier tipo de relación, especialmente si empiezan a sentir algo. Así fue Román desde el principio. —Sus ojos brillaban por las lágrimas—. Dejó los cuadernos con los bocetos para poder olvidarnos.

Hojeando el último cuaderno, Grace sacudió la cabeza.

—Creo que los dejó para que ustedes supieran cuánto los quería.

Susan se secó las lágrimas.

—Me gustaría creer eso. —Se levantó y fue a mirar el horno. Cuando volvió a sentarse, tenía los ojos despejados—. Creeré eso.

Grace analizó un dibujo de una chica joven, delgada y pálida, de cabello y ojos oscuros:

—¿Una novia?

—Su madre. Tenía siete años cuando ella desapareció. Entró y salió de treinta hogares de acogida entre los siete y los quince años. Un niño abandonado tiene una ira muy profunda. Algunos se vuelven violentos. Román solía pintar para contraatacar.

—Algunos se esconden o se convierten en personas complacientes. —Grace se dio cuenta de que había hablado en voz alta. Se encogió de hombros—. Yo tenía siete años cuando perdí a mis padres. Mi tía me crio. —Miró a la madre de Román, tratando de ver alguna semejanza entre madre e hijo. Debía parecerse a su padre. ¿Había sido él un recordatorio permanente para su madre de alguien a quien había amado? ¿O de alguien que la usó y la abandonó? Recordó lo que Román había dicho sobre las prostitutas en Bodie—. Román habla de sus viajes, pero no de su pasado.

—No hables. No confíes. No sientas nada. —Susan asintió—. El mantra de los niños que sufrieron a manos de sus padres.

Grace tampoco hablaba de su pasado, jamás. Siempre se había sentido un poco responsable de lo que había pasado en Memphis, aunque no sabía por qué. Su tía no soportaba mirarla porque se parecía mucho a su padre, y tía Elizabeth lo odiaba. Eso le había dicho a Miranda Spenser. No importó que Miranda rápidamente la hiciera callar y su tía se retractara. Grace lo escuchó y la semilla quedó plantada. Creció haciendo todo lo que los demás querían. Tía Elizabeth, sobre todo, hasta que llegó Patrick y la usurpó. Grace trataba constantemente de compensar cualquier cosa que hubiera hecho mal.

¿Cómo reparas algo que no comprendes?

Las voces de los hombres llegaron desde afuera. Los pasos sobre el porche anunciaron que habían vuelto. Susan cerró el cuaderno de bocetos que estaba mirando.

—Estos están bien, pero no son ni la sombra de lo que es capaz de hacer. Chet y yo fuimos la semana pasada a San Diego y nos quedamos varios días. Queríamos ver el mural de Román. —Recogió los cuadernos—. Sigue mejorando cada día, pero todavía no ha alcanzado su verdadero potencial. Si no puede olvidar el pasado, nunca lo hará.

Grace sabía que lo mismo era válido para ella.

Los Masterson invitaron a la casa a José y a Abbie, con sus dos hijos preadolescentes. La cena estuvo animada con la conversación. José había sido un jovencito pandillero y difícil cuando Román compartía la habitación con él. Ahora era de risa fácil, en forma y feliz. Su esposa, Abbie, era una muchacha común y corriente de cabello castaño y ojos color avellana, que hizo que Carlos y Tina recordaran sus modales. Abbie trajo para el postre dos tartas caseras de cerezas. Carlos y Tina, lejos de ser tímidos, hablaron de la escuela, de sus amigos y de lo que iban a hacer durante el verano. Bromeaban con su padre diciendo que él vagaba a caballo por el rancho, mientras ellos tenían que limpiar los establos. José respondió que él había tenido su momento y que ahora era el turno de ellos. Román le recordó las horas que habían pasado levantando estiércol de caballo con las palas, llevándolo en carretillas y desparramándolo por el huerto.

Cuando Susan se levantó para lavar los platos, todos ayudaron. Los hombres hablaban de deportes y de política local. Chet los invitó a ponerse cómodos en la sala. Abbie se sentó al lado de José, que apoyó una mano sobre el muslo de su esposa y ella le sonrió. Evidentemente, los doce años de matrimonio no habían apagado el fuego. Grace estaba parada junto a los estantes de libros, charlando con Jasper.

Cuando Román comenzó a ponerse de pie, Susan reclamó su atención.

—Cuéntanos sobre la exposición de Laguna Beach.

Debían haberse enterado del evento por medio de Jasper.

—Los cuadros se vendieron.

—Román siempre tuvo facilidad de palabra. —Chet le sonrió—. ¿Dónde irán mañana tú y Grace?

—Al sur. —Él no estaba listo para volver a casa, pero le había prometido a Grace que regresarían el viernes para que pudiera tener a su hijo durante el fin de semana.

Grace se acercó a sentarse en el sillón frente a él.

—Golden quiere encargarle a Román que pinte un mural para el pueblo.

—¿Golden? —rio José—. Tendrás que inventar alguna historia.

Román observaba a Grace con suma atención. Sin duda, se había llenado los oídos de información sobre su vida privada. Él tenía planeado saber más acerca de la de ella.

—Pasaremos de largo por Golden e iremos a Fresno. —Ella no pareció feliz con el anuncio. Él le dirigió una sonrisa de acero—. Hace bastante tiempo que Grace no ve a su tía. Parece un momento oportuno.

Con las manos apretadas, Grace estaba sentada en una de las camas individuales y miraba la pared. Tenía ganas de atravesar el agujero que Román había pintado y fugarse. ¿Por qué estaba Román tan empeñado en parar en Fresno? Por más que Grace la llamara a primera hora de la mañana, tía Elizabeth consideraría que la poca anticipación era una violación grave del protocolo. Se puso de pie cuando Román entró en la habitación con su maleta.

—Dejé tu mochila en el carro. No creí que estuvieras dispuesta a estudiar, dado lo tarde que es.

—En Fresno no recibirás la misma bienvenida afectuosa que nos dieron aquí.

Puso la maleta sobre la cómoda.

—¿Y eso por qué?

—Solo cree mis palabras. —No quería hablar sobre tía Elizabeth—. Dijiste que me contarías sobre Sheila, Exterminador, Blanquito y BRD.

—BRD. Bobby Ray Dean. Ese es el nombre que figura en mi acta de nacimiento; ese y el nombre de mi madre, Sheila Dean. No hay ningún nombre paterno. A Susan se le ocurrió el nombre Román Velasco. Los escritores tienen seudónimos. ¿Por qué los pintores no? Estaba bromeando. —Miró la pared y su mandíbula se tensó—. Pensé que Román Velasco sería mucho más distinguido de lo que jamás podría ser Bobby Ray Dean.

—Entonces, Sheila es tu madre.

—Sí.

—¿Y Exterminador y Blanquito?

—Muchachos que conocí en el barrio. Uno murió de un disparo en una fiesta en la que yo debería haber estado. Otro murió en una caída.

¿Tres nombres para honrar a los muertos? ¿O él también se consideraba muerto? ¿Se sentía culpable porque estaba vivo y ellos no? Grace estaba a punto de llorar. Comprendía ese sentimiento.

—¿Por qué no quieres ir a Fresno?

Él no sabía que estaba abriendo viejas heridas.

—Mi tía me llevó a vivir con ella cuando mis padres murieron. Lo hizo para cumplir el deseo de mi madre, no porque me quisiera. Tú fuiste bienvenido en la vida de los Masterson. Yo no fui bien recibida en la de ella.

—Esto era una empresa, y me enviaron aquí por una orden judicial.

—Al principio, pero te aman como a un hijo.

—Tu tía es pariente de sangre.

—La sangre no siempre importa. Yo tuve que formar mi propia familia. Shanice, Nicole, Ashley, los García.

—¿Quiénes son los García?

Personas en las que creyó que podía confiar... y ahora se preguntaba cuánto tendría que luchar para recuperar a su hijo. Sintió el escozor de las lágrimas y sacudió la cabeza. Tragó con dificultad.

—No deberías estar aquí.

—Me iré cuando me digas qué piensas de esta obra. —Hizo un gesto con la cabeza hacia la pared que había pintado.

—Parece una fuga de prisión. Lo que me gustaría saber es por qué querías huir del amor y volver adonde no tenías esperanza.

—En la calle, yo sabía quién y qué era. —Los músculos de su mandíbula se tensaron—. Mañana voy a descubrir lo que tú estás ocultando.

24

Román guardó los bolsos en la maletera del carro y luego cumplió con las afectuosas despedidas. Susan abrazó a Grace y le susurró algo que la hizo sonreír. Chet y Jasper tuvieron su turno. Román nunca se había sentido cómodo con las expresiones físicas de cariño, pero esta vez no se resistió. Chet se quedó parado junto a él.

—Si no te mantienes en contacto, es posible que aparezcamos en la puerta de tu casa sin avisar.

—La puerta siempre está abierta —Román lo dijo en serio.

Jasper tenía un aire altanero, pero no se regodeó.

—Iré por allá en un par de semanas para ver cómo siguen las cosas. —Miró a Grace.

Román entendió el mensaje.

—Tú no tienes todas las respuestas, viejo.

—Ninguno de nosotros las tiene jamás. —Jasper lo abrazó brevemente y le palmeó la espalda—. Por lo menos te mostraste lo suficientemente valiente para avanzar, en vez de quedarte mirando por el espejo retrovisor.

Antes de meterse en el carro, Román vio algo en el suelo. Se agachó y levantó dos bellotas en una ramita. Se las dio a Grace después de que ella se abrochó el cinturón de seguridad.

—Para tu colección. —Presionó el arranque y apoyó su mano sobre la parte trasera del asiento del acompañante mientras daba marcha atrás.

Chet, Susan y Jasper se quedaron afuera, haciendo adiós con la mano, mientras Román giraba hacia el camino principal. Grace también les hizo adiós y después cerró su ventanilla. Román la miró de reojo.

—Vaya que se encariñaron rápido contigo.

—Me caen bien.

—Me parece que tienen la esperanza de que termines siendo algo más que mi asistente personal. —Vio que las mejillas de Grace se ruborizaban—. Les conté que estás saliendo con un pastor juvenil. —Ella no dijo nada para corregirlo. Él se concentró en la ruta—. ¿Te pusiste en contacto con tu tía?

—Está ocupada esta mañana, pero dijo que estaría en casa después de la una. Si prefieres seguir de largo, está bien. A ella no le molestará.

Él sabía qué esperaba ella que dijera.

—Nos sobra el tiempo.

—Deberíamos almorzar antes de ir.

Entendió el mensaje. *No esperes que mi tía te dé siquiera pan y agua.*

—Podemos comprar unos emparedados y hacer un picnic en alguna parte.

No hablaron durante un rato. Román percibía que estaba distraída por algo más que el paisaje que veía por la ventanilla.

—¿Cómo es tu tía?

—Es una buena persona. Se ocupó de que yo tuviera todo lo que necesitaba. Nunca me pidió que hiciera nada más que lo que ella misma hacía. —Grace cruzó sus manos. Él había notado que ella hacía eso cuando estaba tensa—. Me dijo que hiciera lo mejor posible en todo lo que emprendiera. Es muy trabajadora y dedicada a su trabajo.

—¿A qué se dedica?

—Era ejecutiva del Servicio de Impuestos Internos. —Sonrió apenas—. No te preocupes por eso. Ahora trabaja por su cuenta como asesora fiscal forense.

Él apenas se rio.

—Trataré de no exacerbar su lado negativo.

—Quizás sería más prudente suspender la visita por completo.

—Buen intento, Grace. Cuéntame más. ¿También ella es una evangelista fanática? —No había tenido la intención de decir eso.

—Tía Elizabeth me llevaba a la iglesia todos los domingos, pero no, no es una evangelista fanática. Ni lo era mi maestra de la escuela dominical. Es posible que Miranda Spenser venga de visita mientras estamos allí.

Román intuía que podría haberle dicho algo más, pero supuso que muy pronto se enteraría de lo que quería saber. Se detuvieron y compraron emparedados, agua, y una hortensia rosada y azul para regalarle a la tía. Grace le dijo cómo llegar al parque Woodward, donde encontraron un banco debajo de un roble, cerca de un sendero paralelo a la orilla del lago.

—¿Te traía aquí tu tía para hacer picnic? —Román le dio un mordisco a su emparedado submarino.

—No, pero venía con Patrick. Mi exmarido. —Grace envolvió delicadamente su medialuna con el papel. Parecía haber perdido su apetito. Miró hacia otro lado—. Ojalá tuviéramos tiempo para ir al Jardín japonés de la amistad Shinzen. Es un lugar encantador.

¿Otro lugar al que había ido con su ex? Destapó su botella de agua.

—Te imagino en un viaje por todo el país. Querrías parar en cada punto turístico raro: los tipis en Arizona, los museos de extraterrestres en Roswell, Nuevo México, en los restaurantes de carretera con toros de rodeo en Texas.

—Y tú solo querrías seguir andando. —Ella le dedicó una sonrisa triste—. Tienes razón. A mí me gustaría hacer montones de paradas. ¿Sabías que solo en Arizona hay más de veinte parques nacionales, y otros dieciocho en Nuevo México? Tengo mapas.

Él sonrió.

—No tengo ninguna duda, y las rutas están claramente marcadas en rojo.

—Todos tienen un sueño.

—Yo no.

—Eso es deprimente.

Román terminó de beber el agua.

—No me lo digas.

Grace le pidió la botella de agua, juntó todo y lo arrojó en un bote de basura.

—Mi tía odia que la gente llegue tarde.

Román miraba los alrededores mientras Grace le daba indicaciones. Había crecido en un bonito barrio de clase media. Las casas de la división parecían idénticas, salvo por los patios, todos bien cuidados. Grace señaló la casa, que resultó ser la más linda de la cuadra. Tenía una fachada suficientemente atractiva para ser el sueño de todo agente inmobiliario. La puerta delantera colorada podía ser de bienvenida o de advertencia.

Grace no sacó una llave de su cartera. Tocó el timbre y retrocedió un paso, como un vendedor inoportuno preparándose para recibir un portazo en la cara. Román quiso poner su mano en la espalda de ella, pero no le pareció prudente.

Ella lo miró como pidiéndole disculpas.

—Si no abre, no lo tomes como algo personal.

—¿Por qué debería hacerlo? Ella no me conoce.

La puerta se abrió. Román esperaba una anciana con mala cara, vestida con pantalones sintéticos y un blusón floreado. Elizabeth Walker tenía aspecto de ejecutiva. Era atractiva y estaba en buen estado físico para ser una mujer de cuarenta y pico; su maquillaje era perfecto y su cabello castaño, lacio. Medía un poco más de metro y medio, usaba tacos altos negros, pantalones de vestir negros, una blusa de seda blanca y un collar de perlas. Román sabía ahora dónde había aprendido Grace a vestirse como una profesional.

—Hola, tía Elizabeth. —Grace le ofreció la maceta con la hortensia. Román se enfureció cuando la mujer la tomó como si fuera una reina aceptando un regalo de una campesina tan inferior a ella como para no ameritar un agradecimiento. Entonces se le ocurrió que muchas veces él había tratado a Grace de la misma manera.

Elizabeth Walker se apartó para que pudieran entrar. Sus ojos fríos de color avellana se clavaron en él, mientras cruzaba el umbral. Grace los presentó formalmente. Elizabeth le apretó la mano con firmeza. Muchas mujeres le habían pasado revista antes, pero ninguna lo había hecho como ella. Le dio la sensación de que quería extraerle el corazón y ponerlo en una balanza.

«¿Por qué no nos sentamos en el jardín?». Elizabeth los condujo a través de una sala inmaculada y bien diseñada. Le gustaban los mismos colores que a Grace, pero en tonos más oscuros e intensos. Él siguió a las dos mujeres hacia afuera, pasando por la puerta corrediza de vidrio, donde fue invitado a sentarse debajo de una pérgola blanca rodeada por un entorno natural espléndido. El césped podría haber servido como campo de golf. La cascada del rincón trasero del jardín se derramaba en un estanque con nenúfares florecidos. Los pájaros aleteaban y gorjeaban alrededor de los comederos; las abejas zumbaban. Román no necesitaba averiguar dónde estaba la serpiente en este seudo-jardín de Edén. Elizabeth se sentó en un sillón blanco de mimbre con almohadones que parecía un trono.

Grace parecía deslumbrada.

—Está hermoso, tía Elizabeth.

Era evidente que Grace no había venido a casa recientemente.

—Debería serlo, teniendo en cuenta el tiempo y el dinero que he gastado en él. —Ella atravesó a Román con esos ojos fríos—. Grace me dijo que usted es artista, señor Velasco. ¿Qué clase de arte hace?

—Un poco de esto y aquello. —Apostaría el precio de uno de sus cuadros a que ella ya lo había buscado en Google o que había llamado a uno de sus secuaces para que sacara su archivo fiscal—. Grace dijo que usted trabajaba en el Servicio de Impuestos Internos. —Ella entendió claramente qué clase de arte hacía él: comercial.

—En otra época. Debe ser exitoso, si necesita una asistente personal. ¿Qué hace Grace para usted, exactamente?

Grace habló rápidamente:

—Atiendo las llamadas telefónicas, contesto la correspondencia, pago las facturas, hago las compras...

Román interrumpió el torrente de palabras.

—Grace se ocupa de todo lo necesario para que yo tenga libertad para pintar.

—Entonces su arte no necesita esperar a que le llegue la inspiración.

Él le clavó los ojos:

—Yo pinto lo que quiere el mercado. —Esperó un comentario sarcástico, pero ella se limitó a asentir y le dijo a Grace que sirviera los refrescos.

—Hay un bizcochuelo en la mesa de la cocina y limonada en el refrigerador. También haz una jarra de café. Miranda llegará pronto. Yo tomaré té con limón.

El calor subió por las venas de Román. Miró de reojo a Grace y vio que no parecía molesta en lo más mínimo de que su tía la tratara como a una sirvienta. Se levantó y desapareció adentro. Elizabeth se echó hacia atrás y cruzó las piernas. Sus manos descansaron sobre los brazos de su trono.

—Entonces, ¿por qué está aquí, señor Velasco? Sé que la visita espontánea no fue idea de Grace.

—¿Por qué no?

—Me conoce lo suficiente como para avisarme con una semana de anticipación.

Él también se echó hacia atrás.

—Tenía curiosidad.

—¿Simple curiosidad? ¿O hay un algún propósito detrás de ella?

—¿Por qué tengo la sensación de que no le caigo bien?

—No tengo ninguna clase de sentimientos hacia usted. —Ella ladeó su cabeza y levantó una ceja—. Todavía.

—Tenía la curiosidad de saber qué clase de familia hizo que Grace sea como es.

Ella entrecerró los ojos.

—¿Y cómo es ella?

—Es muy trabajadora y eficiente. Le confío mis finanzas. —Eso debía indicarle algo a esta contadora—. Es una chica *buena*. —Eso le diría el resto.

—¿Esa es su manera de decirme que no comparten la cama en este viaje de negocios que están haciendo?

—Su sobrina tiene la moral de una monja, madre Walker.

Parecía divertida, no insultada.

—Bien por ella.

Román concluyó que si no se tranquilizaba, no se iba a enterar de nada.

—Grace me contó que usted la acogió después de que sus padres fallecieron.

—Sí. —Hizo una pausa y lo evaluó—. Era la única pariente que le quedaba y ella solo tenía siete años. Tuve que volar a Memphis y poner las cosas en orden. Algo muy difícil de hacer, considerando las circunstancias. Y luego la traje aquí, a Fresno, para que viviera conmigo.

—¿Las circunstancias?

Volvió a levantar la misma ceja.

—¿Ha venido a buscar información, señor Velasco? Tendrá que preguntarle los detalles a Grace. Es posible que ella no recuerde todo, en cuyo caso, tendrá que investigar un poco. Todo está en los archivos públicos.

Sonó el timbre. Elizabeth se puso de pie, finalizando la conversación. Presentó sus excusas, entró a la casa y dejó la puerta de vidrio abierta. Román escuchó a Grace, a Elizabeth y a otra mujer hablando indistintamente. Una mujer mayor, con un vestido negro con lunares blancos siguió a Elizabeth al exterior. Llevaba corto el cabello canoso; sus ojos azules eran cálidos y manifiestamente curiosos. No esperó las presentaciones formales, sino que caminó hacia él con la mano extendida.

—Soy Miranda Spenser, ¡y tú eres el famoso Román Velasco! Encantadísima de conocerte. —Echó un vistazo al rostro rígido de Elizabeth, pero no se dejó intimidar—. Nos has causado una gran curiosidad desde que Grace mencionó su nuevo empleo. No necesito preguntar cómo le está yendo. Ella siempre da lo mejor de sí en todo lo que hace.

Grace salió con una bandeja y la dejó sobre la mesa. Primero le sirvió café a Miranda y una taza de té a su tía, añadiendo una rodaja de limón. A él le alcanzó un vaso helado con limonada, antes de cortar el bizcochuelo. Román notó que Grace no se sirvió nada. Miranda se sentó en otra silla de mimbre, menos regia que la de Elizabeth.

—Háblanos de ti, Román. Nunca conocí a un artista, y en Internet no hemos podido enterarnos mucho sobre ti; solo habla de tu obra artística, que es muy interesante, por cierto. No pareces conformarte con ningún estilo en particular.

Román había venido a saber sobre Grace, no a hablar de sí mismo.

Grace lo miró compasivamente.

—Come un poco de bizcochuelo, Miranda. —Grace le dio una porción abundante.

Cualquier cosa, con tal de frenar las preguntas.

—No hay mucho más qué decir.

—¿Eres creyente? —Miranda lo miró fijo.

Él no entendió.

—¿Creyente en qué?

—Considéralo un no. —La ligera sonrisa de superioridad de Elizabeth le indicó que ella estaba disfrutando su incomodidad.

Miranda no pareció desalentada, pero le evitó un interrogatorio a él y trató de ponerse al día con la vida de Grace. ¿Seguía tomando clases nocturnas? ¿Cómo estaba Samuel? ¿Cómo se las arreglaba con él? Grace respondió con generalidades y redirigió la atención hacia Román. Habló de su obra y de la exposición en la galería de Laguna Beach.

—Todos los cuadros de Román se vendieron antes de que terminara la noche. —Les habló sobre Golden y el pedido de hacer un mural que representara la historia de la zona, pero no les confesó que ni siquiera se habían tomado la molestia de pasar por el lugar. Estaba divagando, nerviosa, y las mujeres se dieron cuenta.

—¿Cuántos días han estado viajando?

—Salimos el martes en la mañana.

Cuando intercambiaron miradas, Román decidió rescatar a Grace de sus preguntas.

—La llevé al rancho Masterson, donde estuve recluido tres años. Los propietarios son íntimos amigos míos. —Eso logró que las mujeres se olvidaran completamente de Grace y de cualquier pecado que hubiera podido sentirse tentada a cometer durante el viaje.

—¿Recluido? —repitió Miranda con los ojos muy abiertos.

Google no tenía esa información.

—Por pintar grafiti.

Elizabeth lo estudió por encima de su taza de té.

—De arte ilegítimo a legítimo.

—Algunos piensan que el arte debería ser gratuito.

Ella apoyó su taza de té en el platito.

—Sin embargo, usted se dejó persuadir para convertirse en un capitalista.

Pálida y tensa, Grace se levantó y recogió los platos de postre. Él quería quitárselos y arrojar todo sobre el regazo de Elizabeth Walker. Elizabeth esbozó una sonrisa.

—Siéntate, Grace. —Esta vez, habló dulcemente. Se puso de pie y tomó la bandeja—. Todo está bien. —Cuando Grace se sentó, Román vio en sus ojos el desconcierto y, luego, el brillo de sus lágrimas, antes de que recuperara el dominio sobre sí misma.

Grace vio que Román se inquietaba cada vez más, mientras Miranda hablaba de la iglesia, de la fe y de cuán importante había sido todo eso para Grace durante su niñez.

—Memorizaba más versículos bíblicos que cualquier alumno de mi clase.

—Creo que él puede lidiar con Miranda —dijo tía Elizabeth en voz baja—. Acompáñame; quiero mostrarte algunos cambios que hice en el jardín desde la última vez que estuviste aquí.

Grace se armó de valor para las preguntas inevitables que le haría sobre Samuel y qué haría ella en el futuro. Caminaron juntas en silencio, tensas.

Su tía suspiró.

—¿Te gusta trabajar para ese hombre?

—Sí. Más a medida que pasa el tiempo.

Tía Elizabeth miró hacia atrás a los dos que estaban sentados debajo de la pérgola.

—Bueno, menos mal que no es como Patrick. Yo lo calé a *él* la primera vez que lo vi. Este hombre no es tan fácil de interpretar. No le gusta hablar de sí mismo, y lo que sí dijo no fue algo que lo hiciera quedar bien.

—No creo que a Román le importe qué piensan los demás.

—Pasar por aquí fue idea suya, ¿verdad?

—No pensé que quisieras verme. Tú me dijiste qué opinabas de mi situación.

—He tenido tiempo para pensarlo con mayor claridad. Aunque no he cambiado de parecer sobre ciertas cosas.

Grace miró hacia otro lado.

—Entiendo. Créeme que es así. —A veces, la vergüenza era casi apabullante, hasta que sostenía en brazos a su hijo. Se sorprendió cuando sintió que su tía le tocaba suavemente el brazo.

—No tenía derecho a condenarte ni a decirte las cosas que dije, Grace.

Los ojos de Grace se llenaron rápidamente de lágrimas. Fue lo más parecido a una disculpa que había recibido de parte su tía.

—¿Cómo te está yendo? —Tía Elizabeth sonaba preocupada.

—No he tomado una decisión. Sé lo que quiero, pero no sé si es lo mejor. —Sacudió la cabeza; no pudo continuar hablando.

—Tú y yo tenemos que hablar sobre nuestra familia, Grace. —El tono de voz de tía Elizabeth parecía agobiado por el pasado y Grace sabía por qué. No quería escuchar lo que ya había oído sin querer.

Decidió cambiar de tema.

—El jardín está hermoso.

—Él ha estado observándonos, lo sabes.

Grace miró de reojo a Román.

—Probablemente quiera irse.

Tía Elizabeth arrancó algunas flores muertas.

—He sido cautelosa toda mi vida, Grace. Quizás, demasiado cautelosa. —Tiró los pétalos muertos al jardín.

—Tuviste razón sobre Patrick. Trataste de advertirme. Yo no quise escuchar.

—Sí, tenía razón, pero eso no quiere decir que no puedas volver a confiar en tu corazón. —Hizo un gesto con la cabeza hacia Román—. Él quiere saber más sobre ti. Estás en un terreno más firme ahora. Sabes lo engañoso que puede ser el corazón. —Se dirigió de regreso al patio—. No te escondas ni sigas castigándote por el resto de tu vida. No es manera de vivir.

Román observaba a Grace mientras escuchaba a Miranda. La mujer hablaba sobre «el Señor» como si Dios fuera un amigo que estuviera sentado en el jardín con ellos en ese mismo momento. Ella debía ser el origen del lavado cerebral de Grace. Grace se veía más relajada cuando volvió a reunirse con él debajo de la pérgola. Lo que fuera que le había dicho la tía, parecía haber eliminado la tensión. Supo que no iba a enterarse de nada quedándose en esta casa, y Miranda Spenser lo ponía incómodo con su charla sobre Jesús. Cuando se levantó, las tres mujeres entendieron que él y Grace se iban.

Elizabeth Walker lo acompañó a través de la casa, mientras que Miranda y Grace se tomaron su tiempo para seguirlos.

—Me alegra que hayan pasado por aquí, Román.

—¿Sí? —Él no le creyó ni por un instante.

—Tenía tanta curiosidad por usted, como usted sobre mí.

Él no se había enterado mucho de nada.

—Si tuviera que hacer una suposición, diría que no gozo de su aprobación.

—No vino a buscar eso, ¿o sí? Vino aquí a auditar la vida de mi sobrina.

Román no tenía ganas de discutir con ella.

—Hizo un gran trabajo al criarla.

—No tuve alternativa y no me atribuyo el mérito. Grace salió a su madre. —Grace y Miranda se abrazaron en el vestíbulo. Elizabeth bajó la voz: —Si lastima a mi sobrina, le juro que iré a buscarlo y le arrancaré el corazón con una cuchara sin filo.

Él se rio discretamente.

—¿Sabe algo, señorita Walker? Me cae mucho mejor por haber dicho eso. Estaba empezando a dudar si realmente le importaba.

—Ella ya ha sufrido suficiente trato desdeñoso.

—No de mi parte.

—Bueno, no aún.

25

GRACE SE QUITÓ EL SUÉTER, lo dobló y lo metió con cuidado detrás de su asiento.

—Parece que tú y mi tía se llevaron bien.

—No es precisamente cariñosa y acogedora, ¿verdad? —Aceleró para entrar a la autopista, zigzagueó entre los autos y se instaló en el carril rápido—. Aunque la señorita Spenser se pasó.

—Fue como una segunda madre para mí. Así es su manera de querer a las personas. Si yo necesitaba cuidados maternales, tía Elizabeth la llamaba a ella. Mi tía no soportaba la angustia adolescente ni el dramatismo hormonal.

—¿La angustia adolescente? —Román la miró divertido—. ¿Cómo era en tu caso?

—Subterránea. No tenía tiempo para las emociones. Tenía que mantener mis notas altas para ganarme la beca, y aguantar en mi trabajo para poder ahorrar para los gastos básicos.

—¿Ella no te ayudó en nada? Al parecer, era bastante solvente.

—Nunca se lo pedí. —Ella sabía que la respuesta habría sido no—. Me dio un hogar. Eso fue más de lo que realmente quería hacer.

—¿Y el amor? ¿Es capaz de eso?

—Quizás deberías examinar tu propia vida antes de juzgar a mi tía. —¿Qué derecho tenía él a criticar? Se había distanciado de Chet y Susan durante años. Jasper era su único verdadero amigo, y solo porque Jasper hacía todo el esfuerzo—. No la conoces.

Él se quedó callado durante tanto tiempo, que ella se sintió avergonzada. No quería que él juzgara, y ahí estaba ella haciendo lo mismo.

—Perdóname.

—¿Por qué? —Su tono fue amable—. Tienes razón.

—Su vida no fue fácil. Se fue de Memphis huyendo, y entonces fue arrastrada de vuelta cuando... —Se contuvo. No podía decir nada más sin hablar de lo que no quería recordar.

Deseó haber tenido tiempo para terminar su clase de psicología; quizás, tomar más clases. Todas las materias que le fascinaban tenían que ver con el comportamiento humano. Ella ansiaba respuestas. ¿Qué había quebrado a su padre? ¿Por qué había seguido su madre en una relación abusiva? ¿Estaba ella, la hija de su madre, propensa a cometer los mismos errores, como creía tía Elizabeth? ¿Tenía que repetir los mismos patrones? ¿Por qué tía Elizabeth pudo entender fácilmente el carácter de Patrick, cuando a ella le había resultado imposible verlo? Y, si tía Elizabeth podía ver la verdad acerca de las personas, ¿qué cosa terrible había visto en Grace que nunca pudo amarla, ni siquiera como sobrina?

Demasiadas preguntas. Una década de buscar respuestas y tratar de tomar buenas decisiones.

—¿Cuando qué? —Román parecía molesto—. Termina lo que ibas a decir.

El corazón de ella martilleaba.

La expresión de Román se suavizó.

—Cualquier cosa que me cuentes, morirá conmigo. ¿A quién se lo voy a decir?

—Podrías publicarlo en las redes sociales. —Ella esperaba que el quitarle importancia pondría fin a la conversación.

—Quiero saber más de ti, Grace. Quiero saber qué es lo que te impulsa. Estamos tratando de hacernos amigos. ¿Lo recuerdas?

Si quería conocerlo a un nivel más profundo, tendría que correr algunos riesgos. ¿Tenía el valor para abrir la puerta a la vieja oscuridad, a ese lugar espantoso de pesadillas?

Dile, escuchó el susurro de la voz suave.

Ella suspiró. Reconocía esa voz tranquila en su interior. Quizás no entendía por qué Él quería que hablara, pero lo obedeció.

—Tía Elizabeth odiaba a mi padre. No me lo dijo, desde luego, pero poco después que vine a vivir a su casa, oí sin querer una conversación entre ella y Miranda. Mi madre era la única hermana de tía Elizabeth, seis años menor. Aparentemente eran muy unidas, hasta que mi madre empezó a salir con mi padre. Tía Elizabeth le advirtió a mi madre que no se involucrara con él. Le dijo que era como el padre de ellas. Pero mi madre no quiso escucharla. Salió embarazada. De mí. Se fugaron para casarse. Tía Elizabeth le contó a Miranda que ella sabía lo que sucedería y que no podía soportar verlo. Se fue de Memphis antes de que yo naciera. Nunca conocí a mi tía, hasta el día que vino a recogerme. Ella llamó una vez. Mi padre le dijo a mi madre que ella amaba más a su hermana que a él. Esa fue la primera vez que lo vi golpearla.

Las manos de Román se desplazaron sobre el volante.

—¿Alguna vez te golpeó a ti?

—Una vez me rompió el brazo. Lloró y dijo que lo lamentaba. Mi madre me llevó al médico. En el camino me dijo que él no había querido lastimarme. Que no conocía su propia fuerza. —El médico le enyesó el brazo y le preguntó qué había sucedido. Su madre le había pedido que dijera que se había caído de un árbol. Eso también explicaba los otros moretones.

—Él la mató, ¿verdad?

Cuando lo escuchó decir eso en voz alta, resurgió la antigua angustia.

—Mi tía cree que sí. La escuché contarle a Miranda que el informe del médico forense decía que había sido una muerte accidental. Mi madre cayó contra el mostrador de la cocina y se rompió el cuello. No sé más que eso.

—¿Dónde estabas cuando eso pasó?

Apretó las manos para que no le temblaran.

—Mi madre siempre vigilaba por la ventana para ver llegar a mi padre. Si llegaba a casa con aspecto enojado, ella me decía que jugáramos otra vez a las escondidas. Yo me escondía hasta que ella venía a buscarme. Me había escondido en el fondo del clóset de su cuarto. No escuché qué decía él, pero mi madre hablaba muy rápido. Lloraba y decía: "Por favor, escucha; por favor, escucha...".

»Me tapé los oídos. Hubo silencio durante algunos minutos y escuché, esperando que mi madre viniera. Pero mi padre era el que estaba hablando. Su voz era diferente. Decía: "Leanne, Leanne...". Parecía asustado. Luego empezó a abrir las puertas y los clósets. Creí que estaba buscándome a mí. Y entonces, abrió la puerta del clóset. Arrojó las cajas del estante superior y encontró un arma. Debo haber hecho algún sonido, porque él apartó la ropa y me vio en el rincón de atrás.

Román conducía con los ojos fijos en el camino.

—¿Dijo algo?

Ella se secó las lágrimas con una mano temblorosa.

—No. Solo se quedó ahí, parado, mirándome. —Su voz se quebró y apartó la mirada por un momento. Cerró los ojos y casi pudo ver el rostro de su padre—. Después de un minuto, volvió a cubrirme con la ropa para que no pudiera verlo más. Lo escuché salir de la habitación. Tenía miedo de que volviera, pero, unos minutos después, escuché el disparo.

Grace se preguntaba qué estaba pensando Román. Se rio tristemente.

—Apuesto que te arrepientes de haber preguntado.

—No. No me arrepiento. Pero no es la vida que imaginé que habías tenido.

—Otros han pasado cosas peores. —*Bobby Ray Dean, por ejemplo.*

Su boca se torció con una sonrisa irónica.

—Supuse que habías crecido en una buena familia, en algún barrio de clase media, con muchos amigos, yendo todos los domingos a la iglesia... —Hizo una mueca y murmuró una maldición—. ¿Fuiste tú quien lo encontró? ¿A tu padre?

—No. Un oficial de la policía me encontró. Me puso la chaqueta de mi madre y me cubrió la cabeza antes de sacarme. Una vecina me cuidó hasta que vinieron los de los servicios de protección de menores. Me pusieron en un hogar de acogida hasta que llegó mi tía. —Quería que Román comprendiera—. Fue difícil para tía Elizabeth. Acababa de perder a su hermana. Lamentablemente cada vez que me miraba...

—No fue tu culpa, Grace.

—En un sentido, lo fue. Mi madre no se habría casado con mi padre si no hubiera quedado embarazada de mí. Cuando me casé con Patrick, tía Elizabeth me dijo que yo era igual que ella. —No había querido decir eso.

—¿Estabas embarazada y él era violento?

—No. —Sintió que el calor subía por sus mejillas—. Nunca hicimos más que besarnos en la preparatoria. Luego, nos encontramos en la UCLA y empezamos a estudiar juntos. Y él, bueno... tuvimos... —Avergonzada, apartó la vista.

—Tuvieron relaciones sexuales.

Qué manera directa de decirlo.

—Yo quería arreglar las cosas. Patrick quería hacerlas fáciles.

—¿Y Samuel?

—Mi hijo llegó después.

—¿Cuánto tiempo estuvieron casados?

—Lo suficiente para que Patrick se graduara en la UCLA. —Se encogió de hombros—. Unos meses después, volví temprano a casa desde el trabajo y lo encontré en la cama con otra. El padre de la chica era el dueño del gimnasio en el que él entrenaba.

Román hizo una mueca.

—Eso debió doler.

—No tanto como debería haber sido. Creo que supe desde un comienzo por qué se casó conmigo. Solo que no quise enfrentar la verdad. Patrick me necesitaba para llegar adonde quería. Nunca me amó. Fui bastante patética. —No quería seguir hablando de su vida. No quería ser arrinconada con ninguna otra pregunta que pudiera surgir. Especialmente, acerca de Samuel—. Es tu turno para hablar.

—Como señalaste hace un rato, yo tuve a los Masterson y a Jasper. Ellos me querían.

—Siguen queriéndote.

—No tengo idea de por qué. No se los hice fácil.

Él no hacía nada fácil.

—Dios estaba cuidándote. —Dios la había cuidado a ella también, incluso cuando no se había dado cuenta.

—Ahí está, otra vez. —Román le dirigió una media sonrisa—. Esa cosa con Dios. Miranda hablaba sobre Jesús igual que tú. Como si fuera un amigo íntimo.

Grace podía dejarlo pasar, pero era importante lo que Román pensara, ahora más que nunca.

—Él *es* su amigo más íntimo. El mío, también. Lo que pasa es que no he sido una discípula muy buena. —Había fallado en ser una luz para Román o Bobby Ray Dean o quienquiera que fuera. Si conociera su historia completa, ¿qué pensaría entonces de ella?

—¿Cuándo empezaste a creer? ¿En la escuela dominical? —Su sonrisa fue condescendiente—. ¿No vas a decir nada? Y yo que pensé que los cristianos siempre estaban ansiosos por hacer proselitismo.

—¿Cuántos conoces?

—Conocí unos cuantos. En las discotecas. —Sonaba cínico.

Ella giró hacia la ventanilla.

—Háblame, Grace.

Sus estados de ánimo cambiaban rápido.

—Llegué a la fe cuando tenía siete años, después de que mi tía me llevó a Fresno.

—Eso es lo que suponía.

Su voz insinuaba que él lo sabía todo, pero no tenía idea de nada. Ella apretó los dientes. Odiaba ese tono burlón. Habían estado hablando de cosas importantes. ¿Quién había comenzado esta conversación, y por qué?

—Mi tía no hizo proselitismo, como dices tú, y yo solo había ido a la escuela dominical unas pocas veces. Todavía me escondía todas las noches, cuando... —*Quédate callada. Que piense lo que quiera.*

—¿Cuando qué?

Díselo, amada. Ahora, mientras aún hay tiempo.

¿Tiempo? Ella no entendió. Tenían tiempo de sobra, ¿verdad? Trabajaba para él. Pero algo la impulsó a acatar la orden.

—Creí. —Era la verdad. Bueno, parte de la verdad. Ella no diría nada más, a menos que él preguntara.

—Así como así, creíste. ¿Cómo? ¿Por qué? ¿Para darle gusto a tu tía?

—¡No le dio gusto a mi tía! —Levantó las manos—. Hablemos de otra cosa.

Amada, obedéceme. Confía en mí.

Román la miró de reojo.

—Quiero saber.

—Te vas a reír.

Román la presionó:

—No estoy riéndome ahora, ¿o sí? Tu tía te llevaba a la iglesia, pero no quería que fueras cristiana. ¿Qué parte me perdí?

Señor, por favor, hazlo creer.

—En cualquier lugar que estuviera, yo dormía en el clóset. En casa, cuando estuve en el hogar de acogida, en la casa de mi tía. Era el único sitio donde me sentía a salvo. —Él no dijo nada—. Tenía miedo de mi tía, miedo de las pesadillas que siempre llegaban. Quería a mi madre. Tía Elizabeth estaba enojada todo el tiempo, no como había estado mi padre, pero yo lo sentía, aunque ella tratara de ocultarlo. Yo le tenía miedo. —Cerró los ojos muy fuerte—. Tenía miedo de todo.

Ella respiró hondo, juntando coraje para decirle el resto.

—Una noche, vi una luz debajo de la puerta del clóset. Era distinta. No puedo explicarlo, pero sentí curiosidad, no miedo. Salí y vi un hombre parado al lado de mi cama. No se parecía a nadie que hubiera visto antes. Era más grande que mi padre y estaba completamente rodeado de luz. Todo el miedo que había sentido se fue. Me subí a la cama, me senté y hablé con él. Le conté todo lo que pasaba. Él me dijo que no tenía que seguir teniendo miedo, y yo le creí. —Dejó escapar un suspiro estremecedor—. Nunca más dormí en el clóset.

—Estás diciendo que un ángel vino a verte.

Grace no necesitaba preguntarse si tenía dudas. Lo tenía escrito en la cara. *Muy bien, Señor, hice lo que me dijiste. Es todo Tuyo.*

—¿Qué te dijo tu tía cuando se lo contaste?

—No se lo conté. No hablé con nadie de él hasta Navidad, cuando Miranda habló sobre los ángeles en mi clase de la escuela dominical. Nos mostró ilustraciones y yo le dije que los ángeles no eran niñas ni tenían alas, que el mío era grande, fuerte y resplandecía. Los niños se rieron de mí, por supuesto. Tal como te estás riendo tú.

—No estoy riéndome. —Él sonaba enojado, pero ella también.

—Mi tía se enteró después. Se enfureció. Me dijo que dejara de decir mentiras para llamar la atención. Nunca volví a mencionarlo.

—Hasta ahora. —Su expresión se suavizó. Condujo unos minutos, pensativo—. Teniendo en cuenta lo que pasaste, no me sorprende que tuvieras un amigo imaginario.

¿Ves, Señor?

—No era imaginario, Román. No espero que lo creas, pero yo sé que era real y que todo lo que dijo era verdad.

—¿Qué dijo?

—Dijo que Dios me amaba. Yo le creí. Todavía creo. Me dijo que nunca estaría sola, y también le creí eso. Nunca dejé de creer en Dios, aun cuando escuché a gente que no creía. —Patrick, por ejemplo. Nunca le habló acerca del ángel. Quizás debería haber recordado eso, antes de confesarle su recuerdo más preciado a Román Velasco–Bobby Ray Dean. ¿Qué esperaba que sucediera? ¿Acaso había manifestado el mínimo interés en los asuntos espirituales?

—¿Todavía viene a visitarte?

Grace analizó el perfil de Román antes de responder.

—No. A veces, me gustaría que lo hiciera.

—¿Por qué piensas que te dejó?

—Me lo he preguntado mucho. Pienso que es porque no lo necesité más. Cuando acepté a Jesús, el Espíritu Santo vino a vivir en mí. Eso es lo que quería decir el ángel cuando dijo que nunca estaría sola. Sé cuándo Dios me habla. No necesito ver a un ángel. Lamentablemente, no siempre he escuchado. —Había soñado con su ángel varias veces en los últimos años. Luego de que Patrick se fue. Cuando estaba esperando a Samuel. En su sueño, el ángel simplemente venía y se sentaba al lado de ella, sin decir nada; su presencia era suficiente consuelo. Era cuando llegaba la luz del día que volvía la preocupación, el temor de cometer otro error, un error más grande.

¿Estaba cometiendo uno ahora, contándole sus secretos a este hombre, permitiéndole ver su interior? ¿Esperaba que él le correspondiera?

Román parecía tan preocupado que Grace estaba segura de que había fallado.

—No tienes la más leve idea de lo que te estoy hablando, ¿verdad?

Él se encogió de hombros.

—Estuve en el Vaticano y en algunas de las catedrales famosas de Europa. He visto a personas que creen. Yo no buscaba a Dios. Estaba ahí por el arte.

No hablaron por un rato largo. Ella se preguntaba en qué estaba pensando él, pero no le preguntó.

—Necesitabas creer que le importabas a alguien.

Él estaba tratando de explicar lo inexplicable.

—Le importo a Alguien, Román.

Las manos de él se movían inquietas sobre el volante.

—Mi madre salió una noche y nunca volvió. Los de los servicios de protección de menores me dejaron en manos de una familia de acogida. Digamos que no me adapté al programa. Seguí buscándola, hasta que alguien, finalmente, se decidió a decirme que había muerto. —Sonrió cínicamente—. Era una prostituta, como las que tú defendiste en Bodie. Murió de una sobredosis a los veintitrés años. Yo tenía siete años cuando desapareció. Saca la cuenta.

Embarazada a los quince años, con un bebé en brazos a los dieciséis.

Román se veía pálido, casi ceniciento. Soltó una palabrota que no había dicho desde el primer día que ella llegó a trabajar para él.

—No sé por qué te conté todo eso.

Ella esperaba que fuera por los mismos motivos que ella había compartido sus secretos.

Se pasó nuevamente al carril rápido.

—¿Dónde estaba Dios mientras tú y yo sufrimos todo eso, Grace? Dímelo. ¿Dónde estaba Dios cuando tu padre mató a golpes a tu madre y luego se voló los sesos? ¿Dónde estaba Dios cuando mi madre se prostituía para tener un techo donde pudiéramos vivir? Consumía drogas para sentirse mejor. Tal vez quería olvidar lo que hacía para ganarse la vida. Tal vez, quería olvidarse de que tenía un hijo. ¿Dónde estaba Dios en todo eso?

Ella se aferró al borde de su asiento. ¿Se daría cuenta de cuán rápido estaba yendo?

—No tengo las respuestas. Tengo fe.

—Yo no creo en Dios. —La miró desafiante—. Si existe, es un sádico. Es un titiritero que se cansa de las personas y las echa a la basura. Es un... —Utilizó unas palabras que habrían hecho que Grace se tapara los oídos, si no hubiera escuchado el dolor que había detrás de ellas.

—Si existe el infierno, está aquí mismo, en la tierra. Y el único cielo que recibimos es lo que puedes hacer por ti mismo. Esta vida es lo único que tenemos, te guste o no.

Ambos oyeron la sirena al mismo tiempo. Román dio un vistazo al espejo retrovisor y volvió a soltar una maldición. El carro de la policía se acercó, situándose detrás de ellos, con las luces encendidas. Disminuyendo la velocidad, Román se movió hacia la derecha, hasta que llegó a la cuneta. Apoyó su cabeza contra el asiento y cerró los ojos.

—Justo lo que necesitaba para rematar el día. —Buscó la billetera en su bolsillo.

El policía dio un golpecito en la ventanilla. Román la bajó y le entregó el registro y la licencia para conducir. El policía se inclinó hacia adelante.

—¿Sabe a qué velocidad estaba yendo? —Ciento ochenta kilómetros por hora. El oficial se llevó los documentos hacia el carro patrulla.

Román se aferró al volante con ambas manos; tenía los nudillos blancos. Grace vio que los latidos palpitaban en su cuello.

El policía volvió y le entregó la multa.

—Conduzca a menos de ciento diez, señor Velasco. —El patrullero se mantuvo detrás de ellos mientras Román volvía a entrar a la autopista.

Román no habló durante varios kilómetros. Encendió la radio. Pasó menos de un minuto antes de que la apagara.

—De acuerdo. Terminemos de una buena vez esta conversación y con el tema de Dios. —La miró lúgubremente, como si estuviera a punto de darle una mala noticia—. Leí una parte de esa Biblia de Gedeón que me recomendaste. Obviamente, tiene algunas historias geniales, mejores que lo que había en la tele esa noche. Pero eso es todo, Grace: una recopilación de relatos y algo de historia intercalada. Lo mismo que sucede con el resto de las religiones de este mundo. No existe Dios. No existe Satanás. No hay un cielo ni un infierno. Nacemos. Hacemos lo mejor que podemos. Morimos. Y se terminó el partido.

Los ojos de Grace se llenaron de lágrimas. Román habló como si quisiera que la vida fuera rápida y corta.

26

Agarrada del brazo y arrancada de su sueño, Grace se despertó gritando.

—¡Cállate! —Tía Elizabeth la levantó bruscamente—. ¡Deja de hacer ruido en este mismo instante! —Hizo que Gracie se parara frente a ella. Inclinándose hacia adelante, la miró a la cara—. Tienes una cama perfectamente buena y te encuentro en el clóset. —Parecía exasperada. Su cabello estaba desarreglado y no tenía maquillaje.

—Lo lamento. —Gracie bajó la cabeza y se quedó mirando las uñas del pie de tía Elizabeth, pintadas de rojo brillante, y las piernas enfundadas en el pijama de satín rosado.

—No lo lamentas, o no lo habrías hecho de nuevo. —Tía Elizabeth suspiró—. ¡Mírame! —Se cruzó de brazos, como para protegerse del frío de la noche—. ¿Por qué estabas ahí adentro? —Dejó caer sus brazos y su voz se acalló—. Deja de llorar, Grace. No voy a lastimarte. Solo vuelve a la cama. —Metió las sábanas y las mantas tan apretadas debajo del colchón, que Gracie apenas podía moverse—. Cierra los ojos y duérmete. —Apagó la luz al salir del cuarto y cerró la puerta detrás de sí.

Gracie se quedó completamente despierta, hasta que escuchó que la puerta de tía Elizabeth se cerraba; luego, serpenteó hasta salir de la cama, agarró su almohada, volvió a meterse en el clóset y cerró silenciosamente la puerta. Pudo volver a respirar. Se sentía a salvo acurrucada en el fondo, escondida en la oscuridad. Deseaba haber tenido el osito que la señora Arnold le había regalado.

Tía Elizabeth llevó a Gracie a la escuela dominical. La señora Spenser usaba una pizarra de fieltro y hablaba de que Jesús amaba a los niños. Puso a una niñita al lado de Jesús. Gracie seguía mirando la figurilla de fieltro. Papi a veces la sentaba en su regazo y le hacía preguntas. «¿Qué hicieron hoy tú y mami? ¿Mamita habló con alguien? Dime la verdad, cielito». Cuando papi terminaba de hacerle preguntas, decía: «Buena niña», le daba un beso en la mejilla y la dejaba ir a jugar.

¿También Jesús la sentaría sobre Su regazo y le haría preguntas? ¿Querría saber todo lo que hacía tía Elizabeth? Gracie no tenía idea de qué hacía tía Elizabeth durante todo el día.

—¿Grace?

Sorprendida, Gracie se enfocó en la señora Spenser.

—¿Sí, señora? —El corazón le martilleaba. Se suponía que debía prestarle atención a su maestra de escuela dominical. Tía Elizabeth le preguntaría a la señora Spenser si lo había hecho. Y ahora ni siquiera sabía qué había dicho la señora Spenser.

La expresión de la señora Spenser se suavizó cuando le sonrió.

—¿Sabes que Jesús te ama, Grace? De la misma manera que a la niñita que está parada junto a él en la pizarra de fieltro. —Colocó otra figurita—. Él ama a los niños, también. —Guiñó un ojo—. Aun a los traviesos como Tyler.

Los latidos de Gracie se calmaron. Después de eso, escuchó atentamente cada palabra que dijo la señora Spenser. Cuando la gente comenzó a cantar en la planta superior, la señora Spenser guardó las figuras de fieltro y les dijo a los niños que tomaran sus suéteres y sus abrigos. La reunión principal había concluido y sus padres pronto vendrían a buscarlos.

Todos los demás niños se habían ido cuando llegó tía Elizabeth. Le pidió disculpas a la señora Spenser, llamándola Miranda.

—Todos querían saber qué pasó allá en Tennessee, como si fuera asunto de ellos. —Tía Elizabeth miró a Gracie, sentada sola a la mesa—. ¿Cómo se portó esta mañana?

—Perfectamente, como un angelito.

La boca de tía Elizabeth dibujó una sonrisa triste.

—Quizás tenga más de mi hermana que de ese... —La señora Spenser le puso una mano en el brazo y ella dejó de hablar—. Vamos, Grace. Es hora de irnos.

Mientras volvían a la casa, tía Elizabeth le preguntó a Grace qué había aprendido.

Gracie pensó en las figuras que había en la pizarra de fieltro.

—Jesús ama a los niños y a las niñas.

—Estoy segura de que eso ya lo habías aprendido en la iglesia a la que ibas con tu madre. ¿Qué historia les contó la señora Spenser esta mañana? —Miró por el espejo retrovisor y frunció el ceño—. No la escuchaste, ¿verdad? La señora Spenser trabaja mucho para preparar las lecciones. No estás ahí para jugar. Estás ahí para aprender sobre Dios. La próxima vez, presta atención. Le estaré preguntando a la señora Spenser cómo te va, y quiero escuchar buenos informes. ¿Entiendes?

—Sí, señora.

—No me digas señora. Llámame tía Elizabeth. —Cuando Gracie no contestó, tía Elizabeth le lanzó una mirada fulminante a través del espejo—. ¿Me escuchaste?

—Sí, se... tía Elizabeth.

—Muy bien. Nos entendemos. —Llegó a un semáforo. Sus manos se relajaron sobre el volante—. No quiero ser malvada, Grace. —Giró en una esquina—. Sé que no eres feliz. —Miró brevemente el espejo, antes de volver a enfocarse en el camino—. Bueno, yo tampoco lo soy. —Se quedó callada mientras manejaba—. Voy a hacer lo mejor que pueda, y espero que tú cooperes.

Gracie no sabía qué significaba *cooperar*.

Parecía que tía Elizabeth podía leer sus pensamientos.

—*Cooperar* significa que hagas lo que yo digo cuando te lo digo. Sin perder el tiempo. Sin fantasías. Sin discusiones. ¿Entiendes?

—Sí, tía Elizabeth.

Gracie aprendió a hacer su cama con las esquinas perfectas. Aprendió a usar la aspiradora. Doblaba las toallas del baño exactamente como su tía le había enseñado. Levantaba los platos de la mesa, pero no tenía permitido lavarlos, porque tía Elizabeth no quería que le rompiera su vajilla Villeroy & Boch. Lo único que Gracie no podía atender correctamente era su cabello. Lo cepillaba, pero no podía hacerse una cola de caballo adecuada. Todas las mañanas, tía Elizabeth tenía que soltarlo, cepillarlo nuevamente y recogérselo.

Una mañana, tía Elizabeth perdió la paciencia.

—Se terminó. —Sacó las tijeras de un cajón, jaló hacia arriba la cola de caballo y le cortó el cabello por debajo de la maraña de la bandita elástica.

Gracie musitó un grito ahogado de dolor y rompió en llanto, sabiendo que mami se habría molestado mucho. Ella siempre decía que le encantaba el cabello rizado y oscuro de Gracie. *Es ondulado, igual que el de papi.*

Tía Elizabeth se quedó parada, con la cola de caballo cortada en la mano, y clavó los ojos en Gracie. Desplomándose en una silla de la cocina, dejó caer las tijeras y el cabello, se cubrió el rostro y lloró.

—¡No puedo hacer esto! —Lloraba más fuerte que Gracie—. ¡No puedo! Dios, ¿por qué me hiciste esto?

Después de algunos minutos, tía Elizabeth dejó de llorar, se limpió el rostro, recogió el cabello y lo lanzó al cesto de basura que había debajo del lavadero. Lanzó las tijeras nuevamente a su cajón.

—No ganamos nada con llorar por esto. Está hecho. No podemos cambiarlo. Desayunemos, por favor.

Tía Elizabeth no dijo ni una palabra más hasta que frenó el carro frente a la escuela. Tampoco la miró por el espejo retrovisor.

—Recuerda a quién perteneces, Grace. Ahora, vete, o llegarás tarde.

Gracie se pasó los dedos por el cabello mientras todos la miraban. La señorita Taylor hizo una mueca. En el recreo, las niñas se rieron de ella.

—¿Qué te hiciste en el cabello? ¡Te ves horrible!

Un par de niños se le acercaron y le dijeron que parecía un perro callejero de pelo corto. La señorita Taylor sopló su silbato y los niños se dispersaron.

Cuando terminó el día escolar, tía Elizabeth la esperaba afuera. Fueron a un salón de belleza, donde su tía le presentó a Gracie a Christina Álvarez, quien le arreglaría el cabello.

—Yo puedo arreglarlo. —Christina sentó a Gracie en una gran silla negra de cuero y bombeó un pedal para levantarla—. ¿Lo quieres más corto, o de este mismo largo? —Miraba a Gracie, pero la que respondió fue tía Elizabeth.

—Corto y fácil de peinar.

Christina miró a Gracie a los ojos a través del espejo, se agachó hacia adelante y le susurró:

—¿Qué dices tú, Grace? ¿Lo quieres más corto? —Gracie negó lentamente con la cabeza. Dos hoyuelos se formaron en las mejillas de Christina cuando sonrió—. Muy bien. Entonces, trabajemos con lo que tenemos. —Giró la silla y la bajó para lavar el cabello de Gracie en un lavatorio que colgaba de la pared. Christina le secó el cabello con una toalla y volvió a esponjárselo—. Las personas pagan un montón de dinero por tener rizos como los tuyos. —Hablaba mientras la peinaba, se lo recortaba, le daba forma y volvía a recortarlo un poco más.

—¡Listo! —Puso sus manos sobre los hombros de Gracie y ambas miraron al espejo—. ¿Qué te parece?

Tía Elizabeth devolvió la revista a su pila y se paró detrás de ellas. Parecía más aliviada que contenta.

—Mucho mejor.

—Un cabello que solo tienes que lavar. —Christina le guiñó un ojo a Gracie—. Solo lo lavas con champú, lo enjuagas y lo secas con una toalla. Puedes usar un peine tenedor para evitar que se te haga un nudo... —Le dio a Gracie uno plástico con dientes anchos—, y luego te lo esponjas con los dedos. Es muy fácil. Un par de minutos y estarás lista para salir.

—┤├—

La vida se convirtió en una rutina. Los domingos, la iglesia. De lunes a viernes, la escuela; después de la escuela, las tareas. Los quehaceres de la casa, todos los días. Los sábados, tía Elizabeth se vestía con *jeans*, una sudadera, zuecos de plástico y salía a trabajar en su jardín. Esperaba que Gracie la ayudara. La luz solar era buena para el alma, decía, y las verduras y las frutas, buenas para el cuerpo. Tía Elizabeth cultivaba calabacines, pepinos, tomates, zanahorias y pimientos. También tenía árboles frutales: un albaricoque, una nectarina, un cerezo y un manzano. Gracie disfrutaba de estar en el patio. A veces, su tía se apoyaba sobre sus talones, se secaba el sudor de la frente con el dorso de la mano y parecía feliz. Tía Elizabeth era hermosa cuando sonreía; su rostro se suavizaba y estaba en paz.

La señora Spenser vino de visita. Gracie sabía que las dos mujeres se llevaban bien. Se abrazaron en la puerta y se dieron un beso en la mejilla. Tía Elizabeth le ofreció té y galletas a la señora Spenser, y ella le dijo que sí.

—¿Grace te causa algún problema?

La señora Spenser se rio.

—Jamás. Es más buena que el pan. No deberías preocuparte tanto. —Vio a Gracie parada en el recibidor y le hizo señas para que se acercara. Acarició dulcemente el cabello de Gracie—. Solo quería pasar por aquí y ver cómo les está yendo.

Tía Elizabeth le dijo a Gracie que fuera a jugar a su cuarto e invitó a la señora Spenser a que pasara a la cocina.

¿Había olvidado tía Elizabeth que todos los juguetes y las muñecas de Gracie se habían quedado en Tennessee? Todo había quedado guardado en cajas y puesto en el mismo camión que se llevó los muebles de mami y papi. Grace podía encontrar cosas para hacer afuera. Cuando volvió a acercarse por el pasillo, Gracie escuchó que las dos mujeres hablaban. Tía Elizabeth parecía enojada otra vez. Gracie entró por una esquina de la sala. Si abría la puerta de vidrio, su tía la escucharía. Así que se sentó en el sillón.

—Leanne no quiso escuchar. La primera vez que vi a Brad, supe que sería un problema. Tú sabes cómo puedes percibir eso a veces. —La señora Spenser dijo que sí—. Bueno, ella salió con él de todas maneras, y no pasó mucho hasta que la dejó embarazada. Le dije que no sumara otro error al que ya había cometido. Él ya la había apartado de sus amigas y yo no le gustaba. Por supuesto, él dijo que era porque no me caía bien a mí, lo cual era cierto. ¿Por qué Leanne no quiso escucharme?

—Las personas enamoradas raras veces lo hacen.

—Si a eso le puedes llamar amor. —Tía Elizabeth lo dijo en un tono burlón—. Él decía que la necesitaba, que había estado esperándola toda su vida. Sabía exactamente qué quería escuchar ella. Era como nuestro padre: apuesto y encantador. ¡Un demonio! Hizo que la vida de mi madre fuera un verdadero infierno y la nuestra, igual. Le recordé a Leanne cómo habíamos crecido, pero ella no pudo ver la similitud. Decía que Brad no se parecía en nada a nuestro padre.

—¿Crees que él la mató? ¿Es eso lo que estás pensando?

—El médico forense dictaminó que su muerte fue un accidente. Pero, ¿cómo te caes tan fuerte si alguien no te empuja? Por lo menos, él se sintió suficientemente culpable como para volarse los sesos.

—¡Beth!

Gracie escuchó que una taza era puesta fuertemente sobre un plato.

—Lo sé. ¡Lo sé! —Tía Elizabeth sollozó—. Dios dice que perdonemos, pero yo espero que Brad esté ardiendo en el infierno. ¿Perdonar? Yo... no puedo.

—No con nuestra propia fuerza.

—Me fui de Tennessee cuando se casaron. ¿Te conté eso? No

quise quedarme ahí y ver lo que sabía que sucedería. —Parecía que tía Elizabeth estaba llorando—. ¡Pero debería haberme quedado! Quizás ella lo habría dejado si hubiera tenido algún lugar adonde ir. Ahora es demasiado tarde. Leanne está muerta, y yo tengo la niña que hizo que mi hermana se rindiera ante ese hijo de...

—No puedes culpar a la niña.

—Racionalmente lo sé, pero cada vez que la miro, lo veo a él.

—¿No se parece en nada a tu hermana?

—Llora mucho. —La voz de tía Elizabeth sonaba desesperada—. Y se esconde.

—¿Se esconde?

—En su clóset. Todas las noches.

Gracie agachó la cabeza.

Antes de que la señora Spenser se fuera, caminó por el pasillo hasta el cuarto de Gracie; luego volvió a salir y entró a la sala.

—Aquí estás. —Miró a Gracie con una expresión afligida y la abrazó con firmeza. Cuando se incorporó, tenía los ojos llenos de lágrimas. Ella y tía Elizabeth hablaron en voz baja junto a la puerta principal, y la señora Spenser la abrazó y le dio un beso a ella también. Tan pronto como cerró la puerta, tía Elizabeth entró en la sala.

—¿Estuviste escuchando todo el tiempo? —Gracie no respondió. Los hombros de tía Elizabeth cayeron ligeramente—. Entonces, ahora sabes todo, ¿verdad?

Sí, Gracie lo sabía. Tía Elizabeth se alegraba de que papi estuviera muerto, y no le agradaba Gracie porque se parecía a su padre.

Esa noche, cuando tía Elizabeth la metió en la cama, le pasó la mano dulcemente por la cabeza. Buscó la mirada de Gracie, con sus ojos brillantes por las lágrimas.

—Trata de quedarte en la cama esta noche. —Gracie se dio vuelta antes de que la puerta se cerrara. Se quedó mirando fijo las luces de la calle a través de las cortinas. Esperó un rato largo; luego, agarró su almohada y se metió en el clóset. Las lágrimas caían por sus mejillas, mientras estaba sentada en el suelo con las rodillas pegadas a su pecho. Bajó la cabeza, con ganas de llorar y gritar, llamando a su mami, pero no se atrevió a emitir ningún sonido. Cada vez que respiraba, le dolía el pecho.

Una luz brilló debajo de la puerta del clóset. No había escuchado que tía Elizabeth entrara en el cuarto ni que prendiera la luz. Esperó, conteniendo la respiración, aterrada, pero tía Elizabeth no abrió las puertas ni le dijo que volviera a la cama en ese instante. No sucedió nada. La luz se quedó prendida: un resplandor delicado y cálido, no la luz brillante del techo ni la de la lámpara de la mesita de luz.

Vacilante y curiosa, Gracie abrió con cuidado la puerta corrediza un poquito y miró hacia afuera. Alguien estaba sentado al costado de su cama. Él le sonrió, pero no dijo nada. Ella sintió que le decía que podía salir. No le haría daño. El miedo desapareció y Gracie salió. El hombre no se parecía a nadie que hubiera visto antes. Resplandecía. Se quedó mirándolo con los ojos muy abiertos. Él se levantó, mirándola desde su altura como un gigante, pero ella no le tuvo miedo en absoluto. Más bien, se sintió amada. Él se sentó en la silla junto a la ventana y Gracie volvió a subirse a su cama y se sentó en el medio. Él le habló con dulzura, diciéndole palabras de consuelo en un idioma que ella nunca antes había oído, pero que, de alguna manera, comprendía. No sabía quién o qué era él, aparte de que era su amigo y que no tenía que tenerle miedo. Él le dijo que ahora podía irse a dormir, sin preocuparse por el día de mañana. El día bastaría para lo que vendría, y él estaría cuidándola. Cuando ella se acostó y se tapó con las mantas, él le cantó.

Tía Elizabeth la despertó en la mañana.

—Dormiste en tu cama. Bien. Es hora de levantarse para ir a la escuela.

El amigo de Gracie volvió esa noche. Esta vez, ella salió rápido del clóset y se subió a la cama. Él no dijo tanto como la primera noche, pero ella sintió que no le molestaba que le contara en susurros sobre la escuela, y sobre cuánto extrañaba a mami y papi, y de lo que tía Elizabeth le había dicho a la señora Spenser. No la hizo callar ni le dijo que se durmiera. La escuchó con su resplandor tenue y acogedor, haciéndola sentirse tibia por dentro.

La noche siguiente, Gracie no se metió al clóset y él solo apareció, como si hubiera estado todo el tiempo en la habitación y ella no hubiera podido verlo hasta ese momento.

Cuando tía Elizabeth se enteró acerca del ángel de Gracie, se enojó.

—No empieces a inventar historias para llamar la atención.

—No lo inventé.

—No discutas conmigo. Y no te atrevas a mentir. Miranda... quiero decir, la señora Spenser, dijo que le anunciaste a toda la clase que un ángel viene a tu cuarto todas las noches.

—Así es.

—Ay, por el amor del cielo, ¿voy a tener que llevarte a un psicólogo?

Esa noche, tía Elizabeth metió a Gracie en la cama. Una hora después, abrió la puerta repentinamente y entró. Se quedó parada a los pies de la cama de Gracie, con las manos en la cintura, y miró deliberadamente alrededor del cuarto.

—¿Entonces? Hay que ver para creer. ¿Dónde está este ángel amigo tuyo?

Gracie no supo qué decir.

—No vuelvas a hablar de ángeles nunca más —dijo tía Elizabeth con un tono severo—. Te hace ver como una loca. —Salió, cerrando firmemente la puerta detrás de sí.

Gracie miró a su amigo.

—¿Por qué no pudo verte?

—Hay que creer para ver.

27

ROMÁN SE ARREPINTIÓ de haber descargado su frustración en ella. Grace estaba callada, sin hacer ningún esfuerzo por discutir con él. No parecía enojada, pero ¿qué sabía él? ¿Esperaba que lo rebatiera, que demostrara que estaba equivocado? Él dudaba que su fe se acabara por alguna cosa que pudiera decirle. ¿Era eso lo que había tratado de hacer? ¿O la había puesto a prueba para ver hasta dónde llegaba su firmeza?

Un ángel. Sin alas. Un hombre. Grace basaba su fe en lo que creía haber visto, cuando era una niña asustada que acababa de perder a sus padres y que había cruzado el país con una tía amargada que no quería mirarla y mucho menos ocuparse de ella. ¿Y creía que Dios la amaba? ¿Estaba convencida de que era así? ¿Cómo era posible? Román había tenido miedo muchas veces, pero nunca tanto como para imaginar que algún ser celestial vendría a rescatarlo o a traerle palabras de consuelo. Él había atravesado su miedo y lo había aplastado con su ira.

Todo lo que había supuesto sobre Grace Moore estaba equivocado. No había esperado compartir experiencias en común: una pérdida devastadora, el miedo, el dolor, la falta de amor. Él había huido y se había distanciado de las personas. Grace se había escondido y después había salido; la habían herido reiteradamente y, sin embargo, seguía volcando toda su esperanza en un Dios invisible.

Incluso con antecedentes similares, sentía la diferencia. Él tenía una casa, carros lujosos, dinero en el banco. Ella luchaba por mantenerse sola. Él no tenía nadie que dependiera de él. Ella tenía un hijo que la necesitaba. Él tenía pocos amigos y los mantenía a la distancia. Ella buscaba tiempo para estar con los suyos. Él ya no tenía metas. Ella perseguía las suyas. Él vivía de día a día, haciendo lo que le parecía correcto según su propio criterio, y se sentía desarraigado y a la deriva. Ella vivía para agradar a un amigo imaginario y parecía sólida... y segura por lo menos en su fe, si en nada más.

La autopista subió y serpenteó entre las Tehachapi. Grace iba viendo las montañas. Él la miró a ella. No podía soportar su silencio, pero nunca le había pedido perdón a nadie. Especialmente cuando estaba seguro de lo que había dicho.

—¿Está todo bien?

Ella le sonrió.

—He conducido varias veces por este camino y, cada vez que vengo, veo algo nuevo. Una vez, paré en Fort Tejón, cuando el parque estaba haciendo una recreación de la Guerra Civil. Tronaban cañones, los hombres disparaban con sus rifles, algunos gritaban y caían al suelo como si los hubieran herido. Fue bastante aterrador.

Román se relajó. No estaba enojada con él.

—Una feria renacentista podría ser más divertida. Hay una en Irwindale. Tal vez deberíamos ir.

—No te imagino en una feria renacentista. —Siguió sonriendo, con una expresión cálida—. En los últimos días, vi lugares que solo había soñado conocer, Román. Gracias por insistir para que viniera contigo. Aunque sea obvio que no me necesitabas en este viaje.

Te necesito más de lo que imaginas.

—Me alegro de que lo hayas disfrutado. Ha sido bueno para mí también. —No quería que el viaje terminara, pero sabía que tratar de prolongarlo no era algo sensato. Grace quería pasar el fin de semana con su bebito. Probablemente invitaría a ese pastor pulcro para que viniera a hacer una barbacoa y quizás se darían otro beso, solo para ver si la segunda vuelta resultaba mejor que la primera. ¿Y si resultaba mejor?

Cálmate, Román. Grace Moore se merece un buen tipo. Aunque alguien que no es de los buenos la quiera.

Había tanteado el terreno con la propuesta de llevarla a la feria renacentista. La respuesta de ella había sido clara y firme: *Gracias, jefe. Te veré el lunes en la mañana. Yo trabajo para ti, ¿lo recuerdas?* Román quería respetar sus límites. Y debería estar satisfecho. Él había planeado este viaje con un propósito: conocer a Grace. El problema era que, cuanto más la conocía, más quería saber; cuanto más se acercaba, más cerca quería estar. Le había contado más sobre sí mismo de lo que le había dicho a cualquier otra persona en toda su vida. Solo se había guardado un secreto, uno que sabía que podía arruinar todo lo que había intentado hacer con su vida.

Esta vez, ella interrumpió el silencio.

—¿Viste algo que te haya inspirado estos últimos días?

Ah, sí, mucho.

—Saqué algunas fotos.

—La llanura Carrizo, Yosemite, el lago Mono, los Dardanelos. Es suficiente para inspirar toda una vida de pinturas.

Román la miró. Cada kilómetro que avanzaban los acercaba más al final de lo que fuera que estuviera pasando en el carro.

—Deberíamos parar a comer.

—Ay, sí. Me muero de hambre.

Él se rio:

—¿Por qué no me lo dijiste?

—Parecías apurado por volver. —Le sonrió—. Ciento ochenta kilómetros por hora. Nunca había ido tan rápido en mi vida.

Él se había olvidado de la multa en el bolsillo de la puerta.

—¿Quieres hacerlo de nuevo?

—Ni se te ocurra.

Pasaron un cartel.

—Santa Clarita es lo más próximo. Debería haber un buen restaurante cerca de Magic Mountain. —Román tomó la salida con ganas de saber cómo se comportaría ella en una vuelta de la montaña rusa—. ¿Tienes ganas de comer mariscos o comida mexicana?

—Me encanta cualquier cosa que no haya cocinado.

Román se estacionó en un espacio a la sombra de un árbol y le dijo que lo esperara. Rodeó el carro y le abrió la puerta. Cuando le tendió la mano, ella dudó un instante antes de aceptar su ayuda. Su mano temblaba en la de él. Era bueno ver que ella no era completamente indiferente. Él había vivido en una montaña rusa a lo largo de todo el viaje: subidas y bajadas, ese vuelco en su estómago y la aceleración del pulso cuando se cruzaban sus miradas. La sensación que estaba teniendo en este preciso momento. Inestable.

Trastabilló un poco. Su mente se puso en blanco. De repente, se sintió débil.

—¿Román? —Grace lo agarró del brazo—. ¿Estás bien?

Él suponía que estaría bien cuando entraran al restaurante, donde había aire acondicionado, pero apenas logró llegar la acera antes de que las piernas se le aflojaran por completo. Grace gritó, tratando de contener su caída, pero la arrastró al suelo con él. Román quiso preguntarle si estaba bien. Quiso decirle que lo lamentaba si la había lastimado. Ella gritaba pidiendo ayuda y lo volteó sobre su espalda. Él no sentía nada, salvo la sensación de que estaba siendo arrastrado con mucha fuerza.

Apenas escuchaba a Grace, que gritaba: «Román. Ay, Dios... Jesús, ayúdalo. ¡Ayúdanos!».

Su voz se desvaneció, mientras él se hundía en un mar de oscuridad.

Román no sintió ningún dolor. Ninguna necesidad de respirar. El cemento caliente cedió debajo de él y luego lo lanzó hacia arriba, ligero y libre. Vio una multitud alrededor de un cuerpo y a Grace arrodillada, haciendo reanimación cardiopulmonar. Un hombre apareció, la agarró del hombro y se arrodilló junto a ella. Él se hizo cargo. Los demás sacaron sus celulares; la mayoría, para tomar fotos y mandar mensajes; uno o dos hablaban. Román miró al hombre muerto que yacía sobre la acera. ¿Qué...? ¡Era él! ¿Estaba teniendo alucinaciones?

Cuando apartó la mirada de la escena en la acera, vio a dos hombres parados junto a él, uno a cada lado. Repelido instintivamente, retrocedió. Se veían comunes, insignificantes, pero tenían algo que lo asustaba. Uno le mostró sus dientes puntiagudos.

—Es hora de irnos, Bobby Ray.

—¡Apártense de mí! —Román se alejó.

—Ya no puedes huir. —Mientras avanzaban hacia él, lo miraban con unos ojos negros huecos.

—¿Quién diablos son ustedes? —Retrocedió otro paso y levantó los puños.

Se rieron.

—Tú sabes qué somos. —Se movieron rápido y cada uno lo sujetó con sus manos con formas de garras.

Gritando de miedo tanto como de dolor, Román trató de liberarse. ¿Por qué era él tan débil y ellos tan fuertes? Aterrado, forcejeó.

—¡Suéltenme! —Ríos de fuego se extendieron por su cuerpo y dio un alarido.

El aire resplandeció como un espejismo en un desierto cuando atravesó el velo hacia otro mundo. Un túnel oscuro se abría adelante y los demonios lo arrastraban por él. Las paredes curvadas y el techo se movían, llenos de criaturas vivas con caras retorcidas y monstruosas. Reptaban encima y alrededor de él, vomitando insultos, enroscándose y agarrándolo, chasqueando la boca como enormes tiburones blancos hambrientos de carne.

Encogiéndose, agachándose, esquivándolos, Román trató de regresar. Mientras sus captores lo arrastraban hacia adelante, vio la oscuridad que le esperaba y sintió el calor cada vez más intenso. Escuchó alaridos humanos y gemidos de agonía.

Sintió una explosión de dolor en su pecho. Se arqueó, su cuerpo se puso rígido, y sus ojos se abrieron a la luz y a las voces que lo rodeaban.

—¡Paren! ¡Paren! ¡Volvió! —gritó Grace.

Un desconocido levantó las manos y Román trató de tomar aire. Sintió que las tinieblas volvían a invadirlo. Aterrado, carraspeó:

—No se detengan. No... se detengan.

Nuevamente succionado hacia la oscuridad, Román pateó a sus captores, luchando para soltarse. Los demonios rieron más fuerte y siguieron sujetándolo, arrastrándolo más adentro, más profundo hacia la boca palpitante del infierno. Los demonios macabros y putrefactos que había en los muros y en el techo se lamían los labios y se burlaban de él con insultos repugnantes y descripciones horrorosas de lo que pretendían hacerle. Estiraban sus dedos pútridos, y el hedor de la carne podrida lo oprimía como una niebla sofocante. Román sintió el gusto en su boca.

«¡No! ¡Oh, Dios, no!». Román trató de clavar los talones. Trató de liberarse de un tirón. Vio que no estaba solo. Había miles en el túnel, todos gritando y forcejeando mientras los movían hacia adelante, como si estuvieran yendo hacia el abismo en una cinta transportadora enorme y terrorífica. Adelante los esperaba un precipicio y un pozo negro interminable. Los humanos se desbordaban, dando alaridos mientras desaparecían. Román gritó. Buscó algo, cualquier cosa, de la cual aferrarse, pero no había nada más que las almas que lo acompañaban y las criaturas abominables que disfrutaban su desgracia.

Ingrávido y débil, Román sintió el viento frío en su espalda y el calor ardiente del infierno por delante. Gritó lo último que recordaba: «*¡Jesús!*».

Los aullidos se propagaron por el túnel cavernoso.

Román volvió a gritar:

—¡Oh, Dios! ¡Cristo, ayúdame!

Una luz cegadora llenó la oscuridad. Alguien lo asió de la muñeca, levantándolo y, en el medio de la cacofonía del infierno, susurró:

—Yo soy.

Las garras lo aferraron desde abajo y una voz profunda y llena de odio retumbó:

—¡Es mío! ¡Dámelo!

Román gritó cuando la mano lo apretó y las garras se clavaron en su pantorrilla, lanzando ráfagas de dolor por su pierna. No tenía fuerzas para soltarse de una patada.

—Suéltalo —dijo una voz tranquila desde arriba y el ser del hoyo desapareció en la oscuridad.

Román volvió a arquearse. El fuego le recorrió el cuerpo cuando el impacto de la electricidad se extendió por su sistema nervioso. Abrió los ojos y vio a dos hombres inclinados sobre él.

—¡Lo tenemos! —Un paramédico se acercó más a él—. Aguanta, amigo. Ya casi llegamos al hospital.

Desquiciado de miedo, Román miró a su alrededor. Trató de moverse, pero estaba atado a una camilla.

—Tranquilo. Quédate quieto.

Unos armarios blancos, unos caños amarillos y unos monitores verdes lo rodeaban. Una sirena aullaba sobre su cabeza. La velocidad le indicó que estaba en una ambulancia. El pecho y las costillas le dolían tanto que apenas podía respirar; mucho menos, hablar. Su cuerpo empezó a temblar.

—Grace... —El paramédico no lo escuchó. Trató de repetir: —Necesito a Grace.

—Qué bueno que tu novia sabía RCP, amigo. Aguanta. Casi llegamos. —El vehículo bajó la velocidad y volteó. Se detuvo. Las puertas se abrieron.

Dos paramédicos deslizaron la camilla por unos rieles, bajaron las ruedas y las aseguraron en su lugar. Román pudo ver el cielo azul y luego un techo blanco. Tenía un goteo intravenoso en el brazo derecho. Lo empujaron hacia un corredor y escuchó voces. Forcejeó, tratando de liberarse.

—Ay, Dios —se quejó, llorando ahora—. Ay, Jesús, no me sueltes. —El velo entre la vida y la muerte había sido muy delgado. Toda su fuerza no le había alcanzado para liberarse, pero con una sola palabra suave pronunciada por Cristo, volvió a la vida.

Grace trató de mantenerse tranquila mientras conducía el carro de Román al hospital. Afortunadamente se había acordado del llavero electrónico antes de que la ambulancia se fuera. Uno de los paramédicos lo había sacado del bolsillo de Román y le había indicado rápidamente cómo llegar al hospital. Demasiado alterada para asimilar la información o para entender cómo funcionaba la computadora del carro, usó el GPS de su teléfono. La voz tranquila y mecánica la ayudó a mantenerse calmada. Se estacionó y corrió hacia la sala de emergencias. Cuando preguntó por Román Velasco, la enfermera le preguntó si era su esposa.

«Es mi jefe. Estamos en un viaje de trabajo».

Relegada a una sala de espera, Grace se sentó en el borde del asiento, orando, observando cada movimiento del personal médico, esperando cualquier información que se filtrara. Sentadas con ella había otras personas a la espera de recibir novedades de sus seres queridos. Al parecer, los viernes en la tarde era un tiempo atareado. Al borde del llanto, se cubrió el rostro y oró un poco más. Quería mantenerse haciendo algo. Sacó su teléfono y le mandó un mensaje a Shanice: **Estoy en la sala de emergencias en Santa Clarita. Román tuvo un ataque al corazón. Por favor, ora.**

—¿Alguien aquí que se llame Grace?

—¡Sí! —Se puso de pie de un salto—. Yo soy Grace. —Metió el teléfono en su cartera y siguió al enfermero.

—Sigue preguntando por usted. Trate de calmarlo. Queremos prepararlo para la operación, pero está convencido de que si le ponemos la anestesia, terminará en el infierno. Dijo que la herida de la pierna se la hizo un demonio...

—¿Qué herida de la pierna?

El enfermero frunció el ceño al abrir la puerta empujándola.

—El doctor está en camino.

La piel de Román estaba de un color ceniciento. Conectado a las máquinas, con una vía intravenosa en el brazo, una máscara de oxígeno que le cubría la nariz y la boca, parecía aterrado y tironeaba de las restricciones. Grace trató de contener las lágrimas y se acercó. Tenía que mantenerse en calma por él.

—Román. —Apoyó la mano en su brazo. Él la miró con ojos desorbitados y le dijo algo que no pudo entender. Tiró de las correas que lo tenían atado. Ella se agachó—. Estas personas saben cómo ayudarte. —Él no le quitaba los ojos de encima—. Estoy aquí. Concéntrate en mí ahora. —La enfermera puso un medicamento en la vía. Ella apretó la mano de Román—. Estaré en la sala de espera, orando por ti. No me iré. Te lo prometo.

Los ojos de él se llenaron de lágrimas mientras trataba de hablar.

—Vas a estar bien. —*Por favor, Dios, que así sea.*

El enfermero le tocó el hombro.

—Estamos listos.

Grace llamó a Selah y le contó lo que había sucedido.

—Le prometí que me quedaría aquí.

—Y eso es lo que debes hacer, chiquita. ¿Cómo está?

—Todavía no lo sé.

—Sammy está bien. No te preocupes por él. Quédate con tu jefe, y mantennos al tanto. Nosotros también estaremos orando.

Grace llamó a Brian para pedirle que orara por Román. Le contó cuál era la situación y después dijo que necesitaba hacer otra llamada.

Shanice respondió inmediatamente.

—Hola, amiga, ¿qué pasó? ¿Román está bien?

Grace empezó a llorar. Había mantenido la calma todo lo posible. Puso su brazo rodeando su estómago y se meció.

—¿Grace, cariño? Háblame.

Las palabras empezaron a salir; al principio, atragantadas; luego, en una riada.

—Tuvo un infarto. Están operándolo ahora. Hospital Henry Mayo Newhall. Por favor, pídeles a todos que oren. En un momento estaba de pie, y al siguiente, estaba muerto. No le encontraba el pulso y empecé a hacerle RCP. Un hombre me relevó y Román volvió. Quise agradecerle, pero el hombre desapareció. Y Román... ay, Shanice, nunca vi a alguien tan asustado. Parecía que había visto el infierno. —Se secó las lágrimas.

Las personas que estaban en la sala de espera la miraron. Se levantó y se fue al pasillo.

—Es posible que muera. Y no cree en Jesús. Tengo mucho miedo por él.

—No pienses en eso, cariño. Está vivo. Están operándolo. Tiene una posibilidad de vivir. Llamaré a Ashley. Ella activará la cadena de oración de la iglesia y le contará a Nicole lo sucedido. Tengo mis llaves en la mano en este momento. Llegaré lo antes que pueda. Quédate tranquila, Grace. Dios está al mando. Recuérdalo.

Pasó una hora. La sala de espera se vació hasta que Grace fue la última persona que quedó a la espera de noticias. Ella no era de su familia pero ¿a quién más tenía Román? ¡Jasper! ¡Los Masterson! ¿Por qué no había pensado en llamarlos? ¿Debía hacerlo? Ellos debían enterarse. Decidió esperar hasta que tuviera noticias más definitivas para llamar a Jasper. Él sabría cómo contactarse con Chet y Susan.

Pasó otra hora. Grace caminaba de un lado a otro. ¿Le permitiría la gente del hospital entrar a la sala de recuperación o a la unidad de cuidados intensivos? ¿Y si Román no sobrevivía? ¿Y si había muerto y nadie se había molestado en avisarle? Tal vez habían cambiado el turno y los que estaban en la recepción no sabían que ella seguía esperando. Tenía miedo de preguntar. No tener noticias era mejor que tener malas noticias.

—¿Grace?

Con un grito ahogado, Grace levantó la cabeza.

—Ay, Brian. —Ella rompió en llanto y corrió a sus brazos.

Él la abrazó y apoyó su barbilla sobre la cabeza de ella.

—Llegué tan rápido como pude. ¿Cómo está?

—No lo sé. —Ella retrocedió. Cuando él le dio un pañuelo, lo tomó—. No me han dicho nada.

—Siéntate. Iré a preguntar y volveré enseguida.

Grace no pudo interpretar su expresión cuando volvió. Se sentó al lado de ella y le tomó la mano.

—Pronto saldrá de la operación. No podrás verlo por un rato. —Le apretó suavemente la mano—. ¿Cuándo comiste por última vez?

—No recuerdo. Estábamos parando para comer. No quiero irme. El doctor podría venir. Alguien tiene que aparecer en algún momento, ¿verdad?

—Necesitas comer algo. Volveré. —Salió de la sala de espera.

Shanice llegó unos minutos después, con aspecto preocupado.

—Lamento haber tardado tanto. Había un accidente. Pensé que nunca llegaría. Ay, cariño. —Abrazó a Grace. Se sentaron juntas en el sillón—. Toda la iglesia está orando. Estás temblando. Trata de respirar.

Brian volvió con un emparedado de una máquina expendedora y una botella con jugo de naranja. Se detuvo en la entrada.

—Hola. —Se quedó mirando a Shanice.

—Hola, Brian. Te reconozco de la fotografía. Yo hice la primera cita.

—Ah. Correspondería darte las gracias. ¿Y tú eres...?

Grace recordó sus buenos modales.

—Ella es Shanice. Es mi mejor amiga. Y puedes darle a ella el emparedado. Yo no tengo mucha hambre.

Shanice extendió la mano.

—Ella lo comerá aunque tenga que metérselo en la boca. ¿Podrías preguntarles a los encargados qué está pasando, por favor?

—Ya lo hizo. —Grace miró de reojo hacia la puerta, deseando que alguien apareciera.

Shanice miró a Brian:

—No estaría mal volver a preguntar.

Él se fue y Shanice le dio a Grace una palmadita en la rodilla.

—A veces le dan más información a un pastor que a un ciudadano común. —Le sonrió a Grace para darle ánimo—. Come un poco, cariño. No le harás ningún bien a Velasco si entras a verlo tan pálida como la muerte.

Brian regresó.

—Deberíamos tener novedades pronto.

Un doctor vino media hora después.

—¿Grace? —Ella lo siguió hasta el pasillo. La operación había salido bien. Ahora, Román tenía un desfibrilador cardioversor implantable, una computadora pequeña que regularía y monitorearía su corazón—. Tiene suerte de estar vivo. Probablemente haya tenido varios episodios y no supo lo que eran. ¿Se ha desmayado alguna vez anteriormente?

—No lo sé. —Recordó haberlo visto espatarrado en la cama una vez. Supuso que estaba durmiendo.

Antes de ir a la sala de cuidados intensivos, se limpió las manos con un gel antibacterial y se puso un tapaboca. El doctor le abrió la puerta y le habló en voz baja:

—Lo tendremos aquí durante veinticuatro horas y luego lo pasaremos a una habitación, a menos que haya complicaciones. Es bueno que estuviera tan bien físicamente. ¿Es deportista?

—Es artista.

Pareció aliviado.

—Fue fácil arreglar su corazón. Otro médico se está ocupando de su pierna.

—¿Qué le sucedió a su pierna?

—No sabría decirle.

¿No sabía o no quería decirlo? ¿Cuándo pudo lastimarse la pierna Román?

Aunque todavía se veía notablemente dolorido, el color de Román había mejorado. Estaba conectado a monitores que sonaban con la frecuencia cardíaca, los niveles de oxígeno y la presión sanguínea. Junto a la cama estaba la vía intravenosa con la aguja insertada en la parte superior de la mano. Un tubo delgado llegaba a una bolsa para medir la orina. Sus ojos estaban abiertos, muy abiertos.

—Grace —jadeó su nombre y su cuerpo se relajó.

Grace avanzó hasta el costado de su cama y le tomó la mano.

—Te dije que me quedaría. —Logró sonreír—. Estás mejor que la última vez que te vi.

Román le apretó la mano.

Las emociones de Grace dieron un vuelco. No quería pensar cuánto le importaba y qué clase de complicaciones traería eso a su relación laboral; no era el momento.

—Muchas personas están orando por ti, Román. Espero que no te moleste que haya hecho correr la voz.

—No.

—Brian y Shanice están en la sala de espera.

—Él me sacó.

Grace no entendía.

—No tienes que hablar en este momento. Trata de descansar.

Él volvió a apretarle la mano:

—Estuve en el infierno.

Grace sintió que todo el cuerpo se le ponía como piel de gallina. Inclinándose hacia adelante, apoyó sobre su frente la mano que tenía libre.

—¿Qué estás diciendo?

—Jesús —dijo Román con voz ronca—. Él me sacó. Ellos me estaban agarrando. Me desgarraron la pierna.

Un enfermero revisó una de las máquinas.

—Está bajo los efectos de los medicamentos. —Rodeó la cama e inyectó algo en un dispositivo anexado a la vía intravenosa de Román. Miró a Grace y le sonrió comprensivamente—. Un minuto más y tendrá que irse. Él necesita descansar.

El cuerpo de Román se puso tenso.

—Ella se queda. —Cuando miró el goteo intravenoso, su expresión cambió. El monitor del corazón se aceleró—. ¿Qué le metió?

—Algo que lo ayudará a relajarse.

Los ojos de Román se clavaron en Grace.

—No dejes que me lleven. Ay, Jesús, no me dejes morir otra vez.

El enfermero frunció el ceño.

—Supongo que puede quedarse con él un rato más. —Ingresó algo en una computadora—. Volveré a revisarlo en unos minutos. —Salió de la habitación.

Román dejó de apretarle la mano, pero no se la soltó. Gimió.

—Ese enfermero puso algo en la vía. —Sus ojos se entornaron. Los abrió más, tratando de mantenerse despierto—. Jesús, no quiero morir. No estoy listo para morir.

Grace no podía soportarlo. Le tomó el rostro con las manos.

—Escúchame, Román. Jesús no te rescató del infierno para volver a mandarte ahí.

—Me agarró. Me desgarró...

—Román. —Le habló en voz baja, con calma—. Jesús te salvó.

Él parecía frágil y confundido.

—¿Por qué?

¿Qué podía decirle ella?

—Te lo dirá más adelante.

Él estaba rindiéndose a la medicación que le habían agregado a la vía intravenosa.

—No te vayas.

—Quizás no dejen que me quede aquí, pero te prometo que volveré.

Él no podía mantener los ojos abiertos.

—Mi madre solía decir eso.

El enfermero volvió y revisó los signos vitales.

—Ahora dormirá. Parece que usted también necesita descansar un poco.

—¿Sabe dónde puedo quedarme, algún hotel que tenga cocina? ¿Un lugar donde pueda lavar mi ropa?

Le sugirió que fuera a un Extended Stay America que quedaba a pocos minutos de distancia.

Grace volvió a la sala de espera pensando que la encontraría vacía o llena de desconocidos, pero Shanice y Brian todavía estaban ahí, sentados juntos en el sillón, enfrascados en una conversación. Ni siquiera se dieron cuenta de que ella había entrado en la sala. Grace los observó un minuto, antes de carraspear. Ambos levantaron la vista rápidamente y se pararon. Brian se acercó a Grace.

—¿Cómo está?

—Se durmió. Dijo que Jesús lo sacó.

—Vaya. —Shanice se unió a ellos—. Nada mejor que una experiencia cercana a la muerte para llamar la atención de un hombre. Te llevaré a casa. Puedes descansar bien esta noche y...

Grace negó con la cabeza; ya había tomado la decisión.

—Me quedaré aquí.

—Ay, nena, ¿estás segura? —Shanice parecía preocupada. Miró a Brian.

—Él quiere que me quede.

Shanice se le acercó.

—Cariño, pareces agotada. Sé que toda esta experiencia es una trituradora emocional para ti, pero Román no te necesita. Tiene buenos médicos y enfermeros.

Grace entendía la preocupación de Shanice. Un poco de tiempo y distancia la ayudarían a pensar con mayor claridad. Pero en este momento, quería quedarse lo más cerca posible.

—Le di mi palabra.

—¿Qué harás con Samuel?

—Ya hablé con Selah. Ella me animó a quedarme.

Shanice miró hacia arriba.

—Desde luego. Claro que lo hizo.

Su hijo estaba feliz y seguro con Selah. Por el momento, era Román quien la necesitaba.

28

ROMÁN SE DESPERTÓ DE LA PESADILLA JADEANDO y con el corazón martilleándole. Estaba de vuelta en el túnel, rodeado de sombras y de monstruos. Desorientado, respiró con dificultad cuando descubrió a alguien
junto a la cama, con una mano sobre su hombro.

—Lamento haberlo despertado, señor Velasco, pero estaba teniendo
otra pesadilla. —Era una enfermera; una mujer de mediana edad y
rostro amable.

—Ah. —Respiró más lentamente—. Gracias. —Todavía podía
sentir el impacto visceral de los gritos que retumbaban, los gemidos
angustiados, el crujir de dientes de aquellos a quienes había visto en
el infierno. El monitor del corazón mostraba que su ritmo estaba volviendo a la normalidad—. ¿Dónde está Grace?

—Volverá pronto. —La enfermera le reacomodó la manta, le preguntó si necesitaba algo y salió de la habitación.

Ahora que había salido de la unidad de cuidados intensivos estaba
más tranquilo, pero la gente pasaba por el pasillo exterior: las enfermeras, un médico, las visitas. Román miró a la puerta esperando a Grace.
Se quedó quieto, sintonizado a los sonidos que lo rodeaban: los susurros, los zapatos que chirriaban sobre el piso encerado, las señales de
los monitores. Su compañero de cuarto encendió el televisor. Un boletín
de noticias y el pronóstico del clima. Román lo escuchó para olvidar el
recuerdo de los monstruos demoníacos y del foso ardiente.

El infierno existía. Él había estado ahí. Cada vez que Román trataba de convencerse de que no lo había experimentado, sentía el dolor en la pierna. La había visto cuando la enfermera le estaba cambiando el vendaje y recordó que el doctor le había preguntado sobre la herida. Con las emociones en carne viva, Román le dijo que un demonio le había enterrado las garras en la pierna y había tratado de arrastrarlo al infierno. Jesús le había dicho a la criatura que lo soltara, y ella lo hizo. El médico se quedó callado, mirándolo de la misma manera que Román debió haber mirado a Grace cuando ella le contó acerca del ángel que la visitaba cuando era pequeña.

—Seguramente hay una explicación racional, señor Velasco.

—Genial. Dígame cuál es. Por favor. Me gustaría escuchar alguna.

El doctor pensó por un momento; luego, sacudió la cabeza.

—No lo sé.

Román había sentido las garras de los demonios. Recordaba el peso que lo arrastraba. Jesucristo susurró una palabra y Román fue liberado. ¿Había sido un alma afuera de su cuerpo, o había sido de carne y hueso? Trataba de entender racionalmente lo que había pasado, y no podía.

El doctor le preguntó sobre su familia. A menudo, la condición era hereditaria. Tal vez había heredado de su padre el problema cardíaco. No había manera que Román lo supiera ni tenía cómo averiguarlo. ¿Su padre aún estaba vivo? Quizás estaba en ese foso hirviente de fuego y oscuridad. ¿Estaría también el Blanquito en la oscuridad exterior, rechinando los dientes en agonía?

La cortina se deslizó hacia atrás.

—Buenos días, Román. —El doctor Ng tenía una historia médica en la mano—. Me enteré que todavía tiene pesadillas. ¿Quiere hablar con un psicólogo?

Román apretó un botón, levantando la cabecera de su cama.

—No. —Había dicho la verdad una vez y no le habían creído. Sería mejor no volver a mencionarlo a nadie.

¿Dónde estaba Grace? ¿Por qué tardaba tanto?

El doctor Ng verificó el sitio del desfibrilador.

—Se ve bien. Está funcionando perfectamente. La inflamación

desapareció. No hay señales de infección. Nos ha ayudado que usted estuviera en tan buen estado físico.

El doctor Ng tecleó algo en la computadora de la habitación.

—Seguiremos con el papeleo y haremos que mañana salga de aquí. La enfermera le dará una cita para que se realice un chequeo dentro de tres meses.

Cuando Grace entró en el cuarto, poco después de que el doctor se fuera, el pulso de Román se alteró. Afortunadamente, le habían retirado el monitor cardíaco, así como las vías intravenosas y el resto de las máquinas que lo habían mantenido atado a la cama. ¿Cómo era posible que una mujer lo calmara y lo inquietara al mismo tiempo? En los últimos días, su relación había cambiado sutilmente. Él vio algo nuevo en sus ojos y se sintió agradecido.

Grace se había quedado a su lado durante toda su dura experiencia. Incluso le leía cuando él no podía dormir. Una vez se despertó y la vio dormida en la silla con uno de sus libros de estudio abierto sobre su regazo. Más tarde, cuando se despertó nuevamente, ella se había ido, pero había dejado su Biblia sobre la bandeja plegable. Al hojearla, encontró pasajes que ella había subrayado con diferentes colores, notas escritas en los márgenes, nombres debajo de ciertos pasajes. ¿Estaría su nombre escrito en alguna parte?

Él sonrió, aliviado de que ella hubiera vuelto.

—Podemos irnos mañana.

—¿No es demasiado pronto? Solo has estado tres días aquí. —Sus ojos tenían el color de la miel oscura.

—Mi corazón está funcionando bien. —*Ahora mismo, golpea como un martillo neumático.*

Grace buscó dentro de su mochila y le entregó una Biblia con tapas de cuero.

—Quería que la grabaran con tu nombre, pero no estaba segura de qué nombre querrías ponerle: Bobby Ray Dean o Román Velasco.

Su teléfono tintineó dentro de la cartera. Lo sacó y leyó el texto. Respondiendo rápidamente con un texto, volvió a meterlo en la cartera.

—Samuel tiene dolor de oído.

Era probable que su situación hubiera dificultado más las cosas para ella.

—Te perdiste el fin de semana con tu hijo. Puedes tomarte unos días cuando volvamos.

—Me iría bien eso.

Jasper apareció del otro lado de la cortina.

—Ahí estás, escondiéndote con Grace. —Hizo un gesto negando con la cabeza—. Siempre causando problemas, ¿verdad? —Jasper saludó a Grace antes de apretarle la mano a Román—. ¿Ha estado cooperando?

—No tuvo alternativa. —Grace recibió otra llamada. Talia, esta vez. Le dio el teléfono a Román. Talia estaba aliviada de escucharlo tan bien. Le había preocupado tener que ir a su funeral. ¿Por qué no le había contado que tenía problemas cardíacos? No lo habría presionado tanto. ¿Qué quería decir que él no lo sabía? ¿Cómo podía no saberlo? Tal vez necesitaba tomar unas vacaciones. Debería irse a Europa. O echarse a descansar en una playa en Tahití. Román la dejó hablar, hasta que ella se dio cuenta de su silencio.

—¿Estás ahí todavía, Román?

—Todavía respiro, pero se me están irritando las orejas con tanta preocupación maternal.

—¡No sé por qué te aguanto!

—Por el 50 por ciento de comisión.

—Claro, eso ayuda. —Se rio entre dientes—. ¿Cuándo vuelves a tu casa?

—Mañana, pero no esperes ningún cuadro pronto.

—Cuando estés listo, sabes dónde encontrarme. Pásame de nuevo con Grace.

Román le entregó el teléfono a Grace. Ella salió al pasillo a terminar la conversación.

—Chet y Susan te mandan cariños. —Jasper levantó la Biblia—. ¿Está empezando a interesarte otra cosa que no sea el arte?

—Grace me la dio. —Dudó, y entonces decidió confesárselo—. No tengo ninguna duda de que Jesús existe. No después de lo que pasé.

—¿Y qué fue eso?

—Dudo que me creas. Hasta ahora, Grace es la única que me cree.

—Ponme a prueba.

Román le contó toda la historia. No sabía si Jasper le creía o no. Esperó, pero lo único que hizo Jasper fue quedarse ahí, serio y callado.

—¿Vas a decir algo?

—Me alegro de no haber sido yo el receptor de esa lección.

—La última persona a quien se lo conté pensó que necesitaba hablar con un psicólogo.

—Yo soy cristiano, y lo he sido durante años. Dejé de ir a la iglesia después de que mi esposa murió. —Torció la boca—. Volví cuando me enfermé de cáncer.

—¿Cómo es que nunca supe eso de ti?

Jasper se sentó en la silla junto a la ventana. Estiró las piernas como si estuviera poniéndose cómodo.

—Nunca me lo preguntaste y, cada vez que yo mencionaba alguna cuestión espiritual, se te ponían vidriosos los ojos. Hay un momento para todo bajo el sol, Bobby Ray. El tiempo nunca parecía el adecuado contigo.

—Sigo teniendo pesadillas.

Jasper se rio tristemente.

—No me sorprende. Es posible que hasta yo tenga pesadillas, después de simplemente haber escuchado tu experiencia.

—Sigo tratando de entender por qué me rescató Jesús. —Esperó que Jasper le hiciera un chiste.

—Al parecer, Él no ha terminado contigo.

Román tenía la misma sensación, pero tenía más preguntas que respuestas.

—¿Tienes alguna idea de qué podría querer de mí?

—Le preguntas a la persona equivocada. Lo único que puedo decirte es que la fe es solo el comienzo de un recorrido largo y difícil.

Grace volvió solo por un momento y dijo que los dejaría solos para que conversaran. Román le dijo que se quedara: no estaban hablando de nada que ella no supiera. Le dijo que tenía cosas que hacer, dado que él había recibido la noticia de que sería liberado de su prisión al día siguiente.

—Está bien, está bien. —La despidió haciendo un gesto con la mano.

Jasper levantó las cejas.

—¿Grace ha estado contigo todo el tiempo?

—¿Dónde creíste que estaría?

—En su casa. No está a más de una hora de viaje. Esa chica tiene su propia vida, ¿sabes?

—Fue su decisión.

—¿Seguro? —Jasper habló arrastrando las palabras, reprendiéndolo con una sonrisa.

Román frunció el ceño. ¿Le habría hecho prometer que se quedaría? Pensó en que Grace había perdido el tiempo que pasaba con su bebé.

—Podría haberla mandado a casa, pero no tiene carro.

—Préstale el tuyo. Puedes contratar a un conductor que te lleve. ¿O no le confías tus llaves?

—Le confío mi vida.

—Entonces, dale un descanso.

—Probablemente llamará a Brian Henley.

Jasper se rio en voz baja.

—El hecho de que la chica se haya quedado contigo en todo momento debería darte alguna pista. Le importas.

A Román le gustó escuchar eso, pero ¿qué tan serios eran los sentimientos de ella? ¿Y cuánto durarían?

Jasper llevó la charla hacia las cuestiones espirituales. La conversación se convirtió en un ida y vuelta relajado y Jasper le habló de su infancia, de las creencias religiosas de sus padres que llegaron a ser la base de las suyas, y de la fe de su esposa. Hasta le dijo a Román qué podía esperar si alguna vez decidía entrar a una iglesia. Román no se imaginaba a sí mismo en un lugar así pronto. Jasper le dijo que era un buen lugar para aprender. Sería más fácil dar esos primeros pasos en territorio desconocido con alguien que conociera.

—Con alguien como Grace, por ejemplo. —Jasper le sonrió con sorna—. ¿Quién sabe? Podría llevarte a la iglesia de Brian Henley. Los pastores saben mucho más sobre Jesús y la Biblia que yo.

—Prefiero entender las cosas por mi cuenta.

—Siempre hiciste las cosas de la manera más difícil, Bobby Ray.

Grace volvió antes de que Jasper se fuera. Él dijo que se mantendría en contacto y que probablemente iría de visita cuando Román volviera a su casa. Quería volver a darle buen uso a la bonita habitación de huéspedes. Besó a Grace en la mejilla antes de irse.

Román decidió hacer caso del consejo de Jasper y le dijo a Grace que tenía la libertad de irse, si quería hacerlo.

—Tú también deberías irte a casa, Grace. No tienes nada que hacer aquí más que sentarte y esperar.

Parecía desconcertada.

—Está bien. —Ella sacó el llavero del BMW de su cartera y lo dejó en la mesa plegable.

—No lo expresé de la mejor manera. —Había querido parecer abnegado, no despectivo—. Quédate con mi carro. —Grace había estado usándolo para ir y venir del hotel—. Ve a buscar a tu hijo. Ve a casa. Tómate unos días libres. —Eso la sorprendió y la alivió.

—¿Estás seguro?

Él se dio cuenta de lo desconsiderado que había sido.

—Me has cuidado durante días, cuando deberías haber estado con tu hijo. Encontraré a un conductor cuando me den el alta de este hotel.

—¿Necesitas algo?

Román le dijo que estaba bien. Empezó a extrañarla desde el momento que salió por la puerta.

Grace le envió un mensaje de texto a Román: **Avísame cuando estés cerca. Tengo la llave de tu casa.**

Su celular sonó con un mensaje nuevo, justo cuando terminaba de cambiarle el pañal a Samuel. Román: **Estaré ahí en cinco.**

Bajó el enterito de rayas azules y blancas de Samuel y lo abrochó.

—Vamos, hombrecito. —Lo levantó y lo apoyó sobre su cadera.

Un carro negro de lujo giró en la rotonda de la entrada y se detuvo al lado de la casa principal. El corazón de Grace se aceleró cuando Román salió. Se encontró con él en el sendero de adelante y notó cómo se apoyaba en un bastón.

—Es bueno tenerte en casa. —Pasó al lado de él, dirigiéndose a la puerta delantera con las llaves en la mano. Al abrir la puerta, le entregó el llavero electrónico y la llave de la casa. Los dedos de él rozaron los suyos y Grace dio un paso atrás, acercando más a Samuel a su cuerpo—. Se me acaba de ocurrir que probablemente no tengas nada comestible en tu refrigerador.

—Siempre puedo prepararme alguna comida en el microondas. Tal vez tenga tan buen sabor como la comida del hospital.

Grace no pudo refrenarse:

—Puedes venir a cenar, si quieres.

Él sonrió.

—Sabía que si sonaba lo suficientemente patético, me invitarías. ¿A qué hora?

Ella se rio nerviosamente, preguntándose si estaba a punto de cometer un error.

—Cuando tengas hambre, supongo.

—Ahora estoy hambriento.

Algo en el tono de su voz la hizo subir la guardia.

—Tendrás que cuidar a Samuel mientras preparo algo. —Supuso que eso lo haría salir corriendo por las colinas.

—Siempre que no tenga que cambiarle el pañal... —Román cerró la puerta principal y caminó al lado de ella. La cabaña le pareció más pequeña desde el momento que Román entró. Dejó su bastón junto a la puerta. Ella volvió a colocar a Samuel en la manta que había desplegado sobre la alfombra y desparramó los juguetes—. Vigílalo. Puede moverse más rápido de lo que podrías imaginar. —Román se sentó en el borde de su sofá y se inclinó hacia adelante, aparentemente tomando muy en serio su labor. Grace titubeó—. No he empezado a preparar la cena, pero puedo hacerte un emparedado para sacarte del apuro.

—Lo que realmente me gustaría es una taza de tu café. —Levantó un conejo de peluche y lo zangoloteó. Samuel se estiró y lo agarró—. ¿Está tratando de comérselo?

—Ahora se lleva todo a la boca. Le están saliendo los dientes.

—¿En serio?

—No te preocupes. No ha hecho sangrar a nadie hasta el momento.

Samuel lanzó el conejo al aire, sorprendiéndose a sí mismo. Poniendo rígidas sus extremidades, gritó. Román parecía al borde del pánico. Grace sintió pena. Puso a Samuel de barriga y le dio unas palmaditas en el trasero.

—Ve a buscarlo, hombrecito. —Nuevamente calmado, Samuel se impulsó hacia arriba—. Está bien. —Grace volvió a la cocina contigua—. Supongo que no has estado con bebés muy a menudo.

Román se rio con dureza.

—He hecho todo lo posible para evitar tener un hijo.

Bueno, eso le decía más de lo que ella quería saber.

—Qué responsable eres —masculló mientras ponía la medida de café.

—Es más o menos lindo.

¿Más o menos lindo?

—Vaya, gracias. —Vertió agua en la máquina—. A mí me parece que Samuel es el bebé más hermoso del mundo. —Abriendo una alacena, sacó una taza de los Raiders—. Pero, obviamente, supongo que todas las madres sienten eso por sus hijos. —Samuel se volcó y agarró el conejo—. Además, es muy inteligente.

Román seguía posicionado como un guardaespaldas al borde del sofá.

—Si tú lo dices. —Samuel se aburrió del conejo, volvió a voltearse y agarró el dobladillo del pantalón de Román. Empezó a hacer un berrinche. Román parecía angustiado—. ¿Debería cambiarlo de posición?

—Si quieres.

—No importa qué quiera yo. ¿Qué quiere él?

—Quiere que lo levantes y lo tengas en brazos.

Román hizo un par de movimientos indefinidos antes de agarrar al bebé firmemente y sentarlo sobre sus piernas. Se quedaron mirándose el uno al otro. Cuando Samuel giró los brazos, Román se rio.

—Creo que me está lanzando puñetazos. —Fingió agacharse. A Samuel se le escapó una risita que hizo reír a Román.

—Tendrás que bajarlo si quieres tomar tu café.

Román volvió a poner de barriga a Samuel y dejó al conejo fuera de su alcance.

—Ve por él, amigo.

Grace le dio a Román la taza con café recién hecho y se dio vuelta para dedicarse a preparar el emparedado. Dio gracias a Dios de que el hombre no tuviera ni idea de cuáles eran sus sentimientos en ese momento. Todo había ido bien hasta que él cayó muerto en la acera, y su mundo quedó de cabeza. No quería amarlo. Otra vez resultaría lastimada; esta vez, mucho peor que antes. Sintió que se ruborizaba y se acomodó un mechón de cabello detrás de la oreja. Se dio vuelta y abrió un frasco de mantequilla de maní. *Cálmate, Grace. No te olvides de quién es la persona con la que estás lidiando aquí.*

—No te he agradecido apropiadamente por haberme salvado la vida.

Ella lo miró de frente.

—Yo no te salvé la vida. Dios lo hizo.

—Sí, sé que Jesús me salvó, pero Él te usó a ti para hacerlo. —Parecía sombrío—. Me hiciste RCP, ¿lo recuerdas? —Se frotó el pecho—. Todavía me duele el pecho.

—No me sorprende. Un hombre me ayudó. Y luego, dos paramédicos te auxiliaron y después un cirujano. Tuviste muchas manos sobre ti, Román.

—Las tuyas fueron las primeras.

¿Por qué tenía que mirarla así? Sentía su interior cálido y suave.

—Bueno, me alegro de que estés vivo.

—Somos dos.

Román no se había movido, pero lo sintió más próximo. Su mirada recorrió el rostro de Grace, y se quedó contemplando su boca. Samuel empezó a llorar. Agradecida por la distracción, Grace fue a ver a su hijo. Se agachó y le hizo ruiditos en la barriga con la boca, haciéndolo reír antes de alzarlo en brazos.

Román volvió al sofá. Inclinándose hacia adelante, con las rodillas separadas, sostuvo la taza entre ambas manos y la miró servir leche de fórmula en un biberón. Parecía muy pensativo, pero, teniendo en cuenta lo que había vivido, tenía mucho en qué pensar. Ella calentó el biberón en el microondas.

—¿Dormiste mejor anoche?

—No.

Grace volvió con Samuel sobre su cadera y le dio a Román el biberón con leche tibia. Él la miró sorprendido, y luego ansioso.

—¿Estás segura de que confías en mí?

—Tengo solo dos manos y ambos tienen hambre. —Le dirigió lo que esperaba que fuera una sonrisa alentadora, mientras le entregaba a su hijo—. Sé valiente, Román. Sostenlo en tus brazos, dale el biberón, y estarás bien.

Román hizo lo que ella le dijo y la miró, engreído.

—Creo que ya lo tengo claro.

Toda esa seguridad masculina necesitaba un baño de realidad.

—Debo hacerte una advertencia: Lo que entra por un lado, sale por el otro. —Él dijo la palabrota adecuada. Ella sonrió apenas—. Precisamente.

Grace preparó pollo a la parmesana y lo metió en el horno. Puso a hervir el agua para los espaguetis y cortó calabacines, pimientos y cebollas para asar. Puso la mesa para dos, miró a la sala y vio a Román estirado sobre el sillón, con Samuel acostado sobre su pecho, ambos dormidos. Sintiendo una punzada en el corazón, Grace se sentó en la mecedora y los observó.

Oh, Señor, no me dejes cometer otro error, por favor. No quiero ser como mi madre y elegir a un hombre que me destruya. Patrick casi lo hizo. Y el otro... No puedo culpar a nadie, más que a mí misma, por las decisiones que tomé.

Samuel se movió. Con todo cuidado lo levantó y se lo llevó, intentando no molestar a Román. Abrazando a su hijo, estudió al hombre que ocupaba su sofá. Román había sido atormentado por las pesadillas en el hospital. Había hablado dormido y, varias veces, había gritado. Ahora se veía muy tranquilo.

Román se despertó al escuchar el sonido del agua que corría. Se incorporó y se frotó la cara. Había dormido muy profundo, sin sueños, por primera vez desde su experiencia cercana a la muerte. Grace estaba parada frente al lavadero de la cocina, bañando a Samuel. Con la toalla plegada sobre su hombro, lo miró.

—Estás despierto.

—No tenía intención de apagarme así.

—Estabas exhausto. —Hizo un gesto con la cabeza—. Tu cena está sobre la mesa. Quizás tengas que calentarla en el microondas. —Samuel salpicó con las manos y ella se rio.

La comida tenía buen aroma y se veía buena.

—Has hecho mucho más de lo debido para cuidar a tu jefe. —Él jaló una silla y se sentó; se sentía más en su casa aquí que en cualquier otra parte.

—No es más que lo que haría una amiga. —Grace sacó el tapón y dejó pasar el agua. Envolviendo a Samuel con la toalla, lo levantó del lavadero—. Vamos, hombrecito. Te prepararé para que te vayas a la cama.

Román comió unos bocados, disfrutando la comida casera. Vio la hora en el microondas y se lamentó en silencio. Grace no parecía molesta, pero ¿qué mujer quiere que un hombre la visite y pase tres horas durmiendo en su sofá? La llamó:

—Llevaré la comida a mi casa y te dejaré tranquila. —Empujó la silla hacia atrás.

Ella volvió con Samuel apoyado sobre su cadera y su mano apretando la parte delantera de su blusa.

—Puedes terminar la cena antes de irte. —Cuando Samuel empezó a protestar, Grace lo hizo rebotar y lo besó en la cabeza—. Será mejor que lo acueste.

—Gracias por la cena, Grace.

—De nada. Me parece que dormirás mejor ahora que estás en casa y has comido.

Por casa, quiso decir la casa grande, y él supo que no sería así. Terminó la cena, enjuagó su plato y lo puso en el lavaplatos, pensando que era una ironía que supiera cómo ordenar las cosas en la casa de otra persona, pero no en la suya.

Levantó su bastón y cerró la puerta al salir. Se paró en la escalera de la entrada de la cabaña y dejó que sus ojos se adaptaran a la noche. Los grillos chirriaban y sintió el silencio mientras caminaba por el sendero. Había dejado la puerta delantera sin llave. Encendiendo las luces, entró al vestíbulo. Las dejó prendidas y encendió más en la sala. Prendió más en el pasillo. Sus pasos resonaban. Había dejado su cama sin tender. ¿Cuándo se había vuelto tan dejado? Echó un vistazo a su habitación austera y ultramoderna en blanco y negro, y decidió que dormiría mejor en el cuarto de huéspedes.

Sintiéndose completamente despierto, Román volvió a la sala. El silencio lo ponía nervioso. Encendió el televisor. Sacó su cuaderno negro de debajo del sillón y dibujó la casa de la prostituta de Bodie. Dio vuelta a la hoja e hizo un boceto de su madre. Cada dibujo derivaba en otro: el Exterminador tendido en un charco de sangre, el Blanquito cayendo. Las imágenes se volvieron más oscuras y llenó varias páginas con las caras demoníacas. Cuando se dio cuenta de lo que estaba haciendo, volvió a meter el cuaderno debajo del sillón.

No había visto el rostro de Jesús. Lo único que vio fue luz.

Se pasó las manos por el cabello, se levantó y caminó rengueando hacia los ventanales, donde miró el cielo nocturno. Él veía oscuridad en todas partes. Grace veía las estrellas. Se sintió de siete años otra vez, abandonado y asustado. Nunca se sentía seguro en el departamento cuando su madre salía. Menos aun cuando volvía con hombres. Esa última noche, lo había dejado solo y vulnerable. Él se había aferrado a ella y ella lo había alejado. Había mirado por la ventana, así como estaba mirando ahora. Retrocedió de la oscuridad.

Jesús. Jesús.

Román sintió a los monstruos que acechaban al otro lado del velo, muy cerca, todavía intentando separarlo de Aquel que lo había salvado.

29

LA SEMANA PASÓ LENTAMENTE, sin que Grace viniera a trabajar todos los días. Román le dio un poco de espacio. Era lo mínimo que podía hacer después de todo lo que ella había hecho por él.

El sábado en la noche, tarde, su teléfono sonó con un mensaje entrante. Grace. **¿Te gustaría ir mañana a la iglesia conmigo y con Samuel?**

El primer pensamiento de Román fue decirle que no, pero recordó el consejo de Jasper. Era mejor ir la primera vez con alguien que conociera. Y así podría pasar más tiempo con Grace. Escribió la respuesta: **¿A qué hora?** Su respuesta llegó rápidamente y le deseó que pasara una buena noche.

Román condujo hacia Van Nuys con Grace en el asiento del acompañante y Samuel asegurado en el asiento de bebé detrás de él. El estacionamiento estaba lleno; una multitud se desplazaba hacia las puertas abiertas, donde los recepcionistas les entregaban programas a las personas. Román nunca se había sentido cómodo en una multitud.

Grace se volteó hacia él.

—Llevaré a Samuel a la guardería y volveré enseguida. —Señaló con la cabeza hacia un conjunto de puertas dobles abiertas que daban a lo que parecía un miniestadio—. Solemos sentarnos al lado derecho, cerca del medio.

Sintió pánico por un instante cuando la vio desaparecer entre la multitud. ¿A quién se refería cuando dijo «solemos»? Volvió a verla abriéndose paso entre la gente como un salmón río arriba, y luego desapareció.

Otras personas se movían alrededor de él como si fuera una piedra en medio de la corriente. Trató de salir del camino, pero se vio arrastrado junto con la marea. Una vez que atravesó las puertas, Román salió de la corriente y se quedó parado cerca de la pared.

El santuario parecía un salón para conciertos, incluso con una banda instalada sobre el escenario. Detrás de ellos colgaba una gran pantalla a la altura suficiente para que todos vieran los anuncios que pasaban uno tras otro: el estudio bíblico para mujeres los miércoles en la noche; las audiciones para el coro y los horarios de los ensayos; los eventos del ministerio de hombres. Un equipo de misioneros se iría a Zimbabue por dos semanas; se necesitaban voluntarios para las clases de la escuela dominical.

¿Por qué estaba tardando tanto Grace?

Tal vez debería haberse quedado en su casa a mirar algunos servicios eclesiásticos por televisión, antes de aventurarse al campo de batalla. Podría haberse hecho una mejor idea de lo que podía esperar.

—¡Hola! —Shanice apareció y le sonrió—. No esperaba encontrarte aquí.

—Yo tampoco.

—¿Viniste solo? ¿Y por qué tienes un bastón?

—Un músculo desgarrado. —Se encogió de hombros, sin ganas de hablar del tema—. Grace está en alguna parte. Dijo que iba a dejar a Samuel en la guardería, dondequiera que eso esté. —Considerando lo mucho que estaba tardando, debía ser en el fin del mundo.

—Pareces a punto de salir corriendo. —Los ojos castaños de Shanice evidenciaban su diversión—. ¿Nunca has estado en una iglesia antes?

—No. —Y quizás esta fuera su última vez.

—Puede resultar bastante abrumador. Vamos. —Lo tomó del brazo—. Te cuidaremos bien hasta que Grace nos alcance. —Vio a Ashley y a Nicole. Ellas debían ser el resto del «solemos» que Grace había mencionado. Miró alrededor en busca de los carteles de salida. Shanice prácticamente lo empujó hacia la fila de asientos—. Haz lo que todos los demás están haciendo y encajarás bien en la multitud.

Román nunca había sido bueno en eso.

Un hombre salió al centro del escenario y gritó que el pueblo de

Dios alabara al Señor. Todos se pusieron de pie. Román se levantó, inquieto. La letra de la canción reemplazó los anuncios en la pantalla. Todos cantaban. A todo volumen. Era un bar de karaoke gigante, en el que nadie necesitaba beber unos tragos para relajarse. Este grupo ya estaba saltando y aplaudiendo.

Jasper le había hablado de los coros y los pastores con togas negras, del silencio y el decoro. No le había dicho nada sobre las chirriantes guitarras eléctricas, los sintetizadores, las baterías ni los cantantes que sonaban como estrellas de rock. El lugar se estremecía por la música. Shanice se acercó a él.

—¿No cantas?

—Ni siquiera en la ducha.

A la tercera canción, la mayoría de las personas tenía las manos levantadas; algunos apuntaban un dedo hacia el techo, como los hinchas de fútbol cuando alientan a su equipo local. Grace se deslizó en su fila. Shanice hizo espacio para ella. Le dijo algo a Grace en el oído antes de que intercambiaran asientos. Grace se acercó a Román. Le sonrió y luego empezó a cantar. Su voz no era tan potente ni afinada como la de Shanice, pero a él le gustaba más.

Al cabo de media hora, Román supuso que el canto era lo único que pasaba en la iglesia. Leyó las letras con atención y empezó a disfrutar cómo podían armonizar unas dos mil voces juntas. Justo cuando estaba poniéndose cómodo, la música terminó y otro hombre subió al escenario e invitó a todos a orar. Román miró alrededor mientras escuchaba, acogiendo la actitud reverencial de tantas personas.

Cuando terminó la oración, un sonido vibrante lo rodeó cuando todos tomaron asiento. Se sentó, tenso y atento. La pantalla del retroproyector mostró un esquema. Grace abrió su Biblia. Él había traído la que ella le había regalado, pero no tenía idea de dónde buscar. Ella la tomó, encontró rápidamente el lugar y le señaló el pasaje. Román leyó el capítulo, cerró la Biblia, la puso a un costado y se concentró en el orador. El predicador hablaba de proteger el corazón, pues de él fluye la vida. Román sabía perfectamente cómo proteger su corazón; había estado haciéndolo durante años.

El sermón terminó demasiado rápido para Román. Quería escuchar más, pero la banda salió otra vez. Una última canción, otras palabras del pastor y todo había concluido.

—Iré a buscar a Samuel y te encontraré al frente. —Antes de que Román pudiera detenerla, Grace se deslizó y se sumó a la muchedumbre que se dirigía hacia la salida. Nicole estaba sentada, mandando un mensaje de texto. Ashley miró a su alrededor e interceptó a un hombre vestido con un traje de negocios. Él parecía feliz de verla.

Shanice le sonrió.

—Sobreviviste. ¿Qué te parece la iglesia?

—No es lo que esperaba.

—¿Eso es bueno o malo?

—No lo sé. Esperaba formalidad y tradición, y una lista de todo lo que tienes que dejar de hacer.

Ella se rio.

—Hay toda clase de iglesias, Román. —Alguien captó su atención y le dio un abrazo. Román notó una gran cantidad de muestras de afecto públicas, todas prudentes, y esperó que nadie hiciera el intento de abrazarlo.

Shanice le presentó a varias personas, incluso a un hombre que inmediatamente lo invitó a un desayuno de hombres para el sábado siguiente. Román le agradeció y dijo que lo pensaría. No podía imaginar nada peor que desayunar con un grupo de desconocidos.

—Hay una amplia gama de opciones, si quieres participar —le dijo Shanice mientras iban caminando hacia las puertas dobles—. Tenemos equipos de béisbol y de fútbol, y mucha gente a la que le gusta jugar al tenis y al golf.

¿Golf? Román le sonrió irónicamente.

—¿Alguien hace *parkour*?

—¿Es por eso que cojeas? —Cuando se quedó callado, ella levantó un hombro—. Bueno, te sorprenderías. Conozco a dos dobles de escenas peligrosas que vienen a esta iglesia. Entonces, ¿dónde lo aprendiste? ¿Entrenando para algún programa de televisión?

—Aprendí en el barrio donde crecí, en San Francisco. Era una cuestión de supervivencia.

Ella arqueó las cejas.

—Creí que eras un mocoso aristócrata que creció con una cuchara de plata en la boca.

—¿En serio? —Román se rio—. No podrías estar más equivocada.

—Bueno, compañero, fuimos vecinos. Yo crecí al otro lado de la bahía, en Oakland. Ahí también había una multitud de drogas y pandillas. —Ella se rio forzadamente—. Siempre elegía un novio lo suficientemente grande como para que le diera una paliza a cualquiera que me molestara.

Él sabía que esa historia tenía algo más.

—¿Y tus padres?

—Mi padre está encarcelado en Chowchilla. Mi madre fue una mamá firme que se aseguró de que yo terminara la preparatoria y fuera a la universidad. ¿Qué me cuentas de ti?

—No tuve tanta suerte.

Grace se les unió. Samuel venía montado sobre su cadera como un monito simpático. Shanice le dedicó una gran sonrisa.

—Román sigue aquí. Creí que iba a saltar hacia la puerta antes de que empezara el culto, pero lo aguantó como un buen soldado. —Cargó a Samuel y metió el rostro en su cuello, haciéndole trompetillas contra la piel, mientras él se retorcía y se reía.

—Román nos trajo en su carro, así que hoy no iré a almorzar.

Shanice le devolvió a Samuel.

—Te llamaré más tarde. Encontremos un tiempo para reunirnos esta semana. —Apretó el brazo de Román—. Fue bueno tenerlo aquí, señor Velasco.

Grace se quedó con Samuel en la cabaña hasta que llegó su hora de dormir. Lo aseguró en el asiento de bebé del carro y lo llevó de vuelta a Burbank. Selah salió por la puerta delantera en el mismo momento que Grace se estacionaba junto a la cuneta. Ni siquiera saludó a Grace cuando abrió la puerta, desabrochó a Samuel y lo levantó de su asiento.

—Extrañaba a mi Sammy. —Obligado a despertarse, el bebé lloró. Selah le habló en español—: Ay, mi corazón, al fin estás en casa.

Selah cerró la puerta del carro de un golpe. Mirando furiosa a Grace, habló en un español acelerado y luego cambió de vuelta al inglés:

—¡Estaba preocupada! ¡Pensé que habían tenido un accidente! No lo tengas hasta tan tarde. —No le dio a Grace la oportunidad de hablar, porque se apresuró por la acera y se metió en la casa. La luz del porche se apagó.

Grace volvió a entrar al carro y se quedó sentada un momento, conteniendo las lágrimas. Tenía una sensación de pérdida desgarradora, después de haber estado toda la semana con Samuel, sabiendo que recién el viernes lo vería de nuevo y que entonces solo sería por dos noches. No había tenido la suerte de encontrar un servicio de cuidado de niños adecuado y módico, ni siquiera después de meses de búsqueda. ¿Estaba siendo demasiado exigente, exigiendo demasiado en cuanto a las recomendaciones? ¿Tenía miedo de lastimar a Selah, que había sido un gran apoyo durante el último año? A Selah no le habían importado los sentimientos de Grace esta noche. La había mirado como a una enemiga, le había dicho cosas duras, algunas de las cuales Grace comprendió. *Malagradecida. Irresponsable.* Lloró casi todo el camino de vuelta a casa.

Grace abrió la puerta de la cabaña y dejó caer su cartera y las llaves sobre la mesa. La cuna vacía la hizo llorar de nuevo. Se preparó para irse a la cama. Pasó una hora, luego otra, y seguía sin poder dormir. Se levantó al ver que el reloj digital marcaba las 12:34.

Sacó una bata gruesa de felpa y salió afuera. Los adoquines se sentían fríos bajo sus pies descalzos. Aspiró el aire fresco de la noche. Las luces del estudio de Román estaban encendidas. Al parecer, él también tenía una noche de insomnio. Rodeándose con sus brazos, levantó la vista hacia las estrellas, como diamantes lanzados sobre terciopelo negro. Quería orar, pero no tenía las palabras para lo que sentía, para lo que necesitaba pedir.

Mi hijo. Señor, mi hijo, mi hijo.

Limpiándose las lágrimas, suspiró. El frío había empezado a calar y la obligó a volver adentro. Se sentó en el sillón y leyó la Biblia hasta que sintió los ojos pesados. En lugar de volver a enfrentar la cuna vacía en el cuarto, jaló la manta del respaldo del sillón y se tapó. La almohada olía ligeramente a la loción para después de afeitar que usaba Román. Soñó con él y se despertó jadeando. Perturbada, volvió a quedarse despierta.

Ay, Señor, ayúdame.

A la mañana siguiente, Grace sintió un fuerte olor a pintura fresca cuando entró en la casa principal. Hizo café, llenó una taza y se dirigió al estudio. Román estaba frente a la pared de atrás, haciendo amplios movimientos con un rodillo para pintar, cubriendo lo que había pintado recientemente.

—Buenos días. ¿Estuviste levantado toda la noche? —Se ruborizó, esperando que él le preguntara cómo sabía que había estado levantado.

—Tenía que sacarme algo de la cabeza. —Román barrió ampliamente una vez más con el rodillo, antes de arrojarlo a una lona arrugada. Los colores brillantes y las formas traspasaban el beige turbio. Grace trató de discernir qué había escondido.

—Te vi en el patio cerca de la medianoche. No pudiste dormir mejor que yo.

Ella no lo miró.

—¿Qué estabas pintando?

—Nada que valga la pena contar.

Nada bueno, por su tono de voz.

—¿Podrías pintar a Jesús? —Ella le ofreció la taza con café.

—No vi Su rostro. —Tomó la taza y sus dedos rozaron los de ella—. Son los demás a los que recuerdo claramente.

Grace trabajó en la oficina hasta el mediodía. Cuando Román no bajó, le subió un emparedado y una taza de té helado al estudio. Él estaba sentado, con una mano escondida entre su cabello y con la otra golpeando un lápiz sobre una hoja de papel en blanco. Ella puso el plato y el vaso sobre la plataforma que había junto a su área de trabajo. Él la miró y ella notó las ojeras debajo de sus ojos.

—Talia llamó; tiene algunas litografías para que firmes.

Él arrojó el lápiz a una bandeja.

—¿Cuántas?

—Doscientas. Ella fijó el precio en mil cada una.

—¿Cuánto pagarías por una de ellas? —Ella no quiso responder. Él levantó una ceja y torció la boca en una sonrisa sarcástica—. No pongas cara de culpable, Grace. Yo tampoco colgaría una en mi pared. —Hizo girar la banqueta sobre la cual estaba sentado—. El problema es que perdí mi impulso. No tengo idea de qué quiero dibujar o pintar en este momento.

—Ya volverá.

Él se rio débilmente.

—Quizás Dios también tiene algún problema con mi obra.

—Quizás Él tiene otra cosa para que hagas.

—¿Como qué?

Deseaba que dejara de mirarla.

—No lo sé. Pregúntaselo a Él.

—No sé cómo hacerlo.

—Simplemente háblale. Yo lo hago todo el tiempo.

—No te escucho hablando todo el tiempo.

—No tienes que orar en voz alta. —Miró la hoja en blanco—. Héctor me dijo que cuando pintaba sobre cerámica, empezaba con una forma común. Un cactus, por ejemplo, o piedras. —Román tenía muchos de ellos en su propiedad.

—Como sabes, los cactus y las piedras no son lo mío. —Le echó una ojeada—. Me inspiraría más si tú posaras para mí.

Se quedó boquiabierta. Debía estar bromeando.

—Muy gracioso. Si quieres una modelo, tengo un archivo con cartas de una docena de mujeres hermosas muy dispuestas a hacer eso.

—No estoy pidiéndote que te saques la ropa, Grace. Solo que te sientes durante una hora. Eso podría hacerme empezar a hacer algo diferente a lo que he estado haciendo. —Hizo un gesto señalando la pared que había pintado esa mañana.

Todo el cuerpo de Grace se acaloró. No podía quedarse una hora sentada con él mirándola. Sacudió la cabeza, mortificada por el calor que le había subido por el cuello hasta las mejillas.

—Si necesitas inspiración, prueba con lo que hace Héctor. Comienza con una línea.

Román sonrió un poco.

—Está bien. Dame una línea. —Le entregó su cuaderno de bocetos y un lápiz—. Veamos si eso me inspira.

Grace caminó hacia el ventanal y trató de igualar el horizonte. Dejó el cuaderno y el lápiz sobre su mesa de trabajo.

—Fíjate qué puedes hacer con eso.

Él se rio secamente.

—Debí saber que ibas a querer un paisaje.

Ella se detuvo en la puerta y lo miró de frente:

—No importa lo que yo quiera, Román. Pero tal vez pintar un paisaje, en lugar de lo que sea que ocultas en esa pared, te ayudaría a dormir en la noche.

—¿Y qué me dices de ti? —La miró fijo—. ¿Qué es lo que te mantiene despierta en la noche?

Su corazón martilleó.

—Nada que tú puedas arreglar.

El martes en la tarde, Román vio a Brian sentado en el muro del patio, obviamente esperando a Grace. Brian se levantó cuando ella se acercó caminando por el sendero, se inclinó y la besó en la mejilla. Román rechinó los dientes y se alejó de la ventana. Probablemente se irían a algún restaurante tranquilo y romántico que Henley habría elegido para cenar.

No le gustó la clase de enardecimiento que sentía en su interior. ¿Qué derecho tenía él a sentirse herido o enojado?

Piensa en otra cosa. No especules qué puede estar pasando ahí ahora mismo.

Levantó el bloc de bocetos y se enfocó en las sencillas líneas que

Grace había dibujado. Imaginó formas, colores apagados, sombras. Grace no lograría sacarle un paisaje. Le daría alguna otra cosa en qué pensar. Sentándose en su mesa de bocetos, usó su línea para comenzar su obra.

El atardecer era un resplandor de naranjas y dorados brillantes, rayos púrpura que se ajustaban a su estado de ánimo. Todo parecía tranquilo en la cabaña. Tal vez Grace y el Príncipe Azul habían salido a cenar mientras él dibujaba. Había una luz encendida, pero posiblemente ella la había dejado encendida para no tener que entrar caminando a oscuras en la casa.

Movido por la curiosidad, Román bajó al primer piso. El dolor irradiaba de su pantorrilla mientras salía por la puerta principal. La camioneta color marrón claro de Henley todavía estaba estacionada frente a la cabaña. Román masculló una palabrota en voz baja. Hasta allí llegaron los besos castos.

Tenía que irse de la casa, o haría algo de lo cual se arrepentiría. Grace no le pertenecía. Podía estar con quien quisiera y hacer lo que quisiera. ¿Qué mejor para una chica como Grace Moore que un pastor de jóvenes?

Furioso, Román volvió al armario de su estudio donde guardaba todos sus elementos de pintura. Agarró una mochila y le metió un par de latas de pintura en aerosol y un casco con lámpara. Quizás ya no pudiera subir por las escaleras o hacer *parkour*, pero había lugares que pedían a gritos un grafiti. Buscó en Internet los túneles peatonales del condado de Los Ángeles, seleccionó un mapa, lo estudió brevemente e ideó un plan.

Cuando se dirigió a su carro, el sol ya se había ocultado. Las luces de la casa de huéspedes ahora estaban encendidas. Quizás el Príncipe Azul se quedaría a pasar la noche. Román accionó el cambio y salió rugiendo por el camino. Las piedras volaron de debajo de los neumáticos cuando entró a la ruta del cañón.

No tardó mucho en llegar a su primer destino, el estacionamiento de un supermercado. Cargándose la mochila al hombro, rengueó hasta una parada de autobús. Tuvo la sensación de que alguien lo observaba.

Solo eran sus nervios. Llegó el autobús. Se sentó al fondo, con las emociones agitadas, tratando de pensar en otra cosa que no fuera Grace en los brazos de otro hombre. Le dolía la pantorrilla y estiró la pierna. Le llevó treinta minutos llegar a su segunda parada. Hizo un gesto de dolor mientras bajaba por la escalera. El autobús se alejó. Cruzó la calle y empezó a caminar. Unas pocas cuadras, nada más, pero con cada paso que daba el dolor subía y bajaba por su pierna.

Debería haber traído el bastón. Después de una cuadra, estaba sudando. Tal vez no había sido una buena idea. Se sentó en la parada de autobuses. Cuando llegó uno, las puertas se abrieron con un zumbido y Román le hizo una seña para que siguiera. No podía quedarse sentado ahí toda la noche.

Apretando los dientes, se levantó y siguió caminando.

El túnel estaba vacío. En general, la gente evitaba los túneles peatonales cuando se hacía de noche. A veces, los indigentes los usaban como refugios. Este estaba vacío y más limpio que la mayoría. Román se quitó la mochila y sacó sus materiales. Se puso el casco rojo, prendió la linterna y se puso a trabajar. El olor del Krylon llenó el túnel y el único sonido que se escuchaba era el siseo de la pintura en aerosol. Revivió algunos recuerdos del infierno y trabajó más rápido. Cualquiera que caminara por allí vería las criaturas mirándolo con furia desde ambos costados y desde arriba. Terminó una; más adelante, otra. Quería hacer seis en total. Las llamas alrededor de la boca del túnel completarían la obra.

Creyó escuchar unos pasos y se quedó helado, con una lata de pintura en la mano. ¿Sería un peatón nocturno? ¿Un indigente que buscaba un sitio para pasar la noche? Acelerando su ritmo, sacó otra lata de pintura de su mochila, luego otra, y pasó del rojo ardiente al naranja. Puso lengüetadas de amarillo y líneas negras. Arrojó las latas dentro de su mochila, se sacó el casco y lo metió adentro. Subió el cierre y se enderezó. Un hombre estaba parado a la mitad del túnel, observándolo. El pulso de Román se aceleró de golpe.

—¿Cuánto hace que está ahí?

—Lo suficiente. —La voz era grave—. No podía creer la suerte que tenía cuando vi a Román Velasco salir de un carro en el supermercado. Tenía mis sospechas sobre usted. Nos vimos una vez en la galería de Laguna Beach. Dudo que se acuerde.

Román no lo recordaba, pero sabía quién era.

Román caminó rengueando hacia él, con la mochila sujeta fuertemente en la mano. Podía usarla como arma.

—Es el policía que estuvo haciendo preguntas.

—La bandada de mirlos que pintó me mostró el camino. Mi esposa siempre está atenta a lo que está pasando en el mundo local del arte y se ha interesado por usted. Ella fue la que recibió el folleto de la galería de Laguna Beach. Desde el momento que vi esa pintura, supe que lo había atrapado.

—¿En serio?

—¿Cree que puede superarme, que puede escapar de mí? Me parece que no. No con esa pierna herida.

El hombre era más alto que Román, de espaldas más anchas que él. Sin duda sabía cómo bloquear un golpe y derribar a un hombre.

Román supo que le había llegado la hora de una temporada en la prisión. La agresión a un policía no haría más que empeorar las cosas.

—Está bien. —Se puso la mochila al hombro. Había tentado su suerte durante años. Esta noche, se le había terminado—. Vamos. —Podía imaginar los titulares. Podía imaginar la conmoción y la desilusión de Grace, y también la de Jasper y de los Masterson. ¿Qué pensarían de él? Una parte de él estaba aliviada de que todo hubiera terminado. La otra parte quería huir. El problema era que no podía correr suficientemente rápido.

El policía se hizo a un lado. No hablaron mientras caminaban.

—La policía de Los Ángeles tiene un expediente sobre su obra. Yo investigué un poco sobre Román Velasco. No es su verdadero nombre. —Sabía sobre Bobby Ray Dean. Sabía sobre Sheila Dean y cómo había muerto. Incluso sabía algunos detalles sobre las actividades de Román en Europa—. Se ha forjado algo de fama.

Román se tropezó y murmuró una maldición en voz baja cuando el dolor se disparó por su pierna. Se detuvo y se agachó para frotarse la pantorrilla llena de nudos.

—¿Se hizo revisar la pierna?

—Sí. No está mejorando.

—Le cortó las alas. Me sorprendió cuando eligió un túnel. Siempre le han gustado los sitios altos. ¿Fue así como se lastimó?

—No. —Román lo miró con curiosidad—. ¿Qué sabe de los sitios altos?

—En mi época, hice algunos grafitis. No como los suyos. Letras en forma de globo. Mal hechas. Sin sentido. —Se rio en voz baja—. Usted es una especie de leyenda, ¿sabía?

—Borran mis obras igual que las de cualquier otro.

—Esa última pieza, frente al banco, todavía está ahí. —Se rio por lo bajo—. Fui al restaurante que hay en ese edificio. Pregunté por ella. El propietario está muy orgulloso de tener una obra del Pájaro sobre su pared.

Román sintió un asomo de orgullo y luego el peso del arrepentimiento por no haberlo dejado antes de arruinar todo lo que había querido ganar.

—Usted será muy reconocido en la calle por haber atrapado al Pájaro.

—He pensado en eso muchas veces.

El carro patrulla surgió a la vista, estacionado junto a la cuneta. Por lo menos, el policía no lo había esposado. Román volvió a pensar en huir. Pero, ¿adónde iría? El oficial sabía quién era, dónde vivía. Román abrió la puerta, lanzó su mochila al asiento y entró al carro. Echando su cabeza hacia atrás, soltó una maldición en voz baja. No podía echarle la culpa a nadie más que a sí mismo. Cerró los ojos y esperó que se le pasara el dolor de la pierna.

No fue el viaje largo que Román esperaba. El policía entró al estacionamiento del supermercado y frenó al costado del carro de Román. Román lo miró fijamente a través del espejo retrovisor. El policía esbozó una sonrisa.

—No estaba en horas de trabajo. Vine a comprar algunas cosas de camino a casa. —Se dio vuelta y miró a Román—. El Pájaro ya terminó de volar, ¿cierto?

Román se había olvidado de firmar la obra del túnel. No iba a volver a reclamar su autoría.

—Sí, ya terminó.

—Que pase buenas noches, señor Dean. —Salió y le abrió la puerta a Román.

—Gracias. —Román agarró su mochila y salió. El carro patrulla se fue. Otra segunda oportunidad.

—— | | ——

Grace había estado nerviosa desde que Brian la llamó y le preguntó si podía llevar comida y cenar con ella, para que pudieran hablar. ¿Querría que su relación se convirtiera en algo más serio? Sus amigas creían que era el hombre perfecto para ella. Y Brian tenía todas las cualidades que ella deseaba. Era un hombre de fe, amable, considerado, con trabajo. Nunca le había despertado la agitación de la atracción física, pero, como Brian había señalado, la amistad era una buena base para un matrimonio.

Brian llegó temprano y la esperó en el patio de atrás. Se puso de pie y la besó en la mejilla, antes de sacar del carro una bolsa de papel marrón.

—Comida italiana. —Le mostró la bolsa—. Fui a Trattoria. Fetuccini Alfredo, ensalada con aderezo, pan con ajo y tiramisú para el postre. —La semana anterior al viaje que hizo con Román, ella y Brian habían cenado en ese pequeño restaurante. Qué agradable era que Brian recordara lo que ella había pedido. Más cualidades deseables. Brian era considerado y tenía buena memoria para los detalles. Patrick habría comprado comida tailandesa y la habría pagado con la tarjeta de crédito de Grace.

Brian la siguió adentro de la cabaña. Parecía pensativo.

—¿Cómo está Román?

¿Por qué Brian tenía que mencionarlo? Grace estaba haciendo un gran esfuerzo por no pensar en el hombre que vivía en la puerta de al lado.

—No duerme y no sabe qué pintar. —Se sorprendió a sí misma hablando de la pared trasera del estudio—. No sé qué pinta, pero parece que usa ese espacio para liberarse de la frustración. —Brian dijo que, probablemente, tuviera un montón de cosas que procesar, después de lo que había pasado. Los pensamientos de Grace seguían dando vueltas alrededor de Román—. Fue conmigo a la iglesia. Nunca había estado en una iglesia. Parecía muy incómodo, como si estuviera en otro mundo.

Brian se rio.

—Bueno, las Escrituras ciertamente dicen que nosotros no somos de este mundo, y Jesús tuvo que meter de contrabando el reino de los cielos en esta tierra.

Hablaron del grupo de jóvenes y de que, a algunos adolescentes, que nunca habían conocido una iglesia, también les parecía un ambiente extraño. Por eso era que Brian se dirigía primero a ellos, para que cuando llegaran al servicio, tuvieran una idea de qué esperar.

—Se sienten más cómodos en un supermercado remodelado que en la iglesia tradicional. —El grupo estaba creciendo más rápido de lo que Brian había previsto. Estaba enseñando el libro de Marcos.

¿Por qué no era así de fácil hablar con Román?

Ella sabía la respuesta.

Brian la ayudó a lavar los platos. Ella hizo café descafeinado para acompañar el tiramisú. Brian se sentó en el extremo del sofá más cercano a la mecedora donde Grace se había sentado. Se acordó de Román tendido ahí, con Samuel acostado sobre su pecho mientras ambos dormían. Su corazón se aceleró un poco.

—¿En qué estás pensando, Grace?

En Román, desde luego, pero no iba a confesárselo. No quería pensar en otro hombre esta noche. No debería estar pensando en ese hombre en ningún momento.

—Nada importante. —Sacudió la cabeza, tratando de sacar a Román de su mente—. Dijiste que querías hablar conmigo de algunas cosas. —Brian había tocado muchos temas, pero todavía parecía tener algo más en mente.

Brian asintió lentamente. Dejó a un costado su taza de café y se inclinó hacia adelante, con las manos cruzadas entre sus rodillas.

—Necesitamos hablar de hacia dónde está yendo nuestra relación.

No había esperado que fuera tan directo.

—Creo que eso depende de ti.

—Ambos buscamos algo permanente. ¿Tengo razón?

Repentinamente, Grace sintió cierta aprehensión, una renuencia que no había sentido con Brian hasta ahora.

—Sí. —Pudo escuchar la duda en su voz.

—Nos gustamos. —Brian abrió sus manos—. Podemos hablar de todo. Compartimos la misma fe. Ambos luchamos por ser discípulos de Cristo.

Ella se sentía inexplicablemente nerviosa; deseaba que él dejara de hablar.

—Aun con todo lo que hay entre nosotros, falta algo. —Sonrió como pidiendo disculpas—. Por lo que me dijiste acerca de tu matrimonio, no estoy seguro de que sepas de qué estoy hablando.

Grace nunca había visto tan incómodo a Brian. Sabía qué estaba tratando de decirle:

—No hay chispa.

Él asintió.

—Si es lo único que tienes, no alcanza para construir un matrimonio, pero si tienes todo lo demás, lo hace mucho mejor.

Grace sintió el ardor de sus lágrimas. ¿Qué pasaba si sentías esa chispa por una persona inadecuada? ¿Si casi no podías respirar cuando estabas con un hombre que no sabía amar, que no podía amar a nadie? ¿Qué sucedía en ese caso?

—Nunca quise lastimarte, Grace.

—No es por ti, Brian. —Se encogió de hombros—. He sentido esa chispa. Solo desearía que fuera con el hombre correcto.

—Con otro que no fuera Román Velasco, quieres decir.

Se ruborizó.

—¿Por qué dices eso?

—Lo supe desde el momento que te vi en el hospital. Una mujer no se acongoja tanto por un hombre, a menos que esté enamorada de él.

Estaba a punto de echarse a llorar:

—¿Es por eso que me dices esto ahora?

—No. —Juntó las palmas de las manos, evitando mirarla a los ojos—. La cosa es que conocí a alguien... y me gustaría conocerla mejor. —Levantó la cabeza—. Y tú la conoces.

Todo se aclaró en un instante.

—Shanice.

Brian parecía sorprendido.

—¿Cómo lo supiste?

Ella esbozó una sonrisa.

—Por cómo hablaban en la sala de espera del hospital. —En esa ocasión sintió que algo había pasado entre ellos, pero se había olvidado completamente de eso. Se rio. Ay, qué ironía—. Le recordaré que fue ella la que te eligió.

—Para ti.

Grace se inclinó y lo tomó de la mano.

—Pensó que eras un buen candidato.

Román se aseó antes de que Grace llegara a la mañana siguiente. Cuando le llevó el café al estudio, le dijo que Jasper llegaría de visita el próximo fin de semana. La noche anterior había llamado tarde, después de que Román volviera arrastrándose a la casa. El rostro de Grace se encendió como si la Navidad estuviera cerca.

—¡Qué bueno! Tengo planes para hacer una barbacoa el sábado. Tú y Jasper serán bienvenidos si quieren acompañarnos.

Román tuvo una sensación de náuseas en la boca del estómago. No necesitaba preguntar si Brian Henley estaría en la fiesta.

—Puedes invitar a Jasper cuando llegue. Yo quizás tenga otros planes. —Se preguntó qué significaba el indicio de confusión y decepción que vio en ella.

Román se quedó en el estudio el resto del día, haciendo bocetos de las colinas, pensando aún en lo que había sucedido la noche anterior. Ni siquiera le había preguntado su nombre al policía. Posiblemente Talia tenía su tarjeta. O quizás Grace lo había anotado en su agenda. Mejor no preguntar. Volvió a concentrarse en la figura que estaba dibujando. Borroneó una línea negra suavizándola. Analizó las líneas curvas que había añadido. ¿Sería capaz Grace de ver lo que estaba escondiendo en este dibujo?

Grace volvió. Él la ignoró hasta que ella se aclaró la garganta. No la miró mientras tapaba su obra.

—¿Qué pasa?

—Lamento interrumpir tu concentración, pero tengo que darte algunos mensajes antes de irme. —Román alargó la mano cuando ella se acercó. Grace miró brevemente su mesa de dibujo—. ¿Algo nuevo?

—Me inspiré en la línea que hiciste.

—¿Puedo ver? —Se inclinó hacia adelante.

Respiró su aroma fresco y agradable. ¿Estaba usando perfume? ¿O siempre olía tan bien? Se imaginó metiendo su rostro en la curva de su cuello. Otras imágenes lo tentaron y plantó una mano sobre el boceto.

—Aún no —dijo con voz áspera. Grace lo miró y él vio que sus pupilas se dilataban. El corazón le palpitó como si hubiera corrido una larga carrera—. Deja de molestar.

Ella retrocedió.

—¿Hice algo mal?

—No. Solo estoy tratando de... —¿De qué? ¿De protegerse a sí mismo?

—No quería curiosear.

—Me alegro de que te interese. —Si esa mirada había sido un indicio de lo que ella sentía, ¿por qué pasaba tanto tiempo con Brian Henley? Estaba lo suficientemente cerca como para tocarla. Él apretó el puño y se lo presionó contra la pierna herida.

—¿Te duele la pierna?

—Es algo con lo que tendré que vivir. Un recordatorio de lo que pasó. —Tenía miedo de lo mucho que le importaba ella. Pronto se iría de su vida—. Tendré que buscar una buena masajista. —Le sonrió burlonamente, tratando de aliviar la tensión que había entre ellos—. A menos que te ofrezcas como voluntaria.

—Muy gracioso. —Ella se alejó.

Él habló sin pensar demasiado.

—Volvimos a la vieja rutina, ¿verdad? —Y no porque él así lo quisiera. Extrañaba la cercanía que habían compartido durante el viaje y en el hospital, pero también le tenía miedo. Quería estirarse y tomarla de la mano, pero no lo hizo.

Ese viaje le había trastornado completamente la vida. El primer día se había subido al carro pensando que sería bueno conocer a su asistente de una manera más personal. ¿Cuántas otras mentiras se había dicho a sí mismo? Había partido lleno de orgullo y determinación, pensando que podía manejar su vida según sus propias condiciones, y vuelto físicamente quebrantado, espiritualmente despierto y mentalmente confundido.

Ella retrocedió otro paso.

—Bueno, te veré mañana.

Román asintió. Casi podía sentir los muros que se estaban levantando; no solo los suyos, sino los de ella. Tal vez no fueran tan distintos. Él podía decirle la verdad: que ya no tenía ninguna respuesta sobre nada; que verla con otro hombre lo enfermaba físicamente; que quería algo más, pero que tenía miedo de pensar cuánto más quería.

30

Grace puso a Samuel en el corralito y le dio su piano de juguete. Ashley llegó balanceando una gran fuente de ensalada casera de papas y una bandeja con *brownies* arriba.

—Anoche estaba de humor como para hacer algo en el horno. Si no saco esto de mi casa, me los comeré todos.

Nicole llegó con los ojos enrojecidos y pálida.

—Necesito que me prestes una ensaladera.

Shanice entró caminando justo detrás de ella con una gran cacerola con frijoles horneados al estilo de Boston.

Ashley miró hacia el patio a través de la puerta abierta:

—¿Dónde está Charles? Pensé que vendría hoy.

—Tenía que trabajar. —Nicole abrió un paquete de ensalada, la volcó en la ensaladera de Grace, sacó de su bolsa una botella de aderezo de frambuesas y nueces, y la dejó caer sobre la mesa.

Nicole le dirigió una mirada feroz a Shanice:

—Y antes de que digas una palabra, ya sé que si tuviera algo de cerebro, dejaría este empleo y buscaría otro.

Shanice abrió muy grandes los ojos.

—Yo no dije nada.

—No, pero lo estabas pensando.

Shanice apoyó su cacerola sobre la cocina y enfrentó a Nicole:

—Lo único que te he dicho es que cuides tu corazón. A mí me lo rompieron varias veces. A todas nos ha pasado.

Nicole se desmoronó sobre una silla. Parecía estar a punto de llorar.

—Es un hombre importante, con un trabajo importante y yo me siento importante cuando estoy con él.

Shanice agarró a Nicole de los hombros, se inclinó y le dio un beso en la mejilla.

—Serías importante sin él, cariño.

—No soy más que una empleada administrativa, Shanice.

Grace sentía el sufrimiento de Nicole.

—Yo también lo soy.

—Ustedes no entienden. Yo haría cualquier cosa por Charles. ¡Cualquier cosa!

Grace la entendía demasiado bien y quiso advertirle a su amiga:

—Yo hice todo por Patrick, Nicole, y nada le importó. Es difícil pensar con claridad cuando estás vulnerable y quieres algo con tantas ganas.

Brian entró con una caja de refrescos y un hombre que Grace no conocía.

—Lindo día para una barbacoa. —Besó brevemente a Grace en la mejilla—. Les presento Nigel Campbell, uno de nuestros diáconos más dedicados. Tú tendrás que hacer las demás presentaciones. Yo solo conozco a la señorita Tyson. —Brian saludó a Shanice con un gesto de la cabeza. Shanice lo ignoró y saludó rápidamente a Nigel y volvió a revolver los frijoles.

Grace le presentó a Ashley y a Nicole. Desde el instante que Nigel habló, el rostro de Ashley se iluminó.

—¡Eres británico!

Román y Jasper bajaron por el sendero adoquinado desde la casa principal, y Grace salió a recibirlos. Jasper traía una gran sandía. Román traía seis cervezas Heineken y una botella de champagne. Román siguió a Grace hasta adentro, donde Shanice y Brian estaban parados en los extremos opuestos de la mesa y la tensión vibraba en el aire. Román puso la cerveza y el champagne sobre la mesa y le dio la mano a Brian.

—Henley, ¿verdad?

Sonriendo, Brian le estrechó la mano.

—Parece que nuestras oraciones fueron contestadas. Te presento a Shanice. Ella también fue al hospital.

—Grace me contó que fuiste. Gracias por cuidarla.

Jasper le guiñó un ojo a Grace y se acercó a ella.

—Hoy se está portando de maravilla.

Grace guardó la cerveza y el champagne en el refrigerador. Samuel estaba aporreando el piano de juguete y Jasper se agachó para verlo de cerca.

—¿Y quién es este pequeñín?

—Mi hijo. —Levantó a Samuel y lo acomodó sobre su cadera—. Samuel, él es el señor Hawley, el amigo del señor Velasco.

Brian le arrebató a Samuel. Sosteniéndolo bien alto, lo zangoloteó hasta que se rio, y entonces se rio con él.

Román miró a Brian con el hijo de Grace. El bebé obviamente lo reconocía, y Henley se sentía cómodo cargándolo. Brian llevó a Samuel hasta donde estaba Shanice y hablaron en voz baja. Román observó el intercambio, preguntándose si Grace lo habría notado. No parecía molestarle que su novio manifestara un interés considerable en su amiga. Shanice tomó a Samuel de los brazos de Brian y se acercó a Román.

—¿En qué estás trabajando? ¿Otro mural?

—Algo nuevo. Idea de Grace. Con la esperanza de no seguir pensando en el viaje al infierno.

—Gracias a Dios, es un viaje que nunca haré, aunque lo merezca. —Ella resopló una trompetilla sobre la nuca de Samuel.

—Pensé que era tuyo. La primera vez que te vi, lo tenías en brazos.

Shanice se rio.

—¿Quieres decir, el día que vinimos a verificar que no tuvieras intenciones deshonrosas con Grace? —Puso a Samuel sobre su hombro—. Yo cargo a este pequeñín cada vez que puedo. No hay ninguna garantía de que algún día vaya a tener uno propio. —Sus ojos se detuvieron, anhelantes, en Brian—. Es muy especial.

—¿Te refieres al bebé o a Brian Henley?

Shanice parecía avergonzada.

—Estaba hablando de Samuel, por supuesto, pero Brian también es genial. Nicole, Ashley y yo lo seleccionamos para Grace. —Le explicó cómo funcionaba el sitio web casamentero y cuántos hombres habían analizado antes de decidir que Brian era el tipo perfecto para Grace.

Debía ser lindo tener amigas a las que uno les importara tanto como para buscarle una pareja potencial. Con el fuego ya en marcha, el señor Perfecto metió refrescos en una hielera que había afuera, mientras hablaba con Ashley y Nigel. Samuel se había quedado dormido sobre el hombro de Shanice. Grace sacó del refrigerador hamburguesas y salchichas alemanas. Él la descubrió mirándolo y sintió una punzada de satisfacción. Al menos no tenía los ojos clavados en el hombre que había encendido el fuego.

—Linda reunión.

—Me alegro de que hayas venido. —Grace se pasó un delantal por encima de la cabeza—. No parecías demasiado entusiasmado cuando te invité.

—No estaba seguro de que encajaría aquí. —Había resuelto que este era su patio, no el de Brian Henley.

Brian entró a buscar la fuente con la carne.

—Las brasas están listas.

Todos se sentaron afuera para comer. Román escuchaba la conversación relajada a su alrededor y respondía preguntas cuando se las hacían. Nicole dijo que tenía que irse y Grace la acompañó hasta su carro. Cuando volvió, Shanice le preguntó si había llegado a alguna parte con Nicole. Grace se encogió de hombros.

Jasper contó un par de anécdotas de un muchacho problemático con el que trabajó en el rancho Masterson, sin dejar dudas de a quién se refería. Román no se alegró en absoluto al escucharlo, hasta que otros empezaron a contar sus propias historias sobre las travesuras que habían hecho en su adolescencia. Brian confesó que él y un par de amigos en la preparatoria habían pegado bolas de algodón mojadas sobre el carro del director durante un invierno helado.

—Pasaron tres semanas antes de que subiera la temperatura como para despegárselas.

Román se rio.

—¿Te saliste con la tuya?

—Mi conciencia me mortificó tanto que terminé confesando.

Shanice miró de frente a Román:

—Quiero escuchar qué pasó cuando te resucitaron.

Al parecer, todos lo sabían.

—Grace me hizo RCP.

Grace negó con la cabeza:

—Había un hombre que me ayudó, y luego vinieron los paramédicos. Cuéntales qué pasó, Román.

¿Era por esto que Grace lo había invitado? A Román no le gustaba ser el centro de atención.

—Yo no creía en el infierno, hasta que fui a parar ahí. —Todos le clavaron los ojos.

—¿Nada más? —protestó Shanice—. ¿Eso es lo único que nos vas a contar? ¡Vamos! Quiero escucharlo todo.

Jasper se rio entre dientes.

—Será mejor que lo hagas. Tengo la sensación de que esta chica no se da por vencida.

Román les contó acerca de los demonios, el túnel, el hedor y los alaridos. Miró a Grace.

—Tú y yo acabábamos de hablar de Jesús. De lo contrario, no se me habría ocurrido gritar Su nombre. —El rostro de ella se suavizó.

—¿Lo viste?

—¿Qué? —Miró a Ashley—. Vi una luz y sentí que una mano me agarraba. No vi un rostro, pero sé quién era. —Volvió a mirar a Grace—. No tengo ninguna duda de que Jesús me salvó, pero no sé por qué se tomó la molestia.

Brian se inclinó hacia adelante, con las manos cruzadas entre sus rodillas.

—Él te ama.

Román sonrió sarcásticamente.

—¿Tú crees?

—El amor de Dios y las oraciones de Grace. —Shanice le palmeó la rodilla a Román—. Sea cual sea el motivo, está claro que Dios no ha terminado contigo, todavía.

Jasper había dicho lo mismo.

—Bueno, todos ustedes conocen la Biblia mejor que yo.

Se sentaron alrededor del brasero mientras se ponía el sol. Ashley había traído los accesorios para preparar malvaviscos. Brian habló de los campamentos con los Boy Scouts. En algún momento durante la tarde, Román dejó de odiar al tipo y se sintió absorbido por los miembros de ese pequeño grupo. Estas personas hablaban cómodamente de Jesús y del poder de Dios.

Grace entró para acostar a Samuel en la cama. Román pensó en seguirla. Brian lo miraba como si supiera qué estaba tratando de ocultar Román.

Todos ayudaron a limpiar los tazones y las fuentes, y recogieron los platos y los vasos de papel. Román sacó la basura para ayudar. Cuando volvió, Brian anunció que debía irse. La iglesia comenzaba temprano a la mañana siguiente, y era mejor que estuviera bien despierto y preparado para enseñarle a su banda de hermanitos y hermanitas. Le dio la mano a Román. El Príncipe Azul le estrechó la mano con firmeza y lo miró directamente a los ojos.

—Reunámonos algún día para almorzar y conversar. —Sacó una tarjeta de presentación—. Aquí está mi número.

Román no quería que le cayera bien. Metió la tarjeta en su bolsillo y miró a Brian mientras se acercaba a Grace. No hubo beso esta vez, pero estaban en público. Se quedaron parados muy juntos y hablando en voz baja. La intimidad que había entre ellos le molestaba a Román. Se abrazaron brevemente. Brian y Nigel se fueron. Ashley los siguió poco después.

Shanice se sentó con Román en el muro.

—Qué hermosa noche, ¿verdad? —Ladeó la cabeza y lo miró—. Por favor, ten cuidado con mi amiga.

—No he hecho nada como para merecer una advertencia.

—Lo que me preocupa es cómo la miras cuando ella no está mirándote.

¿Alguien más lo había notado, además de Jasper?

—Quizás tú deberías tener cuidado.

Shanice no fingió no entender.

—Lo dices por Brian. Créeme. Nunca haría algo para lastimar a Grace. Ya le hice suficiente daño. —Se puso de pie y le dijo que esperaba verlo en la iglesia al día siguiente. Él le contestó que se lo mencionaría a Jasper. Mientras Shanice se iba, él se quedó pensando qué daño había causado y qué tenía eso que ver con Grace.

Con los platos sucios apilados y a un costado, Román le sirvió a Jasper una segunda copa de cabernet de Napa. Habían ido juntos a la iglesia de Grace. Román esperaba escuchar la opinión de Jasper, pero él parecía atípicamente callado.

—¿Qué te pareció?

Jasper se encogió de hombros.

—Diferente de lo que tengo como costumbre, pero el sermón fue bueno. No vi a Grace.

—Estaba ahí, con Shanice y las otras. Se van a almorzar todos los domingos. —Román se había sentado al otro lado del auditorio, donde no pudiera verla, sabiendo que no podría concentrarse si ella estaba cerca.

Jasper se reclinó.

—Por cierto, muy rico tu filete. No has perdido tu toque, Román. Si alguna vez decides abandonar el arte, siempre podrás ir a una escuela de cocina y abrir tu propio restaurante.

—Esta es la primera comida de verdad que he hecho en meses, a menos que tengas en cuenta las comidas preparadas que calientas en el microondas. Grace suele empezar algo antes de irse a su casa.

—¿Cómo van las cosas entre ustedes dos?

—Está trabajando muy bien.

Jasper rio en voz baja.

—Eso no es lo que te pregunté, y lo sabes.

—No es asunto tuyo, pero las cosas no están yendo a ninguna parte.

—¿Porque tú quieres que sea así?

—No exactamente.

—¿Qué exactamente?

Román bajó su copa de vino.

—Ya conoces mi historia con las mujeres.

—Hay una gran diferencia entre tener sexo y tener una relación, amigo mío. —El semblante de Jasper se suavizó—. Esto es algo nuevo para ti. Pon atención. Esta es la regla número uno. No puedes enrollarte con una dama como Grace Moore. Tienes que pasar tiempo con ella, ver adónde van las cosas.

—Quizás sería más fácil dejar las cosas como están.

—¿Más fácil? —Negó con la cabeza—. Siempre has tenido problemas para encariñarte con las personas. Eso también es parte de tu historia. No es fácil pasar por la vida sin amor. Es muy solitario. Es doloroso.

—¿Cómo sabes eso?

—Por medio de la observación.

Román se sintió incómodo ante la mirada analítica de su mentor. Se paró y lo fulminó con la mirada.

—Grace me gusta. Mucho. Más que ninguna otra mujer que haya conocido. Eso no significa que esté enamorado de ella.

—Recuerdo cómo eras con Susan.

Román lanzó una maldición.

—¡Era un adolescente, igual que cualquier otro chico que vivía en el rancho!

—Lo sé. Todos estuvieron enamorados de ella un tiempo. Estás buscando lo que Chet tiene con Susan. Podrías tenerlo.

La esperanza era fatal.

—Son una pareja entre miles.

—Depende de qué territorio ocupes. —Jasper dejó a un lado la copa de vino—. No te metas en una relación pensando en las probabilidades. Y si no estás enamorado de Grace, me comeré mis medias.

Román se paró junto a los ventanales. ¿Habría vuelto Grace de almorzar? ¿De qué hablaban las mujeres cuando se reunían para almorzar?

Jasper se acercó a él.

—Yo he estado en tu lugar. Enamorarse es aterrador. No sabes cuál es el derecho y cuál el revés, y la mitad del tiempo sientes que estás al revés. —Agarró el brazo de Román—. El amor vale la pena, Bobby Ray. Es lo mejor de ser humano. —Sonrió—. "Tres cosas durarán para siempre: la fe, la esperanza y el amor; y la mayor de las tres es el amor". Puede durar para siempre.

Román sacudió la cabeza. Él sabía que Grace sentía algo, ¿pero sentía lo suficiente para que durara? Ella no lo conocía tan bien como pensaba, y él tenía miedo de que si lo hacía, eso acabaría con cualquier posibilidad.

—Sé sincero con Grace. Dile cómo te sientes.

—¿Y si no estoy listo?

—Entonces, sé buena gente y déjala en paz. De una manera u otra, tendrás que tomar una decisión.

—— ++ ——

Román no vio a Grace después de que le llevó el café de la mañana. Había completado varias páginas de bocetos para la nueva pintura, basados en el trazo de Grace. Montó un lienzo y dibujó con lápiz el diseño. Cuando miró el reloj, se sorprendió de que fueran las once y media. La mayoría de los días, Grace venía a media mañana a darle los mensajes.

La casa estaba en silencio. Román bajó por el corredor hasta la oficina. ¿Se habría ido a hacer compras? ¿Habría salido a hacer trámites? Generalmente le informaba cuando salía de la casa. Quizás estuviera almorzando en la cabaña.

Grace estaba sentada con los codos sobre el escritorio y las manos sobre sus ojos. Su postura le indicó que tenía malestar.

—¿Grace? —Ella se sobresaltó, pero no se dio vuelta para mirarlo. Román entró en la oficina—. ¿Qué pasa?

—Nada. Todo está bien. —Su tono decía lo contrario.

—De acuerdo —dijo él, arrastrando las palabras—. ¿Qué sucedió? ¿Brian rompió contigo? —Si solo fuera así.

Grace se limpió la cara rápidamente y se dio vuelta.

—Brian y yo somos amigos. Nada más. —Tenía los ojos rojos e hinchados.

—Esperabas algo más.

—Yo siempre espero demasiado —murmuró y volvió a mirar su escritorio—. No hay mensajes esta mañana. Hay unos pocos mensajes de correo electrónico que quizás quieras leer.

Román no se movió.

—¿Qué esperabas?

Ella lo miró; el dolor se filtró en su mirada.

—Sabiduría. A veces, debes ponerle fin a una amistad para poder seguir adelante.

¿Le habría confesado Shanice su atracción por Brian?

—¿Tu mejor amiga?

—Una de mis mejores amigas. Yo confiaba en ella. —Se encogió de hombros—. A veces, las personas no son quienes tú crees que son. —Lo miró de manera suplicante—. Pero realmente no tengo ganas de hablar de esto.

—Bueno, si cambias de parecer, aquí estoy. —Nunca le había ofrecido eso a nadie y se dio cuenta de que estaba hablando como Jasper. Se estremeció por dentro, sabiendo que no estaba preparado para hacer las preguntas adecuadas ni para dar consejos sabios. Especialmente a una mujer.

—Gracias, Román. —Sonrió y sus ojos se llenaron de lágrimas—. Dios tendrá que resolver esto.

Grace pasó por el estudio una hora después para llevarle un emparedado. Cuando se acercó al caballete, él sacudió la cabeza.

—No está permitido espiar hasta que esté terminada.

—¿Me va a gustar?

—Depende de si ves lo que hay en ella.

—Estás muy misterioso. —Pensó por un instante—. Ah. Imágenes ocultas.

—En realidad —se limpió las manos con una toalla manchada—, es mi primer paisaje.

Ella soltó una risita.

—¡Lo creeré cuando lo vea!

Esa noche, Grace se sirvió ensalada de pollo en un plato, se preparó una taza de té y revisó Facebook en su teléfono. Había un artículo muy comentado sobre el grafiti en un túnel peatonal en Los Ángeles. El autor del artículo no quería que taparan el grafiti. Aunque no tenía la firma característica «BRD», debía haber sido hecho por el infame y desconocido artista de grafiti de la costa oeste.

Algo hizo clic dentro de Grace. Había un enlace a un artículo relacionado, que incluía una foto de la cara de un demonio. Habían entrevistado a varios ciudadanos, y todos decían que no les gustaba caminar por ese túnel con esas caras monstruosas y esas llamas al final.

—Es como si estuviera caminando hacia el infierno.

Otra vez el mismo clic.

Abriendo su portátil, Grace hizo una búsqueda sobre el Pájaro. Aparecieron numerosos resultados, incluyendo cierta especulación de que había una obra en Europa. La gente había intentado descubrir la identidad del Pájaro durante más de diez años. Un artículo informaba que su firma, «BRD» en letras negras, parecía un mirlo que volaba y siempre aparecía en el extremo izquierdo inferior de sus obras. El corazón de Grace comenzó a martillear. Recordó la pared de la sala de los Masterson.

Grace abrió varias imágenes de la obra del Pájaro: un hombre mostrándole el trasero a una cámara de vigilancia. Petroglifos de mujeres con zapatos de suela roja y tacones altos llevando sus bolsas de compras y contoneándose por las paredes de un túnel del subterráneo. Una muchacha embarazada que usaba una sudadera que decía «Salven a las ballenas», mientras abría la puerta principal de una clínica de abortos. Dos manifestantes pacifistas en una pelea callejera. Un sacerdote con el pie plantado sobre el cofre de un tesoro. Desplazó hacia abajo la información para ver las caras de los demonios que había en el túnel peatonal.

Haciendo clic en una foto, la envió a la dirección del correo electrónico de la oficina de Román, con la intención de imprimirla a la mañana siguiente.

Señor, sé que es Román. ¿Qué hago con esta información?

Grace casi no durmió. Cuando entró a la casa principal al día siguiente, la música *heavy metal* sonaba a todo volumen desde la habitación donde estaban los aparatos para ejercicios de Román. Con curiosidad, se agachó y sacó el cuaderno negro de dibujos que Román guardaba debajo del sofá. Al ojearlo, encontró las últimas páginas cubiertas de rostros de demonios. Se estremeció y lo devolvió a su lugar.

Fue a la oficina, donde hizo otra investigación en su computadora e imprimió los artículos sobre el Pájaro y las fotografías de su obra. Poniendo todos los papeles en una carpeta, se dirigió al pasillo para hablar con Román.

Se quedó helada en la puerta, viendo a Román sentado sobre el banco para pesas, con sus bíceps y los músculos de la espalda marcados y su piel reluciente. Grace tomó aire lentamente y golpeó la puerta. Él no la escuchó por la música rock y continuó con las repeticiones que hacía con el sistema de poleas tiradas por el cable de metal. Él era el que sudaba, pero ella estaba empezando a sentirse acalorada. Se acercó y le apagó la música.

—¡Hola! Llegaste temprano.

—Estoy a tiempo.

Él se limpió la cara con una toalla e hizo un gesto de dolor cuando pasó una pierna sobre el banco y se paró.

—¿Qué pasa?

La camiseta que se había sacado estaba tirada en el piso. Grace tenía miedo de mirarlo a los ojos, preocupada por lo que él vería.

—¿Podemos hablar?

—¿Podemos? Espero que sí. —Él se colgó la toalla mojada alrededor del cuello—. Cuando viajamos, hicimos mucho de eso.

El aroma a sudor masculino que emanaba de él solo logró ponerla más nerviosa. No estaba segura de adónde dirigir su mirada. Algo en él despertaba sensaciones peligrosas en su interior. Debería haberse quedado en la oficina, en lugar de correr hasta aquí para preguntarle si era el Pájaro. Debería haber esperado hasta después, hasta que se hubiera bañado, vestido y hubiera ido a trabajar a su estudio. ¿Quería saber más de él?

Román levantó la camiseta del piso y se la puso al revés.

—¿Así está mejor?

—Sí. Gracias.

La respiración de él no se había desacelerado. Ella notó el pulso en su garganta. ¿Era por los ejercicios o estaba sintiendo algo de lo que ella sentía? Tenía que cortar la tensión.

—No importa. Puede esperar. —Se dio vuelta y se dirigió a la puerta.

—¿Qué te parece esta noche?

Confundida, volvió a mirarlo. ¿Estaba pidiéndole que se quedara fuera de hora?

Román frotó la toalla sobre su cabello húmedo. Ladeó la cabeza, estudiándola. ¿Cuánto de lo que ella sentía estaba a la vista en este momento? Grace deseaba que la tocara, pero si él extendía su mano, huiría. Román se acercó, sosteniendo las dos puntas de la toalla que se había colgado alrededor del cuello.

—Tómate el día libre, Grace. Hablemos durante la cena. A las seis. Yo cocinaré.

¿Cenar después del horario de trabajo?

—No sé si es una buena idea.

Las manos de él apretaron la toalla.

—No hemos hablado verdaderamente desde que volvimos del viaje.

Habían hablado, pero Grace sabía a qué se refería. Habían dejado de indagar uno acerca del otro. Era la oportunidad que ella necesitaba.

—Está bien.

—Podemos poner *todo* sobre la mesa. —Su boca se torció levemente.

—¿Todo?

Él pasó por su costado.

—Puedes decirme qué te tiene tan exasperada. —Echó un vistazo al archivo que ella tenía en la mano—. Será mejor que me asee.

Grace no respiró con normalidad hasta que Román entró a su cuarto y cerró la puerta.

¿A qué *todo* se refería?

31

ROMÁN HIZO UNA LISTA DE COMPRAS antes de ir en carro a Malibú. Quería estar seguro de que tenía todo lo necesario para causarle una buena impresión a Grace. Compró los ingredientes para hacer una ensalada de espinacas y peras, y carne a lo Stroganoff. Había notado que ella no bebía alcohol, así que optó por una sidra espumante de uva. Susan Masterson decía que a toda mujer le encantaba el chocolate. Eligió una pequeña torta de mousse de la pastelería. También compró un arreglo floral con dos velas.

Hacía mucho que Román no pasaba una tarde entera en la cocina, preparando una comida especial; no lo hacía desde la última Navidad que pasó en el rancho Masterson. Esa había sido su manera de agradecerles y despedirse al mismo tiempo.

La tarde era cálida. A Grace le agradaba la vista. La mesa del patio sería el lugar perfecto para una cena íntima para dos. A las cinco, Román se bañó y se afeitó. Se puso una camiseta azul oscuro, *jeans* negros y se ajustó un cinturón de cuero. Ella pensaría que algo malo estaba pasando si lo veía vestido más elegante que eso. Salió de su habitación y abrió la puerta corrediza de vidrio que daba al patio. Se le aceleró el pulso cuando vio que Grace venía caminando hacia la casa.

Traía la contribución que él había llevado a la barbacoa: la botella de champagne en una mano y las seis cervezas Heineken en la otra. Tenía el archivo de manila debajo del brazo.

—Pensé que debía devolverte esto. —Se dirigió a la cocina.

Román percibió el toque sutil de perfume cuando ella pasó. Una señal positiva. La siguió.

—Me di cuenta de que tú y tus amigos no beben. —Estaba estupenda con sus *jeans* negros ajustados y su ligero suéter rosado. Grace puso el champagne y las cervezas en el refrigerador y se paró al otro lado del largo mostrador. Román se acercó a ella, le quitó el archivo de la mano y lo arrojó sobre la superficie reluciente de granito—. Esta noche no vamos a trabajar.

—Es que necesito hablarte sobre algo que vi...

—Lo que sea, Grace, puede esperar.

Ella miró hacia atrás a la cocina.

—Algo tiene muy buen aroma.

—¿Te preguntas dónde están los recipientes de comida para llevar? No hay. Pensé que era hora de que cocinara algo para ti. —Hizo un gesto señalando las puertas corredizas de vidrio—. Es una linda noche. Comeremos en el patio. —Vio que Grace observaba la mesa puesta para dos, las copas para vino y la botella enfriándose en una hielera, las flores y las velas listas para ser encendidas cuando se pusiera el sol.

Su expresión tenía algo parecido al miedo.

—¿Qué es esto?

Román no esperaba que una mujer adulta sintiera pánico, especialmente una que había estado casada.

—Tranquila, Grace. Extraño cenar contigo. Durante el viaje, hablábamos. Desde que volvimos, estamos de nuevo en una carrera desenfrenada. Pensé que sería lindo pasar una noche juntos, volver a conectarnos como en el viaje. —*Cállate, imbécil. Pareces un vendedor de carros usados.* Él mismo sentía una burbuja de pánico.

Ella respiró trémulamente:

—De acuerdo. ¿Qué puedo hacer para ayudar?

—Nada. Todo está listo. ¿Tienes hambre? Podemos comer ahora mismo.

—Sí. Comamos.

Lo dijo como si quisiera acabar rápido con todo.

La cena no salió como Román la había planeado. Grace apenas

probó bocado. La conversación era forzada; ella tenía la mente en otra cosa. Se le olvidó encender las velas hasta que terminaron de comer y entonces ya era demasiado tarde. Vaya ambiente.

Juntos, levantaron los platos. Ella se le adelantó, enjuagó los platos y los colocó en el lavaplatos como si otra vez estuviera trabajando para él. Las emociones de Román estaban a flor de piel y a punto de estallar. Enojado, golpeteó el archivo con los dedos.

—¿Es esto lo que ha estado en tu mente desde que llegaste? —Tenía ganas de romper el archivo en pedazos, aun sin ver qué había adentro.

Ella cerró de un golpe el lavaplatos.

—Sí. —Rodeó el mostrador y pasó de largo al lado de él. Cuando se arrodilló y buscó debajo del sillón, a Román se le contrajo el estómago. Supo qué era lo que tenía en la mano antes de que se levantara y lo enfrentara.

Poniéndose inmediatamente a la defensiva, él apretó los dientes.

—Eso no es asunto tuyo.

—Discúlpame, pero te he visto meter esto debajo del sillón y me dio curiosidad. Y, luego, cuando vi las fotos en Internet...

—¿Qué fotos?

No le respondió. Abrió el cuaderno, encontró lo que buscaba y se lo llevó. Dejó el cuaderno abierto sobre el mostrador, frente a él.

Román bajó la vista.

—Son los rostros de los demonios que veo en mis pesadillas. ¿Qué tiene?

Grace abrió la carpeta y sacó las fotografías impresas. Él no pudo interpretar su expresión cuando lo miró. ¿Desilusión? ¿Miedo? ¿Confusión?

—¿Eres el Pájaro, Román?

Román se sintió expuesto, vulnerable, avergonzado.

—Simplemente es algo que hice durante años para lidiar con... lo que fuera. —Miró el archivo y lo cerró—. Olvídate de esto. No tiene nada que ver contigo.

—Uno de los artículos dice que la policía te tiene fichado. Podrían arrestarte.

Román podía hablarle del policía que lo había dejado ir. En lugar de eso, se sintió acorralado, a la defensiva.

—¿Estás pensando entregarme?

—No, pero me dice que realmente no sé nada de ti.

—Tú sabes lo importante. —*No todo, no todavía*—. Me conoces mejor que cualquier otra persona en el mundo, incluso Jasper. —*Arriésgate*, le había dicho Jasper antes de irse. *Basta de dejarte dominar por el miedo y la ira. Basta de permitir que el pasado decida tu futuro.* ¿Cuánto de lo que había hecho el Pájaro provenía de la frustración inútil que siempre había sentido, empezando por la noche que su madre salió por la puerta de su departamento?

Grace parecía a punto de echarse a llorar.

—¿Quién eres, Román?

Román escuchaba la voz de Jasper: *Deja caer los muros, Bobby Ray. Déjala entrar.*

—No lo sé.

Esperó que ella dijera algo que le destrozara el corazón, pero su rostro cambió. Lo miró con compasión.

—Eres un artista. —Habló en voz baja, con seguridad—. Puedo decir eso con certeza.

Él tenía miedo de preguntar, pero necesitaba saberlo.

—¿Qué vas a hacer con lo que sabes? Sobre el Pájaro.

—Es tu secreto, no el mío.

—Ahora es nuestro. Tal vez te sentirías mejor si te dijera que ya no puedo volar. No puedo escapar de nadie. El túnel fue la última obra que haré en mi vida.

—¿Porque me enteré?

—Porque esa noche me atraparon. Vi que todo lo que había logrado se hacía humo y, entonces, él me dejó ir. —Lanzó una maldición—. Todo ha cambiado, Grace.

—Una experiencia al borde de la muerte puede hacer eso en una persona. —Ella le tocó el brazo.

Quizás había una esperanza.

—Sí, pero no estoy hablando de eso. Ya venía de antes. Yo quería algo más.

—¿Más de qué?

—*De la vida.* —Estaba tan cerca como para tocarla y lo hizo. Ella contuvo la respiración. La piel de su cuello era suave como la seda—. Tú también quieres más, ¿verdad?

Ella no lo negó, pero dio un paso atrás.

—Soy tu empleada, Román. Somos amigos. Dos personas salvadas por la gracia de Dios. Eso te hace mi hermano en Cristo.

Él no iba a dejar que lo esquivara con eso.

—Soy más que tu jefe o tu hermano, y lo sabes. Lo veo en tus ojos cada vez que me miras. —Cuando ella desvió la mirada, Román le tomó el rostro con las manos—. Sigue mirándome, Grace.

—Esto no es una buena idea.

Era la mejor idea que había tenido en su vida y no iba a dar marcha atrás.

—La noche que besaste a Brian, tuve la sensación de que estaban probando si había un poco de química. Veamos qué pasa con nosotros.

Román esperaba chispas, no una conflagración. Al principio, Grace se puso rígida; luego, su cuerpo se relajó. La rodeó con un brazo y la acercó a su cuerpo, besándola más profundamente. Ella tenía un sabor tan dulce, que él quiso más. Ella respondió y el cuerpo de él se encendió. Cuando Grace retrocedió, él no quiso soltarla. Ella emitió un sonido suave y los brazos de él se aflojaron. Las manos de Grace lo agarraron de la camiseta y apoyó su frente contra su pecho. Su cabello olía a rayos de sol y flores de primavera. Él acarició sus brazos con sus manos. Habían conseguido su respuesta.

—No puedo... —Su voz quedó ahogada por las lágrimas—. No puedo hacer esto, Román.

—Solo estamos besándonos, Grace. No voy a hacer nada más que eso hasta que estés lista. —Todavía estaba lo suficientemente cerca como para que él sintiera su perfume. Le costaba respirar; la deseaba mucho. *Frena, Bobby Ray. Dale tiempo para que te alcance.* Sus manos bajaron a la cintura de Grace y, luego, a sus caderas.

—Por favor. —Ella tomó aire—. No.

¿Cuál era? Cuando ella retrocedió, la dejó alejarse. Nunca había obligado a una mujer y no iba a hacerlo ahora. Con un poco de paciencia, llegarían adonde ambos querían.

Grace se hundió en el sofá. Se cubrió el rostro con las manos.

—Yo también tengo secretos, Román.

—No estoy buscando confesiones, Grace. —Román se mantuvo distante hasta que pudo dominarse completamente. Sentándose en la mesa de centro frente a ella, le tomó la mano. Levantó su mentón. Sus mejillas sonrojadas y sus ojos oscuros le dijeron todo lo que necesitaba saber—. Conseguimos nuestra respuesta, ¿verdad? —Iban a ser buenos juntos, muy, muy buenos—. Creo que deberíamos llevar nuestra amistad al siguiente nivel. —Le besó la palma de la mano.

Ella se relajó un poco, con una expresión desconcertada pero esperanzada.

—¿A qué nivel te refieres?

Román tomó sus manos entre las suyas. ¿Ella estaba temblando o era él? No recordaba haber estado tan asustado en su vida, pero el silencio entrecortado de Grace le dio más confianza.

—Más íntimo.

Grace pareció momentáneamente confundida; luego logró entender. Retiró su mano de la de él.

—Por íntimo, te refieres al sexo —lo dijo en un tono apagado.

¿Por qué parecía tan dolida?

—No te estoy proponiendo algo de una noche. Podemos conocernos mejor, ver cómo funcionan las cosas.

Grace se levantó y se alejó de él.

—¡Soy una tonta! —Se tapó el rostro—. ¡Una verdadera tonta!

Quizás la velada no terminaría de la manera que él había esperado.

—Es la mejor opción que podemos tomar. Asegurarnos de que somos compatibles. Nos tomaremos nuestro tiempo y decidiremos hasta dónde queremos llegar con esto.

Grace se dio vuelta hacia él ferozmente.

—¡Tú quieres de mí lo menos que puedas conseguir!

—¿De qué estás hablando? —¿No entendía cómo se sentía por ella?— ¡Yo quiero *todo*!

—¿Todo? ¡No, todo no! Quieres la parte fácil. Tú no quieres la parte difícil, las cosas que no puedes superar sin un amor verdadero, sin que Dios esté en el medio. Quieres mi cuerpo, para el sexo, seguro. Pero no quieres el resto de mí. La carga que llevo, los problemas, las luchas, las inseguridades, el dolor. ¡Y, desde luego, no quieres a Samuel! —Trató de pasar por su costado.

Román le impidió el paso. El enojo de Grace incitó el suyo y caldeó su frustración. Si ella quería descargarse, él también podía hacerlo.

—Yo no soy un pastor de jóvenes, que sería el padre perfecto. Ni siquiera conozco al mío. ¿Qué quieres de mí, Grace? ¡Dímelo! —Cuando ella empezó a llorar, se sintió avergonzado. Le puso las manos sobre los hombros y su voz se suavizó—. Dime.

Ella se sacudió las manos de encima y levantó la cabeza con una mirada furiosa.

—¡Quiero un hombre que quiera algo más que una amistad con beneficios!

—Está bien. Múdate conmigo. Podemos resolver las cosas con el tiempo.

—¡Es lo mismo!

—Estás enamorada de mí y lo sabes.

—Sí, te amo, ¡pero eso no significa que tenga que hacer algo al respecto!

—¿Y qué me dices de Patrick? ¿Acaso no empezaste esa relación en la cama? —Las palabras saltaron de la nada y supo que había dicho lo peor que podía decir. Esperaba sentir una cachetada. En cambio, Grace retrocedió con la boca abierta y los ojos llenos de lágrimas.

—Sí. Supongo que se podría decir que fue así. —Su voz volvió a ser tranquila, temblorosa, racional—. Y ya sabes lo bien que resultó.

Román la sujetó de la muñeca:

—Acabas de reconocer que estás enamorada de mí, ¿y ahora te vas? Por favor, explícame la lógica.

Toda la cólera desapareció de Grace cuando lo miró. Las lágrimas corrieron por sus mejillas.

—¿Qué sentido tiene? No lo entenderías. No quieres de mí más de lo que Patrick quería. —Su voz se quebró. Se liberó y lo dejó parado en la entrada. Dio un portazo al salir.

—┼├—

Grace volvió sollozando a la cabaña. Estaba temblando, todavía palpitando por las emociones que él despertaba en ella. ¿Cómo se había permitido enamorarse de Román Velasco? Desde el instante que lo conoció, supo que era un problema. Podría haber huido el primer día. Nunca debió haber caído en la tentación y alquilado esta cabaña.

No podría seguir trabajando para él, no bajo estas circunstancias. Si Román entraba en la cabaña ahora, ella se debilitaría. Lo dejaría entrar, con la esperanza de que le dijera que la amaba. Qué fácil sería convencerse a sí misma de que todo lo que él decía estaba bien. ¿Acaso no era lo que todos hacían? ¿Quién se casaba hoy en día? Unos besos más desmoronarían toda su resistencia. Antes de Román, nunca había sentido un deseo así de fuerte, que la hiciera temblar y dejara su corazón latiendo, ni una vez. Si la tocaba de nuevo, ella permitiría que se quedara.

Una vez había dejado que la pasión la dominara y había pagado el precio. Todavía estaba pagándolo.

Temblando, Grace llamó a Shanice.

—¿Puedo ir a pasar la noche a tu casa?

Shanice lanzó una palabrota.

—¿Qué hizo Velasco?

—Me besó. Nada más que eso. Pero tengo que salir de aquí. Ahora mismo.

—¿Estás bien como para conducir? Suenas...

—¡Sí! ¡Puedo conducir!

—Está bien. Agarra lo que necesites y ven. Hablaremos cuando llegues.

Grace sacó su maleta del clóset, metió varias mudas de ropa, artículos de tocador y su Biblia. Metió la computadora portátil y sus libros en la mochila. Agarró su llavero, salió por la puerta delantera y la cerró con llave. Tendría que regresar a guardar todo lo demás en cajas. ¿O podría pedirle a alguien que lo hiciera por ella? Grace no quería estar ni a un kilómetro de Román Velasco. No podía confiar en sí misma.

—⊣⊢—

Román caminaba de un lado al otro, enojado y confundido. El dolor trepaba por su pierna. Pasándose las manos por el pelo, se preguntó qué había hecho mal y cómo podía arreglarlo. ¿Por qué le había echado en cara lo de Patrick? ¿Qué quería decir ella con que él era exactamente como su exesposo? Grace no lo entendía. Él nunca le había pedido a una mujer que se quedara una noche entera; mucho menos que se mudara a vivir con él. Eso debería tener algún valor.

Esperaría unos minutos y dejaría que se le pasara el enojo a Grace. Luego iría a hablar con ella. Quizás le diría que ella no comprendía cuán profundos eran sus sentimientos. Quizás ella necesitaba saber que era mucho más importante para él que ninguna otra mujer que hubiera conocido en toda su vida, y que él quería que ella fuera parte de su vida, por cuanto tiempo que fuera que duraran esos sentimientos.

Le daría a Grace tiempo para pensar. Tal vez una noche para que lo consultara con la almohada. Volverían a hablar en la mañana.

¿Realmente crees que la chica va a volver, Bobby Ray?

Román fue hacia la puerta. Caminó rengueando por el sendero y vio las luces traseras del carro saliendo del acceso a la casa. Si no hubiera tenido la pierna lastimada, habría corrido detrás de ella. Soltó una palabrota. ¿Adónde iba Grace? Probablemente adonde vivía su hijo durante la semana. ¿Dónde era? ¡Burbank! ¿En qué parte de Burbank? A lo mejor, se quedaría con una amiga. ¿Qué amiga? ¿Shanice? Lo dudaba. ¿O sí? No podía recordar su apellido. Rechazó la urgencia de meterse en el carro y seguirla. Estaría muy lejos ya para cuando él llegara a la carretera. Y aunque la alcanzara, perseguirla solo la pondría en peligro y empeoraría todo.

¡Piensa!

Román sacó su celular y le escribió un mensaje. **No huyas para esconderte. Hablemos.** Sabía que no lo leería hasta que llegara adonde fuera que estaba yendo. Se guardó el teléfono en el bolsillo y miró hacia la oscuridad.

Grace tenía que volver. *Cálmate, Román. Todavía trabaja para ti. Ya se tranquilizará. Sigue viviendo en la cabaña. Todo lo que tiene está en ese lugar. No va a abandonarlo todo. Tendrás una segunda oportunidad.*

Román cerró los ojos, luchando contra un tsunami emocional. Había olvidado cuánto dolía el amor y ahora la oleada de dolor le llegó a raudales y lo cubrió, ahogándolo.

«Jesús, ayúdame».

Pasó el resto de la noche en su estudio, descargándose sobre la pared de atrás con pintura en aerosol.

—— ‖ ——

Grace lloró todo el camino hasta North Hollywood. Logró secarse las lágrimas antes de llegar al condominio de Shanice en el bulevar Magnolia. Shanice salió por la puerta delantera del complejo y abrazó a Grace en la acera.

—Ay, cariño, estás temblando. —Agarró la maleta de lona de Grace—. Hablaremos adentro.

La brisa cálida azotaba las ramas de las palmeras por encima de la cabeza de Grace mientras subían la escalera de piedra y entraban en el edificio de yeso blanco y techo de tejas rojas. El elevador las llevó al tercer piso. Shanice abrió rápidamente la puerta y dejó entrar a Grace. Grace se desplomó en el sofá y sacó varios pañuelos de papel de la caja que había sobre la mesita de centro. Ya estaba reconsiderando la idea de dejar la cabaña. ¿Qué sucedería si volvía esta noche? ¿Llamaría Román a su puerta y le pediría disculpas? ¿Y si lo hacía? ¿Cambiaría algo eso? *Ay, Dios, ¿por qué me pusiste ahí si iba a terminar así?*

Shanice dejó la maleta en el piso y se sentó con ella.

—¿Qué pasó?

Enfrentando la verdad, Grace empezó a llorar otra vez.

—Quiere que seamos amigos con beneficios.

—¿Tuvieron...?

—¡No! Solo nos besamos, pero... —Miró a Shanice.

—Oh.

Grace se sonó la nariz.

—Preparó la cena, una cena realmente agradable, y arregló la mesa del patio. Enfrió sidra espumante. Hasta había puesto velas.

Shanice se rio en voz baja.

—Vaya, qué pillo.

Grace tuvo un ataque de hipo.

—No es gracioso.

—Ay, cariño, lo sé. Cualquiera con un poco de cerebro puede ver que estás enamorada del tipo. Pensé que quizás él sentía lo mismo, pero no importa. Román Velasco parece un hombre maravilloso: es un tipo apuesto, rico y soltero. Pero es mercancía fallada.

—Yo también lo soy.

—¿No lo somos todos?

Grace arrancó dos pañuelos más.

—Lo amo, Shanice. Y ahora, tengo que dejar mi trabajo. No puedo vivir en su cabaña. Tengo que mudarme. No puedo volver a verlo. Si lo hago, me rendiré como hago siempre. —Se abrazó a sí misma y se meció—. Debí huir el día que lo conocí. Creí que era inmune. Creí que había aprendido mi lección con los hombres. Y entonces, ¡me mudo justo a su lado!

—Todas pensamos que Dios te puso ahí. —Shanice le agarró la mano—. No hiciste nada malo.

—Esta vez, pero él hace que me tiemblen las rodillas.

—Tuviste la sabiduría de irte de ahí.

—Sí, pero ¿qué voy a hacer ahora? ¿Volver a vivir con los García? Selah quiere a Samuel. Me está presionando mucho para quedarse con él, y no puedo permitirlo. No sé qué voy a hacer. Volveré a estar desempleada. No tengo dónde vivir. No quiero renunciar a mi hijo. —Grace sollozó—. No puedo soportarlo.

Shanice puso un brazo sobre los hombros de Grace.

—No tienes que abandonarlo. Puedes quedarte aquí.

—¿Y qué pasará con tu compañera de casa?

—Se mudó hace unos días.

—¡Pero yo debería dejar que los García se lo queden! Soy un desastre. Samuel merece una madre buena y de tiempo completo, y Selah lo quiere mucho. Samuel debería tener un padre, y Rubén es un buen padre.

—Deja de castigarte, Grace. Cometiste un error. Necesitas analizarlo racionalmente. Has estado mortificándote desde...

—Lo único que quiero es hacer lo mejor para mi hijo.

—Escúchame: lo mejor para Samuel es estar a tiempo completo con su verdadera madre. —Shanice le apretó la mano y se puso de pie—. Voy a preparar un poco de té de manzanilla. —Fue a la cocina contigua—. Te quedarás conmigo hasta que pongamos las cosas en orden. En cuanto a Selah, esa mujer está haciéndote pasar un infierno. Puedes ir a buscar a Samuel mañana y traerlo aquí. Eres su madre, Grace.

—¿Y luego qué?

—Reuniré a la tropa. Ashley, Nicole, tú y yo nos pondremos a pensar y encontraremos opciones.

Grace se sintió más firme, hasta que su celular sonó con un mensaje de texto, el segundo que Román le enviaba, y su corazón comenzó a acelerarse otra vez. Shanice la miró por encima del hombro, pero no dijo nada. Por miedo a flaquear, Grace borró los dos mensajes. Su celular estaba casi sin batería y se había olvidado de llevar el cargador. La invadió una cálida sensación cuando pensó en volver, un indicador de lo que pasaría si lo hacía. Apagó el teléfono y lo arrojó dentro de su cartera.

Román no durmió en toda la noche. Se levantaba a ratos e iba al estudio para ver si Grace había vuelto a la casa. Las luces seguían apagadas en la cabaña. No vio su carro en el garaje a la mañana siguiente. Bebió las seis botellas de Heineken y la mitad de la de champagne, con la esperanza de poder ahogar el nudo sofocante de dolor que sentía en la garganta. Se desvaneció en el sillón y soñó con el Tenderloin. *Oye, Bobby Ray. ¿Creíste que podría irte mejor como Román Velasco? Sigues siendo el mismo hijo bastardo de una prostituta del barrio, sin siquiera el nombre de tu padre en el certificado de nacimiento. Quédate con los de tu clase.* El Tenderloin se transformó en el infierno: había monstruos deambulando por las calles y trepando las paredes que él había cubierto con latas de pintura Krylon. *Bienvenido a casa, Bobby Ray.* Las carcajadas burlonas lo rodearon, con muecas socarronas y caras grotescas. *Bienvenido de vuelta.*

Román se despertó después del mediodía, con el cabello tieso por la pintura seca, la cabeza martilleándole y el estómago revuelto. Revisó su celular. No había respuesta de Grace.

Sintió una depresión tan honda, que su peso lo aplastaba. *Termínala de una vez,* gruñó una voz. Román trataba de orar, pero las voces seguían burlándose de él. *Hasta los demonios creen en Jesús, Bobby Ray. Y tú sabes dónde están. Sabes adónde perteneces.*

Su celular sonó y lo agarró, sin siquiera ver quién era.

—¿Grace? ¿Dónde estás?

—Soy Brian.

Román sintió el golpe brutal.

—¿Está contigo?

—No. Está quedándose con una amiga.

En su tempestad emocional, Román quiso hacerle reclamos, pero sabía que no tenía derecho.

—Está a salvo. Está bien.

—A salvo, sí. ¿Bien? No más que tú, por cómo se te oye.

—Tú eres la clase de tipo que ella busca. Alguien estable, con la vida organizada.

—Está enamorada de ti.

¿Por qué el amor tenía que significar pérdida? Román sentía los ojos como si estuvieran llenos de arena salada. Se los frotó. *No llores. Los hombres no lloran.* El silencio se alargó.

Brian suspiró.

—Diría que estás en un territorio nuevo, amigo mío. Estoy aquí, si quieres hablar. De día o de noche.

Brian hablaba como Jasper. ¿Cuándo había servido de algo hablar? Román no confiaba en sí mismo lo suficiente para contestarle. Presionó el botón para terminar la llamada y arrojó el teléfono a la mesa de centro.

32

GRACE LLAMÓ A LOS GARCÍA. Afortunadamente, Rubén atendió el teléfono. No pareció sorprenderse de que llamara a mitad de la semana ni que necesitara hablar con él y con Selah lo antes posible.

—Ya tomaste una decisión —sonaba aliviado—. Ven esta noche después de las siete. Es importante que esté toda la familia.

Shanice le preguntó a Grace si quería que la acompañara y le sirviera de apoyo, pero no iba a contenerse si Selah se oponía. Lo último que quería Grace era herir a la familia que la había ayudado a atravesar el momento más difícil de su vida. Pero no iba a sacrificar a su hijo.

Selah abrió la puerta y la abrazó.

—Sé lo difícil que ha sido esto para ti, chiquita. Yo sabía que, finalmente, harías lo correcto. —Soltó a Grace y dio un paso atrás con una sonrisa radiante—. Rubén y los chicos están en la sala.

Nadie habló cuando Grace entró. Con Rubén, Javier y Alicia sentados en la sala, se sintió superada en cantidad. El ambiente parecía cargado de tensión. Solo Selah parecía feliz, entusiasmada.

—Hemos estado esperando este momento durante meses. —Selah hizo un gesto con la mano indicándole que se acercara al sofá—. Siéntate, por favor.

Habría sido sensato llevar a Shanice como apoyo. Temblando por dentro por los nervios, Grace se sentó en el borde de una silla. Tragó con dificultad, tratando de encontrar las palabras adecuadas.

Selah cruzó las manos sobre su falda; tenía las mejillas sonrojadas y los ojos brillantes.

—Podemos conseguir los papeles...

—Selah —dijo Rubén firmemente—. Permítele hablar.

Grace no conocía una manera fácil de decírselo a Selah.

—Me quedaré con Samuel. Me lo llevaré esta noche. —Selah pareció confundida y, después, estupefacta. Grace siguió hablando, antes de que pudiera decir algo—. No sé cómo decirles cuánto les agradezco todo lo que han hecho...

—¡No puedes llevártelo! —Los ojos de Selah se oscurecieron de ira, al mismo tiempo que sus mejillas perdían el color—. Este es su hogar. ¡Él pertenece aquí conmigo!

—Grace es la madre de Samuel, Selah. —Rubén apoyó su mano firmemente sobre la de su esposa—. Tú y yo hemos hablado de esto muchas veces.

Selah liberó su mano de un tirón.

—Yo soy su madre tanto como ella. —Miró furiosa a Grace, y se veía dispuesta a pelear.

Alicia se levantó, sobresaltando a todos.

—¡Eres más madre de él que mía! —Rompió en lágrimas de ira, pasó por el costado de la mesa de centro y huyó por el pasillo. Pasmada, Grace se estremeció cuando escuchó el portazo.

Furioso, Rubén le hizo una seña a Javier con la cabeza.

—Anda a buscar a tu hermana. Esto es un asunto familiar. —Cuando volvieron, Rubén se levantó—. ¡Siéntate! —Estalló una rápida conversación en español antes de que Alicia obedeciera.

Rubén tomó asiento, más calmado ahora.

—Dile a tu madre cómo te sientes, Lici —dijo con ternura, pero de manera insistente.

—No quiere escuchar. Ella nunca escucha. —Las lágrimas volvieron a brotar, pero ya sin desafío.

—¿Qué pasa contigo? —exigió Selah, y su enojo pasó de Grace a su hija.

—Te preocupas más por Sammy que por mí o por Javier.

Selah agitó la mano, descartando la acusación.

—¡Eso no es verdad! Lavo su ropa. Les hago la cena todos los días. Te llevo al entrenamiento de fútbol y te recojo. Estás muy consentida.

El rostro joven de Alicia hizo una mueca de dolor.

—¿Cuándo fue la última vez que viniste a uno de mis partidos de fútbol, mamá? Antes, venías.

—No tengo tiempo.

—Papá encuentra el tiempo. Viene cuando no tiene que trabajar hasta tarde. ¿Pero tú? Ya nunca tienes tiempo. Sammy siempre es tu excusa. Hace demasiado calor. Sammy tiene que jugar y no puede hacerlo en el cochecito. Necesita que le cambien el pañal. —Levantó la voz—. Siempre se trata de lo que el bebé necesita.

Enojada y a la defensiva, Selah miró a sus dos hijos.

—¡Saben que siempre pueden contar conmigo! Ustedes dos son casi adultos. Ya no me necesitan.

—Antes solías sentarte y hablar conmigo cuando volvía de la escuela, mamá. —Alicia se inclinó hacia adelante con las manos apretadas sobre su regazo—. ¡Lo único que te importa es Samuel y ni siquiera es tuyo!

Selah parecía haber recibido una cachetada.

Rubén se dirigió a su hijo:

—¿Qué hay de ti, Javier? ¿Tienes algo para decirle a tu madre? —Cuando Javier se encogió de hombros, Rubén le dijo que hablara.

—Me voy a graduar en junio y...

—Sí —lo interrumpió Selah, impaciente—. Y te marcharás a la universidad y harás tu propia vida.

—No iré a la universidad el año que viene, mamá. Me enrolaré en el Ejército.

Selah le clavó la mirada. Luego negó con la cabeza.

—No, no lo harás. No me parece gracioso. ¡Dile, Rubén!

—Tiene dieciocho años. Puede hablar por sí mismo. —Rubén se recargó contra el sofá. Las manos que sujetaban los apoyabrazos eran la única señal de su tensión.

Javier se inclinó hacia adelante:

—El Ejército pagará los gastos de mis estudios universitarios, mamá.

—Irás a la preparatoria y trabajarás. —Dejó de mirar a Javier y se enfrentó a Grace nuevamente—. Tenemos otras cosas de qué hablar esta noche.

—¡Cosas más importantes que tus propios hijos! —Alicia comenzó a levantarse otra vez, pero se sentó ante la mirada de Rubén. Apartó la vista.

Javier se encogió de hombros:

—Tal vez me crea cuando me vea subir al autobús del campo de entrenamiento.

Alicia volvió a estallar de furia. Selah se puso a la defensiva.

Grace no quería estar en medio de la crisis familiar. Quizás cuidar a Samuel había sido la manera de Selah de combatir la inevitable pérdida de sus propios hijos. Todos empezaron a hablar en español al mismo tiempo. Grace se levantó discretamente y caminó por el pasillo. Samuel se despertó cuando lo levantó.

—Ma...ma.

El corazón de Grace se derritió. *Oh, Señor, gracias. Él sabe que soy su madre.* Samuel apoyó su cabeza sobre el hombro de Grace y volvió a quedarse dormido. Había llegado a la puerta delantera cuando Selah entró al vestíbulo.

—No puedes llevártelo.

—¡Mi amor! ¡Termina con esto! —Rubén la agarró del brazo—. Samuel es su hijo. Nosotros aceptamos ayudarla...

Selah se liberó violentamente de Rubén y se acercó a Grace con los brazos extendidos. Grace abrió su mano sobre la espalda de Samuel y retrocedió. Rubén agarró a Selah por los hombros.

—Vete —le ordenó a Grace, mientras Selah se ponía histérica.

Grace se sintió abrumada por una oleada de dolor. Quizás si se hubiera esforzado más, o si hubiera resuelto las cosas de otra manera, la familia no estaría sufriendo ahora.

—Lo lamento, Rubén. Lo lamento muchísimo. —Se escapó mientras Selah gritaba a sus espaldas. Abrió la puerta del carro y buscó a tientas las correas para sujetar a Samuel en su asiento de bebé.

—Grace, espera. —Rubén se acercó caminando por la vereda. Selah estaba parada en el umbral, abrazándose a sí misma, sollozando.

Grace cerró la puerta del carro y se paró frente a él.

—No van a quedárselo ustedes, Rubén. Lamento que Selah esté tan alterada. —Empezó a llorar—. Samuel es mi hijo y no voy a renunciar a él. Se lo dije a ambos en el hospital, apenas nació.

Él levantó las manos:

—Todo está bien, chiquita. Yo sabía que este día llegaría. Se lo advertí a Selah. Ella sabe que un bebé debe estar con su madre.

Grace miró a Selah por encima de su hombro y sacudió la cabeza.

—Mi esposa ha estado viviendo un sueño. Ahora ha despertado. —Su rostro bondadoso estaba marcado por la tristeza—. Tienes un buen trabajo y un lugar hermoso donde criar a tu hijo. —Cuando él le tendió los brazos, Grace se dejó abrazar.

Grace cambió de parecer acerca de contarle que no tenía trabajo ni un hogar, y que no tenía idea de qué haría a partir de ahora.

Grace había dejado todas las cosas de Samuel en la cabaña y no se había llevado nada de la casa de los García. Antes de volver al condominio de Shanice, hizo una parada en Walmart y compró lo que necesitaba para un par de noches. Mientras Samuel dormía, redactó una carta de renuncia y disculpas para Román. Le dijo que entendía perfectamente si, en cuanto al contrato de alquiler, tenía que renunciar al depósito de garantía y al mes adelantado que había pagado.

Cuando Shanice se levantó a la mañana siguiente, Grace le entregó el sobre.

—Mi renuncia y las llaves de su casa. Las entregaré cuando vuelva a recoger algunas cosas mías y las de Samuel.

—De ninguna manera, amiga. —Shanice le quitó el sobre de la mano—. Estás demasiado vulnerable. Yo me ocuparé de esto.

Grace quiso discutirlo, pero Shanice tenía razón.

—Llama a la iglesia, cariño. Pregunta si algunos de los hombres que ayudan a la gente están disponibles este fin de semana.

Con Samuel bien asegurado en el portabebés del carro, Grace fue a un depósito público y alquiló una unidad del tamaño adecuado para guardar sus muebles hasta que tuviera un lugar propio donde vivir. La administradora de la iglesia le devolvió la llamada en la tarde. Había cuatro hombres que se ofrecían como voluntarios para trabajar el sábado en la mañana.

Shanice volvió con todo lo que Grace necesitaba: el corralito, la ropa, las papillas, los pañales y los juguetes. La cuna tendría que ser desmontada y empaquetada, pero a Grace le encantaba que su hijo durmiera acurrucado contra ella durante la noche.

—Le entregué la carta a Velasco y le dije que la cabaña estaría vacía después de este fin de semana.

—¿Dijo algo?

—Tomó la carta, me escuchó hasta que terminé de hablar y cerró la puerta.

Los ojos de Grace se llenaron de lágrimas ardientes.

—Bueno, supongo que eso es todo.

Shanice suspiró:

—No es necesario que vayas, Grace. Nosotros podemos encargarnos de todo.

—Iré temprano y empacaré todo.

—Puedo acompañarte.

—Estaré bien. —Le sonrió débilmente—. No soy la chica ingenua que era.

Shanice parecía dudosa, pero no discutió.

—Me ofrecería para cuidar a Samuel, pero me parece que estarás más segura si él va contigo.

Grace entendió perfectamente.

El sábado a primera hora se dirigió al cañón Topanga con cajas y cinta adhesiva. Sentía un poco de temor y de esperanza de ver a Román. Cuando abrió la puerta de la cabaña y entró, encontró un gran sobre de papel manila que había sido deslizado por debajo de la puerta. Caminó por el costado y puso a Samuel sobre la alfombra de la sala con los juguetes que sacó de su bolso. Dentro del sobre estaba el contrato de alquiler. En letras negras remarcadas, decía *Cancelado* sobre la primera página, y tenía adjunto un cheque que le reintegraba el depósito de garantía y el último mes. En otro sobre blanco, encontró un cheque por dos meses de sueldo y una carta formal de recomendación. *Eficiente... amable... confiable... aprende rápidamente... trabajadora y dedicada...*

Con el corazón roto, Grace se sentó a la mesa con los papeles sobre su regazo. Evidentemente, Román aceptaba que todos los lazos debían ser cortados. Simplemente no había esperado sentirse tan destrozada. Se cubrió el rostro y lloró.

Ay, Dios, ¿por qué me trajiste aquí? ¿Por qué tuve que conocer a Román Velasco, si lo único que iba a hacer era poner mi vida de cabeza y al revés? ¡Ayúdame a entender!

Samuel se aferró a sus *jeans* y lloró. Secándose las lágrimas, Grace lo levantó y lo abrazó. No había tiempo para ponerse a llorar. Necesitaba recordar las cosas buenas que habían resultado de su relación con Román. Habían pasado juntos cuatro días de un viaje maravilloso. Él no murió en Santa Clarita. Conoció a Jesús. No podía volver a dejarse hundir en un abismo de remordimiento y entrar en el juego de *si tan solo... y qué habría pasado si...* Pensó en Selah y sus sueños. Ahora, ella tendría que sacrificar los suyos.

Dejó a Samuel sobre la alfombra y volvió a guardar todo en el sobre de papel manila, lo dobló con cuidado y lo metió en su bolso. Era hora de empacar y seguir adelante.

Después de leer la carta de renuncia que Grace había redactado cuidadosamente, Román supo que cualquier posibilidad que tuviera con ella ya no existía. La vio llegar el sábado temprano en la mañana. Sintió que el corazón se le estrujaba fuertemente cuando apareció por el sendero, con Samuel montado sobre su cadera y varias cajas plegadas debajo del brazo. Ella no miró hacia arriba. Cuando desapareció dentro de la cabaña, Román se apartó de las ventanas. Trató de concentrarse en la pintura. Dándose por vencido, volvió al ventanal. Dos hombres estaban sacando el sillón de la casa. Otros dos cargaban un colchón. Grace no tenía mucho, así que el trabajo quedó terminado y todos se fueron antes del mediodía.

Román se quedó parado frente al caballete el resto del día. El paisaje que Grace había comenzado con una sola línea estaba empezando a tomar forma. Cada vez que lo miraba, veía a Grace. Esa había sido la idea, ¿no? Había tenido la intención de mostrársela a ella, ver si ella se daba cuenta de lo que había escondido en el cuadro.

El celular sonó. Román contestó sin mirar el identificador de llamada, esperando que, contra toda lógica, fuera Grace. Quizás podrían hablar, arreglar las cosas. Lamentablemente, era Héctor. Su compadre había aprendido suficiente inglés para hacerse entender y quería que Román viera el mural que acababa de terminar en un restaurante mexicano en la calle Olvera. Román necesitaba salir de la casa y le contestó que claro, tenía tiempo, cualquier cantidad de tiempo. Se fue a la ciudad.

Ni bien Román entró por la puerta, Héctor lo llamó a gritos y caminó entre las mesas atestadas de clientes, con una gran sonrisa en su rostro moreno.

—¡Amigo! —Hizo un gesto con el brazo señalando la pared—. ¿Qué te parece?

A Román le gustaron los colores alegres, las montañas al fondo, los peones mexicanos trabajando duro en los campos, la hermosa latina que llevaba una canasta con azucenas blancas, los niños con sus vestimentas coloridas bailando en un círculo. Asintió.

—Buen trabajo, amigo.

Héctor se rio.

—¡Hablas español!

Román se obligó a sonreír.

—Acabas de escuchar todo lo que sé decir. —Además de *gracias* y de una serie de insultos que sería mejor olvidar. Una pelirroja regordeta caminó hacia ellos. Román la reconoció de la fotografía que Héctor le había mostrado en San Diego—. ¿Es tu novia?

—Mi esposa. Hace dos semanas. Las Vegas. Allí no preguntan nada.
—Héctor apoyó el brazo sobre sus hombros posesivamente y ella lo miró con adoración—. Tracy, te presento a Román Velasco, el patrón.

—Encantado. —Román le dio la mano.

—Héctor me ha hablado mucho de ti.

Román hizo un gesto avergonzado.

—No soy un jefe fácil.

Héctor no había terminado de dar sus noticias:

—Estamos esperando un bebé. —Parecía orgulloso y feliz. Sintiendo una rara punzada de envidia, Román los felicitó.

—Ven. —Héctor le indicó con la mano una mesa vacía—. La cena corre por mi cuenta.

El guacamole y los totopos estaban recién hechos y deliciosos, y la salsa era lo suficientemente picante para que los ojos de Román se llenaran de lágrimas. Para ser una muchacha de contextura pequeña, Tracy tenía un gran apetito. Héctor se rio y le dijo que comía como para mellizos. Román pidió un plato combinado de chiles rellenos, enchiladas, frijoles refritos y arroz. Héctor hablaba de la importancia de la familia y los amigos. Le habían ofrecido otros proyectos para hacer murales. Ahora iba a poder mantener una familia, pero le aseguró a Román que nunca se olvidaría de su amigo.

—Siempre que me necesites, estaré aquí.

Román le dijo que el mural de San Diego había sido el último.

—Ahora estoy trabajando sobre lienzo. —El paisaje lo mantendría ocupado durante un tiempo. ¿Y después qué? Y cuando lo terminara, ¿lo vendería? Lo dudaba.

La camarera se llevó los platos y volvió con café y flan.

—Trae a Grace la próxima vez que vengas a la ciudad. Ella querrá ver el muro.

—Grace renunció.

Héctor levantó las cejas, sorprendido.

—¿Dejaste que se fuera?

—No fue mi decisión.

—Pero todavía la ves. ¿Sí? Ella vive en la casa de al lado.

—Se mudó. De hecho, esta mañana.

Héctor parecía enojado. Habló en español:

—¿Eres tonto o solo obstinado?

Tracy se sonrojó.

—Héctor dijo...

Román levantó la mano.

—Creo que lo entendí. —¿Era realmente tonto, u obstinado? ¿Por qué no ser sincero?— Digamos que hice una prueba y ella me rechazó.

—¿Simplemente te diste por vencido?

Román giró la taza de café y no respondió.

Héctor sacudió la cabeza.

—Era buena para ti, jefe.

—Sí. —Román levantó su taza—. Pero yo no era bueno para ella. —Miró el anillo de oro en el dedo de Héctor—. Las cosas no siempre salen como uno espera.

Cuando terminó la cena, Román no tuvo ganas de subir al cañón Topanga y condujo hasta Laguna Beach. La galería de Talia estaba cerrada. Menos mal. Ella querría saber qué estaba pintando. Si le contaba, querría vender la pintura sin haberla visto. Se dirigió al norte. Se detuvo en Malibú y caminó por la playa. Se sentó, con los brazos descansando sobre sus rodillas. La luna resplandecía blanca sobre el mar. Meditó en la luz que lo había rodeado, el apretón firme que lo había arrancado del abismo.

Jesús, ¿por qué te tomaste la molestia de salvarme?

Enojado, Román sacó su celular.

La voz de Jasper sonó atontada por el sueño:

—¿Todo en orden?

—Te hice caso y le sugerí a Grace que avanzáramos al siguiente nivel.

—Ah. —Silencio—. ¿Y?

—Renunció. Se mudó de la cabaña.

Las mantas crujieron y Jasper soltó un largo suspiro.

—Comienza por el principio.

—Hice una cena bonita, preparé todo en el patio. A ella le gusta la vista. —Román sentía como arena en sus ojos. Paró de hablar y trató de respirar.

—¿Intentaste conquistarla?

—La besé. Me dijo que me amaba. Le pedí que se mudara a vivir conmigo...

—¿Que se mudara contigo?

—No le gustó la idea de ser amigos con derecho a roce.

Jasper gimió:

—Bobby Ray, cuando te dije que "sentaras cabeza", no me refería a que le pidieras vivir en pareja contigo. Hablaba de que te casaras con ella.

—¿Quién se casa hoy en día sin probar un tiempo cómo les va juntos? —Pensó en Héctor y Tracy, que ya estaba embarazada.

—¿Probar cómo les va? Hablas como si se tratara de un cambio de ropa. —Ahora, Jasper parecía enojado—. ¿Quieres una relación duradera? Tienes que *comprometerte*. ¿Quieres "jugar a la casita" y seguir teniendo relaciones sexuales por ahí? Regresa al club y encuentra con quien pasar la noche.

Román sintió la decepción de Jasper, pero no era ni parecida a la de él. ¿Cuántas veces había arriesgado su vida escalando a lugares altos para pintar un grafiti? Pero no tenía las agallas para arriesgar su propio corazón. Creyó que podría protegerse del dolor, pero ahí estaba: intenso, profundo, como garras que trataban de arrastrarlo hacia abajo.

—Bobby Ray. —La voz de Jasper se suavizó—. Llámala. Pídele disculpas. Pregúntale si pueden volver a empezar.

—Es demasiado tarde.

—No lo sabrás a menos que lo intentes.

—No me contesta.

—Sé fuerte y valiente. Por una vez en tu vida, sal de las sombras.

Hablaron durante casi una hora. Román se quedó en la playa toda la noche y contempló el amanecer.

—Jesús. —La luz y los colores reavivaron el alivio y el asombro de haber sido arrebatado del infierno y de sentir que la vida volvía a su cuerpo—. Jesús. —Román quería orar, pero no sabía cómo hacerlo—. Jesús. —Miró la salida del sol y recordó el poder que lo levantó de la muerte y le devolvió la vida—. Jesús, ayúdame.

Cuando volvió al cañón Topanga, entró en la cabaña. Grace había dejado la llave sobre el mostrador de la cocina. No había ninguna nota. Una angustia dolorosa lo llenó. Solo, en silencio, reconoció lo que sabía desde hacía mucho tiempo. La amaba. Hasta este momento no había podido reconocerlo; mucho menos, decírselo. Si se lo decía ahora, ella no le creería.

Pasó tres años buscando a su madre, antes de enterarse de que había muerto la noche que lo dejó solo en el departamento. Recién entonces se dio por vencido. ¿Fue en ese momento que renunció a amar a alguien más que no fuera él mismo? Román volvió a la casa y se sentó al borde del sofá de cuero con la cabeza en las manos.

Una persona podía decirle cómo tender un puente hacia Grace. Brian Henley contestó el celular cuando sonó por tercera vez.

—Tenía la esperanza de que me llamaras. Acabo de volver de la iglesia.

—¿Podemos encontrarnos para tomar un café? Necesito un poco de luz sobre algunas cuestiones.

—Todos necesitamos eso.

Acordaron la hora y el lugar.

33

ROMÁN ENTRÓ A LA CAFETERÍA y vio a Brian Henley sentado a una mesa en una esquina. Con su computadora portátil abierta, levantó su taza de café como gesto de saludo. Román asintió en reconocimiento y se puso en la fila. Había esperado que Brian le sugiriera un Starbucks en el centro, no un lugar en un parque industrial lleno de obreros.

Román se relajó. Estaba de vuelta en el viejo vecindario. Un empleado tatuado tomaba los pedidos, mientras que una muchacha con el cabello color rojo pasión y perforaciones en la nariz, el labio y la parte superior de sus orejas manejaba las máquinas.

Aletargado por la falta de sueño, Román ordenó tres medidas de expreso en una taza regular de café. Los empleados se movían como bailarines, trabajando y cruzándose con movimientos precisos como en el tango. Tenían que hacerlo, considerando la cantidad de clientes que había. La mayoría de los clientes recibieron sus pedidos y se fueron. Unos pocos se quedaron, ocupando la media docena de mesas.

Brian cerró su portátil cuando Román se sentó frente a él. Metió la computadora en una mochila gastada y amarró las tiras en el respaldo de su silla. Tomó su café y miró a Román con total atención.

—Me alegro de que no cambiaras de parecer en cuanto a venir.

—Tuve mis momentos. —El café estaba caliente y era intenso. De todas maneras no era tan bueno como el de Grace—. ¿Vienes mucho por aquí?

—Está cerca de mi trabajo y es un buen lugar para conocer gente nueva.

¿Este tipo pulcro quería conocer a las ratas del barrio? Una adolescente con rastas entró y lo saludó. Brian sabía su nombre.

—¿Sabe Shanice que estás conociendo chicas en la cafetería de la zona? —Quiso decirlo de manera grosera.

Brian solo sonrió:

—No tiene de qué preocuparse. —Se puso más serio—. Pareces cansado.

—Demasiadas cosas en la cabeza.

—¿El infierno o Grace?

—Como que van juntas, ¿verdad? —Román soltó una risa sombría. Quería preguntarle a Brian si se había enterado dónde estaba ella, pero sabía que no se lo diría—. Probablemente, ya te habrá contado toda la historia.

—Ella no ofreció decírmelo y yo no le pregunté. En la barbacoa hablaste de tu experiencia cercana a la muerte en el infierno. Eso es algo que no podré olvidar.

—No tenía pensado hablar de eso en lo más mínimo —dijo Román con tono seco.

—Es difícil guardarse eso para uno mismo.

—Yo sé que Jesús me salvó, pero para mí las cosas ahora están peor, no mejor.

—Está bien. —Brian asintió—. Quizás estés tratando de mantener las cosas como las hacías antes. La pregunta es: ¿estás dispuesto a entregarle tu vida a Jesús?

Frustrado, Román se inclinó hacia adelante con los dientes apretados.

—¿Qué significa eso?

—Dejar de vivir según tus propias reglas.

Román había leído lo suficiente de la Biblia que Grace le regaló como para saber de reglas.

—Sí, bueno, la Biblia está llena de mandamientos. La mayoría no tiene demasiado sentido para mí.

Brian también se inclinó hacia adelante, mirando fijamente a Román.

—Esta es la buena noticia, Román: estamos bajo el nuevo pacto, el que Jesús pagó con Su propia sangre. Cuando le dices que sí a Jesús, Él te da el Espíritu Santo. La próxima vez que leas Su Palabra con eso en mente y ores un poco, empezarás a entender. El Espíritu te enseñará y te mostrará cómo se aplica a tu vida. Empezarás a reconocer la voz de Dios. Sabrás en qué te equivocaste y cómo estar bien con Dios. Si obedeces Su guía, tu vida empezará a cambiar de adentro hacia afuera.

Román negó con la cabeza.

—Dicho así, suena fácil.

—Es simple. —Brian se reclinó hacia atrás, sin dejar de mirarlo a los ojos—. No es fácil.

—Parece que tienes todo bajo control, pastor.

La boca de Brian se curvó en una sonrisa irónica.

—Difícilmente. —Su celular sonó—. Tengo que rendir cuentas igual que cualquier otro hombre; quizás, más. —Revisó el mensaje y volvió a guardar el celular en su bolsillo—. Los pastores suelen ser un blanco para el enemigo. Tú conociste a algunos de los ayudantes de Satanás. Si destruyes al pastor, todo el rebaño puede llegar a perderse.

Con curiosidad, Román cambió de tema porque no quería charlar de la experiencia en la que no deseaba pensar, menos hablar.

—¿Cómo fue que terminaste de pastor?

Brian le contó de su infancia en el centro del país, de su familia campesina, de cómo creció en la iglesia, de la chica bonita que conoció en un evento cristiano y con la que se casó mientras estaba en una universidad cristiana y a la que perdió demasiado pronto.

Román se sorprendió de lo bien que podían relacionarse. Sin proponérselo, habló del Tenderloin, de cómo hurtaba cosas de las tiendas de la esquina para tener algo de comer, de la desaparición de su madre y de cómo anduvo de un hogar de acogida a otro.

—Jasper dice que tengo problemas de niño abandonado.

—No es para sorprenderse.

Román terminó lo último de su café.

—Nunca tuve padre.

—Siempre tuviste un Padre. Ahora puedes conocerlo. —El celular de Brian sonó con otro mensaje. Lo revisó.

Román dio un vistazo a la hora y lanzó una palabrota por costumbre.

—Hemos estado hablando durante dos horas.

Brian se rio.

—Es bueno saber que podemos hacerlo. Tengo que volver a la iglesia. —Se puso de pie y se acomodó la mochila en los hombros. Al llegar a la vereda, se detuvo—. ¿Qué te parece la semana que viene?

Román estaba sorprendido de que el pastor estuviera dispuesto a otra ronda con él.

—Seguro. Dime tú a qué hora. Yo puedo acomodar mis horarios, pero tú trabajas.

Brian retrocedió mirando a Román.

—Veré mi agenda y te llamaré.

—¿Necesitas que te lleve?

—Estoy a dos minutos de aquí. La iglesia está a una cuadra hacia la derecha.

Román no veía ningún campanario.

—Ese es un edificio industrial.

—¡Claro! —Brian sonrió—. El alquiler es barato y tenemos mucho espacio. Oye, ¿juegas baloncesto? El grupo de jóvenes tiene un partido esta noche.

—Nada de baloncesto —suspiró Román—. Hacía *parkour*. —Los ejercicios de estiramiento y fortalecimiento le habían causado mucho dolor, pero su pierna no había mejorado. Era un recordatorio constante de que su viaje al infierno no había sido imaginario.

—¿Por qué no vienes el domingo y nos conoces un poco? Por aquí no usamos camisa ni corbata. El servicio es a las diez. —Cambiando de lugar la mochila, trotó al otro lado de la calle y se perdió de vista en la entrada de un edificio.

La reunión no había resultado como Román esperaba. Se había sentido a gusto, como si nada de lo que dijera pudiera sorprender a Brian Henley. Tal vez los pastores ya habían escuchado de todo.

Con el apoyo de sus amigas, Grace decidió emprender un negocio virtual. No estaba convencida de que le alcanzaría para mantenerlos a ella y a Samuel, pero era un comienzo.

—Vaya, nena —Shanice era su principal animadora—. ¡Cuadro de honor en la preparatoria, becada en la UCLA, ascendida de recepcionista a secretaria del gerente de personal de una empresa de relaciones públicas en menos de cuatro años! Tienes mucho a tu favor. Tienes un montón de habilidades para el mercado, cariño. Lo único que necesitas es un poco de confianza en ti misma. Traté de hacértelo entender la primera vez que perdiste tu trabajo.

Las amigas de Grace habían iniciado el proyecto en la reunión para almorzar del domingo anterior.

Ashley le sugirió que hiciera un sitio web.

—Tenemos que ponerle un buen nombre. Puedes enlazarlo a un *blog* sobre una madre soltera con un bebé que se las arregla sola en este mundo. Eso ayudaría a atraer tráfico a tu sitio.

Grace se rio suavemente.

—Todavía no he arreglado nada.

—Lo harás. Dios no te defraudará. —Ashley revolvió su café—. A las personas les gusta leer sobre el proceso.

—Puedes ofrecer varios servicios distintos. —Shanice tomaba nota—. Sabes cómo redactar un buen currículum. Ahí tienes una buena habilidad para el mercado. Ayudaste a tu esposo a escribir sus ensayos de fin de semestre, ¿verdad? Podrías ofrecer edición en línea. Y clases particulares.

—¿Alguna vez escribiste eslóganes para esa empresa de relaciones públicas? —Ashley se acomodó en el sofá.

—A veces. —Harvey Bernstein solía pedirle que lo ayudara proponiendo ideas. Ella había inventado varias frases que todavía se veían en letreros publicitarios.

—A veces, las empresas que recién empiezan necesitan a alguien que les escriba eslóganes. Pagan buen dinero por ellos.

La confianza que tenían sus amigas en la provisión de Dios y en sus aptitudes le dio fuerzas. Diseñó GraceVirtual.biz con imágenes gratuitas. Enumeró sus calificaciones y los servicios que ofrecía, y escribió la primera publicación en su *blog*.

Llamó a Harvey Bernstein para hablarle de su plan. Él se mantenía atento a los negocios y conocía a varias personas que podían llegar a necesitar su asistencia. Incluso le dijo qué tarifas debería cobrar.

—Son competidores con futuro que esperan pagar tarifas más altas, y tú las vales. Acabo de abrir tu sitio web. Muy bien hecho, Grace. Eso también te generará trabajo. —Harvey siempre había sido un estimulador.

La primera consulta vino del hijo de un amigo de Harvey, que tenía una empresa nueva dedicada a la tecnología y necesitaba un folleto comercial. Le dijo que había sido altamente recomendada y le envió su plan de negocios y fotografías.

Su primer artículo de *blog*, «Hurgando entre los escombros», también llamó la atención, especialmente después de que Shanice lo compartió con todos los que conocía: viejos y nuevos amigos, los miembros de la iglesia y los socios comerciales de dos estudios de películas. Ashley difundió la publicación entre sus profesores colegas y los directores. Grace no esperaba que su confesionario le interesara a alguien, pero los comentarios y las cartas empezaron a llegar a raudales al sitio, la mayoría de mujeres y la mitad de ellas, madres. Algunas le daban consejos prácticos.

Selah seguía llamándola. Habían hablado dos veces desde que Grace se había llevado a Samuel y ambas habían sido conversaciones angustiantes. Grace dejó de atender el teléfono. Tenía la esperanza de que Selah llegara a aceptar que su tiempo con Samuel, si bien sumamente apreciado, había terminado. Era el décimo mensaje de voz en dos días. *Sé que recibiste mis mensajes, Grace. Considerando todo lo que hice por ti, al menos podrías tener la amabilidad de responder mis llamadas. Quiero saber que Sammy está bien.*

—¡Basta! —Shanice lanzó la revista que había estado leyendo sobre la mesa de centro—. ¿Quieres que la llame y le diga que deje de hostigarte?

—Ella lo quiere, Shanice. Debí haberme ido de su casa apenas tuve a Samuel, en lugar de dejar que ella se hiciera falsas esperanzas.

—Se lo dijiste. Fue ella la que no quiso escuchar. —Shanice se sentó en el sofá junto a Grace, y la abrazó—. Ay, cariño, no te sientas tan culpable. Samuel es tu hijo, no de ella.

—No sé cómo hacérselo más fácil.

—Cuando te mudaste al cañón Topanga le dijiste que tenías la intención de tener a Samuel todo el tiempo contigo, ni bien consiguieras a alguien que lo cuidara bien. Han pasado dos semanas y ella sigue llamando. Quizás deberías cambiar de número telefónico.

—Lo sé, pero me parece tan definitivo.

Shanice la apretó la mano.

—No empieces a mentirte a ti misma. Has estado esperando que Román se pusiera en contacto contigo otra vez. Y, si lo hiciera, ¿qué harías? ¿Mudarte a vivir con él como hizo Nicole con Charles? Tú viste lo infeliz que parecía la última vez que la vimos. ¿Es eso lo que quieres?

—No. —En este momento, no le importaba nada. Se sentía deprimida y anhelaba verlo de nuevo. *Sé sincera, Grace.* En su estado emocional actual, a Román no le costaría nada hacerla olvidar su decisión moral. Con unos pocos besos más como aquel, se rendiría a lo que él quisiera, en lugar de a lo que Dios quería para ella.

—Los niños quieren sus juguetes, cariño.

Grace miró a Samuel, que jugaba contento en el piso, y recordó el día que Román había ido a la cabaña, exhausto, después de noches de no dormir. Hablaron y él subió a Samuel sobre sus rodillas. Luego, se había estirado en el sofá, con Samuel sobre su pecho, y ambos se habían quedado dormidos. Ella se había sentado y los había mirado un rato largo. Samuel necesitaba un papá. ¿Había albergado ella la esperanza de que Román quisiera cumplir ese rol?

¡Tenía que dejar de pensar en él! Necesitaba concentrarse en seguir adelante, en volver a empezar.

Shanice le había dado fuerzas durante las dos últimas semanas, pero Grace no quería abusar de su hospitalidad. Shanice tenía su propia vida y Brian quería ser parte de ella. Siempre que él llamaba, Shanice parecía sentirse culpable, como si le hubiera hecho algo terrible a Grace, en lugar de simplemente haberla invitado una noche a una salida de chicas. Grace era la responsable de lo que había pasado, no su amiga. Y luego del desastre se había demorado en seguir adelante por su falta de fe. Ahora se daba cuenta del costo que había significado para Selah y su familia. No quería volver a cometer el mismo error.

—Volveré a Fresno, Shanice.

—¿Adónde tu tía? —Shanice abrió los ojos, sorprendida—. Pero si ni siquiera te habla...

—No tengo planeado quedarme. Solo iré a visitarla. Si me recibe. Es tiempo, y ella y yo tenemos que hablar.

—¿Y qué harás si te cierra la puerta en la cara?

Grace se rio discretamente.

—Tía Elizabeth nunca sería tan grosera.

—¿Por qué vas a ir buscarla, cuando ella no quiso ayudarte la última vez?

—Solo quiero hablar de algunas cosas con ella. —Cuando su tía dejó Memphis, abandonó todo lo que conocía. Quizás tía Elizabeth pudiera decirle cómo lo hizo. Además, Grace quería saber por qué lo había hecho.

—¿Volverás después de eso? —Shanice parecía esperanzada.

Si se quedaba en el sur de California, la tentación tocaría a la puerta de su mente y de su corazón. En las dos últimas semanas, ¿cuántas veces había pensado en conducir hasta el cañón Topanga? Había buscado alguna excusa para volver a ver a Román. Pero sabía lo que pasaría si lo hacía.

En la última semana, levantó dos veces a su hijo y tomó las llaves del carro con la intención de ir. Y entonces, escuchó esa vocecita tranquila que le advirtió: *No vuelvas, Grace. Confía en mí.*

—Mientras esté aquí, tendré la tentación de ponerme en contacto con Román. Y sería una tonta si lo hiciera. Mi mente me dice que quiere todos los beneficios físicos sin ninguna responsabilidad, pero mi corazón es engañoso. —Levantó un hombro reconociéndolo desoladamente—. Por lo menos Patrick me puso un anillo en el dedo mientras me usaba. Román ni siquiera estaba dispuesto a hacer eso. Aunque supongo que debo darle algún reconocimiento por su sinceridad.

—Brian se encontró con él en una cafetería. —Otra vez esa leve sombra de culpa en el rostro de Shanice.

—¿Cómo les fue? —Grace lamentó haber preguntado y levantó las manos—. No importa. No quiero saber. —Se paró e hizo una mueca—. Voy a llamar a mi tía. Ora por mí.

Cuando tía Elizabeth contestó, Grace le preguntó si le molestaría tener visitas por un par de días. Tía Elizabeth suspiró:

—Entiendo que has tomado una decisión difícil.

—Varias. —Grace pasó una mano sobre la cabeza de Samuel.

—¿Cuándo debo esperarte?

—Mañana en la tarde, si te parece bien.

Román logró atravesar la cancha de ráquetbol con suficiente velocidad para devolver la pelota zumbando hacia la pared del fondo. Brian falló y dejó escapar un gemido de derrota.

—¡Piedad! Me rindo. —Dobló la cintura, apoyó las manos en las rodillas y se rio, jadeando—. Hasta con una pierna estropeada estás en mejor estado que yo. —Respirando con dificultad, se enderezó—. Y yo que creía que los artistas se la pasaban todo el tiempo con sus cuadros.

Con una sonrisa, Román hizo rebotar la pelota una y otra vez.

—Depende de qué tipo de pintura estemos hablando. Un grafitero tiene que ser rápido con sus pies, o terminará esposado y en la parte de atrás de un patrullero.

—¿Sigues haciendo grafiti?

—Ya no.

Un par de mujeres estaban junto a la ventana, observando. Una tenía el cabello oscuro como Grace. Román se dio vuelta, sacó su botella de agua y bebió a fondo. No pasaba una hora sin que pensara en ella. Habían transcurrido un par de semanas, pero seguía sintiéndose estrujado y roto por dentro. Si lo amaba, ¿por qué le había impuesto el castigo del silencio? Él había dado señales de pedir una reconciliación los primeros días, con la esperanza de que atendiera sus llamadas o le respondiera con un mensaje de texto, o *algo*, para que pudieran hablar del tema. Estaba claro que eso no iba a suceder.

Brian levantó su toalla y se secó el rostro.

—Ella también está dolida.

Román no tuvo que preguntarle a quién se refería, pero sí quería saber cómo se había dado cuenta Brian de que él estaba pensando en Grace. ¿Tenía el dolor grabado en el rostro? Había tratado de ocultarlo, de que no fuera visible. ¿Cuánto tiempo pasaría hasta que sintiera un poco de alivio? ¿Cuánto pasaría hasta que pudiera vivir un día sin sentir como si le hubieran arrancado el corazón del pecho?

—Quiero que pienses en algo. —Brian se colgó la toalla alrededor del cuello y sujetó las puntas—. Lo que estás sintiendo ahora podría darte un indicio de lo que siente Dios cada vez que nosotros lo dejamos de lado. Nuestro Padre envió a Su Hijo para que pagara el precio por nuestros pecados, Román. Y Jesús sufrió y murió voluntariamente por amor a nosotros. Todo lo que tú y yo hicimos mal en esta vida fue pagado en la cruz. —Soltó el aire—. Debemos amarlo a Él más que a ningún otro. —Su mirada estaba llena de compasión—. ¿Quieres hacer las cosas bien, amigo mío? Deja de obsesionarte con Grace. Haz que Jesús sea tu principal prioridad.

Las palabras llegaron a lo profundo de su ser y le devolvieron el recuerdo del poder que lo había rodeado, un poder que había hecho retroceder a los demonios hacia las tinieblas. Román recordó la calidez y la luz que lo habían envuelto y levantado, todo porque había gritado el nombre de Jesús. ¿Habría sabido hacer eso si Grace no hubiera estado hablándole de Jesús unos instantes antes de que su corazón se detuviera? ¿Había sido eso un error temporal o el plan de Dios?

Tenía la garganta tensa. Los ojos le ardían.

Jesús, perdóname. Sé que quieres más de mí de lo que te estoy dando.

Brian siguió repitiendo el mensaje. Román sentía que penetraba a través de las rajaduras de la pared que había erigido alrededor de su corazón. Tal vez fuera hora de dejar de poner toda su esperanza en Grace en vez de en Aquel que lo había alcanzado y lo había levantado hacia la luz.

Grace podía no amarlo, pero Dios sí lo amaba. Siempre lo había amado. Siempre lo amaría. Y sería mucho más seguro entregarle su corazón, su alma y su mente a Jesús, que a una mujer de carne y hueso.

A la mañana siguiente, Selah volvió a llamar a Grace. Le dejó otro mensaje, esta vez pidiéndole disculpas por el arrebato previo, pero le pedía en medio de sollozos si podía ver a Sammy, solo por una hora o dos. Grace llamó a Rubén a su trabajo.

—Selah y yo necesitamos tu ayuda. —Grace le contó qué había estado sucediendo las dos últimas semanas.

—No sabía, Grace. Lo siento. Las cosas han estado difíciles en la casa. Alicia está portándose mal. Llamé a nuestro sacerdote. El padre Pedro no se sorprendió de que lo llamara. Arreglamos día y hora para consejería familiar. Todavía no se lo dije a Selah, pero ella irá. Todos iremos.

—Lo lamento tanto. —Grace se presionó la frente con sus dedos fríos y temblorosos.

—No es tu culpa, chiquita. Selah ya tenía sus luchas antes de que te conociéramos. Pensé que ayudarte a tener tu bebé la ayudaría a ella.

Grace le informó que tenía la intención de cambiar su número telefónico y que se mudaría a otra región en los próximos días.

—Selah se afligirá cuando se dé cuenta de que te ahuyentó.

—Hay otros motivos, Rubén.

—Eres como mi propia hija —dijo Rubén, conmovido—. Dios te bendiga.

Nunca nadie la había considerado su hija, ni le había ofrecido semejante bendición.

Shanice llegó al mediodía y Grace ya tenía todo lo que necesitaba en su maleta, en la mochila y en un par de cajas. Guardó todo en el carro mientras Shanice se sentaba en el sillón con Samuel sobre su regazo. Cuando Grace se acercó, lista para despedirse, Shanice tenía los ojos llenos de lágrimas.

—Voy a extrañarte, amiga. No te imaginas cuánto. —Levantó a Samuel por encima de su cabeza y lo zangoloteó—. Y a ti también, caramelito. —Se lo devolvió a Grace.

—Estaré en contacto.

—¿Tienes alguna idea de dónde terminarás?

—Todavía no. —Grace tenía algunas ideas, pero necesitaba investigar un poco más. Y, sin duda, tía Elizabeth también tendría sus propias ideas. Su tía nunca se había guardado sus opiniones personales y, mirando hacia atrás, Grace desearía haberla escuchado. Podría haberse ahorrado mucho sufrimiento.

—Gracias por todo, Shanice. GraceVirtual.biz no existiría si no fuera por ti.

—Solo tenías que recordar quién eres y quién está de tu lado. Dios te cuidará, cariño. Solo quédate a Su lado.

—|—

Román estaba sentado frente a su mesa de dibujo con la Biblia de Grace abierta delante de él. Terminó de leer la historia de Eliseo, un campesino próspero que destruyó su arado y mató a su yunta de bueyes como sacrificio para poder seguir a Elías y servir a Dios. Román sintió un cambio en su interior. *Está bien, Señor. Entiendo.* Dejar una vida y comenzar otra. Deshacerse de todo lo que fuera un lastre para él.

Se levantó del escritorio, fue hacia el ventanal y pensó en las conversaciones que había tenido con Brian acerca de las prioridades. Román estaba sorprendido de lo cómodo que se sentía al hablar con Brian. No le hacía preguntas hasta el cansancio, desgastándolo, como hacía Jasper. El silencio no le molestaba a Brian. Él hacía fácil decirle la verdad. A causa de eso, se habían hecho amigos.

Ahora mismo podía estar parado junto a las ventanas, mirando hacia afuera, pero en su interior, seguía corriendo asustado. *Señor, he leído lo suficiente para saber que me estás llamando. Está bien. Te escucho. Me cansé de tratar de solucionar todo por mí mismo. Adelante, haz Tu voluntad. Estoy cansado, Jesús. Solo quiero descansar.*

Resplandor, su mejor obra, todavía estaba en el caballete. La miraba todos los días y veía a la mujer que la había inspirado. ¿Se había convertido en un ídolo? Quizás era hora de entregársela a Talia, de permitir que la vendiera. O de dársela a Brian para que se la diera a Shanice, de manera que ella se entregara a Grace. Lo único que le parecía correcto era darle a ella la pintura. Era quien la había inspirado.

Todavía estoy tratando de encontrar la manera de llegar a ella, ¿verdad? La amo, Señor, pero fui demasiado cobarde para decirle cuánto.

Brian le aseguró que el dolor iría menguando con el tiempo. Él tenía que aclarar sus prioridades. Su vida dependía de Dios, no de una mujer.

Román abrió las puertas de vidrio. Atardecía en el cañón. A Grace le habría encantado ver el cielo del oeste manchado de color púrpura. Encendió la leña que había en el brasero, se sentó y contempló la puesta del sol. Él había subestimado esta vista, pero Grace tenía razón. Los colores nunca eran iguales. *Las buenas noches de Dios*, lo había llamado.

Las estrellas aparecieron una a una, hasta que miles se diseminaron sobre el lienzo oscuro. *¿Y yo digo que soy un artista?*

Su celular sonó. Era Brian. Román contestó:

—Hola.

—¿Cómo estás?

—Mejor que antes. —Por la voz de Brian, sabía que algo estaba pasando—. ¿Hay algún otro motivo para esta llamada?

—Acabo de hablar con Shanice. Grace se fue esta tarde.

Román sintió el fuerte golpe en la boca del estómago.

—¿Se fue adónde?

—Shanice me dijo que se dirigió al norte y que ni siquiera Grace estaba segura de dónde terminaría. Quiere que Samuel crezca en otro lugar que no sea Los Ángeles.

¿Cuán al norte quería llegar? Podía terminar en Oregón o en Washington. ¿Alaska? Román cerró los ojos.

—Lo lamento, Román.

—Ya. —Miró hacia el cañón—. Así es la vida.

—¿Por qué no vienes a mi casa mañana? Podemos hablar. —Le dio la dirección de Vermont Square—. Llama a Uber. En mi cuadra no puedes dejar ese carro sofisticado que tienes. ¿Qué te parece a las once? —Soltó una risita—. ¿O es demasiado temprano para un artista?

Román se quedó afuera; sus emociones cayeron en espiral hasta que tocaron fondo. No veía manera de salir, excepto una. *Jesús, sujétame de nuevo.* Cerrando los ojos, se imaginó estirando los brazos hacia arriba. Sentía el peso bajo sus pies, succionándolo hacia un remolino de aflicción.

Y entonces llegó el susurro, un pensamiento que no era de él llenó su mente.

Déjala ir y camina conmigo. Un paso a la vez. Un día a la vez.

Simple. No fácil.

Déjala ir y pon tu esperanza en Mí.

Estremecido por el encuentro, Román sacó el teléfono de su bolsillo. Con una mano temblorosa, tecleó Fotos. Pasó con el dedo las fotografías de Grace que le había tomado durante el viaje. ¿Cuántas veces había hecho esto durante las últimas dos semanas? Si no podía tener a Grace, por lo menos podía mirar estas fotos e imaginar lo que podría haber sido.

Déjala ir, dijo Dios.

Una por una, Román borró las fotografías. Cuando llegó a la última, su dedo vaciló. Recordó el momento en el que había tomado esta. Grace se había parado en un sitio alto de los Dardanelos. Se dio vuelta, lo miró por encima del hombro y le hizo señas para que la siguiera. Y él lo hizo. Era una chica enamorada de la vida y, tal vez, por unos minutos, una mujer enamorada de él. Era mejor recordarla así que como la última vez que la vio, con las lágrimas cayendo por sus mejillas pálidas, y los ojos llenos de dolor y desilusión. Casi podía escuchar su voz: *Te amo, Román.*

Una brisa suave susurró por el chaparral. *Yo te amo más.*

Sintió la intensidad de esa declaración, el anhelo profundo de acercarse más al Eterno. Podría hacerlo si dejaba de seguir aferrándose a una mujer que no era suya y que nunca lo había sido.

Román se llenó los pulmones con el aire frío de la noche y tocó suavemente la pantalla.

Grace desapareció.

34

Tía Elizabeth abrió la puerta principal.

—Ah. Pensé... —Cuando retrocedió, parecía al borde del llanto—. No importa. Entra. ¿Dónde está tu maleta?

—En el carro. Junto con el corralito y...

—Déjame sostenerlo mientras traes lo que necesitas. —Levantó a Samuel de los brazos de Grace.

Asombrada, Grace la miró llevándose a su hijo a la sala. Nunca antes lo había tenido en brazos y apenas lo había mirado la única vez que lo trajo Grace.

Grace puso el corralito y la maleta en su antigua habitación y miró hacia la sala. Tía Elizabeth tenía a Samuel sentado sobre sus rodillas, mirándola de frente. Le hablaba con una voz dulce y cariñosa, mientras él agitaba las manos como un pajarito feliz.

—Gracias por mantenerlo ocupado. —Se estiró para levantar a Samuel, pero tía Elizabeth lo cambió de lugar.

—Está bien donde está.

Grace se sentó al borde del sillón, con las manos en las rodillas.

—Creí que no te agradaba.

—Creía que ibas a entregarlo. No quería encariñarme con él. —Cuando Samuel intentó liberarse, miró a Grace con una mirada inquisitiva.

—Quiere estar en el piso. Ya gatea. Lo mantendré vigilado para que no rompa nada.

Tía Elizabeth lo bajó.

—Te ahorraré la molestia. —Se levantó y caminó por la sala, recogiendo todo lo que pudiera romperse y poniéndolo en un estante alto.

¿Qué había pasado para producir este cambio?

—Te enojaste tanto cuando te dije que estaba embarazada.

—Por supuesto que lo estaba. ¿Debería haberme alegrado por las circunstancias en que lo concebiste?

Grace la miró fijo.

—Tenía miedo de que quisieras que me hiciera un aborto.

—Grace —la voz de tía Elizabeth se suavizó—. Siempre fuiste muy sumisa. Sinceramente, esperaba que tus amigas te convencieran de no tener al bebé.

Habló rápidamente, defendiéndolas:

—Mis amigas fueron quienes me sugirieron que fuera al centro de orientación para embarazadas.

—Sí, ahora lo sé, y me imagino que la familia que te recibió tenía sus propios planes para Samuel. —Levantó una ceja en desafío.

—Selah todavía quiere adoptarlo. —Samuel golpeó con la mano la puerta corrediza que daba al jardín y dejó una huella pegajosa sobre la prístina superficie del vidrio. Grace se levantó, sabiendo que a su tía le gustaba que todo estuviera limpio y ordenado—. Traeré el Windex.

—Siéntate. No te preocupes por el vidrio. —Tía Elizabeth soltó una risita cuando él volvió a palmear el vidrio—. Es una ventana de seguridad de doble vidrio. No puede romperla. Diría que Samuel será un niño amante del aire libre. —Miró a Grace—. Hablando de niños, ¿cómo anda Román Velasco?

Grace sabía que tarde o temprano aparecería en la conversación, pero no esperaba que fuera tan pronto.

—No lo sé. Renuncié y me fui de la cabaña hace un par de semanas.

Tía Elizabeth curvó la boca en una sonrisa triste:

—Él quería que fueran más que amigos.

—Quería que fuéramos amigos con beneficios.

—Me alegro de que lo hayas rechazado. La mayoría de las relaciones que empiezan de esa manera no terminan bien. —Tía Elizabeth sacudió la cabeza—. Pero qué lástima. Me agradaba.

Grace alzó el mentón, sorprendida.

—¿En serio?

—Sí, me agradaba. A diferencia de Patrick Moore, a quien nunca le importaste lo suficiente para tener en cuenta tus sentimientos sobre nada, Román te defendió mucho. Creía que yo te trataba mal. —Se encogió de hombros—. Cosa que, por supuesto, estaba haciendo. Además, Román Velasco no podía quitarte los ojos de encima, otra cosa que lo diferenciaba de tu exesposo. El hombre te quiere, Grace.

—No lo suficiente.

—Es un tonto, pero la mayoría de los hombres lo son, en lo que a las mujeres se refiere. Supongo que tú eras algo nuevo para él, una chica de valores morales y fe. ¿Qué le digo cuando llame?

—No lo hará. —Se imaginó a Román de vuelta en una discoteca, levantando a alguna rubia bonita en busca de sexo, como la que se le había acercado en la galería de arte. Se cuidaría, por supuesto. Buscaría a alguien que conociera las reglas. Seguía diciéndose a sí misma que se alegraba de que cualquier posibilidad de relación hubiera terminado, pero su corazón latía más rápido de solo oír mencionar su nombre.

Tía Elizabeth la miró atentamente.

—Bueno, no tenemos que hablar de él hasta que estés lista. Tenemos muchas otras cosas para discutir. El pasado, por ejemplo. —Se puso de pie—. ¿Por qué no armas el corralito en la cocina para que tengamos a la vista a este pequeño vagabundo mientras termino de preparar la cena?

Grace hizo lo que le sugirió su tía. Samuel no parecía particularmente contento de que lo encerraran. Puso un centro de actividades en el corralito para mantenerlo ocupado. Tía Elizabeth se paró frente al lavadero de la cocina para pelar papas, lo que avivó los recuerdos de la infancia de Grace. Había llegado a esta casa traumatizada y afligida.

Como adulta, Grace podía entender y perdonar la incapacidad de su tía de ser compasiva con una niña traumatizada. Tía Elizabeth también había estado afligida y enojada por las circunstancias de la muerte de su hermana. Pero, de niña, Grace había vivido constantemente atemorizada. No solo cuando se mudó a vivir con su tía, sino mucho antes de eso, cuando presenciaba la furia de su padre y cuando su madre le enseñaba a jugar a las escondidas. Aprendió a esconderse de muchas cosas. ¿Estaba escondiéndose ahora?

Tía Elizabeth le habló por encima del hombro:

—Te queda bien el cabello a esa altura. —Cortó las papas peladas, las metió dentro de una cacerola y agregó agua del grifo. Se secó las manos, echó sal en el agua y puso la cacerola sobre la hornilla de la cocina. Miró a Grace y se apoyó sobre el mostrador del lavadero, como si estuviera tomando fuerzas—. Estás muy callada.

—Solo estaba recordando cosas del pasado. —Grace se arrepintió de haberlo dicho cuando vio el gesto de dolor en la mirada de su tía.

—Nada bueno, imagino. —Tía Elizabeth metió las manos en los bolsillos del delantal y desvió la mirada—. Hice muchas cosas de las que me arrepiento, Grace, y la mayoría tienen que ver contigo. —Suspiró—. Solo tenías siete años cuando te traje a casa conmigo. Y descargué mi amargura en ti.

—Entiendo por qué.

Tía Elizabeth se sentó a la mesa de la cocina y apoyó su mano sobre el brazo de Grace.

—Tenemos que hablar del pasado.

—Sobre mi madre.

—Sí, y de tu padre. —Le apretó suavemente el brazo y levantó la mano—. Pero el problema no empezó con ellos.

Después de la cena, tía Elizabeth tuvo que ir a una reunión de diaconisas. Grace bañó a Samuel en el lavadero de la cocina y le puso el pijama; luego lo tuvo en brazos mientras tomaba el biberón con leche tibia y ella oraba por él. Le cantó uno de sus himnos favoritos y vio que sus párpados iban poniéndose cada vez más pesados, hasta que no pudo mantener los ojos abiertos. Lo dejó delicadamente en el corralito y lo tapó con su manta favorita de bordes sedosos.

Desbordada por una dolorosa ternura, se sentó al borde de la cama individual y miró cómo dormía su hijo. Parecía muy tranquilo, muy contento. Su muchachito no tenía de qué preocuparse porque confiaba en su madre. *Señor, quiero confiar en Ti de esa manera.*

Nada estaba resultando como había esperado. Tía Elizabeth quería hablar del pasado, pero después: esta noche, cuando volviera, o al día siguiente. ¿Cambiaría de parecer? Grace tenía preguntas para hacerle sobre el pasado y quería tomar prestado un poco del valor que tuvo su tía para irse a otro lugar y empezar de nuevo. A tía Elizabeth le había ido bien, dejando a su familia y a sus amigos en Memphis y mudándose a la otra punta del país. ¿Qué necesitó para hacer eso? ¿Había emprendido Elizabeth Walker un viaje para vivir una gran aventura o se había escapado de algo?

Samuel se movió. Grace volvió a acomodarle la manta. Se acordó de la primera noche que pasó en esta habitación, de lo aterrada que estaba. Noche tras noche, se escondía; lo único que quería era sentirse a salvo, y oraba pidiendo que mamá viniera a buscarla y le dijera que podía salir porque todo estaría bien.

Y, luego, vino el ángel y el miedo se fue. Sintió el milagro que era él, el secreto precioso que había compartido con Román. Él sabía que los demonios existían. ¿Creería que Dios enviaba ángeles?

La puerta del garaje zumbó. Tía Elizabeth había llegado a casa. Grace se inclinó sobre el corralito y apoyó su mano suavemente sobre el pecho de su hijo.

—Estás seguro en esta habitación, Samuel. Yo tenía un amigo que me cuidaba aquí. Dios también está cuidando de ti.

Grace entró en la cocina en el preciso momento que su tía abría la puerta lateral del garaje. Tía Elizabeth parecía resignada.

—Pensé que te encontraría despierta.

—¿Cómo te fue en la reunión?

Tía Elizabeth dejó la cartera sobre la mesa y se quitó el abrigo.

—Todas tenemos nuestras tareas asignadas. Guardaré mis cosas para que podamos charlar.

—¿Preparo té?

—Eso sería muy agradable. —Con el abrigo doblado sobre el brazo, levantó su cartera. Se detuvo en la puerta y miró hacia atrás—. ¿Por qué no nos ponemos los pijamas? Quizás sería bueno estar cómodas mientras charlamos.

Se sentaron en la sala, en sillones opuestos, mirándose por encima de la mesa de centro, como dos chicas en una fiesta de pijamas, bebiendo té y simulando ser adultas.

—¿Por dónde empiezo? —Tía Elizabeth sonaba cansada, perpleja—. Cuando te fuiste a la universidad, te extrañé, Grace. Probablemente no lo creas, pero la casa se sentía vacía—. Puso su taza y su platito en la mesa de centro.

—Pasaba más tiempo en la oficina, aunque te parezca mentira. Prácticamente vivía ahí. Era difícil volver a una casa vacía, sabiendo que seguiría estando igual. No creí que volverías, ni siquiera para las vacaciones. Estaba sola otra vez. Pensé que eso era lo que quería. Lo cierto es que no podía dejar de pensar cómo se sentiría Leanne si supiera que te había tratado más como un tutor judicial que como mi sobrina. —Le costó mirar a Grace a los ojos—. Tu madre se sentiría dolida y desilusionada.

—Tú me recibiste, tía Elizabeth. No me dejaste con una familia de acogida. —Habría ido de un lado a otro, unos meses aquí, un año por allá. ¿Quién sabe qué habría pasado bajo esas circunstancias? Grace pensó en Román y en la niñez que había tenido.

—Tengo muchos remordimientos, Grace, pero el mayor es por no haberte criado con el amor que necesitabas desesperadamente. Y que merecías.

Grace vio cuánto le costaba hacer esa confesión y sintió que su corazón se ablandaba.

—Entendí por qué no podías amarme. Cada vez que me mirabas, veías a mi padre, y él... —Sacudió la cabeza y no pudo seguir hablando.

Tía Elizabeth apoyó las puntas de sus dedos en su frente.

—Me había olvidado de que escuchaste esa conversación. —Bajó la mano y levantó la cabeza—. Dije muchas cosas que no debería haber dicho. Estaba muy enojada. Todo empezó mucho antes de que Leanne muriera, aunque eso agravó las cosas. Mi ira se remonta a la niñez. —Se puso las manos sobre las piernas, como si estuviera preparándose—. Uno de mis primeros recuerdos es ver a mi padre pateando a mi madre en las costillas cuando estaba arrodillada limpiando el piso. —Cerró los ojos—. En ese momento debo haber tenido cuatro o cinco años, porque Leanne todavía no había nacido.

Grace sintió el súbito deseo de llorar y no dijo nada.

—Mi madre nunca discutió con mi padre. Nunca dijo nada en contra de él. Además, nos enseñó a obedecer. Desde pequeñas aprendimos a discernir sus estados de ánimo y a mantenernos lejos de él. Mamá tuvo otro bebé pocos años después de Leanne. Un varoncito. Estaba azul. Algo impedía que su sangre recibiera oxígeno. Cianosis, creo que lo llamaron. Una vez lo investigué.

Levantó su taza de té y el platito y bebió lentamente, con los ojos apagados. Cuando volvió a dejarlos, la mano le temblaba pero estaba más tranquila.

—Desde luego, cuando el bebé murió, mi padre le echó la culpa a mi madre. Lo triste es que ella le creía. Sentía que merecía las golpizas. —Tía Elizabeth apretó los puños y bajó la voz, tensa y cansada—. Una vez traté de detenerlo y casi me mató.

Sacudió la cabeza:

—En esa época, la gente no hablaba de violencia doméstica. Era un asunto familiar, mejor guardado como secreto. Conseguí un empleo tan pronto como pude, solo para irme, para ahorrar lo suficiente para dejar la casa. Desde luego, mi padre esperaba que dejara la mayor parte de lo que ganaba en casa, pero me las arreglaba para esconder el dinero. Me mantenía lo más alejada que podía, y no me enteraba de lo que sucedía cuando no estaba en casa.

Cerró los ojos un instante antes de continuar.

—Mamá estaba enferma. Nunca supimos de qué, porque no quería ir al médico. Creo que vio una manera de ponerle fin a su miseria y la acogió con los brazos abiertos. ¿Quién le echaría culpa por eso? —Se quedó sentada un largo rato en silencio.

—¿Y mi madre?

Tía Elizabeth apretó los labios, con el rostro pálido.

—Volví a buscarla cuando mamá murió, esperando que viniera conmigo. Insistió en que papá la necesitaba. Él no estaba bien. Se notaba. Tal vez se arrepentía de cómo había tratado a nuestra madre. Quizás veía el infierno cara a cara. No lo sé. No me importaba. —Apoyó su cabeza en el respaldo del sillón—. Yo iba a verla tan seguido como podía. Leanne me llamaba y hablábamos. Papá no le hizo la vida fácil. Todo lo que le había salido mal en la vida era culpa de alguien más. —Le dirigió una sonrisa triste a Grace—. Tu madre era una buena cuidadora. —Torció la boca amargamente—. En cuanto a mí, una noche me quedé a cuidarlo, poco antes del final, y le dije que si hubiera sido por mí, lo habría dejado en esa silla para que se pudriera en sus propias heces.

Grace sintió que un escalofrío le recorría la piel.

La expresión de tía Elizabeth oscilaba entre la vergüenza y la culpa, la ira y el arrepentimiento.

—Leanne se volvió como nuestra madre. Yo me volví como papá. —Miró a Grace, con los ojos llenos de lágrimas—. Solo que no usaba mis puños.

Grace se pasó al sofá y se sentó al borde para poder tomar la mano de su tía.

—Te amo, tía Elizabeth.

—Yo sé que me amas. Dios sabrá por qué. Eres como tu madre. Ella podía perdonar cualquier cosa. —Giró un poco, rodeó con sus manos la de Grace y la sujetó firmemente, con una expresión decidida—. Tenemos que hablar de tus padres. ¿Qué recuerdas de esa noche?

—No vi nada de lo que pasó. Mamá dijo que íbamos a jugar a las escondidas. La escuché hablar muy rápido. Papi le gritó. Sonó algo como un estallido y escuché que papá lloraba y decía "Leanne" una y otra vez. Entonces, escuché que venía hacia la habitación. Pensé que estaba buscándome, y no me atreví a moverme. Abrió la puerta del clóset, lanzó varias cajas que había en el estante superior y encontró el arma. Luego me vio. Apartó la ropa y se quedó mirándome. No dijo ni una palabra. Cerró la puerta del clóset. Lo único que hice fue quedarme acurrucada ahí, esperando en la oscuridad. Y, entonces... escuché el disparo.

Sacudió la cabeza, recordando fragmentos de esa noche terrible.

—Todo fue muy confuso después de eso. Yo tenía demasiado miedo para moverme. Escuché un estruendo muy fuerte y voces de hombres. Las luces se encendieron y un policía me encontró. Terminé con una pareja buena que me recibió durante algunos días. —La primera vez que Grace vio a los García, pensó en aquella pareja bondadosa—. Y, luego, llegaste tú.

Las manos de tía Elizabeth se aflojaron.

—Lamento muchísimo todo lo que te pasó, Grace. Yo no te facilité las cosas en absoluto al hablarte de tu padre como lo hice. La vida ya había sido suficientemente dura contigo, sin tenerme a mí haciendo de jurado y juez. Lo que sea que haya sucedido esa noche, hizo que tu padre se quitara la vida. Podría haberte matado a ti también, pero no lo hizo.

Grace se sintió al borde del llanto y contuvo las lágrimas.

Tía Elizabeth levantó una mano y acomodó un rizo de Grace detrás de su oreja. Un gesto nervioso.

—Brad y Leanne se amaban, quizás demasiado. Quizás de la peor manera. Las relaciones no siempre tienen sentido. Lo que sucedió fue una tragedia. Pero cuando Dios me ofreció un regalo, en lugar de recibirte con gratitud, me aferré a mi ira. Si hablamos de levantar muros, soy una arquitecta. La única persona a quien le he permitido acercarse es a Miranda Spenser. —Su boca se curvó en una mueca irónica—. Ella proviene de un pasado similar, pero no dejó que la amargara. —Tía Elizabeth le dio una palmadita en la mano—. Una vez traté de entregarte a ella como si fueras un cachorrito no deseado que alguien había abandonado en la puerta de mi casa.

Grace no se sorprendió:

—¿Cuándo?

—Al día siguiente de que te traje a casa conmigo. Miranda dijo que no, desde luego. Dijo que yo te necesitaba. —Sus ojos brillaban por las lágrimas—. Yo estaba muy enojada. Ella y Andrew siempre habían querido tener hijos. Yo no podía entender por qué no quería adoptarte. Pero tenía razón. Solo que no me di cuenta lo suficientemente pronto. La vida habría sido mucho mejor para ti y para mí si hubiera bajado la guardia.

—Estás haciéndolo ahora.

Tía Elizabeth sonrió sombríamente.

—Ya era hora, ¿no te parece? —La voz se le puso gruesa por la emoción. Parecía cansada pero también aliviada. Se pasó las manos por el regazo—. Sé que viniste a hablar de otras cosas, pero ¿podemos esperar hasta mañana? Estoy exhausta.

Cuando se levantaron, Grace avanzó un paso y la abrazó. Los brazos de su tía la rodearon y se sujetaron fuertemente la una a la otra por un momento. Tía Elizabeth retrocedió y suspiró.

—Espero que tengas planes de quedarte varios días.

—Tres, por lo menos.

—Gracias. —Tía Elizabeth tocó la mejilla de Grace con la palma de su mano—. Siempre has sido una chica dulce, igual que tu mamá.

Román había estado sentado durante horas en la sala de Brian. Hablaron de muchas cosas, pero finalmente Brian lo llevó a hablar de su época de grafitero en el Tenderloin.

—Tenía un equipo. Siempre había tipos que querían acompañarnos para divertirse. Algunos miraban; otros ayudaban con las sogas. Yo tenía un compañero, Chancho, fuerte como un jugador de fútbol americano, que me subía y me dejaba en la azotea antes de que los policías me vieran. —Sintió que la presión interior se hacía más profunda, levantando el dolor de raíz. Terminó su refresco y aplastó la lata con una sola mano. No quería pensar en Chancho ni en lo que le había pasado.

Perturbado, se levantó con la lata aplastada en la mano. No tenía que decirle todo a Brian.

—¿Dónde puedo arrojar esto?

—El reciclado está debajo del lavadero de la cocina. —Brian no lo presionó.

Román botó la lata y volvió. Miró a Brian, sopesando su expresión. Brian le devolvió la mirada. Román se sentó.

—Siempre elegía rincones celestiales.

—¿Rincones celestiales?

—Edificios y estructuras altas; cuanto más alto, mejor.

—Suena peligroso.

—Esa era la idea. A mayor riesgo, más reputación tenía en la calle. Hice una obra en el puente de la Bahía. Casi termino en la bahía. Elegí un par de edificios de cinco pisos. Ningún problema. Y luego elegí un paso elevado, hice los esténciles, junté mis cosas y avisé a mi equipo. Había mucho riesgo de que me vieran, así que tenía dos vigilantes. Entonces, apareció el Blanquito. Yo no era muy cercano a él. Era un estorbo. No me lo podía quitar de encima. —Sacudió la cabeza—. No necesitaba ni quería su ayuda: era alguien que no sabía hacer más que letras en forma de globo, pero llegó con sus propias herramientas.

La emoción se apoderó de él y se frotó el rostro antes de volver a mirar a Brian.

—El Blanquito no conocía la diferencia entre cuerdas dinámicas y estáticas de la porquería que había robado en una ferretería. Tenía una lata y estaba bajando para rociar pintura. Le dije que lo mataría si lo hacía. —Escuchó el débil eco de la risa del Blanquito. *Primero tendrás que alcanzarme*—. Yo tenía una lata vacía y se la lancé. Él la esquivó. Eso fue suficiente. La cuerda se deslizó. No pudo sujetarse. —Los ojos le ardían. Tragó convulsivamente antes de hablar—: Se cayó.

—Piensas que fue tu culpa.

—No lo sé, pero me sentí responsable.

Román todavía soñaba con el cuerpo destrozado sobre el charco de sangre. Un carro iluminó el cuerpo del Blanquito con sus faros delanteros. El conductor frenó bruscamente, pero lo arrolló antes de lograr detenerse chirriando. Otros carros frenaron y la gente salió a mirar al muchacho muerto estrellado sobre el pavimento. Nadie levantó la vista para mirar al otro de la capucha negra. Bobby Ray Dean subió rápido, pasó por encima de la pared de arriba y aventó el arnés. Chancho y los demás se dispersaron. Bobby Ray corrió sin parar hasta que no pudo más; luego se escurrió hacia abajo contra una pared y sollozó.

—A veces tengo pesadillas. Lo escucho gritar mientras cae. Lo veo cuando impacta contra la calle. —Román sintió que le brotaban lágrimas ardientes. ¿Sería el Blanquito una de esas almas perdidas en el infierno?— Nunca más volví a usar un equipo. Siempre trabajé solo. Y fui a lugares más altos e hice obras más grandes.

—Suena como que tenías un impulso suicida.

La sonrisa de Román se volvió amarga y autoburlona.

—Tal vez, o tal vez creía que podía ser más rápido que una bala y podía saltar edificios altos de un solo brinco, como Superman.

—Ciertamente había aprendido a cruzar callejones angostos, cayendo en azoteas más bajas al otro lado. De niño había tenido mucha práctica corriendo por las calles, huyendo de las familias de acogida y dejando atrás a policías y asistentes sociales. Sabía cómo escapar a toda velocidad, rodar y usar el impulso para seguir corriendo. Usaba los obstáculos para impulsarse. Las calles de San Francisco habían sido su parque infantil.

¿Cuántas veces había escuchado el chillido de la sirena, visto las luces rojas resplandeciendo sobre las paredes de los edificios y el haz de luz de una linterna escaneando las alturas y buscándolo? La noche en que murió el Blanquito, Bobby Ray Dean corrió hasta que sintió que el corazón le explotaría.

Le contó más sobre el Blanquito a Brian: era un año menor que él; quería ser como Bobby Ray Dean, a quien le fascinaba la descarga de adrenalina al correr riesgos, pintar en los sitios altos, y usar el *parkour* para huir de la policía o de los miembros de alguna pandilla rival. Con los codos sobre sus rodillas, Román se pasó la mano por la cara.

—Ni siquiera hubo un obituario para él —su voz sonó áspera.

Brian se inclinó hacia adelante, mirándolo lleno de compasión.

—¿Cuál era el verdadero nombre del Blanquito?

Román levantó la cabeza lentamente.

—No lo sé. —No lograba ver el rostro de Brian a través de sus lágrimas.

—¿Pero no dejaste de hacerlo después de eso?

—Hice más. Ataqué el vecindario con los grafitis. Eran las únicas veces que sentía que estaba vivo y que tenía el control.

Bobby Ray siguió haciendo grafiti para la pandilla, pero pasaba más tiempo en otras obras, en sus propias ideas, buscando expresar su propia voz. Pintó un demonio con una boca roja alrededor de la puerta delantera de un edificio de departamentos. La entrada se tragaba a las personas que ingresaban y vomitaba a las que salían. Pintó a un chef asando ratas sobre los contenedores de la basura en el callejón de una famosa churrasquería. Transformó la parrilla de un aire acondicionado en un monstruo sonriente.

—Las marcas de mi pandilla eran eliminadas a los pocos días. Mis otras obras duraban más.

La ironía devastadora fue que, la noche que el Blanquito cayó en picada a su muerte, el Pájaro voló. BRD habían dejado de ser solo las iniciales de Bobby Ray Dean. Él se convirtió en el Pájaro. La obra inconclusa que había pintado esa noche estaba en un rincón celestial. A la ciudad le habría costado mucho dinero borrarla, por lo tanto, la dejaron.

—¿Dónde andan ahora el Exterminador y Chancho?

—Muertos. Los mataron en una fiesta. Un par de tipos mayores llegaron una noche buscando al hermano mayor del Exterminador y consideraron que daba lo mismo uno que el otro. —Román se frotó la nuca—. Se suponía que yo debía estar en casa del Exterminador esa noche, pero estaba haciendo un proyecto tonto para mi profesor de Historia. Haciendo lo que se suponía que debía hacer, tratando de aprobar la preparatoria.

¿Había rechazado todas las oportunidades de tener una educación superior como penitencia?

—Esa noche me volví un poco loco y me desquité en la calle Turk con pintura roja. Unos policías me agarraron y terminé en un reformatorio.

—¿Alguien trató de rescatarte?

—¿Estás bromeando? —Román lanzó una risotada lúgubre—. La pareja de acogida con la que vivía se alegró de librarse de mí. La justicia decidió que lo que yo necesitaba era un cambio de escenario y me enviaron al rancho Masterson. Vaya choque cultural. —Sacudió la cabeza—. Ellos albergaban caballos y tenían cien cabezas de ganado, además de media docena de chicos. Yo no estaba dispuesto a cooperar. Hice todo lo posible para me echaran a patadas.

—Ahí fue donde conociste a Jasper Hawley.

—Claro. Parece tranquilo, pero es persistente.

—Logró alcanzarte.

—Es difícil librarse de él. Todavía me vigila. Dice que soy uno de sus "muchachos perdidos".

Brian sonrió.

—Cuando lo conocí, pensé que era tu padre.

—¿En serio? ¿Cómo? No nos parecemos en nada.

—Él te ama como a un hijo.

Román no quería pensar en eso. No había querido amar a nadie hasta que conoció a Grace. Las personas morían. Se iban.

—Parece que siempre llama o aparece cuando estoy en crisis. No sé cómo lo hace. —Teniendo en cuenta la desilusión en el tono de voz que le escuchó a Jasper la última vez que hablaron, suponía que finalmente había perdido la esperanza en él. No había esperado que le doliera tanto.

—Dios acerca a las personas. —Brian abrió una puerta de la alacena—. La mayoría de las personas simplemente no prestan atención. —Midió el café y puso el recipiente en la máquina de café, llenó la jarra con agua y la vertió en el depósito.

—Te he contado más que a ninguna otra persona. —Incluso a Grace.

—Puedes confiar en que me lo reservaré para mí. —Brian lo contempló un momento—. Dios ha tenido su mano sobre ti durante mucho tiempo, amigo mío.

—Déjame que te diga que nunca estaremos de acuerdo en eso.

—Quizás tengas que retroceder y ver todo con nuevos ojos. Desde mi perspectiva, Dios te salvó la vida varias veces, no solo aquella vez en Santa Clarita. —Su expresión era intensa, como si estuviera tratando de atravesar el acero—. Jesús vino para liberarte, Román, no para recordarte constantemente que fallaste al blanco. Somos salvados por la gracia...

Su mente carnal pensó en Grace, el instrumento que usó Dios para mantenerlo vivo y darle una oportunidad más para arreglar las cosas. Y él la había insultado con una propuesta ingenua de lo que él consideraba que era una relación. No le sorprendía que hubiera huido.

La había dejado ir y aquí estaba ahora, otra vez pensando en ella. Volvió a concentrarse en lo que estaba diciendo Brian y entendió de qué hablaba. La gracia de Dios cubría todo.

Brian rio suavemente.

—Siempre me doy cuenta cuando dejas de prestarme atención.

—Te escucho. Lo pensaré. —A lo mejor debía volver al Tenderloin. Tenía asuntos inconclusos ahí.

Brian se restregó las manos.

—¿Podré convencer al Pájaro de que vuele un poco para mí? El grafiti es la clase de arte que atrae a mis feligreses.

Román se acordó del policía que había visto en el túnel.

—Ya no pinto paredes. Di mi palabra.

—No estoy proponiendo que hagas algo ilegal, Román. Sería al aire libre, no necesitarías usar una capucha negra.

—¿De qué estás hablando?

—Algo visible para el muro que da a la calle. Quiero que la gente sepa que hay una iglesia en el parque industrial. Desde luego, necesito que el propietario nos dé permiso, pero es un tipo buena onda y es cristiano. Me parece que se entusiasmará.

Las ideas se proyectaron como una presentación de diapositivas en la mente de Román. Cada vez que leía la Biblia, recordaba las pinturas que había visto en las catedrales y los museos de toda Europa; algunas otras solo estaban en su cabeza. Sintió una chispa y se dio cuenta de que el Espíritu Santo lo estaba convirtiendo en una llama.

¿Qué dices, Bobby Ray Dean? ¿Quieres hacer un poco de arte para Mí?

Román se rio. ¡Hacer grafiti para Dios? ¡Qué idea más extravagante! Ansió tener un lápiz en la mano.

Brian sonrió.

—Parece que ya estás pensándolo.

35

Grace estaba sentada a la mesa de la cocina con su computadora portátil abierta, editando un folleto comercial. Miró afuera por la ventana. Había pasado una hora desde que su tía se había llevado a Samuel en el cochecito. Nunca había visto a su tía dar caminatas por el vecindario, mucho menos pedir hacerse responsable de un bebé.

La puerta principal se abrió.

—¡Volvimos! —Tía Elizabeth llamó desde el vestíbulo—. No le entregué a Samuel a los gitanos. —Apareció en la puerta de la cocina con las mejillas sonrojadas, sonriendo; Samuel estaba sentado feliz sobre su cadera—. Varios vecinos quisieron saber qué hacía con un bebé. Les dije que lo encontré en el supermercado y que no pude resistir la tentación de meterlo en la carretilla. —Rio—. No sabía que tenía tantos vecinos entrometidos, pero, para ser sincera, no he paseado por estas calles en años. —Miró por encima del hombro de Grace a la computadora—. ¿En qué estás trabajando?

—Editando un folleto para una empresa nueva.

—¿Cómo conseguiste el trabajo?

—Harvey Bernstein me envió varios trabajos. —Su tía nunca había conocido a su jefe de la empresa de relaciones públicas.

—Qué bueno. ¿Qué harás después?

—Tengo otros tres proyectos programados y Jasper Hawley tiene contactos en varias preparatorias en la zona de Sacramento. Me recomendó como tutora virtual. Esta mañana tuve mi primera consulta.

Cuando Samuel esté durmiendo la siesta, conoceré a Kayden y a su padre por Skype.

Tía Elizabeth le dio una palmadita en el hombro.

—Creo que te va a ir muy bien, Grace.

El halago inesperado y la palmadita en la espalda la conmovieron hasta las lágrimas. Durante años había tratado de ganarse la aprobación de su tía.

—Espero que sí. —Guardó el archivo y cerró la computadora—. Me lo puedo llevar. —Estiró los brazos para tomar a Samuel.

Tía Elizabeth se alejó.

—Él está bien donde está. —Tomó una galletita de arrurruz de la caja y se la dio al bebé.

—Se va a ensuciar con eso. Tu blusa...

—No te preocupes por mi blusa. Es de seda lavable. —Se reclinó contra el mostrador—. Ustedes los jóvenes parecen estar inventando sus propias profesiones hoy en día.

—A veces, es por necesidad. Afortunadamente, no lo hago completamente sola. Shanice y Ashley me ayudaron a crear el sitio web y hacen comentarios sobre él en las redes sociales.

—¿Cuánto cobrarás por el empleo de tutora?

Jasper le había sugerido que cobrara cuarenta dólares por hora, pero Grace se sentía más cómoda empezando con treinta. Si ayudaba a Kayden, tendría una referencia y esperaba poder empezar a construir a partir de ahí. Le sonrió a su tía.

—Tendré que llevar bien la hoja de cálculo de mis ingresos para no tener problemas con el Servicio de Impuestos Internos.

—Seguro que lo harás. —Tía Elizabeth se rio—. No permitiré que mi sobrina se convierta en una evasora de impuestos. —Cambió a Samuel a la otra cadera—. Siempre fuiste una buena tutora, Grace. ¿Acaso no ayudaste a Patrick Moore para que ganara su beca universitaria? Él nunca habría logrado pasar de la preparatoria y mucho menos graduarse de la UCLA sin tu ayuda.

Tal vez no había recibido el reconocimiento, pero había aprendido mucho gracias a las diversas materias que Patrick había cursado.

—Él lo intentaba.

—¿En serio?

—Era bueno para algunas cosas, tía Elizabeth.

—Supongo que es una manera sana de ver una situación dañina, pero ¿y qué pasó con tus sueños, Grace? Los dejaste en espera para ayudarlo a él. ¿Cuándo llega tu turno? —Tía Elizabeth bajó a Samuel al piso y sacó algunas cucharas de madera de un cajón. Él las golpeó contra el parqué lustroso.

—Mi sueño es poder ganarme la vida decentemente trabajando en casa para poder cuidar a Samuel a tiempo completo.

—Y lo harás. Tendrás éxito en todo lo que emprendas.

—Excepto en el matrimonio.

—Ay, por todos los cielos, deja de castigarte. Patrick nunca fue un esposo. Era un grandulón que buscaba una mamita que lo cuidara.

Grace no había querido mencionar a Patrick, pero ahora que su tía había abierto esa puerta, lo hizo.

—Me gustaría saber cómo pudiste descifrarlo a primera vista.

Su tía se encogió de hombros.

—Yo trabajaba con su padre. O debería decir que observaba cómo trabajaba su padre. Él cautivaba a los demás para que hicieran su trabajo y se atribuía todos los méritos por la labor realizada. Así conseguía premios, ascensos y aumentos de sueldo.

Le llamó la atención la amargura que tenía la expresión y el tono de voz de su tía.

—¿Te hizo eso a ti?

Su tía le hizo una sonrisa felina.

—Lo intentó. Luego, pasó a otras personas que yo admiraba. El encanto siempre me pone en alerta. El súbito interés que mostró Patrick en ti fue una señal inequívoca de sus intenciones egoístas.

—Supongo que debería haberme dado cuenta. ¿Por qué el chico más popular de la escuela elegiría como novia a una nerda?

Los ojos de tía Elizabeth se encendieron y se oscurecieron.

—Los que eran los nerdos en el pasado son los directores ejecutivos y los empresarios del futuro. Estudiabas mucho. Saliste a buscar trabajo apenas tuviste la edad permitida. Tenías objetivos y sueños. Esas son cualidades admirables, Grace. Nunca usaste a las personas.

Era la primera vez que tía Elizabeth la defendía y puso a Grace en la extraña posición de defender a su exesposo.

—No fue culpa de Patrick que yo estuviera tan ciega.

—Eras joven, ingenua y estabas en la preparatoria. —Tía Elizabeth se sentó frente a Grace, con la espalda rígida—. En la UCLA no estabas ciega. Pudiste ver. Sabías que no fue un accidente que lo encontraras de repente en el campus. Y que justamente necesitaba que lo ayudaras con sus estudios. Cuando me dijiste que lo habías visto, escuché la duda en tu voz. Lo sospechabas, pero querías mantener las esperanzas. ¿Quién no? Especialmente cuando el tipo parece un dios griego.

Grace se ruborizó.

—No necesitaba casarse conmigo.

—Era una buena inversión, ¿no crees? Andar de novios puede resultar muy caro. —Empezó a destilar cinismo—. Dos pueden vivir con tan poco como uno. —Se enojó—. Tenía todo lo que quería: una chica linda que lo mantenía, le cocinaba, le lavaba la ropa, le hacía la tarea y era su compañera sexual cuando él tenía ganas. Dudo que fuera siquiera un buen amante. Demasiado egoísta. Tú siempre fuiste cauta con el dinero, así que imagino que todo lo que pudiste haber ahorrado fue a parar a sus bolsillos. A él le gustaba esquiar, según recuerdo. Un pasatiempo caro. Se las arregló para ir a Big Bear una media docena de veces, ¿verdad?

La verdad no le dolía tanto como cuando Patrick la dejó. Ella había sufrido más por la culpa y por el orgullo herido que por el corazón roto.

—Sé que te desilusioné, tía Elizabeth. Lamento haber sido tan tonta.

La expresión de su tía se suavizó.

—La culpa también es mía. Si yo te hubiera criado para que supieras cuánto valías, quizás no te habrías subestimado tanto. A veces las mujeres aman demasiado y se pierden a sí mismas por completo.

Como mi madre, pensó Grace, agradeciendo que su tía no lo dijera.

Tía Elizabeth encendió la tetera y sacó dos tazas y platitos. Samuel había perdido el interés por las cucharas de madera y estaba gateando hacia la puerta del garaje.

—Menos mal que no tengo una puerta para perro, o se las ingeniaría para escapar. Ojalá tuviera una de esas cosas para saltar para poder colgarla en la puerta.

—Tengo uno en la maletera del carro. —Había estado segura de que su tía no lo querría colgar para que no le rayara el dintel.

—Bueno, ¿y qué estás esperando? Ve a buscarlo.

Grace volvió a entrar e instaló en la puerta el saltador colgante apenas usado. Samuel chilló de alegría cuando lo vio. Ella lo acomodó y él saltó feliz. Tía Elizabeth se rio.

—No hacen falta demasiadas cosas para complacer a ese niño. —Se agachó hacia adelante—. Ten cuidado, no saltes demasiado alto, Picarito. Podrías golpearte la cabeza.

—¿Picarito? —Grace no podía creer que su tía le hubiera puesto un apodo a su hijo.

—Douglas lo llamó así.

—¿Quién es Douglas? —Grace no recordaba a nadie con ese nombre.

—Un tendero jubilado. Viudo. —Tía Elizabeth hizo un gesto con la mano—. Compró la casa de al lado. —Puso dos tazas con té sobre la mesa de la cocina—. Está arreglando el lugar. Ruby Henderson no lo cuidó bien después de que falleció su esposo. Ella se mudó a una residencia geriátrica el año pasado y puso la casa en venta.

Reprimiendo una sonrisa, Grace miró a su tía por encima del borde de la taza.

—¿Douglas es agradable?

Tía Elizabeth la miró, molesta.

—Estábamos hablando de los hombres de tu vida. En la mía no hay ninguno. —Miró intencionadamente a Samuel y volvió a mirar a Grace—. ¿Alguna vez rastreaste a su padre?

Grace sintió que el calor subía por sus mejillas.

—No. —Ella y su tía no habían pisado este terreno antes, y Grace no quería hablar del tema. Y no quería reconocer que nunca lo había intentado.

—No te estoy regañando, Grace, pero ¿alguna vez pensaste en ese tema?

—Sí, y decidí que sería una idea terrible. —Se quedó mirando su taza de té, porque no quería ver qué podía estar pensando su tía—. Apenas hablamos. —No recordaba nada de él.

—¿Por qué fuiste a esa discoteca en primer lugar? Fue tan... —Sacudió la cabeza—. Fuera de carácter.

Grace suspiró.

—No lo sé. Estaba deprimida y sola. A Shanice le encanta bailar. El bebé de Patrick y Virginia iba a nacer esa semana.

Había estado trabajando todos los días, volviendo a su departamento vacío por las noches, cursando sus materias por Internet y manteniéndose ocupada para no pensar en su vida vacía. Se preguntaba si volvería a enamorarse de un hombre que también la amara. Shanice le dijo: *Vamos, amiga, salgamos a divertirnos un poco para variar. ¿Por qué no?* Todo el mundo parecía estar haciendo eso.

La discoteca estaba llena de gente; el ritmo sensual de la música era fuerte y las personas bailaban como fanáticos paganos. Al principio se escandalizó, pero tenía ganas de encajar en el lugar. Entonces simuló que podía ser tan divertida como los demás. Antes de esa noche, nunca había bebido más que una copa de champagne, y eso había sido en el festejo de la graduación de Patrick, pero Shanice pidió para ella un cóctel espumante de licor de endrinas con ginebra. Estaba delicioso y lo tomó con facilidad. Y se le subió a la cabeza.

Un trago habría bastado para mantenerla eufórica toda la noche, pero pidió otro. Bailó sola al ritmo de la música y se sorprendió a sí misma en los brazos de un hombre. Ni siquiera lo miró. Era divertido bailar con alguien que sabía cómo llevarla y la excitaba sentir el calor y la velocidad de los latidos de su corazón. Nunca había sentido algo así con Patrick.

Cuando el hombre le preguntó si quería irse, ella sabía a qué se refería. Ahogando todo sentido de lo correcto o incorrecto, le dijo que sí. Casi no hablaron mientras iban hacia su condominio. Él le preguntó por qué había ido a la disco. Ella le dijo que quería divertirse. Él le preguntó si sabía cuáles eran las reglas. Ella se encogió de hombros y le dijo que por supuesto, ¿acaso no las sabían todos? Una noche, sin condiciones. No había pensado en el resto.

Tía Elizabeth tocó la mano de Grace:

—Por favor, no llores. No debí haberlo mencionado.

Grace se secó las lágrimas de las mejillas. Se sentaron en un silencio amigable; Samuel brincaba feliz a pocos metros de distancia, afortunadamente ajeno a las desgracias y catástrofes de los adultos.

—¿Y qué de la universidad, Grace? ¿Quieres volver?

—He estado pensando en eso.

—Te interesaba la Psicología Clínica, ¿verdad?

¿Para entenderse a sí misma?

—Necesitaría una maestría para poder hacer algo al respecto y una pasantía en algún lado. Eso me llevaría demasiado tiempo. La carrera todavía me fascina, pero no creo que pudiera mantenerme imparcial con los pacientes. Soy demasiado facilitadora.

—Me alegro de que puedas reconocerlo. Quiere decir que puedes cambiar el patrón. ¿Entonces? ¿Qué otra cosa te interesa?

El arte, la música, los estudios bíblicos, la antropología, la sociología, la biología, pero se había dado cuenta de dónde radicaban sus habilidades.

—Me gustaría especializarme en Administración de Empresas, Publicidad y Contabilidad.

—Todo muy práctico. —Tía Elizabeth parecía complacida—. Además, me parece que encaja perfectamente. Ya tienes un negocio. Podrías volver a la UCLA. Terminaste el último semestre en el cuadro de honor, ¿verdad? Incluso podrías calificar para otra beca.

—Tal vez, pero no quiero que Samuel crezca en Los Ángeles. He estado investigando un poco en Internet. Merced tiene un campus de la Universidad de California. La población de la ciudad no llega a los cien mil habitantes y los alquileres son definitivamente más bajos que lo que estaba pagando. Podría pagar un departamento con una habitación.

—Lo primero que haría sería buscar una buena iglesia—. Merced tiene otra cosa a favor. —Le dirigió a su tía una sonrisa esperanzada.

Tía Elizabeth dejó la taza de té sobre el plato, pero no levantó la cabeza.

—¿Qué es?

—Está a solo una hora de Fresno.

—Ah. —La sonrisa de su tía tembló—. La distancia necesaria para tener tu propia vida, y suficientemente cerca para ser parte de la mía.

—Exactamente lo que pensé.

Grace se quedó dos días más antes de dirigirse al norte.

El sábado en la noche, Grace reservó en línea un hotel económico en Merced y programó varias citas para el día lunes para ver departamentos disponibles en su rango de alquileres. Ella y tía Elizabeth fueron al culto matutino. Miranda había ido dos veces a visitarlas a la casa y se declaró enamorada de Samuel. Los encontró en la puerta del santuario y lo tomó de los brazos de Grace.

—Lo tendré conmigo en la guardería. Así podrás relajarte y disfrutar del culto.

—Espera un minuto. —Tía Elizabeth parecía molesta de que le arrebataran a Picarito.

Miranda se rio.

—Te lo devolveré, Beth. Es solo una hora. Sinceramente, podrías aprender a compartir. —Y se fue.

Grace no había entrado a esta iglesia desde que Patrick la dejó. Sentía vergüenza de enfrentarse a sus amistades después de su fracaso matrimonial. ¿Qué pensarían de ella?

—No tienes de qué preocuparte, Grace. —Tía Elizabeth la miró comprensivamente—. La única diferencia entre la mayoría de las personas que estamos dentro de estas paredes y las del mundo exterior es que nosotros sabemos que somos pecadores. La frente en alto, mi niña.

Mi niña. Su tía nunca la había llamado así antes. Tuvo la sensación de que si alguien la menospreciaba, le hacía una pregunta indiscreta o algún comentario cruel, esa persona tendría que vérselas con la tajante agudeza de Elizabeth Walker.

El pastor Andrew la saludó con un abrazo de bienvenida.

—Miranda me dijo que te mudarás al norte, a Merced. —Le recomendó una iglesia cristiana independiente—. Un viejo amigo mío acaba de jubilarse y dejó el púlpito en manos de un milénico deseoso de alcanzar a los de su generación. Dale una oportunidad. —Había escrito a mano toda la información necesaria en el dorso de su tarjeta de presentación—. Y mantente en contacto. —Le dio un beso paternal en la mejilla.

Había caras nuevas entre las conocidas.

—La congregación está creciendo.

—Hubo problemas en una de las iglesias más grandes —le dijo su tía—. El nuevo pastor echó a la mayoría en los dos últimos años. Todos los que pusieron en duda su autoridad y su mensaje fueron expulsados. Vinieron y se instalaron aquí. Una vez fui a escucharlo predicar. Es un orador enérgico, un líder de hombres, pero Jesús ya no estaba presente. La señora que está allí, Charlotte, ha empezado un estudio bíblico para mujeres. Y ese caballero sentado allá, Michael, ahora da clases para matrimonios. ¿Te acuerdas de cómo tenían que obligarte para que enseñaras en la escuela dominical? Bueno, ahora tenemos varios maestros expertos que son un deleite para el programa de la escuela dominical de Miranda. Lo que esa congregación perdió, Dios lo plantó aquí. Nos trajo a las personas que necesitábamos.

En esta iglesia se sentía tan en casa como en la más grande y más carismática a la que había asistido en Los Ángeles. Sabía que Dios tendría una iglesia local para ella en Merced. Había guardado todo en el carro con la intención de salir temprano, cuando tía Elizabeth le pidió que fuera a la iglesia con ella. Grace no estaba segura de si sería bien recibida después de una ausencia tan prolongada y después de su divorcio. Debería haberlo sabido.

—Gracias por obligarme a ir —dijo Grace mientras volvían en carro a la casa.

Tía Elizabeth le echó un vistazo.

—Cuanto más tiempo te alejas, más excusas tienes para mantenerte lejos. Quizás haya un par de personas que se creen más santas que tú, pero el resto te ama y querían tener la oportunidad de hacértelo saber.

Cuando Grace se estacionó junto a la cuneta y se detuvo, su tía abrió la puerta.

—Que tengan buen viaje.

Grace habló rápidamente, antes de que su tía pudiera huir:

—Te quiero mucho. Gracias por estos últimos días.

Los hombros de su tía cayeron ligeramente y no miró a Grace.

—Llámame cuando estés instalada en tu nuevo hogar.

Salió del carro sin decirle una palabra ni mirar a Samuel. Grace se inclinó hacia adelante y miró a su tía mientras subía por el sendero, abría la puerta principal y la cerraba detrás de ella. Se preguntó si alguna vez llegaría a entender a Elizabeth Walker.

Fue un viaje fácil de una hora hasta Merced. El hotel era mucho menos impresionante que el que había reservado Román durante el viaje que habían hecho, pero estaba limpio, cerca de la autopista y la tarifa incluía el desayuno. Grace llevó a Samuel a dar un largo paseo por la ciudad, gastando combustible, pero familiarizándose con las calles, los parques y el campus de la Universidad de California. Comió en una cafetería con Samuel sentado a su costado en el portabebés del carro.

De vuelta en el hotel, puso a Samuel en el corralito mientras trabajaba en su computadora. Más tarde lo metió en la cama con ella. Frente a tantos cambios en su vida, a Grace le costó dormir. ¿Qué estaba haciendo Román en este momento? ¿Trabajando en su estudio de la planta alta? ¿Habría salido a una discoteca? Probablemente había contratado a su reemplazo a los pocos días. Miró el reloj digital. Las dos de la mañana.

Samuel se despertó al amanecer y quiso jugar. Grace se arrastró para salir de la cama y prepararse para el ocupado día que tenían por delante.

El primer departamento habría funcionado a la perfección, pero el administrador le dijo que el propietario no quería alquilarlo a una persona desempleada que era madre soltera. Le preguntó si calificaba para los beneficios sociales. Ella le respondió que tenía un negocio virtual. Las preguntas se sucedieron y ella las respondió con honestidad.

El administrador sacudió la cabeza.

—Quiere decir que es una empresaria que está empezando, y ya sabemos cuán pocas empresas sobreviven el tiempo. Buena suerte, señorita Moore. La necesitará.

Grace fue a la iglesia que el pastor Andrew le había recomendado y habló con la secretaria, Marcia Bigelow. Fue amigable y alentadora.

—Los miércoles en la mañana tenemos un estudio bíblico con cuidado infantil. La mayoría son señoras mayores, pero desde luego nos gustaría que alguien más joven se uniera a nosotras.

Grace le agradeció la información, dudando si tendría tiempo para las clases matinales durante la semana.

El segundo día fue largo y sin resultados. Dos departamentos ya habían sido alquilados antes de sus citas y el administrador del tercer complejo le echó una ojeada y le preguntó si tenía pareja. Ella evitó contestar, pero se sintió incómoda mientras le mostraba el departamento.

—Estaría justo al otro lado del pasillo de donde yo vivo. Ante cualquier problema, yo estaría tocando a su puerta enseguida. —Grace se fue.

El miércoles en la mañana, Grace revisó los clasificados del sitio web del *Merced Sun-Star* y tomó nota de las posibilidades. Hizo una llamada más y el administrador se descargó contra los jóvenes de la universidad y de las fiestas. Sí, tenía un departamento disponible, pero ya había recibido varias llamadas antes que la suya, y tendría que esperar su turno. A las cuatro de la tarde podía ser. «Llene la solicitud en línea».

Sentada sobre la alfombra del cuarto del hotel, Grace oró mientras jugaba con su hijo. Sintió el impulso de ir al estudio bíblico matutino y miró el reloj. Llegaría tarde, pero era mejor entrar discretamente que quedarse aquí y obsesionarse con cosas sobre las que no tenía ningún control.

Doce mujeres estaban sentadas en sillas plegables, formando un círculo. La instructora sonrió cuando Grace entró por la puerta.

—¡Hola! ¿Usted es Grace Moore? Marcia dijo que era posible que pasara por aquí. Bienvenida.

Varias mujeres se dieron vuelta al mismo tiempo, y una se levantó, prácticamente irradiando placer.

—¡Un bebé! —Las demás se rieron cuando la señora de cabello oscuro condujo a Grace a un aula de guardería bien equipada—. Mi nombre es Lucy Yeong, ¿y él es...?

Grace le presentó a Samuel, quien apenas miró a Lucy y se retorció para que lo bajara a jugar entre los bloques coloridos del tamaño de cajas de zapatos.

—Estará bien —le aseguró Lucy a Grace—. He criado cuatro hijos y tengo diez nietos.

Grace se unió a las otras mujeres. Anna Janssen, la instructora, se presentó y les pidió a las demás que hicieran lo mismo.

—Acabamos de empezar, Grace. Efesios, capítulo 5. ¿Te gustaría leer los primeros dos versículos?

No tardó mucho en descubrir que estas mujeres mayores sabían mucho más que Grace de la Palabra de Dios y que hacía décadas que estaban poniéndola en práctica. La discusión fue animada, a veces seria y otras veces divertida. Anna le recordaba a Miranda Spenser. La edad no tenía importancia; Grace se sentía como en casa con estas mujeres. Cuando llegó el momento de terminar con una oración, Anna preguntó si alguien tenía necesidades específicas. Grace dijo que estaba buscando un departamento asequible.

Dorothy Gerling le pidió que hablara con ella después de que terminara la clase.

—¿Qué te parece una casa? Tenemos una casita de dos habitaciones en alquiler. Nuestra hija vivía allí antes de enrolarse en la Fuerza Aérea. George y yo hemos estado discutiendo si alquilarlo o venderlo. —Grace le dijo cuánto podía pagar—. Por mí está bien, pero déjame hablar con George.

Grace fue a recoger a Samuel adonde Lucy Yeong, quien parecía tan enamorada de él como lo estaba tía Elizabeth.

—Es adorable. Espero que vuelvan el domingo. Yo estoy a cargo de la guardería.

Dorothy entró a buscarla.

—George dice que sí. ¿Te gustaría ir a darle un vistazo ahora? Yo tengo tiempo, si puedes.

Las casitas de la posguerra de la Segunda Guerra Mundial se alineaban a lo largo de la calle, algunas descuidadas y otras pulcras y sencillas. Dorothy se encontró con ella en la vereda.

—En los últimos cinco años ha habido un verdadero cambio en este barrio. Los propietarios ancianos están falleciendo o vendiéndolas a la generación más joven. Ahora, hay mucha diversidad aquí.

Era una casa barata en un mundo que distaba mucho de ser barato.

La casita de los Gerling estaba en una esquina. El césped había sido cortado recientemente y el frente tenía arbustos cuidadosamente recortados. Dorothy le contó que habían contratado un servicio de jardinería para que mantuviera el lugar, así que Grace no tendría que preocuparse de cortar el césped. Dorothy abrió la puerta principal. Grace entró detrás de ella a una sala acogedora y amueblada. Las dos habitaciones también estaban amuebladas.

—Remodelamos el baño el año pasado. —Tenía un nuevo lavabo, armarios, ducha y una bañera. La cocina era pequeña pero funcional y tenía una mesa contra las ventanas que daban a un enorme patio trasero.

—Tú y Samuel estarán perfectamente a salvo aquí. Lo único que tienes que hacer es mantener cerradas las puertas y las ventanas, y conocer a tus vecinos.

Grace ya había notado el cartel de la Vigilancia de Barrio en la otra esquina. Los años que había vivido en el condado de Los Ángeles le habían enseñado a ser cuidadosa.

—Esto era el garaje. —Dorothy salió de la cocina por una puerta lateral y bajó dos escalones. El cuarto sería una buena oficina. Una puerta daba a un garaje para un solo carro, donde su Civic entraría perfectamente.

—Lamentablemente no hay aire acondicionado. Sería muy caro instalarlo, pero estas casas fueron construidas para que las personas pudieran abrir las ventanas en la mañana y en la tarde y dejar que entre el aire fresco. Y hay un bonito patio cubierto afuera. —Dorothy abrió la puerta francesa que daba hacia afuera—. En la primavera y el verano es encantador. A Alison le encantaba sentarse a leer en esa mecedora.

Grace se quedó boquiabierta al ver el patio vallado y cercado con arbustos. En Los Ángeles, la constructora habría edificado otra casita. El césped cubría los primeros dos tercios del patio. En el fondo había cajones de verduras vacíos y un pequeño cobertizo de jardín. La valla blanca de estacas detrás de él separaba la propiedad de una calle de un solo carril.

—Ahí hay una nectarina —señaló Dorothy hacia el fondo—. Todavía hago conservas. Vendré a verte cuando los frutos estén maduros. Puedes tomar todos los que quieras, desde luego.

—Es tan hermoso, Dorothy. ¿Estás segura de que quieres alquilarlo por tan poco dinero?

—Estoy encantada, Grace. Una casa desocupada puede ser un problema para el vecindario. Y ahora hay familias jóvenes que están mudándose aquí. Estoy segura de que cuando saques a Samuel a pasear en su cochecito, conocerás a otras madres de tu edad. —Dio un vistazo alrededor—. Además, no estoy lista para vender este lugar. Alison podría cambiar de parecer en unos años y decidir volver a Merced. George dice que estoy soñando, pero supongo que todavía no estoy preparada para dejarla ir.

—¿Quieres que firmemos un contrato de alquiler?

—Supongo que ahora se hace ese tipo de cosas, pero creo que puedo confiar en ti. ¿Cuántas chicas con un bebé aparecen en un estudio bíblico a un par de días de haberse mudado a una ciudad nueva? Por ahora, solo un cheque por medio mes de alquiler, ya que pasaron las primeras dos semanas de agosto. Luego, el alquiler del mes completo me lo pagas el primero de cada mes. ¿Qué te parece?

—La respuesta a una oración. —Grace bajó a Samuel y lo dejó explorar la sala, mientras ella sacaba la chequera de su cartera.

Dorothy se rio.

—Hace mucho que no estoy con un bebé. Alison es nuestra única hija. El año pasado estaba comprometida, pero se separaron. Alison siempre ha sido muy independiente y eso desconcierta a muchos hombres. —Sacó una libreta y empezó a escribir.

—Muchas gracias, Dorothy. —*Padre, perdóname por haber tenido alguna duda sobre tu provisión*—. Dios es bueno.

Dorothy la miró y le sonrió:

—Todo el tiempo. —Metió de manera descuidada el cheque de Grace en su cartera, arrancó una hoja de la libreta y se la dio—. Nuestra dirección y número telefónico, en caso de que tengas algún problema con las cañerías o con la cocina o con tuzas en el patio de atrás. Lo que sea. No tienes más que llamarnos y George estará aquí en segundos. Le encanta arreglar cosas.

—Si no te molesta, me gustaría quedarme un ratito.

—Por supuesto. —Dorothy le entregó la llave—. La casa es toda tuya ahora.

Grace la acompañó hasta la puerta principal y volvió a agradecerle antes de cerrarla. Se cubrió el rostro con las manos, abrumada por lo que acababa de pasar.

—Gracias, Jesús. ¡Gracias, gracias! —Riendo, alzó en brazos a Samuel y le besó las mejillas regordetas—. ¿Qué te parece tu nueva casa, Picarito? ¿Acaso Dios no es bueno con nosotros?

Volviendo a dejar a Samuel en el piso, llamó a tía Elizabeth.

—¡Adivina qué! ¡Samuel y yo tenemos una casa de dos habitaciones! ¿Te gustaría venir el fin de semana a verla?

Tía Elizabeth no habló por un momento y luego respondió con una voz ronca:

—Sí. Me gustaría mucho. Solo necesito la dirección.

—Calle 22, Este. —Grace se rio—. Espera. Tengo que salir para decirte el número. Me olvidé de fijarme.

36

Román no le veía sentido a quedarse con una casa grande, en la cima de una montaña, siendo que pasaba tanto tiempo en la iglesia que estaba en el valle. Tomó la decisión de eliminar las cosas inútiles de su vida y puso en venta la casa. Llenó bolsas de basura con latas de pintura en aerosol y tubos de pintura vieja y llamó a una empresa para que retirara los residuos tóxicos.

Tardó tres días en blanquear las paredes de su estudio y borrar toda señal de su obra. Una empresa vino a pulir los pisos. En el complejo donde vivía Brian había disponible un departamento de dos habitaciones. Román envió la solicitud en línea y lo consiguió.

Dejó la mayoría de sus muebles en la casa del cañón Topanga. El agente inmobiliario, que se especializaba en vender casas de lujo, le había dicho que la propiedad estaba perfectamente organizada para la venta. Era moderna. Minimalista.

—El mobiliario podría hacer más atractiva la transacción. Si no, lo venderemos.

Tenía sus libros, su ropa, los muebles de dormitorio que había elegido Grace y un nuevo comienzo por delante.

—Debe ser muy bueno tener la libertad suficiente para hacer lo que uno quiera. —El agente inmobiliario parecía envidiarlo.

¿Libertad? Este era solo el primer paso para salir de la jaula que había construido a su alrededor. En este momento quería alejarse lo más posible de la vida que se había inventado y vivir la que Dios había planeado para él. Y al parecer, eso tenía que ver con reclutar a un grupo de expandilleros para que lo ayudaran a pintar grafiti en el muro de una iglesia. Cuando estuvo instalado en su departamento, con una habitación destinada a su mesa de dibujo, sus materiales artísticos y sus libros, Román se puso a trabajar en los dibujos para el mural de la iglesia. El proyecto lo distraía de Grace. Le había entregado el paisaje a Talia y le había dado permiso para que lo vendiera. Cuando ella le preguntó qué planeaba hacer a continuación, le dijo que no sería algo que pudiera colocar en una pared de su galería.

A medida que sus ideas iban cobrando forma en el papel, su concentración y su entusiasmo por el trabajo iban en aumento. Estaba haciendo esta obra a la vista de todos, con un equipo que lo ayudaba, pero la descarga de adrenalina que siempre había sentido al hacer grafiti estaba volviendo y lo ayudaba a seguir adelante. Trabajaba hasta que le dolían los hombros y la espalda. Se paraba, se estiraba y caminaba hasta que el dolor disminuía; después volvía a trabajar. No se sentía motivado; se sentía inspirado. Esto era algo nuevo.

Brian fue para ver el progreso del trabajo.

—Vi tus otras obras en la exposición de la galería, ¡pero esto es otra cosa!

—Sí —accedió Román sin arrogancia. Estudió la pintura. Parecía la obra de otro, no la suya. Dios estaba en esta obra y Román se sentía eufórico, entusiasmado, *vivo*. El arte siempre había sido su medio de expresión, la manera de volcar su furia y su frustración, pero esta obra tenía una dimensión completamente nueva. Conocía a Aquel que la había inspirado y por qué lo había hecho. Este Cristo universal y triunfante no había salido de su mente; había sido plantado por el Señor.

Alaben a Dios, todos los pueblos de la tierra. ¡Alaben al Señor!

¿Cuántos años había buscado algo que llenara el vacío que había en su vida? Había probado de todo: viajes, trabajo, mujeres. Se había enamorado de Grace, pero ahora se preguntaba qué habría pasado si se hubieran juntado. Todavía tendría hambre de algo más.

Grace conocía al Señor y lo amaba. Ella había tratado de tomar de la mano a Román y llevarlo al altar, pero él se había resistido, aun después de su experiencia cercana a la muerte en el infierno. ¿Por qué había sido tan terco?

Quizás Grace había tenido que salir de su vida para que él pudiera acercarse a Dios. Mientras estaba cerca, sus pensamientos se focalizaban en ella. Su deseo había empañado su pensamiento y lo había distraído de prestarle atención al llamado de Dios. Ella ya se había comprometido totalmente a vivir para el Señor. Él todavía no había tomado esa decisión que cambiaría su vida y su alma. Ahora lo entendía.

Todavía la amo, Señor. Tú sabes cuánto. Tú escuchas mis oraciones en medio de la noche. Pero, oh, Dios, a pesar de lo mucho que amo a Grace, no se compara con lo que siento cuando estoy en Tu presencia. Siento que me rodeas completamente y Te siento dentro de mí. Tú eres suficiente. Más que suficiente.

Román sabía perfectamente que Dios tenía el poder para detener el corazón y para hacerlo andar. La vida de todo hombre o mujer descansaba en la palma de Su mano con cicatrices. Necesitó viajar al infierno para aprender que Jesús era el Camino, la Verdad y la Vida.

Para Román, la oración se había convertido en una conversación constante y consciente. Mayormente, en un solo sentido. Después de tantos años de silencio, Román no podía dejar de hablarle de modo inaudible al Único que verdaderamente lo escuchaba, al Único que escuchaba más allá de las palabras, hasta las intenciones más profundas que Román mismo no podía analizar.

Transfórmame, Señor. Pon un corazón nuevo en mí. Conviérteme en el hombre que Tú quieres que sea.

Román había dejado de orar pidiendo que Grace lo llamara o le enviara un mensaje a través de una de sus amigas, y empezó a pedirle a Dios que los cuidara a ella y a Samuel, que proveyera para sus necesidades, que la protegiera, que la guiara y que la bendijera. *Dios, por favor, aléjala de hombres como yo. Ella se merece a alguien mucho mejor.*

Brian le puso una mano en el hombro.

—¿Estás bien? Hoy pareces un poco distraído.

—Estoy más enfocado que nunca.

Pegó los dibujos en la pared y los estudió. Esta vez no estaba usando transferencias. Utilizaría pintura gris en aerosol de chorro fino para los contornos y asignó las áreas para que su equipo las rellenara. Tampoco habría sogas ni arneses. Cuidaría que todos trabajaran seguros en dos elevadores de rodillos motorizados que había alquilado.

Brian parecía preocupado.

—¿Cuánto costará eso?

—Lo pagaré yo, así como todos los materiales. Me acaban de avisar al mediodía que mi casa se vendió.

Había acompañado a Brian con el grupo de jóvenes. Eran un equipo variado y difícil, ansioso por empezar, especialmente los que se arrepentían de haber marcado edificios. Tenían ganas de agarrar las latas de pintura en aerosol y no tener que preocuparse de que la policía los arrestara. Román no pudo menos que reparar en la ironía de su situación: el solitario organizando el proyecto de un grupo de jóvenes; el grafitero reformado y redimido haciendo su obra a la luz del día para que todo el mundo la viera, y en una iglesia, para colmo. No había duda de que Dios tenía sentido del humor.

Román lavó el muro con agua y dejó que los chicos lo prepararan con pintura blanca. El trabajo se hizo en un día con los dos elevadores, litros de pintura blanca y rociadores. Al sábado siguiente, Román llegó temprano al lugar con el propósito de completar los dibujos de todas las secciones antes de que llegara el grupo de adolescentes, pero quince de ellos aparecieron varias horas antes de lo programado. Vinieron los padres y otras personas que él no había visto en la iglesia.

—No podrías haber elegido un día mejor. —Brian levantó la vista y contempló la mañana otoñal despejada y fresca. Los elevadores motorizados estaban en su lugar, junto con los materiales para pintar.

Román tenía un terrible ataque de nervios.

—Todos llegaron temprano. Yo no esperaba esta multitud.

—Sí, bueno, no podemos hacer nada al respecto. Todos quieren ver cómo haces lo que haces. ¿Dónde están tus dibujos?

Román se dio unos golpecitos en la frente.

—Todo está aquí, amigo mío. —Levantó la vista hacia el lienzo gigantesco y visualizó las líneas y las formas ya fijándose en su lugar. No tenía más que empezar. Al entrar en el elevador, apretó el botón para subir la plataforma. Agarrando una lata de pintura gris de una caja trató de bloquear todo y solo quedarse con la visión que Dios le había dado. Sacudió la lata, apretó el botón e hizo la primera curva amplia. En su interior brotó una fuente de energía y comenzó a rebosar hacia quienes esperaban para hacer su parte.

Los miembros del equipo se sentaron a observar. Después de unos minutos, Román se olvidó que estaban allí. Trabajó tres horas seguidas, moviendo la maquinaria, vaciando latas de pintura. Cuando arrojó la última lata en la caja y apretó el botón para bajar el elevador, todos estallaron en una ovación.

Al darse cuenta de que estaban ovacionándolo a él, Román se enfrió.

—¡*Paren!* ¡Escúchenme! —Cuando había logrado que todos le prestaran atención, señaló—: Este muro es un testimonio del poder de Jesucristo. *Todo se trata de Él.* Si vinieron a trabajar, eso es lo que van a hacer. —Repartió las instrucciones, lanzándoles latas de pintura a cada uno y diciéndoles dónde comenzar y dónde trabajar—. Muy bien, equipo. Acribillemos este muro para Jesús.

Una hora después, Brian y Román estaban parados al otro lado de la calle, observando.

—¡Vaya! —Brian sacudía la cabeza, asombrado—. Quedará lista antes de que termine el día.

—No del todo. Una vez que los chicos hayan rellenado todo, haré los detalles finales. Héctor tiene un equipo listo para aplicarle la capa protectora. —Vio a un muchacho listo para seguir con otra sección—. ¡Oye, Bando! —Cojeando para cruzar la calle, Román sacó otro color de la caja de materiales y le mostró dónde trabajar a continuación.

Había carros pasando por ahí. Algunos conductores se detenían a mirar. El gentío aumentó. Un patrullero se estacionó y los policías salieron. Román reconoció a uno. El estómago le dio un vuelco y el pulso se le aceleró. El agente caminó directo hacia Román.

—¿Usted es quien está a cargo aquí? —El policía que había atrapado al Pájaro haciendo su obra en el túnel le dio un vistazo al muro.

—Sí, señor.

—Una obra impresionante. Un poco provocativa, ¿no le parece?

Román consideró que no era necesario contestar. El policía miró a su alrededor.

—Esta vez consiguió permiso. —Esbozó una sonrisa—. Qué bueno es ver a todos estos chicos trabajando en algo constructivo. —Le guiñó un ojo a Román—. Que tenga un buen día. —Volvió a su patrulla. Él y su compañero se metieron al carro y se marcharon.

Brian se rio.

—Estás pálido. ¿Esperabas que te arrestara?

—Me pasó por la cabeza.

A la mañana siguiente, cuando Román volvió para hacer los detalles finales, no se alegró en absoluto al ver en el lugar a un equipo de un canal de televisión. Su equipo de trabajo también estaba ahí. Resonaba música cristiana moderna y algunos adolescentes bailaban *hip-hop* en la entrada para carros. Uno hizo una voltereta hacia atrás. Un periodista se acercó. Román evitó el micrófono y entró al elevador. Fingió no escuchar las preguntas que le gritaban mientras la máquina arrancaba ruidosamente. Ya sería bastante difícil concentrarse con el concurso de baile que estaba en marcha, sin necesidad de sumarle los periodistas al estrépito. Su teléfono vibró. Cuando el identificador mostró a Brian, respondió.

—Diles que se vayan.

—Quieren saber por qué Román Velasco está pintando grafiti.

—Hablaré cuando el proyecto esté terminado. En este momento, tengo trabajo que hacer. —Apagó el teléfono. Una sensación de cosquilleo le erizó los pelos de la nuca. Las alas del Pájaro ya habían sido cortadas. Ahora parecía que se comerían al Pájaro. ¿Cuánto tiempo tendría que pasar en prisión por todas las obras identificadas que había hecho a lo largo de los años?

Esa idea lo hizo estremecerse, pero rápidamente se sacudió la sensación. Necesitaba concentrarse y terminar su obra maestra. Ahora no tenía sentido preocuparse por las consecuencias.

Pase lo que pase, confío en Ti, Señor.

A Grace le encantaba su nuevo hogar. Samuel durmió con ella las primeras noches, hasta que armó su cuna y lo pasó a su propia habitación al otro lado del pasillo. La primera noche no durmió mucho, escuchando sus gritos de protesta que se convirtieron en gemidos lastimeros. Ella movió su cama para que pudieran verse uno al otro. Finalmente, Samuel se dio por vencido a la una de la mañana.

Samuel dio sus primeros pasos a los diez meses. Se tambaleaba por toda la casa y se trepaba a los muebles. La primera vez que se cayó del sillón, aprendió a darse vuelta, ponerse de barriga y bajar resbalando hasta que sus pies tocaran el piso alfombrado. La mayor parte del tiempo jugaba contento en la oficina, con sus juguetes desparramados alrededor del escritorio donde estaba la computadora de Grace. Su reloj interno le decía cuándo era hora de que mamá le dedicara toda su atención, y podía ser bastante sonoro para reclamarla.

Se corrió la voz y GraceVirtual.biz rápidamente atrajo clientes. Grace trabajaba lo suficiente para poder pagar sus gastos y ahorrar un poco de dinero. Cuando aparecieron más pedidos en su cuenta de correos electrónicos, estableció prioridades y se puso algunos límites: primero Dios, segundo Samuel y el trabajo en tercer lugar. Todas las mañanas se levantaba temprano para leer la Biblia y pasar un rato orando. Ese momento a solas con Dios la preparaba para el resto de su ocupado día.

Samuel siempre se despertaba a las seis. Cada mañana, después de desayunar y cuando el clima se lo permitía, Grace lo sentaba en el cochecito deportivo que había comprado de segunda mano en línea y lo sacaba a correr un kilómetro y medio. Solía pensar en Román haciendo sus ejercicios en la máquina de levantar pesas. Ella tenía que ejercitarse un poco porque la mayor parte de su día lo pasaba sentada frente a la computadora. Encontró una bicicleta en una tienda de segunda mano y, cada tarde despejada, antes de la hora de la siesta de Samuel, lo ataba al asiento de la bicicleta y lo llevaba a dar un paseo de treinta minutos. Además, tomaba recreos para que él pudiera jugar en el patio de atrás. Cuando llovía, Grace jugaba con Samuel sobre la alfombra.

Conoció a Ángela Martínez por encima de la cerca lateral. Ángela y su esposo, Juan, también tenían un patio bonito, pero el último espacio del terreno estaba ocupado por un garaje donde Juan guardaba su camión, su remolque y la cortadora de césped John Deere que usaba para trabajar. Ángela era un ama de casa que criaba a tres hijos activos: Carlos, de ocho años; Juanita, de cinco; y Matías, de dos. Ángela tenía gran cantidad de consejos sabios sobre la crianza de hijos. Juan le preguntó a Grace si podía preparar la tierra y sembrar en las cajas para verduras que tenía en su casa. Ambas familias se beneficiarían con la futura cosecha. A George y a Dorothy Gerling les pareció una idea excelente y le dieron permiso.

Tía Elizabeth vino en noviembre para festejar el primer cumpleaños de Samuel y sorprendió a Grace con un cheque cuantioso.

—No sé qué necesita ni qué le gusta a esta edad. Usa el dinero como mejor te parezca.

Grace abrazó a su tía.

—Comenzaré su fondo universitario.

Apareció una camioneta para entregas al mismo tiempo que Dorothy y George anunciando que habían comprado una cama con la forma de un carro de carrera rojo para Samuel. George se puso a trabajar inmediatamente para armarla.

—Todos los niños sueñan con los autos de carreras.

Dorothy la tendió con unas sábanas estampadas con carritos y un cubrecama que hacía juego.

—¡No pude resistirme! —Le dejó a Grace un juego de repuesto. No podían quedarse más tiempo. George se iba a jugar golf con sus amigos y Dorothy tenía una reunión con su club de lectura.

Tía Elizabeth fue fastidiosamente amable hasta que se fueron.

—¡Qué despilfarro de dinero! —Estaba parada, con las manos apoyadas en las caderas, mirando la cama nueva como si quisiera desarmarla con un hacha—. ¿No tienen nietos propios para malcriar?

Obviamente, a Samuel le gustó su cama de niño grande, a pesar de que Grace tenía la intención de dejarlo en su cuna un tiempo más. Podría dormir las siestas en el carro de carreras.

—Tienen una sola hija soltera, y está en la Fuerza Aérea.

—Ah. —Los hombros de tía Elizabeth se relajaron—. Bueno. Por eso —suspiró—. Por lo menos, hay una alfombra buena y gruesa en el piso y la cama no es tan alta como para que se caiga y se rompa la cabeza. —Con esa lúgubre bendición, levantó a Samuel y lo cargó—. Ven, Picarito. Juguemos con los bloques Duplo que te traje.

Una semana después, tía Elizabeth llamó, molesta.

—¿Tú les diste mi dirección a los Gerling? Me enviaron una invitación para el Día de Acción de Gracias.

Grace confesó y esperó que el Vesubio entrara en erupción. Cuando su tía no dijo nada, Grace dijo una oración silenciosa antes de buscar una concesión.

—Si prefieres que solo seamos nosotros tres, está bien. En tu casa o en la mía. Lo único que no quiero es pasar otro Día de Acción de Gracias sin ti.

—En eso ciertamente estamos de acuerdo. —La larga pausa hizo que Grace se mordisqueara el labio. Su tía suspiró—. A decir verdad, es una invitación muy agradable.

—Entonces, ¿no te molestaría?

—Les avisaré que me encantaría ir. —Su voz tenía un dejo de sarcasmo—. Espero que no pongan ostras en el relleno.

El Día de Acción de Gracias con Dorothy y George resultó ser muy agradable. La Navidad se estaba acercando rápidamente y Grace se descubrió pensando más en Román, preguntándose cómo celebraría él esta festividad. Había pensado que el tiempo y la distancia disminuirían sus sentimientos. La mayoría de los días trabajaba tanto que no pensaba en nada más que en Samuel y lo que necesitaba hacer para proporcionarle todo lo necesario.

Las tardes eran distintas y las noches, lo más difícil. Tenía sueños muy reales con Román y a veces se despertaba llorando.

Hoy era uno de esos días en los que no podía sacarse a Román de la cabeza. Samuel se acercó tambaleándose y quería treparse a su regazo. Trabajó de esa manera por un rato y lo bajó para que volviera a jugar en el piso. Unos minutos después, volvió. Grace cerró su computadora portátil y levantó a Samuel.

—De acuerdo, hombrecito. —Le besó el cuellito tibio y respiró su olor dulce a bebé—. ¿Qué te parece si vamos a dar una vuelta en bici, Picarito? —A él le encantaban los paseos en bicicleta y agitó sus brazos, haciéndola reír.

Cerrando la puerta del garaje, Grace se guardó el control remoto en el bolsillo y partió calle abajo. Llevaban puestos sus cascos fluorescentes combinados, las únicas cosas nuevas en las que había derrochado dinero hasta ahora. Para cuando volvieron, estaba cansada y Samuel estaba adormecido por el viento fresco que le daba en la cara. Lo acostó para que durmiera una siesta en su cama-carro de carreras y tenía la intención de volver a trabajar, cuando sonó el teléfono.

—¡Hola, amiga!

—Hola, amiga mía —rio Grace. Además de los mensajes y correos electrónicos frecuentes, Shanice la llamaba seguido para ver cómo andaba.

—¿Cómo estás?

Tumbada en el sofá, Grace suspiró:

—En este preciso instante, estoy agotada. Acabo de volver con Samuel de un paseo en bici.

Siguieron con su habitual charla de amigas durante quince minutos, antes de que Shanice reconociera que tenía otro motivo para llamarla.

—Quería hablarte de Román, cariño.

El corazón de Grace empezó a palpitar.

—¿Qué pasa con él?

—Bueno, no es el hombre que conocí en el cañón Topanga, eso es seguro. Él y Brian se han hecho buenos amigos. Román vendió su casa y se mudó al complejo de departamentos donde vive Brian. Acaba de terminar un proyecto para la iglesia. Deberías verlo, Grace. Está llamando mucho la atención. Algunos periodistas aparecieron y escribieron un par de notas sobre la obra. Búscalo en YouTube. ¡Es increíble!

—Me alegra saber que está yéndole tan bien. —Grace trataba de hablar con un tono neutral, aunque su corazón latía descontrolado y estaba sintiendo un arranque de esperanza que necesitaba aplastar.

—¿Quieres que le diga a Román dónde estás?

—¿Él te lo preguntó?

—No, pero estoy segura de que le gustaría saber.

Grace cerró los ojos fuertemente y no pudo hablar por un instante.

—Me parece que es mejor dejar las cosas como están. —Si Román la amaba, ¿no habría preguntado por ella a estas alturas? Hacía meses que había dejado Los Ángeles.

—¿Estás segura, cariño? A lo mejor, tiene motivos para no llamarte.

Tal como ella tenía motivos para mantenerse en silencio. *Dios, ¿estoy haciendo lo correcto? Ya no sé qué pensar.*

—Si me pregunta, ¿puedo decirle? No tengo dudas de que ahora es cristiano, Grace; de no ser así, no te lo habría mencionado en absoluto. Sé cuánto has sufrido por él. Todavía lo amas, ¿cierto?

En realidad, no era una pregunta.

—Más razón aún para mantener la distancia, Shanice. Román nunca dijo que me amaba. —Grace se apoyó una mano temblorosa en la frente—. ¿Podemos no hablar de él? Por favor. He hecho muchos esfuerzos para seguir adelante.

—Parece que no estás teniendo mucha suerte con eso.

¿Cómo podía olvidar a un hombre como Román Velasco? ¿O ahora era Bobby Ray Dean? ¿Todavía era el Pájaro, que salía a pintar paredes por la noche? Román Velasco, Bobby Ray Dean o el Pájaro... Seguía enamorada de él.

—Mantenerme ocupada me ayuda.

Hablaron unos minutos más y terminó la llamada.

Samuel entró tambaleándose en la sala y se trepó a ella para poder tumbarse sobre su pecho. Grace recordó cómo se había quedado dormido de la misma manera sobre Román en la cabaña. *Señor, ¿cuánto falta para que el dolor se vaya?*

Esa noche, con Samuel bien tapado en la cuna, Grace se quedó despierta un rato largo. A medianoche cedió a la tentación, fue a su oficina y abrió su computadora portátil. Buscó rápidamente en YouTube y encontró la obra más reciente de Román. Respiró hondo cuando vio a Jesús montado sobre un caballo blanco. Las nubes pintadas sobre los cimientos del edificio hacían parecer que la iglesia estaba flotando. El muro era magnífico, pero era el hombre que evitaba la cámara lo que le llamó la atención. Se detuvo a mirar otros videos en YouTube. Verlo, aunque fuera en la pantalla de la computadora, aumentó su dolorosa nostalgia. Pasó a Google y encontró un artículo reciente en un periódico. Talia Reisner debía haberle entregado al periodista la carpeta para relaciones públicas.

Las imágenes produjeron una pantalla llena de fotografías de Román Velasco: en la apertura de la galería, trabajando en el mural de San Diego, bailando con una rubia preciosa en una discoteca. Cerró su portátil. Cubriéndose el rostro, lloró. *Dios, haz que estos sentimientos desaparezcan. Por favor.* Tomó un Tylenol PM y volvió a la cama. Acostada de lado, miró a su hijo al otro lado del pasillo, durmiendo tranquilamente en su cuna. Román había dicho claramente qué quería y qué no quería.

He hecho todo lo posible para evitar tener un hijo.

No sería sensato volver a abrirle la puerta a Román. Samuel necesitaba un hombre que la amara incondicionalmente... y que amara a su hijo, sin importar cómo había sido concebido.

37

AHORA QUE EL PROYECTO ESTABA TERMINADO, Román se vio desbordado por peticiones para hacerle entrevistas. Accedió a reunirse con Tuck Martin, un periodista independiente, en Common Grounds y le pidió a Brian que estuviera presente. Hablar de Brian y de su equipo fue fácil. Román quería que recibieran el reconocimiento que merecían. Martin estaba más interesado en la historia personal de Román, en su vida y en su carrera como artista. Román dejó de hablar.

Brian le sonrió a Martin.

—Román es un poco reticente acerca de su vida personal.

—Me di cuenta. —Miró a Román—. ¿Hay algún motivo para eso?

Román se arrepintió de haber accedido a esto.

—Muchas personas tienen un interés morboso en los asuntos de la vida de los demás.

—He investigado bastante sobre usted, señor Velasco —habló durante los siguientes diez minutos, mientras Román se movía inquieto en su asiento. Tuck Martin se las había arreglado para desenterrar información de los archivos públicos y de las entrevistas con los asistentes sociales jubilados. Había pasado varias horas con Talia Reisner y recopiló mucha información sobre el temperamento de Román, su estilo bohemio y su fama de mujeriego, lo que llevó a Martin a la discoteca a la que solía ir y a algunas entrevistas más con mujeres con las que había andado. Jasper Hawley y los Masterson estaban notoriamente ausentes de la lista de Tuck Martin, y tampoco mencionó a Grace Moore.

Román empujó su silla hacia atrás.

—Me parece que ya tiene información más que suficiente para escribir su historia.

Brian le dirigió una mirada que le recordó a Jasper Hawley. *Escucha lo que este hombre tiene para decir.*

Román se quedó sentado.

—¿Exactamente qué está buscando, si lo que tiene no es suficiente para escribir un artículo jugoso para la revista *People*?

—Estoy interesado en el hombre que está detrás del arte. —Martin se inclinó hacia él—. Hace un año, usted era un ermitaño que se daba la gran vida en la cima de una montaña y, ahora, bajó al valle y trabaja con un equipo de chicos pandilleros, pintando una obra maestra en la pared de una iglesia en el parque industrial. —Se rio en voz baja—. ¿Cómo fue que pasó eso?

¿Qué podía decir Román?

—Las personas cambian de rumbo todo el tiempo. —Sintió la mirada de Brian.

Tuck Martin no parecía convencido.

—¿Por qué trajo a un pastor a la entrevista?

—Es un buen amigo mío. —Hizo un gesto con su mentón hacia Brian—. Él es quien tuvo la idea de hacer esto.

Brian negó con la cabeza:

—Solo le ofrecí la pared a Román. Él y Dios hicieron el resto.

Tuck Martin miró irónicamente a Román:

—¿Está de acuerdo con lo que dijo? ¿Cree que Dios tiene algo que ver con esto?

—Sí y sí.

—¿Es cristiano?

Román lo miró con sarcasmo.

—¿Acaso no parezco un cristiano?

Brian se rio.

—Un discípulo novato.

—¿Cómo sucedió eso? —Tuck miró a Brian, esperando una respuesta.

Brian hizo un gesto con la cabeza hacia Román.

—Pregúntele qué pasó en Santa Clarita.

Cuando Román no habló, Brian se puso de pie.

—Voy a buscar otra taza de café. ¿Necesitan algo, señores? —Al ver que ninguno le respondía, se alejó caminando. Román sabía qué quería Brian que hiciera, y sabía cuál sería la respuesta que recibiría.

—Tuve un infarto, morí en la vereda y me fui al infierno. Jesús me sacó de ahí.

Tuck Martin se rio.

—Sí. Claro. —Se puso serio nuevamente—. Buen chiste; pero ahora me gustaría saber qué pasó realmente.

Román se limitó a mirarlo.

Martin frunció el ceño y escudriñó la cara de Román.

—No me estaba haciendo una broma, ¿cierto?

—Nunca hablé más en serio en mi vida. —Román levantó su café, pensando que había dicho más que suficiente, hasta que sintió el impulso de seguir hablando—: Yo no creía en Dios. Tache eso. Quizás lo más cercano a la verdad sería decir que lo odiaba. Acababa de tener una discusión acalorada con una cristiana. Acordamos una tregua y paramos para almorzar. Caí muerto en la vereda. —Se estremeció—. Ahora que lo pienso, el momento en que sucedió parece providencial.

La boca de Martin se curvó a medias en una sonrisa cínica mientras se reclinaba hacia atrás.

—Cuénteme cómo fue estar en el infierno.

Román analizó la expresión de Tuck Martin.

—Algún día lo verá personalmente.

—¿Es la manera amable de decirme que me vaya al infierno?

—Si rechaza a Jesús, ahí es donde terminará.

—¿Me dejaría poner eso en mi nota?

—No puedo impedirlo ahora, ¿cierto?

Brian volvió mientras Tuck Martin apagaba su grabadora y la guardaba en su mochila.

—¿Sabe qué acaba de decirme?

—Eso espero. —Miró a Román con aprobación—. Tu experiencia cercana a la muerte.

Román se encogió de hombros.

—No me cree.

—Menos mal que Grace estaba con él en Santa Clarita, o estaría muerto. Ella sabía hacer RCP.

—¿Grace? —El interés de Tuck Martin resurgió—. Talia Reisner me dijo que usted tenía una asistente personal que vivía y viajaba con usted.

Román sintió un arranque de furia protectora.

—Grace no *vivía* conmigo. Vivía en su propia casa. —No estaba dispuesto a revelarle a este periodista indiscreto que Grace vivía en la cabaña de al lado y que él era el propietario—. Es de las personas más rectas que hay. Y si usted insinúa cualquier otra cosa en su artículo, le arrancaré la cabeza.

Martin retrocedió.

—Disculpe, señor Martin. —Rio Brian—. Román es cristiano hace muy poco tiempo.

Martin levantó las manos:

—No tenía la intención de insinuar nada. La señorita Reisner me habló maravillas de la señorita Moore. Dijo que usted necesitaba a alguien que lo custodiara, y que Grace era organizada, eficiente y encantadora de conocer.

Román lo miró con furia. Sabía cuál sería la siguiente pregunta.

—Me gustaría hablar con ella.

—Apuesto a que sí —gruñó Román, volviendo a arrepentirse de haber concedido esta entrevista.

Brian miró a Román y, nuevamente, a Tuck Martin.

—Grace se mudó fuera del área.

Román observó atentamente a Tuck Martin y vio que su instinto de periodista se revolvía como el barro en un desagüe tapado. Cuando lo miró, Román le clavó los ojos, mostrándole su enojo. *Vuelve a preguntar sobre Grace y te arrepentirás.*

Martin levantó las cejas. Con el rostro relajado y una expresión enigmática, se echó hacia atrás y se acomodó.

—Existe cualquier cantidad de libros sobre experiencias cercanas a la muerte y al cielo que han vendido miles de ejemplares. También se han hecho un par de películas. Pero no recuerdo nada sobre el infierno.

Román le devolvió la sonrisa cínica a Martin.

—No es una experiencia que yo quiera recordar. ¿Por qué querría escribir sobre el tema?

—Podría contratar a alguien.

—¿Como usted? —Román bufó—. Usted no me cree.

—Podría creerle, si me hablara un poquito más al respecto.

Brian se quedó callado, claramente observándolos.

Martin siguió presionando:

—Debería advertirle a la gente, ¿no cree? ¿No es su deber como cristiano?

Román apretó los dientes para no decirle a Martin dónde podía irse y qué podía hacer una vez que llegara ahí.

Brian lo rescató:

—Ya fueron advertidos. Todo está claramente escrito. A la mayoría de las personas les gusta creer que son lo suficientemente buenas como para entrar por las puertas del paraíso. La verdad es que ninguno de nosotros lo es. Jesús es quien tiene la llave.

—Así dicen.

Brian se inclinó hacia adelante, rodeando con sus manos la taza con café.

—Antes de que se vaya, ¿puedo hacerle una pregunta?

—Crecí en un hogar "cristiano". —El rostro de Martin se puso rígido—. He vivido la religión en carne propia.

Román observó, sorprendido por lo fácil que le resultaba a Brian hacer hablar a las personas. Tal vez fuera por cómo escuchaba, lleno de compasión, sin juzgar ni condenar. Martin resultó ser de una familia cristiana trabajadora, de clase media, pero no del tipo amoroso como la de Brian. El padre de Tuck era controlador e intolerante con cualquiera que no compartiera sus puntos de vista.

—Se aseguraba de que me sentara todos los domingos en nuestra banca de la iglesia. De traje y corbata. —Hizo un gesto de desdén—. Desde que me fui de casa, no he vuelto a usar una corbata.

—¿Cómo está su relación con su padre ahora?

Tuck sacudió la cabeza.

—Él sigue siendo el mismo, solo que un poco más viejo y cansado. Se ablandó un poco después de que murió mamá. Todavía va a la iglesia. Mis hermanas y sus familias también van. Yo amo a mi padre, pero estoy en desacuerdo con él en casi todo. Lo veo una vez al año y hablamos solamente de los temas convencionales. —Soltó una risa sombría—. De pesca. Eso es todo.

Brian, un pescador de hombres, le dijo que había una gran diferencia entre la religión y la fe.

El celular de Tuck Martin sonó. Pidió disculpas y se fijó en la pantalla.

—Me olvidé de la hora. Tengo que salir corriendo. —Román y Brian se pusieron de pie. Tuck les dio la mano a ambos y les agradeció por su tiempo. Miró a Román—. ¿Está trabajando en alguna otra cosa?

—Nada que tenga pensado exhibir ni vender. —Román sintió que Brian lo miraba. Era su mejor amigo, pero eso no significaba que tuviera que contarle todo a Brian.

Tuck se puso la mochila al hombro.

—Yo hablé más esta mañana que ustedes dos juntos.

Brian sonrió.

—Quizás necesitaba hacerlo. —Sacó una tarjeta y se la entregó—. A sus órdenes.

Brian llamó a la puerta de Román esa noche.

—Pensé que podrías estar despierto.

Román volvió al sofá, estiró sus piernas y apoyó los pies sobre la mesita de centro. Apagó el partido de baloncesto.

—¿Qué tal estuvo la reunión de la junta directiva?

—Larga. Como el día. Estoy agotado. —Se quedó parado en la sala. Román sabía que tenía algo en mente.

—Entonces, ¿qué haces aquí? Siéntate o vete a casa y duerme un poco.

—No podré dormir hasta calmar mi curiosidad. —Ladeó la cabeza—. Me gustaría ver en qué estás trabajando.

—No lo he terminado.

—No soy un crítico.

Román se encogió de hombros y se dirigieron a la segunda habitación. Los bocetos estaban desordenados sobre la mesa de dibujo. Sobre un caballete había un gran lienzo. Brian tuvo que moverse al otro lado de la habitación para verlo.

—Vaya —dijo suavemente, con reverencia—. Es hermosa.

—Podría usar más luz. —Román se sentía tenso, expuesto—. Podría haberlo hecho mejor en el lugar que tenía en el cañón Topanga. —*Y con la modelo adecuada.* Se acercó a Brian y analizó la pintura con ojo crítico.

Una mujer joven, con un embarazo avanzado, usando vestimentas judías, estaba parada con una mano apoyada sobre su vientre protuberante y la otra mano sosteniéndolo por debajo, como si estuviera conteniendo al niño no nacido en un tierno abrazo. Su expresión revelaba asombro y temor.

—¿Cómo la llamarás?

—*La morada.*

—Se parece a Grace.

El corazón de Román dio un salto, pero no dijo nada. Justo antes de que Brian llamara a su puerta, había estado orando. Si Dios quería que buscara a Grace, tres personas tenían que mencionarla, sin que él lo incentivara. Y ahora, aquí estaba Brian, pocos minutos después, haciendo exactamente eso.

Número uno.

Román tenía miedo de esperanzarse. La esperanza dolía.

Brian frunció el entrecejo:

—Hace meses que no la mencionas.

—No tengo nada qué decir.

—Sigues amándola.

—Dejemos el tema, Brian. —Román volvió a la sala y encendió el partido de baloncesto nuevamente. Brian se sentó en un sillón como si pensara quedarse un rato. Román sonrió con burla—. Creí que estabas cansado.

—Puedo pedirle a Shanice su dirección, si la quieres.

La tentación surgió rápidamente. Se contuvo antes de ceder.

—Es mejor si no la sé. —Si sabía dónde estaba ella, quizás no esperaría el tiempo de Dios.

—¿Por qué no, Román? No eres el hombre que eras.

—No soy el hombre que ella necesita.

Brian se rio y sacudió la cabeza:

—Escúchate, haciéndote el mártir. Si lo único que quieres es una noche divertida, entonces sí, estoy de acuerdo. Déjala en paz. Pero tú deseas algo más, ¿verdad?

—He tendido mi vellón. —Brian entendió. El profeta Gedeón del Antiguo Testamento había sacado dos veces su vellón para estar seguro de que Dios le hablaba, de que lo que él escuchaba no era solo su imaginación. Román sabía que pedir tres confirmaciones era ponerse exigente, pero quería discernir si era Dios quien lo impulsaba, o si su propio corazón pecador estaba dándole falsas esperanzas. *Necesito estar seguro, Señor. Sé lo que quiero, pero hay muchos días en los que todavía no sé qué es lo correcto.*

—De acuerdo. —Brian se levantó—. Mejor me voy a la cama, o estaré demasiado cansado para enfrentar el día de mañana. Tengo sesiones de consejería toda la mañana, así que no podré almorzar contigo. —Habían estado encontrándose todos los miércoles desde hacía varios meses. Brian abrió la puerta y volvió a mirar a Román—: Mencionaste que irías a San Francisco después de que terminaras la pared. ¿Todavía piensas hacer ese viaje?

Era otra cosa que Dios había estado presionándolo para que hiciera.

—He estado pensando en eso.

—Lo que sea que esté haciéndote postergarlo, recuerda: ya sobreviviste a eso.

—Eso no significa que quiera revivirlo.

Después de que Brian se marchó, Román siguió mirando el partido de baloncesto, o trató de hacerlo. Seguía pensando en ir a San Francisco. ¿Alguna vez lograría estar completamente en paz, a menos que volviera al Tenderloin y diera un paseo tranquilo hacia su pasado? *¿De qué puede servirme recordar lo malo, la vergüenza, la ira que me metió en tantos* *problemas? ¿Por qué sigues empujándome a hacer esto? ¿Qué quieres de mí, Jesús?*

Ve con los ojos abiertos, Bobby Ray. Aférrate a Mí.

El vello de la nuca de Román se erizó. Él conocía esa vocecita tranquila. Cuando Brian le hizo la sugerencia, Román la ignoró. Ahora, era una orden.

Sé lo que pasó ahí, Señor. Lo he confesado. ¿Por qué sigues persiguiéndome con eso?

Román quiso continuar poniendo excusas, pero sabía que no iba a encontrar ninguna paz en la desobediencia. Se frotó el rostro y se recostó hacia atrás. *Está bien, de acuerdo. Entendí el mensaje. Pero no esperes que esté feliz al respecto.*

Grace salió exultante del campus universitario de UC Merced. Su reunión con el decano de admisiones había superado ampliamente lo esperado. Sus expedientes de la UCLA habían sido transferidos. El decano estaba impresionado. Ella podía calificar para recibir ayuda económica, y los departamentos educativos y de sociología tenían programas de prueba para niños. Samuel podría ser un buen conejillo de indias, pero se perdería sus ratos de juego con Matías. Los dos chiquitos se llevaban mejor que hermanos.

Mientras volvía a casa, pensó en cuánto tiempo estaba demandándole GraceVirtual.biz. Una cosa era una beca, pero la ayuda económica en forma de préstamo era algo muy diferente. Sus ingresos se reducirían porque tendría que recortar las horas laborales y además tendría que hacerse cargo de la deuda del costo de la universidad. Estaba muy bien soñar con volver a la universidad, pero tenía que pensar si ahora era el momento apropiado. Samuel estaba cambiando con mucha rapidez y ella no quería perderse un minuto con él. Dorothy le había ofrecido cuidarlo, pero tres mañanas por semana y dos noches fuera eran demasiado tiempo. Su educación podría esperar hasta que Samuel tuviera la edad suficiente para ir a preescolar.

Pero entonces podría tomar la decisión de educarlo en casa.

Grace se rio en voz baja mientras se estacionaba frente a la casita.

—Supongo que tengo que esperar, Señor. —Con tantas preguntas y emociones en conflicto, no quería seguir adelante a ciegas. Todas las cosas tenían que darse en el tiempo perfecto de Dios. Este momento no parecía serlo.

Tía Elizabeth vino a pasar el fin de semana. Con una risa sofocada, puso su maletín sobre la cómoda.

—¡No puedo creer que voy a dormir en una cama que es un carro de carreras! —Era una cama individual, de tamaño normal y cómoda.

—A Samuel no le molestará. —Grace le dio un beso en el cuello mientras él se movía en su cadera—. Él dormirá con mami.

Dorothy y George los invitaron a almorzar el sábado.

—El lunes nos iremos a San Francisco.

—Otro crucero —suspiró George dramáticamente—. Dorothy se mete en Internet, encuentra ofertas y me obliga a acompañarla.

—Deja de fingir que no te encantan —rio Dorothy, reconociendo que a ella le fascinaban los cruceros de los barcos Princess y que se abalanzaba sobre las reservas de último minuto y de bajo costo—. Esta vez solo son diez días a México, ida y vuelta.

George guiñó un ojo.

—No tendrá que cocinar.

Tía Elizabeth sonrió:

—Bueno, antes de que reserves otro viaje, Dorothy, me gustaría que vinieras a Fresno. Podemos hacer un almuerzo. Quiero que conozcan a mi amiga Miranda Spenser. Ustedes dos tienen mucho en común.

Grace estaba sorprendida de que su tía estuviera dispuesta a compartirla.

—¡Me encantaría! —Dorothy fue a buscar su agenda. Mientras decidían la fecha, a Dorothy se le ocurrió otra idea—: ¿Por qué no llevo a Samuel conmigo?

—A Miranda le encantaría verlo.

Grace no estaba lista para renunciar a él por una excursión de un día a otra ciudad, ni herir sentimientos.

—Disculpen, señoras, pero mi hijo es demasiado joven para andar con mujeres mayores.

Dorothy y tía Elizabeth se rieron y no insistieron.

Mientras charlaban y disfrutaban de la tarde, Grace pensó en los últimos meses y enumeró sus bendiciones. Dios había provisto para todas sus necesidades. Tenía empleo que la sostenía, amigas nuevas tanto como antiguas y una familia en la iglesia. Tía Elizabeth ahora participaba de su vida de una manera amorosa y no autoritaria. Una sola cosa impedía que Grace sintiera paz: Román Velasco. Él había cambiado mucho, si el artículo más reciente que había leído era un indicio de ello. Le había hablado al periodista sobre su nueva vida, su trabajo y hasta sobre su experiencia cercana a la muerte en el infierno. El pastor Brian Henley había estado en la entrevista con él y era citado varias veces. Shanice le había contado a Grace que los dos hombres se habían vuelto buenos amigos.

Quizás su amor por Román era la cruz que tenía que llevar. O al menos, eso pensaba desde que se había mudado a Merced. *Sigue con tu vida, Grace. Deja de preguntarte qué habría pasado si tal o cual cosa.* Pero ahora sentía el impulso de reconsiderar su decisión. Tal vez era momento de llamarlo y hablar con él, de desearle que le fuera bien. Inmediatamente recordó su número telefónico; una tentación hormigueante y excitante al alcance de la pantalla de su celular. ¿Y luego qué? Cerrando los ojos, oró: *¿Debería llamarlo, Señor? ¿Debería abrir la puerta?*

Silencio. No esperaba escuchar la voz de Dios, pero quería sentirse bien al respecto. Cuando no fue así, supo la respuesta.

Espera.

Román se despertó cuando su celular vibró sobre su mesita de luz. Adormecido, lo buscó y lo hizo caer al piso alfombrado. El identificador de llamadas decía Shanice. Ella no llamaría a menos que fuera una emergencia. Despertándose por completo, Román lo agarró.

476 || LA OBRA MAESTRA

—¿Brian está bien? —Su voz estaba ronca por el sueño.

—Brian está bien. Está en el hospital con una familia que está de duelo y no puede acompañarme a una discoteca a ayudar a una amiga. Me dijo que te llamara a ti.

—¿Cuál es el problema?

—Es mi excompañera de casa, Deena. Hace un tiempo se anotó en un programa de recuperación de seis meses, y ayer descubrió que su novio la está engañando. Se fue del lugar sin avisar. Me llamó desde una discoteca. Tengo que sacarla de ahí antes de que haga algo de lo que se arrepentirá. Ya he recorrido ese camino y no quiero que se repita la situación. ¿Puedes venir conmigo?

—¿Dónde estás ahora?

—Estoy estacionándome frente a tu departamento.

—Está bien, pero solamente si conduzco yo. —Parecía tan nerviosa que él pensó que ella no debía manejar.

—Está bien, pero ¡apúrate! Por favor.

Tardó cinco minutos en vestirse. Bajó por la escalera, en lugar de esperar el elevador, y corrió hasta el carro, donde encontró a Shanice en el asiento del acompañante, con el cinturón puesto. Cuando él abrió la puerta del conductor, el motor estaba prendido, esperando que lo pusieran en marcha.

—Gracias, Román. Brian dijo que no me fallarías.

—¿Adónde vamos?

—Se llama After Dark. Te indico la dirección.

Él soltó una palabrota en voz baja:

—Sé dónde queda.

—Oh. —Shanice lo miró y entrecerró los ojos—. ¿Te trae malos recuerdos?

—Solo me recuerda quién era yo hace no mucho tiempo atrás.

—Bueno, no te sientas como el Llanero Solitario. Hace tres años me habrías visto ahí todos los viernes y los sábados en la noche. Brian lo sabe, en caso de que estés preguntándotelo. Me gusta divertirme. La banda es increíble y me encanta bailar. —Lo miró irónicamente—. ¿Es por eso que ibas tú?

—Sé bailar, pero no, no era a eso para lo que iba a esa disco.

Román sentía que lo analizaba.

—Ibas a encontrar chicas. —Miró hacia adelante—. Imagino que podías elegir la mejor entre las mujeres dispuestas. —No dijo nada por un minuto y entonces lo miró—. ¿Grace fue la razón por la que dejaste de ir?

Te pedí tres, Señor, y aquí está Shanice mencionando a Grace. Uno más, Señor. Ay, Jesús, por favor, uno más.

—No. Dejé de ir antes de conocer a Grace. —Entró a la autopista y aceleró, moviéndose fácilmente entre los carros hasta que llegó al carril rápido.

—¿Por qué dejaste de ir?

—Quería más de lo que encontraba ahí. —Manejó durante diez minutos en silencio. Saliendo de la autopista divisó la estructura del conocido estacionamiento, entró y sacó el comprobante de la máquina.

—Una vez traje a Grace aquí —confesó Shanice.

Román se rio, incrédulo.

—¿Cómo lo hiciste? ¿La amordazaste y la trajiste a rastras?

Shanice no se rio.

—Casi. Nunca conocí a su esposo, Patrick. Conocí a Grace después de que se divorció. Vino a un estudio bíblico nocturno. Nicole, Ashley y yo ya nos reuníamos a almorzar los domingos y la invitamos para que se uniera a nosotras. Ashley me acompañaba a la discoteca de vez en cuando. A ella también le gusta bailar, pero no siempre la invitaban. De todas maneras, Grace nunca iba. Lo único que hacía era trabajar seis días por semana, y los domingos iba a la iglesia. No tenía vida. Yo creía que necesitaba relajarse y divertirse un poco. —Desvió la mirada—. Soy una idiota.

Román encontró un espacio para estacionar y se metió rápidamente. Quería escuchar más, pero Shanice ya estaba saliendo del carro.

La discoteca no había cambiado. Aunque las caras eran distintas, la escena era la misma: los hombres al acecho, las mujeres en busca de algún amorío. Las parejas bailaban al ritmo caliente y parecía que estaban teniendo relaciones sexuales de pie y completamente vestidos. No podía imaginar a Grace en un lugar como este.

—Ahí está Deena. —Shanice hizo un gesto con la cabeza a la barra y se abrió paso hacia la muchacha que tenía a dos hombres merodeándola. Román la siguió, listo para intervenir si había algún problema. Shanice les dijo algo a los dos hombres que hizo que se alejaran. Shanice se inclinó hacia Deena, quien claramente estaba protestando. Vio que Shanice demoraría un rato en convencer a su amiga para que se fueran, de manera que se sentó a la barra y pidió una Coca Cola.

Una rubia atractiva se deslizó a la banqueta que estaba a su costado. Su vestido negro, corto y ajustado, se le subía por los muslos bien formados. El escote hacía que sus pechos se vieran como el trasero de un bebé. Le sonrió.

—Por fin un hombre que parece interesante.

Román se levantó y se paró al lado de Shanice.

Deena lo miró:

—¡Vaya! ¿Quién eres tú?

—Deena, él es mi amigo Román Velasco. Está aquí para ayudarme a llevarte sana y salva a casa.

—Está bien. —Ella lo miró un poco adormilada y con una sonrisa ausente—. Con él, iré a cualquier parte. —Cuando comenzó a ponerse de pie, se tambaleó levemente y Román la rodeó con un brazo para mantenerla erguida.

Ni bien lograron salir por la puerta principal y entraron en contacto con el frío aire nocturno, Deena se quejó:

—Voy a vomitar. —Se agachó y vomitó sobre la vereda. Un carro tocó la bocina al pasar, lleno de muchachos adolescentes asomados a las ventanillas que se reían y hacían comentarios crueles.

Deena gimió:

—Ay, me quiero morir...

—Sé cómo te sientes, cariño. —Shanice se hizo cargo de ella y la guio hacia el estacionamiento, donde volvió a vomitar, esta vez en un bote de basura. Las dos mujeres hablaron en voz baja. Deena empezó a llorar y Shanice la abrazó. Él sintió una sensación de déjà vu.

Su madre solía darse a la bebida después de una noche de salir a hacer la calle. Lloraba y balbuceaba para sí misma. A veces fumaba marihuana hasta que se aflojaba tanto que dejaba de importarle todo lo demás, incluso él.

Deena llegó al Lexus de Shanice caminando sola. Siguió llorando y balbuceando mientras Shanice le abrochaba el cinturón de seguridad. Shanice le quitó el cabello de la cara y le dijo que tratara de dormir. Pronto estaría en casa. Les llevó casi una hora llegar a la casa de los padres de Deena, y la muchacha estaba lo suficientemente sobria para sentirse avergonzada. Pidió disculpas profusamente, mientras Shanice la ayudaba a salir del carro.

Román salió.

—¿Necesitas ayuda?

—Será mejor que yo la lleve adentro y hable con sus padres. Podría tardar un poco.

—No iré a ninguna parte.

Pasó otra hora hasta que Shanice volvió y se desplomó en el asiento del acompañante.

—Gracias por acompañarme, Román. Cuando ella me llamó, pensé que era un grito de ayuda. —Apoyó la cabeza hacia atrás—. Odio ese lugar.

—¿Por qué dejaste de ir?

—Por Grace. —Sacudió la cabeza—. ¿Estaba contándote cuánto quería que ella saliera a divertirse? Bueno, esa noche le dije que se soltara el cabello. En aquella época usaba su cabello largo. Y rubio. E hice que se pusiera uno de mis vestidos ajustados. —Lo miró—. Después de esa noche, tiré a la basura esa parte de mi ropa. —Suspiró—. Entramos en el After Dark y Grace se quedó helada, con la boca abierta. A mí me pareció divertidísimo y casi la arrastré hacia adentro. Estaba tan impresionada y tensa que le dije que bebiera algo. Por supuesto, protestó. Ella no bebe, ya sabes. Le mentí y le dije que le conseguiría algo inofensivo. Con uno era suficiente. Parecía más relajada que nunca.

Shanice se reclinó hacia atrás.

—Un tipo me invitó a bailar y la dejé. Me di vuelta para mirar a Grace una vez y todavía tenía el vaso con el licor espumante delante de ella. O eso pensé yo. No sabía que había terminado el que yo le había llevado y había pedido otro. Parecía estar bien, sentada a la mesa junto a la pared trasera, observando la acción. Me da vergüenza decir que me olvidé completamente de ella por un rato. Cuando me acordé, no estaba ahí. Tampoco estaba en el baño de damas. La busqué por todas partes y no pude encontrarla. Estaba más enojada que preocupada. Supuse que había llamado un Uber y había vuelto a la casa. —Se cubrió el rostro—. Ojalá lo hubiera hecho.

Román sabía que algo malo había ocurrido esa noche, pero tenía miedo de preguntar.

—La llamé al día siguiente para decirle que no había sido amable de su parte irse sin avisarme. Se notaba que había estado llorando. Le pregunté qué ocurría. Ni siquiera podía hablar. Salí de mi trabajo y fui a verla. Tardó un rato, pero me contó todo. Estaba muy avergonzada, y todo era por culpa mía. Debería haberla cuidado, en lugar de haberme ido a pasarla bien.

Las manos de él se deslizaron por el volante.

—¿Alguien la violó? —Podía sentir el calor de la ira en aumento.

—No, gracias a Dios. Me contó que se sentía bien y que se puso a bailar. Sola. Un hombre la tomó en sus brazos y bailó con ella. Cuando él le preguntó si quería irse, ella le dijo que sí. La llevó a su condominio en Malibú. Te imaginas el resto.

Las manos de Román aferraron tensamente el volante.

Shanice miraba hacia adelante.

—Grace no le preguntó cómo se llamaba. Dijo que apenas hablaron. Ni siquiera recordaba cómo era físicamente. Alto, cabello oscuro, fuerte. Cuando él fue al baño después de tener relaciones, ella se vistió y se fue. —Shanice empezó a llorar—. Esa fue la última vez que fui al After Dark. Hasta hoy. No quería recordar lo mala amiga que fui esa noche.

Shanice se secó las lágrimas.

—Le dije a Grace cuánto lo lamentaba. Debería haberme quedado con ella. Su autoestima estaba por el piso. Desde luego, se echó la culpa a sí misma. —Miró afuera por la ventanilla del carro—. Habría estado más a salvo con el cabello recogido. Parece que a los hombres les gustan las rubias. Y ese vestido negro.

Román recordó lo hermosa que se veía Grace la noche de la exposición de arte en Laguna Beach.

Shanice se sentó más derecha en el asiento del acompañante y lo miró con ojos relucientes bajo la luz tenue.

—¿Quieres saber por qué Grace se había teñido el cabello? Su esposo le había dicho que se vería bonita si fuera rubia. ¿Puedes creerlo? Como si ya no fuera hermosa por dentro y por fuera. Pero tú conoces a Grace. Quiere hacer lo mejor en todo lo que hace y, por supuesto, quería ser una buena esposa. Entonces le dio a su esposo lo que él quería. No que le haya importado en lo más mínimo a ese imbécil.

Román hizo un gesto de dolor al reconocerse a sí mismo como era antes.

—Grace me dijo que es terrible para evaluar a los hombres. —Ella lo miró apenada.

—Incluyéndome a mí, quieres decir. —Su corazón palpitaba fuerte y rápido—. Parece que tiene razón. —Miró de reojo a Shanice—. ¿Alguna vez volvió Grace al After Dark para tratar de reconectarse con el tipo?

—¿Estás hablando en serio? ¡No!

—Solo preguntaba. Ella tuvo una relación con alguien después de su divorcio, ¿verdad?

—¿Te refieres a un novio? —Shanice negó con la cabeza—. No que yo sepa, y a mí me cuenta todo. —Se movió en el asiento y lo miró de frente—. No lo entiendo, Román. ¿Por qué algunas personas se salen con la suya en todo, pero alguien tan dulce como Grace no puede portarse mal ni una sola vez sin pagar las consecuencias?

Román la miró furtivamente.

—¿Qué consecuencias?

Ella lo miró con una sonrisa de dolor.

—Samuel.

Román sintió como si le hubiera dado un puñetazo en el estómago.

—Pensé que ella y su ex...

—Él no quería tener hijos. Una vez perdió un bebé y él hasta lo festejó. No quería tener esa responsabilidad. —Shanice miró hacia adelante—. Grace no nos lo dijo durante tres meses. Podría haber abortado. Una amiga incluso lo sugirió.

Él se acaloró:

—¿Tú?

—No, pero no te diré quién fue. Grace pensó entregarlo en adopción. Hizo un acuerdo con Selah y Rubén García para que lo adoptaran, pero desde el instante en que Grace tuvo a Samuel en brazos, no pudo seguir adelante con el plan. Ha sido un tira y afloja emocional desde el primer momento. Cuando tú le alquilaste la cabaña vio una manera de liberarse de su situación y, luego, por supuesto, eso cambió. Ojalá no se hubiera ido de Los Ángeles. La extraño. —Shanice lo miró brevemente a los ojos—. Ella quería que su hijo creciera en un lugar más seguro.

—Necesitaba alejarse de los García. Y de mí. —Román se estacionó al lado de la cuneta, pero dejó el carro prendido—. ¿Hay algo más que quieras contarme sobre Grace?

Shanice lo miró como pidiéndole disculpas.

—Creo que ya he dicho demasiado.

Él esperó un momento y vio que ella hablaba en serio.

—La amo, Shanice. —Quería preguntarle cómo encontrarla. *Jesús, quiero hacer las cosas bien. Ay, Dios. Ay, Dios.*

Los ojos de Shanice destellaban.

—Sé que la amas, Román. Y te daría su dirección, si no le hubiera dado mi palabra.

Él salió del carro. Shanice dio la vuelta para sentarse en el asiento del conductor, pero no entró. Shanice apoyó una mano en el brazo de Román.

—Lo lamento. Ni siquiera debería haberla mencionado esta noche. No sé por qué lo hice. No tenía derecho a hablarte de su historia.

—No, es cierto, pero me alegro de que lo hayas hecho. —Él creía que ya había sentido suficiente dolor, pero no había sido ni la mitad de lo que sentía ahora.

Shanice entró al carro y Román cerró la puerta. Ella bajó la ventanilla.

—Por favor, no pienses mal de ella.

—No te preocupes por eso. —Román se agachó un poco—. Cuando hables con Brian, dile que me iré por un tiempo.

—¿Cuánto tiempo?

—No lo sé.

—¿Adónde irás?

—A San Francisco. —Ya había hecho la maleta y planeaba irse a la mañana siguiente—. Dile que me estoy ocupando de unos asuntos pendientes. Él lo entenderá.

—Buen viaje, Román. —Shanice puso el carro en marcha.

Román entró en su departamento y arrojó las llaves sobre la mesa de centro. Hundiéndose en el sofá, puso sus codos sobre sus rodillas y dejó caer su cabeza entre sus manos.

—Jesús. —Fue un gemido suave y quebrantado. Shanice le habló de los hombres de la discoteca y pensó en sí mismo: inmaduro, insensible, alguien que usaba a las mujeres. Si Grace se hubiera quedado en la cabaña, no habría tenido ningún escrúpulo en seducirla.

Una rubia. Con un vestido negro. Justo como las que le gustaban.

—Jesús —la voz de Román salió en un tono ronco, expresando el asco y la desesperación... con un poco de ira, también. *Dios, deberías haberme dejado en el infierno. Eso es lo que merezco.*

Salvo por la gracia, le había dicho Brian más de una vez.

Grace.

Román se inclinó hacia adelante y lloró.

38

GRACE ESTABA AFUERA BAJO EL PATIO CUBIERTO con su tía, mientras Samuel andaba tambaleándose por el jardín. Ya le había sacado de su puñito un gusano ondulante y un lustroso caracol, afortunadamente antes de que se los metiera en la boca para probarlos. Se dirigió hacia la gran pelota roja y, sin querer, la pateó. Soltó una risita chillona y fue detrás de ella.

Tía Elizabeth se rio entre dientes.

—Será un buen jugador de fútbol. —Le dio un sorbo a su té verde.

Afuera estaba un poco frío, pero Samuel necesitaba espacio para correr. La última semana había estado enclaustrado en la casa mientras la lluvia golpeaba sobre el techo.

—¿En qué estás pensando, Grace?

En lo que parecía estar pensando siempre: Román. No dijo su nombre en voz alta.

—En lo habitual. —No tenía el valor para hablar de él. No con su tía. Ni con nadie. ¿Cuánto tardaría en poder superarlo?

—¿Tu trabajo está yendo bien?

—Me mantiene muy ocupada. Jasper me mandó otro alumno. Gracias a Dios, porque uno de mis clientes ya no necesita mis servicios. Sacó una nota excelente en su examen final.

—Igual que Patrick. —Tía Elizabeth hizo una mueca—. Disculpa. No quise sacar a relucir el pasado. ¿Cómo está tu vida social?

—Voy a la iglesia los domingos y al estudio bíblico de mujeres a mitad de la semana.

—¿Conociste a algún soltero interesante?

—No estoy buscando uno.

—Porque todavía estás enamorada de Román Velasco.

Grace no quería mentir.

—No hay nada que pueda hacer al respecto.

Samuel se abalanzó sobre la pelota, que salió expulsada de debajo de él como un cohete. Grace y su tía se rieron. Sorprendido, Samuel profirió un chillido y se levantó sobre sus brazos. Se puso de pie y volvió a ir detrás de la pelota.

—Qué bueno que no se dé por vencido. —Tía Elizabeth dejó la taza sobre el platito.

—No cuando quiere algo.

—¿Y tú qué, Grace? ¿Por qué no llamas a Román para ver qué pasa?

—Yo sé lo que pasaría y no quiero correr ese riesgo. Además, tú pudiste estar sin un hombre toda tu vida. Entonces, yo también puedo. —Lamentando haber tenido ese arrebato de enojo, Grace se levantó—. ¿Quieres un poco más de té? Yo me serviré café.

—Ni siquiera puedes soportar hablar de...

—Si Román quisiera buscar una relación de verdad, me encontraría.

Tía Elizabeth dejó la taza de té y el platito al borde de la mesa.

—¿Y cómo se supone que podría hacerlo? Cambiaste tu número de teléfono y te mudaste a Merced. Me hiciste jurar a mí y a todos tus amigos que guardáramos el secreto. ¿Qué se supone que tendría que hacer Román? ¿Contratar a un detective privado? ¿Perseguirte como a un fugitivo de los más buscados del FBI?

—¿Te ha llamado?

Tía Elizabeth se mantuvo callada un instante.

—No.

—Tampoco se lo ha pedido nunca a Shanice. Entonces, ahí tienes la respuesta.

Tía Elizabeth pareció marchitarse un poco.

—No lo sabía. —Miró hacia otro lado—. Pensé... —Negó con la

cabeza—. No importa lo que yo haya pensado. No es asunto mío y lamento mucho haberlo mencionado. —Su expresión se volvió acongojada y preocupada—. Lo único que quiero es verte feliz.

—Estoy bien. En verdad, lo estoy.

—No, no lo estás. Bajaste de peso. Y no parece que estés durmiendo muy bien.

Grace volvió y se sentó. Miró cómo Samuel luchaba con la pelota, tratando de dominarla.

—No quiero hacer nada que haga sufrir a Samuel.

—Como meter en su vida a un hombre que quizás no quiera casarse.

—Precisamente.

Tía Elizabeth no dijo nada durante largo rato. Samuel se sentó y se frotó los ojos. Grace se levantó y fue hacia él. Lo levantó y lo abrazó.

—Hora de la siesta, hombrecito. —Tía Elizabeth siguió a Grace al interior de la casa y se quedó en la cocina lavando algunos platos. Grace se sentó en la mecedora de la sala con Samuel acurrucado sobre su regazo y la cabeza apoyada contra su pecho. Le encantaba esta hora del día, sentir su cuerpito relajándose y calentando sus brazos mientras se quedaba dormido.

—Parece un ángel. —Tía Elizabeth se sentó en el sofá—. Eres una buena madre, Grace.

—Hago mi máximo esfuerzo.

—Quizás tengas razón. Quizás sea mejor dejar las cosas como están.

Grace quería creer eso.

Román durmió algunas horas y partió cerca del mediodía conduciendo por la autopista de la costa. Necesitaba tiempo para pensar antes de su arribo a San Francisco. Cuando llegó a la ciudad, no se alojó en un hotel en Nob Hill ni en el centro, aunque podía pagarlo en cualquiera de esos lugares. Fue al Phoenix, en el viejo vecindario. Una cancelación de último momento le permitió alquilar una habitación. Lo tomó como una señal de que Dios estaba con él.

Todavía bien despierto pasada la medianoche, decidió dar un paseo por la avenida de la nostalgia. Durante su adolescencia, ese horario había sido su tiempo de recreo. Se puso la chaqueta de cuero y salió a caminar por el Tenderloin.

No había mejorado mucho. La población de indigentes había aumentado. La basura aún desbordaba los botes y los contenedores de los callejones. Las paredes estaban marcadas por nuevos grafitis. Unos chicos con cara de malos avanzaron por la vereda hacia él. Román sacó las manos de los bolsillos de la chaqueta y miró a los ojos al cabecilla. El grupo pasó de largo sin decir una palabra, y dos se dieron vuelta para mirarlo. Román siguió caminando hasta que llegó al paso elevado donde había muerto el Blanquito. Levantó la vista hacia el arco de hormigón y se dio permiso para pensar en su antiguo amigo. Hizo las paces con el lugar antes de seguir caminando.

El bloque de departamentos donde había vivido con su madre se veía igual. El lugar estaría mejor con los grafitis adecuados. La ventana del tercer piso estaba a oscuras. ¿Cuántas horas había pasado mirando hacia afuera, esperando que su madre volviera a casa?

Tú sabes que te amo, nene. Yo siempre vuelvo, ¿verdad?

El club nocturno donde ella trabajaba había cambiado de nombre, pero seguía en actividad. La música sórdida salía por la puerta principal. Cobró ánimo y entró, pero no llegó más allá de la tarima ocupada por un hombre de mediana edad vestido con un traje de baja calidad.

—Veinte dólares la entrada. —El hombre miró a Román de arriba abajo—. Por cien, conseguirás más. —Román no sacó su billetera. El olor a bebida flotaba en el lugar. La vista de una muchacha inexpresiva que daba vueltas en el escenario le revolvió el estómago. Un hombre que estaba sentado a la mesa junto a la plataforma se levantó y metió dinero en la tanga de la muchacha. Román volvió a salir.

Tragándose el aire costero frío y húmedo, se marchó caminando.

Pasó otras dos horas deambulando por las calles, pensando en su madre. *Sé sincero. Mírame a Mí.* La comprensión subió a la superficie. Él había amado a su madre. Y la había odiado... por lo que hacía para ganarse la vida, por abandonarlo esa noche, por no haber cumplido su promesa.

Nunca había querido reconocer esos sentimientos, pero ahora eran como una herida abierta que todavía sangraba y le dolía como si estuviera en carne viva. Sabía qué era lo que Dios quería que hiciera, que confesara lo que había mantenido encerrado adentro durante tantos años.

Yo soy el Sanador.

En lugar de la vergüenza que Román esperaba, sintió que el viejo dolor aflojaba y se convertía en comprensión. Su madre había sido una niña cuando quedó embarazada de él y lo tuvo; apenas una adulta cuando murió. Hasta donde él sabía, ella nunca tuvo amigos ni una familia que la ayudara. Había sido abandonada mucho antes de que él llegara. Fueran cuales fueran las circunstancias, Román sabía algo más. Nunca lo rechazó. Lo mantuvo cerca de ella. Lo amó.

Todavía caminando, Román recordó de repente al dueño del edificio de departamentos hablando con el desconocido que lo había atrapado. ¿Qué había dicho? Recordó todo como si estuviera repitiéndose delante de él. El hombre le había entregado al dueño un fajo de dinero y luego había seguido a Bobby Ray al piso de arriba. *Tú vendrás conmigo.* Bobby Ray forcejeó, sintiendo instintivamente que algo estaba mal, terriblemente mal. El potencial raptor lo cargó sobre su hombro y salió del departamento. Luego, el maestro de segundo grado de Bobby Ray apareció con un policía. El hombre lo soltó y desapareció como una rata por un agujero.

Román sintió que se le erizaba los pelos de la nuca mientras experimentaba una epifanía. Solo tenía siete años, pero había sentido la perversión en las intenciones del hombre. Incluso después de haberse salvado por un pelo, pateó y arañó para escapar del policía, que lo metió al asiento trasero del carro patrulla. No los había visto como sus salvadores. Ambos eran enemigos que querían alejarlo de su madre. Había llorado e insultado a gritos al maestro, que fue sentado a su costado en el carro patrulla. A lo largo de todo el camino a la estación, Bobby Ray fue pateando la parte de atrás del asiento del policía. Allí, se lo entregaron a la asistenta social de los servicios de protección de menores.

Señor, ¿cuántos años llevé ese odio a todas partes y dejé que determinara mi vida?

Sentado en una cafetería que permanecía abierta toda la noche, Román le preguntó a Dios qué debía hacer a continuación. Recibió la respuesta cuando salió el sol. Exhausto pero decidido, fue a la escuela primaria y preguntó los nombres de los maestros de segundo grado que habían trabajado ahí cuando él tenía siete años. Reconoció el nombre de uno y preguntó dónde podía encontrar a Morgan Talbot.

—El señor Talbot todavía está aquí. En este momento está en su descanso.

El tiempo perfecto de Dios.

—¿Podría hablar con él?

La secretaria llamó a la sala de profesores. Unos minutos después, el señor Talbot entró en la oficina. Román lo reconoció inmediatamente. El cabello de Talbot ahora era gris, no rojo; sus hombros se habían caído un poco y no era tan alto como Román lo recordaba. Cuando tenía siete años, le parecía un gigante. Los ojos de Talbot seguían siendo cálidos.

—Es probable que no se acuerde de un niño de siete años llamado Bobby Ray Dean.

—Me acuerdo. —Su sonrisa era nostálgica—. Fuiste el primer niño que tuve que entregar a los servicios sociales. Lamento decir que hubo otros después de eso.

—Me imagino que eso no se pone más fácil con la práctica.

—No. No lo es.

—Quizás lo ayude saber que usted me salvó la vida ese día. —Mirando atrás, Román vio cómo Dios había enviado a Talbot en el momento exacto en que Bobby Ray necesitaba ser rescatado—. El dueño acababa de venderme. Si usted y ese oficial de policía hubieran llegado cinco minutos más tarde, habría desaparecido y probablemente estaría muerto desde mucho tiempo atrás. —Sintió que la gratitud brotaba en su interior, no solo por Talbot, sino por Dios, quien lo había enviado. Le tendió la mano—. Sé que llego tarde para decirlo, pero gracias, señor.

Los ojos del señor Talbot se llenaron de lágrimas y estrechó la mano de Román.

—Solo estaba haciendo lo correcto. —Se aclaró la garganta—. El oficial era mi primo. Se jubiló. Ahora vive en Montana.

—¿Qué me dice de usted? ¿Se jubilará pronto?

—Mejor que ni se le ocurra —dijo la secretaria desde atrás del mostrador—. Es el mejor maestro que tenemos.

Talbot se disculpó, diciendo que tenía que volver al aula. El recreo pronto terminaría; los niños estaban haciendo fila. Se detuvo en la puerta.

—Eras muy bueno para lo artístico, según recuerdo.

—Ahora vivo de eso. Bajo otro nombre: Román Velasco.

—¿No acaba de realizar una gran obra en Los Ángeles? —volvió a inmiscuirse la secretaria—. ¿Algo al costado del edificio de una iglesia? Lo vi en Facebook.

Román se dirigió a Talbot.

—Si le interesa, puede verlo en Internet. La obra no existiría si usted no hubiera hecho lo correcto.

—La buscaré. —Sonrió—. Gracias por venir, Bobby Ray. Es bueno ver que a uno de mis alumnos le está yendo muy bien. —Cuando se alejó por el pasillo, su espalda iba un poco más erguida.

—Él necesitaba escuchar eso —dijo la secretaria asintiendo—. La mayoría de los alumnos recuerdan a los maestros de los grados superiores y se olvidan de los que tuvieron los primeros años, los héroes no reconocidos que les enseñaron los fundamentos.

Al salir, Román sacó su celular y llamó a Jasper Hawley. Le dijo que tenía tiempo disponible y que le gustaría ir a verlos a él, a Chet y a Susan.

—A menos que ya tengas planes para los próximos días.

—En este momento estoy en Portland, pero volveré pasado mañana. ¿Pasó algo, Bobby Ray?

—Estoy haciendo un repaso de mi vida desde una perspectiva nueva.

—Ya era hora.

Román tenía otras cosas que debía hacer y por qué no hacer un trámite antes de volver al hotel a dormir un poco. Fue al Servicio Médico Forense en la calle Bryant para averiguar todo lo que pudiera sobre las circunstancias de la muerte de su madre y dónde había sido sepultada. El empleado le dijo que la oficina del médico forense guardaba registros dentales, muestras de tejidos, una radiografía de cuerpo entero y el ADN de todos los que ingresaban a la morgue. Su madre había muerto de una sobredosis de heroína. Su cuerpo había sido cremado y los restos permanecían guardados. Román llenó todos los formularios necesarios y pagó los gastos de tramitación para que le entregaran sus cenizas.

«Han pasado veinticinco años. Podría llevar unos días encontrarla».

Román dejó la información de dónde podían contactarlo. Fue al muelle a cenar y después volvió al hotel. Durmió dieciocho horas sin soñar y se despertó plenamente descansado. En vez de dar vueltas por el Tenderloin, fue al parque Golden Gate e imaginó cuánto le habría encantado a Grace. Manejó hacia Cliff House para un almuerzo tardío. Su teléfono vibró. Era del Servicio Médico Forense. «Normalmente nos lleva más tiempo, pero encontramos los restos de su madre».

Dios parecía estar haciendo avanzar las cosas.

—|—

Al día siguiente, Román ingresó al rancho Masterson. Gibbs y DiNozzo ladraron desde el porche delantero. Chet salió del granero y Susan bajó los escalones de la casa. Fue la primera en llegar a él y lo abrazó.

—Qué bueno que hayas vuelto tan pronto.

Chet dijo riendo:

—Estábamos preocupados de que dejaras pasar otra década antes de volver a visitarnos.

Román les dijo que esta vez le gustaría quedarse un par de días, si tenían lugar. Le dijeron que podía quedarse el tiempo que quisiera. Todos se sentaron en la cocina y hablaron alrededor de la mesa durante dos horas, antes de que Román les preguntara si podía esparcir las cenizas de su madre en las colinas que rodeaban la casa.

Susan miró a Chet con lágrimas en los ojos. Chet asintió.

—Eso nos honraría mucho, Bobby Ray.

Le dijeron que podía quedarse en su antigua habitación, pero que tendría que compartirla. En este momento solo tenían cuatro mucha-chos, pero el que vivía en su cuarto era otro caso difícil como había sido él. Román conoció a Jaime López cuando todos se reunieron para cenar. Se reconoció a sí mismo a los quince: enojado, quebrantado, sin familia, sin futuro, sin esperanza. Todo eso había cambiado en este rancho, con estas personas, y así sería para este muchacho también, si cooperaba. Román le dijo todo eso a Jaime después de la hora de apagar las luces.

A la mañana siguiente, al amanecer, Román llevó las cenizas de su madre a lo alto de las colinas. Encontró un hermoso y viejo roble de los valles, con sus ramas extendidas, que miraba hacia el rancho. En primavera, estas colinas estarían cubiertas de pastos verdes, amapolas doradas y lupinos púrpura. Abrió la caja y esparció sus cenizas con delicadeza.

«Te amo, mamá. Te perdono. —Cuando terminó, las lágrimas salieron de lo profundo de su ser—. Perdóname». La había odiado y le había echado la culpa por morirse y dejarlo solo. Le había llevado todos estos años darse cuenta y confesárselo. Se había rodeado de toda esa ira como un escudo pesado para protegerse de volver a amar a alguien.

Fue necesario que muriera antes de que pudiera aprender a vivir.

El sol se puso antes de que Román volviera a la casa. Se sentó a la mesa en su lugar y escuchó la conversación que se desarrollaba a su alrededor. Se ofreció a lavar los platos, y luego se sumó a los demás en la sala a la hora de la reunión casera. Cuando se lo pidieron, habló del tiempo que había pasado en el rancho: «El programa sirve, si lo cumples». Chet y Susan les contaron a los muchachos acerca de su éxito como artista. Todos conocían la obra que había hecho en la iglesia.

Jasper llegó tarde. «Dos viajes hasta aquí en seis meses. Eso es una buena señal».

Chet y Susan se fueron a dormir y dejaron a cargo a José. Román se sentó en el porche con Jasper. Ni Chet ni Susan habían mencionado a Grace. Teniendo en cuenta lo bien que se habían llevado, él tenía la esperanza de que se la mencionaran. Y ahora, aquí estaba Jasper, hablando de cualquier tema, excepto del único que más quería él. Varias veces tuvo que apretar los dientes para no preguntar. Eso no era parte del trato que había hecho con Dios. *Tres personas, Señor*. Necesitaba una más. Su corazón se estrujó con dolor. *Supongo que estás diciéndome que no*. Miró las estrellas y la dejó ir nuevamente.

—Es hora de que me vaya a casa. —Jasper apoyó sus manos en sus rodillas y se levantó—. Acompáñame al carro. —Román le siguió el paso. Jasper abrió la puerta del carro—. No te alejes por tanto tiempo, hijo.

—Eso vale para los dos. Tienes mi nueva dirección, pero volverás a dormir en el sillón. Ya no tengo un cuarto de huéspedes tan bonito.

—No hay problema. —Jasper lo estudió—. No vas a hablarme de Grace, ¿cierto?

El corazón de Román dio un vuelco. La número tres. Dios estaba contestando su oración.

—Estaba esperando que tú la mencionaras.

—¿Vas a ir a verla?

—Ya estaría parado en su puerta, si supiera dónde vive.

—¿No has hablado con ella en absoluto?

—Supuse que eso era lo que ella quería, después de que renunció y se mudó de la cabaña. ¿La has visto?

Jasper dudó:

—No, pero he hablado con ella varias veces. Ahora tiene su propio negocio. GraceVirtual.biz. Se la he recomendado a varios estudiantes. Uno de ellos llegó al cuadro de honor después de que ella trabajó con él.

—¿Puedes darme su dirección? Me gustaría arreglar las cosas personalmente.

—Puedo, pero no lo haré. Sería mejor que primero te pusieras en contacto con ella. Dale la oportunidad de elegir.

No era la respuesta que Román deseaba, pero entendió:

—Tienes razón.

Ni bien Jasper salió de la propiedad, Román sacó su celular y encontró el sitio web de Grace. Hizo clic en «Contacto», escribió un mensaje breve, dijo una plegaria rápida y presionó «Enviar».

Suspirando, Román miró hacia arriba. Lo único que tenía ahora por hacer era esperar... con la esperanza de que ella respondiera.

39

GRACE NO PODÍA DORMIR. Después de una hora de intentarlo, decidió trabajar un poco y revisar sus mensajes. Preparó café y bajó hacia su oficina. Uno de sus alumnos le había enviado un ensayo de fin de año para que lo corrigiera. Indicó con rojo las partes problemáticas y escribió comentarios en la barra lateral antes de enviárselo de vuelta. Una vez hecho eso, respondió la pregunta de otro estudiante.

Eran más de las dos de la mañana cuando revisó el correo electrónico de su sitio web. El corazón le dio un salto cuando reconoció la dirección de Román. El mensaje había sido enviado esa noche a las 10:20. El título decía «Petición». Posicionó el cursor y entonces retrocedió la mano como si estuviera a punto de quemarse. ¿Estaba abriéndose a más dolor? *Piensa antes de hacer algo, Grace. ¡Piensa!* Podía borrar el mensaje sin leerlo y hacer como que nunca lo había recibido. No, no podía. Había estado orando durante semanas. Esta podía ser la respuesta de Dios. Simplemente no había esperado sentir semejante revoltijo de emociones cuando llegara.

Ay, Dios. Oh, Señor... Ni siquiera sabía qué pedir ahora.

Empujó la silla hacia atrás y subió los escalones hasta la cocina. Se sirvió otra taza de café y la volcó en el fregadero tan rápido como se la había servido. Lo último que necesitaba era más cafeína. Ya tenía el pulso acelerado. Volvió a su escritorio. Sentándose derecha y con los puños apretados, miró fijo la pantalla. *¡No seas tan cobarde! ¡Simplemente léelo!*, se dijo intensamente. Abrió el mensaje.

Grace—Me gustaría hablar contigo personalmente. Si estás
dispuesta, dime cuándo y en qué lugar. Yo estaré ahí. Román.

¿Debería encontrarse con él? ¿Por qué estaba preguntándose eso?
Ella sabía que este día llegaría. ¿Acaso no había estado orando por él?
Simplemente no se sentía preparada. *¿Alguna vez estaré preparada, Señor?*
No quería esperar nada.

En su cabeza surgieron múltiples posibilidades. Podría encontrarse
con él en una cafetería. Eso sería neutral y seguro. Podría dejar a Samuel
con Dorothy o con Ángela. Desechó una idea tras otra, sintiendo todo
el tiempo qué era lo que Dios quería, si ella se animaba a hacerlo.

Oh, Señor, ayúdame.

Tomando aire profundamente, lo soltó despacio, mientras presionaba «Responder».

Vivo en Merced.

Merced era un viaje largo desde Los Ángeles. Indudablemente,
Román decidiría que ella no valía la pena para ir tan lejos. Con el corazón aun golpeando fuerte en su pecho, pero sintiéndose justificada,
retomó su trabajo con otro proyecto. Pasarían horas hasta que él leyera
el mensaje, y dudaba que contestara.

Con el sonido de una campanita apareció una ventanita en el extremo
inferior derecho de su pantalla, mostrándole que tenía un nuevo mensaje de Román. ¿Qué hacía despierto a las tres de la mañana?

Estoy en el rancho Masterson. Puedo llegar a Merced en
pocas horas. Solo necesito que me digas tu dirección. ¿Por
qué estás despierta a esta hora?

Ella tecleó «Responder».

No podía dormir. Tengo trabajo pendiente. ¿Y tú?

No he dormido bien en meses. Es una de las cosas que quiero hablar contigo.

Ella no supo qué hacer con eso y se recostó en su silla. Otro mensaje apareció de repente.

Disculpa. Es probable que eso me haya salido mal. No te preocupes, Grace. Prometo mantener mis manos en su lugar.

Ella dudó tanto tiempo, que apareció otro mensaje.

Por favor. Háblame.

Por favor eran palabras que nunca le había escuchado decir. Escribió su dirección y fijó a las dos de la tarde la hora para su encuentro. Lo envió antes de cambiar de parecer y esperó que la cita no fuera conveniente para él.

Su respuesta llegó rápidamente.

Gracias. Te veo a las 2.

Román empacó su bolso de viaje, lo dejó junto a la puerta principal y fue a la cocina para decirle a Chet y a Susan por qué se estaba yendo un día antes. Pudo sentir el aroma del café y del tocino. Chet estaba parado junto al mostrador, charlando con su esposa, mientras ella prendía las lonjas de tocino crepitante y les daba vuelta sobre la plancha. Chet lo vio primero. Mirándolo por encima del hombro, Susan le sonrió.

—¡No puedo creerlo! Te levantaste temprano.

—Disculpen por acortar la visita, pero volveré. Me contacté con Grace. Nos encontraremos esta tarde en Merced.

Chet levantó las cejas.

—Parece algo serio.

—Todo lo serio que puede ser. Espero que ella me escuche.

Susan abrió la boca para decir algo, pero la cerró nuevamente. Miró a Chet y se concentró en el tocino. Chet sirvió café en una taza y se la entregó a Román.

—Jasper nos dijo que las cosas no habían ido bien entre ustedes. Por eso fue que no la mencionamos.

—Me porté como un tonto. Ella fue lo suficientemente sensata para renunciar y marcharse. Le debo más que una disculpa.

—Ella aceptó verte. Eso es una buena noticia.

Tendría que esperar a ver.

La casa ya estaba en marcha. Los cuatro muchachos estaban levantados, se habían bañado y habían entrado a la cocina, hambrientos y conversando, a excepción de Jaime, que hizo un gesto con el mentón para saludar a Román. Susan le dijo a Román que se sentara.

—No vas a viajar con el estómago vacío. Y si el encuentro no es hasta la tarde, te sobra tiempo para desayunar. —Sirvió huevos revueltos, tocino y tostadas, y puso las fuentes sobre la mesa para que el resto los pasara al estilo familiar. Román raras veces tomaba un desayuno completo y tuvo que dominar su impaciencia por salir a la carretera.

Una vez que los muchachos se alimentaron y salieron a hacer sus tareas matinales, Román se sintió libre para irse. Chet y Susan lo acompañaron hasta el carro.

—¿Quieres un consejito sobre las mujeres? —Chet le dio una palmada en el hombro—: Ve despacio y tranquilo.

Susan soltó un bufido indiscreto.

—Si yo hubiera esperado a que me propusieras matrimonio, todavía viviría con mis padres en Texas.

—Yo te propuse matrimonio.

—Dijiste que tenías algo que preguntarme dentro de unos años. Yo dije: "¿Por qué esperar?".

Chet sonrió con superioridad y le guiñó un ojo a Román.

—Como dije: Ve despacio y tranquilo. La chica te dará a entender qué quiere y cuándo lo quiere.

Susan le golpeó el brazo.

Román salió por el jardín delantero y miró el espejo retrovisor. Chet rodeaba a Susan con su brazo, mientras ambos hacían adiós con la mano. Susan se apoyó en su esposo.

Señor, esa es la clase de relación que yo quiero.

Grace trató de trabajar, pero no podía concentrarse. Desesperada por hacer algo para contener la tensión, limpió la casa mientras Samuel jugaba feliz con los bloques sobre la alfombra de la sala. Dejó de llover el tiempo suficiente para salir con él a caminar alrededor de la manzana. Quería que Samuel se cansara y que estuviera profundamente dormido para cuando llegara Román. Por un rato, Samuel dio unos pasitos feliz, pero pronto empezó a ponerse quisquilloso y quiso volver al cochecito. Ella corrió delante de él, alentándolo a que la persiguiera. Él disfrutó del juego durante media cuadra, y entonces se sentó en medio de la vereda, protestando. Cuando volvieron a la casa, le dio el almuerzo y lo dejó sobre la alfombra para que jugara. Él quería que lo tuviera en sus brazos. Dándose por vencida, Grace lo meció. Casi se quedó dormida ella en la silla. Dejándolo en su cama-carro de carreras, le dio un beso y cerró la puerta con delicadeza.

Tuvo tiempo para cepillarse los dientes y darse una ducha rápida, pero no llegó a maquillarse. Tendría que conformarse con un toque de lápiz labial. Se peinó el cabello apresuradamente y se pasó los dedos para acomodarlo. Mirándose al espejo, deprimida, se veía pálida, con ojeras y los ojos desorbitados. *Tranquilízate, Grace. ¡Respira!* Respiró hondo y soltó el aire despacio. Eso la ayudó a relajarse. Oró y se sintió preparada. Hasta que sonó el timbre.

Secándose las palmas húmedas de las manos en sus *jeans*, Grace volvió a tomar aire y lo soltó antes de abrir la puerta. Román estaba del otro lado de la puerta con tela metálica y el pulso se le disparó. Hasta allí llegó la idea de olvidarlo. *Ay, Señor, ayúdame.*

Román sintió que todos los viejos temores emergían mientras caminaba por el sendero hasta la puerta de la casa de Grace. El amor siempre había sido el enemigo, la emoción que debía evitar. En los últimos meses, Brian lo había ayudado a ver con mayor claridad lo que Jasper había tratado de hacerle entender durante años. El hecho de que una persona te decepcione no significa que todas lo harán. Y, a decir verdad, Román había decepcionado a Grace porque a él le había faltado el valor para dar un paso adelante y ser el hombre que Dios quería que fuera.

Eso fue antes; esto es ahora, se recordó a sí mismo. *Me comporté como un niño. Dios, conviérteme en el hombre que Tú quieres que sea.*

Se paró frente a la puerta con el corazón en la garganta y apretó el timbre. *Señor misericordioso, ayúdame a decir lo que deba decir. Y si es Tu voluntad...*

La puerta se abrió. Grace apareció y todos los pensamientos lo abandonaron. Apenas podía respirar. Si alguna vez había tenido alguna duda de que estaba enamorado de esta mujer, se había esfumado. Parecía más joven, más vulnerable, con el cabello castaño más largo, llegándole a los hombros. Tenía puestos el suéter rosado, la blusa blanca y los *jeans* que recordaba. Había bajado de peso, pero él también. No sabía qué sentía ella, pero él percibía su cautela. Considerando lo que había pasado entre ellos la última vez que estuvieron juntos, Román entendía su desconfianza. Ella tomó aire bruscamente y el corazón de él latió más fuerte. Lo alivió darse cuenta de que ella también estaba nerviosa y que tenía miedo de cómo podía resultar este rato juntos. Eso lo tranquilizó. Román sabía cómo y dónde quería que terminara este encuentro. O, más bien, dónde quería que empezara.

Grace le quitó el seguro a la puerta de tela metálica y la abrió unos centímetros.

«Pasa». Retrocedió. ¿Para darle espacio o para mantener la distancia? No lo miró a los ojos, pero le ofreció que entrara a la sala con un gesto tenso. El sillón era color aguamarina pálido y tenía cojines amarillos.

Había colgado la artesanía de las letras ilustradas, que ahora él reconocía como una cita de Salmos, y los cuadros de Jesús.

Donde se reúnen dos o tres en mi nombre, yo estoy allí entre ellos.

«Por favor, siéntate —la voz de Grace tembló un poco. Se aclaró la garganta—. Prepararé un poco de café».

Román sentía que esta casa era tan acogedora como la cabaña. No eran los muebles ni la decoración. Era Grace. En lugar de sentarse, Román la siguió y se paró en la puerta de la cocina, observándola. El leve rubor que tenía en las mejillas había desaparecido. Ahora estaba pálida. ¿Le tenía miedo? Esperaba que no. Ella estuvo a punto de dejar caer la lata y lo miró avergonzada. No necesitaba preguntarle si estaba poniéndola nerviosa, y no quería que lo estuviera. ¿Cuánto de lo que sentía se reflejaba en su rostro? Aparentemente, demasiado. Tenía que dejar de mirarla tanto.

Ve despacio y tranquilo, le había dicho Chet. Pero no demasiado lento, según Susan.

Román desechó toda la experiencia que tenía con las mujeres. Nada de lo que sabía aplicaba. Si no decía algo pronto, le daría otro infarto. Le sonrió, esperando que ambos se sobrepusieran al difícil arranque.

—Extrañaba tu café. —Podía quedarse parado todo el día, mirándola. Para él, era más hermosa que cualquier otra cosa que había visto en su vida. Pero quizás ella podría relajarse si mirara otra cosa.

La vista desde la ventana de la cocina mostraba un gran patio y un huerto.

—Qué lindo lugar para que juegue Samuel. —Grace dijo que sí. Respiró, insegura, mientras ponía las cucharadas de café. Entonces, empezó a hablar. Le habló sobre Dorothy y George Gerling, los dueños de la casa, y de Juan y Ángela Martínez y sus tres hijos, que vivían al lado. Juan había sembrado las verduras en el huerto y Ángela le daba consejos sobre la crianza de los niños; el pequeño Matías era el primer buen amigo de Samuel. Se iba por las ramas, señal de que todavía estaba nerviosa. Él notó que había llenado el filtro del café hasta el borde. Ella dio un grito ahogado y devolvió un poco de café a su recipiente.

Román quería abrazarla y decirle: *Está bien, Grace. Yo estoy tan asustado como tú.* Trató de relajarse, pero su pulso corría a toda velocidad y tenía la respiración entrecortada. Tomó aire y lo exhaló antes de hablar.

—¿Dónde está Samuel?

—Está durmiendo la siesta. —Grace apenas lo miró; tenía la atención puesta en algo que estaba sobre la mesa de la cocina. Román miró la bandeja con el borde azul y entendió. Eran las cosas que ella había recolectado durante su viaje: cinco piedras lisas, un pino seco y el par de bellotas unidas por una ramita.

Levantando con cuidado las bellotas, Román las sostuvo en la palma de su mano.

—No las desechaste.

Grace se sonrojó y le dio la espalda.

—¿Por qué no nos sentamos en la sala? —Llenó las dos tazas con café y lo dejó parado solo en la cocina. Román volvió a dejar las bellotas en la bandeja. Era curioso cómo algo tan pequeño y común podía llenarlo de tanta esperanza.

Grace tomó asiento en la mecedora, dejándole a él todo el sofá. Sostenía la taza de café fuertemente con ambas manos, como un talismán. La de él estaba sobre la mesita del centro, una barrera considerable entre ellos. Se sentó, pero no tocó la taza. No había venido por café.

—Vine a pedirte perdón, Grace. —Algo que nunca antes había hecho—. No te traté con el respeto que merecías y lo lamento mucho. —Con las palmas apretadas entre las rodillas, se inclinó hacia adelante y elevó una oración rápida: *Dios, ayúdame*—. Tenía miedo de decirte qué sentía por ti. —Ella desvió la mirada y él se abstuvo de decir el resto, esperando que volviera a mirarlo de frente para continuar—. Estaba enamorado de ti antes y estoy enamorado de ti ahora. —Nunca le había dicho esas palabras a nadie y vio que ella se ponía a la defensiva.

—Yo no quiero esa clase de amor, Román.

—No he terminado.

Grace separó los labios y se le llenaron los ojos de lágrimas. Casi derramó el café.

—No sé si podré escucharte.

—¿Por favor?

Dejando la taza sobre la mesita de una lámpara de pie, Grace puso sus manos sobre sus muslos y lo miró, angustiada.

—¿Por qué viniste, Román?

—Saqué mi vellón y Dios dijo que sí. —¿*Por qué debería creerle ella? Solo di el resto, Román*—. Vine a pedirte que te cases conmigo.

—¿Qué? —Se echó hacia atrás, conmocionada.

—Me escuchaste.

Sabía bien qué estaba pidiéndole. Una vez, Brian le había dado una copia de los votos nupciales tradicionales. Román captó parte de la profundidad del compromiso necesario para que una relación perdurara a largo plazo y para poder atravesar todos los desafíos que la vida les pondría por delante, por no mencionar las cuestiones y los rasgos de personalidad que cada uno acarreaba. Él sabía que no sería fácil para ninguno de los dos. Dios sabía qué problemas de la infancia y de la adultez tenían. Aun con todo eso, tenían promesas de Dios en las cuales podían afirmarse. *Nada es imposible para Dios.*

—Para dejar las cosas en claro, Grace, yo quiero amarte, honrarte y protegerte mientras estemos vivos.

Agachando la cabeza, Grace apretó las manos sobre su regazo. Negó con la cabeza.

—Yo sé lo que piensas de las mujeres, Román. Las que conocías en las discotecas. No me conoces tanto como crees. —Las lágrimas empezaron a caer por sus mejillas.

—Sé que fuiste al After Dark y conociste a un tipo, y que Samuel es el resultado.

Grace contuvo la respiración y le clavó los ojos. Sus mejillas se encendieron y luego se pusieron pálidas.

—¿Shanice te lo dijo?

—No para delatarte. Todo surgió cuando la acompañé a buscar a una amiga al After Dark.

—Ah. —Grace se cubrió el rostro.

A Román lo angustiaba el temor y la incertidumbre que ella había sufrido por una noche en que se había olvidado de sí misma. Había luchado para quedarse con su hijo y ahora cargaba sola con la responsabilidad. ¿Cuántas otras mujeres habrían tomado un camino diferente? Gracias a Dios, Grace lo seguía a Él y no al resto de la gente.

—Lo que Shanice no sabía es que yo pude haber sido ese tipo del cual hablaba.

Grace bajó las manos, frunciendo el ceño.

—¿Por qué dices algo así?

—No es algo imposible. Yo solía ir al After Dark a menudo. Tenía un condominio en Malibú por esa época. Recuerdo a una chica de cabello largo y rubio que se fue en medio de la noche, mientras yo estaba en el baño. No quiero parecer arrogante, pero eso nunca me había pasado antes. —A las pocas mujeres que llevaba a su condominio las mandaba a casa en un taxi... generalmente antes de que estuvieran dispuestas a irse.

Otro pecado que confieso, Señor. Yo trataba a las mujeres como los hombres trataban a mi madre.

—No soy el hombre que solía ser, Grace, pero todavía tengo un largo camino para ser el que quiero ser.

—A las mujeres se les exigen valores morales más altos que a los hombres. —Esbozó una triste sonrisa a medias, a sabiendas—. Especialmente, de parte de los hombres.

¿Estaría acordándose de los comentarios hipócritas que él había hecho en Bodie?

—Tienes razón y está mal que lo hagamos. He vivido como un hipócrita por mucho tiempo. —Había condenado a una mujer que había muerto hacía mucho por haber sido en vida como su madre, recordando cómo había sufrido él al lado de ella. Hasta ese día, nunca había visto enojada a Grace. Ella no se había dado cuenta de que estaba mostrando compasión por la madre de él. ¿Qué sabía él sobre lo que había pasado entre su madre y su padre, y cuáles habían sido las circunstancias? ¿Qué derecho tenía él de juzgar a alguien?

La expresión de Grace era enigmática.

—¿Es por eso que viniste? ¿Porque piensas que podrías ser el padre de Samuel?

—La chica que conocí me dijo que quería sentir algo. —Román

vio el parpadeo en los ojos de Grace—. Yo quería sentir lo mismo. Y no me refiero al sexo, Grace. Hablo de conectarse emocionalmente con alguien. —Nunca había comprendido ese anhelo acumulado hasta que Grace apareció y su relación avanzó—. No estoy explicándolo muy bien. —Trató de ordenar sus pensamientos—. Solo me llevó un día entender que nunca volverías a la cabaña y que yo había arruinado todo lo que tenía contigo. Tardé meses en examinar cuidadosamente los motivos que tuviste para irte y qué debía hacer yo para arreglar las cosas con Dios. —Otra vez el parpadeo. Él era salvo cuando ella se fue, pero no era un seguidor de Cristo. Y eso había marcado la diferencia fundamental entre quién había sido y quién era ahora.

Estaban sentados frente a frente, con la mesita del centro entre ellos. Román no apartó la mirada.

—Esa noche me confesaste que me amabas. Te fuiste porque querías un hombre que estuviera dispuesto a comprometerse, no un niño que quisiera todo a su manera.

—Si tengo que ser sincera, me fui porque sabía que si me quedaba no sería lo suficientemente fuerte para decirte que no por segunda vez.

—Hiciste lo correcto al irte, Grace. Yo no te habría dejado en paz. —Le agradeció a Dios que ella no hubiera esperado. ¿Dónde estarían en este momento si ella hubiera flaqueado? Estarían viviendo juntos. Ella nunca se habría sentido segura ni valorada, y él seguiría siendo el mismo tonto arrogante y egocéntrico que era en aquella época. Si Grace no hubiera huido, quizás él nunca hubiera sentido la necesidad de revisar su vida ni se hubiera dado cuenta de que tenía que dejar que Dios lo transformara de adentro hacia afuera.

Grace parecía afligida.

—¿Cómo podría Samuel ser tu hijo? Tú me dijiste que siempre habías tenido la precaución de evitar procrear un niño.

¿Cuántas otras cosas inmaduras había dicho durante su vida?

—Tenía una norma. —Se rio sombríamente—. No era gran cosa, debo reconocer. No quería ser como mi padre: dejar embarazada a una chica y desaparecer. —Apenas una excusa, pero era cierto—. Mi madre nunca me dijo quién era mi padre, y dejó en blanco ese espacio en mi certificado de nacimiento. Tal vez ni siquiera lo sabía, y yo no tengo manera de averiguarlo.

Con la garganta apretada, Román trató de dominar la oleada de emociones que sentía.

—Por más loco que parezca, extrañaba a mi padre. Sé que tal vez no tenga sentido para ti, pero yo lo necesitaba. —En los últimos días, sus ojos habían sido abiertos—. Jasper intentó satisfacer esa necesidad, pero no se lo permití. Chet también trató. Estaba encerrado detrás de mis muros. Cuando acepté a Cristo, encontré a mi Padre. Pero la moneda tiene otra cara. Todavía me lo pregunto. —Se quedó un momento callado, orando. *Jesús, ayúdala a entender lo que yo no puedo explicarme a mí mismo, mucho menos a otro ser humano.*

Era hora de poner todas sus esperanzas al descubierto.

—Te amo, Grace. Quiero casarme contigo. Todavía no conozco a Samuel, pero es tu hijo y ese es suficiente motivo para que yo lo ame. —Los ojos castaños de Grace se suavizaron. ¿Por amor o por compasión?— No te dije todo eso para que te compadecieras de mí.

—No me compadezco de ti.

—Un niño necesita a un padre.

Los ojos de ella se llenaron de lágrimas:

—Igual que una niña.

—Tal vez fue por eso que Dios te envió un ángel. —Su corazón se aceleró al ver la intensidad en la expresión de Grace—. Si dices que sí, iremos a consejería prematrimonial. —Shanice le había contado acerca de Patrick—. Los dos haremos nuestras tareas. Si ponemos a Jesús primero y en el centro de todo, podremos superar cualquier cosa que la vida nos ponga por delante. —Sentía húmedas las palmas de sus manos. No se le había ocurrido preguntar si ella había conocido a otro. Otro del estilo de Brian Henley, que fuera perfecto para ella, en lugar de alguien como él—. Una vez me dijiste que me amabas. ¿Todavía me amas, Grace?

—He hecho todo lo posible para olvidarme de ti.

—¿Tuviste suerte con eso?

—En absoluto. —Sus labios dibujaron una sonrisa.

—Gracias, Jesús —suspiró Román.

Grace se rio dulcemente.

—Nunca pensé que te escucharía orar.

Él no se había dado cuenta de que lo había dicho en voz alta.

—Ya somos dos. —Se sintió más firme en su interior al ver que un futuro y una esperanza se abrían ante ellos. Grace estaba bajando la guardia y el cuerpo de él recordó rápidamente el beso que se habían dado en el cañón Topanga. Una ráfaga de calor lo envolvió y quiso a Grace en sus brazos en ese mismo instante. Apoyó sus manos sobre sus rodillas, con la intención de hacer que eso sucediera, cuando sintió un freno en su espíritu diciéndole que esperara. Era mejor no poner a prueba su dominio propio... ni el de ella.

Señor, yo no merezco nada, pero aquí estás otra vez, mostrándome Tu misericordia y Tu amor inagotable.

—¿Mamá?

Román se dio vuelta y vio a Samuel parado en la puerta, con las mejillas sonrojadas por el sueño y el cabello oscuro mojado y apelmazado. La última vez que Román había visto a Samuel, era un bebé que estaba aprendiendo a gatear. Ahora era un niñito parado sobre sus propias piernitas, restregándose los ojos por el sueño. Román sintió una oleada creciente de amor en su interior hasta que le ardieron los ojos. Fuera el hijo de Bobby Ray Dean o no, bien podía serlo. Y lo sería.

Román se aclaró la garganta y habló con dulzura:

—Hola, hombrecito. ¿Te acuerdas de mí? —Samuel lo miró desconcertado. ¿Cómo podría recordarlo? Román apenas había pasado unos instantes con él. Eso iba a cambiar.

Grace se paró y fue hacia Samuel. Levantó a su hijo y lo posó cómodamente sobre su cadera y se sentó en el sofá al lado de Román.

—Samuel, este hombre quiere ser tu papá.

Samuel levantó la vista hacia Román y sus párpados se cerraron. Recostándose contra su madre, volvió a dormirse.

Román le dedicó a Grace una sonrisa.

—No dijo que no. —¿Diría Grace que sí?— Me parece que él no tiene ningún problema al respecto.

Ella rio dulcemente, sus ojos resplandecían mientras acariciaba amorosamente con su mano el cabello de Samuel. Lo miró.

—Yo tampoco. —Se estiró hacia Román, acercó su cabeza y lo besó.

Cuando ella entreabrió la boca, Román la besó profundamente. El viejo Román habría acostado al niño en su cama y la habría besado hasta que a ninguno de los dos les importara si estaban casados o no. El nuevo hombre quería la bendición de Dios y la confianza de Grace. Quería que supiera que él la protegería, que no la usaría. Y en este momento, con la mano de ella apoyada sobre su pecho, la deseaba demasiado. Le tomó la mano y se irguió; luego, con una mano temblorosa, le acomodó el cabello hacia atrás, sobre uno de sus hombros. Las mejillas ruborizadas y la mirada oscura de Grace lo provocaron, y no pudo evitar besar el pulso que le latía rápidamente debajo de la oreja.

Ella tomó aire suavemente.

—Debería volver a acostar a Samuel en su cama.

Sintiendo la tentación de aceptar lo que ella decía, Román supo que no le faltaba mucho para cruzar la línea.

—Es más seguro para los dos si lo dejas donde está. —Apoyó su mano en la mejilla de ella.

—Está bien. —Ella suspiró suavemente.

—¿Fue un suspiro de alivio o de decepción? —Román no pudo resistirse a un beso más para averiguarlo. Y ese beso llevó a otro, hasta que los dos se quedaron sin aliento y temblorosos.

—Será mejor que me siente en otra parte. —Grace se sentó en la mecedora, al otro lado de la mesa del centro. Cambió de lugar a Samuel en sus brazos y se sentó más cómoda—. ¿Volverás a Los Ángeles esta tarde?

—Estoy hospedándome en el mismo hotel donde nos alojamos durante nuestro viaje. —Se había registrado antes de venir a ver a Grace—. Me servirá como base hasta que encuentre una casa.

—¿Una casa? ¿Quieres mudarte a Merced?

Riéndose, Román negó con la cabeza.

—Todavía no lo sé, pero no pasé por aquí mientras volvía a Los

Ángeles para decirte: "Oye, a propósito, me gustaría casarme contigo". Me quedaré aquí mientras tú lo hagas.

Samuel se despertó nuevamente, atontado y gruñón esta vez. Grace se levantó.

—Necesita dormir una hora más, por lo menos.

Román la siguió y se quedó parado en la puerta mientras ella lo acostaba. Le sonrió mientras se retiraba de la entrada para que ella pudiera cerrar la puerta.

—¿Una cama de carro de carreras?

—Un regalo de Dorothy y George. Tía Elizabeth duerme en ella cuando viene de visita.

—¿Eso ocurre a menudo? —Ella no se había movido y el pasillo resultaba muy pequeño para los dos. Él dio un vistazo hacia la otra habitación, con una tentadora cama de tamaño *queen*. Cerró la puerta. Ojos que no ven, tentación terminada. Eso esperaba.

—Vendrá mañana a pasar el fin de semana.

—Querrá mi cabeza servida en una bandeja.

Grace miró hacia atrás por encima del hombro, sonriendo, mientras volvía a la sala.

—En realidad, te ha hecho mucha propaganda. —Levantó la taza de él—. Tu café está frío. —Levantó la de ella, también—. Podemos sentarnos en la cocina y hablar. —Sirvió dos tazas de café fresco y las puso sobre la mesa.

Se sentaron uno frente al otro. Román se imaginó estar juntos de esta manera durante las próximas décadas.

—Mmmm. Realmente extrañaba tu café.

—Es una razón muy pobre para querer casarse con una chica.

—Es solo una de muchas buenas razones. —La miró por un instante y agradeció que ahora no pareciera nerviosa de que estuviera mirándola fijo—. Te extrañé. —Más de lo que podía expresar y mucho más de lo que creía posible. Apareció aquel viejo y exasperante temor de que aun las mejores cosas de la vida no duraban para siempre. «Hasta que la muerte nos separe» significaba que uno de ellos se iría antes que el otro.

Él y Brian habían hablado al respecto. Cada día era una bendición de Dios para ser vivida a plenitud, sin miedo.

—No compres una casa todavía, Román.

—Alquilaré hasta que decidamos qué queremos hacer. A menos que quieras volver al sur de California. ¿Qué te parece este lugar?

—Me gusta mucho, pero tú eres un muchacho de la gran ciudad.

—¿Lo soy? —Había crecido en el Tenderloin, había saltado de un albergue juvenil a otro en Europa, había tenido un condominio en la playa de Malibú y una fortaleza en el cañón Topanga. Ahora vivía en un departamento de dos habitaciones en un vecindario difícil de Los Ángeles, y no era un lugar donde quisiera establecerse con su esposa e hijo. Pero, por otro lado, ¿qué sabía? Dónde vivirían era solo una de las muchas cosas que tendrían que resolver juntos.

Román estiró su mano sobre la mesa, con la palma hacia arriba. Grace soltó un lento suspiro de rendición, y deslizó su mano sobre la de él.

—Supongo que no importa dónde vivamos, siempre y cuando estemos juntos.

Sería fácil aceptar su rendición y dejarla entregarse, pero Román quería que Grace estuviera segura y contenta, y también feliz.

—Importa, Grace. —Levantó su mano y la besó en la palma—. Esperaremos que Dios nos diga dónde nos quiere.

EPÍLOGO

LA GALERÍA DE ARTE DE TALIA, en Laguna, bullía de actividad, clientes, periodistas y coleccionistas miraban la obra de Román, mientras la música clásica sonaba suavemente en el fondo. Los camareros se movían entre los invitados ofreciendo champagne, sidra espumante y entremeses. Grace estaba de pie junto a Román, mientras él respondía preguntas sobre su arte, asombrada de la facilidad con que cambiaba la conversación de su obra a la obra que Dios había hecho en su vida.

Talia se había lucido, enviando las invitaciones impresas a sus clientes adinerados y a coleccionistas de arte para la gran apertura de la primera exposición que daría Román después de tres años. Desde luego, Talia había ampliado sus contactos mediante las redes sociales para la exposición continua que habría durante los dos días siguientes. Los cuadros de Román estarían todos vendidos para entonces, pero permanecerían colgados en las paredes durante el fin de semana para que las personas pudieran disfrutar de lo que pronto quedaría escondido en la mansión de alguien. Tendría a disposición pedidos anticipados para reproducciones y litografías firmadas.

Esta era la segunda exposición artística a la que Grace asistía. Qué distinta de la primera, en la que Román se había mostrado nervioso, enojado, ansioso por salir volando. Su obra había cambiado drásticamente, también. Ya no atacaba una fila de lienzos. Se pasaba semanas haciendo bocetos y dando largas caminatas con Samuel hasta que la obra se integraba en su mente. Pintaba un cuadro a la vez, cada uno con un estilo diferente: impresionista, fauvista, y una gran obra realista que Talia calificó una obra maestra, llamada *Los cambiadores del mundo*. Román incluso había incluido varias obras de grafitis.

Algunas personas mantenían una charla profunda con Talia cerca de *Los cambiadores del mundo*, entre ellas una estrella cinematográfica y un empresario que había estado en la portada de la revista *Forbes*. Dos compradores en pugna, sin duda. El arte podía ser una buena inversión, algo para guardar y vender más adelante, si la fama se desvanecía o las acciones bajaban. El cuadro de Román era simple y sencillamente glorioso y, aunque Grace entendía la realidad de tener que ganarse la vida, seguía orando para que *Los cambiadores del mundo* terminara en un sitio público donde muchos vieran cómo podrían ser los discípulos en la época actual: un grupo interracial que incluía un contador, un estudiante universitario, un pandillero, un pescador de mediana edad; hombres que podrían ser enemigos, si no fuera por la fe compartida en Jesucristo.

Los últimos tres años habían traído grandes cambios a la vida de Grace y de Román. Después de tres meses intensivos de consejería prematrimonial, se sintieron preparados para casarse. Brian estuvo a cargo de la ceremonia, Shanice se paró al lado de Grace, y Jasper al de Román. Dos meses después, Grace confirmó que estaba embarazada. Román asistió a las clases del método Lamaze y la ayudó en la sala de partos siete meses más tarde. Fue el primero en tener en brazos a su hija, Hannah. Grace nunca lo había visto llorar de felicidad.

Otras personas querían acercarse a Román para hablar con él, así que ella se retiró. Román la miró inquisitivamente y ella le sonrió para tranquilizarlo. En vez de evitar a los invitados, como había hecho una vez, Román estaba en medio de ellos, contestando preguntas. Parecía cómodo consigo mismo, hermoso, aunque todavía reacio a la formalidad con sus *jeans* negros, sus botas y el cinturón de cuero, una camisa blanca con el cuello abierto y una chaqueta negra de cuero. Le dijo a Grace que la única ocasión suficientemente importante para usar un traje era una boda; la de ellos, primero, y luego, la de Brian y Shanice, en la que ella había sido la dama de honor y Román el padrino.

Los amigos habían venido para apoyar la inauguración de Román: Brian y Shanice con su hijo de un año, Caleb, sobre la cadera de su madre; tía Elizabeth, muy elegante con un vestido negro y tacones; Jasper y los Masterson; Ashley y su flamante esposo, un colega profesor que tenía dos hijos adolescentes. Incluso Dorothy y George Gerling habían hecho el viaje hasta la ciudad. Grace había aceptado el ofrecimiento de Ángela y Juan de cuidar a Samuel y a Hannah durante tres días. Román había querido traer a Samuel, hasta que Grace le explicó que una exhibición de arte no sería interesante para un niño activo de cuatro años, y Hannah extrañaría a su hermano mayor.

Tuck Martin estaba hablando con Román ahora, con otro periodista involucrado en la conversación. Anteriormente Román había estado reticente a compartir algo sobre sí mismo, pero ahora hablaba con libertad sobre Dios y cómo Cristo se había convertido en el centro y el propósito de su vida y de su arte. Algunos inventaban otras explicaciones sobre la experiencia de Román cercana a la muerte, pero su vida transformada era un testimonio de la veracidad del hecho.

Grace a menudo se maravillaba de los cambios en su vida y en la de Román. Hablaron de volver a mudarse a Los Ángeles, pero por ahora habían decidido quedarse en Merced. Román sabía cuánto significaba para Grace concluir su carrera en la Universidad de California en Merced y recibir su título. Estaba tomándolo con calma porque Samuel y Hannah eran su principal prioridad.

Por la necesidad de tener un espacio donde Román pudiera trabajar y con un nuevo bebé en camino, habían comprado una casa en las afueras de la ciudad. Román había transformado la sala de juegos de la planta alta en su estudio y había convertido el garaje adosado en su guarida, con un equipo de música y una variedad de máquinas para hacer ejercicios físicos. A Samuel le encantaba pasar ratos con papi y, equipado con un arnés de seguridad, trepaba a lo alto del muro de escalada, aseguraba la cuerda sobre el cielorraso y hacía saltos de *bungee*. Román se reía de sus chillidos excitados cuando saltaba de arriba abajo, hasta que Román lo atrapaba y lo desenganchaba para que volviera a trepar. La pierna lesionada de Román le impedía correr, pero hacía ejercicio todos los días y tenía la fuerza suficiente en la parte superior del cuerpo para subir con Samuel por el muro de escalada o trepar una escalera de salmón o cruzar por un colgante para acantilados atornillado a la pared lateral.

Cuando su pastor sintió el llamado para ir a enseñar a una universidad cristiana del centro del país, el comité de búsqueda pastoral empezó a buscar su reemplazo. Querían un pastor que pudiera enseñar la Palabra, animar a la congregación de edad avanzada y alcanzar a las generaciones más jóvenes que no asistían a una iglesia y estaban perdidas. Román sabía que la iglesia de Brian estaba fusionándose con Victory Outreach y le escribió sobre la apertura del puesto en Merced. Brian le dijo que él y Shanice orarían sobre el tema. Al poco tiempo, fueron a visitarlos y asistieron a la iglesia con Román y Grace. Un par de semanas después, Brian envió su currículum, fue invitado a predicar y, luego, le ofrecieron el cargo de pastor principal en Merced. Los Gerling les cedieron la casita sin pedir el alquiler hasta que encontraran una casa. Brian no perdió tiempo en llamar a Román para que se involucrara en el ministerio. Los dos hombres colaboraron con un grupo de la Comunidad Cristiana InterVarsity en el campus de la Universidad de California. Además, encontraron centros de actividades locales que atraían a los estudiantes de las preparatorias. La guarida de Román se convirtió en el lugar favorito para las reuniones; Samuel, en la mascota del grupo de jóvenes.

Grace sintió que el brazo de Román se deslizaba por su cintura.

—Hay alguien que quiero que conozcas —dijo Román. Se disculpó y la guio hacia una pareja de mediana edad que acababa de entrar por la puerta principal.

El hombre vio a Román acercándose y levantó las manos, rindiéndose.

—Lamento colarme en su fiesta. No llame a la policía.

Román se rio:

—Espero que haya dejado las esposas en casa. Grace, te presento el oficial de la policía que me arrestó en el túnel. —Hizo un gesto apenado mientras volvía a enfrentar al hombre—. Nunca le pregunté su nombre.

El hombre le guiñó un ojo a Grace.

—Estaba demasiado nervioso para preguntar. LeBron Williams, y ella es mi esposa, Althea, su seguidora número uno.

Althea le tendió la mano.

—Hace años que tengo la esperanza de conocerlo.

—Deja de adularlo, cariño. Lo incomodarás.

Althea hizo los ojos hacia arriba y se dirigió a Grace.

—Siempre estaba atenta a la obra del Pájaro. Guardamos el secreto hasta que vimos esa entrevista.

LeBron resopló.

—Desde entonces ha presumido de que yo atrapé al Pájaro.

—Casi lo mato cuando llegó a casa y me dijo que lo había conocido, y ni siquiera tenía un pedazo de papel con su autógrafo. —Althea sacudió la cabeza y le dirigió a su esposo una sonrisa de broma—. LeBron solía hacer grafiti en cierta época. —Miró a Román—. Él me llevó a ver el mural en ese edificio industrial. E hicimos el paseo artístico varias veces. ¿Tiene pensado hacer otro?

—Una pared. En Oakland. En las vacaciones de primavera. Ya tengo la autorización del lugar y el equipo listo. —Román miró a LeBron—. Siempre hay lugar para otro trabajador. Lo único que tiene que hacer es pintar dentro de las líneas. —Grace les pidió la información para contactarlos y le dijo a Althea que le enviaría todos los detalles.

La mujer puso una cara como si le hubieran regalado dos pasajes para un crucero por todo el mundo con todos los gastos pagados.

—¡Allí estaremos!

—Exactamente como quiero pasar la Pascua. De vuelta en el vecindario. —LeBron sonrió—. Vamos, cariño. Este hombre tiene que atender a la gente. —Volvió a darle la mano a Román—. Siga así, señor Velasco.

Otro crítico de arte quiso hablar unas palabras con Román. Grace dio vueltas por la galería y terminó delante de *Los cambiadores del mundo* otra vez.

—Es magnífica. —Shanice se paró a su lado; recién le había entregado a Caleb a su papá.

—Es totalmente diferente a lo que pintaba cuando lo conocí. —Pero, a decir verdad, Román era una persona totalmente diferente. Y ella también.

Dios había estado acercándolos a Él desde que eran niños con necesidades desesperadas y el anhelo por tener un padre. Mucho antes de que lo conocieran, Él había estado obrando en la vida de cada uno. El Señor prometió a quienes creyeran que Él les quitaría el corazón insensible y terco, les daría un corazón cariñoso y sensible y pondría Su Espíritu en ellos para que pudieran seguirlo.

En los últimos tres años, ¿cuántas veces había observado asombrada a Román, siendo testigo del cumplimiento de esa promesa? Había visto la misma transformación extraordinaria en otras personas también. Shanice, la muchacha a la que en otra época le gustaba salir a divertirse, ahora era la esposa de un pastor; tía Elizabeth, una mujer amargada y cínica, incapaz de amar, ahora estaba en paz y era una tía y abuela cariñosa, que no tenía miedo de abrir su corazón a los demás. La vida de Grace había comenzado con una infancia llena de miedo y violencia y una tía que no soportaba mirarla, sino que se sentía obligada a cumplir con la voluntad de su hermana. El visitante nocturno había abierto su corazón al Señor, aunque tuvo que recorrer un penoso camino para aprender que Él era digno de confianza.

Shanice estudió la pintura.

—Cuanto más la miras, más cosas ves. Todos dicen que es una obra maestra.

—Es maravillosa. Es la mejor obra que Román ha hecho hasta ahora. —Grace se llenó de un gozo incontenible—. Pero es solo una sombra de la verdadera. —Román entendería qué quería decir—. No es lo que Román ha hecho, Shanice. Es lo que Dios ha hecho en mi vida y en la tuya, y en la de tía Elizabeth y en la de tantas otras personas que conocemos. —Los ojos de Grace se llenaron de lágrimas al sentir que el futuro se abría ante ella como una puerta a la vida y a la esperanza y a la vida eterna que Jesús les ofrecía—. Todos somos la obra maestra de Dios, creados de nuevo en Cristo.

Shanice apretó la mano de Grace:

—Para Su buen propósito.

—Cuando miro este cuadro, me sorprendo de lo que Dios ha hecho. —Grace se dio vuelta y miró a Román y a Brian conversando con Tuck Martin. Román la descubrió mirándolo y le sonrió, antes de volver a concentrarse en los dos hombres que hablaban.

Aun aquí y ahora, el Señor estaba trabajando en otra obra maestra.

UNA NOTA DE LA AUTORA

Estimado lector:

Escribir *La obra maestra* ha sido un largo recorrido. Los personajes y la historia han cambiado de forma varias veces, como parece suceder cada vez que escribo una novela. Las preguntas que originaron el proyecto tenían que ver con cómo el trauma infantil puede impactar la vida adulta. Vemos que nuestra sociedad está llena de personas afectadas por hogares y relaciones quebrantadas. Yo quería analizar a dos personas y explorar cómo las experiencias traumáticas de la niñez impactan en su manera de pensar y de actuar en la adultez. ¿Pueden tener una vida normal? ¿Pueden dos individuos quebrantados llegar a la plenitud juntos? Con Cristo, todas las cosas son posibles, pero ¿qué pasa si falta la fe?

Grace se acercó a la fe siendo una niña, pero los cristianos no somos perfectos. Toda la vida estamos en una lucha espiritual contra un adversario activo y astuto: Satanás. Quería que los lectores vieran con qué facilidad caemos en trampas y somos seducidos por las filosofías mundanas. Aun cuando somos salvos por la gracia, sufrimos las consecuencias de nuestras decisiones. Dios nos consuela, nos ama y nos muestra el camino por el que debemos caminar en esta vida.

Román tuvo que aprender de la manera difícil. Algunas personas tienen que pasar por el infierno, antes de poder ver o escuchar la verdad.

El concepto cultural prevaleciente parece indicar que todos irán al cielo, independientemente de lo que hayan o no hayan hecho, o de lo que crean. Los defensores de esta idea dicen que Dios es amor y que no existe el infierno. Lo cierto es que Jesús habló más del infierno que del cielo. En mi investigación, descubrí que hay experiencias cercanas a la muerte que no están llenas de luz y gozo, sino que son espantosas y aterradoras.

Es absolutamente cierto que Dios es amor, pero un texto sacado de contexto es un pretexto. Dios también es **justo**. Es **santo**. Es **recto**. El pecado les trajo la muerte a Adán y a Eva... y a todos nosotros. Esta vida no es lo único que hay. La paga del pecado es la muerte y el infierno es lo que viene a continuación. Dios envió a Su Hijo unigénito, Jesucristo, para que pagara el precio por nuestros pecados con Su sangre, de manera que nosotros podamos ser salvos de la muerte y recibamos la vida eterna en el cielo con Él, si creemos en la obra que Jesús llevó a cabo en la cruz. Es una cuestión de elección. Crea y será salvo. Recházcalo y pasará la eternidad en el infierno. Jesús ha hecho todo lo necesario para mantenernos a salvo, para darnos un futuro y una esperanza. Jesús no vino para mejorar nuestra vida. Vino para *salvarnos*.

Esta es una de las razones por las que escribí *La obra maestra*. No trata solo de dos personas quebrantadas que juntas buscan la plenitud. Trata de dónde podemos encontrar la plenitud para todos y cada uno de nosotros: en Cristo Jesús. En ningún otro lugar.

Si usted quiere saber por qué está aquí, qué está destinado a hacer, dónde hallar el amor que dura para siempre y cuál es el significado de la vida, busque al Señor. Él tiene todas las respuestas que usted necesita. «Pues somos la obra maestra de Dios. Él nos creó de nuevo en Cristo Jesús, a fin de que hagamos las cosas buenas que preparó para nosotros tiempo atrás» (Efesios 2:10).

Francine Rivers

PREGUNTAS PARA LA DISCUSIÓN

1. ¿Cuál fue su primera impresión sobre Román? ¿Y sobre Grace? ¿Cambiaron sus impresiones a lo largo de la historia? Si así fue, ¿cómo y por qué cambiaron?

2. Cuando Román le propone a Grace que viva en la cabaña de huéspedes, ella duda si aceptar o no. Les dice a sus amigas que estuvo orando sobre el tema, pero que no siente que esté recibiendo una respuesta clara, salvo que las otras oportunidades que intentó parecieron no dar resultados. Si usted fuera Grace, ¿lo habría recibido como una respuesta clara de Dios? ¿Alguna vez estuvo en una situación similar? ¿Cómo tomó su decisión finalmente?

3. Al final del capítulo 5, Grace tiene pensamientos encontrados cuando se entera del engaño de Patrick. ¿Qué esperaba usted que hiciera ella? ¿Por qué?

4. ¿Qué cree que significa el hecho de que Grace observa detalles en la obra de Román que nadie más ve?

5. Grace recuerda que Patrick «no la había obligado a que abandonara algo, pero sabía cómo hacerla sentirse suficientemente culpable para someter todos sus sueños de manera que él pudiera lograr los suyos». Usted, o alguien que usted conoce, ¿están siendo manipulados por la falsa culpa? ¿Por qué es esa táctica

tan conveniente para la manipulación, o incluso para hacernos dudar de nuestros propios actos y decisiones? ¿Cómo podemos combatirla?

6. Cuando Grace le pregunta a Román en qué cree, él dice: «Nacemos. Sobrevivimos lo mejor que podemos. Nos morimos. Fin de la historia». ¿Alguna vez se sintió usted así, o conoce a alguien que se sintiera de esa manera? ¿Cómo lo hizo sentirse la respuesta de Román? Resuma sus propias creencias en una oración breve como la de Román.

7. Susan le dice a Grace que si Román no puede soltar su pasado, nunca alcanzará todo su potencial, y Grace sabe que lo mismo es válido para ella. ¿Qué elementos del pasado de cada uno necesitan soltar? ¿De qué manera vemos que esto sucede durante la historia? ¿Hay cosas de su pasado que usted necesita dejar ir?

8. Después de que Román y Grace visitan a tía Elizabeth, Grace comparte con él su experiencia sobre la visita del ángel cuando era niña, la cual le abrió el corazón al Señor. ¿Ha tenido usted alguna vez, o ha tenido algún amigo suyo, una experiencia sobrenatural como esta? Si se siente suficientemente cómodo para hacerlo, compártalo con el grupo.

9. Román no tuvo una experiencia sobrenatural de niño, ni tuvo algo que lo dirigiera tan específicamente hacia Cristo. ¿Hay indicios de que Dios realmente estuviera cuidándolo, así como cuidó a Grace? ¿Puede considerar su propia vida y ver de qué maneras Dios lo guio y lo protegió, aunque no fuera mediante una intervención sobrenatural?

10. Grace se pregunta por qué no pudo ver la verdad sobre Patrick y, en el capítulo 26, tía Elizabeth le comenta a Miranda que Leanne tampoco pudo ver las similitudes entre su esposo y su padre violento. ¿Por qué cree que pasa eso?

11. Cuando Román le pregunta a Jasper por qué no sabía que era cristiano, Jasper le responde: «Nunca me lo preguntaste y, cada vez que yo mencionaba alguna cuestión espiritual, se te ponían vidriosos los ojos. Hay un momento para todo bajo el sol, Bobby Ray. El tiempo nunca parecía el adecuado contigo». ¿Cuáles pueden ser algunos de los motivos para esperar a que alguien esté listo para escuchar el evangelio? ¿Qué motivos hay para compartir la verdad, ya sea que la persona esté lista o no? ¿Cómo podemos saber cuál opción es la mejor?

12. Jasper le dice a Román: «La fe es solo el comienzo de un recorrido largo y difícil». ¿Cómo se desarrolla eso en la vida de Román después de su experiencia cercana a la muerte? ¿De qué formas ha corroborado usted la verdad de esta afirmación en su propio viaje de fe?

13. Después de su experiencia cercana a la muerte, Román queda con una lesión crónica en la pierna para la cual los médicos no tienen explicación. ¿Cómo se sintió acerca de este elemento de la historia? ¿Por qué cree que la autora decidió incluirlo?

14. ¿Cuál es la intención de Román cuando le sugiere a Grace que su relación se vuelva «más íntima»? ¿En qué se diferencia para él esta relación de los encuentros casuales que había tenido hasta entonces? ¿Por qué sigue siendo insuficiente para Grace?

15. Tía Elizabeth le dice a Grace: «Si hablamos de levantar muros, soy una arquitecta». Lo mismo podría decirse de Grace y de Román, así como de muchas personas en la vida real. ¿En qué áreas levanta muros usted? ¿Qué maneras ha descubierto para empezar a derribarlos, ya sea en su propia vida o en la vida de alguien cercano a usted?

ACERCA DE LA PORTADA

EL SEÑOR TIENE SUS MANERAS de reunir a las personas en momentos de necesidad y, mientras estaba trabajando en *La obra maestra*, necesité hablar con un artista de grafiti de la vida real. Cuando unos pintores vinieron a trabajar a nuestra casa, conocí a un joven que, en su adolescencia, había sido grafitero de una pandilla en la zona de la bahía de San Francisco, pero los grafitis habían sido una etapa pasajera en su vida y yo buscaba a alguien dedicado a esa forma de arte.

Después conocí a una pareja de Monterey que me contactó a través de mi sitio web, y me preguntó si estaba dispuesta a encontrarme con estudiantes de la República Checa, muchos de los cuales habían leído mis novelas. Rick y yo respondimos que sí e hicimos los arreglos para pasar con ellos el fin de semana. Los Wong organizaron un almuerzo en su casa para hacer la sesión de preguntas y respuestas. Durante la conversación, los estudiantes me preguntaron qué estaba escribiendo. Les hice un breve resumen de esta novela. Antes de que nos fuéramos, los Wong me contaron que tenían un

CAMERON Y FRANCINE ▶

▲ LA OBRA ARTÍSTICA DE GRAFITI USADA EN LA PORTADA

amigo en San Francisco, Cameron Moberg, que era cristiano y, además, un artista que hacía grafiti.

Le envié un correo electrónico. ¿Estaría dispuesto el señor Moberg a responder algunas preguntas? Cameron respondió que sí. Vi su obra en Internet y me pareció deslumbrante. A medida que me enteraba más de este joven, más parecía estar viviendo el recorrido de mi protagonista. Especialmente el epílogo. Les envié fotografías a mis amigos en Tyndale. Ahora Cameron tiene seguidores en la editorial. Ellos lo contactaron para preguntarle si podían utilizar su obra artística en la portada de *La obra maestra*, que era exactamente lo que yo esperaba que sucediera.

Lamentablemente, Cameron y yo no tuvimos tiempo para encontrarnos personalmente antes de que él viajara a hacer un proyecto en Australia. El manuscrito final llegó a las manos de mi editora antes de que él y yo pudiéramos reunirnos. Pero finalmente Rick y yo invitamos a Cameron y a su familia un sábado para que vinieran a un picnic y a nadar. Ni bien abrí la puerta principal para saludarlos, sentí como si conociera a la familia desde muchos años atrás. Yo creo que las cosas se dan así cuando nos encontramos con hermanos y hermanas en Cristo, ya sea en nuestro propio vecindario o al otro lado del mundo. Nos conectamos inmediatamente. Tenemos a Jesús en común. Somos de la misma familia.

Era un día caluroso. Disfrutamos de un almuerzo de perros calientes y sandía, y de ver nadar a los dos varoncitos de Cameron y Crystal. Nosotros los mayores nos sentamos a la sombra y conversamos. Por cierto, no nos faltó de qué hablar y sentimos que el Señor estaba en medio de nosotros. Cuando Cameron nos propuso a Rick y a mí que fuéramos a recibir una lección sobre pintura de grafiti, dije que sí. No veía la hora de tener en mis manos algunas latas de pintura en aerosol y poder experimentar con ellas.

Puede ver la obra de Cameron en Internet en www.camer1.com.

Acerca de la autora

FRANCINE RIVERS, la autora de éxitos de venta del *New York Times*, tuvo una próspera carrera como escritora en el mercado general durante varios años, antes de convertirse en una cristiana renacida. Como declaración de fe, escribió *Amor redentor*, una reelaboración de la historia bíblica de Gomer y Oseas, situada en la época de la Fiebre del Oro en California. Actualmente, *Amor redentor* es considerada por muchos una obra clásica de ficción cristiana y, año tras año, sigue siendo uno de los títulos más vendidos del género.

Desde *Amor redentor*, Francine ha publicado una gran cantidad de novelas con temas cristianos (todas éxitos de ventas) y ha seguido ganando los aplausos de la industria, así como la fidelidad de sus lectores en todo el mundo. Sus novelas cristianas han sido premiadas o nominadas para muchos honores y, en 1997, después de ganar su tercer Premio RITA por ficción inspiradora, Francine fue incluida en el Salón de la Fama de los Romance Writers of America (Autores Estadounidenses de Historias de Amor). En el 2015, recibió el premio Lifetime Achievement Award de los American Christian Fiction Writers (Autores Estadounidenses de Ficción Cristiana).

Las novelas de Francine han sido traducidas a más de treinta idiomas diferentes y sus libros tienen la posición de éxitos de ventas en muchos países extranjeros.

Francine y su esposo viven en el norte de California y disfrutan el tiempo que pasan con sus hijos adultos y sus nietos. Ella usa la escritura para acercarse más al Señor y su deseo, por medio de su obra, es adorar y alabar a Jesús por todo lo que Él ha hecho y está haciendo en su vida.

Visite su sitio web en www.francinerivers.com y conéctese con ella en Facebook (www.facebook.com/FrancineRivers) y Twitter (@FrancineRivers).